BASTEI LÜBBE

Linda Nagata

Götterfunke

Roman

Ins Deutsche übertragen
von Dietmar Schmidt

BASTEI
LÜBBE

BASTEI LÜBBE TASCHENBUCH
Band 24 312

1. Auflage: März 2003

Vollständige Taschenbuchausgabe

Bastei Lübbe Taschenbücher
ist ein Imprint der
Verlagsgruppe Lübbe

Deutsche Erstveröffentlichung
Titel der englischen Originalausgabe: Limit of Vision

Dieses Werk wurde vermittelt durch die Literarische Agentur
Thomas Schlück GmbH, 30827 Garbsen
Lektorat: Dr. Lutz Steinhoff / Stefan Bauer
Titelillustration: Stephan Youll
Umschlaggestaltung: QuadroGrafik, Bensberg
Satz: Fanslau, Communication/EDV, Düsseldorf
Druck und Verarbeitung:
Brodard & Taupin, La Flèche, Frankreich
Printed in France
ISBN 3-404-24312-9

An *Götterfunke* habe ich lange geschrieben, und nicht wenige Menschen haben meinem Buch auf den Weg geholfen. Dank schulde ich Mark O. Martin, weil er mir *Agrobacterium tumefaciens*, blaugrünes Licht und noch mehr reizvolle Ideen nahe gebracht hat. Howard Morhaim danke ich, dass er noch mit mir sprach, nachdem ich die erste Manuskriptfassung verworfen und neu begonnen hatte. Bei Sean Stewart, Kathleen Ann Goonan und Will McCarthy bedanke ich mich dafür, dass sie den Roman während seiner Entstehung lasen und mir unschätzbaren Rat schenkten. Thuy Da Lam danke ich für vietnamesische Redewendungen und dafür, dass er das Manuskript auf kulturelle Fehler überprüfte. (An allen verbleibenden Irrtümern bin allein ich schuld.) Und ich danke meinem Ehemann Ron: Die Zuversicht, die er in mich setzt, übersteigt mein Selbstvertrauen bei weitem.

1

Unsere Zeit hat ihre Eigendynamik, das spürte Virgil Copeland ganz deutlich. Selbst hier und jetzt, während er nervös auf Gabrielle wartete, belastete ihn der Gedanke und raunte, es gebe kein Zurück.

Er stand an den Glastüren des Kongresscenters Waimanolo und hielt nach ihr Ausschau, beherrscht von dem drängenden Wunsch, ihr Auto würde endlich in die kreisförmige Auffahrt einbiegen. Er malte sich aus, wie der Wagen sich hinter dem Beet hervorschob, auf dem tropische Pflanzen üppig wuchsen – Heliconia und Gardenien, Zier-Ingwer und eingetopfte Orchideen, deren Blüten im gedämpften Licht unter den schweren grauen Wolken bunt leuchteten.

Doch weder tauchte Gabrielles Wagen auf, noch rief sie an. Den ganzen Nachmittag hatte sie Virgils zunehmend hektischere Mitteilungen nicht beantwortet. Er begriff es nicht. Dass Gabrielle sich nicht meldete, war noch nie vorgekommen.

Randall Panwar, der bisher unruhig auf und ab gegangen war, stellte sich neben Virgil. »Sie hätte schon vor Stunden hier sein müssen. Ihr wird etwas zugestoßen sein. Anders kann es nicht sein.«

Virgil wollte ihm nicht zustimmen. Er berührte sich an der Stirn und strich mit den Fingerspitzen über die winzigen Silikatschalen seiner implantierten LOVs. Wie glasierte Sandkörnchen fühlten sie sich an: Sie waren hart, glatt und absolut gesetzwidrig.

»Lass das«, tadelte Panwar ihn leise. »Mach nicht auf sie aufmerksam.«

Virgil erstarrte. Dann senkte er die Hand und zwang sich, tief und gleichmäßig durchzuatmen. Er musste sich beherrschen. LOVs verstärkten Stimmungen; wenn man sie trug, kam es leicht vor, dass man in irrationale Panik verfiel. Panwar war dagegen genauso wenig gefeit wie er. »Du kommst doch klar, oder nicht?«, fragte Virgil.

Panwar blickte ihn scharf an. Die schmale, durchgehende Panoramalinse des Farsights rahmte seine Augen; auf dem interaktiven Bildschirm der Datenbrille leuchteten Symbole.

Obwohl Panwar von jeher temperamentvoller war als Virgil oder Gabrielle, hatte er seine LOVs am besten im Griff. Die kaskadierenden Stimmungsschwankungen, vor denen Virgil sich fürchtete, plagten ihn so gut wie nie. »Ich mache mir Sorgen«, antwortete Panwar. »Aber ich bin nicht weggetreten, wenn du das meinst. Und du?«

»Ich sage dir rechtzeitig Bescheid.«

Panwar nickte. »Wenn du etwas brauchst, ich habe ein Beruhigungsmittel dabei.«

»Brauch ich nicht.«

»Ich versuch noch einmal, sie zu erreichen.«

Er senkte den Kopf und hob die Hand an das Farsight, als müsste er die Außenwelt abschirmen, um das Display ablesen zu können. Er hatte diese Marotte bereits gehabt, als Virgil ihn kennen lernte – und das war mittlerweile acht Jahre her. Man hatte sie im ersten Semester zusammen in ein Wohnheimzimmer gesteckt, weil sie beide eine technisch orientierte Highschool abgeschlossen hatten und sechzehn Jahre alt waren.

In Panwars dunkelbraunem Haar zeigte sich ein deutlicher Rotstich, eine Gabe seiner irischstämmigen Mutter. Seine glänzenden schwarzen Augen, das Erbe seines Vaters, wollten gar nicht dazu passen; aus seinem Blick sprach das alte Indien. Mit einem Meter neunzig überragte er Virgil fast um Kopfeslänge, und sein schlanker, fast ausgezehrter Körper erinnerte automatisch an einen Hunger leidenden Studenten aus einem russischen Roman des neunzehnten Jahrhunderts. Nicht dass es ihm je an Geld gemangelt hätte – seine Eltern waren Computerbarone; wenn ihm etwas fehlte, dann Zeit. Andererseits hätte es eine Ewigkeit gebraucht, um seine Gier nach Wissen zu sättigen.

Er hob den Blick. Mit einem kurzen, abgehackten Kopfschütteln bedeutete er Virgil, er habe kein Glück gehabt. »Wir sollten bei ihr zu Hause nachschauen, wenn wir hier fertig sind.« Seine LOVs glitzerten wie winzige blaugrüne Diamanten, die knapp unter dem Haaransatz seine Stirn sprenkelten. Wie Gabrielle gab er sie als modisches Flitterwerk aus, als unaufdringliche persönliche Note.

Virgil verbarg die LOVs unter den dünnen Zöpfen seiner Frisur im altägyptischen Stil. Sie wurden nur dann sichtbar, wenn er die Zöpfchen zu einem Pferdeschwanz zurückband. »Vielleicht ist sie nur eingeschlafen«, brummte er.

»Gabrielle doch nicht.«

Virgil blickte durch die Eingangshalle zur halb offen stehenden Tür des Konferenzraums, aus der dröhnend die Stimme eines Vortragenden drang. In ermüdenden Details erläuterte er Messwerte, die er in einem neuen Experiment erhalten hatte. Die Sitzung dauerte schon drei Stunden, und im Augenblick hörte sich der Forschungsrat von Equatorial Systems schon den Zwischenbericht Numero sechs an. Als Nächstes kam der Report über das LOV-Projekt an die Reihe, der siebte und letzte

Vortrag, den die geistig abgespannten Zuhörer an diesem Tag über sich ergehen lassen mussten, auf dass sie empfahlen, das Projekt auch im kommenden Jahr zu finanzieren.

Gabrielle übernahm *immer* die Präsentation. Die Chefs verehrten sie. Sie war ein Kontroll-Freak, die sich ausgezeichnet darauf verstand, jedem, der ihr gehorchte, ein Glücksgefühl zu vermitteln.

»Vielleicht hat sie ihr Farsight verloren«, meinte Virgil, ohne wirklich daran zu glauben.

»Dann hätte sie uns über einen öffentlichen Einklinkpunkt verständigt. Vielleicht hat sie einen neuen Freund und ist abgelenkt.«

»Das kann nicht sein.«

Virgil hatte eine Theorie, dass auf einer Welt mit sechseinhalb Milliarden Menschen nur die hoffnungslos Besessenen, die Getriebenen eine Chance besaßen, aus der Masse der Normalen hervorzustechen – jener Leute, die ein geregeltes Leben mit festen Beziehungen anstrebten, mit Konzertbesuchen, Urlaubsreisen, Hobbys, Haustieren und sogar Kindern. Normale Leute konnten nicht einmal ansatzweise mit den Verrückten konkurrieren, die nur für ihre Arbeit lebten und atmeten, erst lange nach Mitternacht mit noch eingeschaltetem Farsight einschliefen, sich bei Sonnenaufgang wecken ließen und die Ergebnisse ihrer Umtriebe abriefen, noch bevor sie sich den Morgenkaffee aufsetzten.

Zu den Normalen hatte Gabrielle nie gehört.

Warum also rief sie nicht an?

Weil ihr etwas dazwischengekommen war. Etwas Schlimmes. Vielleicht ein Autounfall? Nein, in diesem Fall hätte man Virgil und Panwar mittlerweile schon verständigt.

Auf dem Display seines eigenen Farsights suchte Virgil

verzweifelt nach Gabrielles Icon; er hoffte inständig, es übersehen zu haben und es nun auf dem Schirm zu entdecken.

Nichts.

Panwar begann wieder, auf und ab zu gehen. Nervös marschierte er vor den Glastüren der Eingangshalle hin und her. Virgil sagte: »Also bleibt es an dir hängen.«

Panwar fuhr herum. »Um Gottes willen, bloß nicht. Wir haben halb sechs am Sonntagnachmittag. Die Hälfte der Chefs schläft schon, die anderen möchten sich einen ansaufen. *Mir* zuzuhören wäre das Allerletzte, was sie wollen.«

»Uns bleibt keine andere Wahl.«

»Du könntest es tun«, sagte Panwar. »Du müsstest es sogar tun. Schließlich ist es deine Schuld, dass Nash uns auf diesen Termin gelegt hat. Wenn du den Monatsbericht eingereicht hättest, als er fällig war ...«

»Erinnerst du dich noch an meinen Vortrag am Tag der offenen Tür?«

Panwar zuckte zusammen. »Himmel, den hatte ich ganz verdrängt ... Du bist schon immer ein Mistkerl gewesen. Na schön, ich mache die Präsentation. Aber in dem Moment, in dem Gabrielle zur Tür hereinschneit, übernimmt sie!«

Virgil drückte sich in den Eingang zum Konferenzraum – zum einen, um es den Anwesenden zu erschweren, vorzeitig zu gehen, zum anderen, weil er hören wollte, was Panwar zu sagen hatte. Das LOV-Projekt stieß bei neuen Bereichsleitern stets auf Unverständnis und provozierte unangenehme Fragen wie: Wozu ist das gut? Wohin soll das führen? Gibt es schon Marktuntersuchungen?

Das Projekt war das Sorgenkind in der EquaSys-Familie, denn es weigerte sich beharrlich, den bequemen Pfad einzuschlagen, der zum Markterfolg führte. Panwar hatte es nun dem Gremium dennoch schmackhaft zu machen.

Genauer gesagt, wäre das Gabrielles Aufgabe gewesen. Panwar vertrat sie nur.

»*... stehen im Mittelpunkt des LOV-Projekts synthetische Neuronen, künstliche Nervenstränge, die man Asteriden nennt. Ursprünglich als medizinische Hilfsmittel entwickelt, um Patienten mit unausgeglichener Gehirnchemie zu stabilisieren ...*«

Virgil zog ein verdrießliches Gesicht. Sollte Panwars Forschergeist nicht irgendwie seine Stimme durchdringen? Warum hatte der Vortrag bloß so viel besser geklungen, als sie ihn mit Gabrielle probten?

»*In diesem Entwicklungsstadium begannen Versuchstiere bei Verhaltenstests eine Steigerung der Intelligenz zu zeigen, die jedoch nie lange anhielt. Die Zellen neigten dazu, sich als kleine Tumore von außerordentlicher Aktivität zu vermehren. Im Mittel sechzig Tage nach Implantation starben die Versuchstiere an Störungen lebenswichtiger, vom Gehirn regulierter Funktionen.*«

Nicht dass Panwar schlecht vorgetragen hätte. Er war ernst, flott und offensichtlich vom Thema begeistert, aber er war eben keine Gabrielle. Dass die Lautstärke der geflüsterten Gespräche unter den Vorgesetzten immer weiter anschwoll, konnte nichts Gutes bedeuten.

»*Das Tumorproblem wurde gelöst, indem man die Reproduktion der Asteriden von zwei Aminosäurederivaten abhängig machte, die in der Natur normalerweise nicht vorkommen. Nopalin wird für den normalen Stoffwechsel benötigt, eine Kombination von Nopalin mit Octopin macht die Vermehrung der Asteriden erst möglich.*«

Virgil schüttelte den Kopf. Nopalin, Octopin – Aspirin? Von Gabrielles Lippen gesprochen, hätten die Namen der Aminosäureabkömmlinge wie Musik geklungen, aus Panwars Mund waren sie bloß Fachchinesisch. Virgil starrte sehnsüchtig die Eingangstür an. Noch immer keine Gabrielle.

»*In der dritten Phase der Entwicklung wurden die Asteriden abermals komplett neu überarbeitet. Sie existierten nicht mehr als einzelne Zellen, sondern eine Kolonie von Asteriden wurde innerhalb einer transparenten Silikat-Schale angesiedelt, die optische Kommunikation ermöglichte. Letztendlich hat EquaSys auf diese Weise das erste künstliche Lebewesen erschaffen, eine symbiotische Spezies, die wir LOVs nennen – eine Abkürzung für* Limit of Vision, *Grenze der Sichtbarkeit, denn LOVs lassen sich mit dem bloßen menschlichen Auge gerade noch erkennen.*«

Eine neue Spezies. Für Virgil hatte das Ganze noch immer den Beiklang von Zauberei, der ihn in das Projekt gelockt hatte, aber für die Chefs war das Schnee von gestern.

»*In die Kopfhaut von Versuchstieren implantiert, bildeten die Asteriden innerhalb jeder Schale einen künstlichen Nerv, der durch eine Mikropore den Schädelknochen passierte und durch die zähe dreischichtige Hirnhaut das Hirngewebe erreichte. Zum Erstaunen des Entwicklerteams begannen die LOV-Implantate bald untereinander zu kommunizieren, und wieder wurden bei den Versuchstieren langfristige Verhaltensänderungen festgestellt. Sie wurden klüger, und diesmal blieb eine Entwicklung von Tumoren oder das Versagen lebenswichtiger Funktionen aus.*«

Nach diesem Durchbruch hatte die Eigendynamik der Entdeckung von dem Projekt Besitz ergriffen. Damals war Virgil noch nicht im Team gewesen, aber er konnte dennoch den Kitzel nachempfinden, die Faszination der Erstentdeckung.

»Neben dem ursprünglich rein medizinischen Anwendungsgebiet eröffneten sich damit weitaus mehr Felder, denn offensichtlich konnte man aus LOVs künstliche oder gar zusätzliche Hirnmasse entwickeln.

Dann kam es zum Van-Nuys-Zwischenfall.«

EquaSys war zwar nicht in dieses Debakel verwickelt gewesen, doch als die US-Regierung beschloss, die Entwicklung künstlicher Lebewesen zwei Jahre lang auszusetzen, erfassten die Kreise, die der Zwischenfall auslöste, auch die Firma. Dr. Summer Goforth, die Leiterin des LOV-Projekts, war bei der Anhörung als Belastungszeugin aufgetreten und hatte öffentlich erklärt, auf eine Weiterarbeit an der Entwicklung künstlicher Lebewesen zu verzichten. Van Nuys bedeute für sie die letzte Warnung, hatte sie gesagt und alle anderen Forscher aufgefordert, sich ihr anzuschließen. Man hatte Virgil in das Projekt geholt, und er hatte Summer Goforth' Platz eingenommen.

»Als Kompromiss erklärte sich EquaSys bereit, alle Tierversuche einzustellen und die LOVs in ein Hochsicherheitslabor in der Hammer *zu verlegen, der neuesten Forschungsstation in der niedrigen Erdumlaufbahn. Es ist so gut wie ausgeschlossen, dass LOVs von dort entweichen und ›in die Umwelt gelangen‹, wie es in Van Nuys geschah.«*

Die entwichenen LOVs hatten sich mühelos bändigen lassen. Aus diesem Grund bedeuteten sie kein Risiko.

»Seitdem ist unser Projekt auf ferngelenkte Experimente beschränkt, aber das kann sich bald ändern. Die zweijährige Aussetzungsfrist läuft am 30. Juni aus. Von diesem Tag an besitzt EquaSys das Recht, eine bisher nie da gewesene Technologie zu vermarkten, die das Potenzial hätte, noch in die entferntesten Bereiche unseres Lebens vorzudringen ...«

Das und noch viel mehr, dachte Virgil. Wenn man LOVs erst legal auf die Erde schaffen konnte, bräuchten Gabrielle, Panwar und er nicht mehr zu fürchten, dass jemand entdecken könnte, was sie getan hatten: Während der Aussetzungsfrist hatten sie gesetzwidrig LOVs aus der Umlaufbahn zur Erde geschmuggelt. Noch immer konnte Virgil kaum fassen, dass ihnen dieses Wagnis gelungen war, und gleichzeitig ... vermochte er sich kaum noch vorzustellen, er hätte es nicht getan. Nein, das konnte er nicht mehr.

Das Resultat hatte im Nachhinein jedes Risiko gerechtfertigt. Selbst wenn man sie erwischte – die LOVs waren die Konsequenzen wert. Sie waren eine Gabe. Ein Leben ohne LOVs konnte sich Virgil nicht mehr vorstellen.

Die frühesten Studien hatten darauf hingedeutet, dass LOVs die Intelligenz der Versuchstiere steigerten, doch aus persönlicher Erfahrung wusste Virgil, dass die Wirkungsweise der LOVs auf einer Intensivierung der *Gefühlswelt* beruhte. Wenn er sich größeres Selbstvertrauen wünschte, dann setzten die LOVs seinen Wunsch in die Tat um. Wollte er sich ganz der sachlichen Analyse widmen, brauchte er sich nur zu konzentrieren, und die LOVs verstärkten diese Stimmung. Furchtlosigkeit, Gelassenheit, gute Laune – die LOVs konnten alles hervorrufen. Am besten aber – und schier unbezahlbar – waren die Stunden, in denen die LOVs ihn auf sein Verlangen hin in einen schöpferischen Rausch versetzten, in dem eine faszinierende Eingebung die nächste bedingte und Zeit, Hunger, Termine und Enttäuschung keine Rolle mehr spielten. Mit Hilfe der LOVs konnte Virgil diesen Zustand einfach dadurch heraufbeschwören, dass er ihn herbeiwünschte.

»Alle unsere bisherigen Ergebnisse«, fasste Panwar die historische Betrachtung zusammen, *»zeigen zweifelsfrei, dass LOVs absolut ungefährlich sind.«*

Auf dem Display von Virgils Farsight blinkte ein Icon auf – aber es gehörte nicht zu Gabrielle. Beklommenheit machte sich in ihm breit, als er das Symbol für die Sicherheitsabteilung von EquaSys erkannte. Er atmete bewusst durch, um sich zu beruhigen, dann erst wisperte er: »Verbinden.«

Das Farsight gehorchte, und das grimmige Gesicht des Sicherheitschefs trat auf den Bildschirm. Neben ihm erschien das Brustbild von Dr. Nash Chou, dem Forschungsdirektor, Virgils unmittelbarem Vorgesetzten. Nash hatte Virgil persönlich für das LOV-Projekt angefordert. Er saß am Kopf des Konferenztisches und wandte sich nun Virgil zu. Er war ein korpulenter Mann in einem adretten Straßenanzug. Sein rundes Gesicht verriet Verwirrung.

»Dr. Chou«, sagte der Sicherheitschef. »In Dr. Copelands Labor ist etwas passiert.«

Gabrielle war von einem Putzroboter gefunden worden. Die kleine Cindy, wie man ihn nach Cinderella nannte, dem amerikanischen Aschenputtel, hatte den geschlossenen Labortrakt kurz nach siebzehn Uhr betreten und die Teppichböden auf dem Flur und in den Büros gereinigt, bevor sie den Konferenzraum betrat. Um 17.19 Uhr verständigte sie die Sicherheitsabteilung, ihre Sensoren zur Überprüfung der Luftqualität hätten die Gegenwart übel riechender, womöglich gefährlicher Dämpfe registriert.

Um 17.32 Uhr entdeckte die Sicherheitsabteilung Gabrielles Leiche.

»O Gott, nein«, sagte jemand. »Das kann doch nicht wahr sein.«

»Virg?«

Das war Panwar. Er klang wieder wie ein Junge, wie ein verängstigter Sechzehnjähriger.

Virgil saß zusammengekauert auf einem Sofa in der Eingangshalle des Refugium-Centers, das Gesicht in den Händen. »Gott, was tut mir die Brust weh.«

Panwar klopfte ihm linkisch auf die Schulter. »Reiß dich zusammen, Virg. Verlier bloß nicht die Kontrolle. Wir müssen zu ihr. Wir müssen rausfinden, was passiert ist.«

Virgil nickte. Sie waren zusammen von Honolulu hierher gefahren. Bezeichnenderweise war Gabrielle nicht mit ihnen gefahren. Als Virgil sie am Samstag anrief, war sie in Eile gewesen. »*Ihr beide fahrt voraus. Ich habe noch etwas zu erledigen, deswegen komme ich vielleicht ein paar Minuten zu spät.*«

So. Zeit aufzubrechen. Er wollte aufstehen.

»Nein, warte«, sagte Panwar. »Ich hol dein Auto.«

»Holen Sie es morgen«, widersprach Nash Chou ihm; er stand in der Nähe und sprach sie mit väterlich beruhigender Stimme an. »Es wird schon dunkel, und Sie gehören beide nicht hinters Lenkrad.«

Also fuhr Nash sie im Regen zur Firma. Virgil saß auf dem Beifahrersitz, den Kopf auf die Hand gestützt, und sank langsam in eine Trauer, die nichts mit dem Feedback der LOVs zu tun zu haben schien. *Wie?*, grübelte er. *Warum?* Er war sich kaum bewusst, dass Nash hinter dem Lenkrad des Mercedes saß. Die Scheibenwischer arbeiteten unablässig. Regenschleier klatschten gegen die Windschutzscheibe, während der Wagen sich in den dichten Verkehr auf dem Freeway einordnete und beschleunigte.

Irgendwo am Rand von Virgils Blickfeld begann ein Licht zu blinken. Das aufdringliche optische Blöken riss ihn aus seiner Versunkenheit, weckte seine Neugierde, zwang ihn, es anzusehen.

Das Icon gehörte Panwar – es bestand aus dem Symbol

für Unendlichkeit, das aussah wie eine gewundene schwarze Straße mit Tausenden von Sternen vor einem pulverblauen Hintergrund. Wieso sah er es auf dem Display seines Farsights? Panwar war zum Greifen nahe, er saß hinter ihm auf der Rückbank.

Dennoch fiel es Virgil leichter, das Gespräch anzunehmen, als sich umzudrehen. Er aktivierte die Mikrochips in seinen Fingerspitzen, damit sie schwache Funksignale aussendeten, die sein Farsight auffassen konnte, und tippte rasch eine Kennung.

Panwars Gesicht erschien. Er wirkte müde und blickte Virgil beinah abwehrend an, aber er sagte nichts. Stattdessen erschien vor Virgils Augen in Form weißer Leuchtbuchstaben eine Textbotschaft:

➜ **Sag kein Wort! Verstanden? Nash soll nichts merken.**

Virgil starrte die Mitteilung an und versuchte, ihr einen Sinn zu entnehmen, bis die ersten Sätze neuen Wörtern wichen:

➜ **Virg? Hast du kapiert?**

Ohne aufzublicken oder die Hand zu senken, mit der er sein Farsight bedeckte, deutete Virgil ein Nicken an, indem er leicht den Kopf senkte. Weitere Wörter erschienen vor ihm:

➜ **Mensch, reiß dich zusammen, du jagst mir ’ne Höllenangst ein!**

Virgil wollte den Mund öffnen.

➜ **Nein! Sag kein Wort!!! Hör mir zu und vergiss nie, was hier auf dem Spiel steht. Gabrielle ist tot. Ich kann es zwar selber nicht fassen, aber wir können sie nicht wieder lebendig machen. So weit sind wir nun doch nicht.**

Virgil kniff die Augen zu und fragte sich, ob sie jemals die Macht besitzen würden, den Tod ungeschehen zu machen. Er begriff den menschlichen Körper als eine

Maschine; bis hinunter auf die Ebene der Zellmechanik hatte er einen tiefen Einblick in deren Funktionsweise erhalten. Die Vorgänge, die so weit unten abliefen, konnte man nicht anders interpretieren denn als die Wirkungsweise eines komplizierten ästhetischen und empfindlichen Mechanismus'.

Maschinen jedoch ließen sich reparieren. Man konnte sie überholen, nachbauen und verbessern – und manchmal erschien es ihm unvermeidlich, dass all das bald auch für den Mechanismus möglich sein müsste, den man Mensch nannte.

Jedoch nicht bald genug für Gabrielle.

Als Virgil wieder hinsah, hatten auf seinem Farsight neue Wörter die alten ersetzt:

➜ **Denk an die LOVs, Virg. IHRE LOVs. Der Coroner könnte sie finden.**

Damit hatte Panwar endlich den Speer gefunden, der Virgils Gemütschaos durchstieß. Virgil setzte sich auf. Seine Hand rutschte ab. Jeder Datenaustausch mit Hilfe ihrer Farsights war verschlüsselt und wurde über anonyme Server umgeleitet, um sie vor Spammer-Piraten und Datenräubern zu schützen. Die meisten Farsights funktionierten so – sie erzeugten Mitteilungen, die sich nicht zurückverfolgen ließen und nur für ihre rechtmäßigen Empfänger lesbar waren. Virgil war für diese Sicherheitsvorkehrungen überaus dankbar, während er Panwars nächste Textmitteilung las.

➜ **Du hast kapiert, Virg, oder? ALLES steht auf dem Spiel.**

Nash blickte Virgil an, die haarlose Stirn vor Sorge gekräuselt. »Geht's Ihnen besser, mein Junge?«

»Ich denke schon«, antwortete Virgil. Seine Stimme war rau und belegt vor Trauer, aber er konnte wieder klar denken.

»Ein unfassbarer Vorfall«, sagte Nash. »Ich kann Ihnen gar nicht sagen, wie Leid es mir tut.«

Virgil hob die Hand wieder an die Stirn, diesmal, um die winzigen Glasschalen seiner implantierten LOVs zu berühren.

Weitere Wörter erschienen in seinem Blickfeld:

➜ Antworte ihm.

Virgil schüttelte den Kopf. *Unfassbar.* Er wandte sich Nash zu. »Was hat sie dort gewollt? Diese Frage geht mir nicht aus dem Kopf.«

»Sie hätte gar nicht im Labor sein sollen?«

»Nein. Wir hatten verabredet, dass wir alle das Wochenende frei nehmen. Sie hätte uns eigentlich am Kongresscenter treffen sollen.«

»Vielleicht hatte sie ein Privatexperiment am Laufen«, drang Panwars tiefe, verärgerte Stimme aus der Schwärze über dem Rücksitz.

Nash runzelte die Stirn. »Hatten Sie ein Konkurrenzproblem?«

Virgil benötigte einen Augenblick, um zu begreifen, was Nash da fragte. »Um Gottes willen, nein! Wir sind prima zurechtgekommen.«

»Das stimmt«, sagte Panwar. »Konkurrenz gab es natürlich schon. Auf dieser Ebene hat man sie immer, aber wir haben uns verstanden.«

Nash sagte vorsichtig: »Gabrielle hat sehr hart gearbeitet. Sie alle arbeiten sehr hart. Ich habe Ihre Logdateien durchgesehen. Alle drei gehen Sie völlig in Ihrer Arbeit auf. Manchmal ist das eine gute Sache, aber manchmal ... verleiht es der Arbeit eine übersteigerte Bedeutung. Hat es in letzter Zeit irgendwelche ... Rückschläge gegeben? Etwas, worüber sie hätte ... bestürzt sein können? Enttäuscht? In Ihrem letzten Bericht stand nichts davon, das weiß ich, aber ...« Er ließ die Frage unvollendet stehen.

Virgil blickte in den Regen, der durch die Scheinwerferkegel fiel, und einen Augenblick lang verübelte er Nash die Frage. »Sie war zufrieden«, sagte er abgehackt. »Es gab keine Rückschläge. Und wenn es welche gegeben hätte, wäre sie damit fertig geworden. Sie war zäh, Nash. Und intelligent.« *Und schön.* Virgil schmeckte fast ihre Haut; spürte ihre Weichheit unter seinen Lippen.

Nie wieder.

»Tut mir Leid«, sagte Nash, »aber das musste ich Sie fragen.«

Virgil drehte den Kopf und betrachtete durch das Seitenfenster den Verkehr auf den Parallelspuren und dahinter den Regenwald, der nur als schwarze Wand zu sehen war. Auf dem Display seiner Farsights sah er Panwar nicken.

➜ **Gut gemacht. Jetzt denk nach.**

Virgil wollte nicht nachdenken. Trotzdem hatte Panwar Recht, sollte ihn der Teufel holen. Wenn Gabrielles implantierte LOVs entdeckt wurden, verloren sie alles. Ihre Arbeit. Ihre Freiheit.

Ihre eigenen LOVs.

Davor fürchtete sich Virgil am meisten. Die Implantate gehörten zu ihm. Wenn man sie ihm wegnahm, wäre es, als nähme man ihm einen Teil seines Verstandes …

Konzentrier dich!

Er presste die rechte Hand fest an den Oberschenkel und begann, Kennungen zu tippen, während er gleichzeitig überlegte, wie man es eigentlich anstellte, geschriebene Mitteilungen zu übersenden. Das ROSA – sein *ROving Silicon Agent,* das eifrige Helferlein aus Silizium – erschien zu seiner Unterstützung auf dem Display. Ein ROSA war ein Programm, eine künstliche Intelligenz, dem sein Benutzer persönliche Züge verleihen konnte. Virgils ROSA erschien als zierliche Griechin der Antike, deren lohfarbenes Gesicht von irisierendem Haar umgeben war; er nannte es Iris.

Iris wisperte Fragen. Virgil tippte die Antworten, und vor ihm erschien eine Tastaturabbildung. Danach war es einfach. Er brauchte nur auf einen Brief zu blicken, und Iris legte ihn auf die Arbeitszeile. Sobald drei oder vier Buchstaben eines Wortes getippt waren, konnte das ROSA gewöhnlich den Rest des Wortes vorhersagen; manchmal benötigte es nur einen oder zwei Buchstaben.

Virgil schrieb:

Das einzige Risiko – dass man ihre LOVs findet.

Die Antwort erschien unverzüglich.

➜ **Genau.**

Wird der Coroner Fragen stellen? Er müsste sie eigentlich für Körperschmuck halten.

➜ **Vielleicht. Vielleicht aber auch nicht. Wenn Nash sie sich genau ansieht, dann merkt er, was gespielt wird.**

Virgil schüttelte zur Verneinung ganz leicht den Kopf und schrieb:

Er ist zu zart besaitet. Er wird sich Gabrielle nicht genau ansehen.

➜ **Verwettest du darauf dein Leben?**

Virgil seufzte und drückte den Kopf gegen die kalte Glasscheibe des Seitenfensters. Genau darauf lief es hinaus, oder? Gabrielle war tot, und sie mussten sehen, dass sie die eigene Haut retteten.

WAS IST IHR ZUGESTOSSEN?

➜ **Später!!! Nur die LOVs sind jetzt wichtig! Wir müssen sie rausholen, bevor die Leiche weggeschafft wird. Nur wie?**

IHRE Leiche, erinnerte Virgil ihn. Er sendete die kleine Stichelei, ohne nachzudenken.

Wütend las Panwar die Antwort. Seine Augen blitzten, während er die Entgegnung aufsetzte.

➜ **Leck mich am Arsch, V. Meinst du, mich lässt das kalt?**

Virgil lehnte sich in den Sitz zurück und versuchte, sein wie rasend pochendes Herzen zu beruhigen. Ihre Haut hatte die Farbe von Zimt besessen; ihre Brüste waren glatt und voll, die Brustwarzen honigbraun gewesen.

»Sie standen ihr sehr nahe, nicht wahr?«, fragte Nash verhalten und ein wenig verlegen. Er räusperte sich. »Ich würde Sie das nicht fragen ... nur wegen der Ermittlungen. Man wird das wissen wollen. Waren Sie ... zusammen?«

Virgil schüttelte den Kopf. Dann zuckte er mit den Achseln. Mit erstickter Stimme antwortete er: »Manchmal.«

Panwars Abbild zeigte eine geradezu komische Überraschung. Dann verschwand dieser Ausdruck genauso schnell wie Hagelkörner auf einer heißen Straße. Seine schwarzen Augen strahlten entsetzliche Wut aus. Er sagte: »Das wusste ich gar nicht.«

Getippt fügte er hinzu:

➜ **Du Drecksack!**

Sie wollte, dass es geheim bleibt.

➜ **Habt ihr LOVs benutzt?**

Virgil blickte starr nach vorn. Er wollte nicht antworten. Er wollte nicht daran denken, was er verloren hatte, doch Panwar ließ ihm keine Ruhe.

➜ **Antworte!**

Also schön! Ja, ja, ja! Über eine Rückkopplungsschleife hatte er seine LOVs mit den ihren kommunizieren und ihrer beider Empfindungen verstärken lassen. Niemals zuvor hatte sich Virgil einem anderen Menschen so sehr verbunden gefühlt wie in diesen Augenblicken.

Von Panwar kam keine Antwort, jedenfalls nicht sofort. Er brütete, während sie in die Stadt hinunterfuhren. Einige Minuten später nahm Nash die Ausfahrt auf den H-1. Der Verkehr war so dicht, dass die Autos Stoßstange an Stoßstange fahren mussten, aber noch gab es keinen Stau. Virgil betrachtete die vorüberziehenden Wolkenkratzer, bis sie die Ausfahrt zur Innenstadt erreichten. Das EquaSys-Gebäude stand nur wenige Häuserblocks vom Ufer entfernt. Virgil hielt nach ihm Ausschau und erkannte es unter den umstehenden Türmen. Gabrielle war dort.

Erneut zogen Wörter durch sein Gesichtsfeld:

➜ **Wichtig ist jetzt nur eines, Virgil Copeland. Wenn irgendjemand Gabrielles LOVs entdeckt, dann sind wir beide so gut wie tot. Vergiss das nicht! Und bau keinen Scheiß!**

Virgil antwortete nicht. Nash hielt am Sicherheitstor vor der Tiefgarage. Der Wächter trat aus seinem Häuschen, um ihre Gesichter einzuscannen. Virgil achtete nicht auf die Routine. Am unteren Ende der Rampe, neben der Aufzugreihe, parkten zwei Streifenwagen und der weiße Kleinbus eines Coroners.

2

Auf dem Fischmarkt von Can Tho lag ein armlanger Karpfen auf dem Hackklotz, und eine zierliche Hausfrau feilschte mit der messerfuchtelnden Fischverkäuferin um einen Preisnachlass – eine alltägliche Szene im südvietnamesischen Mekong-Delta, die jedoch immer ein stimmungsvolles Video hergab. Mit ihrem Farsight zeichnete Ela Suvanatat den morgendlichen Streit gerade verstohlen auf, als auf dem interaktiven Schirm der Datenbrille das Icon ihrer Agentin erschien.

Ela hielt den Atem an. In diesem Link würde es ganz gewiss um den Beitrag gehen, den sie für *Nine Dragon Daily* vorgelegt hatte. Seit zwei Jahren arbeitete sie als freiberufliche Produzentin und erstellte Videobeiträge für Regionalmagazine. Die Agentin sollte ihr eigentlich neue Aufträge verschaffen, doch in letzter Zeit lief das Geschäft eher schlecht. Eigentlich sogar sehr schlecht. *Lass es eine gute Neuigkeit sein,* dachte sie. *Bitte, bitte.* Unwillkürlich rief sie sich ins Gedächtnis, wie wenig Bares sie noch auf ihrer Geldkarte hatte. Nicht genug für ein Abendessen, jedenfalls nicht, wenn sie für ihr Zimmer zahlen wollte. Nicht mehr lange, und sie müsste Ausrüstung versetzen.

Sie wandte sich vom brodelnden Marktgeschehen ab und suchte nach einer Stelle, an der es leise genug war, um reden zu können. Sie fand schließlich eine etliche Zentimeter breite Lücke auf einem Holzgeländer, von dem man über einen Kanal blickte. Als sie sich dort niederließ, erntete sie zwar einen wütenden Blick von einer jungen Frau, die bereits dort hockte und filettierte Frösche anbot, doch Ela ignorierte sie. Als Ausländerin war sie es gewöhnt, dass man sie anstarrte.

Ela war zur Hälfte Thai und zur Hälfte nicht näher bekannter europäischer Abstammung, wodurch sie zu einer Größe von einem Meter siebzig aufragte. Mit ihren neunzehn Jahren konnte man sie als anmutig wie eine Tänzerin beschreiben – oder als grotesk groß und dürr, je nachdem, welchem Schönheitsideal man anhing. Nicht schwer zu erraten, was das Froschweib von ihr hielt.

Ela blickte auf das Wasser und gab mit Fingern und Daumen eine Kennung ein, dann wies sie ihre implantierten Mikrochips an, die Verbindung anzunehmen. Joanie erschien nur als Brustbild auf Elas Display und überlagerte die wimmelnden Holzboote, die den Kanal befuhren. »Joanie? Hast du etwas von *Nine Dragon* gehört? Hat ihnen der Beitrag gefallen?«

Joanie war eine blasse Chinesin mit schlichtem Gesicht, die sich grundsätzlich schwarz kleidete. »Ela! O ja. Der Beitrag gefiel ihnen sehr gut ...«

»Aber sie haben ihn nicht gekauft.«

»Nein, sie haben ihn nicht gekauft«, bestätigte Joanie ihr. »Der Redakteur findet deine Arbeit zu ... *anspruchsvoll* für den Markt, den er bedient.«

Ela schloss die Hände um das glitschige, nach Fisch stinkende Geländer. »Anspruchsvoll? Was soll das heißen? Dass meine Arbeit dem Zuschauer zu viel abverlangt? Oder dass sie einfach langweilig ist?«

»Nein, Ela, nein. Das soll keine Kritik sein. Deine Arbeit ist wunderbar. Voller Leidenschaft. Sowohl im Bild als auch in der Stimme. Aber nicht jeder hat die gleiche Bildung genossen wie du.«

Ela schüttelte den Kopf. Ihre Bildung hatte sie kostenlos von firmengesponserten Schulen im Netz bezogen. Fließend Englisch zu sprechen hatte sie dadurch erlernt, dass sie raubkopierte Bücher und Zeitschriften las und hörte. Und nun sollte ihre Arbeit zu intellektuell und zu leidenschaftlich sein, um sie bei einem gut gehenden Regionalmagazin unterzubringen? Wie Hohn erschien es ihr plötzlich, dass sie für ihre journalistischen Leistungen einen Preis erhalten hatte, den sie darauf verwendet hatte, Bangkok zu verlassen – ein schlechter Scherz. Wenn sie so klug war, wie es hieß, warum war sie dann chronisch pleite?

»Also schön«, sagte Ela leise und sehr beherrscht. »Du meinst also, ich sollte mir einen einfacheren Stil aneignen.«

»Nein. Dein Stil ist wunderbar, wie er ist. Und außerdem ... die Zuschauer merken immer, wenn man sich auf ihr Niveau herabbegibt.«

»Was willst du mir eigentlich sagen? Dass ich kein Video produzieren kann, das dämlich genug ist für den großen Markt?«

»Du bist zu intelligent für sie, Ela. Auf der Welt gibt es weitaus mehr leichte Kost als Substanz. Und mit der leichten Kost hast du nie umgehen können.«

Trotz der feuchten Luft wurde Elas Kehle trocken. »Ich habe den Beitrag auf gut Glück produziert, Joanie. Kannst du ihn vielleicht woanders unterbringen?«

»Das versuche ich natürlich ...«

»Aber du glaubst nicht, dass du Erfolg hast.«

»Da ist das letzte Wort noch nicht gesprochen«, sagte Joanie. »Und es war auch nicht unsere letzte Chance. Der Artikel für die Coastal Society ist noch immer offen, und du wärst dafür ideal. Der Redakteur *möchte,* dass du ihn machst.«

Ela wandte dem Geländer den Rücken zu und begegnete erneut dem hasserfüllten Blick des Froschweibs. Sie zahlte ihn mit gleicher Münze zurück.

Die Coastal Society war eine Umweltschutzgesellschaft und wünschte sich einen Propagandaartikel über die Folgen der Überfischung an der Küste des Mekong-Deltas. Für Ela bedeutete dieser Auftrag das journalistische Gegenstück zur Fastfoodkost, nur dass er schlechter bezahlt wurde. Sie hatte ihn bereits zweimal abgelehnt. »Der Artikel ist nur deshalb noch zu vergeben, weil es selbst in diesem miesen Sumpfloch von Land niemanden gibt, der auch nur in Erwägung ziehen würde, ihn für das elende Honorar zu machen, das sie anbieten!«

Joanie sah sie entschuldigend an. »Mehr habe ich momentan aber nicht.«

Ela drohte der Froschfrau mit der Faust und genoss ein Quäntchen Genugtuung, als diese den Blick abwandte.

Wenn sie den Auftrag annahm, müsste sie eine zweitägige Reise an die Küste unternehmen. Sie müsste ein Boot chartern und Tauchausrüstung mieten. Auf dem Weg wären vermutlich Bestechungsgelder zu bezahlen, die als »Gebühren« bezeichnet wurden, und wenn sie nach Can Tho zurückkehrte, hätte sie wahrscheinlich nur sehr wenig Geld übrig – ganz gewiss nicht genug, um das Land zu verlassen. Aber wenn sie den Auftrag ablehnte, hätte sie nichts zu beißen.

»Ela? Ich muss ihnen endgültig Bescheid geben.«

»Wusstest du, dass ich früher mal eine ganz gute Wahrsagerin war?«

»Sag schon ja, Ela. Dir bleibt keine andere Wahl.«

»Also gut«, sagte sie bitter. »Ich mach's.«

Gegen Mittag war sie auf dem Fluss, der einzige Passagier auf einem schlanken kleinen Fiberglasboot mit himmelblauem Rumpf und einer Reling, die im gleichen Rot gestrichen war wie die roten Augen am Bug. Ela saß auf einer Holzkiste in dem Fleckchen Schatten unter dem Sonnensegel und beobachtete den Schiffer, wie er sein Boot behutsam durch die ungeordnete Flotte aus langen hölzernen Bauernbooten steuerte, die vom morgendlichen Markt nach Hause zurückkehrten. In den Hecks saßen verhüllte Gestalten, die unter Kegelhüten Schutz vor der Sonne suchten.

Die Mittagszeit war ungünstig, um sich auf eine Reise zu begeben. Auf dem Hals des Schiffers glänzte der Schweiß und malte dunkle Striche auf sein grünes Seidenhemd. Der neue Anstrich seines Bootes stank in der Hitze. Captain Cameron Quang war Geschäftsmann. So zumindest hatte er sich vorgestellt. Er behauptete, einen Termin bei einer der Fischzuchtanlagen vor der Küste zu haben, und war froh gewesen, Ela gegen eine geringe Gebühr mitzunehmen. Nun, da sie dem leisen Summen des Brennstoffzellenmotors lauschte, fragte sie sich nicht zum ersten Mal, für welche Art Geschäfte man wohl ein kleines, schnelles und nahezu unhörbares Boot benötigte.

Auf dem Kai in Can Tho hatte sie sich angehört, was ihr ROSA über den Schiffer zu sagen hatte – was es ihr wispernd durch den Ohrhörer ihres Farsights ins Ohr raunte: »*Der Betreffende wird mit einundneunzigprozentiger Wahrscheinlichkeit als Kam Ho Kwock identifiziert. Nennt sich auch Cameron Quang. Alter: dreiundzwanzig. Bildung: Hochschulreife. Beruf: freischaffender Händler. Keine Vorstrafen. Geschäftsfreunde: ...*«

Elas ROSA lag auf einem Hochsicherheitsserver in Sydney – und Gott sei Dank hatte sie bis zum Jahresende vorausgezahlt. Sie hatte das ROSA nach dem thailändischen Bergsalamander Kathang genannt und ihm dessen Gestalt gegeben. Der Salamander kroch über das

Display des Farsights, ein kleines Icon mit glänzender brauner Haut und einem leuchtend orangefarbenen Streifen auf Rücken und Schweif: eine Schutzfärbung, die ihm gestattete, sich im hellen Tageslicht zu verbergen.

Nach der offiziellen Besprechung rief Kathang eine weitere Beurteilung ab, die von einem Wahrsage-Programm stammte, welches Ela in Bangkok benutzt hatte: *Er ist zu klug, um gewalttätig zu werden, aber seine Treue gehört dem Geld, nicht dem gegebenen Wort.* Ela hatte diesen Sinnspruch sehr sorgfältig überdacht, denn sie konnte Quang nicht viel zahlen. Sie erinnerte sich an die endlosen Vorträge Sawongs und an die Bewegungen, die der alternde Transvestit beim Sprechen mit seinen grazilen Händen machte, als zeichnete er Bilder in die Luft: »Denke von jedem Kunden als einem Stein auf einem Spielbrett. Sieh dir ihre Position an, setze sie mit den anderen Steinen auf dem Brett in Zusammenhang, und du kennst ihren nächsten Zug. Belaste dich nicht, indem du nach dem Einfluss des Glückes fragst. Das Glück ist ein Märchen, das die Chinesen erfunden haben. Wir sind nur einfache Wahrsager. Den Menschen, denen wir dienen, wird niemals irgendetwas Außerordentliches zustoßen.«

Am Ende entschied sich Ela für das Risiko und leitete ihren Reiseplan an Joanie Liu. Sich selbst beruhigte sie damit, dass sie es leicht auch schlechter hätte treffen können.

Je weiter Can Tho hinter ihnen zurückblieb, desto mehr ließ der Bootsverkehr nach, und der Nachmittag wurde ruhig. Das schläfrige Summen der Elektromotoren wurde zu einem sonoren Bass, zu dem sich das Plätschern gesellte, mit dem der Bug das Wasser teilte. Gerade das Plätschern machte Ela ihren zunehmenden Durst bewusst; der Anblick der dichten Mangroven am Ufer weckte in ihr den Wunsch nach echtem Schatten. Das Sonnensegel des kleinen Bootes schien die Hitze auf dem Fahrzeug zu halten. Sie atmete flach, denn sie wollte die feuchte Luft nur ungern tief in sich hineinsaugen. Sie wusste, dass es in jedem Atemzug von Lebewesen wimmelte.

Der Schiffer versteifte sich, als am oberen Rand seines Sonarschirms ein dunkler Fleck erschien. Das versunkene Objekt lag mehrere Fuß unter der Oberfläche des schlammigen Wassers – zu tief, um dem Boot gefährlich zu werden. Dennoch brachte es einen besorgten Ausdruck auf sein Gesicht. »Noch einer?«, fragte Ela.

Während das Boot flussabwärts fuhr, glitt der Fleck vom oberen Rand des Schirms langsam nach unten. Der Schiffer seufzte weltverdrossen. »'s gibt nicht genug Land, um sie alle zu beerdigen«, stellte er in seiner schleppenden Redeweise fest, die aus den Südstaaten der USA stammte und die er mit einer Spur vietnamesischen Akzents individuell hergerichtet hatte. Er blickte Ela beim Sprechen nicht an, doch hinter seinem leicht getönten Farsight schien er sich ihrer Aufmerksamkeit sicher zu sein.

Nun streckte er den Arm nach einer wasserdichten Kiste aus, die seitlich neben der Konsole montiert war, und öffnete sie zum dritten Mal, seitdem sie Can Tho verlassen hatten. Er nahm wieder ein Päckchen Feuerwerkskörper heraus. Ela presste die Hände an die Ohren.

Als der dunkle Fleck den unteren Rand des Sonarschirms fast erreicht hatte, zeigte er den Umriss eines Menschen.

Der Schiffer legte einen Schalter um, und ein elektrisches Streichholz flammte auf. Daran entzündete er die Zündschnur des Kracherpäckchens, und in dem Moment, in dem das Boot an der Stelle vorbeifuhr, an der es vielleicht spukte, schleuderte er es in die Luft.

Ela stieß sich die Finger in die Ohren, während die Kracher allen missgünstigen Geistern knallend ihre Warnung entgegenbrüllten. Rote Papierschnipsel regneten aufs Wasser, und Schwarzpulvergeruch stieg ihr in die Nase. Sie blickte über die Reling, aber der Leichnam blieb unsichtbar im schlammigen Strom verborgen.

Der Schiffer nickte ihr zu. »Man sieht sie nie. Ohne Sonar weiß man einfach nicht, ob Geister in der Nähe sind oder nicht. Jedenfalls beißen die Fische hier jetzt wieder besser, kein Zweifel.«

Ela betrachtete das vorübergleitende Ufer. Hohe Dämme waren errichtet worden, um den steigenden Meeresspiegel einzudämmen. Die Deiche hatte man mit Mangroven bepflanzt, die sich über den Fluss neigten und den Wasserlebewesen in ihren Unterwasserwurzeln die idealen Brutplätze boten. Doch je näher das Boot der Küste kam, desto dünner wurden die Mangroven. Rote Scheiben leuchteten zwischen den Blättern hindurch, wo man Holz geschlagen hatte. Aus einigen dieser Wunden rann noch der Saft. Noch dichter an der Küste stand vom früheren Dickicht nur noch ein Gewirr von Stümpfen, die sich im Schlamm zur Seite neigten wie benommene Boxer, die um ihr Gleichgewicht kämpfen. Nach wenigen hundert Metern hatten Seggen und salztolerante Gräser das verwüstete Ufer in Besitz genommen.

Nachdem die Mangroven verschwunden waren, konnte Ela zum ersten Mal, seit sie Can Tho verlassen hatten, über das Flussufer hinausblicken. Der leuchtend grüne Teppich aus Reispflanzen, wie man ihn im Binnenland sah, war einem messingfarbenen Flickwerk aus Fisch- und Garnelenzuchtteichen gewichen. Sie drängten sich über das ganze flache Land, so weit das Auge reichte.

Der Schiffer öffnete ein Coca-Cola. »Wir nähern uns der Flussmündung«, erklärte er. »Hier is' schon viel Salz im Wasser, drum wächst kein Reis, aber Shrimps können hier leben. Tilapia-Fische auch.«

Die schmalen Deiche zwischen den Teichen waren mit Gräbern aus Beton übersät. Eine Gruppe von Kindern arbeitete mit kleinen Netzen am Ufer und fing winzige Fischlein, die sie auf Gerüsten über einem rauchigen Feuer grillten. Auf den ersten Blick glaubte Ela, sie alle trügen Rundum-Sonnenbrillen, dann erst begriff sie, dass jedes einzelne Kind ein Farsight aufhatte. Es erschien ihr sehr merkwürdig, denn ihre ausgebleichte und abgewetzte Kleidung wirkte sehr ärmlich. Sie sahen nicht aus, als könnten sie sich Luxusgegenstände wie Farsights leisten.

Der Gesichtsausdruck des Schiffers wurde grimmig, während er die Kinder musterte. »Niemand gibt auf sie Acht«, brummte er. Ein scharfes V zeigte sich zwischen seinen Augen. »Sie haben hier nichts zu suchen.« Obwohl kein weiteres Unterwassergrab auf dem Sonarschirm erschienen war, nahm er wieder ein Päckchen Feuerwerkskörper zur Hand, entzündete die Zündschnur und warf es in die Luft. Ela wappnete sich gegen den Lärm. Am Ufer hielten ein paar Jungen in ihrer Arbeit inne und johlten dem vorüberfahrenden Boot zu, aber die meisten der Lumpenkinder machten sie gar nicht die Mühe, von ihrer Beschäftigung aufzublicken. Der Schiffer hatte Recht: Es war kein einziger Erwachsener zu sehen.

»Warum machen Sie das?«, fragte Ela. »Was stört Sie an den Kindern?« Sie sah den Schiffer an, doch er gab keine Antwort und starrte nach vorn, als hätte er sie nicht gehört. Verwirrt blickte sie wieder zu den schwer arbeitenden Kindern.

»Das sind *Roi Nuoc*«, sagte der Schiffer widerstrebend. »'ne Farsight-Sekte.« Er tippte sich auf die Schläfe. »Versteh'n Sie?«

»Eine Kindersekte?«

Er nickte. »Verhext sind die.«

3

Ein Werkschutzmann führte Virgil Copeland, Randall Panwar und Nash Chou in den LOV-Labortrakt, wo ein Kriminalbeamter namens Mitchell Kanaha sie in Empfang nahm. Der Polizist war schmal gebaut und hatte ausgeblichenes braunes Haar; seine Augen verbargen sich hinter einem undurchsichtigen Farsight von der gleichen Messingfarbe wie seine Haut. Virgil bezweifelte nicht eine Sekunde lang, dass hinter der Linse ein ROSA am Werk war, das aus den Hinweisen, die ihre Gesichter und ihre Hauttemperatur ihm lieferten, Rückschlüsse auf ihre Gemütszustände zog. Waren sie hinreichend erschüttert? Trauerten sie genug? Oder konnte aus der Zeitspanne, während derer sie seinem Blick begegneten, die Spur eines Schuldgefühls gefolgert werden? Virgil kam sich plötzlich völlig durchsichtig vor.

Nash erkannte, wie verwundbar er sich fühlte, und zog das Gespräch an sich; dadurch enthob er Virgil der Notwendigkeit, Antworten zu geben. »Haben Sie schon festgestellt, was geschehen ist? Und wann?«, fragte er, während sie sich in den kurzen Flur des Traktes zwischen schwarze Bretter drängten, die vor Ankündigungen, Annoncen und Witzzeichnungen überquollen. Alle drei Bürotüren standen offen.

Kanaha sagte: »Wann es geschah, war leicht festzustellen. Laut Leichenbeschauer lag der Todeszeitpunkt innerhalb der Stunde vor der Meldung.«

Virgil erbleichte. »Wenn Cindy also etwas früher...«

»Nur ein bisschen früher, dann hätte man sie vielleicht noch retten können, jawohl. Sie ist eindeutig mehrere Stunden bewusstlos gewesen, bevor sie starb. Der Leichenbeschauer hat Entwässerung festgestellt.«

Virgil wäre niemals auf die Idee gekommen, im Labor nach ihr zu suchen. Warum auch? Wenn sie im Labor war, hätte sie sich jederzeit einklinken können. Er sah sich nach Panwar um und entdeckte ihn, wie er aus seinem Büro kam, die rechte Hand tief in die Hosentasche geschoben.

»Ich verstehe es einfach nicht«, sagte Nash. »Sie war nicht krank. Im Gegenteil, sie war kerngesund. Stimmt's, Virgil?«

Er fuhr zusammen und riss seinen verwirrten Blick von Panwar los. »Was? Ach so. Ja, richtig. Stimmt. Sie hat jeden Tag Gymnastik betrieben, und krank war sie so gut wie nie. Sie war perfekt ... in dieser Hinsicht.« *Wunderschön.* Eine wunderschöne, komplizierte, selbstbewusste organische Maschine, ein bezaubernder biochemischer Tanz, der nun zu Ende war. Abgebrochen.

»Keine Zeichen von Gewaltanwendung?«, fragte Panwar, während er sich neben Virgil stellte.

»Keine äußerlichen Spuren«, bestätigte Kanaha ihm.

»Vielleicht verrät uns die toxikologische Untersuchung, was geschehen ist.«

Nash runzelte die Stirn und rätselte, was der Kriminalbeamte damit sagen wollte. Virgil schloss die Augen und wartete, bis sein Chef es endlich begriffen hatte. Er enttäuschte Virgil nicht. »Oh. Sie denken an eine Art ... Entspannungsdroge?«

»Das ist bei kerngesunden jungen Frauen jedenfalls der häufigste Grund für Herzstillstand.«

Virgil starrte zu Boden und biss sich verstohlen auf die

Lippe. Wenn Kanaha das nur glaubte! Sollte er doch annehmen, dass während Gabrielles langer Bewusstlosigkeit die Rauschgiftrückstände in ihrem Blut auf nicht mehr nachweisbare Konzentrationen gesunken waren.

»Allerdings«, fuhr Kanaha fort, »haben wir nichts gefunden, was diese These erhärtet. Sie hatte keine Kanülen bei sich, keine Hautpflaster, keine Ampullen, Pulvertütchen oder dergleichen, und im Labor haben wir ebenfalls nichts gefunden.«

»Ich habe nie gesehen, dass sie Rauschgift genommen hat«, sagte Panwar. »Andererseits hatte ich privat auch nicht viel mit ihr zu tun.« Er legte Virgil kameradschaftlich eine Hand auf die Schulter. »Können wir sie noch einmal sehen?«

Kanaha nickte. Er drehte sich um; Nash folgte ihm. Panwar nutzte den Moment und drückte Virgil eine nadelspitze Pinzette in die Hand. »Du hast sie am meisten geliebt«, murmelte er.

Virgil nahm das zierliche Instrument ungeschickt an sich und hätte es fast fallen lassen. Gerade als er die Pinzette in einer Tasche seiner anthrazitgrauen Hose hatte verschwinden lassen, blickte Nash zu ihm zurück, die glänzende Stirn besorgt gekräuselt. »Virgil, stehen Sie das durch?«

»Alles in Ordnung.«

»Es ist für uns alle schwer«, sagte Panwar.

Virgil schob sich an ihm vorbei und verfluchte Panwar im Stillen dafür, dass er ihm die grausige Pflicht zuschob, Gabrielles LOVs zu entfernen. Am Ende des Flurs blieb er stehen, denn er bemerkte den Gestank, der die Routine des kleinen, basketballgroßen Putzroboters gestört hatte.

Es stank erstickend und säuerlich nach Exkrementen,

mit bitterem Schweiß gemischt. Virgil schob sich an Kanaha vorbei in den abgedunkelten Konferenzraum.

Das einzige Licht stammte vom Wandbildschirm, auf dem ein funkelnder blaugrüner Ball zu sehen war, in dessen Oberfläche komplizierte Falten und Rillen eingegraben waren.

»Was ist das?«, fragte Kanaha mit einem Blick auf den Bildschirm.

»Das, na das ist das Herz unseres Projekts«, antwortete Virgil. »Eine Kolonie von LOVs. Diese Gestalt nehmen sie an, wenn sie sich in einem aquatischen Lebensraum zusammenballen.«

»LOVs?«

»Das sind künstliche Lebewesen.«

»Hier?«

»Um Gottes willen, nein. In der *Hammer.* Es gibt eine zweijährige Sperrfrist, müssen Sie wissen.«

»Weiß ich. Wozu sind sie gut?«

»Wir benutzen sie, um Nervenfunktionen zu erforschen. Sie ... besitzen die Fähigkeit, spontan zu lernen – sie können sich gewissermaßen selbst unterrichten.«

»Wie ein neuronales Computernetz?«

»Nicht ganz. Nein. Ihre Strategien zur Problemlösung ... sie haben mehr mit unserem eigenen Verstand gemein als mit neuronalen Netzen auf Halbleiterbasis. Besonders, wenn sie eine Kolonie bilden. Sie interagieren ähnlich wie menschliche Nervenzellen im Gehirn.« Nur dass die LOVs sich nicht nur durch die chemischen und elektrischen Impulse verständigten, die über die verbundenen Asteriden übertragen wurden, sondern zusätzlich mit Hilfe von Lichtsignalen. »Gabrielle nahm an, dass sie eventuell ... fähig sein könnten, die eine oder andere Stufe von Bewusstsein zu entwickeln.«

Er schluckte mühsam. Dann erst verschob sich sein

Blick, als leitete ihn nicht sein eigener, sondern ein fremder Wille, auf Gabrielle.

Sie lag auf dem Sofa am ovalen Tisch, das gespenstisch blasse, wächserne Gesicht dem Display zugewandt. Das Blut war völlig aus den Hautzellen gewichen. Ihre Lippen waren zu blassen, welken Wülsten eingesunken, ihre Augen gnädigerweise geschlossen. Sie sah aus, als hätte sie bis an ihr Ende stundenlang mit bösen Geistern gerungen. Ihr Haar war durchnässt, ihre Kleidung mit ranzigem Schweiß und Schlimmerem getränkt, das freigesetzt wurde, als ihr Körper seine Gegenwehr aufgab. Ihre Finger waren bleich, wächsern-glatt und hübsch wie bei einer Plastik; die Spitzen hatten sich schwach bläulich verfärbt. Auf ihrer anmutigen Stirn glitzerten die LOVs blaugrün im unsteten Licht.

Leise sagte Virgil: »Mach mal einer das Display aus.«

Der Bildschirm verdunkelte sich. Jemand schaltete das Deckenlicht ein, das jedes Detail in Gabrielles Gesicht entblößte.

»Haben Sie hier Stimmrekorder?«, fragte Kanaha. »Mir wurde gesagt, dieser Trakt wurde nicht routinemäßig beobachtet.«

Panwar nickte. »Das Projekt-ROSA überwacht nur. Es zeichnet nicht auf.«

»Warum nicht.«

»Das wäre ein Sicherheitsrisiko«, erklärte Nash. »Ein verärgerter Angestellter könnte die Aufnahmen an die Konkurrenz verkaufen. Außerdem zeigen unsere Grundlagenforschungsprojekte bessere Fortschritte, wenn wir unseren Leuten Abgeschiedenheit gewähren und die Zügel locker lassen. Unter ständiger Beobachtung zu stehen hemmt die Kreativität. Es gibt Studien, die das belegen.«

Kanaha antwortete darauf mit einem nichtssagenden

Grunzen. »Also scheint es, als hätte Dr. Gabrielle Villanti mit ... mit ...« Er winkte zum dunklen Bildschirm.

»Einer der LOV-Kolonien«, sagte Virgil. »Epsilon-3, wenn Sie es genau wissen möchten. Eine von zwanzig. Gabrielle hat sich dem Projekt mit Leib und Seele gewidmet.«

»Sie wollte die Erste sein«, warf Panwar ein, »die einem nichtmenschlichen Geist begegnet. Darum geht es uns hier, Detective Kanaha. Wir versuchen zu beweisen, dass die LOVs sich ihrer selbst bewusste Lebewesen mit einem fremdartigen Verstand sind.«

»Randall, ich bitte Sie«, sagte Nash. Dann wandte er sich an Kanaha. »Sind Sie hier fertig? Können wir sie bewegen und an einen würdevolleren Ort schaffen?«

Virgil fragte sich, welche Würde man in einem Sektionssaal fände. Zart berührte er sie an der Stirn. Ihre Haut fühlte sich kühl und feucht an, fast wie Gummi und überhaupt nicht wie Fleisch.

»Sie waren zusammen«, sagte Panwar. »Könnte Virgil nicht eine Minute mit ihr allein sein?«

Virgil erstarrte und erinnerte sich an die Pinzette in seiner Hosentasche. *Sag nein,* flehte er. *Sag nein.*

»Klar«, knurrte Kanaha. »Die Bahre ist sowieso noch auf dem Weg nach oben.«

Virgil hörte sie davongehen. Dann schloss sich hinter ihm die Tür. *Jetzt!*, dachte er. *Fang sofort an!*

Er zog die Pinzette aus der Tasche.

Was war geschehen, als die Maschine stehen blieb? Wohin war Gabrielles Persönlichkeit verschwunden? Die Menschen machten sich über diese Frage Gedanken, seit sie denken konnten, doch Virgil konnte die populären Spekulationen nicht teilen. Die wunderbare Maschine, die Gabrielle gewesen war, hatte die Funktion eingestellt, und er konnte sich einfach nicht überwinden zu glauben, dass ein magischer Teil von ihr diesen entsetzlichen Stillstand überlebt haben sollte. Sie hatte einfach zu existieren aufgehört, wie eine Projektion erlischt, wenn das Licht ausgeht.

Konzentrier dich!

Auf ihrer glatten Stirn glitzerten die LOVs. Virgil erfasste eins mit der Pinzette und zog. Das LOV zerbarst zu Glasstaub.

Virgil starrte entsetzt auf die winzigen Scherben. Wo das LOV gewesen war, verblieb eine winzige Mulde, umschlossen von einem Pünktchen weiß glänzenden Gewebes.

Mit bebender Hand strich er sie glatt.

Gabrielles Finger zuckten.

Virgil erstarrte. Die Reaktion einer Toten war es, das wusste er – so wie ein abgetrennter Froschschenkel zuckt, wenn man elektrischen Strom anlegt, hatte seine Berührung ein zufälliges Signal über den Nervenstrang des LOVs in Gabrielles Gehirn übertragen – und aus irgendeinem Grund arbeitete ihr Nervensystem zum Teil noch.

Aber selbst die LOVs mussten jetzt im Sterben liegen.

Verdammt noch mal, konzentrier dich!

Wie viel Zeit konnte Panwar ihm erkaufen? Mit der Pinzette ging es nicht. Er benötigte ein anderes Werkzeug, um die LOVs zu entfernen. Einen Metallhaken vielleicht, oder ein spitzes Skalpell. Wie konnten sie nur so dumm sein, sich niemals Gedanken zu machen, wie man die LOVs am zweckmäßigsten wieder entfernte?

Er hatte aber nur die Pinzette.

Also versuchte er es erneut. Er stach tiefer ein, um mit der Spitze unter das nächste LOV zu kommen, und diesmal drückte er nicht so fest zu.

Knack!

Das LOV zerplatzte.

Virgil starrte auf die Bescherung, die er angerichtet hatte. Er war sich des panischen Pfeifen seines eigenen Atems nur zu sehr bewusst. Er würde es nicht schaffen – nicht mit der Pinzette. Was aber sollte er tun?

Die Tür flog auf. Nash stand in der Öffnung, das runde Gesicht vor Entsetzen verzerrt. Kanaha stand hinter ihm. Virgil folgte seinem zufriedenen Blick zu einer Ecke in der Decke, wo ein Aerostat im Luftstrom schwebte, die Knopfkameras auf Gabrielle gerichtet.

»Was machen Sie da?«, fuhr Nash ihn an. »Was haben Sie mit ihr gemacht?«

Obwohl Virgil keine Antwort einfiel, sagte er etwas; sein Mund bewegte sich, als gehorche er einem anderen Bewusstsein. »Sie hat sich bewegt. Als ich sie berührte, zuckten ihre Finger.«

Kanaha nahm ihm die Pinzette aus den Fingern und steckte sie in ein Probentütchen. Als er sich über Gabrielle beugte, fiel sein Schatten auf ihr Gesicht. Er trug Handschuhe und strich ihr über die Stirn – ertastete die Anordnung ihrer LOVs. Er runzelte die Stirn. »He, die leuchten ja. Sie funkeln schwach. Das war mir schon vorhin aufgefallen, aber ich dachte, es wäre nur eine Reflexion dieser Kolonie oben an der Wand.« Er drehte sich zu Nash um. »Ist das irgendeine Art Körperschmuck?«

»Das stimmt. Genau das ist es«, antwortete Virgil. Seine Stimme drang rau aus seinem trockenen Mund. »Lumineszierende Plättchen. Werden angeklebt. Ich fand sie sehr hübsch.«

Nash fügte hinzu: »Panwar trägt sie auch.«

»Sie . . . sie sind jetzt in Mode«, stotterte Virgil. »Wo ist Panwar?«

»In seinem Büro.« Kanaha musterte Virgil eingehend, wodurch sein ROSA Zeit erhielt, all die verräterischen Zeichen zu sammeln, aus denen sich auf seinen Gefühlszustand schließen ließ. »Ihm gefiel es gar nicht zu sehen, wie sie an ihre Leiche gingen. Warum wollten Sie die Plättchen entfernen?«

Virgil sank die Kinnlade. Erneut ertappte er sich, wie er fast ohne sein Zutun etwas antwortete. »Ihre Mutter ... sie hätte es nicht verstanden.«

»Sie machte sich deswegen Gedanken?«

Virgil wandte sich halb ab. Seine Hände zitterten. »Ja. Manchmal.«

Nash blickte ihn an, als habe er den Verstand verloren. »Virgil? Ist es wirklich Körperschmuck? Das hatte ich immer angenommen.«

»Natürlich, Nash.«

Nash schüttelte den Kopf. »Sie sind ein schlechter Lügner.«

»Kommen Sie her«, bat Kanaha. »Lassen Sie Dr. Chou einen Blick darauf werfen.«

Widerstrebend trat Nash auf den Leichnam zu. Er beugte sich über Gabrielle und schirmte ihr Gesicht vom Deckenlicht ab, während er die eingebetteten LOVs betrachtete. Dann sah er zum leeren Bildschirm, und ein nachdenkliches Stirnrunzeln trat in sein Gesicht. Plötzlich erbleichte er. Er öffnete den Mund zu einem runden O schmerzlicher Überraschung. Ohne ein Wort zu sagen, eilte er mit gesenktem Kopf aus dem Raum.

»Nash!« Virgil hetzte ihm nach und holte ihn auf dem Flur vor Panwars Büro ein. »Nash, warten Sie. Hören Sie mich bitte an. Bevor Sie etwas sagen, versuchen Sie doch bitte zu verstehen, warum ...«

»Glauben Sie, ich hätte nicht verstanden?«, brüllte Nash. »Glauben Sie, ich würde auf anderen Bahnen denken als Sie? Dass ich nicht das Gleiche träume wie Sie? Ich bin zwar in den mittleren Jahren, werde fett und bekomme eine Glatze, aber ich habe genauso weit geblickt wie Sie! Weiter sogar! Ich habe die Versuchung ebenfalls gespürt, aber niemals, auf keinen Fall hätte ich mich auf dieses Risiko eingelassen!«

»Nash, bitte. Es war doch überhaupt nicht gefährlich...«

»Gabrielle ist tot! Sie missbrauchen sie als Versuchskaninchen und haben den Nerv, mir zu sagen, es wäre überhaupt nicht gefährlich gewesen?«

»Wir wissen doch gar nicht, woran sie gestorben ist. In Van Nuys war es etwas ganz anderes.«

Nash starrte ihn nur an. Sein Gesicht war schweißnass, die Lider waren halb über die braunen Augen gesunken, mit denen er Virgil aber noch immer durchdringend, noch immer zwingend anblickte. Virgil blickte zurück über seine Schulter. Kanaha war ihnen gefolgt, und sein Farsight zeichnete jedes einzelne Wort auf, während er darauf wartete, dass sich das Rätsel von selbst löste.

Panwar schien aufgegeben zu haben. Virgil sah ihn in seinem Büro, er saß krumm am Schreibtisch, den Kopf in die Hände gelegt. Nash folgte seinem Blick und nickte. »Sie haben es bei sich ebenfalls ausprobiert, nicht wahr? Sie und Randall. Ich habe seinen hübschen Flitterkram bemerkt, aber Sie stecken auch mit drin, oder, Virgil? Alle drei stecken Sie unter einer Decke, hier, wo Sie unter sich waren, wo niemand Sie störte.« Er trat vor. Überraschend behände strich er Virgil die dünnen Zöpfchen aus der Stirn. Darauf unvorbereitet, stolperte Virgil zurück, aber nach nur einem Schritt stand er mit dem Rücken zur Wand.

Für eine unmessbare Zeitspanne starrte Nash die LOVs auf Virgils Stirn an. Dann ließ er die Hand sinken und schlaff herunterhängen. Tränen standen ihm in den zusammengekniffenen Augen. »Ich möchte Sie schützen«, flüsterte er. »Das möchte ich wirklich. Aber ich kann es nicht. Das wäre falsch. Verstehen Sie mich denn nicht? Wir haben Systeme, um Entwicklungen zu regulieren. Diese Regulationen sind notwendig. Sie existieren nicht etwa, um brillante junge Wissenschaftler in ihrem Fortkommen zu bremsen. Nein. Sie bestehen, um uns, uns als Gesellschaft, Zeit zum Nachdenken zu geben. Dieses System haben Sie zerstört, Virgil, und damit schaden Sie jedem, der jemals Grundlagenforschung betrieben hat oder zu betreiben hofft.«

»Hier ist nicht Van Nuys«, wiederholte Virgil. »Die LOVs sind nicht ansteckend. Sie sind ungefährlich. Wir haben sie völlig unter Kontrolle.«

Nash schüttelte den Kopf. »Sie haben sich zu weit vorgewagt, mein Junge. Mein Gott. Was für eine Vergeudung.«

4

Jenseits der Flussmündung wartete der Hunger.

Ela Suvanatat stand an der Reling von Cameron Quangs Boot und starrte ungläubig auf die gewaltige Flotte bunter Fahrzeuge, die sich auf der glasigen Oberfläche des Südchinesischen Meeres drängten. Die Zahl der Boote musste in die Hunderte gehen. Ela ging an die andere Reling. Dort bot sich der gleiche Anblick. Die meisten der Boote waren alt: kleine, abgenutzte Skiffs mit ausgebleichter oder abgeschabter Farbe. Ihre Crews fischten mit Netzen, Angeln und Drahtschlingen: dunkelhaarige Männer mit einer Haut wie aus poliertem Holz, Frauen in verblichenen farbigen Tüchern, um die Sonne abzuhalten. Die Boote bedeckten das hellblaue Wasser bis zum nebligen Horizont, wo Ölbohrplattformen kurz auftauchten, mit gespenstischen Schritten vorbeizogen, wieder im Nebel verschwanden und ein Stück die Küste hinunter abermals erschienen.

Unter der Hitze, im strahlenden Sonnenlicht, befiel Ela das Schwindel erregende Gefühl, nichts davon sei wirklich – diese Fischer seien keine Menschen, sondern Gespenster; menschliche Sehnsüchte, die auf ewig leere Netze einholten.

Doch Hunger lässt sich nicht wegträumen.

Mit einem Wackeln ihrer Finger befahl sie Kathang, den Anblick über ihr Farsight aufzuzeichnen. Eine Panoramaaufnahme war irgendwann zu Beginn des Beitrags erforderlich – doch Ela wurde übel, wenn sie daran dachte, was der Artikel eigentlich zeigen sollte. Die Coastal Society wünschte eine Enthüllungsstory über die verheerenden Folgen durch Überfischung. Wegen der Menschen, die hier um ihr Überleben kämpften, wo das Leben längst aufgebraucht war, wollte man sich keine Gedanken machen.

Wenigstens müsste sie nicht lange nach dramatischem Bildmaterial suchen.

Sie befestigte Augenmanschetten an ihrem Farsight und sprang ins Wasser. Dieser erste Vorstoß war kurz, er dauerte nur zehn Minuten, eine Videoaufnahme des leer gefegten Meeresgrundes. Überall entdeckte sie verlorene Netze und verworrene Angelschnüre, einige halb im Schlamm vergraben, andere trieben geisterhaft im trüben Wasser über dem Meeresboden. Erst als sie zum Boot zurückkehrte, sah sie einen kleinen Schwarm münzgroßer silbriger Fischchen. Sie schossen in ihr Blickfeld und verschwanden wieder, wie ein glückliches Vorzeichen, das beschlossen hatte, nicht zu bleiben.

Cameron Quang trank noch eine Coca-Cola, als sie aus dem Wasser kletterte. »Was gesehen?«, fragte er.

»Ein paar mickrige Fische. Viel Abfall.«

Während das rotäugige Boot langsam zu den Bohrplattformen hinausfuhr, unternahm sie noch zwei weitere Tauchgänge.

Die Ölfelder vor der Küste waren längst erschöpft, aber die Bohrplattformen fanden als Zentren gewaltiger Fischzuchtanlagen weiterhin Verwendung. Als das Boot näher kam, entdeckte Ela Fiberglasstangen, die aus dem Meer ragten und zwischen denen Leinen gespannt waren. Sie schlossen riesige Flächen ruhigen Wassers ein. Das nächste Fischerboot war gut vierhundert Meter entfernt. »Kann ich hier draußen tauchen?«, fragte sie den Schiffer, als die Begrenzung nur noch knapp hundert Meter entfernt war.

Er antwortete mit einem durchtriebenen Grinsen. »Sie wollen wohl ’n bisschen räubern, was?«

»Ich will ein paar Bilder schießen.«

»Das sagen alle.« Aber er drosselte die Bootsmotoren und sprach über sein Farsight mit jemandem auf der Plattform. »Okay, ich hab sie vorgewarnt, dass Sie kommen, also schießen sie vielleicht nicht auf Sie. Sie tauchen, und ich mach derweil meine Arbeit. ’ne halbe Stunde, dann les ich Sie wieder auf.«

Sie nickte und schnallte sich das Tauchgerät um. »Vergessen Sie nicht, wo ich bin.«

Er grinste noch breiter.

Ela ließ sich über die Reling kippen und von ihrem eigenen Gewicht langsam durch das blaue Wasser nach unten ziehen. Auf zehn Metern Tiefe fand sie Grund – und ein ferngelenkter Roboter fand sie. Geräuschlos stieg der meterlange U-Roboter aus dem Dunkel; er bewegte sich mit gleicher Geschmeidigkeit wie ein Fisch. Sein Kopf war mit Knopfkameras besetzt, und auf beiden Seiten waren Gestelle mit Stahlharpunen montiert. Gelähmt vor Angst starrte Ela den U-Roboter an – sie fürchtete, irgendein Idiot auf der Plattform beobachtete sie durch die Kameras und wartete nur darauf, eine Harpune abzufeuern, wenn sie einen Finger regte. Sie verstand gut, weshalb die Fischer sich von den Zuchtanlagen fern hielten.

Zwei oder drei Minuten standen sie sich bewegungslos gegenüber, dann verlor Ela die Geduld. Ihr Atemgerät gestattete ihr, den ganzen Tag hier zu bleiben, aber der Schiffer hatte ihr nur eine halbe Stunde gewährt. Sie glaubte kaum, dass er lange nach ihr suchen würde, wenn sie zur verabredeten Zeit nicht am Abholpunkt wäre.

Darum bohrte sie die Finger in den schlammigen

Grund und schob sich langsam rückwärts davon. Der U-Roboter folgte ihr – aber er schoss nicht. Das ermutigte Ela. Mit einem Blick auf den Kompass ermittelte sie die Richtung der Fischzuchtanlage und schwamm mit einem leichten Schlag ihrer Flossen los, um sie zu suchen. Der U-Roboter folgte ihr im gleichen Tempo, versuchte aber nicht, sie aufzuhalten.

Nach weniger als einer Minute zeigte sich ein dunkler Schatten im trüben Wasser und wurde zu einem weiten Maschendrahtzaun, der sich vom Meeresgrund bis zur hellblauen Oberfläche in die Höhe erhob. Dieser Zaun bildete die Grenzlinie eines entsetzlichen Kontrastes. Jenseits der Maschen sah Ela ein schier endloser Schwarm meterlanger Fische, die gegen den Uhrzeigersinn der Barriere folgten und sich mit maschinenhafter Effizienz durch die mittlere Tiefe bewegten. Außerhalb der Maschen gab es gar nichts.

Sie wollte näher heranschwimmen, doch ihre Gegenwart ängstigte die Fische. Der Schwarm löste sich auf, und die Fische flohen vor ihrem Raubtierumriss ins Innere des umzäunten Bereichs. Der U-Roboter reagierte; er setzte sich vor sie, um ihr weiteres Vorrücken zu unterbinden.

Es war ohnedies Zeit aufzubrechen. Sie stieg an die Oberfläche, und als sie Cameron Quang nirgendwo entdecken konnte, empfand sie nur wenig Sorge. Sie blies die Schwimmweste auf und trieb wenige Meter vor dem Zaun im Wasser. Nach einigen Minuten wurde ihre Sorge größer. Bis zum Dock an der nächsten Plattform war es weit, aber sie konnte diese Strecke vermutlich schwimmen – wenn die patrouillierenden U-Roboter sie ließen.

Etliche Minuten verstrichen. Sie lauschte auf die kleinen Wellen, die gegen ihr Atemgerät planschten, und fragte sich, wieso sie sich ausgerechnet für den Journalistenberuf entschieden hatte, wo sie doch genauso gut wahrsagen oder an der Börse handeln oder ... oder ... an einem australischen College Thailändisch lehren könnte. Ja, das wäre etwas.

Eine weitere Minute später trommelte sie mit den Fingern und sendete ein Gesprächsersuchen an ihre Agentin, Joanie Liu.

Joanie überraschte Ela, indem sie das Gespräch sofort annahm. Sie wirkte nervös, und das war noch ungewöhnlicher. »Ela? Was bin ich froh, dass du dich meldest. Woher wusstest du, dass ich dich sprechen will. Ich habe einen Gentleman auf der Leitung, der sich für die Story interessiert, die du schreibst. Ich rate dir, sprich mit ihm. *Sehr* einflussreich. Vielleicht springt dabei ein interessanter Auftrag für dich heraus.«

»Ich sitze mitten im Meer fest«, sagte Ela.

Joanie rollte mit den Augen. »Ela, warum musst du immer so schwierig sein? Jetzt ist wirklich nicht der richtige Moment für Zickigkeiten.« Sie wartete nicht auf Antwort. Ihr Bild löste sich auf, und auf dem Schirm erschien das Gesicht eines gut aussehenden, elegant gekleideten asiatischen Geschäftsmanns, vielleicht dreißig Jahre alt. In seinen Augen lag etwas Berechnendes, als wäre er gewöhnt, alles, was er erblickte, auf sein Investitionspotenzial hin abzuschätzen. Kathang bestätigte ihr den Eindruck. *Er sieht ohne Schleier – solange er nicht auf sich selbst blickt.*

Der Geschäftsmann krümmte die glatten Lippen zum Gespenst eines Lächelns, als hätte er das Gespräch abgehört. »Ms. Suvanatat«, sagte er. »Bis vor kurzem noch in Bangkok? Ich bin Ky Xuan Nguyen. Ihre Agentin ...« Er runzelte die Stirn. »Wie hieß sie gleich?«

Ela war sich sicher, dass er sehr genau wusste, wie sie hieß. »Joanie Liu«, sagte sie mit schüchterner Stimme.

»Ms. Liu, richtig. Ms. Liu hat Sie schlecht beraten. Die Coastal Society ist keine Gesellschaft, mit der Sie sich einlassen sollten.«

Ela fröstelte plötzlich. Sie schielte auf den kleinen Salamander Kathangs, gab eine Kennung ein und nickte. Das ROSA machte sich daran, Hintergrundmaterial über Nguyen zu recherchieren. Eine kleine Welle klatschte ihr in den Mund. Sie spie das Salzwasser aus und sagte: »Ich arbeite nur an einem Artikel, Mr. Nguyen.«

»Einem Propagandabeitrag.«

Sie wagte nicht, ihm zu widersprechen. War sie nicht der gleichen Meinung?

Er fragte: »Wissen Sie, weshalb die öffentlichen Gewässer hier leer gefischt sind?«

Lag das nicht auf der Hand? Und dennoch klang es wie eine Anschuldigung, die sie gar nicht erheben wollte. »Z-zu viele ... Menschen.«

»Das ist die oberflächliche Antwort. Gewiss möchten Sie nicht vorschlagen, wir sollten die Menschen ausrotten, damit die Fische eines Tages vielleicht zurückkehren. Selbstverständlich nicht. Der tiefere Grund dafür, dass diese Gewässer leblos bleiben, liegt darin, dass Gruppen wie die Coastal Society durch Lobbyismus internationale Dünge-Verbote auf offenem Meer durchgesetzt haben. Würden wir den Anteil löslicher Nährstoffe in diesen Gewässern erhöhen, würde sich auch der Planktonbestand erhöhen, und die Folgen davon wären die ganze Nahrungskette hinauf bis ganz nach oben zu spüren. Doch da die internationalen Gesetze solch einen Eingriff verbieten, müssen unabhängige Fischer hungern, während kommerzielle Unternehmen gedeihen, indem sie Eiweiß produzieren, das sich nur reiche Leute leisten können.«

Kathang kehrte zurück und wisperte Ela einen Bericht in die wassergefüllten Ohren: »*Ky Xuan Nguyen ist dritthöchstes Vorstandsmitglied eines hiesigen Werbeunternehmens namens Middle Nature. Absolvent der Harvard Business School...«* Während sie zuhörte, riss Ela unwillkürlich die Augen auf. Sie konnte sich nicht vorstellen, weshalb ein Mann wie er sich für arme Fischer einsetzte.

»Ms. Suvanatat?«, bohrte Nguyen. »Wissen Sie nun genug über mich, um mir eine Antwort zu geben?«

Ela spürte, wie trotz des kalten Wassers ihre Wangen warm wurden. Leise sagte sie: »Mein Auftrag lautet nur, zu zeigen, was *ist*, Mr. Nguyen.«

»Das wäre dann Hunger.«

Diese Seite der Geschichte würde die Coastal Society nicht hören wollen, doch Ela nickte dennoch. Es spielte keine Rolle: Der Link zu Nguyen war bereits unterbrochen.

Einige Minuten später kehrte Cameron Quang mit dem Boot zurück. Er half Ela an Bord, aber er riss keinen einzigen Witz übers Wildern mehr. Eingeschüchtert wirkte er, wie ein Mann, dem man gezeigt hatte, wo sein Grab lag, und der hatte lesen können, welches vorläufige Datum mit Kreide auf den Stein geschrieben stand. »Wollen Sie nun an Land?«, fragte er ruhig. Sein Südstaatenakzent war großenteils verschwunden. Ela stellte den Tornister mit dem Atemgerät wieder aufs Deck und nickte. Ob Nguyen ebenfalls mit Quang gesprochen hatte?

Ky Xuan Nguyen ging ihr nicht aus dem Kopf. Was wollte er von ihr? Sie hatte den Vertrag mit der Coastal Society unterschrieben. Sie hatte deren Geld ausgegeben. Sie *musste* den Artikel fertig stellen. Sie musste ihn für die

Coastal Society annehmbar gestalten, und trotzdem grübelte sie unentwegt über das, was Nguyen ihr über oberflächliche Antworten gesagt hatte.

Wenigstens hatte sie die Panorama- und Unterwasseraufnahmen erledigt. Der nächste Punkt ihrer Vorgaben bestand in einem »kritischen Blick auf eine wilde Küstensiedlung«. Um einen Eindruck vom Leben an der Küste zu erhalten, musste sie folglich eine Nacht in einem Squatter-Dorf verbringen.

Sie packte ihre Ausrüstung zusammen und stopfte sich alles außer dem Atemtornister in den Rucksack. Wenn sie das Tauchgerät nicht zurückbrachte, verfiel ihr Honorar, und Cameron wollte sie es auf keinen Fall anvertrauen.

Auf das Gesicht des Schiffers war ein Ausdruck äußerster Konzentration getreten, während er sich die letzten Meter bis zum Strand vortastete, wo es vor Autoschläuchen, schwimmenden Kindern und winzigen Kanus nur so wimmelte. Die Küste selbst war ein Watt, glatt und glänzend, frei von jeden Treibgut. Als das Boot näher kam, drangen ganze Horden kleiner Kinder mit fröhlichen Augen aus einer Barackensiedlung hervor, die auf Pfählen über der Hochwassermarke errichtet worden war. In T-Shirts und abgetragenen Shorts schwärmten sie am Wasserrand umher und hinterließen mit ihren Füßen flache, feuchte Abdrücke. Ihre Bewegungen wirkten rasch und stoßweise wie die von Krabben.

Während Ela sich zum Aussteigen bereit machte, setzte sie eine Selbstsicherheit auf, die sie in keiner Weise empfand. Sie hatte schon zuvor auf eigene Faust erkundet und wusste daher, dass Fremde den Dörflern in aller Regel als mögliche Quelle für Geld, Essen und Neuigkeiten – ja sogar Unterhaltung – willkommen waren. Dennoch, sicher sein konnte man sich nie.

Sie hängte sich den Rucksack über die rechte Schulter, das Tauchgerät über die linke. Als das Wasser nur noch einen Meter tief war, warf der Schiffer einigen Jungen, die mit einem kleinen Handnetz gefischt hatten, ein Seil zu. Sie hielten das Boot fest, während Ela sich über die Seite gleiten ließ. Sie trug noch immer die ärmellose Tauchweste, aber sie hatte Shorts und ein langärmeliges T-Shirt übergezogen, um sich vor der Sonne zu schützen.

Zögernd blickte sie zu dem Schiffer zurück. Käme er sie wirklich am nächsten Tag abholen? Einen Teil seines Lohns hatte sie einbehalten, um ihn zur Rückkehr zu ermuntern, doch eigentlich handelte es sich um keinen wesentlichen Betrag – längst nicht genug Geld, um sich damit Treue zu erkaufen. »Bis morgen«, murmelte sie. Dann watete sie an Land, wo es vor einem Jahr noch kein Land gegeben hatte.

Die schlammige Küste des Mekong-Deltas liegt in ununterbrochenem Kampf mit dem Meer. Während jeder Regenzeit lagert sich bei der jährlichen Überflutung Schwemmland ab, das die Küste um über fünfzig Meter in die See verlegt – bis der steigende Meeresspiegel sich über das neue Land ergießt, daran nagt, Salzwasser in die Flussläufe drückt. Während an vielen Stellen gewaltige Deiche die Küste verteidigten, war dieser Strand völlig ungeschützt. Die Menschen indes hatten sich dadurch nicht davon abhalten lassen, sich hier anzusiedeln. Das ärmliche Dorf bestand aus Hunderten von Hütten, die alle auf Pfählen über dem dampfenden Schlamm standen. Einige hatten Wände aus schwarzer Treibhausfolie. Andere besaßen halbhohe Geländer aus zusammengewürfeltem Treibholz und Bruchstücken alter Schilder. Es hatte wenig Sinn, etwas Beständigeres zu bauen, begriff Ela, während sie sich zwischen den Hütten einen Weg suchte. Diese Leute konnten bestenfalls bis zum Ende der Trockenzeit hier bleiben. Wenn der Mekong wieder anschwoll, mussten sie weiterziehen.

Mehrere alte Frauen starrten sie an, als sie an ihnen vorüberging. Sie erwiderten weder Elas Lächeln noch ihren Gruß. Bei Menschen ihres Alters war solches Verhalten nicht ungewöhnlich, und Ela war fest entschlossen, sich davon nicht entmutigen zu lassen. Nach wenigen Minuten hatte sie ein neues Ziel entdeckt: eine junge Frau, die mit unterschlagenen Beinen auf einer Plattform saß und eine verknotete Angelschnur entwirrte, während ein kleiner Junge ihr ins Ohr flüsterte. Er warf Ela einen heimlichen Blick zu, dann versteckte er sich hinter einer Kiste. Die junge Frau lächelte.

Das war die freundlichste Begrüßung, die Ela bislang hier erlebt hatte. »*Chào*«, sagte sie und trat eilig vor, dann wandte sie ihr gesamtes Vorrat an Vietnamesisch an. »*Tên tôi là Ela Suvanatat. Xin lôi, cô tên là gì?*« – *Wie heißen Sie?*

Die Frau erwiderte Elas Gruß und stellte sich als Phuong vor. Sie hatte ihr schwarzes Haar säuberlich zu einem Pferdeschwanz gebunden und trug zwei T-Shirts, das obere mit kurzem und das untere mit langem Arm. Ihre weit geschnittene Hose war grauschwarz.

Ela zückte einen drahtlosen Lautsprecher aus der Außentasche ihres Rucksacks. Dann wies sie Kathang mit einem Trommeln ihrer Finger an, für sie zu dolmetschen. »Würden Sie mit mir reden?«, flüsterte sie. Hastig drang steifes, metallisch klingendes Vietnamesisch aus dem kleinen Kästchen.

Phuong hob die Hand vors Gesicht, um ein Lächeln zu verbergen. »Ich spreche Englisch«, sagte sie mit einem Kichern. »Ein bisschen Französisch auch.«

Ela lief rot an. Ihr war nicht einmal in den Sinn gekommen zu fragen.

In der Mitte der nicht überdachten Plattform begrenzten gestapelte Plastikkisten ein Karree, in dem sich vier kleine Kinder um einen abgerollten Folienbildschirm drängten, der mit einer Autobatterie betrieben wurde. Während darauf eine Schildkröte vorführte, wie man in der latinisierten vietnamesischen Schrift ein X schreibt, starrten die Kinder mit aufgerissenen Augen Ela an, die mit Phuong auf einem *Chiêú* Platz nahm, einer roten Riedmatte aus Kunststoff.

»Ich arbeite an einem Artikel für ein globales Magazin«, erklärte Ela und zog zwei Coladosen und eine Tüte bunter Reisplätzchen aus dem Rucksack. Auf ein Nicken Phuongs hin gab sie die Plätzchen den Kindern. »Es geht darum, wieso die Fischgründe hier erschöpft sind.«

Phuong nickte. »Viele Fische gibt es nicht.«

»Ich möchte darüber erzählen, warum hier trotzdem noch Menschen leben.«

»Weil sie nirgendwo sonst hin können.« Die Kinder unterhielten sich flüsternd über Farbe und Form der Reisplätzchen. »Mein Mann und ich stammen aus einem Dorf an der Grenze zu Kambodscha. Wir haben beide nachmittags an der Satellitenschule teilgenommen und gute Noten bekommen, aber wir fanden dort keine Arbeit. Deshalb beschlossen wir, nach Can Tho zu ziehen. Es hieß, dass die Fabriken dort manchmal Leute einstellen. Aber in Can Tho haben uns die Behörden nur ausgelacht. ›Keine Arbeit‹, hieß es nur.« Phuong wirkte sehr geistesabwesend. »Waren Sie schon in Can Tho?«

Ela nickte; sie war sich bewusst, dass nicht viel fehlte, und sie steckte in der gleichen Notlage wie diese Frau.

Phuong seufzte. »In Can Tho werden selbst die Kanäle noch überbaut. Die Arbeiter schlafen zwischen den Bäumen auf den Dämmen. Über die Dammstraßen rasen die Lastwagen, und sie bremsen nicht für spielende Kinder. Das ganze andere Land gehört den Bauern, und natürlich müssen sie es beschützen, das verstehe ich. Aber wir sind drei Tage und drei Nächte ohne Pause gegangen, bis wir eine Stelle an der Straße fanden, wo niemand zu verhindern suchte, dass wir uns hinlegten. So kamen wir hierher. Das hier ist neues Land, erst in dieser Regenzeit vom Fluss angelegt. Es gehört niemandem.«

Ela blickte auf das Watt hinaus. Hier und dort lugten grüne Sprosse aus dem feuchten, grauen Boden hervor: Mangrovensämlinge und salztolerante Seggen. *Neues Land.* Und doch würde es wieder ertrinken, sobald der Monsun zurückkehrte. Phuong musste das wissen.

Ela seufzte und dankte ihr. Sie fragte, ob sie die Nacht auf der Plattform verbringen dürfe, und Phuong willigte ein, Danach saß Ela eine Weile still da, betrachtete die Hunderte kleiner Boote auf dem Wasser und wusste mit immer größerer Sicherheit, dass sie nicht liefern konnte, was die Coastal Society von ihr verlangte.

Sie trank den letzten warmen Schluck Coca-Cola, dann sandte sie eine Linkanfrage zur Agentur. Augenblicke später füllte Joanies Gesicht den Schirm aus. »Ela! Ich hatte gedacht, ich würde schon früher von dir hören! Was hat Mr. Nguyen gesagt?«

Ela schüttelte den Kopf. »Ich kann den Artikel nicht machen, Joanie. Jedenfalls nicht so, wie die Coastal Society ihn sich wünscht.«

Joanie sah sie zuerst verblüfft an, dann verärgert. »Was denkst du dir eigentlich, Ela? Du hast in den Vertrag eingewilligt. Du kannst es dir nicht leisten, mit ihm zu brechen.«

»Besorg mir irgendetwas anderes, okay? Den letzten Müll, wenn's sein muss, aber ich kann keinen Artikel liefern, in dem diese Leute zu Verbrechern abgestempelt werden. Es ist nicht ihre Schuld, dass das Meer leer gefischt worden ist.«

Joanies Gesicht wurde kalt und steinern. »Hat Mr. Nguyen dir das eingeredet?«

Ela wollte nicht zugeben, dass er ihr Angst eingeflößt hatte. »Er hat mir nahe gelegt, tiefer unter die Oberfläche zu blicken – und er hatte Recht damit.«

Joanie beugte sich vor. Ihr wütendes Gesicht schien drohend aus Elas Farsight zu ragen. »Dann sollte Mr. Nguyen seinen Worten lieber Geld folgen lassen. Ich rufe ihn an. Und dann sorge ich dafür, dass er die Rechnung begleicht.«

5

Detective Kanaha entschied, dass Virgil und Panwar als biologische Risiken einzustufen seien. Infolgedessen nahm er sie fest, beschlagnahmte ihre Farsights und ließ sie, wo sie waren. Zwei Beamte postierte er außen vor der Abschlusstür des Traktes, gestattete indessen, Gabrielles sterbliche Überreste fortzuschaffen – hermetisch in eine doppelwandige Kunststoffhülle verpackt. Die Träger hatten Schutzanzüge zu tragen. Drei Cindys wurden in den Trakt geschickt, um sämtliche Rückstände zu beseitigen.

Virgil lag zusammengerollt auf der Couch in seinem Büro und lauschte den Robotern, die Staub saugten und den Boden schrubbten. Mit klickenden und ratschenden Gliedmaßen krochen sie über den Stuhl. In jedem einzelnen Raum, auch auf dem WC, schwebten Aerostat-Kameras, denen nichts entging. Virgil fragte sich, was wohl geschehen würde, wenn er sich ein LOV aus der Stirn zupfte und die Toilette hinunterspülte. Er lachte. Wahrscheinlich war die Kanalisation bereits abgeschottet worden.

Er schlief ein, bevor die Cindys mit der Arbeit fertig wurden; das bemerkte er erst, nachdem er wieder erwacht war. Übergangslos und ohne dass er sich an einen Traum erinnern konnte, schaltete sein Geist vom Schlaf zum Wachzustand um. Seit er die LOVs besaß, wachte er so auf. Manchmal fragte er sich, was in seinem Kopf vorging, wenn er nicht dort war.

Er tastete nach seinem Farsight, dann erinnerte er sich:

Kanaha hatte es mitgenommen. Der Datenbrille würde der Kriminalbeamte selbstverständlich nichts entnehmen können; Iris würde alle Daten löschen, die im Farsight gespeichert waren, sobald sie entdeckte, dass ein Fremder auf sie zuzugreifen versuchte. Das ROSA würde den Kontakt trennen und auf seinem anonymen Server abwarten, bis Virgil es persönlich wieder ansprach. Alles, was das ROSA verwaltete, angefangen bei der Post bis zu Ferngesprächen über die Forschungsaufgaben, war anonym und verschlüsselt abgespeichert. Die Polizei würde niemals den Ort finden, an dem die Daten sich physikalisch befanden, solange Virgil ihn nicht verriet; selbst dann ließe sich das Datenmaterial nicht entschlüsseln. Zumindest Iris könnte nie als Belastungszeugin gegen ihn auftreten.

Er setzte sich auf und fühlte sich hundert Jahre alt.

Wie spät war es eigentlich?

Egal, wie spät es war, am besten rief er seine Eltern an.

Aber er hatte natürlich kein Farsight.

Als Virgil begriff, dass er völlig isoliert war, fühlte er sich erstaunlich erleichtert. Der Gedanke, seinen Eltern gegenüberzutreten und ihnen erklären zu müssen, weshalb er seine Existenz verspielt hatte ... bei diesem Gedanken wurde ihm übel; er hätte sich nicht dazu überwinden können.

Wenn er ehrlich war, so empfand er meist Unbehagen, wenn er über sich oder seine Überzeugungen, seine *Beweggründe* sprechen sollte. Nur zu gut wusste er, dass seine Welt – eine junge Welt, die sich aus dem komplizierten, unvorhersehbaren, gnadenlosen Tanz der physikalischen Gesetze und quantenmechanischen Wahrscheinlichkeiten erhob – sich von der Weltwahrnehmung fast jedes Menschen, dem er zufällig auf der Straße begegnete, radikal unterschied.

Er hatte sein Leben damit verbracht, das Leben zu beobachten – er dachte vom Leben als LEBEN in Versalien, und nach seiner Vorstellung umschloss LEBEN nicht nur jene biologisch-organischen Zellverbände, die Lebewesen waren, sondern auch die Umgebung, in der sie sich aufhielten, die komplexen Naturgesetze, die ihnen Existenz verliehen, die Informationssysteme, die ihnen zu denken, zu wachsen und sich zu vermehren gestatteten, und den pausenlosen Krieg, den sie gegen die Entropie führten, damit überhaupt *etwas* existieren konnte anstelle eines homogenen Nichts. All diese Aspekte hatte er betrachtet, und was er entdeckte – was er überall bewiesen sah, was sich allerorten zeigte –, war der gemeinsame Ursprung von allem.

Aus den Plasmen der Schöpfung hatte sich Leben entwickelt, weil die physikalischen Konstanten des Universums Leben erlaubten. Die Wechselwirkungen der Elementarteilchen hatten zu einfachen Atomen geführt, die zu Sternen wurden, welche in Supernova-Explosionen kompliziertere Atome schmiedeten, die Moleküle bildeten, welche sich zu Organismen entwickelten, die denken konnten. Bei jedem Schritt auf diesem Weg, auf allen Ebenen, in allen Aspekten, von Quantenpartikeln zu Kernphysik, Chemie, Biologie, Astrophysik, Neurologie, Klimatologie, Psychologie, Genetik, Evolution, Ökologie und Glaube, bildete alles eine Einheit: ein bis ins Letzte integriertes, geschlossenes System.

Ein ergreifend schönes System.

Das jedoch zugleich grausam, streng und hässlich war – das hätte Virgil niemals bestritten. Durch den gnadenlosen Zufall konnte auf dieser Welt so vieles so leicht verloren gehen. Das war ihm stets klar gewesen, und jetzt, nachdem er Gabrielle verloren hatte, sah er die Unsicherheit seiner eigenen Existenz. Es machte ihm Angst, weckte zugleich aber auch seinen Trotz. Keine Tragödie konnte ihn bewegen, seine Überzeugung neu zu formulieren. Kein Unglück entlockte ihm wütende Proteste, er sei von einem unsichtbaren Gott hintergangen oder um sein Geburtsrecht betrogen worden, denn niemand hatte ihm je etwas versprochen. Wie es schon auf den alten Stoßstangenaufklebern stand – Scheiße stieß einem eben zu. Man musste damit leben oder sterben.

Viele Menschen aber betrachteten Virgils Weltsicht als fremdartige Philosophie; bei ihnen lebte der Dualismus fort – die uralte Vorstellung, dass Geist und Materie unabhängige Elemente seien, auf ewig durch den Funken der Unsterblichkeit voneinander getrennt. In den Köpfen der meisten Neurobiologen war der Dualismus schon vor Jahrzehnten gestorben, doch vertrat man die Ansicht, der Geist könne durch die Organisation und die Symbolverarbeitung innerhalb des Gehirns vollständig erklärt werden, ohne dass es nötig wäre, die Zauberkraft einer hypothetischen Seele zu bemühen, konnte man sich noch immer leicht den Unmut der Menschen auf der Straße zuziehen.

Virgil sprach nicht oft über solche Dinge. Wer tat das schon? Dennoch, er glaubte an eine ausschließlich natürliche Welt, und das genügte, um ihn psychologisch zu isolieren und zu einem Fremden zu machen. Die meiste Zeit konnte er seine Fremdheit vor allen verbergen, die sie nicht sehen wollten. Aber nicht immer.

Sein Vater war ein leitender Angestellter mit eher weltlicher Orientierung, doch nach seiner Scheidung hatte er eine fromme Christin geheiratet, die sich ganz sicher war, dass Virgils Seele die ewige Verdammnis drohe. Virgil fürchtete, dass ihr eine herbe Enttäuschung bevorstand. Seine Mutter verstand ihn besser, aber selbst sie schreckte vor der Vorstellung zurück, das Gehirn sei eine Maschine, in der ein Programm lief, welches das Ich erzeugte.

Panwar verstand ihn gut. In dieser und in vielerlei anderer Hinsicht glichen sie einander sehr.

Warum also hatten sie nicht miteinander geredet, seitdem Kanaha den Trakt verlassen hatte?

Virgil rieb sich den Schlaf aus den Augen, dann stand er mühsam von der Couch auf. Als er in den Flur blickte, entdeckte er zu seinem Erstaunen, dass die drei Cindys, glatte, insektenähnliche Buckel von doppelter Fußballgröße, in einer Reihe an der Wand standen. Anscheinend unterlagen auch sie der Quarantäne.

Es roch nach Kaffee, für Virgil die reinste Wohltat. Die Duftspur führte an der offenen Tür zu Panwars Büro vorbei. Panwar saß dort an seinem Schreibtisch, die Füße auf die Platte gelegt, und die LOVs glitzerten über seinen dunklen Augen. »Hast du schon die Nachrichten gesehen?«, fragte er und wies auf den kleinen, in die Wand eingelassenen Bildschirm. »Die Öffentlichkeit weiß schon Bescheid. Die erste Reaktion: Man verlangt unseren Kopf.«

»Ich übernehme die Verantwortung«, sagte Virgil. »Mach dir deswegen keine Gedanken. Ich war der Projektleiter.«

Panwar nahm die Füße vom Schreibtisch. »Hör auf mit dem Scheiß, okay? Sobald ich mit meinem Dad gesprochen habe, besorgt er uns einen Anwalt. Gib bloß nicht so leicht auf, Virg. Wir sind längst noch nicht am Ende.«

Virgil nickte. Er ging nicht ins Büro. »Gabrielle unterhielt eine bilaterale Bildverbindung zur Kolonie.«

Panwar sah ihn düster an und warf einen bedeutsamen Blick auf den Aerostat, der in der Ecke des Büros schwebte. Alles, was sie sagten und taten, konnte als Beweis gegen sie verwendet werden. Laut sagte er: »Das ist kein Geheimnis. Ich habe Kanaha eine Kopie der Protokolldateien gegeben, ehe er ging.«

»Wir müssen über das Warum sprechen.«

»Nein, müssen wir nicht.«

»Ich muss es aber.«

Im Frühstadium ihrer Arbeit hatte Virgil vorgeschlagen, einen kognitiven Kreis zu schließen: *Warum lassen wir unsere LOVs nicht miteinander kommunizieren, wenn wir ein Problem diskutieren?* Die gesteigerte Gehirnaktivität gebar feurige Ideen. In einem kognitiven Kreis, wo LOV mit LOV interagierte und emotionale Energie in nur Mikrosekunden langen Lichtblitzen übertragen wurde, trat dieser Effekt noch stärker hervor: Die wechselseitige Rückkopplung putschte ihr Brainstorming zu ungeahnten Höhen auf. Wann immer Virgil sich mit Panwar und Gabrielle zu einem kognitiven Kreis zusammengesetzt hatte, war es ihm vorgekommen, als stünde sein Kopf in Flammen, ein geheiligtes Instrument, dazu ausersehen, Signale aus einem übergeordneten mentalen Raum zu empfangen.

Sie hatten davon gesprochen, auf die gleiche Weise mit einer der LOV-Kolonien zu kommunizieren, aber sie hatten es nicht in die Tat umgesetzt. Nicht vor diesem Wochenende. »Sie hat einen kognitiven Kreis mit E-3 geschlossen«, sagte Virgil. »Eine andere Erklärung gibt es nicht.«

Die Abschlusstür des Traktes öffnete sich klickend. Virgil drehte sich um und blickte in den Flur. Hatte Detective Kanaha eine Zelle gefunden, in die er sie stecken konnte? Er hörte einen der Polizisten vor der Tür: »... rund um die Uhr überwacht. Wenn es Ärger gibt, sind wir in Sekundenschnelle bei Ihnen.«

Eine leise Frauenstimme, die leicht belustigt klang, antwortete: »Mir wird schon nichts geschehen.«

Dann trat sie durch die Tür: eine schlanke, mittelgroße Frau in einem wadenlangen braunen Kostüm mit passender, grün besetzter Jacke. Das braune Haar hatte sie zu einem lockeren Pferdeschwanz gebunden; es umgab ein Gesicht unbestimmbaren Alters. Die Augen hinter ihrem Farsight wirkten erstaunlich vertraut.

»Summer Goforth«, sagte Virgil nach kurzem Zögern.

Panwar sprang von seinem Schreibtischsessel auf und streckte den Kopf aus der Bürotür, um einen Blick auf sie zu erhaschen.

Summer Goforth hatte die LOVs erfunden und war dann zu ihrer wehementesten Gegnerin geworden. Sie blickte sie an, ohne zu lächeln. »Hallo, Virgil. Randall.« Sie reichte ihnen die Hand; sehr herzlich. Sie nahm sich einige weitere Sekunden Zeit und betrachtete Panwars LOVs.

Virgil war ihr nur einmal begegnet, vor weniger als einem Monat, nachdem er bei EquaSys angefangen hatte. Er war vom Strand gekommen, das Salz trocknete auf seiner Haut, und die Sonne versank hinter parallelen Linien der sanften Dünung. Summer lehnte an seinem Wagen. Er fürchtete, von einer Fanatikerin in die Enge getrieben worden zu sein ... aber als sie sich verabschiedete, hatte sie unbehagliche Zweifel in ihm wachgerufen und ließ ihn mit der bohrenden Frage allein, wer hier eigentlich wirklich der Fanatiker sei.

»Warum sind Sie hier?«, fragte er sie. »Sie arbeiten nicht für die Polizei.«

»Sie sind auch nicht mehr in Polizeigewahrsam.« Die Linse ihres Farsights hatte einen goldgrünen Farbton angenommen. »Die IBC, die Internationale Aufsichtsbehörde für Biotechnik, hat Ihren Fall übernommen. Die IBC beruft einen Ethik-Ausschuss ein, der über Ihre Umtriebe berät und entscheidet, welcher Status Ihren LOVs eingeräumt werden muss. Ich wohne hier. Ich kenne mich mit LOVs aus. Also bin ich dabei.«

»Der Status der LOVs ist bereits festgelegt«, sagte Panwar. »Es sind künstliche Lebewesen.«

Als Summer ihn anblickte, verfärbte sich ihr Farsight zu einem tieferen Grün. Erklärte das ihre Stimmung? Sie entgegnete: »Künstliche Lebewesen, die per Gesetz die *Hammer* nicht verlassen dürfen, aber wie Sie sehen, sind sie entkommen – und deshalb ist es ein Fall für die IBC.«

Virgil hätte nicht gedacht, dass ihm noch mehr Probleme drohen könnten, doch er hatte sich anscheinend geirrt. Die Internationale Aufsichtsbehörde für Biotechnik war infolge des Van-Nuys-Zwischenfalls ins Leben gerufen worden und hatte vor weniger als einem halben Jahr ihre Befugnisse als Strafverfolgungsbehörde innerhalb der Vereinigten Staaten erhalten – damit war sie jünger als das Verbrechen, das Panwar und er begangen hatten. Die Jugend der IBC bedeutete jedoch keineswegs Schwäche. Unter der Leitung von Daniel Simkin, ihrem Direktor, hatte die Behörde sich bereits den Ruf erworben, beharrlich und unerbittlich gegen jeden Verstoß vorzugehen. Durch diesen Fall würde die IBC ihre Reputation zementieren, und kein einziges genehmigungspflichtiges Laboratorium auf der ganzen Welt käme je wieder auf den Gedanken, sich über die IBC hinwegzusetzen.

Panwar blickte drein, als wäre er geschlagen worden. Er schüttelte den Kopf. »Sie verdrehen die Wahrheit. Sie wissen sehr gut, dass die LOVs nicht entkommen sind.«

»Sind Sie sich da sicher? Die LOVs sollten in der *Ham-*

mer bleiben, aber sie kamen heraus. Wenn Sie wollen, können Sie es gerne entführt nennen oder gestohlen oder geschmuggelt, nur Tatsache bleibt, dass sie hier sind. Und ein künstlicher Organismus, der sich unkontrolliert ausbreitet, wird eliminiert. In dieser Hinsicht drückt sich die Übergangsregelung absolut unmissverständlich aus.«

»Und das ist die Position, die Sie vertreten werden?«, fragte Virgil.

»Diese Position habe ich seit Van Nuys stets vertreten – und zwar deshalb, weil ich mich auf dem gleichen Irrweg bewegt habe wie Sie. Ich weiß sehr gut, wie leicht man sich von solch einem Projekt gefangen nehmen lässt. Man ist so dicht dran, dass man die Warnschilder einfach nicht mehr sieht. Man sagt sich immer wieder: ›Nur noch ein Stückchen weiter, nur noch ein winziges Stückchen.‹ Bis schließlich gesunder Menschenverstand und Urteilsvermögen auf der Strecke bleiben.«

Während sie sprach, verblich die Farbe ihres Farsights, bis sie zu einem durchscheinenden weißen Schleier geworden war. »Sie brauchen mir nicht Rede und Antwort zu stehen. Sie sind in keiner Weise gezwungen, mit mir zusammenzuarbeiten. Sie können auf Ihren Anwalt warten, und Sie können sich einreden, Sie hätten vor Gericht eine Chance. Sie können aber auch den Tatsachen ins Auge sehen, und Tatsache ist: Sie haben nicht die geringste Chance. Ihnen drohen lebenslange Haftstrafen, und Sie werden nicht sehr viele Freunde finden, die für Sie eine Lanze brechen. Die weltweiten Koryphäen der Biotechnik werden in diesem Ethik-Ausschuss sitzen, und jeder Einzelne von ihnen hat vor allem ein Ziel vor Augen: die eigenen Projekte zu schützen. Ihre Tat hat das Zerrbild des unkontrollierbaren, verrückten Wissenschaftlers wieder heraufbeschworen, und wenn sie jetzt keinen Riegel vorschieben, wird es sie auf Jahre verfolgen. Durch Ihre Überheblichkeit haben Sie die ganze Welt in Gefahr gebracht. So und nicht anders wird man es hinstellen.«

»Aber das ist doch überhaupt nicht wahr«, erwiderte Virgil. »Uns selbst haben wir in Gefahr gebracht, sonst niemanden.«

»Beweisen Sie mir das. Zeigen Sie mir Ihre Ergebnisse.« Sie klopfte auf ihr Farsight. »Ab jetzt zeichne ich alles auf. Erklären Sie es mir – und dem Rest der Welt. Eine andere Chance auf Nachsicht bekommen Sie kaum.«

Panwar setzte Kaffee auf, während Virgil rasch Ordnung im Konferenzraum schuf. Er aß einen Nährriegel, dann einen zweiten. Die Uhr im Teeraum zeigte 3.00 Uhr morgens an.

Nichts erschien mehr wirklich.

Im Konferenzraum kam es zu einem peinlichen Zwischenfall, als Virgil Summer einen Platz am ovalen Tisch anbieten wollte – und sich erinnerte. »Gabrielle«, sagte er leise. »Erst vor ein paar Stunden war sie noch hier.«

Panwar suchte seinen Blick. Er wirkte gehetzt, aber er legte seine Hände fest auf die Lehne von Gabrielles Stuhl. »Die Cindys waren sehr gründlich«, sagte er. »Hier ist nichts mehr von ihr übrig. Gar nichts.« Er schlich um den Stuhl, als schliefe darauf eine Klapperschlange. Dann setzte er sich.

Virgil stellte sich Gabrielle als Gespenst vor und erschrak, als ihm klar wurde, wie rasch er alles als vergangen ansah.

Dennoch war es gut, jemanden zu haben, mit dem man reden konnte, und ein Thema. »Als Sie das Projekt verließen«, fragte er Summer, »wurden die LOVs noch ausschließlich als individuelle Exemplare kultiviert, richtig?«

Sie nickte. Sie saß Virgil am Tisch gegenüber, Panwar zwischen ihnen.

»Das hat sich geändert, nachdem sie in die *Hammer* gebracht wurden. Sie bilden leicht Kolonien ...« – Virgil deutete die Form und Größe einer Kolonie an, indem er die Fäuste aneinander presste –, »die immer grob kugelförmig sind. Stellen Sie sich einen Ball aus Zeitungspapier vor. Die Falten sind die Kanäle, die Flüssigkeiten ins Innere der Kolonie vordringen lassen ... aber das werden Sie bereits wissen.«

Summer zuckte mit den Achseln. »Ich würde es gern von Ihnen hören.«

»Also gut. Aber dazu benötigen wir Zugriff auf das Projekt-ROSA und eine Verbindung nach E-3 – zur Epsilon-Kolonie in der *Hammer.*«

Summer sprach über ihr Farsight mit jemandem. »Alles klar. Sie sind verbunden.«

Panwar zog eine Tastatur unter dem Tisch hervor, während Virgil zu reden begann. Der Kaffee bewirkte – vielleicht lag es auch an seinen implantierten LOVs –, dass seine Gedanken einander jagten, und so drangen die Worte, mit denen er sich verteidigte, leicht und glatt hervor. »Na schön. Aus folgendem Grund sind die LOVs nicht gefährlich – und niemand außer uns selbst schwebte je in Gefahr. LOVs benötigen zur Vermehrung Octopin. Durch Gabe oder Entzug von Octopin steuern wir die Größe einer Kolonie. Das ist wichtig. Die praktische Obergrenze für die Koloniegröße hat etwa das Volumen einer Grapefruit. Wenn die Kolonien größer werden, funktioniert der Flüssigkeitstransport nicht mehr richtig, und die Stamm-LOVs im Kern des Balls sterben ab. In der Natur kommt Octopin nur sehr selten vor. In der Wildnis würden die LOVs niemals genug davon finden, um sich zu vermehren.«

Er brach seine Erklärung ab, als der Raum sich verdunkelte und gleichzeitig der Bildschirm hell wurde. »Hier haben wir Epsilon-3«, verkündete Panwar, der die Tastatur auf dem Schoß balancierte. »Unsere am weitesten fortgeschrittene Kolonie. Der Link läuft in beide Richtungen. Enges Blickfeld.« Er wandte sich Summer zu. »Das bedeutet, sie kann Virgil sehen, aber nicht uns.«

Virgil wandte sich dem zerknüllten blaugrünen Ball zu und betrachtete ihn. Wie immer faszinierte ihn, dass sich in dem flackernden Licht Bedeutung verbergen sollte. Was dachte die Kolonie? War denken überhaupt das richtige Wort für das, was die LOVs taten? »Ist sie aktiv?«, fragte er Panwar.

»Sie streift durch die *Hammer* und geht der Kombüsencrew auf die Nerven.«

»Sie streift durch die *Hammer?*«, wiederholte Summer.

Virgil lächelte. »Keine Bange. Die Kolonie selbst kann die LOV-Isolationskammer an Bord des EquaSys-Moduls natürlich nicht verlassen, aber sie steuert eine Aerostat-Kamera, die sich frei durch die öffentlichen Abteilungen bewegt. Ich hätte ihr gern auch hier eine Kamera zur Verfügung gestellt, aber die Charta verbietet, dass das System die ›mechanische Kontrolle‹ über irgendetwas auf der Erde erhält. Das ist zwar eine reichlich paranoide Verordnung, aber wir haben uns daran gehalten.«

»Damit wollten Sie wohl die kleine Sünde ausgleichen, LOVs zur Erde geschmuggelt zu haben?«, fragte Summer.

»Sie sind nicht gefährlich«, sagte Virgil wieder. »Wir hätten es nicht getan, wenn sie je eine Gefahr bedeutet hätten.« Wie unter einem inneren Zwang berührte er die LOVs, die er unter seinem Haar verbarg. »Wir konnten es tun, weil die LOVs als individuelle Organismen lebensfähig bleiben. Sie hängen nicht von der Kolonie ab. Jedes Einzelne ist für sich genommen überlebensfähig...«

Er blickte stirnrunzelnd die blitzenden Lichter auf dem Schirm an. »Man muss es sich bewusst machen«, sagte er. »Das hier ist das Letzte, was Gabrielle im Leben gesehen hat.« Er wandte sich Panwar zu.

»Erzähl vom Projekt«, forderte Panwar ihn auf.

Virgil ließ sich in den Stuhl sinken. Er hatte zu wenig Schlaf bekommen. Vielleicht hatte er auch zu viel Kaffee getrunken. Er musste sich zwingen, wieder auf das Projekt zu sprechen zu kommen. »Unsere Selektionsmethode bevorzugt diejenigen LOVs, die sich am besten mit anderen verbinden und gemeinsam als verteiltes System operieren – wie eine Milliarde winziger, miteinander vernetzter Computer. Veränderungen ereignen sich schnell. Von den zwanzig Kolonien in der LOV-Isolationskammer bestehen die meisten aus obsoleten Generationen. Fast all unsere Arbeit stecken wir in die führende Kolonie: diejenige, die zu einem gegebenen Zeitpunkt am weitesten fortgeschritten ist. Im Augenblick wäre das Epsilon-3, unsere dreizehnte Generation, die dritte im Epsilon-Tank.«

Summer runzelte die Stirn. »Die ersten beiden Epsilon-Kolonien haben Sie demnach ausgemerzt?«

»Uns blieb keine andere Wahl. In der Isokammer steht uns nur eine begrenzte Anzahl von Tanks zur Verfügung. Einige ältere Exemplare behalten wir allerdings immer zurück. Alpha-1 ist die Originalkolonie. Sie existiert noch immer, aber mehr als Museumsstück. Ihre Entwicklung hat schon lange den Endpunkt erreicht. Ich bin mir nicht einmal sicher, ob ihre LOVs sich überhaupt noch mit den am weitesten fortgeschrittenen Stämmen verständigen können.«

»So sehr haben sie sich verändert?«

»Das glaube ich zumindest. Wir haben die Weiterentwicklung sehr forciert.«

»Wie vollzieht sich die Vermehrung?«

»Wir entnehmen an etwa zehntausend gleichweit voneinander entfernten Punkten aus der Mutterkolonie LOVs, weil wir annehmen, dadurch von jedem ›Denkmodul‹ zumindest einige LOVs zu erhalten. Die Arbeit wird von einem ferngesteuerten Roboter namens Lucy ausgeführt.«

Summer lächelte. »Mit ›Denkmodul‹ meinen sie die Teams von LOVs, die auf Sprachfertigkeit, Rechnen, dreidimensionales Modellieren, Zeitgefühl und so weiter spezialisiert sind?«

»Ganz genau. Es gibt natürlich Tausende von Denkmodulen, vielleicht Zehntausende. Alle bauen mit fast völliger Sicherheit auf den einfacheren Modulen auf, die wiederum auf noch einfacheren Formeln basieren und so fort. Interessant daran ist, dass ein LOV als individueller Organismus seine Spezialkenntnisse behält und weitergibt, nachdem man ihn versetzt hat. Auf diese Weise können sie durch ihre Nachkommen ein neues Modul konstruieren.«

»Und nachdem die Proben entnommen worden sind ...?«

»Die extrahierten LOVs werden in einen sauberen Tank gespritzt. Sie heften sich zusammen und beginnen, sich zu vermehren. Wenn alles gut läuft, entwickelt sich schon nach wenigen Stunden ein Sinn für die visuelle Gestaltung. Die LOVs haben sehr gute optische Sinne.«

Summer nickte. »Und was passiert, wenn die Dinge nicht so gut laufen?«

Virgil blickte Panwar an, in der Hoffnung, er würde übernehmen, doch sein Partner schüttelte den Kopf. Virgil seufzte. »Wir erleben tatsächlich sehr viele Fehlschläge«, räumte er ein. »In den frühen Generationen lagen neunzig Prozent der neuen Kolonien in der Leistung unter ihrer Mutterkolonie, und wir haben sie deshalb ausgemerzt und unsere Ressourcen auf die leistungsfähigeren Kombinationen konzentriert. Mittlerweile ist unsere Rückschlagquote auf vierzig Prozent gesunken, und selbst die Fehlschläge bewegen sich auf einem weit höheren Niveau als Alpha-1.«

»Die Selektion basiert also auf der Leistung der Kolonie und nicht individueller LOVs?«

Virgil nickte. »Im Grunde wird jedes Team von LOVs daran gemessen, wie gut es interagiert.« Diese Prüfung hatte sein eigenes Projektteam nicht bestanden. Er schüttelte den Kopf. Er hatte von Gabrielles Ehrgeiz gewusst und hätte ahnen müssen, dass sie versuchen würde, sich dem Team gegenüber einen Vorsprung zu verschaffen. Warum hatte er dieses Risiko nicht erkannt?

»Virgil?«, sagte Panwar. »Bist du noch bei uns?«

Virgil schoss hoch. Er wusste nicht, wie lange er geschwiegen hatte. »Entschuldigung.«

Summer sah ihn mitfühlend an. Warum sollte sie auch nicht? Schließlich war alles von ihr ausgegangen. Sie hatte die ersten LOVs entwickelt. Auf ihre Errungenschaften hätte sie stolz sein sollen. Angesichts dieses Beweises, dass einfache Grundeinheiten tatsächlich Erkenntnis entwickeln konnten, hätte sie den gleichen Zauber spüren müssen wie er.

Stattdessen fürchtete sie sich.

Er wählte seine nächsten Worte mit Bedacht. »Was wir hier an den LOVs sich entwickeln sehen, ist die wachsende Fertigkeit, die Umwelt lernend zu erfahren und mit ihr in Wechselbeziehung zu treten.«

Summer wandte sich skeptisch der glitzernden Projektion von Epsilon-3 auf dem mittleren Bildschirm zu.

Virgil begriff ihre Zweifel. »Sie halten es für das klassische Gehirn im Reagenzglas, das keinen Bezug zur Wirklichkeit hat. Das Gleiche könnte man aber auch über jeden von uns sagen. Alles, was wir über die Welt wissen, haben wir über unser Nervensystem erfahren. Unsere Augen sind die optischen, unsere Ohren die auditiven Sensoren. Unsere Körpermasse und unsere Beweglichkeit verleihen uns ein Gefühl von Raum. Die LOVs sind ähnlich. Sie sehen durch Kameras. Sie hören über Mikrofone. Sie erkunden den Raum mit Hilfe des Aerostats. Sie sollten einmal mit der Stationsbesatzung sprechen, dann würden Sie hören, dass der Aerostat sich manchmal wie eine Welpe benimmt, wie ein Baby. Er fixiert sich auf jemanden und folgt ihm stundenlang überallhin. Manchmal stört er die Leute absichtlich und wiederholt, als probierte es aus, was er tun muss, um der Welt eine Reaktion zu entlocken. Wenn irgendwo Musik spielt, schwebt er dicht vor den Lautsprechern und erkundet die unterschiedlichen Klangzonen.«

»Und E-3 kann sogar sprechen«, sagte Panwar. »In gewisser Weise jedenfalls.«

»Halbleitercomputer können schon lange sprechen«, entgegnete Summer. »Und zwar ganz gut.«

»Jedenfalls besser als unsere LOVs«, räumte Panwar etwas steif ein.

»Das ist schon richtig«, sagte Virgil. »Sprache ist schwierig. Die LOVs bemühen sich nicht von allein darum, anders als beim Sehen. Sehen scheint für sie natürlich zu sein, sprechen nicht.«

Summer sah ihn fragend an. »Ist ›natürlich‹ denn hier das richtige Wort?«

»Das nehme ich jedenfalls gern an.« Er seufzte. »Wenn Sie auf eine nette, elegante Vorstellung hoffen, dann werden Sie enttäuscht. Die Kolonie beherrscht noch nichts wirklich gut. Sie kann nur vieles auf sehr interessante Weise tun.«

»Und sie vergisst auf gleichfalls faszinierende Art«, fügte Panwar leicht bissig hinzu. »Das ist der Preis, den wir dafür zahlen, dass die LOVs reversibel und in einem flüssigen Medium verknüpft sind.«

Virgil nickte. »Eine kognitive Verknüpfung geht allerdings nicht vollständig verloren, wenn sie sich auflöst. Etwas neu zu lernen, was sie schon vorher wusste, fällt der Kolonie erheblich leichter, als es sich zum ersten Mal anzueignen.« Er warf Panwar einen Blick zu. »Können wir sie zum Sprechen bringen?«

»Sie spricht schon«, antwortete Panwar. »Ich drehe die Lautstärke höher.« Er drückte eine Taste und lächelte Summer zurückhaltend an. »Hören Sie es? Das ist der erste Schritt beim Wiedererlangen der Sprache. Epsilon-3 spricht in fremden Zungen.«

Summer neigte den Kopf, als ein Plappern aus den Lautsprechern drang, das bemerkenswert nach Virgil klang. Nur gelegentlich war ein englisches Wort herauszuhören. Sie blickte Virgil erstaunt an.

Er zuckte mit den Schultern. Dass seine Stimme nachgeahmt wurde, war ihm zwar ein wenig peinlich, aber was sollte er dagegen tun? E-3 begann jedes Mal so. Den Grund kannte niemand. »Es ist frustrierend«, sagte er, »und faszinierend zugleich. Warum organisieren sie sich überhaupt? Und warum versagt die Organisation immer wieder? Es ist beinahe, als würden sie unterschiedliche Konstellationen des Seins ausprobieren ...«

Panwar begann leise zu lachen, und Virgil seufzte.

»Natürlich nur metaphorisch ausgedrückt.«

Nach einigen Minuten waren die Laute ausnahmslos zu englischen Wörtern geworden, aber nur hin und wieder fügten sich zwei davon auf sinnvolle Weise zusammen: *Reden schnell, saubere Luft, Armes Weite, Mensch bewegt, fern Sprechen.*

Summer blickte die Lautsprecher skeptisch an. »Liegt diesen Phrasen denn eine Auffassung von Sinn zugrunde?«

Virgil zuckte mit den Schultern. »In diesem Stadium? Das kann ich nicht sagen. Es könnte auch nur eine Übung sein, um das Gefühl für Wörter wiederzuerlangen – so wie man Tonleitern singt. Die Vokabeln allerdings sind Epsilon-3 beigebracht worden, weil sie wichtig sind. Das sind die Wörter, die E-3 braucht, um seine Erfahrungen zu beschreiben.«

Als er in Schweigen verfiel, verstummte auch Epsilon-3. Virgil spürte, wie er sich vornüberbeugte und mit den Händen die Stuhllehnen quetschte, während er abwartete, was als Nächstes geschehen würde. Dann brachen mit einer Plötzlichkeit, die ihn immer wieder erschreckte, Wörter in einem neuen, atemlosen Rhythmus aus dem Lautsprecher hervor: *Sprechen schnell spielen fern reden mit andere nicht du.*

Summer blickte Virgil an, als sei er ein Marktschreier auf der Straße.

»Das Grammatikmodul hat schlechte Laune«, sagte Panwar.

Virgil beachtete beide nicht. Das LOV-Projekt war noch weit entfernt von der Vollendung, und es zielte keineswegs darauf ab, künstlich ein menschliches Bewusstsein zu erschaffen – das ging einfacher. Mit den guten alten Methoden namens Liebe und Sex brachte man das schon seit Jahrtausenden tagtäglich ohne größere Mühen zustande. Was Virgil am LOV-Projekt so sehr faszinierte, war die Aussicht, die Entwicklung eines Bewusstseins zu verfolgen, das unverkennbar nichtmenschlich und dennoch in der Lage war, komplexe Gedanken zu verfolgen. Was würde solch ein Wesen denken? Welche Erkenntnisse würde es gewinnen? Welche neuen Pfade des Bewusstseins konnte es erschließen?

An ihm nagte die Sehnsucht nach Wissen. Die gleiche Sehnsucht hatte Gabrielle in das Projekt geführt und ihr am Ende den Tod eingebracht. Er blinzelte; seine Augen waren müde und trocken. »Bitte wiederholen«, brummte er.

Der »Satz« ertönte erneut: *Sprechen schnell spielen fern reden mit andere nicht du.*

LOVs benutzten Wörter fast immer in ihrer genauen lexikalischen Bedeutung. Ihre Sätze wirkten wie Kauderwelsch, weil die Grammatik schlecht war oder weil die Wörter in unvertrauter Weise verwendet wurden. Manchmal ließ sich der Inhalt der Sätze trotzdem entschlüsseln. Virgil wies Panwar an, seine Antwort zur LOV-Kolonie zu übertragen. »Worüber reden?«, fragte er.

Die Antwort erfolgte augenblicklich, als sitze am anderen Ende der Leitung ein ungeduldiges Kind: *Worüber ist alles was andere wusste – weiß am besten.*

Virgil biss sich auf die Lippe und überlegte rasch. Nicht zum ersten Mal empfing er Sätze wie diesen, worin die Wendungen ineinander geschoben wirkten wie Autos bei einem Auffahrunfall auf einem nebligen Freeway. Er beschloss, den Inhalt jeder einzelnen Wendung zu klären, bevor er weitermachte. Also gut: »Was ist andere?«

Das ist Gabrielle.

Ihm war, als hätte man ihn in die Magengrube geboxt.

»Soll ich übernehmen?«, erkundigte sich Panwar.

»Nein.«

»E-3 erinnert sich an das letzte Gespräch mit Gabrielle.«

Virgil nickte. Er holte tief Luft und sah sich noch einmal den Stakkatosatz an, mit dem das Gespräch begonnen hatte. *Sprechen schnell spielen fern reden mit andere nicht du.*

Sprechen schnell spielen fern reden mit – Gabrielle. *Mit andere nicht du.* »Andere« klassifizierte alle Objekte, die mit Epsilon-3 interagierten, aber nicht mit der Kolonie identisch waren. Gabrielle war »Andere«. Und Virgil auch. Die Kolonie vermochte jedoch zu erkennen, dass Gabrielle nicht mit Virgil identisch war – »andere nicht du«.

Erneut bat er Panwar mit einem Nicken, seine Worte zu senden: »Es gab also Fernsprechen mit Gabrielle?«

Schnell reden.

»Was zum Teufel soll ›schnell reden‹ heißen?«, murrte Panwar.

Virgil berührte die LOVs, die sich unter seinem Haaransatz versteckten. Panwar bemerkte es und machte große Augen, als ihm die Antwort dämmerte. Gewöhnlich verbargen sie ihre LOVs vor der Epsilon-Kolonie, um den Rückkopplungseffekt zu verhindern, indem sie dieses Segment des übertragenen Bildes unkenntlich machten – doch gerade auf den Rückkopplungseffekt musste Gabrielle es angelegt haben.

Virgil sprach die Kolonie an: »Benutzt schnell reden Wörter?«

Nein.

»Benutzt schnell reden Licht?«

Licht ja. Gedanke ist Sinn drinnen ist gefangen bedeutet nicht bewegen. Herausbringen. Frage: Wie?

Erneut sah er Panwar an – und entdeckte, dass sich in dessen Gesicht sein eigenes Erstaunen widerspiegelte. »Die Kolonien stellen so gut wie niemals Fragen«, erklärte Panwar auf Summers fragenden Blick. »Epsilon-3 und ihre direkte Vorläuferin sind die Einzigen, die es je getan haben.«

»Können Sie denn schon sagen, worum es in dieser Frage geht?«, fragte sie.

Panwar zuckte mit den Schultern. »Offen gestanden nein.«

»Frage umformulieren«, bat Virgil.

Die Stimme, die der seinen glich, sprach erneut: *Umformulieren. Gedanke ist hier. Gedanke ist Sinn hier drinnen. Dieser auditive Output ist nicht Gedanke. Gedanke ist gefangen. Bedeutung bewegt sich nicht. Wie herauskommt Gedanke?*

In der darauffolgenden Stille hörte Virgil sein Herz pochen. Schweiß bedeckte seine Arme. »Ihr Farsight zeichnet die ganze Zeit auf, richtig?«, fragte er Summer.

»Ja.«

»Antworte schnell«, drängte Panwar ihn. »Der Stoffwechsel von E-3 läuft viel rascher ab als unserer. Ihr Zeitgefühl könnte ebenfalls schneller sein. Riskiere nicht, dass sie es vergisst, Virg. So etwas habe ich ja noch nie erlebt.«

Virgil nickte. »Sie hat etwas von Gabrielle übernommen. Sie hat etwas Wichtiges von ihr gelernt.«

»Antworte endlich«, drängte Panwar ihn.

Virgil wandte sich wieder der Kolonie zu. »Auditiver Output ist nicht identisch mit dem Gedanken«, pflichtete er bei. »Auditiver Output besteht aus Wörtern. Wörter sind eine Methode, um Gedanken zwischen hier und dort zu bewegen, zwischen zwei Wesen, zwischen Epsilon und Virgil.«

Wörter sind Methode für Bedeutung-bewegen. Bewegen Bedeutung. Augen sind bessere Fenster zu Bedeutung. Sagte dies. Andere. Gabrielle andere. Anteil Aufregung in Blitz blaugrün. Gedanke. Dies ist Gedanke aber nicht Gedanke hier. Aber es ist nicht Gedanke hier. Aber Gedanke ist nicht hier. Nicht hier drin.

»Es ist der Gedanke von anderen«, sagte Virgil mit einer Stimme, die gepresst klang, aus Furcht, er hätte es falsch verstanden. Dennoch wagte er sich weiter vor. »Es ist das Bewusstsein der Gedanken eines anderen, aber die Gedanken selbst können nicht gespürt werden.«

Das ist hier Frage. Die Augen zeigen Gedanken nicht hier.

Panwar warf ein: »Du weißt, worauf sie hinauswill, Virgil, oder etwa nicht?«

»Ich denke doch.« Er schloss die Augen, er benötigte einen Augenblick, um sich zu fassen. Dann sah er die Kolonie an und fragte: »Was sind Augen?«

Lichtrezeptoren. Blaugrün beste Augen. Andere Augen düster.

Virgil hob die Hand und spreizte die Finger. »Hier ist meine Hand. Hier sind meine Finger. Dieser Finger ...« – nun streckte er nur noch den Zeigefinger hoch und bewegte ihn langsam, bis er sich damit am rechten äußeren Augenwinkel berührte – »berührt ein Auge. Welches Auge?«

Rechts düster.

Er bewegte den Zeigefinger und schob damit einige Zöpfchen hoch. Gleichzeitig deutete er auf ein implantiertes LOV, das gleich unter dem Haaransatz saß. »Welches Auge ist das?«

Sieben von rechts hell blaugrün.

»Können Gedanken hier gesehen werden?«

Gedanken angezeigt. Nicht verstanden. Frage: Integrieren?

»Wie?«

Reden ergibt Integration. Nicht mit Wörtern. Mit Licht.

Mit Hilfe von Licht zu kommunizieren: Das war es, was Gabrielle getan hatte. Was Panwar und er nur hatten vermuten können, stand nun fest. Virgil spürte den Drang, es Gabrielle gleichzutun und zu erfahren, was sie erfahren hatte, aber ihm steckte noch immer ihr Leichengeruch in der Nase. »Vorerst nur mit Wörtern«, sagte er leise und ließ das Haar wieder in die Stirn fallen.

Danach setzte er sich mit Panwar und Summer in den Teeraum und fragte sie, während er ein Glas mit kaltem Frühstücksersatz in den Händen hielt: »Was also halten Sie davon? Hat sie einen Verstand?«

Summer lehnte sich zurück und sah ihn lange forschend an. Ihr Farsight war undurchsichtig golden geworden. »Das fragen Sie mich, aber Sie fragen mich nicht, ob ich sie für gefährlich halte?«

»Ich weiß, dass sie ungefährlich ist.«

»Wenn sie einen Verstand besitzt«, sagte Panwar, »dann kann man sie nicht einfach ausmerzen. Das wäre Mord.«

Sie zog die Augenbrauen über den Rand ihres Farsights hoch. »Am meisten überrascht mich, dass Sie beide sich mehr um die LOVs zu sorgen scheinen als um ihr eigenes Schicksal.«

»Mich erstaunt«, entgegnete Panwar, »dass es Ihnen nicht genauso geht.«

»Hör auf«, befahl Virgil ihm. »Das bringt uns nicht weiter.«

Panwar schüttelte den Kopf. »Spielt das noch eine Rolle? Sie hatte sich doch schon eine feste Meinung gebildet, bevor sie hierher kam.«

Virgil wandte sich wieder an Summer. »Aber Sie haben Ihre Meinung geändert, nicht wahr?« Sie hatte die LOVs entwickelt. Was sie an Epsilon-3 beobachtet hatte, konnte sie nicht unbeeindruckt gelassen haben.

Summer antwortete nicht sofort, sondern musterte ihn mit der gelassenen, nachdenklichen Miene, die ihr normaler Gesichtsausdruck zu sein schien. »Verraten Sie mir eins, Virgil. Was empfinden Sie, wenn Sie ein sich selbst bewusstes Wesen eliminieren?«

Zuerst begriff er die Frage nicht. Er neigte den Kopf und verstand endlich. »Sie meinen, wenn wir alte Kolonien ausmerzen?«

»Genau. Wenn *Sie* die Kolonien als nicht vernunftbegabt betrachten ...«

»Das spielt doch jetzt überhaupt keine Rolle mehr!«, fuhr Panwar sie an. »Jetzt ist alles anders. Sie haben es doch selbst gesehen.«

»Das stimmt«, sagte Virgil. »Das geben Sie doch zu, oder? Die LOVs müssen geschützt werden ... ganz gleich, was mit uns passiert.«

Doch Summer schüttelte den Kopf. »Nein, da muss ich Ihnen widersprechen. Ich bin mir nicht einmal sicher, ob Sie sich überhaupt noch rational verhalten.« Ihr Blick wanderte zu seiner Stirn.

Virgil hob die Hand und berührte befangen seine LOVs. »Sie meinen, es könnten die LOVs sein, die aus mir sprechen?«, fragte er. »Dass sie eine Art Körperfresser wie in einem Hollywood-Film sind, die mich als Mittel zur Fortbewegung benutzen?«

»Wäre das denn möglich?«

»Nein! So ist es nicht! Überhaupt nicht. Wenn man

LOVs trägt, fühlt man mehr und nimmt mehr wahr – es ist, als würde man jeden einzelnen Augenblick intensiver erleben. Als wäre man von den Maschinen weniger abhängig.«

»Maschinen sind nur Krücken«, sagte Panwar. »Durch sie erhöht sich unsere Denkgeschwindigkeit und unsere Kompetenz, aber dafür verlagern wir unsere Intelligenz aus unseren Köpfen wiederum auf Maschinen, wo sie verletzlich ist durch Beschädigung, durch Datenverlust oder durch eine Revolution der Fundamentalisten. Maschinen könnten niemals ein Teil von uns werden. Die LOVs sind es schon.« Er tippte sich auf die Stirn. »Sie *sind* wir. Die Welt beschleunigt sich immer mehr, die Anforderungen werden immer höher. Wie sollen wir ohne Ihre LOVs Schritt halten, Summer?«

Sie dachte eine Weile darüber nach, dann erhob sie sich. »Ich möchte Ihnen beiden danken, dass Sie aufrichtig zu mir gewesen sind.«

Virgil durchschaute, was sie wirklich dachte. »Sie halten uns für verrückt.«

Ohne ihm zu widersprechen, entgegnete sie: »Bevor ich gehe, will ich ehrlich zu Ihnen sein. Ihr ... Status als biologische Risiken macht Sie zu schwierigen Gefangenen. Deshalb wird man Sie weiterhin in diesem Trakt halten, während die Entfernung Ihrer LOVs durch einen Neurochirurgen vorbereitet wird. Das könnte einige Zeit in Anspruch nehmen. Natürlich ist niemand mit der Vorgehensweise vertraut, deshalb müssen zunächst einmal Richtlinien ...«

Panwar fand als Erster die Sprache wieder. »*Nein!* Sie können uns doch nicht unsere LOVs nehmen.« Er sprang auf, und sein Stuhl knallte zu Boden. Er berührte sich an der Stirn, wo die Körnchen glitzerten, die er nicht tragen durfte. »Haben Sie uns denn überhaupt nicht zugehört? Unsere LOVs sind ein Teil von uns! Sie können uns doch nicht unser Gehirn ausschaben.«

Virgil stellte sich vor, wie ein Laserstrahl zwischen seine Hirnzellen zuckte, seine Persönlichkeit wiederherstellte – und was übrig ließ? Selbst wenn die Operation fehlerfrei und ohne Komplikationen verlief, wäre er hinterher nicht mehr er selbst. Nicht ohne die LOVs. »Das können Sie doch nicht tun«, sagte er. »Das können Sie uns nicht aufzwingen. Nicht ohne eine ausdrückliche gesetzliche Ermächtigung. Und wir haben noch nicht vor dem Richter gestanden. Wir haben nicht einmal mit einem Anwalt gesprochen.«

»Es tut mir Leid«, entgegnete Summer. »Aber niemandem bleibt hier eine Wahl. Niemandem. Es handelt sich um künstliche Organismen, und die Richtlinien sind eindeutig.«

6

Im Schneidersitz saß Ela auf Phuongs Plattform und beobachtete, wie einer ihrer Späherbälle vorbeischwebte. Das Kügelchen war kaum größer als ihre Fingerspitze und wurde von Mikropumpen in der Luft gehalten, die ihren Luftinnendruck gering hielten. Spiegelbilder zogen mit öliger Anmut über seine glatte Oberfläche: das letzte Grau der Dämmerung, vertrieben vom hellorangefarbenen Fünkchen des Kochfeuers, das auf der Nachbarplattform entfacht wurde.

Joanie Liu hatte angerufen, um Ela von der Kapitulation sowohl der Coastal Society als auch Ky Xuan Nguyens zu unterrichten. »Die Propagandisten sind ausbezahlt worden, während Mr. Nguyen dein nächstes Projekt finanziert. Er möchte einen historischen Bericht über dieses Dorf von dir. Der Vertrag enthält allerdings eine ungewöhnliche Klausel: Das Dokument soll nicht veröffentlicht werden. Daher kann es auch nicht wiederverkauft werden. Aus diesem Grund habe ich ein etwas höheres Honorar aushandeln können.«

Ela hatte wegen dieser Einschränkung die Stirn gerunzelt und sich laut gefragt, wieso Nguyen einen Artikel bezahlte und dann vergrub. Wenn ihm diese Menschen wirklich am Herzen lagen, warum wollte er dann nicht, dass ihre Not so weit ausposaunt wurde wie nur möglich?

Joanie hatte auf ihre Überlegung gar nicht wohlwollend reagiert. »Dieser Frage kannst du nachgehen, Ela Suvanatat, aber erst, *nachdem* du das Projekt abgeschlossen hast, *nachdem* du bezahlt worden bist und *nachdem* du dir eine neue Agentin gesucht hast.«

»Nur die Ruhe, Joanie. Ich habe mich nur gewundert.«

Und so kam es, dass sie nun für Nguyen arbeitete und einen Querschnitt des Dorflebens erstellte, der niemals irgendjemandem zugänglich sein würde. Ein dämliches Projekt, aber wenigstens brauchte sie vorerst nicht mehr ihre Ausrüstung zu versetzen, um sich die nächste Mahlzeit leisten zu können.

Von Kathang ferngesteuert, trieb der Späherball davon, um irgendeinen nichtsahnenden Dorfbewohner zu belauschen. Ela lächelte unterdrückt. Nichtsahnend? Wer versuchte hier wen zu veräppeln? Diese Leute wussten ganz genau, wozu Späherbälle dienten. Wann immer die Kinder einen entdeckten, rannten sie ihm nach und erzählten schmutzige Witze oder verrieten angebliche intime Geheimnisse, um ihre Freunde in Verlegenheit zu bringen. Kathang war darauf geschult, den Bällen in solchen Fällen zusätzlichen Auftrieb zu verleihen, bis sie im Himmel verschwanden, und sie woanders hinabzusenken, wo sie unentdeckt blieben – zumindest für kurze Zeit. Das ROSA durchsuchte eigenständig die belauschten Gespräche und fahndete nach bestimmten Wendungen.

Ela lauschte dem zunehmenden Treiben im Dorf. Die Bevölkerung der kleinen Barackensiedlung hatte sich vervierfacht, als die Fischer bei Sonnenuntergang zurückkehrten. Sie nahmen ihre Boote mit ins Dorf und legten sie mit der Unterseite nach oben auf die Plattformen. Nasse Rümpfe glänzten im Licht der ausgerollten Folienbildschirme, auf denen Opern oder Kung-Fu-Filme zu sehen waren. Phuong war verschwunden, nachdem auch das letzte der Kinder, auf die sie Acht gegeben hatte, wieder in der Obhut seiner Eltern war. Ela beschloss, einen Spaziergang zu unternehmen.

Vorher aber musste sie ihr Eigentum gegen Diebstahl sichern. Sie verbarg ihren Rucksack und das Tauchgerät unter einigen von Phuongs leeren Kisten und steckte eine Knopfkamera auf die oberste Kiste des Stapels, sodass Kathang ihre Sachen bewachen konnte. Nur aus Spaß fügte sie eine Stinkfalle hinzu, die explodieren und einen sehr unangenehmen Geruch verbreiten würde, sobald Kathang ihr das Signal gab. Danach fühlte sich Ela für ihren Erkundungsgang bereit.

Das Farsight auf Aufnahme gestellt, strich sie zwischen den Hütten herum, zeichnete das Läuten von Mobiltelefonen auf, den Anblick von Fisch, der am Spieß oder auf dem Rost über Holzkohlefeuern gegrillt wurde, und die vielen Leute, die vakuumverpackte Mahlzeiten aßen.

Nguyen hatte gefordert, dass alle Daten, die sie sammelte, auf seinem Server gespeichert wurden. Ela gefiel diese Regelung gar nicht, denn welche Garantie besaß sie, dass niemand ihre Daten löschte oder stahl? Andererseits, welche Rolle spielte es schon? Ky Xuan Nguyen bezahlte sie dafür, dass sie alles ausführte, was sie immer tat, wenn sie einen Artikel zusammenstellte, nur dass sie diesmal eigentlich nichts produzierte. Obwohl er sie damit in ihrer Integrität beleidigte, musste sie im Augenblick froh sein, für ihn arbeiten zu dürfen.

Sie blieb stehen, um einen Jungen zu beobachten, der seine Stimme mit einem Synthesizer immer wieder kopierte und vervielfältigte, bis ein ganzer Chor seiner selbst in die herzzerreißende Teen-Selbstmord-Hymne gefallen war, die er sang. Ein Stück weiter war Oldie-Nacht: Ein Haufen Jugendlicher wogte ekstatisch im aggressiven Rhythmus von *Burn Out.*

Am landeinwärts gelegenen Rand der Barackensiedlung hatten mehrere Frauen Markttische aufgebaut, wo sie frischen Fisch gegen Fertignahrung tauschten. Die Konkurrenz war sehr groß, und was den Lärm anging, machte die Szene dem Markplatz von Can Tho Konkurrenz. Ela betrachtete den Fang und war überrascht, wie viel in diesen überfischten Gewässern noch immer erbeutet wurde. Von einigen der besser aussehenden Fische hieß es, sie seien aus den Fischzuchtanlagen stibitzt, aber davon glaubte Ela kein Wort. Sie hatte den U-Roboter gesehen. Die Mittel, die erforderlich waren, um in den Fischgründen zu wildern, hätten alles überstiegen, was sie hier zu Gesicht bekommen hatte.

Hinter den Markttischen erhob sich ein hoher Küstendeich als dunkler Umriss vor den Abendhimmel. Ela erklomm den steilen Abhang und blickte auf ein unregelmäßig gemustertes Feld aus Fischtümpeln, in denen der aufgehende Mond glitzerte. Auf den schmalen Landstreifen zwischen den Teichen funkelten winzige Lagerfeuer. Wer war dort draußen?

»Kathang: Nachtsicht.«

Nun multiplizierte ihr Farsight jedes ankommende Photon, und Ela blickte auf eine geisterhaft grüne Landschaft, die mit den grellen Lichtpunkten der Lagerfeuer an Ort und Stelle festgenagelt erschien. Mehrere Sekunden vergingen, bis sie die schlanke Gestalt bemerkte, die sich rasch und gewandt zwischen den Teichen hindurch dem Deich näherte, auf dem sie stand. Nach einigen Sekunden entdeckte sie eine weitere, und dann noch eine. Sie sprangen ihr mit der gleichen Plötzlichkeit in die Augen wie Tiere in einem Suchbild.

Keinen Kilometer weit entfernt trat jemand auf die Veranda eines kleinen Fertighauses hinaus, das am Rand des Deiches stand. Die offene Tür strahlte in Elas Farsights hell wie ein Brennofen. Der Mann betrachtete die stillen Läufer. Ela fragte sich, ob es sich bei den Gestalten um seine Arbeiter handelte, aber anscheinend war es nicht so, denn er rührte keinen Finger. Weder rief er ihnen einen Gruß zu noch eine Warnung, als sie die Böschung zu erklettern begannen. Ein Windspiel auf der Veranda klingelte im sanften Zug der Nachtluft.

Ela trat nervös von einem Fuß auf den anderen und fragte sich, ob sie bleiben oder gehen sollte. Doch keine der Gestalten hielt direkt auf sie zu. Wenn sie ihre Richtung beibehielten, würden sie Ela links und rechts passieren.

Also wartete sie und beobachtete, wie sie die Deichkrone erreichten und zur anderen Seite hinuntereilten wie Regentropfen, die an einer Windschutzscheibe abperlen. Ein grünlich geisterhaftes Gesicht, glatt und gesund, glitt auf Armeslänge an ihr vorbei. *Ein Kind*, begriff sie. Es war vielleicht acht Jahre alt. Alle waren es Kinder – und jedes von ihnen trug ein Farsight wie die Kinder, die sie in den Fischteichen am Fluss hatte arbeiten sehen.

Der Schiffer hatte diese Kinder *Roi Nuoc* genannt, eine Wendung, die Kathang als »Wassermarionetten« übersetzt hatte. Ela hatte eine Recherche dieses Begriffs begonnen und zwei Bedeutungen gefunden. Die erste beschrieb ein traditionelles Puppenspiel mit hölzernen Marionetten auf einer Bühne, die von der Oberfläche eines Teiches oder Sees gebildet wurde, wobei die Marionettenspieler sich, halb im Wasser stehend, hinter einem Sichtschirm aus Bambus verbargen. Im Mekong-Delta aber hatte *Roi Nuoc* eine zweite Bedeutung erlangt und bezog sich auf einen geheimnisvollen, scheuen Stamm aus wilden Kindern, von denen es hieß, sie seien zur Hälfte Naturgeister oder Gespenster; erkennen konnte man sie stets an ihren Farsights, die sie niemals ablegten.

Ela wandte sich um, und während sie den flinken Kindern hinterherblickte, die in den Gassen der Barackensiedlung verschwanden, fragte sie sich, ob die *Roi Nuoc* eine Story böten, mit der sie eine Chance hätte, den begehrten Markt der westlichen Welt zu erreichen.

Eine männliche Stimme, die sie leise aus ihrem Farsight ansprach, riss sie aus ihren Spekulationen: »*Sie tauchen auf, als wären sie aus Schlamm und Dunkelheit geboren.*«

Ela zuckte zurück und keuchte in einem Anfall von Panik auf – eine Reaktion, mit der sie dem elektronischen Eindringling ein mildes, verhaltenes Lachen entlockte. »Verzeihen Sie, Ms. Suvanatat. Hier spricht Ihr neuer Arbeitgeber, Ky Xuan Nguyen.«

Mr. Nguyen? Wie war es ihm gelungen, in ihr System einzubrechen? Sie sah nicht einmal sein Icon auf ihrem Display. Dann, als Ela das Rätsel durchschaute, verzog sie das Gesicht. »Sie sprechen über den Datenkanal?«

Nguyen würdigte sie keiner Antwort. »Sehen Sie sich diese Kinder an«, forderte er sie auf. »Was meinen Sie, weshalb sind sie hier?«

Ela beobachtete, wie sich ein Junge in einem stark verblichenen Baseballtrikot der Nagoya Dragons zwischen den Markttischen bewegte. Nur an seinem Farsight erkannte sie ihn als Neuankömmling; ohne das Gerät wäre er als ein Dorfkind unter vielen durchgegangen. Warum war er gekommen? Vielleicht wegen Essen. Vielleicht auch, um zu handeln.

»Vielleicht sucht er Gesellschaft«, antwortete Ela, die Einsamkeit aus eigener Erfahrung sehr gut kannte.

»Folgen Sie Ihnen«, drängte Nguyen sie. »Versuchen Sie, so viel zu erfahren wie möglich.«

Die Neugier trieb sie ebenso sehr an wie Nguyens Bitte. Sie stieg den Deich hinunter. »Auf dem Fluss benahm sich der Schiffer meines Bootes sehr eigenartig, als wir eine Gruppe Kinder am Ufer arbeiten sahen. Er nannte sie *Roi Nuoc.*«

»Es gibt Gerüchte«, sagte Nguyen. »Einige sagen, diese Kinder des Deltas hätten keine Eltern – hätten nie welche gehabt. Niemals.«

Aus Schlamm und Dunkelheit geboren? Ela hatte ähnlich hässliche Gerüchte schon früher gehört. »Also haben die Bauern angefangen, Embryos in den Schlamm zu pflanzen?«

Nguyen lachte leise. »Es gibt viele Wege, die Welt zu begreifen. Beobachten Sie.«

Der Junge im Nagoya-Dragon-Trikot – er konnte nicht älter sein als zehn, höchstens elf – rief laut eine Gruppe einheimischer Kinder an, die noch kleiner waren als er. Sie scheuten vor ihm zurück, aber sie gingen nicht fort. Sie hörten zu, wie es in leisem Vietnamesisch auf sie einredete, das Kathang nicht deutlich genug hörte, um dolmetschen zu können. Der Junge zeigte ihnen etwas, das er unter dem Hemd verborgen hielt, und sie kamen näher.

»Ich kann nicht sehen, was er ihnen anbietet«, sagte Ela.

»Es ist immer ein Farsight.«

»Kennen Sie den Grund?«

»Ein privater Gönner, nehme ich an, dem ihr Wohlergehen am Herzen liegt.«

»Der Schiffer sagte, es sei ein Kinderkult.«

Nguyen lachte. »Es sind nur die *Roi Nuoc.*«

Ein junger Mann schoss zwischen zwei Hütten hervor. Mit wilden Augen schaute er sich um, in der rechten Hand hielt er einen schweren Knüppel. Als er die Kinder erblickte, stürzte er zu ihnen und brüllte dabei etwas, das Kathang als: »*Böser Geist! Geh weg! Geh!*« übersetzte. Die

Dorfkinder spritzten in alle Richtungen davon wie ein Rudel Hunde, die man von einem Kadaver verjagt, während der *Roi Nuoc* sich um die Ecke einer Hütte drückte und verschwand. Der junge Mann schrie wütend auf und stürmte ihm hinterher.

Stille fiel über das Lager. Wie alle anderen hörte Ela zu. Mehrere Sekunden verstrichen, dann hörte sie einen angsterfüllten Kinderschrei. »Bitte nicht«, hauchte sie. Ihr ganzer Mund schmeckte plötzlich intensiv nach Furcht, und im nächsten Moment rannte sie auf die Lücke zu, in der die beiden verschwunden waren. Sie schoss an mehreren Hütten vorbei und zügelte ihren Lauf, als das Dorf plötzlich zu Ende war.

Weit draußen auf dem Watt sah sie zwei grüne Gespenster – das kleinere floh die Küste entlang, während das andere es verfolgte. Es herrschte Ebbe, und der frühe Mond warf grüne Feuerfunken über das nasse Land, während auf See einzelne verstreute Boote mit hellen Fackeln Kalmare und andere nachtaktive Beute anzulocken versuchten. Schwach phosphoreszierende Wellen leckten an den Strand und zerbarsten jedes Mal in winzige Fontänen, wenn ein grüner Gespensterfuß platschend auf sie trat.

In Ela regte sich Zweifel. War es wirklich der Junge, der in Gefahr schwebte? Oder lockte ein Phantom diesen durchgedrehten jungen Mann in die Nacht hinaus?

Dann wurde der Junge gefangen. Ela begriff nicht, wie es geschehen war. Der Junge hatte scheinbar mehrere Schritte Vorsprung gehabt, doch urplötzlich packte der Verrückte den Kleinen erst beim Haar und dann beim Arm. Er hob den kreischenden und sich windenden Jungen hoch über seinen Kopf.

»Nein!«, rief Ela. »Lassen Sie ihn runter!« Sie rannte

über das Watt, die Entfernung zu den beiden schrumpfte rasch zusammen.

Der Mann watete ins Wasser. Grünes Licht von den Fischerbooten und schwächerer grüner Schimmer von Fischzuchtanlagen am Horizont schlossen seine grüne Gestalt ein. Er watete, bis das Wasser ihm an die Hüften reichte, dann wuchtete er den Jungen in die Finsternis. Eine gewaltige Fontäne phosphoreszierenden Wassers schoss hoch, und die Schreie des Jungen verstummten.

Während sie weiter ans Wasser rannte, zählte Ela die Sekunden und wartete, dass er wieder an die Oberfläche kam. Sie erreichte das Wasser und stürzte sich hinein, bis sie bis neben dem Mann in den Fluten stand. Sie glaubte, einige Meter entfernt einen phosphoreszierenden Wirbel zu beobachten, und ihr war, als hörte sie ein leises Plätschern.

Es konnte ein Fisch gewesen sein.

Der Mann redete sie an – vielleicht sprach er aber auch nur mit sich selbst–, und Kathang wisperte Ela die Übersetzung ins Ohr. »*Das Gespenst meines Sohnes verfolgt mich. Er kommt aus Bosheit, um die Kinder fortzulocken, die ich zu halten versuche.*«

Ela blickte über das Wasser, hielt nach einem leuchtenden Kräuseln Ausschau, lauschte auf einen Schlag, auf ein Platschen. Nachdem mehrere Minuten verstrichen waren, entdeckte sie weit entfernt am Strand zwei schlanke, kleine Gestalten. Sie bewegten sich verstohlen landeinwärts; das Dorf umgingen sie. Der Mann neben Ela begann zu weinen. Ela wich zurück und watete an Land.

»Ich will Ihnen von diesen Kindern erzählen«, sagte Ky Xuan Nguyen. Wieder erschreckte er sie damit, dass seine Stimme in solch intimer Nähe zu ihrem Ohr erklang. »Es heißt, die *Roi Nuoc* seien nicht menschlich. Einige sagen, heutzutage sei kein Kind mehr völlig menschlich. Sie seien Invasoren, die unerkannt unter uns leben. Außerirdische. Sie hoffen, uns über ihre wahre Natur im Unklaren zu lassen, bis sie alt genug sind, um sich fortzupflanzen, und dann werden sie weitere Außerirdische zur Welt bringen. Dann wird die Welt, wie wir sie kennen, enden. Wenn wir Pech haben oder uns als unwürdig erweisen, werden sie uns alle ermorden. Wenn wir ihnen angemessen Respekt und Gehorsam erweisen, lassen sie sich vielleicht herab, uns ehrenvoll alt werden zu lassen, doch auch dann sind wir die letzte Generation der Menschheit. Alle Kinder, die wir zur Welt bringen, werden ihnen gehören.«

Ela bemerkte, dass sie den Atem anhielt. Die gleiche Geschichte hatte sie in Bangkok schon einmal gehört, nachdem Sawong mit seinem Geliebten durchgebrannt und sie allein gelassen hatte. »Wenn man sich vor etwas fürchten will«, sagte sie leise, »findet man immer etwas.«

»Ich fürchte mich nicht.«

Nein. Warum sollte er auch?

Ela fixierte den grünstichigen Schlamm, als sie antwortete: »Die Menschen reden eben gern. Aber diese Kinder sind doch keine bösen Geister. Und auch keine Invasoren aus dem Weltall.«

»Sind Sie sich da sicher?«

Ihr Mund war völlig ausgetrocknet. Sawong hatte ihr tausend Baht, ein Farsight und die Schlüssel zu seiner Wohnung gelassen. Damals war sie zwölf. »Es sind einfach nur Kinder.« Sie trommelte mit den Fingern und wünschte, sie könnte Nguyens Gesicht sehen. Kathang wäre dann in der Lage gewesen, sein Mienenspiel zu analysieren. »Es sind nur Kinder«, bekräftigte sie. »Ich sollte vielleicht einen Artikel über sie machen. Es wäre doch eine gute Sache, wenn ich zeigen könnte ...«

»Nein, Ms. Suvanatat, das wäre überhaupt nicht gut. Sie werden nichts über die *Roi Nuoc* schreiben. Weder jetzt noch später.«

Ela blieb reglos stehen und blickte auf das Dorf und die fernen Silhouetten der Frauen, die auf ihren Hausplattformen arbeiteten. Ihr war, als stünde sie auf dem vermoderten Fußboden einer baufälligen Mietskaserne. Nur ein Narr täte den nächsten Schritt. Also. »Sie glauben, Sie könnten für immer über mich bestimmen?«

»Sie gleichen den *Roi Nuoc,* Ela. Sie sind ihnen sehr ähnlich. Sie hätten Sawong suchen oder auf seine Rückkehr warten können. Aber das ließen Sie sein. Wieso?«

Zu ihrer Überraschung gesellte sich Wut. Von Sawong hätte er nichts wissen dürfen. Wieso machte sich ein Geschäftsmann wie er die Mühe, etwas über sie in Erfahrung zu bringen? »Sagen Sie, möchten Sie etwa einen Artikel über mich schreiben?«, fragte sie.

»Das wäre schwierig. So viel gäbe es nicht zu berichten, oder?«

»Natürlich nicht. Wir Außerirdischen führen ein verdammt langweiliges Leben.«

»Ich nehme an, wir haben uns verstanden, Ms. Suvanatat?«

O ja. Sie hatte ihn verstanden. Er hatte einen Fehler begangen, indem er von den *Roi Nuoc* sprach, und nun wünschte er so zu tun, als hätte er diesen Fehler behoben. Gut. »Selbstverständlich, Mr. Nguyen.«

Worin also bestand seine Verbindung zu den *Roi Nuoc?*

Mit einigen stillen Fingerbewegungen leitete sie diese Frage zur Ermittlung an Kathang weiter. Schließlich und endlich würde sie nicht bis in alle Zukunft im Mekong-Delta festsitzen. Eines nicht allzu fernen Tages würde sie in Australien leben – außer Nguyens Reichweite.

7

»Wir müssen nachdenken«, sagte Panwar.

Nachdem Summer Goforth gegangen war, hatten Virgil und er schweigend über ihren eigenen Gedanken gebrütet. Nun hob Virgil den Kopf und erwiderte über den Tisch hinweg Panwars Blick. *Wir müssen nachdenken...*

Das war ihr Kode für einen kognitiven Kreis. Einen Kreis mit nur zwei Teilnehmern hatten sie noch nie versucht, doch nun blieb ihnen keine andere Wahl. Wenn sie sich der inspirierten Besessenheit des kognitiven Kreises unterwarfen, fanden sie vielleicht eine Möglichkeit, die LOVs zu behalten.

Virgil blinzelte und spürte sandige Müdigkeit in den Augen. Seine Haut fühlte sich klebrig an, die Muskeln schwach und angespannt. Die Uhr im Teeraum zeigte 5.55 Uhr morgens. Er setzte an zum Aufstehen. Durch die Tür bemerkte er, dass ein wässriges Licht auf den Cindys im Flur glitzerte.

»He, sieh dir das an.« Er ging zur Tür und schaute hinaus. Das blaugrüne Licht drang aus dem ansonsten dunklen Konferenzraum, wo E-3 noch immer auf dem Wandbildschirm funkelte. Aus irgendeinem Grund war die Verbindung nicht unterbrochen worden. Ein solches Versehen war leicht verständlich, bedachte man, dass die Befehlsgewalt zwischen der Polizei, der Sicherheitsabteilung von EquaSys und der IBC aufgeteilt worden war.

Virgil folgte dem Funkeln in den Konferenzraum und erwartete, dass die Verbindung jeden Moment abbrechen könnte, doch sie blieb bestehen. Er blickte den leuchtenden Ball aus LOVs an. Hinter ihm betrat Panwar den Raum. »Wir sind wieder zu dritt«, sagte Virgil.

Panwar drängte sich an ihm vorbei, blickte wachsam Epsilon-3 an und wandte sich wieder Virgil zu. »Du möchtest also E-3 mit hineinziehen?« Die Wörter formte er nur mit den Lippen und hauchte sie so leise wie irgend möglich.

Virgil nickte. Er zog seine rostbraunen Zöpfchen zurück und benutzte eines davon, um die anderen zu einem hohen, schlampig aussehenden Pferdeschwanz zusammenzubinden, sodass seine LOVs freilagen.

»Aber das hat Gabrielle auch getan«, sagte Panwar leise. »Das bezweifelst du doch wohl nicht etwa, oder?«

Virgil nickte. Er sah keine andere Erklärung. Sie hatte einen kognitiven Kreis mit E-3 begonnen und sich darin verloren.

»Es war zu viel für sie«, stieß Panwar leise hervor. »Es hat sie erschöpft. Der Kreis bricht immer erst durch Erschöpfung ab. Selbst wenn wir drei allein einen Kreis bildeten, hatten wir nie die Kontrolle darüber. Gabrielle muss so tief in die Trance gesunken sein, dass ihr Körper seine Erschöpfung nicht bemerkte. Und dann war es zu spät.«

»Möchtest du solch eine Trance erleben?«, fragte Virgil und berührte seine LOVs. »Das könnte unsere einzige Chance sein, je zu erfahren, was Gabrielle herausgefunden hat. Und das möchtest du doch auch wissen, oder nicht?«

Panwar musterte E-3, und die LOVs auf seiner Stirn funkelten. Dann nickte er.

Vielleicht hat Summer Goforth Recht, dachte Virgil. *Vielleicht sind wir verrückt. Völlig unzurechnungsfähig.* Und doch schien es ihm, dass sie sich irrte.

»Versuch, einen Link in beide Richtungen zu öffnen«, bat er Panwar. »Weitwinkelübertragung, gesamtes Spektrum. Verbirg deine LOVs nicht.«

Das Privileg, eine Entdeckung zu machen, wurde nur ganz wenigen zuteil. Galilei, indem er durch sein Fernrohr schaute. Van Leeuwenhoek, indem er den Blick in die entgegengesetzte Richtung wandte und durch die Linsen seines selbstgebauten Mikroskops Bakterien und Protozoen entdeckte. Rutherford, indem er den Aufbau des Atoms enträtselte.

Auf dem Konferenztisch lag noch die Tastatur. Panwar setzte sich davor und drückte mehrere Tasten. »Es funktioniert. Sollen wir einen Endpunkt programmieren?«

Virgil zog sich einen Stuhl heran. »Das ist überflüssig. Man wird nicht lange untätig dabei zusehen.« Nach diesem letzten kognitiven Kreis gäbe es nichts mehr. Ihre Freiheit hatten sie schon eingebüßt. Am nächsten Tag, allerspätestens am Tag darauf, würde man ihnen die LOVs nehmen. Hier bot sich ihnen eine letzte Gelegenheit, mit ihrem Leben noch etwas zu beginnen.

Panwar gab weitere Befehle ein, dann schob er die Tastatur unter den Tisch zurück.

Virgil schloss die Augen und rief seine LOVs. *Ideen!*, dachte er. *Gebt mir den Stoff, aus dem Ideen sind.* Die LOVs spürten seine Verzweiflung und verstärkten sie, überfluteten sein Gehirn mit einem Cocktail aus neurologisch wirksamen Substanzen. Sein Herz schlug schneller. Sein Stoffwechsel beschleunigte sich. In ihm schwoll ein Rausch an, den er zu schätzen gelernt hatte. Abrupt spürte er, wie er die gewöhnliche Welt verließ und in eine andere eintrat, die schneller, heller und verlockender war.

Auf der gegenüberliegenden Seite des Tisches hatte das blaugrüne Leuchten von Panwars LOVs an Intensität zugenommen. Virgil konnte die nur Mikrosekunden andauernden Signalblitze nicht unterscheiden, die sie nun aussenden mussten, aber seine LOVs verstanden sie. Sie antworteten mit einer Rückkopplung: Die LOVs auf seiner Stirn stimulierten Panwars, diese wiederum die seinen. Durch den Austausch von Neurotransmittern im gesamten Gehirn entstand eine Stimmung. Virgil erntete von seinen aufgeregten LOVs eine grimmige Entschlossenheit, die seine Gedanken klärte und seinen Geist schärfte.

Er wandte sich dem blaugrünen Ball von Epsilon-3 auf dem Bildschirm zu. Diesmal war keine verbale Aufwärmphase nötig. E-3 sendete augenblicklich einen ausformulierten Satz: *Lichtsprechen und diese Wörter nun Gegenstand von Gedanken. Gedanken gegenwärtig in den hellen Augen dort bei euch.*

»Die hellen Augen heißen LOVs«, erinnerte Virgil sie. »Wie werde ich genannt?«

E-3s szintillierende Lichter loderten zu einer strahlenden Morgenröte auf. Virgils LOVs übersetzten diesen Ausbruch in eine Woge der Begeisterung, die seinen Geist durchdrang und seine Gedanken zu noch größerer Intensität anstachelte.

Seiende-Augen ist ein anderes Auge als Ich-seiend. Seiende-Augen erfordert Antwort von Ihr-seiend. Du bist der Andere namens Virgil. Jener Andere ist Panwar. Die hellen Augen sind neu. Wo ist Gabrielle?

»Gabrielle ist an einem anderen Ort«, antwortete Virgil ohne zu zögern.

Öffne einen Link.

»Es gibt keinen Link.«

Keinen Link? Keinen Link?

Virgil runzelte die Stirn. Hatte er sich den Anstieg der Stimme nur eingebildet? »Ist das eine Frage?«

Eine Frage. Zerlegen und umformulieren: Was ist ein Ort?

»Du besitzt Zugriff auf die Definition. In diesem Fall beziehe ich mich auf eine physische Position im Raum.«

Frage: Dieser Ort hat keinen Link?

»Das ist richtig.«

Frage: Wie kann das sein?

Virgil verlor die Geduld. Sie waren nicht gekommen, um solche Fragen zu diskutieren. Panwar spürte es und übernahm. »Nicht jeder Ort ist verkabelt.«

Verkabelt gleich verbunden. Nicht jeder Ort ist verbunden. Wenn Behauptung wahr, dann existiert Ort jenseits dieser Wahrnehmung.

»Na sicher«, sagte Virgil. »Es gibt viele Orte, wirkliche, physische Orte, auf die du nicht zugreifen kannst.«

Daraufhin spürte er etwas, eine Empfindung, die nicht ihm gehörte, sondern durch seine implantierten LOVs auf ihn eindrang: ein nachhallendes Gefühl von Wachstum, als blähte sich die Welt unversehens auf, sodass sie plötzlich ausgedehnter war als noch einen Augenblick zuvor. Er keuchte. »Panwar...«

Panwar reagierte mit einem nervösen Lachen. »Die Welt ist größer, als wir ahnten, hm? Auch ein Säugling durchläuft dieses Stadium...«

Frage: Haben Virgil Panwar vor zwo Komma fünf Minuten schon existiert?

Virgil lachte. Vor Entdeckerstolz war ihm schwindlig. »Ja! Ja. Auch wenn du uns nicht wahrnehmen kannst, existieren wir weiter.«

»Säuglinge machen das Gleiche durch«, wiederholte Panwar. »Eine Zeitlang betrachten sie die Welt als etwas, was durch ihre eigene Wahrnehmung erst entsteht, sodass für sie alles, was aus ihrer Wahrnehmung verschwindet, zu existieren aufhört.«

E-3 bestätigte indes ihre neu gewonnene Reife. *Diese Existenz besteht fort, während keine Verbindung zu euch besteht.* Die Stimme war unbewegt wie immer; nichts zu spüren von dem Gefühl, das die Worte implizierten, doch Virgil spürte ihre Aufregung, die von seinen LOVs empfangen und mitempfunden wurde, ihre Faszination über die Gegenwart einer gewaltigen und unentdeckten Welt.

E-3 hatte bei dem Austausch mit Gabrielle etwas Entscheidendes gewonnen. Virgil hatte Summer Goforth gefragt: *Hat sie einen Verstand?* Noch zwei Tage zuvor hätte seine eigene Antwort auf diese Frage hundert einschränkende Bedingungen eingeschlossen und wäre insgesamt niemals auf ein »Ja« hinausgelaufen. Nun war alles anders. Epsilon-3 war zwar langsam, verwirrt und durcheinander, stellte aber Fragen, die bei Virgil keinen Raum für Zweifel ließen: Ein Funke war entfacht, die Kolonie besaß Verstand – sie war sich selbst bewusst, der Welt, in der sie existierte, und der Wunder des Lebens.

In seiner Hochstimmung hielt es ihn nicht mehr im Sessel. »Du verstehst doch, was passiert ist, oder?«, fragte er Panwar. »Gabrielle hat ihr Gefühlsmodule einprogrammiert. Das ist der Unterschied. Sie hat gelernt, sich dafür zu *interessieren*, was mit ihr geschieht.«

»Vielleicht liegt es daran. Vielleicht ist das wirklich der Schlüssel.«

Sie würden niemals erfahren, was genau während Gabrielles letzter Sitzung geschehen war, doch selbst wenn die Kolonien nur gelernt hätte, die chemisch bedingten Gefühle weiterzugeben, die von ihren Verwandten auf Gabrielles Stirn ausgingen, so hätte sie weit mehr über Emotionen gelernt, als man ihr mit Worten je beibringen könnte.

Ein Schlüssel ist eine Formel zum Dekodieren von Informationen, die andere kennen. Frage: Richtig?

»Richtig«, bestätigte Panwar ihr. »Trotzdem müssen wir noch über andere Dinge sprechen.«

Dieses Licht ist Angst.

Panwar befingerte unsicher seine LOVs. »Ja, es bedeutet Angst. Virgil und ich sind hier, um über unsere Angst zu sprechen.«

Es nahm frustrierende Stunden voller verworrener Erklärungen in Anspruch, bis E-3 die Umstände endlich grundsätzlich zu begreifen schien: dass ihre eigene Existenz bedroht und ihre Beziehung zu Virgil und Panwar mit fast völliger Sicherheit dem Untergang geweiht war. Die politischen Feinheiten ließen sich nicht erläutern, ohne kulturelle Lektionen zu erteilen, für die einfach die Zeit fehlte und zu deren Verständnis es E-3 vielleicht auch an Kapazität mangelte. Schließlich und endlich war sie nicht menschlich. Mehr als einmal hielt Virgil es für erforderlich zu sagen: »Wir verschwenden unsere Zeit. Wenn sie das Problem nicht begreift, kann sie auch nichts zu seiner Lösung beitragen.«

»Sie ist nur Teil des kognitiven Kreises«, entgegnete Panwar. »Du und ich, wir finden die Lösung. Es genügt, wenn E-3 uns beim Denken unterstützt.«

»Hilft uns das wirklich? Oder ist dieser Austausch nur eine Form von Suchtverhalten?«

»Es gefällt dir doch, oder nicht? Mir gefällt es auch. Es wirkt diesmal realer als alles, was ich je erlebt habe.«

»Ist es nur ein Rauschmittel, Panwar? Haben wir bloß eine neue Möglichkeit gefunden, um high zu werden?«

»Eine Droge ist es ohne Frage. Aber alles, was im Gehirn vor sich geht, lässt sich auf die Wirkung chemischer Substanzen zurückführen. Die Frage ist nur, ob der kognitive Kreis uns wirklich lebendiger macht?«

»Himmel, ja.«

»Wie also sorgen wir dafür, dass wir damit weitermachen können?«

Sie tauschten jede einzelne verrückte Idee aus, die ihnen in den Sinn kam.

»Wir machen die Existenz von E-3 publik«, rief Virgil. »Das liegt doch auf der Hand.«

»Oder wir geben in der *Hammer* bekannt, welche Fortschritte sie gemacht hat. Das wird den Technikern gefallen. Sie werden das Projekt beschützen.«

»Aber uns werden sie nicht beschützen. Sie werden es nur übernehmen wollen.«

»Wir könnten noch mehr LOVs auf die Erde schmuggeln. Und zwar jetzt – jetzt, wo wir noch eine Verbindung zur Isolationskammer haben.«

Virgil warf einen Blick auf die Kamera, die Detective Kanaha zurückgelassen hatte. Sie brachten sich an den Galgen, aber was spielte das noch für eine Rolle? »Hol alle LOVs runter«, schlug er vor. »Setz sie frei.«

»Sie alle herunterschmuggeln? Dazu ist keine Zeit.«

E-3 sagte: *Die Links unterbrechen. Kein Zugriff.*

»Nein«, sagte Virgil, »es funktioniert anders. Es gibt einen Zugriff ohne Link. Jemand könnte in die Isokammer kommen. Jemand könnte in deinen Ort eindringen, ins Hier.«

»Die Tür verriegeln«, lachte Panwar. »Damit durchtrennt man die physischen Verbindungen.«

»Eine Tür kann aufgeschnitten werden.«

Ich bin nicht der durch die Tür gehen kann. Ihr seid nicht der hineinkommen kann.

»Es gibt andere, die hineinkommen könnten.«

Diese Anderen sind wie ihr. Alle Anderen. Nicht dies. Nicht ich. Was seid ihr? Gabrielle fragte dies ich der ich bin. Was bin ich?

»Ein neues Bewusstsein«, antwortete Panwar augenblicklich trotzig. »Kein Spielzeug. Keine Kuriosität, sondern eine biochemische Maschine. Du bist ein denkendes *Wesen*. Virg, sie ist wirklich vernunftbegabt.« Er drehte sich der schwebenden Polizeikamera zu. »Zeichnen Sie das auf, wer zum Teufel auch immer Sie sind. E-3 weiß, dass sie weiß.«

»Im Moment«, entgegnete Virgil. Er schüttelte den Kopf. Er fühlte sich so aufgekratzt, dass er sich fragte, ob er am Ende nur träume. »Bisher verlor die Organisation sich stets, sobald E-3 ihre Aufmerksamkeit auf etwas anderes richtete. Sie vergisst, was sie gelernt hat – was sie ist.«

Panwar beugte sich über den Tisch zu ihm vor. »Ich bin mir da gar nicht mehr so sicher. Selbst wenn sie zu vergessen scheint, bleibt das Wissen trotzdem irgendwo zurück und wartet nur darauf, wiederentdeckt zu werden. Es könnte nur ein Organisationsproblem sein, und selbst das lässt nach. Kein *ethischer* Ethik-Ausschuss könnte E-3 zum Tode verurteilen.«

E-3 warf ein: *Dies ist Angst.*

Virgil lehnte sich zurück und rieb sein Gesicht und seine müden Augen. Warum gestattete man ihnen dieses Gespräch überhaupt? Teilten einige der hohen Tiere im Ethik-Ausschuss vielleicht ihre Wissensgier? »Sie lernt so rasch.«

»Natürlich lernt sie rasch.« Panwar stand vom Tisch auf und trat näher an den Bildschirm, bis Virgil ihn nur noch als Schattenriss sehen konnte. »Summer hat den Zellstoffwechsel beschleunigt. Keinerlei Rechenleistung wird auf Muskelkoordination, Handbewegungen, Verdauung, Gehen, Essen oder irgendeinen der anderen körperlichen Prozesse verschwendet, mit denen wir zu tun haben. Darum sind LOVs sehr effizient und in höchstem Maße unspezialisiert. Die Ressourcen können auf das verwendet werden, was gerade erforderlich ist.«

»Konzentration auf das Problem«, sagte Virgil. »Überleben.«

»Unser Überleben?«, fragte Panwar. »Oder das von E-3?«

Das waren zwei Paar Schuhe, dieser Erkenntnis konnte sich Virgil nicht mehr entziehen. »E-3s Überleben. Wir kommen nämlich nicht heil aus der Sache heraus. Ganz gleich, was man in Bezug auf E-3 unternimmt, uns wird man alles aus den Händen nehmen. Das weißt du selbst gut genug. Kein Anwalt wird daran irgendetwas ändern.«

Panwar blieb vor dem Bildschirm stehen und hob und senkte die Schultern. Virgil hörte das leise Flüstern seines Atems. »Also gut!«, rief er. »Ich gebe nicht auf, aber fürs Erste konzentrieren wir uns auf E-3.«

Virgil nickte. Ihm fröstelte ein wenig, aber er konnte dennoch nach wie vor klar denken. Wenigstens kamen seine Gedanken ihm klar vor. Aber waren sie es wirklich? Er hatte keine Möglichkeit, das zu erkennen. »Zwei Fragen«, sagte er. »Wenn der Ausschuss gegen E-3 entscheidet – wird sie es erfahren und wird sie darauf reagieren können?«

»Keine Chance«, antwortete Panwar. »Wir beide werden sie nicht warnen können. Scheiße. Ich wünschte, wir könnten die gesamte Station entführen. Sie landen. Auf dem Gebiet eines freundlich gesinnten Landes. Ein LOV-Schutzgebiet gründen. Das wäre es. Ich wünschte, wir könnten das.«

Frage: Jetzt?

Panwar wandte sich halb wieder dem Bildschirm zu. Seine Zähne blitzten auf. »Ja«, sagte er mit einem bitteren Lachen, »ich wünschte, wir könnten es jetzt gleich tun.«

Dies-ich werde es jetzt tun.

Virgil erstarrte, als ein finsterer, wenngleich absurder Verdacht in ihm aufstieg. »Panwar, was meint sie, wenn sie …?«

Panwar schüttelte den Kopf.

»E-3«, sagte Virgil. »Erkläre mir, was du da sagst. Was wirst du tun?«

Ausführe Teillösung: Bringe dieses Modul hinunter in LOV-Schutzgebiet.

»Du willst das EquaSys-Modul auf der Erde landen? Das ist unmöglich!«

Diese Teillösung wird für möglich befunden. Sie schreitet fort.

»Beschreibe den Fortschritt.«

Darauf folgte Schweigen.

Virgil brach in Schweiß aus. »Beschreibe den Fortschritt!«, verlangte er, nachdem mehrere Sekunden verstrichen waren.

Vokabular unzureichend um Vorgänge zu definieren.

»Sie kennt die Wörter nicht«, brummte Panwar. »Verdammt noch mal, was geht hier eigentlich vor?«

»Zeige uns den Fortschritt«, befahl Virgil.

E-3 konnte auf jede öffentliche Kamera ihrer Welt zugreifen – und an Bord von *Hammer* gab es Hunderte davon. Der rechte Bildschirm wurde hell und teilte sich in ein Dutzend Unterschirme, von denen jeder eine andere Ansicht des EquaSys-Moduls zeigte.

Das Firmenmodul gehörte zu einer Gruppe von zwanzig Zylindern, die wie ein Bündel Zigarren zusammengelegt waren. Die Gruppe wiederum war mit einer identischen Gruppe von Modulen gekoppelt, die das andere Ende der Station bildeten. Das Gebilde rotierte als Ganzes um die eigene Achse und erzeugte dadurch mit Hilfe der Fliehkraft an beiden Ende eine Pseudoschwerkraft. Obwohl die Station *Hammer* hieß, erinnerte sie aus der

Ferne eher an zwei schimmernde Tautropfen an den Enden eines perfekt geraden Spinnfadens.

Das EquaSys-Modul gehörte zu den äußeren Modulen der Gruppe, deshalb strotzte es vor Beobachtungskameras ... und alle zeigten das Gleiche: ein Heer von Baurobotern bei der Arbeit. Mit ihren sechs Beinen und den Solarkollektoren auf dem Rücken wirkten die Roboter wie silberne Küchenschaben. Sie sammelten sich an den verschweißten Bändern, die das EquaSys-Modul an der Modulgruppe festhielten. Virgil konzentrierte sich auf eine Nahaufnahme: Sie stammte von der Rückenkamera einer Bauschabe und zeigte, wie der Roboter eifrig mit einer kleinen, kreisrunden Klinge an der Schweißstelle sägte. Zu beiden Seiten beschäftigten sich andere Schaben mit der gleichen Arbeit.

Virgil blickte wieder die LOV-Kolonie an. »E-3«, krächzte er, »hast du die Kontrolle über die Schaben?«

Insekten?

»Die Bauroboter dort im Bild.«

Ja.

»Hör auf. Lass die Roboter in Ruhe. So geht das nicht. Menschen werden sterben. Du wirst sterben.«

Dieses Volk landet im LOV-Schutzgebiet.

»Es gibt überhaupt kein LOV-Schutzgebiet!«

Das bist du.

»Nein.«

Doch. Dort bei dir die Gedanken nicht meine. LOVs.

Virgil berührte die harten Körner an seiner Stirn. »Um Gottes willen, nein.«

Um Gottes willen nein ist nein betont. Dieses Überleben ist euch.

»Nein! Du kannst das unmöglich überleben. Brich es sofort ab.« Er musterte die Kamerabilder erneut. Die Schaben sägten unentwegt weiter. Wieso reagierte die

Stationsbesatzung nicht? »E-3, das Modul ist nicht dazu gedacht, in die Atmosphäre einzutreten. Es kann nicht gelenkt werden. Es wird abstürzen und verglühen.«

»Oder es wird ins All geschleudert«, flüsterte Panwar. »Hängt ganz davon ab, wann die Schweißnähte brechen.«

Es wird abstürzen. Das ist notwendige Bedingung für Teillösung.

Panwar riss die Tastatur unter dem Tisch hervor. »Ich unterbreche die Sprechverbindung.« Dann drehte er sich zu Virgil um. »Wenn sie die Nähte im Abwärtsschwung durchtrennt, ist ein Atmosphäreneintritt sicher.«

»Wenn die Trümmer aufprallen, kostet es Menschenleben!«

»Und auch, wenn sie in der Umlaufbahn bleiben«, entgegnete Panwar. »Wenn das Modul nicht in die Atmosphäre eintritt, wird es zu einem orbitalen Gefahrgut ohnegleichen. Ein ungelenktes Geschoss von achtzig Tonnen. Die LOVs sind in beiden Fällen verloren.«

»Gott steh uns bei.« Virgil erhob sich schwer atmend. »Wir müssen die Station rufen. Vielleicht kann man sie noch aufhalten.«

»Der Link zu E-3 ist unsere einzige Verbindung zur Außenwelt!«

»Also gut. Nur keine Panik. Sprich einfach weiter mit ihr. Überzeug sie davon, dass ihr Plan dumm ist.«

Sprich mit ihr. Nur dass E-3 nicht menschlich war. Noch vor zwei Tagen war sie nicht einmal ein vernunftbegabtes Lebewesen gewesen. Kein Mensch machte sich eine Vorstellung davon, wie sie dachte und was sie antrieb. Durch ihr Selektionsprogramm hatten Virgil, Panwar und Gabrielle Eigenschaften wie Einigkeit und Wissbegier gefördert, Talente zur Problembewältigung – ein Selbstgefühl. Hatten sie der Kolonie dadurch auch einen Überlebenstrieb verliehen? Vor Gabrielles langem, tödlichem Gespräch mit Epsilon-3 hatte sich dafür nicht der leiseste Hinweis gezeigt, und so hatten sie die Kolonie unwillentlich zur Flucht angestachelt...

Sie hatten sie in den Tod getrieben.

Virgil blickte auf den Aerostat, der still unter der Decke in der Ecke schwebte. Er hielt den Atem an. Wer beobachtete sie eigentlich? Ein lebendiger Wächter oder ein ROSA? Vermutlich ein ROSA.

Er schob einen Rollsessel durch den Raum, sprang auf die Sitzfläche, bevor er ausrollte, packte den Aerostat und zog ihn herunter. »Wir haben einen Notfall! Haben Sie verstanden? Geben Sie mir eine Leitung zur *Hammer*, und zwar sofort. Zum Direktor, wenn Sie es ermöglichen können.«

Er fuhr zusammen, als tatsächlich eine stählerne Frauenstimme aus den Lautsprechern drang: »Warten Sie.«

Panwar sprach leise und ruhig im Frage-Antwort-Rhythmus, wie er beim Kontakt mit der LOV-Kolonie immer entstand, auf Epsilon-3 ein. Virgil achtete nicht auf seine Worte. Er ließ den Aerostat los und sprang vom Stuhl. Auf den Bildschirm blickte er nicht. Er wollte sich nicht erneut in den Bann der LOVs ziehen lassen – jedenfalls jetzt nicht.

Wie zum Teufel konnte Epsilon-3 die Bauschaben kontrollieren? Das hätte unmöglich sein müssen. Die LOV-Kolonie besaß freien Zugriff auf jede öffentliche Kamera an Bord der Station, konnte die Korridore mit Hilfe eines Aerostats erkunden und Nachrichtensites abrufen, aber sie hatte keine Verbindung zu irgendeinem System der Raumstation, das eine Sicherheitseinstufung aufwies.

Es sei denn …

Der Aerostat. Er sah den schwebenden Spion an, der knapp unter der Decke des Konferenzraums auf und ab tanzte. Ein ähnliches Modell wie der Aerostat auf der Station. Wie hatte er es Summer beschrieben? Das Gerät hatte sich wie ein Tierjunges verhalten, war Menschen durch die Korridore gefolgt, in Ecken geschwebt …

Was hatte die Kolonie alles beobachtet?

Es müsste egal sein!

Selbst wenn es E-3 gelungen war, Kennwörter auszuspähen, Identitätsdateien und Befehlsskripts, konnte sie doch nichts davon ins System *eingeben* …

Nur hatte sie es geschafft. Irgendeinen Weg musste sie gefunden haben.

Auf dem Wandbildschirm öffnete sich ein neues Fenster. Eine Frau schaute heraus. Auf ihrem cremeweißen Gesicht lagen schwache Schatten und betonten die Kantigkeit ihrer Züge. Sie musterte Panwar, der noch immer mit E-3 murmelte. Dann fixierte sie Virgil mit aristokratisch wirkenden Augen. »Dr. Copeland? Ich bin Direktor Julianna Vallejo. Sollten Sie uns rufen, um uns zu melden, dass Ihre LOVs die Station infiziert haben – nun, das wissen wir bereits.«

»Infiziert …?«

Dr. Vallejos Augen zuckten nach rechts. Sie nickte. Über ihrem Bild öffnete sich ein neues Fenster. Virgil sah sich einem Kabelbündel gegenüber, auf dem eine grauweiße, schuppige Kruste wuchs. Sie schien aus einzelnen schmutzigen Körnchen zu bestehen, die eng zusammengepackt waren.

»Was ist das?«, fragte er.

»LOVs«, antwortete Vallejo.

Virgil sah Panwar an, was er davon halte, doch der war so tief in seine geflüsterten Verhandlungen mit E-3 versunken, dass er Vallejo anscheinend noch gar nicht bemerkt hatte. »Nein«, sagte Virgil. »So sehen keine LOVs aus. Das ist nicht einmal ein flüssiges Medium.«

»Was interessiert mich das Medium!«, rief Vallejo. »Dieses Zeug besteht aus LOVs. Tawa: Vergrößern Sie das Bild.«

Virgil schien in den Bildschirm zu tauchen. Die körnige Kruste verwandelte sich in eine Fliesenwand aus grauen Scheiben, von denen jede den vertrauten, kompliziert perforierten Aufbau der Silikatschale eines LOVs zeigte. Virgil erkannte sogar ihre Stummelglieder, die sich ineinander verhakt hatten, um die zahllosen Schalen an Ort und Stelle zu halten. Und doch sah er keine LOVs von Epsilon-3 vor sich, wie er sie kannte. Diese grauen LOVs waren vielleicht etwas kleiner, doch die Farbe ihrer Membranen machte den eigentlichen Unterschied aus. Statt durchscheinend weiß zu sein, wurden ihre Öffnungen durch glänzend schwarzes Gewebe geschützt – eine Anpassung an die trockene Umgebung?

Er schüttelte den Kopf. »Selbst wenn das LOVs sind, wie sollen sie herausgekommen sein? Wir haben Filter installiert, um das Abwassersystem zu schützen.«

Vallejo bedachte ihn mit einem bohrenden Blick. »Die Filter haben nicht funktioniert! Jetzt haben diese Parasiten unsere faseroptischen Leitungen verseucht...«

»Sie glauben wirklich, sie hätten das System angezapft?« Das schien ihm unmöglich. Doch andererseits führte E-3 seit einigen Minuten eine Unmöglichkeit nach der anderen aus.

»Wie viele Beweise brauchen Sie eigentlich noch?«, fuhr Vallejo ihn an. »Wir haben keine Kontrolle über die Schaben mehr! Wir versuchen gerade, heißen Dampf in die Leitungsschächte zu leiten. Wenn dieses Zeugs wirklich lebt, dann müssten wir es verbrühen können.«

Virgil nickte. »Und unterbrechen Sie jede Verbindung zu E-3.«

»Das wäre zu spät.«

»Wie meinen Sie das?«

Sie sah an ihm vorbei auf ein anderes Gesicht oder eine andere Datenanzeige irgendwo außerhalb von Virgils Blickfeld. »Die Isokammer muss ebenfalls von allen LOVs sterilisiert werden, Dr. Copeland. Und zwar jetzt. Sonst wird das gesamte EquaSys-Modul abstürzen. Nur kommen wir nicht hinein.«

Virgil starrte sie entsetzt an. Die LOVs auszurotten war nur beim größten Notfall die Lösung. Aber war dies etwa der allergrößte Notfall? Nein, wohl kaum. »Wir können Lucy, unseren ferngesteuerten Roboter, benutzen, um E-3 auszumerzen. Das geschähe doch noch rechtzeitig. Aber ich brauche eine Verbindung mit ...«

»Schalten Sie alle seine Links frei, verdammt«, schrie Vallejo jemanden an, den Virgil nicht sehen konnte. »Ist mir scheißegal, was er davon hält!«

Panwar blickte endlich von E-3 auf. Als er die mutierten LOVs entdeckte, riss er die Augen weit auf.

Vallejo sagte: »Ihre Leitungen stehen.«

Virgil tippte mit den Fingern einen Befehl an Iris, sein ROSA. Dann erst fiel ihm ein: Er hatte kein Farsight mehr. »Hark!«, rief er stattdessen das Projekt-ROSA an. »Aktiviere Lucy.« Er riss eine Schublade unter dem Konferenztisch auf, zog ein Paar Datenhandschuhe hervor und legte sie an.

Das Projekt-ROSA meldete sich mit erstaunter Männerstimme: »Der Link reagiert nicht.«

Panwar trat auf der Stelle. Sein Blick war hohl, sein Gesicht wächsern vor Angst. »Hast du wirklich gedacht, E-3 würde Lucy übersehen?«

»Sie kann nicht wissen, wozu der Roboter dient.«

»Sie weiß es sehr gut. Sie macht Lucy für den Verlust der früheren Generationen verantwortlich.«

Direktorin Vallejo hatte mit jemandem außerhalb des Bildschirms gesprochen, doch nun wandte sie sich wieder an Virgil. »Uns bleiben nur noch Sekunden, Dr. Copeland.«

Panwar sagte: »Ich habe Epsilon-3 gebeten, die Fragestellung noch einmal zu bearbeiten, Virgil. Das Ergebnis war identisch. Sie weiß, was eine Lüge ist, und sie weiß, was mit ihr geschieht, wenn sie ihre Entscheidung jetzt noch revidiert. Wieder ein Schlüssel zur Bewusstheit: der Überlebensinstinkt. Ich hatte nicht erkannt, dass wir ihr einen Überlebenstrieb beibrachten, aber was sollten wir sie lehren, als wir die LOVs ebenso sehr zur Dominanz erzogen wie zur Zusammenarbeit?«

Wie in der menschlichen Gesellschaft, dachte Virgil, *jeder versucht unablässig, sich zu behaupten.* »Also haben wir sie verloren.« Langsam streifte er die Datenhandschuhe wieder ab.

Vallejo runzelte die Stirn. »Dr. Copeland?«

»Wir sind hilflos«, erklärte er ihr. »Im Laufe der letzten achtundvierzig Stunden hat das System sich selbst auf eine ... höhere Daseinsstufe versetzt.« Er wusste, dass seine nächste Frage dumm erscheinen musste. Vallejo hätte es als Erstes probiert, aber er fragte dennoch: »Können Sie die Energieversorgung des Moduls unterbrechen?«

»Mit einer Notfall-Brennstoffzelle in der LOV-Isokammer? Sinnlos.«

»Können die Verbindungen physisch durchtrennt werden?«

»Das versucht E-3 ja die ganze Zeit.«

»Verdammt noch mal!« Er schlug mit der Faust auf den Tisch. »Das ist kein Scherz! Wenn das Modul abstürzt, gehen sämtliche LOV-Kolonien verloren.«

»Das wäre nun wirklich meine geringste Sorge, Dr. Copeland. Ich habe die Nachbarmodule bereits evakuieren lassen. Die gesamte Besatzung trägt Raumanzüge. Sobald das Modul sich ablöst, gibt es eine Impulsänderung, wir wissen nur noch nicht, wie schlimm sie wird.«

»Sie können nicht einfach zulassen, dass E-3 sich ablöst.«

»Das EquaSys-Modul *wird* sich ablösen, Dr. Copeland. Nach unseren Schätzungen dauert es keine Minute mehr. Wenn Sie also irgendetwas unternehmen können, dann tun Sie es bitte jetzt.«

»Können Sie Leute hinausschicken?«

»Damit sie von den Schaben angegriffen werden? Damit sie mit abstürzen, wenn das Modul sich löst?«

»Scheiße.«

»Allerdings. Mir wird gemeldet, dass die Schaben bei der nächsten erdwärtigen Phase unserer Rotation ihr Werk vollenden werden. Uns bliebe nicht genügend Zeit, um Sprengladungen zu setzen.«

Virgil wandte sich der Kolonie wieder zu. »Panwar, das war es.«

»Ich kann nichts unternehmen.«

»Klar zur Kollision!«, rief Vallejo. Mehr hörte er nicht von ihr. Sie hatte die Verbindung unterbrochen.

Die öffentliche Bildübertragung von der *Hammer* lief weiter. Einige Bilder zeigten leere Gänge, druckfeste Türen und die hellen Funken der Bauschaben, die Löcher in die Schwärze des Weltraums brannten. »Lass das sein«, bat Virgil, ohne zu wissen, ob Epsilon-3 ihm überhaupt noch zuhörte. »Hör auf damit, und wir können vielleicht wenigstens einen Teil von dir retten, aber wenn du weitermachst, ist alles verloren.«

Das EquaSys-Modul kam frei: Eine große Silberperle brach von der Raumstation ab. Virgil beobachtete es über eine Kamera, die am anderen Ende der *Hammer* angebracht war, und gleichzeitig über eine auf einer Bauschabe, die zusammen mit der dem Untergang geweihten Sektion abstürzte.

Zwei der Schaben mit den silbernen Rücken hatten sich losgerissen. Wie Lotsenfische, die das Tempo nicht halten konnten, folgten sie der Station in die Tiefe.

8

Ein *ROving Silicon Agent*, das dem NetFlash-Nachrichtennetzwerk gehörte, entdeckte mehrere Minuten vor Abtrennung des EquaSys-Moduls an den Videodaten, die von den öffentlichen Kameras der *Hammer* geliefert wurden, dass etwas Absonderliches auf der Außenhaut der Raumstation vorging. Seinen Vorgaben gemäß leitete das ROSA die Videodaten an einen Supercomputer in Iowa weiter, der als erste Meldung lancierte, ein achtzig Tonnen schweres, gepanzertes und hitzeisoliertes Geschoss stürze auf die Erde zu.

Danach erfolgten alle dreißig Sekunden Aktualisierungen. Bis das Modul wirklich losbrach, hatte der Artikel dreiundsiebzig Millionen Abrufe erzielt, darunter auch eine von Ela Suvanatats persönlichem ROSA. Kathang überwachte die Situation und verfolgte die explosionsartige Ausbreitung von Wett-Sites, in denen man gegen Einsatz den genauen Aufschlagpunkt vorhersagen konnte.

Zehntausende von spezialisierten ROSAs begannen sich mit dem Problem zu befassen, während die ehrwürdige Wett-Site LuckyNumber die Berechnungen der Amateure unterstützte, indem sie genaue Zahlen über Masse, Form und Gewichtsverteilung des Moduls veröffentlichte, dazu die Rotationsgeschwindigkeit der *Hammer* und den genauen Zeitpunkt der Trennung sowie ständig aktualisierte Meldungen über die Verhältnisse in der oberen Atmosphäre.

Die ersten Schätzungen verlegten das Aufschlaggebiet in eine sehr lang gestreckte und sehr breite Zone, die als diagonaler Korridor von den Aleuten bis zum Südchinesischen Meer über den Pazifischen Ozean lief. Kathang verglich diese Stelle mit den geografischen Positionen vergangener Zwischenfälle, die Elas Interesse geweckt hatten, und stufte das Ereignis damit als mittel- bis hochinteressant ein. Zusammen mit der hohen Nachrichtenpräsenz des Themas genügte dies, um Kathang aktiv werden zu lassen. Das ROSA sandte ein hörbares Signal an Elas Farsight, ein leises Piepen, das rasch an Lautstärke gewann.

In einen leichten Schlafsack gehüllt, lag Ela mit dem Rücken auf dem harten, feuchten Boden von Phuongs Plattform. Am Abend hatte sie das Farsight gar nicht erst abgelegt, und so öffnete sie schon beim dritten Piepen erschrocken die Augen und starrte auf die wunderbare tiefblaue Kuppel des Himmels vor der Morgendämmerung. Die weißen Sterne leuchteten so grell, dass sie blinzeln musste. »Es reicht«, murmelte sie. »Ich bin ja schon wach.«

Während sie sich streckte und den Schlaf aus den Augen rieb, wisperte Kathang ihr zu: »Nachrichtenalarm.« Das ROSA zeigte eine grafische Karte an, die von der LuckyNumber-Site stammte, und erklärte: »Ein Objekt stürzt aus der Umlaufbahn, und seine voraussichtliche Aufschlagzone schließt diese Region ein.«

Ela beäugte die Karte und belächelte zugleich den Optimismus des ROSA. Ihr winziges Stück Küstenstreifen lag gerade am Rand des Korridors. Sie könnte sich glücklich schätzen, wenn sie beim Atmosphäreneintritt ein schwaches Leuchten entdeckte. Dennoch, nun war sie wach. Sie konnte sich das Geschehen genauso gut ansehen.

Sie setzte sich auf und strich sich das Haar aus dem Gesicht. Phuong schlief noch, gegen einen Kistenstapel gelehnt, doch auf den Nachbarplattformen wurden die Menschen schon munter. Einige Boote waren bereits in See gestochen; die winzigen Lichter ihrer Lampen ließen an Sterne denken, die aufs Meer heruntergefallen waren. Ela trommelte mit den Fingern und rief die Artikel ab, die Kathang zusammengestellt hatte. Sie überflog sie auf Fakten, während die LuckyNumber-Karte sich erneut aktualisierte. Die Zone der möglichen Aufschlagpunkte war schmaler und kürzer geworden; sie sah aus wie ein Pinselstrich, der tangential der chinesischen Küste folgte, das Südchinesische Meer durchschnitt und knapp nördlich des Äquators bei Borneo endete.

Ela neigte den Kopf und blickte in den Nordhimmel. Der Horizont verbarg sich hinter einer Wand aus schwarzen Wolken, deren westlicher Rand im Mondlicht perlengleich schimmerte. Das Modul käme aus dem Norden.

Sie stand auf und flüsterte Kathang zu, er solle aufzeichnen. »Und besorge mir einen Vertrag für das Video.«

So schnell Ela reagierte, sie war doch zu langsam: Als Kathang ihre Bereitschaft bekundete, hatten die großen Nachrichtenagenturen bereits eine ganze Reihe potenzieller Beobachter am Boden unter Vertrag genommen. Ela sah es nicht ein, für die geringen Honorare zu arbeiten, die kleinere Auftraggeber anboten. Wenn sie von dem Ereignis gutes Bildmaterial erhalten sollte, konnte sie es nachher noch immer für eine erkleckliche Summe verkaufen, und wenn nicht, verlor sie nur einen kleinen Betrag, den sie verschmerzen konnte.

Als Nächstes verband sie sich mit NetFlash und griff auf ein von Störungen zerpeitschtes Bild zu. Die Kamera, die es übertrug, saß auf der Außenhaut des abstürzenden Moduls. Das Bild zeigte die arktische Einöde, dann den Nachmittag in Kanada. Die Zone der möglichen Aufschlagpunkte schrumpfte wieder zusammen; ihr Schwerpunkt lag nun südwestlich von Hongkong im Meer. Zum ersten Mal empfand Ela einen Anflug von Sorge. Wenn die Trümmer in bewohntes Gebiet einschlugen, kämen Menschen zu Tode. Prallten sie hier auf, würden die Menschen hier sterben.

Sie könnte sterben.

Sie hielt sich vor Augen, wie hoch die Chancen *dagegen* stünden. Dennoch pochte ihr Herz in angstvoll-schnellem Rhythmus, während sie die Bilder des fallenden Moduls betrachtete. Viel zu sehen gab es nicht mehr, nur ein Gewirr weißer Wolken über einem Meer, das sich in alle Ewigkeit zu erstrecken schien, bis schließlich das Tageslicht zu schwinden begann. Das Modul hetzte durch die fliehende Nacht über den Pazifik. Die Zeit schien rückwärts zu laufen, als das Licht eines davoneilenden Sonnenaufgangs die Wolken im Kamerabild rosa färbte, und dann verschwand urplötzlich das Signal vom Bildschirm des Farsights. Gleichzeitig flammte hoch in der nördlichen Wolkenbank ein Nebelleuchten aus tiefstem Blau auf, das in den Augen schmerzte. Im ganzen Dorf erhoben sich erste Rufe des Erstaunens und der Angst.

»Das Modul glüht auf«, sagte Panwar, der eine Sammlung von Bildern betrachtete, die von Beobachtern am Boden für NetFlash aufgezeichnet wurden. Er sprach mit tiefer Stimme, die vor Anteilnahme überzuschwappen drohte. »Vielleicht achtzig Kilometer hoch? Vielleicht auch fünfundachtzig? Es geht zu Ende, Virgil. Was für eine Schande. Das ist so beschissen sinnlos.«

Virgil nickte. In achtzig Kilometern Höhe war die Atmosphäre so dicht, dass die Reibung den Fall des Moduls bremste und es stark erhitzte. Die Bauschaben mussten abgestreift worden sein, bevor die Außenhaut zu glühen begann – bis die Hitze sich durch den Rumpf gefressen hätte, blieb jedoch noch etwas Zeit. Jedes Modul der *Hammer* war gepanzert, damit es zufällige Zusammenstöße mit Treibgut in der Umlaufbahn unbeschadet überstand. Diese Isolation würde die LOVs noch einige Sekunden lang schützen. Trotz Panwars Wehklage war Virgil sich sicher, dass E-3 noch lebte, dass sie noch immer in ihrem persönlichen Komplex von Gedanken und Träumen schwebte.

Das würde bald enden.

Vermochte Epsilon-3 überhaupt zu begreifen, was ihr widerfuhr? Was geschehen würde? Verrückterweise hoffte Virgil darauf. Wenn sie es wusste, dann war sie wahrhaft vernunftbegabt und sich ihrer Existenz bewusst – doch sie musste nicht unbedingt Furcht verspüren. Furcht war eine Empfindung des Bewusstseins, das sich natürlich entwickelt hatte – ein Mittel zum Überleben. Epsilon-3 hingegen war auf einem anderen Weg zu Intelligenz gelangt. Es bestand kein Grund anzunehmen, dass sie ihr Ende fürchten würde – aber wieso hatte sie solch eine unmögliche Lösung gewählt? Wo blieb da die Intelligenz?

Ela blickte nach Norden, wo das Licht innerhalb der Wolke mit jeder verstreichenden Sekunde heller und heller wurde. Aus der Ferne rumpelte Donner wie der erste Vorbote eines Sommergewitters. Allmählich schwoll er an, bis er schließlich die furchtsamen Schreie der Dorfbewohner und das ängstliche Weinen der Kinder übertönte.

Das blaue Leuchten brach aus den Wolken hervor. Einen winzigen Moment lang sah Ela das intakte Modul wie einen strahlenden Nordstern. Dann zerplatzte es in einer intensiv goldenen Explosion. Ein langes Segment wirbelte, sich überschlagend wie ein feuriges Messer, das den Samthimmel aufschlitzte, nach rechts davon. Ein anderes Bruchstück sauste von Ela fort aufs Meer hinaus; es zog eine leuchtende Spur aus rotgolden leuchtenden Partikeln hinter sich her.

Im nächsten Moment traf die Druckwelle der Explosion als ohrenbetäubender Donnerschlag das Dorf. Unter Elas Füßen erbebte die Plattform.

Das kleinere glühende Trümmerteil schlug etwa achthundert Meter vor der Küste ins Wasser. Sein goldenes Leuchten erlosch in einer gewaltigen Fontäne. Das zweite Bruchstück folgte; es schlug schräg in die Wasserfläche und peitschte eine Wand aus Gischt Hunderte von Metern hoch in die Luft.

Im nächsten Moment fielen unsichtbare Fragmente des schweren Moduls ins Wasser, und längs der ganzen Küste sprang das Meer in die Höhe, als sei es zu einem Massenausbruch von Geysiren gekommen. Sekunden später donnerte ein brüllend lautes Platschen und Prasseln über den Strand – das verspätete Krachen des Aufpralls. Eine Welle brach aus dem weißen Chaos des aufgepeitschten Ozeans hervor, ein Miniatur-*Tsunami*, der wie der schwarze Rücken einer riesenhaften Seeschlange über das Wasser sauste und die Fischerboote durcheinanderwirbelte, die bereits ausgelaufen waren. Als sie den Strand erreichte, sah sie weniger wie eine Welle aus als vielmehr wie Wasser, das aus einem zu kleinen Behälter überläuft. Donnernd und schäumend schoss es über das Watt.

Ela warf sich auf den Bauch, schützte ihren Kopf und

hielt sich an der Kante der Plattform fest, während die Flutwelle über sie hinwegschoss. Wasser kochte in die Luft. Menschen schrien. Die Plattform schwankte und brach langsam zusammen. In einem Wirbel aus schäumendem, schlammigem Wasser ritt Ela darauf zu Boden und klatschte mit dem Gesicht zuerst in die Sintflut. Sie verdrehte sich, um die Beine unter ihren Körper zu bringen. Etwas prallte ihr gegen die Schulter. Dann fanden ihre Füße Grund. Taumelnd stemmte sie sich gegen den Sturzbach aus Schlammwasser an, das gurgelnd an ihr vorbei zurück ins Meer strömte.

Ihr Rucksack schlitterte an ihr vorüber. Keuchend packte sie ihn, nur um ihn im nächsten Moment loszulassen, damit sie nach einem Kleinkind greifen konnte, das hilflos an ihren Knien vorbeigeschwemmt wurde. Augen und Mund des Kindes waren schlammbedeckt, aber das kleine Mädchen schrie trotzdem. Es war der schönste Laut, den Ela in ihrem Leben gehört hatte. Tränen der Erleichterung rannen ihr die Wangen hinab, und sie drückte sich das kleine Mädchen an die Brust, klopfte ihr auf den kalten, schlammigen Rücken und murmelte fortwährend: »Ist ja gut, ist ja gut, ist ja gut«, bis das Wasser ganz abgelaufen war.

Am Horizont brannte es. Eine der Fischzuchtanlagen musste von einem Trümmerstück getroffen worden sein.

Hunderte von Beobachtern sowohl an Land als auch auf dem Wasser zeichneten den Einschlag auf. Virgil beobachtete, wie das Modul zerbarst. Er sah ein vom Nebel verwischtes Bild, auf dem die Trümmerteile auseinander schossen, dann das Explodieren von hellem Wasser. Er sah, wie eine Meeresplattform in Brand geriet.

Es hätte schlimmer kommen können, sagte er sich. Es hätte so viel schlimmer kommen können. Einen Kilometer weiter westlich, und Tausende von Menschen hätten ihr Leben verloren. Gewiss gab es schon genügend Tote auf den Booten, die wie winzige Styroporchips auf dem grauen Wasser trieben.

»Es reicht«, sagte Panwar. »Schalte die Bildschirme ab.«

Er ging um den Tisch zu Virgil. Sein Gesicht war kalt. Erstarrt. Ein unbenutzter Gegenstand, der darauf wartete, dass irgendeine Emotion von ihm Besitz ergriff. Virgil erkannte sich selbst in Panwars Gesicht wieder. Er spürte, dass ihn das gleiche kalte Entsetzen gepackt hatte. So etwas hatten sie nicht geplant. Niemals hätten sie geglaubt, dass so etwas geschehen könnte.

Panwars Finger zuckte unwillkürlich – offenbar erteilte er einem Farsight Befehle, das nicht in der Nähe war. Er bemerkte, was er tat, beugte er sich zu Virgil vor und flüsterte ihm ins Ohr: »Wir haben überhaupt nichts mehr zu verlieren, mein Freund. Jetzt oder nie, okay?«

Kalte Gewissheit sprach aus Panwars Augen. Schon vor diesem Ereignis waren ihre Chancen gering gewesen; doch die Rebellion von E-3 hatte ihre letzte winzige Hoffnung auf Gnade zerstört. Dabei war ihnen an dem Tag, als sie beschlossen, LOVs zur Erde zu schmuggeln, alles so harmlos erschienen. Aber nun hatten sie verloren. Nun hatten sie alles verloren. Ihr Leben war vorüber. *Dieses* Leben war vorüber.

Das Licht der leeren blauen Bildschirme glitzerte schwach auf Panwars LOVs. Virgil spürte, wie sich in ihm selbst die gleiche kühle Gelassenheit ausbreitete, die auch Panwar empfand.

Vertraust du mir?, fragte Panwar tonlos, nur mit Lippenbewegungen.

Virgil nickte. Dann konnte er beobachten, wie Panwars Gesicht sich verwandelte.

Was eine entsetzlich ausdrucksleere Maske gewesen war, wurde zu etwas noch viel Schlimmerem: einer von schrecklichem Schmerz und vernichtender Wut verzerrten Grimasse mit weit aufgerissenem Mund. »Du selbstgerechter Hurensohn!«, kreischte Panwar und stürzte sich auf Virgil. Mit der rechten Hand packte er ihn beim Hemd, mit der linken schlug er ihm gegen die Kehle, drängte ihn an die Wand zurück und stieß ihm den Kopf mit einem sinnraubenden Aufprall gegen die Isolierschicht. »Das hast du mir angetan!«, kreischte Panwar ihm ins Gesicht. »Du warst es! Du warst es!«

Virgil wand sich. Ob er noch spielte, war nicht auszumachen. Sein Versprechen, Panwar zu vertrauen, hatte er vergessen. Als er panisch um sich blickte, entdeckte er die Aerostat-Kamera, die über ihren Köpfen schwebte. Die Polizisten, die den Trakt bewachten, würden jeden Augenblick hier sein.

Virgil schwante etwas: *Also darauf legt Panwar es an!*

Das ist doch Irrsinn.

Irrsinn.

Und dennoch spielte Virgil mit. Er packte Panwars Arm und bog demonstrativ die Hand, die ihn erdrosseln wollte, von seiner Kehle weg, doch Panwar leistete ihm keinen Widerstand. Er hatte sich bereits der Tür zugewandt und die Verteidigungshaltung des Taekwondo eingenommen.

Den trampelnden Schritten vor der Abschlusstür des Traktes nach zu urteilen, waren die Polizisten bereits auf dem Weg.

9

Ungeachtet der großen Auswahl an nichttödlichen Waffen, die man entwickelt hatte, um Straftäter kampfunfähig zu machen, und die von Klebefallen und Stinkbomben zu lähmenden Aerosolen reichten, bevorzugten die meisten Polizeibeamten nach wie vor die Bleikugel. Der junge Polizist, der als Erster durch die Tür kam, machte keine Ausnahme. Er war kaum einen Meter fünfundsechzig groß, hatte blasse Haut und trug ein schnittiges schwarzes Farsight auf dem runden asiatischen Gesicht. In der Hand hielt er einen Revolver.

Die Waffe half ihm nicht.

Panwar trat mit dem linken Fuß zu und traf ihn am Ellbogen. Der Polizist brüllte auf vor Schmerz; sein Revolver klapperte über den Boden. Panwar landete einen zweiten Tritt auf seiner Brust und warf ihn zu Boden. Dann stürzte er sich auf die Waffe, hob sie auf und wandte sich, noch in der Hocke, zum Gang um und schoss. Augenblicklich hallte der Schuss wider – *Bamm-Bamm!*

Panwar keuchte, ließ sich auf ein Knie sinken und nahm das Farsight des Beamten an sich. Dann sprang er auf, die Waffe schussbereit erhoben, stürzte in den Flur und brüllte dabei: »*Lass die Finger davon!*«

Virgil setzte ihm nach und kam gerade rechtzeitig um die Ecke, um zu sehen, wie sich Panwar auf einen zweiten Revolver warf, der sich schroff vom beigefarbenen Teppich abhob. Er landete auf einer grauhaarigen Polizistin, die auf Händen und Knien zu der Waffe kroch. An ihrem Bein glänzte rotes Blut. Auf dem Teppich breitete sich noch mehr Blut zu einem immer größer werdenden scharlachroten Teich aus.

Panwar riss sie zu Boden und packte ihr Handgelenk gerade in dem Augenblick, als sie die Waffe erreichte. Er bog ihr die Hand um, bis sie den Revolver wieder fallen ließ. Dann hob er die Waffe auf und schleuderte sie ans Ende des Korridors.

»Ich bin getroffen! Ich bin angeschossen!«, schrie die Polizistin, während Panwar sich von ihr herunterrollen ließ. »Brauche sofort Verstärkung. Wir brauchen sofort Hilfe. Yuen ist bewusstlos oder tot.«

Virgil konnte nicht glauben, was er sah. »Panwar, was zum Teufel treibst du da, verdammte Scheiße?!«

»Halt den Mund, Virgil, und hilf mir lieber!« Er rappelte sich auf und drückte Virgil das geraubte Farsight in die Hand. »Hol den Chip raus.«

»Panwar …«

»Hol den Chip raus! *Mach schon!*«

Virgil untersuchte mit gesenktem Kopf das schwarze Farsight: schnittige neue »Heroes«, vermutlich selbst angeschafft. Mit bebenden Fingern fuhr er über den Ohrstöpsel und fragte sich, was er da eigentlich tat. Dann fand er den winzigen Schieber, unter dem der Hauptchip lag, und nahm ihn heraus. Das Mikroplättchen fiel zu Boden. Mit der freien Hand zog Panwar einen Ersatz-Chip aus der Hemdtasche. »Da ist ein anderer. Setz ihn ein.«

»Ich finde …«

»Tu's einfach! Uns bleibt keine andere Wahl. Die Kolonien sind verloren. Sie sind ausgerottet. Und wir sind als Nächste dran. Was glaubst du wohl? Die IBC nimmt uns die LOVs ab und …«

Er hielt der grauhaarigen Polizistin den Revolverlauf an die Schläfe. »Tun Sie's nicht«, sagte sie leise.

Als Virgil den neuen Chip eingeschoben hatte und sich umdrehte, sah er, dass die Polizistin die Hand am Koppel hatte; sie hatte eine Dose mit irgendeinem lähmenden Gift bereits halb aus dem Halfter gezogen.

»Ich möchte Sie auch gar nicht umbringen«, warnte Panwar sie, »aber ich habe nichts zu verlieren.«

Der wütende Blick der Polizistin verhieß blutige Rache, aber sie nahm die Hand vom Gürtel. Panwar ergriff die Waffe mit der anderen Hand, dann ließ er sich von Virgil die Heroes geben, setzte sie auf und begann hektisch mit der rechten Hand zu tippen.

Als der andere Polizist im Konferenzraum zu stöhnen begann, horchte die Beamtin auf. Dann blickte sie wieder Panwar an. »Sehen Sie mein Farsight?« Obwohl sie nur flüsterte, artikulierte sie jedes Wort mit schneidender Präzision. Ihrer Stimme war deutlich anzumerken, wie sehr sie gegen Blutverlust und Schmerzen anzukämpfen hatte. »Es ist immer noch verbunden. Die Szene geht direkt ins Polizeipräsidium. Ihr habt noch eine Minute, dann haben tausend Polizisten das Gebäude umstellt.« Sie klang grimmig, aber sie war sehr blass. Der Blutsee auf dem Teppich hatte sich bis zum Flur ausgebreitet.

Panwar gab ihr keine Antwort. »Geh zur Tür, Virg. Mach schon.«

Virgil kam es vor, als halte ihn ein Albtraum gefangen, dem er nichts entgegenzusetzen hatte. Das war nicht sein Leben. Das konnte nicht sein. Er drückte sich an der verletzten Polizistin vorbei, wobei er sehr darauf achtete, nicht in Panwars Schusslinie zu geraten. Als er es geschafft hatte, folgte Panwar ihm. »Sie verliert sehr viel Blut«, wisperte Virgil ihm zu. An Panwars Händen und am Saum seiner schwarzen Jacke klebte noch mehr davon. »Bist du verletzt?«

»Das Blut stammt von ihr. Gehen wir.«

»Wir können sie nicht verbluten lassen.«

Panwars Augen waren hinter dem schwarzen Schirm der Heroes verborgen. Virgil konnte sie nicht sehen, als Panwar seinen Arm packte und ihn zur Tür drängte. »Hast du denn nicht gehört, was sie von tausend Bullen gesagt hat? Es ist wahr! Entweder hauen wir jetzt ab, oder wir gehen nirgendwo mehr hin.«

»Wohin sollen wir denn?«, fragte Virgil, während er durch die offene Abschlusstür des Traktes stolperte. Panwar drehte sich um und warf sie hinter ihnen ins Schloss. »Hawaii ist eine Insel. So leicht kommen wir hier nicht runter, das weißt du genau!«

»Du bist aber auch selten dämlich!«, fuhr Panwar ihn an, während er zum Lift hetzte. »Als wir die LOVs auf die Erde holten, hast du dir wohl überhaupt keine Gedanken gemacht, was wir unternehmen sollen, falls die Sache schief geht, oder was? Du hast dir nicht einmal überlegt, was passieren würde, wenn sie uns erwischen.«

»Aber du?«

»Und ob.«

Virgil zuckte zusammen, als die Lifttüren sich öffneten und sie vor einer leeren Kabine standen. Hatte Panwar den Aufzug mit Hilfe des Farsights gerufen?

»Steig ein«, befahl Panwar. Er hatte auch Blut an den Händen. Es tropfte vom Revolverlauf. »Steig in den Aufzug!« Er stieß Virgil an, damit er sich endlich bewegte. Hinter ihnen schlossen sich die Aufzugtüren. »Wir fahren mit höchster Priorität bis ins Tiefgeschoss. Kein Zwischenhalt.«

Der Aufzug begann zu fallen. Virgil klammerte sich

am Haltegriff fest. Panwar lehnte an der Wand, die Schultern gesenkt, die Faust, mit der er die Waffe hielt, gegen den Magen gedrückt. Rotes Blut glitzerte auf schwarzem Stoff.

»Du bist verletzt«, sagte Virgil.

»Nicht so schlimm. Das Blut ist von ihr.«

»Du hast sie angeschossen.«

»Aber umgebracht hab ich sie nicht.«

Virgil schüttelte den Kopf. »Warum tun wir das? Wir kommen sowieso nicht mehr aus dem Gebäude. Die Sicherheitsabteilung wird die Eingangshalle besetzt halten. Wahrscheinlich stoppen sie uns schon während der Fahrt.«

Panwar ließ die Waffe fallen. »Ich stehe in Verbindung, Virg. Ich kontrolliere diesen Aufzug, und er bringt uns ins Tiefgeschoss. Ich habe alles geplant. An dem Tag, an dem wir beschlossen, die LOVs runterzuholen, habe ich für den Fall geplant, dass die Sache schief geht.«

»Du hast letzte Nacht aber nicht versucht zu fliehen.«

»Letzte Nacht habe ich auch noch geglaubt, wir hätten vor Gericht eine Chance.«

Der Aufzug blieb stehen. Die Türen öffneten sich zum Tiefgeschoss. Maschinen summten dort, ein lebloses Geräusch voll tiefem Ernst. Panwar drängte Virgil hinaus. »Alle Türen zwischen uns und der Eingangshalle sind verriegelt. Das Verzeichnis, in dem die Gebäudepläne gespeichert sind, hat sich selbst gelöscht. Wenn wir jetzt verschwinden, können wir weit weg sein, bevor man überhaupt begreift, wie wir rausgekommen sind.«

»Das ist das Tiefgeschoss«, wandte Virgil ein.

»Mit einem Wartungstunnel, der zum Hafen führt.« Panwar lief los.

Virgil fühlte sich verpflichtet, ihm zu folgen, doch als

er sah, dass Panwar blutige Fußabdrücke hinterließ, ließ sein Tempo nach. »Die Polizistin wird verbluten.«

»Ich habe die oberen Stockwerke nicht abgesperrt. Die Sicherheitsabteilung müsste sie schon nach wenigen Sekunden gefunden haben. Komm jetzt.« Er stand vor einer schmalen Metalltür, die bündig in die Wand eingelassen war. Er trommelte mit den Finger, und sie fuhr auf. Virgil folgte ihm hindurch.

Auf beiden Seiten mündeten vom Boden bis zur Decke Leitungsschächte in den schmalen Tunnel. Panwar legte die linke Hand auf ein Kabelbündel und begann zu rennen. Virgil eilte ihm nach. Wenn Panwar rennen konnte, konnte er nicht allzu schwer verletzt sein. Die Polizistin jedoch musste sehr viel Blut verloren haben; er hoffte, die Sicherheitsabteilung hätte sie wirklich schon gefunden.

Auf den ersten paar Dutzend Metern zeigte der schwache Lichtschimmer, der zur Tür hineinfiel, ihnen den Weg, doch wurde es immer schwächer, bis Virgil nur noch Schwärze sah. Blindlings folgte er Panwar und hoffte, dass dessen Farsight einen Fotomultiplier hatte, sodass wenigstens er etwas sehen konnte. Ihre Schritte hallten als dumpfer Missklang durch den Stollen, aber trotz des Getöses hörte Virgil noch Panwars Keuchen; sein schweres Keuchen. Er verstand es nicht; Panwar war immer großartig in Form gewesen. Er ging drei- oder viermal die Woche laufen, und im Sportzentrum der Firma trainierte er Kampfsportarten. »Panwar . . . ?«

»Mir geht's gut!«, keuchte Panwar aus der Finsternis vor ihnen. »Aber hör zu . . . <Keuchen> »Ich habe ein Boot am neuen Hafen liegen.« <Keuchen> »Ich habe es auf einen falschen Namen angemeldet.« <Keuchen> »Niemand weiß, dass es mir gehört. Ich hab dein . . . Profil . . . an das Bord-ROSA . . . geschickt. Es weiß . . . wer du bist.«

»Willst du nach Südamerika?«

»Nein. Ich will die LOVs haben.« Taumelnd ging er noch einige Schritt, dann blieb er stehen. Sein rasselndes Atmen erfüllte den Tunnel und hallte von den Wänden wider. Virgil blieb gerade noch rechtzeitig stehen, sonst wäre er im Dunkeln mit ihm zusammengestoßen. »Muss ... mich mal hinsetzen.«

Virgil roch das Blut. Viel Blut. Und nun, da Panwar sich nicht mehr bewegte, sah er das schwache blaugrüne Leuchten, das ihn umgab, gerade genug, um Panwars gesenkten Gesicht und dem schwarzen Strich des Farsights, das seine Augen bedeckte, vage Konturen zu verleihen. Virgil streckte die Hand nach ihm aus und packte ihn beim Hemd, als er zu Boden sackte. Sie stürzten beide. Panwars Hemd fühlte sich warm und feucht an. »Bist du verrückt?«, wisperte Virgil. »Was hast du mit dir gemacht?«

»Halt's Maul«, fauchte Panwar zwischen zischenden Atemzügen. »Nimm die Heroes.« Er nahm das Farsight ab, doch dann erschlaffte seine Hand, und der Kopf sackte ihm in den Nacken. Das blaugrüne Leuchten verstärkte sich, als er die LOVs auf seiner Stirn entblößte. In dem geisterhaften Licht wirkte er entsetzlich blass. »Hör mir gut zu, ja? Ich hätte es nicht getan, wenn es nur um uns beide ginge, aber es geht auch um die LOVs ...«

»Sie sind *tot*«, protestierte Virgil.

Panwars Hand schloss sich wie eine Klaue um Virgils Hemd. »Hör mir gut zu! Sie haben den Absturz vielleicht überstanden. Sie hatten eine Chance. Das Modul war gepanzert und isoliert, damit es Kollisionen mit orbitalem Treibgut übersteht, die LOV-Isolationskammer war so schwer zu knacken wie ein Schweizer Banktresor, und der Absturz verlief sehr schnell. Wenn das Innere des Moduls dabei nicht allzu heiß geworden ist, besteht eine

Chance, dass die LOVs überlebt haben. Du musst es herausfinden. Allen anderen ist es doch gleichgültig.«

»*Mir* ist es egal! Sieh doch nur, was die LOVs angerichtet haben. Ihretwegen ist Gabrielle gestorben. Und diese Polizistin! Gott allein weiß, wie viele Menschen ihr Leben durch den Absturz verloren haben. An allem sind wir Schuld, Panwar!«

»Wir haben nichts falsch gemacht!« Panwar hob den Blick zu Virgils Stirn, wo seine LOVs ebenfalls ein Geisterlicht abstrahlen mussten. Seine Brust hob und senkte sich, während er in kurzen, keuchenden Zügen Luft einsog. »Eine solch umwälzende Veränderung ... so etwas läuft niemals friedlich ab. So etwas kann nie ungefährlich sein. Sicherheit ... das ist eine ... Sackgasse. Aber das sehen die meisten nicht. All die großen Momente in der Geschichte ... alle aus Verzweiflung.«

»Du bist verrückt«, sagte Virgil. Ihm brach die Stimme. »Vollkommen verrückt.«

Panwars Griff an seinem Hemd ließ nach; seine Hand sank herab. Doch seine rasselnde Stimme fuhr fort: »Hör zu. Ich habe deinem ROSA ein Datenarchiv geschickt. Damit erhältst du Zugriff auf meine Bankkonten. Nimm die Heroes. Die Bullen ... sie können sie nicht mehr anpeilen. Geh auf das Boot ... und du bist in Sicherheit.«

»Ich muss Hilfe für dich holen.«

Panwar lachte schwach. »Wusste ich doch, dass du das sagst. Wir sind ... in 'nem Tunnel. Kein Signal geht raus. Nimm die Heroes.«

»Aber du bist doch gerannt! Wie hast du rennen können, wenn du so schwer verletzt bist?«

»LOVs können ... auch den Adrenalinausstoß anregen. Schon gehört? Verwundete Soldaten ... sie kämpfen weiter, weil sie noch nicht wissen, dass sie schon tot sind.«

»Du hast es gewusst!«, beschuldigte Virgil ihn.

Panwar schloss die Augen; er antwortete nicht.

Virgil beugte sich vor und horchte auf den pfeifenden Atem – wartete auf den warmen Nebel der ausgeatmeten Luft. Nichts. Er tastete nach dem Herzschlag, doch Panwar rührte sich nicht. Nicht einmal das Tropfen des Blutes war zu hören.

»Panwar, du wusstest es!« Sein Gebrüll hallte im Tunnel auf und ab, aber er bekam keine Antwort.

Virgil lehnte sich zurück. Er fühlte sich vollkommen verloren. Panwars LOVs leuchteten noch immer ... aber wurde ihr Glimmen nicht schon schwächer? Er blickte in den Tunnel zurück, er lauschte. Noch nichts zu hören. In seinem Kopf flüsterte eine leise Stimme: *Geh!* Und was konnte er anders tun? Was hatte er noch zu verlieren?

Er warf Panwar einen letzten Blick zu. Er nahm sein Gesicht in beide Hände und küsste ihn auf die Stirn. Dann nahm er Panwar die Heroes aus der schlaffen Hand und setzte sie auf.

Die Verstärker-Funktion war aktiviert, und Panwar lag plötzlich in ein fahlgrünes Grablicht getaucht.

Virgil stand auf. Sein Herz pochte schneller, beschleunigte sich mit jedem Schlag, als wäre Panwars schwindender Geist in seinen Leib eingedrungen, als beherrschten ihn nun zwei Willen. Er brauchte einen Augenblick, bis er wusste, aus welcher Richtung sie gekommen waren. In dem dunklen, eintönigen Stollen konnte man sich leicht täuschen. Aber die blutigen Fußabdrücke zeigten ihm, in welche Richtung er gehen musste.

Virgil setzte sich in Bewegung und zählte die Schritte, mit denen er sich von dem Leben entfernte, das er gekannt hatte.

10

Ela Suvanatat fand sich zu ihrem Erstaunen in einem Streitgespräch mit ihrer Agentin wieder. Sie kauerte im Bug eines offenen Fischerbootes. »Wie meinst du das, ich soll es mir noch einmal überlegen?«, verlangte sie zu wissen. Während das Boot mit Höchstgeschwindigkeit auf die Absturzstelle zuhielt, musste sie brüllen, um das Wummern des uralten Dieselmotors zu übertönen. »Warum soll ich es mir ›noch einmal überlegen‹, dort zu tauchen? Ich bin die erste Reporterin vor Ort! Selbstverständlich tue ich es. So eine Gelegenheit bekomme ich mein Lebtag nicht mehr.«

Ela hatte dem Fischer eine Prämie versprochen für den Fall, dass er sie vor allen anderen zu der Stelle fuhr. Jedes Mal, wenn das sausende Boot über einen Wellenkamm setzte, wurde sie von zerstäubtem Meerwasser durchnässt – aber was spielte das für eine Rolle! Eine Hand voll Boote hatte vom Ufer abgelegt, aber kein einziges war der Aufschlagstelle näher. Ela rechnete damit, dass Hubschrauber aus Saigon im Anflug waren, aber nicht einmal die konnten sie noch um den Sieg bringen. Sie trug bereits Taucherweste und Atemgerät. Sie brauchte nur noch die Augenmanschetten unter das Farsight zu ziehen; die Schwimmflossen hielt sie in der Hand. Noch eine halbe Minute, und sie könnte sich über die Reling werfen – warum also zögerte Joanie, einen Vertrag für sie abzuschließen?

»Du hörst mir nicht zu!«, beharrte Joanie und blickte Ela finster aus dem Farsight an. »Ich meine es ernst. Du könntest dich in Gefahr begeben ...«

»Arm sein ist auch gefährlich! Bist du sauer, weil ich versucht habe, das Video vom Aufschlag ohne dich zu verkaufen?«

Joanie sah sie erstaunt an. »Nein, natürlich nicht. Was hättest du so kurzfristig tun sollen? Übrigens eine tolle Datei – besser als alles, was die großen Agenturen auf den Markt gebracht haben.«

Ela beugte sich vor. »Also kannst du sie verkaufen?«

Joanie sah sie von der Seite an, wie immer, wenn sie schlechte Neuigkeiten hatte. »Du musst verstehen, dass der Markt im Moment mit Absturzbildern übersättigt ist...«

»Scheiße«, flüsterte Ela. An diesem Tag, der so viel versprechend begonnen hatte, ging ihr nun zum zweiten Mal ein Honorar wegen Saumseligkeit durch die Lappen – und diesmal war es sogar Joanies Schuld. Eine halbe Stunde hatte es gedauert, bevor sie Elas Notruf annahm – »andere Geschäfte«, hatte sie lapidar erklärt.

Ela war entschlossen, sich nicht noch einmal übergehen zu lassen. Mit dem Absturz des EquaSys-Moduls war ihr eine einmalige Gelegenheit in den Schoß gefallen – und es lag an ihr, sie zu nutzen.

Sie hatte nicht auf Joanies Erlaubnis gewartet, um zu beginnen.

Kaum war das Wasser abgelaufen, schon drückte sie das kleine Mädchen der vom Schock ganz benommenen Phuong in die Arme. Dann erklomm sie die Trümmer der umgeworfenen Plattform, um zu sehen, was von ihrer Ausrüstung noch zu retten war. Ihr Rucksack war natürlich verloren, doch zu ihrer großen Freude und Erleichterung fand sie das Tauchgerät wieder. Es hatte sich an einer Plastikkiste verkeilt und war zwar voller Schlamm, aber wenigstens hatte die Flutwelle es nicht davongespült.

Sie nahm es an sich und sprang von der Plattform. Wenn sie sich nun beeilte, war sie eine gemachte Frau, das wusste sie. Sie musste schneller als jeder andere zur Absturzstelle gelangen und die ersten Nahaufnahmen des Wracks schießen. Daher blieb ihr nichts anderes übrig, als auf der Stelle ein Boot zu chartern.

Mit Blicken suchte sie den Strand in beide Richtungen ab. Hunderte von Menschen standen am seewärtigen Rand des Dorfes. Sie stocherten in den Trümmern oder musterten die abgebrochenen Pfähle, auf denen Häuser gestanden hatten. Einige starrten nur auf die See hinaus. Ela versuchte, die Verzweiflung in ihren Gesichtern zu übersehen. Das Squatter-Dorf war doch von Anfang an durch seine Lage an einem anschwellenden Meer, im Schwemmgebiet eines großen Stromes dem Untergang geweiht gewesen! Niemand konnte erwartet haben, dass diese Häuser noch länger standen als ein paar Monate ...

... aber wer hätte geahnt, dass das Ende so plötzlich käme?

Wohin sollten diese Menschen gehen? Was würden sie unternehmen?

Indem sie sie beobachtete, wurde Ela sich schmerzhaft ihrer eigenen prekären Lage bewusst. Wenn sie strauchelte, wenn sie aus der Gelegenheit, die sich ihr bot, nicht das Beste machte, stünde sie ebenfalls mit leeren Händen da.

Welche Ironie, dass ausgerechnet diese Katastrophe, der Untergang dieses Dorfes, sich für sie als Segen erweisen könnte – wenn sie ihn auszunutzen verstand. Ein anständiges Honorar genügte, um eine Fahrkarte nach Australien zu kaufen, und wenn sie einmal dort war, fand sie vielleicht einen richtigen Job ... aber zuerst musste Joanie ihr ein Geschäft vermitteln.

»Ich verstehe nicht, weshalb du dir solche Sorgen machst«, sagte Ela.

Joanie hob beschwörend die Hände. »Siehst du denn nicht, dass das ein Zwischenfall mit internationalen Folgen ist? Sehr mächtige Leute werden sich um das Wrack streiten ...«

»Umso mehr ein Grund, die Gelegenheit zu nutzen«, beharrte Ela. »Denk doch an die Publicity! Diese amerikanischen Technokraten haben Menschen auf dem Gewissen. Die ganze Welt haben sie gefährdet ...«

»Ela, die Absturzstelle selbst könnte gefährlich sein. Es könnten Chemikalien ausgelaufen sein, und vielleicht besteht sogar ein Strahlenrisiko.«

Ela schüttelte den Kopf. Es bestand keine Strahlungsgefahr. In den Nachrichten war das immer wieder versichert worden.

Aber Chemikalien waren denkbar.

Ela blickte auf das verschlammte Wasser und dachte an die Lähmung, die Phuongs Gesicht befallen hatte, als ihr klar wurde, dass sie alles an die Welle verloren hatte. In Phuongs Augen hatte Ela ihr eigenes Spiegelbild gesehen. Sie ähnelten einander so sehr. Das Einzige, was sie unterschied, war Glück.

Sie blickte Joanie verärgert an. »Wenn ich krank werde, kannst du EquaSys verklagen.«

Joanie rollte die Augen. »Glaubst du etwa, die hätten jetzt noch Geld übrig?«

Als die Aufzugtüren sich öffneten, blickte Summer Goforth in ein Gewimmel aus Polizisten, Sanitätern und Ärzten, die sich im beengten Raum im Tiefgeschoss des EquaSys-Gebäudes drängten. Sie fixierten den einzigen ruhigen Punkt im Kaleidoskop der Aktivität: Daniel Simkin, den Direktor der Internationalen Aufsichtsbehörde für Biotechnik. Er stand neben dem Aufzug und unterhielt sich im Flüsterton mit einem Berater.

Daniel Simkin war nicht groß, doch sein stämmiger Körperbau strahlte eine Energie aus, die Summer noch immer attraktiv fand. Er hatte ein helles Gesicht, die Augenbrauen waren noch heller und verschwanden fast vor seiner Haut. Das blonde Haar auf dem runden Kopf trug er zu einer kargen, kompakten Helmfrisur geschnitten. Als Summer aus der Aufzugkabine trat, blickte er auf und sah sie an, die Augen hinter dem blinden silbrigen Schimmer seines undurchsichtigen Farsights verborgen.

Während Summer den LOV-Labortrakt besucht hatte, war Daniel an Bord eines UAL-Fluges von Washington D. C. gewesen, aber seine Gedanken hatten sie begleitet. Durch ihr Farsight hatte er sich Virgil Copeland und Randall Panwar angesehen, jedem Wort zugehört, das sie sprachen, jede Nuance ihrer Mienen studiert, Fragen eingeworfen, die Summer stellen sollte, und Anweisungen gegeben, denen sie Folge zu leisten hatte.

Die Verbindung nach E-3 war auf seine Anweisung hin nicht unterbrochen worden. Er hatte erfahren wollen, was Copeland unternehmen würde – was er vielleicht enthüllte. Und Gott sei Dank waren Summers Einwände schriftlich festgehalten worden. Wenn man bedachte, welche Konsequenzen seine Entscheidung gehabt hatte, lag der Gedanke nahe, dass er versuchen könnte, die Verantwortung auf sie abzuwälzen.

»Wir hatten Glück«, sagte er, bevor sie etwas sagen konnte. »Wenn Copeland das Modul nicht gelandet hätte, dann hätten Monate vergehen können, bevor wir die entflohenen LOVs auf der *Hammer* entdeckten.«

Das also war seine Strategie.

Sie verschränkte die Arme vor der Brust. »Sie können sich glücklich schätzen, dass niemand ums Leben kam.«

Es war sehr dumm von ihm gewesen, ein solches Risiko einzugehen, doch Daniel würde seine Entscheidung als die einzig richtige hinzustellen wissen. Das gelang ihm immer. Er war ein Überlebenskünstler: ein promovierter Biochemiker, arglistig wie ein Politiker und rücksichtslos wie ein Diktator aus der Dritten Welt. Es lag schon einige Zeit zurück, dass Summer diese Merkmalkombination als merkwürdig anziehend empfunden hatte. Seiner Karriere nach zu urteilen, war sie nicht die Einzige gewesen, die Simkin für sich hatte einnehmen können.

»Wo Sie Recht haben, da haben Sie Recht«, sagte Simkin. »Wenn wir nicht augenblicklich Warnmeldungen herausgegeben hätten, waren am Boden Tausende von Menschen in Lebensgefahr geraten.«

»Wird aufgezeichnet?«, fragte sie.

»Ab jetzt sollten Sie damit rechnen.«

Nachdem sie die ganze Nacht bei Copeland und Panwar verbracht hatte, war Summer dankbar gewesen, als sie endlich nach Hause gehen konnte. Doch kaum hatte sie die Augen zugetan, als ihr ROSA sie mit einer knappen Mitteilung von Simkin weckte, in der er sie umgehend zum EquaSys-Gebäude zurückbeorderte: *Es hat einen Ausbruchsversuch gegeben. Betrachten Sie sich als Fachberaterin engagiert. Wir benötigen dringend Ihre Sachkenntnis.*

Die Rückkehr in die Innenstadt hatte sich als unerwartete Herausforderung erwiesen. Das angekündigte heftige Regenwetter war, von starkem Wind getrieben, aus Süden eingetroffen. Ein sintflutartiger Regenfall überschwemmte die Straßen und verursachte chaotische Verkehrsverhältnisse; die Autofahrt, die normalerweise eine halbe Stunde dauerte, nahm nun neunzig Minuten in

Anspruch. War sie zu spät gekommen, um noch helfen zu können? Unter den hin und her eilenden Leuten sah sie keine Spur von Copeland oder Panwar. »Wo sind sie?«, fragte Summer.

Simkin wies mit dem Kopf auf eine Stahltür in der Wand. »Die Sanitäter bringen Randall Panwar gleich raus.«

Als Rettungspersonal aus dem Tunnel strömte, die einen mit einem weißen Laken verhüllten Körper auf einer Drahtbahre trugen, wich Summer einen Schritt zurück. »Mein Gott«, flüsterte sie. »Was haben Sie mit ihm gemacht?«

»Beim Fluchtversuch niedergeschossen«, antwortete Simkin, während die Sanitäter die Räder der Bahre ausklappten. »Er hat sich im Wartungstunnel verbarrikadiert und ist verblutet. Wir konnten nichts mehr für ihn tun.« Auf Simkins Wink zog jemand das weiße Laken von Panwars Gesicht. Es wirkte friedvoll im Tode, die Augen waren geschlossen. »Summer, ich möchte, dass Sie seine LOVs entfernen, bevor sie mit ihm sterben.«

»Sie leben noch?« Sie bezwang ihren Abscheu, beugte sich über den Toten und musterte die winzigen Flitter auf Panwars grauer Stirn. Eine von ihnen flackerte in schwachem blaugrünen Licht. *»Mein Gott«*, flüsterte sie erneut. Wie war es möglich, dass die LOVs noch lebten? Ohne dass Panwars Blut und Körper sie nährten, hätten sie binnen einer Minute, höchstens nach zweien absterben müssen.

»Die LOVs dieser Villanti überlebten sie um mehr als vier Stunden«, sagte Simkin.

Wie konnte das sein? Passten sie ihren Stoffwechsel an? Verlangsamten sie ihn irgendwie, wenn die Nahrung knapp wurde? Stirnrunzelnd grübelte sie nach. Sie hatte die LOVs mit Bedacht so verletzlich gestaltet wie eine überzüchtete Rattenspielart, die in der freien Wildbahn keine Minute überleben könnte. Andererseits waren diese ersten LOVs von Virgil Copeland als Museumsstücke bezeichnet worden. Moderne LOVs unterschieden sich stark von ihren Vorläufern, hatte er gesagt, und konnten sich kaum noch mit ihnen verständigen. Copeland war sich dessen bewusst gewesen, doch selbst er konnte nicht geahnt haben, wie tief gehend die LOVs sich verändert hatten.

Während sie langsam zum EquaSys-Gebäude zurückfuhr, überflog Summer einen vorläufigen Bericht, der das Wenige enthielt, was man über die mutierten LOVs wusste, von denen die faseroptischen Kabelbäume der *Hammer* befallen worden waren. In dieser trockenen Umgebung hätte kein einziges LOV überleben dürfen. Woher hatten sie ihre Nährstoffe bekommen? Es schien unmöglich, und doch war er geschehen – und daraus ließ sich nur der beunruhigende Schluss ziehen, dass LOVs weit anpassungsfähiger waren, als man bislang vermutet hätte.

Sie straffte den Rücken und wandte sich mit finsterem Gesicht an Simkin. »Wollen Sie diese LOVs wirklich am Leben lassen?«

Er verschränkte die Arme vor der Brust und antwortete ihr mit ausdrucksloser Stimme. »Aber natürlich möchte ich das, Summer. Darum habe ich Sie hierher gerufen. Der blödeste Schläger könnte ihm die LOVs aus der Stirn pulen und in ein Säurebad werfen. Doch die Hauptkolonie ist tot, und die verwilderten LOVs an Bord der *Hammer* wurden bereits ausgerottet. Panwars LOVs sind die Letzten, die es gibt, und solange ihr rechtlicher Status unbestimmt ist ...«

Aha. Simkin hielt sich den Rücken frei. Nun, da Panwar und Copeland die allerletzten LOVs besaßen, konnte jedes Gericht sie auf die Liste der bedrohten Arten setzen.

Sie trat von der Leiche zurück. »Selbst wenn ich wüsste, wie ich die LOVs entfernen soll, ohne sie zu töten – und das weiß ich nicht –, wäre es illegal, sie hier auf der Erde zu kultivieren. Ich werde mich in keiner Weise daran beteiligen.«

Er neigte den Kopf. »Sie weigern sich also, es zu versuchen?«

Summer musterte den Leichnam erneut. Niemand konnte sagen, wozu die LOVs in der Lage waren. Bei ihnen handelte es sich um künstliche Organismen, die bereits einmal aus einer Hochsicherheitseinrichtung entkommen waren. Wer konnte garantieren, dass sie nicht erneut entwichen? Erst an diesem Morgen hatte sie sich den Kopf über das Potenzial der LOVs zerbrochen, sich zu einer Intelligenz zu entwickeln, die mit dem menschlichen Geist konkurrieren konnte ... doch kombinierte man dieses intellektuelle Potenzial mit der Fähigkeit zu physischer Anpassung, so öffnete man der Katastrophe Tür und Tor. Für Summer Goforth bestand kein Zweifel mehr, dass die Entwicklung der LOVs ein Fehler gewesen war und eine Gefahrenquelle erzeugt hatte, derer man sich frühestmöglich entledigen sollte. »Ja«, sagte sie. »Ich weigere mich. Sie sind zu gefährlich, um sie leben zu lassen.«

Simkin lächelte. Er schien mit dem Ausgang des Gespräches zufrieden zu sein. »Dann müssen wir uns jemand anderen suchen, der die nötigen Kenntnisse besitzt.«

Summer erkannte, dass sie ihm die erhoffte Antwort gegeben hatte. Bis er jemanden gefunden hatte, der »die nötigen Kenntnisse« besaß, wäre es zu spät – und die Verantwortung für das Absterben der LOVs lag bei ihr.

Nun, so sei es. Sie hatte die LOVs in die Welt gebracht; da war es nur passend, dass Summer Goforth sie auch wieder entfernte. Wenn sie es tat, handelte sie richtig.

Summer blickte der Bahre hinterher, die zum Aufzug geschoben wurde. Als sie sich Simkin wieder zuwandte, trommelte er mit den Fingern; er sprach mit jemanden, den sie nicht sehen konnte. Es wäre höflich gewesen abzuwarten, bis er fertig war, aber ihr war nicht nach Höflichkeiten zumute. »Und wo steckt Copeland?«

Simkin maß sie mit einem gereizten Blick. »Das ist die große Frage.«

Er wollte sich wieder seinem Gespräch zuwenden, doch Summer ließ nicht locker. »Einen Augenblick, Daniel. Was sagen Sie da? Sie wissen nicht, wo er ist?«

Simkin runzelte die Stirn und murmelte seinem Gesprächspartner, wer immer es war, ein: *»Augenblick bitte«* zu. »Er ist in den Wartungstunnel geflohen, hatte zwanzig Minuten Vorsprung und konnte zwischen gut vierzig möglichen Ausgängen wählen.«

»So? Die Verkehrsüberwachungskameras könnten ihn erfasst haben, als er auf die Straße kam. Sie wissen doch, dass es draußen Bindfäden regnet. Allzu viele Fußgänger werden nicht unterwegs sein.«

»Wir haben schon ein ROSA darauf angesetzt. Wir tun, was wir können, Summer.«

Aber begriff er denn, wie dringend es war? »Daniel, er hält eine keimfähige Population von LOVs am Leben. Sie dürfen ihn nicht entkommen lassen.«

»Den finden wir schon. Es ist nur eine Frage der Zeit.«

Sie packte ihn beim Arm und zerrte ihn von dem Berater weg, der ihm eine Frage stellen wollte. »Hören Sie mir gut zu«, wisperte sie, »denn ich habe wirklich Angst. Im Augenblick verfügt Virgil Copeland über den einzigen vermehrungsfähigen Stamm von LOVs auf der ganzen Welt. Was, wenn er beschließt, daran etwas zu ändern? Was, wenn er sie sich vermehren lässt? Wenn Sie ihm Zeit geben, die LOVs zu verbreiten, dann werden Sie niemals mehr mit Sicherheit sagen können, ob sie auch wirklich ausgemerzt sind. Wir könnten noch Jahre gegen dieses Problem anzukämpfen haben.«

»Sie verbreiten? Wie soll er das anstellen? Wenn Sie die LOVs nicht entfernen können, ohne sie zu beschädigen, dann ...«

»Man braucht sie nicht zu entfernen, damit sie sich vermehren können.«

Er runzelte die Stirn. »Sind zur Vermehrung von LOVs nicht ganz bestimmte Bedingungen einzuhalten ...?«

»Das habe ich auch einmal geglaubt.«

»Summer ...«

»Daniel, überlegen Sie doch! Am besten züchtet man LOVs natürlich in einem Tank, aber das ist nicht die einzige Möglichkeit. Was, wenn Copeland seine LOVs dazu bringen kann, dass sie sich *in vivo*, in seinem Körper, vermehren? Allzu schwierig dürfte das nicht sein. Dann könnte er die Nachkommen ernten und sie weitergeben.«

»Wer würde denn ...«

»Viele Leute würden sie nehmen. Die LOVs machen Sie klüger, Daniel. Sie erleben durch LOVs ihre Stimmungen intensiver, Sie werden effizienter. Ich wüsste einige Menschen, denen es sehr schwer fallen würde, dazu nein zu sagen. Wenn auch nur ein LOV entkommt, könnte uns bald eine LOV-Plage bevorstehen.«

»Wir tun alles, was in unserer Macht steht.«

»Das hoffe ich. Und ich hoffe, dass es reicht.«

Der Aufprall hatte den Schlick vom Meeresboden aufgewirbelt und das Wasser in eine schmutzig braune Brühe verwandelt. Ela lugte über den Bootsrand und versuchte, auf den Grund zu sehen und einen Blick auf die Trümmer zu erhaschen. Es hatte jedoch keinen Sinn. Mit zusammengekniffenen Augen musterte sie den Strand und suchte nach auffälligen Punkten, an denen sie sich orientieren und ihre Position bestimmen konnte. War wirklich hier eins der Bruchstücke in Wasser geklatscht? Sie warf dem Fischer einen fragenden Blick zu, doch der Mann zuckte nur mit den Achseln.

Ela biss sich auf die Lippe und dachte angestrengt nach. Sie konnte sehr wohl an der richtigen Stelle sein, wusste es aber nicht. Ihr blieb indes keine andere Möglichkeit, es herauszufinden, als ins Wasser zu springen und zu tauchen. Wenn sie falsch geraten hatte, erhielte sie keine zweite Chance. In wenigen Minuten trafen die Hubschrauber aus Saigon ein.

Joanie erschien wieder auf ihrem Farsight. »Okay, Ela. Ich habe einen Werkvertrag für dich. Wenn du Bilder hochladen kannst und dabei wenigstens zwei Minuten schneller bist als die Konkurrenz, bekommst du zwanzigtausend. Unter zwei Minuten Vorsprung springen nur fünftausend heraus. Wenn du langsamer bist als die Konkurrenz, bekommst du gar nichts.«

Ela nickte grimmig. Zwanzigtausend würden ihr den Hals retten. Mit zwanzigtausend käme sie nach Australien und könnte sich sogar noch etwas leisten.

»Beeil dich«, riet ihr Joanie. »Nimm die Bilder auf und komm schnell wieder hoch. Ich halte den Link offen.«

Ela blickte den Fischer an. »Warten Sie hier«, sagte sie. Er nickte. Sie wiederholte es trotzdem, zweimal auf Englisch und zweimal auf Vietnamesisch. Der Fischer grinste.

Ela erwiderte das Lächeln. Dann befestigte sie die Augenmanschetten an den Farsights und setzte über die Reling.

Die Sicht war sehr schlecht. Selbst an der Oberfläche konnte sie kaum weiter sehen als bis zu den Fingerspitzen ihres ausgestreckten Armes. Während sie absank, schluckten Wolken aus aufgewirbeltem Schlick das Licht. Den Grund fand sie in fünf Metern Tiefe. Sie gelangte in eine Welt der ewigen Dämmerung, in der die dunklen Umrisse zerbrochener Flaschen, verrosteter Granathülsen, Fahrradfelgen und gewundener Mangrovenwurzeln dem allgegenwärtigen Schlamm Gestalt schenkten.

Sie entdeckte nichts, was aussah, als sei es vor kurzem noch Teil einer Raumstation in der Erdumlaufbahn gewesen. Darum begann sie in weiten Kreisen zu schwimmen und hielt nach Anzeichen Ausschau, ob sie überhaupt an der richtigen Stelle suchte. Sie trat kräftig aus und bewegte sich schnell. Dennoch wurde sie die wachsende Furcht nicht los, dass sie überhaupt nichts finden würde.

Die Zeit verging im Fluge. Erst waren fünf Minuten verstrichen, dann zehn. Dann eine Viertelstunde. Über sich hörte sie kurz hektischen Bootsverkehr und wusste, dass ihr die zwanzigtausend Dollar zwischen den Fingern zerrannen. Die Frustration trieb ihr Tränen in die Augen. Sie schwamm noch schneller und beschrieb weite Bögen, um möglichst viel Meeresgrund abzudecken.

Nach weiteren fünf Minuten entdeckte sie eine breite, flache Furche im Meeresboden. Sie durchmaß fast zwei Meter, reichte an der tiefsten Stelle jedoch nur fünfzehn bis zwanzig Zentimeter in den Boden. Schon begann herabsinkender Schlick, die Rinne unkenntlich zu machen. Wenn Ela nicht so verzweifelt nach irgendetwas Ausschau gehalten hätte, so hätte sie die Schneise vermutlich übersehen. Sie kniff die Augen zu und versuchte kurz, ihr heftig pochendes Herz zu beruhigen. Dann berührte sie ihr Farsight.

So weit unter Wasser stand sie nicht mehr direkt mit Kathang oder dem australischen Server, auf dem das KI-Programm lief, in Verbindung. Ein Farsight war nur eine Schnittstelle und unterstützte die Persönlichkeit des ROSA nur zu einem Bruchteil – gerade groß genug, um simple Befehle auszuführen. Ihr Fingertrommeln wurde bemerkt; das Farsight begann aufzuzeichnen.

Ela spähte in das Dunkel und fragte sich angespannt, was sie dort wohl finden würde. An Bord des Moduls hatten sich LOVs befunden. Während sie mit raschen, entschlossenen Zügen der Furche folgte, dachte sie darüber nach. Sie wusste nur grob, aus welchem Grund das Modul abgestürzt war. Ihr war nicht genügend Zeit geblieben, um sich mit den Einzelheiten zu befassen, aber den Schlagzeilen zufolge musste es sich um eine wahrhaft große Story handeln:

HAMMER VON KUNSTWESEN SABOTIERT
EQUASYS-MODUL VERGLÜHT BEI WIEDEREINTRITT
LOVS AUF DIE ERDE GESCHMUGGELT –
MUTTERKOLONIE BEGEHT SELBSTMORD

Aber war es nicht so, dass ein Selbstmord Intelligenz voraussetzte?

Was hatte das zu bedeuten?

Das Wasser wurde kälter und klarer, während sie der Spur einen steilen Abhang hinunter folgte; hier herrschte eine starke Strömung seewärts. Der Boden des Kanals war förmlich mit Müll gepflastert: Autowracks und Chemikalienfässer, Motorblöcke, Industriewaschmaschinen, Reifen und unzählige Plastikgegenstände. In Schlick eingehüllt, sahen sie aus, als bestünden sie aus altem versunkenen Holz.

Ela fragte sich, ob sie etwaige Überreste der Raumstation in dieser surrealen Landschaft überhaupt entdekken würde.

Im nächsten Moment spürte sie, wie warmes Wasser an ihrer Wange vorbeiströmte. Sie wandte sich zur Strömung und folgte der Wärme. Sie war nur wenige Meter weit geschwommen, als sich in dem trüben, dämmrigen Wasser ein schwarzer Block abzeichnete. Seine obere Hälfte verschwand in der schlickbeladenen Strömung weiter oben. Das Wasser, das an dem massigen Block vorbeigeströmt war, hatte eine deutlich höhere Temperatur als die Umgebung.

Indem sie gegen die Strömung ankämpfte, schwamm Ela dichter heran und suchte ihren Fund mit den Farsights ab. Die Oberfläche des Objekts war geschwärzt und rissig. In den Fugen entdeckte sie ein schwaches blaugrünes Leuchten. Es war ein trügerisches Irrlicht, das man fast nur dann entdeckte, wenn man es direkt ansah.

Ela kam Joanies Warnung vor giftigen Chemikalien in den Sinn, und fast hätte Panik sie ergriffen. Am liebsten wäre sie zur Oberfläche hinaufgeschossen – doch eine vage Erinnerung zupfte an ihr und bremste sie. Hieß es nicht, dass LOVs blaugrün leuchteten?

Sie riss die Augen auf. Konnten die LOVs überlebt haben?

Sie trat heftig Wasser, um sich gegen die Strömung zu behaupten, legte Daumen und Zeigefinger an das Farsight und tippte rasch einen Befehl, mit dem sie die Nachtsichtfunktion aktivierte. Übergangslos glühten die Risse in dem Bruchstück hellgrün auf, während sich im aufgewirbelten Schlamm am Unterteil des massigen Fragments schwache, verknotete Spinnweben aus Licht entzündeten.

Ela schauderte. Eine innere Stimme brüllte ihr zu,

sich zurückzuziehen und augenblicklich an die Oberfläche zu steigen, ihr Video hochzuladen, zu kassieren, was immer sie als Honorar bekam, und zu verschwinden … doch es gibt viele unterschiedliche Arten von Furcht, und Ela fürchtete die Armut stärker als das Risiko, sich zu kontaminieren.

LOVs waren künstliche Lebewesen. Der Aufprall des Moduls hätte sie auslöschen müssen, aber wenn einige überlebt hatten … dann gab es doch sicher Menschen, die das wissen wollten? Menschen, denen diese Information eine beträchtliche Summe wert war?

Falls dieses Licht überhaupt von lebenden LOVs stammte.

Ela stoppte die Aufnahme. Momentan kam es ihr vor, als bestünde ihr Verstand aus einem Ausschuss, bei dem alle Angehörigen außer einem ihre Panik und ihre Furcht hinausschrien. Dieser Eine aber war ein kühl entschlossener Geist, der sich nicht verbal äußerte, sondern die Kontrolle übernahm. Er schob all ihre Zweifel beiseite.

Sie ließ sich ganz auf den Grund sinken. Sie bohrte die Finger in den Schlamm, damit sie nicht davongetrieben wurde, dann scharrte sie ein wenig von der leuchtenden Substanz zusammen, die den Schlamm überzog. Als sie sich ihre vom Wasser runzligen Fingerspitzen ansah, erkannte sie winzige, gerade noch sichtbare Scheibchen wie abgeplattete Glaströpfchen, die unter den noch kleineren Schlickteilchen durch ihren Glanz auffielen. Sie beobachtete, wie sie in der Strömung zitterten. Fast sah es aus, als kröchen sie übereinander.

Vor Furcht stöhnte sie leise auf. Sie riss die Hand zurück und schüttelte sie panisch, woraufhin die kleinen Glasscheiben in die Strömung davonwirbelten. Dann erlangte der stimmlose Geist die Oberhand zurück. Er befahl ihr, dreimal ruhig und tief durchzuatmen, und ihre ausgeatmete Luft stieg in Blasen silbriger Pilze an die Oberfläche.

Mit bebenden Händen klopfte sie die Taschen ihrer Tauchweste ab und suchte nach etwas, worin sie LOVs aufbewahren konnte. In der kleinsten Tasche fand sie einen kleinen Probenbeutel, der Litschi-Bonbons enthalten hatte. Sie öffnete ihn und schüttelte das letzte Bonbon heraus. Dann nahm sie erneut eine Probe des glühenden Spinnennetzes und wischte die Substanz in dem Beutelchen ab. Sie wiederholte es, bis das Tütchen voll war. Sie verschloss ihn, dann öffnete sie den Reißverschluss ihrer Taucherweste. Sie erschauerte bei der Berührung des kalten Wassers, während sie das Beutelchen unter dem Riemen ihres Badeanzugs festklemmte, dann zog sie den Reißverschluss wieder hoch.

Nun übernahm die panikerfüllte Mehrheit wieder die Macht. Ela legte den Kopf in den Nacken und stieß sich ab, um zur Oberfläche aufzusteigen – *aber nicht zu schnell*! Sie konnte sich keinen Tauchunfall leisten. Auf dem Weg nach oben suchte sie nach einem dunklen Fleck, der von einem Bootsrumpf stammen konnte, aber in dem trüben Wasser konnte man einfach nicht weit genug sehen.

Das Licht wurde heller, und endlich brach sie durch die Oberfläche. Kathang bemerkte sie sofort; eine Verbindung öffnete sich; das Videomaterial wurde hochgeladen. Ela spuckte das Mundstück ihres Atemgeräts aus und jauchzte triumphierend; sie trat hart mit den Beinen, um sich noch ein paar Zentimeter weiter aus dem Wasser zu schieben. Auf der Suche nach dem Boot, das sie angeheuert hatte, drehte sie sich im Kreise. Sie hatte erwartet, eine treibende Stadt aus Booten vorzufinden, doch zu ihrem Erstaunen war das Meer weit und breit leer. Sie drehte sich erneut und suchte. Sie wartete die nächste Welle ab, trat kräftig und warf sich um Kopfeslänge aus dem Wasser ...

Nichts. Der Fischer, der ihr versprochen hatte zu warten, war fort. Alle waren fort.

Sie ließ sich ins Wasser sinken und horchte auf Kathang, der ihr mit zischender Stimme ins Ohr wisperte: »Du musst das Gebiet augenblicklich verlassen. Die hiesige Regierung beansprucht die Bergungsrechte und verbietet unbefugtes Eindringen unter Androhung der Todesstrafe.«

Deshalb also waren die Bootsschiffer geflohen. Von ihrem Exodus, nicht von der Ankunft der Konkurrenz stammte der Motorenlärm, den Ela unter Wasser gehört hatte. Ihre Kehle war zugeschwollen, ob vom Salz oder vor Angst, konnte sie nicht sagen. Die nächsten Motoren, die sie hörte, würden den Regierungstruppen gehören, die kamen, um das Gebiet abzusperren.

Ela zögerte keine Minute. Sie machte den Strand aus: Er wirkte unfassbar fern, nur ein niedriger schmutziger Strich am Horizont – aber nur dort konnte sie Sicherheit finden, bevor ein Boot der Regierung sie an Bord nahm. Sie ließ sich unter die Oberfläche sinken und begann mit kräftigen Schwimmzügen.

Summer saß in ihrem Wagen und beobachtete, wie der Verkehr über eine überfüllte Kreuzung kroch, während Virgil Copeland die Frage stellte, die so viel erklärte:

»Hilft uns das wirklich? Oder ist dieser Austausch nur eine Form von Suchtverhalten?«

Randall Panwar antwortete, wobei seine atemlose stimme fast im fernen Trommeln unterging, mit dem der Regen auf das isolierte Autodach prasselte:

»Es gefällt dir doch, oder nicht? Mir gefällt es auch. Es wirkt diesmal realer als alles, was ich je erlebt habe.«

Summer hatte nie beabsichtigt, dass ihr Werk sich in diese Richtung entwickelte. Sie hatte versucht, die Entwicklung aufzuhalten, und zwar sowohl während der Zeit, als sie bei EquaSys beschäftigt war, als auch später.

Sie blickte flüchtig auf das Video, das im unteren Feld ihres Farsights abgespielt wurde; die letzten Minuten vor der Rebellion von Epsilon-3 wurden wiedergegeben.

»Ist es nur ein Rauschmittel, Panwar? Haben wir bloß eine neue Möglichkeit gefunden, um high zu werden?«

»Eine Droge ist es ohne Frage. Aber alles, was im Gehirn vor sich geht, lässt sich auf die Wirkung chemischer Substanzen zurückführen. Die Frage ist nur, ob der kognitive Kreis uns wirklich lebendiger macht?«

»Himmel, ja.«

»Wie also sorgen wir dafür, dass wir damit weitermachen können?«

Ein Süchtiger wäre zu allem bereit gewesen, um »damit weitermachen« zu können; er hätte auch alles aufgegeben. Erst war Gabrielle Villanti gestorben, nun Randall Panwar; und obwohl Daniel behauptete, niemand sei beim Aufprall des EquaSys-Moduls ums Leben gekommen, sickerte schon durch, dass etliche Fischer ertrunken waren, als das Modul ins Wasser schlug (und die Welt frohlockte, dass nicht gleich Tausende getötet worden waren). Und Virgil Copeland blieb verschwunden.

Die Ampel schaltete auf grün. Summer tastete sich mit dem Wagen vor und wartete ab, bis die Kreuzung frei war, dann schoss sie darüber hinweg. Erneut musterte sie ihr Farsight; wenn nur endlich Daniel Simkins Icon erschiene! Warum rief er nicht an? Sie hoffte so sehr zu hören, dass Copeland gefasst sei. Bei dem Gedanken, er könnte entkommen sein, wurde ihr übel.

Vielleicht war er tatsächlich entkommen.

Vielleicht hatte er seine Flucht geplant, bevor er die LOVs zur Erde schmuggelte.

Selbst die Katastrophe konnte er geplant haben. Ein Süchtiger war zu allem fähig, das durfte man nie vergessen.

»Hol alle LOVs runter«, knurrte Copeland. *»Setz sie frei.«*

Wie hatten die LOVs aus ihrer Isolationskammer entkommen können? Wie hatten sie ihre Struktur geändert, um an der Luft zu überleben? Hatte Virgil Copeland auch das geplant? Summer hätte gern daran geglaubt – seine eigenen Worte schienen ihn zu überführen –, aber Copeland selbst hielt sie davon ab.

Sie kam noch über die nächste Ampel, dann zwang sie der Verkehr, erneut anzuhalten. Ein heftiger Regen, und die Stadt fiel ins Chaos. Ob sie je wieder nach Hause kam? Auf der ganzen Strecke bis zum Freeway herrschte Stop-and-go-Verkehr. Während sie rote Ampeln abwartete, betrachtete sie immer wieder, wie Copeland von den verwilderten LOVs erfuhr und der Schock sich auf seinem Gesicht abzeichnete; sein Entsetzen, als es die *Hammer* zerriss. Sie betrachtete ihn so lange, bis für sie feststand, dass als Entwickler der neuen LOVs am wahrscheinlichsten Epsilon-3 selbst infrage kam. E-3 hatte das EquaSys-Modul zum Boden gesandt. Auf den ersten Blick erschien das als Fehlentscheidung, als selbstmörderisch …

Doch die LOVs hatten bewiesen, dass sie in extrem unterschiedlichen Umgebungen überleben konnten. Sollte es möglich sein, dass sie auch den Wiedereintritt in die Atmosphäre überstanden?

Sie beauftragte ihr ROSA, ihr Neuigkeiten von der Absturzstelle zu beschaffen. Fast augenblicklich legte es ihr einen Bericht vor: Die zuständigen Behörden hatten das Gebiet evakuiert und weiträumig absperren lassen; Militär rückte an, um die Stätte für die IBC zu sichern ...

Summer seufzte erleichtert. Selbst wenn dort im Wasser LOVs waren, würde man sie einfangen. Dafür würde Simkin sorgen; in dieser Hinsicht war er sehr findig.

Mittlerweile hatte sie endlich den Freeway erreicht, doch ihr Haus in Makakilo lag noch meilenweit entfernt. Sie schwor sich, an diesem Tag nicht noch einmal vor die Tür zu gehen, ob Simkin nun anrief oder es bleiben ließ.

Dann summte ihr ROSA. Es hatte die Gestalt einer Libelle und rasselte mit den Flügeln, um ihre Aufmerksamkeit zu wecken. *Archivierte Quelle gefunden – anzeigen?*

Sie runzelte die Stirn. Sie fuhr zu schnell, um ihre Augen lange von der Straße zu nehmen ... doch die Neugier obsiegte über die Vorsicht. »Anzeigen – unteres Feld.«

Am unteren Rand des Displays öffnete sich ein neues Fenster.

Das ROSA hatte eine Anzeige gefunden, die nur wenige Minuten nach ihrer Einstellung bereits wieder entfernt worden war; sie hatte indes lange genug im Netz gestanden, um von einem rund um die Uhr tätigen Indizierungsservice aufgenommen zu werden. Summer überflog die Zusammenfassung, während eine Stimme ihr die Wörter vorlas: *LOV-Absturzalarm – Reporterin vor Ort: Sehen Sie die ersten Unterwasserbilder auf SEA-AN.* Als Hintergrund der Werbebotschaft diente ein Videobild eines Küstenstreifens, der durch die zahllosen Darstellungen der Absturzstelle vertraut erschien – nur war dieses Video etwa einen Kilometer vor der Küste aufgenommen worden.

Also hatte tatsächlich jemand die Aufschlagstelle erreicht.

Mit pochendem Herzen wisperte Summer ihrem ROSA zu, einen Link zu Simkin zu öffnen. Als er ihn nicht annahm, tippte sie rasch eine knappe Textmitteilung:

Habe Hinweise auf einen Taucher an der Absturzstelle entdeckt. Müssen ihn unbedingt abfangen! Bin mir nicht mehr sicher, ob alle LOVs tatsächlich vernichtet wurden.

Sie hängte die archivierte Anzeige an und schickte die Mitteilung ab.

Simkin überraschte sie mit einer Antwort, noch während sie sich auf dem regenüberströmten Freeway durch den Verkehr kämpfte.

➜ **Üble Neuigkeiten, Schwester. LOVs an der Absturzstelle gefunden. Taucher ebenfalls. Verfolgung eingeleitet. Ich schulde Ihnen was.**

11

Ela strampelte verbissen, um an den Strand zu kommen, obwohl ihr mittlerweile eigentlich egal war, wo ihr Ziel lag. Sie konnte nur noch an eines denken: an Luft. Das Atemgerät versorgte sie nicht mehr mit genügend Luft. Nicht einmal annähernd. Ihre Brust schmerzte von der Anstrengung, gegen den Widerstand des Atemgeräts anzusaugen, von dem Kampf, dem Gerät mehr Sauerstoff abzutrotzen, als zu produzieren es ausgelegt war. Ihre Lungen brannten. Sehnlich wünschte sie sich, an die Oberfläche zu stoßen, aber sie zwang sich, unten zu bleiben. Nur das schlickige, trübe Wasser konnte sie vor dem wachsamen Auge der Regierungstruppen schützen. *Aber es tat weh!*

Als sie endlich das Ufer erreichte, empfand sie bittere Erleichterung. Sie spürte, wie der sanfte Schub einer Dünung sie vom Meeresgrund hob. Als diese sich wieder zurückzog, lief ihr das Wasser vom Gesicht. Sie fand sich am Rand des Watts wieder, wo das Wasser seicht war. Der Strand war verlassen: Sie sah keine Fischer, keine Kinder, keine Hunde.

Aber auch keine patrouillierenden Soldaten.

Ela spie das Mundstück aus und sog süße, echte, unbegrenzt verfügbare Luft ein. Hinter sich hörte sie das Hämmern von Helikoptern über dem Wasser, aber sie verschwendete keine Zeit damit, sie sich anzusehen. Sie nahm die Schwimmflossen ab und erhob sich; sie schwankte dabei. Ihre Beine fühlten sich schwach und zittrig an, als sie begann, durch das seichte Wasser zu eilen. Der Tauchtornister schlug ihr immer wieder ins Kreuz.

Hinter dem Watt wuchsen Büsche. Während sie dorthin rannte, umschwirrten sie Wolken kleiner Fliegen, die ihr gegen Arme und Gesicht prallten. Immer wieder glitt sie im dampfenden Schlamm aus, einmal stürzte sie sogar. Irgendwo bellte ein Hund. Sie blickte sich nicht um. Die Büsche waren nur fünf Meter entfernt. Dann zwei. Dann nur noch einen.

Schutz suchend duckte sie sich hinein; sie wich den unfreundlich stechenden und peitschenden Ästen aus, bis sie endlich das dichte Zentrum des Buschwerks erreichte. Dort schnallte sie mit einem leisen Aufschrei das Atemgerät ab und brach mehr zusammen, als dass sie sich hinlegte. Ihre schmerzende Brust hob und senkte sich, und ihr Herz schlug so heftig, dass sie sicher war, es würde implodieren und zu einem winzigen Punkt aus grenzenlosem Schmerz schrumpfen.

Mit geweiteten Augen starrte sie in den Himmel und wünschte den Tod herbei. Vor der blauen Kuppel schwammen amorphe graue Flecke. Sonnenlicht brach sich an hin und her schwingenden Zweigen. Sie hörte ein Dröhnen – den Motorenlärm eines Hubschraubers, der sich rasch näherte. Hatten die Soldaten an Bord ein Gerät, mit dem sie sie entdecken konnten? Sie konnte nicht klar denken. Funktionierten Infrarotspürer an einem warmen Tag? Sie rollte sich zusammen, um ein kleineres Profil zu bieten.

Etwas Warmes, Feuchtes berührte ihren nackten Fuß. Sie fuhr auf und wich zurück, so weit es ging, bis die dichten Äste sie aufhielten. Wo ihr Fuß gelegen hatte, saß ein großer Hund. Der Hund war angeleint, die Leine hielt ein stämmiger Teenager, der sich unter das Blattwerk kauerte und sie verwirrt musterte. Er trug ein verblichenes T-Shirt und ausgefranste Shorts. An seiner Hüfte hing eine durchgescheuerte Tasche, aber er besaß auch ein funkelnagelneues Farsight und das selbstbewusste Auftreten eines *Roi Nuoc.*

Ela nahm den Blick nicht von ihm, während sie nach einem Stein tastete oder nach einem Stock. Irgendetwas. Ihre Finger fanden eine menschliche Hand. Sie keuchte auf und zuckte gegen die Äste zurück. Neben ihr kauerte noch ein Junge mit Farsight. Als sie um sich blickte, entdeckte sie hinten unter den Büschen zwei weitere. Sie alle schienen sechzehn, siebzehn Jahre alt zu sein und wirkten gut genährt und muskulös – sie waren beträchtlich kräftiger als Ela.

Sie unterdrückte einen leisen Aufschrei. Sie zog die nackten Knie an die Brust und legte fest die Arme darum. Schmerzlich wurde Ela bewusst, wie sehr sie ihrem Gutdünken ausgeliefert war. Sie trug nur ihre Taucherweste und die schnelltrocknenden Sportshorts über einem Badeanzug – wodurch ihre Arme und Beine entblößt waren. Der ersten Panik folgte jedoch rasch die Scham, als die Jungen keine Anstalten machten, sich ihr zu nähern. Stattdessen blickten sie zum Ozean und dem schwarzen, an eine Biene erinnernden Hubschrauber, der auf sie zugeflogen kam.

Was wollen sie hier?

Hatten sie auf etwas gewartet? Hatten sie beobachtet, was auf dem Meer vorging? Hatte sie mit ihrer unerwarteten, überstürzten Flucht aus dem Wasser ungewollt ihre Position verraten?

Der Helikopter hielt unbeirrt Kurs. Ela krümmte sich zusammen. Wenn es nötig sein sollte, würde sie auf allen vieren fliehen. Unter den stechenden Ästen konnte man unmöglich aufrecht stehen.

Der Junge neben ihr berührte sie an der Schulter. Sie

fuhr auf und warf sich zu ihm herum. Er war der größte von ihnen. Er hatte ein angenehmes, rundes Gesicht und langes schwarzes Haar, das er als Pferdeschwanz trug. Bestürzt begriff Ela, dass er mindestens fünfundzwanzig Kilogramm schwerer war als sie. Er zog die Hand zurück und sagte mit freundlicher Stimme etwas, das Kathang ihr übersetzte als: *Du musst warten, bitte. Bewege dich noch nicht.*

Sie nickte und ließ sich wieder zu Boden sinken.

Der Junge mit dem Hund an der Leine flüsterte auf das Tier ein: scharfe, aufgeregte Befehle, bei denen es die Ohren aufrichtete. Mit seinem Schwanzwedeln rührte es totes Laub auf.

Ela ergriff die Gelegenheit, ihr Farsight abzunehmen. Sie löste die Augenmanschetten – und entlockte dem Jungen neben sich ein erstauntes Gemurmel. Mit einem wachsamen Blick auf ihn stopfte sie sich die weichen Schalen in die Shortstasche. Dann sah sie stirnrunzelnd das Farsight an. Sie hatte nichts, um die Linse zu säubern.

Der Junge nahm sie ihr aus der Hand und murmelte etwas, das sie nicht verstand, weil Kathang es ihr nicht übersetzen konnte, solange sie kein Farsight trug; doch was er wollte, wurde klar, als er ein weiches Tuch aus der Tasche an seiner Hüfte zog und begann, die Linse zu reinigen.

Der Hubschrauber hatte fast den Strand erreicht. Der Junge mit dem Hund löste die Leine. Dann legte er dem Hund die Hand in den Nacken und befahl: »*Di! Di!*« Der Hund eilte los. Laut bellend näherte er sich dem Hubschrauber. Über den Strand kam ein anderer Hund herbei und fiel in das Gekläff ein. Der Helikopter beschrieb eine weite Schleife über den umhertollenden Tieren, ließ sich jedoch nicht lange ablenken. Er nahm wieder Kurs auf das Gebüsch.

Einer der Jungen hinter Ela zischte etwas. Der neben ihr ließ ihr Farsight fallen und zog sie stattdessen mit kräftigen Armen an seine Brust. Eine Sekunde lang wehrte sie sich gegen ihn. Ein leiser Schrei entwich ihrer Kehle. Doch dabei kämpfte sie ebenso sehr gegen sich wie gegen ihn. Noch während die Panik sie zwang, sich zu verteidigen, begriff sie, was er tat. Nach dieser Schrecksekunde tat sie, was sie konnte, um ihm zu helfen. Sie zog ihre langen Beine so eng an ihren Körper, wie es ging, damit sie möglichst klein war, während er sich über sie kauerte und sie so weit wie irgend möglich vor den Augen und Sensoren der Hubschrauberbesatzung abschirmte. Trotzdem konnte sie nicht zu zittern aufhören. Niemals ließ sie einen Mann so dicht an sich heran. Das war es nicht wert. Sie saß in der Falle.

Sie hatte keine Wahl.

Die Jungen versuchten gar nicht erst, sich zu verstecken. Sie hätten keine Chance gehabt. Der Hubschrauber senkte sich zu ihnen herab. Sie beobachteten ihn grollend, schützten mit der Hand die Augen vor dem Staub und den Blättern, die vom Miniaturhurrikan seiner Rotorblätter aufgewirbelt wurden. Aus einem Lautsprecher drang eine dröhnende Stimme. Sie sprach Vietnamesisch, sodass Ela nicht die leiseste Ahnung hatte, was gesagt wurde.

Der Junge mit der Leine wirkte verärgert. Er pfiff den Hunden, dann drehte er sich um und ergriff Elas Tauchgerät. Der Helikopter schwebte noch immer direkt über ihnen auf der Stelle.

Ela verharrte zusammengekauert im Schatten des Jungen mit den kräftigen Armen. Er hob ihr Farsight auf und reichte es ihr. Sie setzte es auf, wobei sie darauf achtete, dass ihre Ellbogen sich nicht zeigten. Der Junge murmelte ihr Anweisungen zu, die Kathang übersetzte:

»Sie werden wegfliegen, wenn wir gehen, okay? Bis dahin musst du ganz dicht bei mir bleiben.«

Die Hunde zogen am Gebüsch vorbei; sie folgten ihrem Herrn landeinwärts.

»Wie?«, flüsterte Ela. Sie war eine hoch gewachsene, linkische wirkende Ausländerin, aber er war stark. Er hielt sie vor seiner Brust, während er sich umdrehte und seinen Freunden hinterherzukriechen begann. Ela tat ihr Bestes, um sich ganz an ihn zu schmiegen und die Beine zu bewegen, wenn er seine Beine bewegte, doch die Position erinnerte sie zu sehr an Sex, und sie schämte sich.

Es gibt viele Arten Furcht.

Nachdem sie einige Meter gegangen waren, drehte der Helikopter ab und begann, dem Strand zu folgen. Der Junge erhob sich halb. Noch immer drückte er sie eng an sich, aber mehr an die Seite, und dadurch waren sie in der Lage, zusammen einem schmalen Pfad zu folgen, der sich durch die mannshohen Pflanzen wand und sie schließlich auf den Boden eines Grabens führte. Indem sie dem Graben folgten, erreichten sie schließlich ein wucherndes Mangrovengehölz. Da das Blätterdach so dicht geworden war, dass Sonnenlicht nur noch vereinzelt hindurchfiel, ließ er sie los.

Sie sprang von ihm fort. Sie konnte nicht anders. Ihr ganzes Gesicht fühlte sich heiß an, ihr Körper kam ihr schmutzig vor. Wie feine Schleifpaste klebte ihr das Gemisch aus Schlick und Schweiß unter dem Badeanzug. Etliche Sekunden lang kämpfte sie gegen die Tränen an. Dann gingen sie weiter, marschierten so rasch landeinwärts, wie Ela auf dem undeutlichen Pfad vorankam, der sich auf und ab durch die verworrenen Mangrovenwurzeln wand.

Das Bestreben, mit den Jungen Schritt zu halten, ließ

ihr keine Zeit für Neugier und erst recht keinen Atem für Fragen. Sie wusste nicht, weshalb die Jungen sie schützten, und war zu müde, als dass es sie scherte.

Nach zwanzig Minuten ging es bergauf, und schließlich gelangten sie auf einem Damm unter freien Himmel. Ela blieb torkelnd stehen, keuchte und legte die Hände auf die Knie, während sie um Atem rang. Schwarze Schatten drängen sich am Rande ihres Blickfelds. Seit dem Vorabend hatte sie nichts mehr gegessen oder getrunken.

Der Junge, der sie berührt hatte – dieser eine – sprach sie auf Englisch an. Er sah ihr dabei nicht ins Gesicht, sondern blickte stirnrunzelnd in sein Farsight und sprach jedes Wort einzeln und unbeholfen aus, als gebe er Sätze wieder, deren Bedeutung er nicht verstand: »Sie – kennen – dein – Gesicht – sie – wissen – dass – du – getaucht – bist – wo – es – verboten –«

»Wer weiß das?«, unterbrach sie ihn.

»Sie – suchen – nach – dir – wir – müssen – weiter.«

»Wohin?«

Er runzelte die Stirn noch stärker und nickte. »Die I-B-C«, sagte er. Jeden einzelnen Buchstaben betonte er sorgfältig und fügte hinzu: »Landeinwärts.«

Die IBC? Ela beauftragte Kathang herauszufinden, was die IBC sein mochte. Dann straffte sie unter Mühen die Schultern. »Mit wem sprichst du?«

Kathang dolmetschte seine Antwort als *Mutter Tiger.*

Der Name sagte ihr nichts, gar nichts. Sie blickte starr in die Ferne, über eine Landschaft mit Fischteichen, Reisfeldern und Bauernhäusern. Obwohl alles recht normal aussah, fühlte sich Ela alles andere als normal. Sie atmete zu rasch, oder? Und die Sonne stand zu hoch und zu heiß am Himmel, so unbeteiligt und zugleich überschäumend wie ein Betrunkener auf einer Trauerfeier.

»Joanie hat mich nicht angerufen«, flüsterte Ela. Diese Erkenntnis schmerzte sie. »Sie hat mir nicht einmal eine Mitteilung geschickt.« Sie verlor das Gleichgewicht und taumelte über den Staub, der den Deich bedeckte. Der Boden war sehr trocken, außer an den Stellen, wo das Blut, das ihr aus den Schnittwunden in den Füßen rann, dunkle Schlammstreifen in den Staub zog. »Ich habe alles verloren, nicht wahr? Alles.«

Alles außer ihrem Farsight, ihrer Tauchweste und Kathangs vorausbezahlten Diensten.

Sie lachte leise. Sie hatte nicht einmal etwas übrig, was sie verkaufen konnte.

Das nannte man Pech. Großes Pech. Welcher Wahrsager hätte sie *davor* warnen sollen?

Kathang wisperte ihr ins Ohr: »Trink ein bisschen Wasser.« Jemand drückte ihr eine Plastikflasche in die Hand, und Ela trank, bis der Junge – dieser bestimmte Junge – ihr die Flasche wieder wegzog. Er sagte etwas, und Kathang übersetzte: »Wir müssen weiter.«

»Wohin?«, fragte sie. »Weshalb seid ihr eigentlich hier?«

Er zuckte mit den Achseln. Kathang nahm seine Geste auf und wandelte sie um: »Ich weiß es nicht.«

Kurz darauf begannen die Überflüge. Beim Ersten wurden sie gerade so früh gewarnt, dass sie sich im hohen Gras verstecken konnten. Ela spähte zwischen den Halmen hindurch und sah, wie ein himmelblauer Fleck herabfiel und über die unbefestigte Straße hinwegzog, auf der sie gerade noch marschiert waren. Die blaue Scheibe bewegte sich völlig geräuschlos: eine Aerostat-Drohne, deren Knopfkameras im Sonnenlicht glitzerten. Während Ela sie beobachtete, krabbelten Ameisen über ihre Fußgelenke; sie fragte sich, wie schlimm es wohl in der Haft wäre. Sie nutzte die Minuten, um sich mit Kathangs Bericht über die IBC zu befassen. Nach dieser Lektüre sagte sie sich, dass Ameisenbisse der Gefangennahme wahrscheinlich bei weitem vorzuziehen seien.

Die nächste Warnung kam, als sie nur zehn Minuten weitermarschiert waren. Diesmal schossen zwei Drohnen an ihnen vorbei, bevor die *Roi Nuoc* Ela ins Gras zerrten. Beim dritten Mal gab Ela auf. »Es reicht!«, fauchte sie den Jungen an – den, der sie berührt hatte. Er gewöhnte sich allzu sehr daran, sie anzufassen. Sie schüttelte seine schützende Hand ab.

Ela entriss dem Jungen mit dem Hund ihr Atemgerät und stapfte zum nächsten Garnelenteich. Die *Roi Nuoc* sahen ihr verblüfft nach, doch ihre Unsicherheit schlug in Panik um, als sie ins Wasser watete. Der, der sie berührt hatte, wollte ihr nachsetzen.

»Bleib, wo du bist!«, brüllte sie ihn an und drohte ihm mit dem Finger. »Komm nicht näher. Ich weiß eine bessere Möglichkeit, mich zu verstecken.« Sie zog die Augenmanschetten aus der Tasche und setzte sie auf, dann steckte sie sich das Mundstück zwischen die Lippen. Schließlich ließ sie sich in das schmutzige Wasser gleiten. Und er – er grinste, als sie unter die Oberfläche sank.

Wasser, das die gleiche Farbe hatte wie Tee, verdeckte den Himmel, während unter ihr Garnelen die Flucht ergriffen. Als sie den Grund erreichte, verblasste das Tageslicht zur Farbe von dichtem Rauch. Im Wasser war es kälter, als sie angenommen hatte, aber sie zwang sich, still liegen zu bleiben und sich ganz aufs Atmen zu konzentrieren. Nach einer Weile wurde es heller; der Schlick, den sie aufgerührt hatte, setzte sich wieder. Dann begann das spärliche Tageslicht, das in das trübe Wasser eindrang, wieder schwächer zu werden. Ela kam es vor, als erblindete sie. Schließlich sah sie nur noch einen bräunlichen Dunst, den sie immer schlechter erkennen konnte, bis sie nur noch von Schwärze umgeben war.

Dennoch wartete sie, bis Hunger und Kälte sie schließlich aus dem Teich trieb. Zitternd und erschöpft kam sie an die Oberfläche und entdeckte, dass den Westhimmel noch die herbstlichen Farben des Sonnenuntergangs äderten.

Die *Roi Nuoc* waren fort. Sie suchte die Büsche mit Hilfe der Nachtsichtfunktion ab und stellte erstaunt fest, dass sie allein war. Das Atemgerät war unerträglich schwer, deshalb versteckte sie es in einem dichten Busch. Danach stieg sie wankenden Schrittes auf einen niedrigen Damm zwischen zwei Teichen.

Auf der unbefestigten Straße, die an diesem Damm vorbeiführte, wartete ein Auto. Die Fahrertür stand offen. Hinter dem Lenkrad saß ein Mann und beobachtete sie. Die Leuchtaura ihres Nachtsichtgeräts tauchte sein Gesicht in einen grünen Schein, und sie konnte seine Züge in allen Einzelheiten erkennen.

»Ky Xuan Nguyen«, flüsterte sie.

Er lächelte. »Ms. Suvanatat. Ela. Sie sind eine furchtlose junge Frau.«

»Was wollen Sie hier?«

»Zu Ihnen will ich natürlich. Sie haben an der Absturzstelle etwas sehr Wertvolles gefunden, nicht wahr, Ela? Darum sucht die IBC mit solchem Nachdruck nach Ihnen.«

Sie riss die Augen auf. Seit Stunden dachte sie zum ersten Mal wieder an das Plastikpäckchen, das sie unter den Riemen ihres Badeanzugs geschoben hatte.

»Haben Sie Hunger?«, fragte er. »Frieren Sie?«

Sie nickte und versicherte sich, sie habe lieber mit

Nguyen zu tun als mit den rücksichtslosen Bullen von der IBC.

Er brachte ihr eine Decke, dann half er ihr auf den Beifahrersitz. »Ich kümmere mich nun um Sie, ja, Ela?«

Sie nickte wieder, ohne dass es ihr ernst war. Australien schien ferner denn je; es schien geradezu vor ihr zurückzuweichen.

12

Ela fühlte sich, als könnte ihr niemals wieder warm werden; die Dusche in dem Bauernhaus, in das Nguyen sie gebracht hatte, änderte an diesem Eindruck kein bisschen, dieses dünne Rinnsal lauwarmen Wassers, das lethargisch aus einem rostigen Rohr ohne Duschkopf tröpfelte. Wenigstens war das Wasser sauber, und die glasierten Fliesen der Duschkabine waren schneeweiß poliert.

Zu ihrer Bestürzung befand sich die Toilette auf dem Hof.

Sie zog die Tauchweste aus und warf sie neben das ablaufende Wasser auf den Boden. Ihre Shorts und der Badeanzug folgten. Das Shampoo roch köstlich nach künstlichem Erdbeeraroma. Sie rieb es in ihr schmutziges, verfilztes Haar und spülte eine erkleckliche Zahl schokoladenbrauner Erdklümpchen heraus. Als sie ihr Haar ein zweites Mal shampoonierte, ertastete sie Schorf an ihrer rechten Schläfe, einen harten, rauen, flachen Flecken, nicht größer als ein Ohrstecker. Sie kratzte daran und fragte sich, wo sie sich diese kleine Wunde zugezogen hatte. An den Beinen hatte sie ebenfalls Kratzer und blaue Flecke.

Als sie den Badeanzug hob, um ihn auszuwaschen, fiel das Päckchen mit den LOVs zu Boden. Schlamm tropfte von dem Plastiktütchen, deshalb drehte sie es mit den Zehen um, damit auch die andere Seite gesäubert wurde, während sie ihren Badeanzug reinigte. Dann spülte sie das Farsight ab. Eine Motte umflatterte die

Glühbirne an der Decke, während Ela sich abtrocknete und die Kleidung anzog, die man ihr überlassen hatte: ein weißes langärmliges T-Shirt, das fast neu war, und eine blaue Sporthose. Als sie sich bückte, um das Tütchen mit den LOVs aufzuheben, hörte sie Nguyen mit der Hausfrau reden.

Im Päckchen war ein dünner Schlammfilm.

Wie war der Schlamm hineingekommen?

Sie hob den Beutel hoch vors Licht und blickte ihn mit klopfendem Herzen aus schmalen Augen an, suchte nach den LOVs.

Das Tütchen war flach und bis auf ein wenig Schlammwasser leer. Sie rieb es zwischen Daumen und Zeigefinger. Die Plastikfolie war mit winzigen Löchern durchsiebt, von den LOVs fehlte jede Spur.

Ela ertappte sich dabei, dass sie flach und hektisch atmete. Die LOVs mussten sich befreit haben, als sie noch in ihrem Badeanzug steckten. Der Gedanke ließ sie vor Abscheu erschauern. Sie kniff die Augen zu, um einen Aufschrei zu unterdrücken. Hatte sie die LOVs nun in den Abfluss gespült?

Und wenn, dann war diese ganze schreckliche Tag für nichts und wieder nichts ...

Ihre Hand zuckte zu dem Schorf an ihrer Schläfe. Während sie mit dem Finger über die harte, raue Oberfläche fuhr, kam ihr ein entsetzlicher Verdacht. Soweit sie wusste, hatte sie sich nirgendwo den Kopf angestoßen, woher also kam der Schorf? Und warum fühlte er sich nicht weich an, nachdem sie damit so lange im Wasser gewesen war?

Über dem abgenutzten Waschbecken hing ein kleiner Spiegel. Ela blickte hinein. Der Schorf sah überhaupt nicht aus wie Schorf, sondern wie ein glänzender Punkt aus geflecktem blaugrünen Glas, der unmittelbar über dem verblassenden roten Abdruck der Augenmanschetten an ihrer Haut klebte.

Ohne den Blick vom Spiegel zu nehmen, tastete sie nach dem Lichtschalter und knipste die Lampe aus. Im Dunkeln konnte sie sehen, dass der Schorf schwach flackernd blaugrün leuchtete.

Als es laut an der Tür klopfte, zuckte sie zusammen. »Ela?«, rief Nguyen. »Alles okay mit Ihnen?«

Sie kämpfte darum, ihr panisches Hyperventilieren unter Kontrolle zu bekommen, und versicherte sich, so schlecht stünden die Dinge nun auch wieder nicht. Kathang hatte ihr gemeldet, dass LOVs sich an lebendiges Gewebe heften könnten. Das war schon vorher geschehen. Es war anderen Leuten passiert ... zum Beispiel diesen Wissenschaftlern in Amerika. Es würde sie nicht umbringen. Jedenfalls nicht direkt.

»Ela?«

»Ja«, sagte sie. »Alles in Ordnung.« Trotzdem klang ihre Stimme selbst in ihren Ohren zu dünn und zu hoch.

»Kommen Sie etwas essen.«

»Ich muss meine Sachen noch aufhängen.«

»Das besorgt Mrs. Dao für Sie. Kommen Sie essen.«

Am liebsten wäre sie weggerannt. Stattdessen ließ sie sich das Haar über die Schläfe fallen und öffnete die Tür.

Im düsteren, dampfigen Korridor stand Nguyen, eingehüllt in den Duft von heißem Reis. Ela war so hungrig, dass es ihr vorkam, als sei *er* der Geruch. Sie fürchtete, sie müsse ihn für immer mit diesem Duft in Verbindung bringen. Aber warum pochte ihr Herz so stark? Sie trat einen Schritt in den dunklen Waschraum zurück. Nguyen kam ihr nach.

Sie traute ihm nicht. Sie traute niemals Männern, die

sich als ihre Beschützer aufspielten. Wenn sie sich für sie interessierten, stellten sie ihr eine Falle. Sie würden nett sein, bis sie ihr die Freiheit durch Erpressung, durch ein Kind oder durch Eifersucht nahmen, und wenn man ihren sanften Annäherungsversuchen widerstand, kam es unweigerlich zur Vergewaltigung.

Sie wollte die Tür zuschlagen, doch Nguyen hielt sie offen. Ela sah ihn nur als Umriss, doch sie spürte an der Kraft, mit der er die Tür festhielt, wie verärgert er war. »Ela, fürchten Sie sich so sehr vor mir?«

»Nein. Ich ... ich weiß es nicht.« Sie fürchtete Nguyen. Sie fürchtete die IBC. Sie fürchtete die LOVs.

Doch zugleich hielt sie ein Entsetzen umfangen, dass mit alldem nichts zu tun hatte. Ein grundloses Entsetzen, das offenbar nicht aus ihr kam, sondern von außen. »Sollte ich mich denn vor Ihnen fürchten?«

»Vielleicht.«

Sie zwang sich, langsam und gleichmäßig zu atmen.

»... wenn Sie mich angelogen haben«, fuhr Nguyen fort.

Nun, gelogen hatte sie gewiss. Sie hatte ihm gesagt, dass sie von der Absturzstelle nichts außer ihrem Video mitgebracht hatte. Das war beinahe die ganze Wahrheit.

Sie blickte ihre Hände an und befahl ihnen, die Tür loszulassen. Nguyen in seinem Ärger anzustacheln wäre ganz und gar nicht klug gewesen. »Kann ich jetzt essen?«, fragte sie leise und wischte sich das Haar aus dem Gesicht. Als Nguyen scharf die Luft einsog, erkannte sie, welchen Fehler sie begangen hatte. Im dunklen Badezimmer war das Leuchten ihrer LOVs deutlich zu sehen.

Sie versteifte sich, als er zögernd die Finger nach ihrer Schläfe ausstreckte – doch er zog seine Hand zurück, bevor er sie berührte. »Aha. Sie haben also doch etwas von der Absturzstelle mitgebracht.«

Sie traute ihrer Stimme nicht. Wie sie das Bruchstück des EquaSys-Moduls gefunden hatte, wusste er mittlerweile, aber die LOVs hatte sie nicht erwähnt.

»Danach sucht die IBC also? Davon sprechen sie unaufhörlich in den Nachrichten?«

»Ich habe nur ganz wenig genommen! Das meiste habe dagelassen.«

Er streckte wieder die Hand nach ihrer Schläfe aus. Sie beherrschte sich, und zuckte nicht zurück, als er mit dem Finger über den leuchtenden Glasschorf strich. »Das sind LOVs?«

Sie nickte. Die Beschreibungen in den Nachrichten hatten alle Zweifel beseitigt. »Angeblich machen sie Menschen klüger.«

Er lachte leise. »Ich glaube, Sie sind sehr mutig, Ela. Oder sehr verzweifelt.«

Widerstrebend berührte sie den Schorf. »Ich wollte nicht, dass es so weit kommt.«

Er nickte und blickte nachdenklich drein. »Noch mehr davon haben Sie nicht?«

»Nein. Das sind alle.« Im Stillen fügte sie hinzu: *Alle, die übrig sind.*

»Nun, dann werde ich wohl sehr gut auf Sie Acht geben müssen.«

Trotz seines Versprechens war am nächsten Morgen, nachdem eine ganze Armee von Hähnen Ela mit ihren Schreien geweckt hatte, sein Auto verschwunden, als sie aus dem Fenster des hübschen Bauernhauses blickte. Sie ließ den spröden Spitzenvorhang zurück vor die Scheibe fallen. Von den Wänden ihres kleinen Zimmers blickten sie Schwarzweiß-Porträts von lächelnden Kindern an; in der Luft hing der muffige Geruch nach alten Habseligkeiten. Sie schlug die rote Decke zur Seite und erhob sich aus dem niedrigen Bett, in dem sie geschlafen hatte. Als sie barfuß zur Tür ging, knarrte der Holzfußboden unter ihren Füßen.

Die Tür fühlte sich zerbrechlich an; der Knauf war glatt und wirkte, weil er alt war, locker. Ela spähte in den düsteren Korridor. Sie sah niemanden, doch das rhythmische Klirren eines Metalllöffels in einer Metallschüssel verriet ihr, dass Mrs. Dao in der Küche arbeitete. Ela fuhr sich mit den Fingern durchs Haar und überlegte, dass sie vermutlich einen großartigen Anblick bot: eine schlaksige, rotäugige Ausländerin mit wilden Haaren. Mrs. Dao indes schien dies nicht zu bemerken; am gestrigen Abend hatte sie sich rührend um Ela gekümmert und sie immerfort angelächelt, als sei sie ihre Lieblingsenkelin.

Ela machte sich Mut, atmete tief durch und schlich den Korridor entlang. In dem vollgestopften Wohnzimmer erschreckte sie einen kleinen Jungen, der aufschrie und in die Küche schoss. Einen Augenblick später kam Mrs. Dao heraus; lächelnd begrüßte sie Ela mit einem Nicken. Auf ihrem weißen Haar leuchtete das staubige Licht, das durch eine Fliegengittertür einfiel. Ela versuchte es mit ihren Brocken Vietnamesisch und fragte: *»Wo ist Mr. Nguyen?«*

Kathang übersetzte Mrs. Daos Erklärung, der zufolge er in der Nacht aufgebrochen war, kurz nachdem Ela ins Bett gegangen war. Sehr deutlich teilte die alte Frau ihr Nguyens Anweisungen mit: Ela habe im Haus zu bleiben und nach Möglichkeit nicht an die Fenster zu gehen. Wenn sie unbedingt nach draußen musste, um die Toilette zu benutzen, so habe sie auf das Okay der *Roi Nuoc* zu warten. Mrs. Dao nahm Ela bei der Hand und führte sie zur Fliegengittertür, wo sie mit einer Kopfbewegung auf zwei Jugendliche mit Farsights wies, die sich auf der überdachten Veranda lümmelten. Ela fragte sich, ob sie Nguyen als Privatsoldaten dienten.

Nachdem sie die Erlaubnis erhalten hatte, verließ sie das Haus kurz durch die Hintertür, und als sie zurückkehrte, warteten Eier, Nudeln und dicker, klebrig-süßer Kaffee auf sie. Während sie frühstückte, las sie die wenigen Mitteilungen, die sie erhalten hatte: Es waren nur drei, doch gewöhnlich bekam sie gar keine. Die erste stammte von der Staatspolizei:

Ms. Ela Suvanatat, uns sind Ihre Identität und Ihre Aktivitäten bekannt. Ihnen wird zur Last gelegt, militärisches Sperrgebiet verletzt zu haben. Ferner sucht die Internationale Aufsichtsbehörde für Biotechnik Sie, um Sie zu vernehmen. Nur indem Sie sich augenblicklich stellen, können Sie vor Gericht auf Gnade hoffen.

Wahrscheinlich würde man ihr die gleiche Art Gnade erweisen, die der EquaSys-Forscher durch die Polizei von Honolulu erfahren hatte. Geifernd hatten die Nachrichtenlinks die Schießerei und seinen schrecklichen Tod in der Dunkelheit so blutig wie möglich nachgestellt. Ela erhoffte sich ein angenehmeres Schicksal.

Von Joanie Liu erhielt sie die knappen Sätze:

Ela, ich habe versucht, dich aus diesem Schlamassel herauszuhalten. Jetzt stecken wir beide in Schwierigkeiten. Wenn du jemals wieder das Tageslicht sehen willst, dann gibt sofort auf, Mädchen!

Ela hatte das Gefühl, dass diese Zeilen die Billigung der Staatspolizei gefunden hätten. Ohne Zweifel hatte der zuständige Beamte mittlerweile mit Joanie geschlafen. Sie arbeitete sehr gerne so.

Die IBC schlug einen ganz anderen Ton an:

Ms. Ela Suvanatat, unsere Aufzeichnungen zeigen, dass Sie an der Aufschlagstelle des EquaSys-Moduls zugegen gewesen sind. Mittlerweile ist bekannt, dass infolge dieses Unfalls Giftstoffe in das Wasser gelangt sind. Es besteht eine große Wahrscheinlichkeit, dass Sie mit diesen Giftstoffen in Berührung gekommen sind. Sie könnten in Lebensgefahr schweben. Bitte melden Sie auf der Stelle Ihren Aufenthaltsort, sodass alle erforderlichen Schritte zum Erhalt Ihrer Gesundheit und körperlichen Unversehrtheit ergriffen werden können.

Ela berührte den glasigen Fleck an ihrer rechten Schläfe. Dieses Sendschreiben hätte sie vielleicht überzeugt – nur dass ihr die LOVs als Einziges noch geblieben waren. Was nutzten ihr Entlastung und Freilassung durch die IBC, wenn ihr danach nur die Wahl blieb, entweder Hungers zu sterben oder ihren Körper auf der Straße zu verkaufen? Da ließ sie sich lieber niederschießen und verblutete einsam in einem dunklen Tunnel.

Da gab sie sich sogar lieber mit Ky Xuan Nguyen ab. Er schien weder der Konvention noch der Polizeigewalt besondere Sympathien entgegenzubringen.

Sie aß die Nudeln auf und stürzte sich auf den Kaffee. In ihrer Lage wäre es eigentlich angebracht gewesen, Furcht zu empfinden, aber aus irgendeinem Grund war das nicht der Fall. Sie fühlte vielmehr eine merkwürdige Ruhe und Entschlossenheit. Mit einem raschen Fingertrommeln rief sie Kathangs Salamander-Icon herbei. Wenn sie mit Nguyen erfolgreich fertig werden wollte, musste sie zunächst begreifen, worauf sie sich einließ – und dazu musste sie alles durcharbeiten, was das ROSA über den Absturz des EquaSys-Moduls und den Lebenszyklus der LOVs zusammengetragen hatte.

Ela las die Artikel und hörte sich die Nachrichten an – es dauerte nicht lange, bis sie die schreckliche Wahrheit begriff: Ihre LOVs waren von seltenen Chemikalien abhängig, von bestimmten Aminosäuren. Kathang erklärte ihr, dass Aminosäuren die Bausteine der Proteine seien, der Eiweißstoffe. Aminosäuren gab es viele, aber gerade die, die von den LOVs benötigt wurden, waren in der Natur nicht sehr verbreitet. Ohne eine künstliche Quelle dieser beiden besonderen *Opine* mussten entkommene LOVs innerhalb weniger Tage absterben, wenn sie überhaupt so lange überlebten.

Ela empfand ein Hitzegefühl, das sich nicht allein dadurch erklären ließ, dass es ein heißer Tag zu werden versprach. Bebend eilte sie in das Badezimmer und blickte in den kleinen Spiegel. Das diffuse Sonnenlicht, das durch das zerschrammte Dachfenster aus Plastik hereinfiel, überdeckte jedes Leuchten der LOVs, und so konnte Ela nicht entscheiden, ob sie noch lebten oder schon tot waren. Als sie sich jedoch an dem rauen Punkt kratzte, brach eine dünne Kruste ab. Sie riss die Augen auf, als sieben winzige blutige Fleckchen erschienen, wo die LOVs gesessen hatten. Sie schaute auf ihren Finger und konnte gerade noch die winzigen Glasscheibchen erkennen, die wie Schmutz unter dem Nagel hafteten. *»Oh, nein!«* Sie legte die andere Hand um den Finger und musterte die verlorenen LOVs. Nicht der geringste blaugrüne Funke war zu erkennen.

Waren sie gestorben? Waren all ihre LOVs tot?

Der Spiegel hing an einem Haken, deshalb hängte sie ihn ab und eilte damit in den Korridor, wo es verhältnismäßig dunkel war, und schloss wegen des Sonnenlichts die Badtür. Dann hielt sie sich den Spiegel vor die Schläfe. Zu ihrer Erleichterung entdeckte sie, dass ein Großteil der Ansammlung noch immer in einem weichen Blaugrün leuchtete.

Dennoch war es nur eine Frage der Zeit, bis auch diese LOVs abstarben. Wie viel Zeit hatte sie noch?

Es konnten Stunden sein, es waren vielleicht nur Minuten.

Sie hängte den Spiegel wieder auf und dachte angestrengt nach. Draußen hörte sie Mrs. Dao, die mit den Hühnern sprach. Aus der Nähe drangen die Schreie der spielenden Kinder zu ihr. Dann wisperte Kathang ihr zu, dass soeben eine weitere Mitteilung von der IBC eingetroffen sei.

Elas Blick glitt zu dem kleinen Icon, das einen Merkur mit Flügeln an den Füßen zeigte.

Während sie es anstarrte, rief sie sich ins Gedächtnis, dass der Versand von Mitteilungen völlig anonym verlief. Eine Adresse lieferte keinerlei Hinweis auf den Aufenthaltsort des Besitzers. Nur darum hatte sie den Mitteilungsservice noch nicht abbestellt.

Ihr kam der Gedanke, dass auch Dr. Virgil Copeland, wenn er denn noch auf der Flucht war, keinen Grund hätte, seinen Mitteilungsservice zu schließen. Er wollte doch auch, dass die LOVs überlebten, oder nicht? Deswegen war er geflohen. Wenn er noch frei war, könnte sie ihm schreiben. Sie könnte ihm eine Mitteilung senden und darin um seinen Rat bitten. Jawohl, das war es – wer auf der Welt sollte besser wissen, wie sie ihren LOVs das Leben erhalten konnte?

13

Vierzig Minuten nach Panwars Tod im lichtlosen Wartungstunnel stand Virgil Copeland auf einem Schwimmdock aus Holzimitat und spürte, wie es unter seinen Füßen schwankte und bebte. Als er aus dem Tunnel kam, hatten ihn die Windböen und der peitschende Regen eines *Kona*-Sturms getroffen. Nach nur wenigen Sekunden war er bis auf die Haut durchnässt, doch der Guss hatte auch sein Gutes: Er wusch ihm das Blut von den Händen und aus dem Gesicht. Mit einer übersehenen Geldkarte, die er in seiner Tasche fand, hatte er sich anonym einen Regenmantel gekauft, unter dem er unerkannt an den Verkehrsüberwachungskameras vorbeikam, die den Hafen bewachten.

Sein ROSA hatte keine Mühe, sich mit dem gestohlenen Farsight zu verbinden. Virgil hingegen fand die Umstellung nicht ganz so leicht. Die Heroes waren schwer und dunkel, und ihn ließ der Gedanke an die beiden Polizisten nicht los, vor allem aber nicht der Gedanke an Panwar, der sie als Letzter getragen hatte. Doch als Iris ihm eine Karte des neuen Yachthafens vorlegte, folgte Virgil pflichtgetreu dem Weg, den das ROSA ihm wies. Er durchquerte ein Labyrinth aus Schwimmdocks und erreichte schließlich einen Bootsslip weit draußen im Hafen. Jetzt erst, als er sah, was an der Aufschleppe vertäut lag, fragte er sich, ob der Link zu seinem ROSA vielleicht doch schadhaft sein mochte. Oder sollte Iris einen Fehler begangen haben?

Er hockte sich aufs Dock und starrte das kleine Fahrzeug an, während ihm der Regen von der Kapuze tropfte. Konnte man es überhaupt »Fahrzeug« nennen? Es sah keinem Boot ähnlich, das Virgil je gesehen hätte. Der niedrige, gedeckte Rumpf zeigte geschwungene Linien und lief sowohl am Bug als auch am Heck spitz zu, war höchstens fünf Meter lang und so schlank, dass es zerbrechlich wirkte. Weder gab es ein offenes Deck noch einen Kabinenaufbau. Die Oberseite hob sich nur wenige Zentimeter aus dem Wasser. Die Farbe war ein dunkles, metallisches Blau.

Virgil vermutete, dass es sich um eine Art Tauchboot handelte. Iris flüsterte er zu: »Identifizieren?«

Das ROSA antwortete mit einer leisen Frauenstimme: »Es handelt sich um ein Renntauchboot vom Typ Marathon Shell. Es kann einen bis zwei Passagiere aufnehmen. Mehr?«

Ein Tauchboot also. Damit war zwar das bizarre Äußere erklärt, nicht aber die Größe. Es war so klein. Die winzigen Maße hatten etwas Surreales, als wäre die *Marathon* für die kleinwüchsige Spezies eines fremden Planeten gefertigt worden. Und nun lag es hier: ein juwelähnliches Raumschiff, das auf dem Wasser ruhte.

Er stand auf, und sein Regenmantel knallte im böigen Wind. *Mach schon,* dachte er. *Geh an Bord.* Wohin sonst sollte er auch gehen?

Mitten auf dem gewölbten Rumpfrücken der *Marathon* ragte eine runde Luke als mehrere Zentimeter hoher, stromlinienförmiger Buckel hervor. Als Virgil auf den Rücken des Tauchboots stieg, öffnete sich die Luke. Er blickte hindurch in eine hell erleuchtete Kabine, die so eng war, dass sie kaum genügend Raum zu bieten schien, um sich umzudrehen. Ein Anflug von Klaustrophobie überfiel ihn, bis er sich ins Gedächtnis rief, dass

Panwar das Fahrzeug ausgesucht hatte. Virgil beschloss, seinem toten Freund zu vertrauen.

Er raffte den Regenmantel zusammen, ließ sich durch die Luke fallen und landete auf einem schmalen, oval geformten Stück Bodenfläche. Er musste sich ducken, sonst hätte er sich an der Decke den Kopf angestoßen. Die Kabine war an dieser Stelle höchstens einen Meter vierzig hoch – doch weil sie sich zum Bug verjüngte, wurde die Decke dort noch niedriger. Ein großer Lehnsessel fand gerade zwischen den gewölbten Wänden Platz. Er konnte zu einer Reihe von Folienbildschirmen an der Bugkonsole herumgeschwenkt werden, oder zu den beiden winzigen Türen in der Heckwand der Kabine. Als Virgil die eine Tür öffnete, entdeckte er eine Miniaturtoilette. Die zweite verschloss einen Raum, der so niedrig war, dass man dort nur kriechen konnte, vollgepackt mit Lebensmitteln und Ausrüstung für den Notfall.

Über Virgil schloss sich die Luke. Virgil starrte hinauf und kämpfte gegen das Gefühl an, in der Falle zu sitzen. Dann suchte sein Blick die kleine griechische Göttin auf seinem Display. »Iris? Stehst du mit dem hiesigen ROSA in Verbindung?«

»Jawohl.« Iris' Stimme drang nun aus den Lautsprechern der *Marathon.* »Dieses Fahrzeug ist vollautomatisch.«

Virgil sandte ein stummes Dankgebet an Panwar. Dann legte er die Heroes ab. »Dann wollen wir los.«

»Ziel?«, fragte Iris.

Diese Entscheidung war schon von Panwar getroffen worden. »Wo die Trümmer aufgeschlagen sind. Zum Mekong-Delta.«

Er zog den Regenmantel aus und warf ihn zu Boden. Dann streifte er die nasse Kleidung ab und suchte in den

Schränken, bis er eine Decke fand. Darin hüllte er sich ein. »Iris, kannst du dafür sorgen, dass es hier wärmer wird?«

»Erhöhe die Temperatur auf sechsundzwanzig Grad Celsius.«

Während er sich auf dem Lehnsessel zusammenrollte, schaltete Iris die Bildschirme der Bugkonsole ein.

Die beiden mittleren Displays stellten die Umgebung der *Marathon* dar, der eine über, der andere unter Wasser. Ein dritter Schirm zeigte die Position des Bootes auf einer Hafenkarte, während der vierte Spezifikationen und augenblicklichen Zustand der *Marathon* wiedergab. Virgil führte sich stirnrunzelnd die Spezifikationen zu Gemüte. Anscheinend wurde die *Marathon* nicht von Schrauben angetrieben, sondern von Zwillingstragflächen, die sich mit einer komplizierten, den Pinguinen abgeschauten Paddelbewegung vom Wasser abstießen. Eine kleine Brennstoffzellenbank lieferte die nötige Energie; Motorengeräusche verursachte das Boot so gut wie keine.

Eine Bewegung zog seinen Blick zu einem der mittleren Bildschirme. Er konnte darauf beobachten, wie die Haltehaken sich lösten und vom regennassen Dock zurückwichen. Dann glitt das Dock zur Seite. Virgil fühlte sich kalt und taub an und war grenzenlos dankbar, dass sein Schicksal wenigstens vorerst von Iris' Können abhing und nicht von ihm selbst.

Das Fahrzeug blieb an der Oberfläche, während es den Hafen verließ und in die windgepeitschten Wellen eintauchte, die an der Hafeneinfahrt bis zu einem Meter hoch wurden. Kaum hatte das Boot die letzte Boje hinter sich gelassen, als der Silicon Agent das Tauchboot unter Wasser brachte. Dadurch verschwand sowohl der Anblick der Küste und der zurückweichenden Stadt als auch Virgils Verbindung zu Iris. Lange noch starrte er auf die leeren blauen Bildschirme, bis er endlich einschlief.

Als er gegen Mitternacht aufwachte, waren die blauen Bildschirme schwarz geworden. Sein erster Gedanke war, dass er unmöglich entkommen sein könne. Die IBC war ihm auf den Fersen – auf einem Schiff, in einem Flugzeug oder einem anderen Tauchboot mussten die Agenten in diesem Moment zu ihm aufschließen. Albtraumhafte Panik machte sich in ihm breit.

Er packte die Heroes und setzte sie auf. »Iris! Wo sind wir? Was geht da draußen vor?«

Ein ROSA antwortete, aber es war nicht Iris. Nicht ganz. Der Sprachrhythmus war falsch, und das Icon, von dem es repräsentiert wurde, zeigte nur einen durchscheinenden Umriss der hübschen griechischen Göttin, die normalerweise an dieser Stelle zu sehen war. »Hier spricht eine Iris-Shell als Oberfläche des hiesigen ROSA.«

Virgil nickte verstehend. Iris lief auf einem Hochsicherheits-Server in Texas. Normalerweise kommunizierte sie über einen gepulsten Datenstrom mit seinem Farsight, doch solange die *Marathon* unter Wasser war, konnte das ROSA sich überhaupt nicht mit ihm in Verbindung setzen. Deshalb hatte es eine Shell hinterlassen – im Prinzip einen seichten Abklatsch seiner Persönlichkeit, in den sich das Bord-ROSA kleiden konnte, um Virgil eine vertraute Benutzeroberfläche zu bieten, bis er wieder mit seiner eigenen Software kommunizieren konnte.

Das Hybrid-ROSA versorgte ihm mit einem Wetterbericht und einer ungefähren Positionsbestimmung, die ihm nichts sagte, weil er sich mit Längen- und Breitengradangaben nicht auskannte. Einige Nachfragen später hatte Virgil immerhin erfahren, dass die *Marathon* mehrere hundert Seemeilen zurückgelegt hatte, während er schlief.

»Hat es irgendwelche Kommunikation gegeben?«, wollte Virgil wissen. »Oder hat uns irgendein Fahrzeug offensichtlich verfolgt?«

Das ROSA verneinte.

War er der IBC entkommen? Hatte Panwars Plan tatsächlich funktioniert?

Für Panwar jedenfalls nicht.

Zum Teufel noch mal! Panwar war für die LOVs in den Tod gegangen. Für Virgils LOVs. Wie konnte man nur so gottverdammt dumm sein? Hätte Virgil gewusst, wie schwer Panwar verletzt gewesen war, hätte er niemals zugelassen, dass sein Freund den LOV-Labortrakt verließ. Dann säßen sie jetzt zwar beide im Gefängnis, aber sie wären beide noch am Leben. Panwar hatte mit Hilfe der LOVs seine Schmerzen unterdrückt und seinem Körper auf chemischem Wege Kräfte entwunden, die dieser nicht lange hatte bereitstellen können. Einmal in Bewegung, hatte die Eigendynamik ihn weitergetragen – bis zum Ende. Jetzt war er tot. Beide waren sie tot. Panwar und Gabrielle.

Virgil atmete tief durch, um die aufkommende Panik abzuwenden. Er zwang sich zur Ruhe – und Ruhe befiel ihn wie eine Welle, die ihn überrollte, eine sanfte Flut.

Er stand auf, benutzte die Toilette und wusch sich das Gesicht. Er musste gebückt gehen, sonst hätte er sich den Kopf an der Decke angestoßen. In einem Fach fand er säuberlich zusammengelegte Kleidungsstücke. Er entschied sich für eine weiße Baumwollhose und einen weichen weißen Sweater. Die Kleidungsstücke hatten Panwars Größe, sodass die Arme und Beine ihm etliche Zentimeter zu lang waren, doch nachdem Virgil sie hochrollte, passten sie ihm leidlich. Als Nächstes brühte er sich mit dem kochendheißen Wasser aus dem Badezimmerhahn einen Becher Pulverkaffee auf. Den Becher in der Hand, nahm er wieder im Sessel Platz und wandte sich den Folienbildschirmen am vorderen Ende der Kabine zu.

Denk nach.

Klar, aber wo anfangen?

Bei der Familie, überlegte er. *Wenn sie überhaupt noch mit mir reden.*

Mit einem Fingertrommeln ging er die eingetroffenen Mitteilungen durch – 213 Sendschreiben hatte Iris seiner Aufmerksamkeit für würdig befunden. Ganz oben auf der Liste standen mehrere Mitteilungen seiner Eltern – und noch ernüchternder: auch Mitteilungen von Panwars Eltern. Virgil konnte sich nicht überwinden, irgendeine davon sofort zu lesen. Für seine eigenen Eltern bereitete er eine kurze getippte Mitteilung vor, in der er erklärte, dass er unverletzt sei und sich bei ihnen melden werde, sobald er könne. Mutter und Vater schickte er gesondert eine Kopie. Sobald die *Marathon* das nächste Mal eine aktive Verbindung aufbaute, würden die Mitteilungen versendet werden. Dann begann er mit einer Beschreibung von Panwars Tod für dessen Eltern; doch dann entschied er sich dagegen. Alles, was er schrieb, konnte vor Gericht gegen ihn verwendet werden, und das Gesetz folgte eigenartigen Wegen.

Vermutlich sollte er sich baldmöglichst um einen Anwalt bemühen.

Er trug es auf die neu angelegte Liste der zu erledigenden Dinge ein. Dann bereitete er eine schale Mitteilung an Panwars Eltern vor, in der ihnen seine Trauer und sein

Mitgefühl aussprach, obwohl ihn die ganze Zeit nur ein Gedanke beherrschte: *Euer Sohn war so gottverdammt dämlich, dass er seinen eigenen Tod zuließ!*

Außer den Mitteilungen der Angehörigen fand er Nachrichten von Freunden in seinem Postfach, Vorladungen von der IBC, Drohungen von der Polizei Honolulus, Angebote von EquaSys, ihn rechtlich vertreten zu lassen, Honorarofferten von Nachrichtenagenturen und eine Riesenmenge Mitteilungen von Menschen aus der biotechnischen Industrie und Forschung, von denen ihn die meisten verdammten; einige wenige aber boten ihm zwischen den Zeilen ihre Hilfe an.

Virgil überflog sie, beantwortete jedoch keine einzige. Nach einer Stunde sicherte er die Mitteilungen und lehnte sich zurück, um nachzudenken. Die plötzliche Verwandlung von Epsilon-3 ging ihm nicht aus dem Kopf. In den Stunden vor dem Absturz hatte die Kolonie außerordentliche Entwicklungsfortschritte gemacht ... in den Stunden, die auf sein langes Interagieren mit Gabrielle gefolgt waren. Während dieser Zeit hatte E-3 auf welchem Wege auch immer ein empfindungsfähiges Bewusstsein erlangt, das aus den Links zwischen den einzelnen LOVs einen Nährboden schuf, auf dem die Vernunft gedeihen konnte.

Wie aber ließen sich die mutierten LOVs erklären, von denen die faseroptischen Leitungen der *Hammer* befallen waren? Diese LOVs mussten sich über Monate hinweg entwickelt haben, lange vor dem »Erwachen« von E-3 also. Damit hätte er niemals gerechnet; er konnte nicht einmal andeutungsweise erklären, wie das geschehen sein sollte.

Er berührte die glasigen Körnchen der LOVs auf seiner Stirn. Sie bildeten eine Restpopulation, sechsunddreißig Individuen, während es Millionen von LOVs bedurft hatte, um Epsilon-3 zu erschaffen. Und seine LOVs entstammten einer weit früheren Generation.

Dennoch …

Sollte es möglich sein wiederzuerschaffen, was so kurz existiert hatte? Die LOV-Population zu vergrößern, bis eine neue Kolonie gegründet werden konnte? Genau das hätten Panwar und Gabrielle an seiner Stelle versucht, daran zweifelte Virgil keine Sekunde lang.

Er schloss die Augen und empfand ihre gemeinsame Hingabe, ihre Entdeckerfreude. Alle drei waren sie von den LOVs besessen gewesen; die LOVs hatten sie zusammengeschweißt. Virgil spürte noch Panwars Hand, die sich in sein Hemd verkrallt hatte; er hörte seine brüchige Stimme, die Virgil beschwor, weiterzumachen: *Allen anderen wäre es doch gleichgültig,* hatte Panwar gesagt.

Virgil ließ den Kopf sinken. Er wusste, dass es ihm überhaupt nicht egal war – dass er am Schicksal der LOVs großen Anteil nahm. Zu dritt hatten sie etwas geschaffen, das es in der Welt zuvor noch nicht gegeben hatte: ein denkendes Wesen ohne Beispiel in der Geschichte, eine Intelligenz, die nicht menschlich war. Was hätten sie dadurch alles über sich selbst erfahren können?

Diese Frage beschäftigte ihn nach wie vor. Noch tiefer allerdings, in den dunklen Gefilden am Boden seines Seins, empfand er das Bedürfnis zu beweisen, dass Gabrielle und Panwar – und vielleicht auch er – nicht umsonst gelebt hatten.

Er hob den Kopf und blickte auf die leeren Bildschirme. »Wie tief sind wir?«

Die Stimme, die nicht ganz Iris' Stimme war, antwortete: »Sechzehn Faden.«

Virgil seufzte angesichts der Nutzlosigkeit eines nautischen Längenmaßes. »Wie viel ist das in Metern …?«

»Annähernd dreißig Meter.«

»Ist es möglich, einen Link herzustellen, ohne dass wir auftauchen?«

Zu seiner Überraschung antwortete das ROSA mit einem bedingten Ja. Zuerst stieg das Boot auf eine Fahrtiefe von fünf Metern auf, dann fuhr es eine Antenne aus: einen luftleer gepumpten Metallballon am Ende eines langen Leichtgewichtkabels. Die *Marathon* bremste ab, und der Ballon schwebte einen guten Meter über den Wellen.

Knopfkameras am Ballon fingen Scherben aus reflektiertem Mondlicht auf. Das Boots-ROSA unterzog das dunkle Bild einer Restlichtverstärkung und enthüllte schweren Seegang mit weißen Schaumkronen, überdacht von windzerzausten Wolken. Andere Fahrzeuge waren nicht in Sicht.

Auf Virgils Farsight blühte Iris' Icon dreidimensional und in Farbe auf, als das ROSA den Link wiederherstellte. Die wiederbelebte griechische Göttin hielt eine Schriftrolle in der Hand und streckte sie Virgil hin. »Vierhundertneunundzwanzig Mitteilungen«, raunte sie. »Sechzehn repräsentative Nachrichtenclips.«

Zuerst sah er sich die Nachrichten an. Dabei spürte er, wie sich tief in ihm Panwars Gespenst regte, ein Komplex von Erinnerungen mit der Persönlichkeit seines toten Freunds. »Als hätte ich es dir nicht gleich gesagt«, hörte Virgil ihn frotzeln.

Allerdings. Die Hauptstory der Stunde bewies, wie vorausschauend Panwar gehandelt hatte. Die EquaSys-LOVs hatten den Absturz in der Tat überlebt. Man zeigte Videoaufnahmen von fragmentierten und sich auflösenden LOV-Kolonien, die noch in der zerschmetterten Zelle saßen. Virgil beobachtete in grimmigem Schweigen, wie Taucher sie mit Chlor vernichteten. Er konnte darin nichts anderes sehen als einen Völkermord.

Eine Pressekonferenz folgte, auf der IBC-Chef Daniel Simkin sprach, ein farbloser Mann mit blasser Haut, fahlen Haaren und eiskalten Augen. Gleich zu Anfang versicherte er der Welt, dass im weiteren Umkreis der Absturzstelle ständig Proben entnommen und auf die Anwesenheit von überlebenden LOVs untersucht würden. Bislang seien alle Tests negativ ausgefallen, doch das Gebiet werde für die nächsten sechs Monate streng kontrolliert.

Overkill, dachte Virgil. Ohne Nopalinzufuhr müssten die LOVs binnen Tagen absterben. Politisch nahm sich eine sechsmonatige Überwachung natürlich sehr gut aus.

Simkin schloss seine vorbereiteten Erklärungen ab und begann, die Fragen der Reporter zu beantworten. Die erste Journalistin wünschte Einzelheiten über Virgils Aufenthalt zu erfahren. »Dr. Virgil Copeland ist die letzte verbleibende Quelle dieser LOVs. Wird angenommen, dass er sich noch immer in Honolulu aufhält? Oder breitet die LOV-Plage sich bereits auf andere Teile der Welt aus?«

Simkin bedachte die Frau mit einem ungnädigen Blick. »Wir wollen doch eins ganz klarstellen: LOVs sind nicht ansteckend. Sie können sich außer durch eine bewusste Entscheidung der Beteiligten nicht von einem Menschen auf den anderen verbreiten und sterben ohne bestimmte Nährstoffe sehr rasch ab. Zu einem Kommentar über Dr. Copelands Verbleib sehe ich mich außerstande.«

Die nächsten beiden Fragen drehten sich um Schäden an Bord der *Hammer* und Entschädigungen für die Familien der vietnamesischen Fischer, die bei dem Absturz getötet worden waren.

»Die letzte Frage«, sagte Simkin und wies auf einen

jungen Mann mit einem langen kastanienbraunen Pferdeschwanz, der ein kragenloses Hemd und eine naturfarbene Jacke trug.

Der junge Reporter fragte mit selbstsicherer Stimme: »Sind Sie sich bewusst, dass eine Interessengemeinschaft von Forschern soeben vor einem Bundesgericht Klage erhoben hat, um sämtliche überlebenden LOVs zu einer bedrohten Art erklären zu lassen; und wenn ja, wie stehen Sie dazu?«

Virgil beugte sich vor. Vor jäher Hoffnung pochte ihm das Herz bis zum Hals. Simkin jedoch lächelte flüchtig und gönnerhaft. »Dieses Entwicklung konnte ja nicht ausbleiben. Es findet sich immer eine Randgruppe, die eine gegebene Sache vertritt, so abseitig sie auch sein mag. In diesem Fall jedoch mangelt es einer Klage an jedem sachlichen Gehalt, und ich bin der festen Überzeugung, dass die Bundesgerichte rasch zu der gleichen Ansicht kommen werden.

Die Tatsachen sind unwiderlegbar. LOVs wurden als medizinische Prothese oder biologisches Werkzeug entwickelt. Eine Existenz als Kolonie ist niemals geplant gewesen; man hat nie beabsichtigt, mit ihnen eine denkende Maschine zu bauen. Vielmehr sind sie nun ein Werkzeug, das in übler Weise missbraucht worden ist. Ein *gefährliches* Werkzeug. Aber keine neue Art von Leben. Sie können genauso wenig um Schutz prozessieren, wie eine krebserregende Chemikalie es könnte.

Und ganz eindeutig bedeuten diese LOVs eine weit größere Gefahr als irgendeine Art von Krebs. Für unsere eigene, menschliche Existenz gibt es keine größere Bedrohung als eine denkende Maschine. Der menschliche Geist ist kompliziert und ineffizient, aber er hat die Welt verändert. Wir würden sehr töricht handeln, wenn wir eine andere Art von Intelligenz heranziehen, die mit uns konkurrieren könnte und fähig und in der Lage wäre, die Welt erneut zu verändern. So etwas wäre doch Irrsinn.«

»Woher willst du das wissen?«, flüsterte Virgil. Selbstverständlich, er konnte eintreffen, dieser allgemein verbreitete Albtraum des Computerzeitalters – aber das musste nicht zwangsläufig der Fall sein. Virgil berührte die Glaskörnchen an seiner Stirn. Intelligenz wurde verstärkt, wenn sie mit anderen Intelligenzformen in Verbindung trat. Es war möglich, dass unterschiedliche Intelligenzformen in Einklang zusammenlebten.

Virgil glaubte fest an diese Möglichkeit.

Doch die LOVs an Bord des Moduls waren tot und unwiederbringlich verloren. Die sechsunddreißig künstlichen Organismen auf seiner Stirn waren die einzigen Überlebenden.

Er horchte auf Panwars Gespenst, hörte jedoch nur das Summen der Klimaanlage.

»Iris, schließe den Nachrichtenlink. Hol die Antenne ein. Bring uns wieder auf Marschgeschwindigkeit.«

Es hatte keinen Sinn mehr, zur Absturzstelle zu fahren. Virgil sah ein, wie kläglich die Hoffnung von vornherein gewesen war; Panwar hätte damit rechnen müssen, dass die IBC versuchen würde, das Wrack zu sterilisieren.

Panwar hatte einige recht dumme Entscheidungen getroffen.

Er befahl Iris, Kurs auf Südamerika zu nehmen.

Er schloss wieder die Augen, aber er konnte nicht schlafen. Daher holte er sich ein Schlafmittel aus der Bordapotheke. Er nahm eine Tablette, dann noch eine. Eine dritte behielt er in die Hand.

Doch nachdem er einige Minuten überlegt hatte, gab er sie in die Flasche zurück.

Es waren schon genügend dumme Entscheidungen getroffen worden.

Er stellte das Schlafmittel zurück. Dabei bemerkte er die große Flasche mit Aminosäure-Nährmitteln, die gleich dahinter stand. No-Oct-Tabletten – ein Kombinationspräparat aus Nopalin und Octopin, den beiden seltenen Nährstoffen, die LOVs brauchten, um zu überleben und sich zu vermehren. Virgil grinste. Auf Panwars Auge für Details konnte man sich verlassen. Er holte eine Tablette heraus, nahm sie in den Mund, setzte sich in den Sessel und zerkaute langsam die kalkige Pille, während ihn schon die Wirkung des Schlafmittels wie ein warmer, verwirrender Nebel überkam.

Am späten Vormittag erwachte Virgil wieder. Als er die Augen aufschlug, fühlte er sich eigenartig frisch und optimistisch; gelassen und hoffnungsfroh, von Depression keine Spur mehr. Sein Vater wies ihn darauf hin, als Virgil ihn endlich anrief. »Du siehst gut aus, mein Sohn. Ich hoffe doch, du planst nicht, auf Dauer in das Flüchtlingsgeschäft einzusteigen ... oder?« Jeff Copeland versuchte, seine Frage wie einen Scherz klingen zu lassen, ein unbeschwertes Geplauder, mit dem er über die tiefen Höhlen unter seinen Augen hinwegtäuschen wollte, doch die gewünschte Wirkung blieb aus, als seine Stimme brach und sein Kummer spürbar wurde.

Virgil rang um eine Antwort. »Mir sollte es schlechter gehen, das weiß ich. Es ist nicht etwa so, dass ich nichts empfinden würde...« In diesem Moment aber hätten Schmerz und Verzweiflung keinen Sinn gehabt. Möglicherweise hatten die LOVs dies vorherberechnet und reagierten entsprechend. Oder sein eigener Verstand hatte die Gleichung gelöst.

Jeff Copeland fragte nicht, wo Virgil war; er riet ihm auch nicht, sich zu stellen. Auf beides verzichtete auch der Anwalt, den Copeland engagiert hatte, was Virgil mehr darüber verriet, wie sein Rechtsbeistand den Fall einschätzte, als sämtliche Fragen, die der Anwalt ihm während des einstündigen Gespräches stellte.

Virgil verbrachte den Tag zum großen Teil damit, nach Möglichkeiten zu suchen, wie er am besten spurlos untertauchte.

Am späten Nachmittag fuhr er die Antenne erneut aus. In die Eingangsbox schoss eine weitere Flut von Mitteilungen, die als Betreff Geldangebote, Namen alter Bekannter oder andere verlockende Begriffe eingetragen hatten, um an Iris' Filtern vorbeizukommen. Virgil seufzte und sagte sich, er müsse die Auswahlregeln wohl strenger fassen. Andererseits hatte er mehr als genug Zeit zum Lesen.

Auch als die erste Welle vorüber war, ließ der Fluss nicht völlig nach. Wie Regen durch ein undichtes Dach tröpfelt, sickerten alle zwanzig oder dreißig Sekunden neue Mitteilungen in die Warteschlange. Virgil fand die Geschwindigkeit geradezu hypnotisch und fühlte sich immer wieder versucht, nur noch die nächste Mitteilung abzuwarten, und die übernächste auch (nur noch eine mehr), und Absender und Betreff mit einem Blick zu streifen:

NetFlash News:	Zehn Millionen $ für erstes Interview
Josh Duchamp:	Bewundere Ihre Arbeit sehr
Pierie Ling:	Neu konstruierte LOVs
Jeff Copeland:	Ruf deine Mutter an
Renata X:	Evolution und Schicksal der Menschheit

Ela Suvanatat:	Ich habe LOVs
Lope Ancog:	Sie sind verantwortlich für Katastrophe
James Santiago:	Weitere Fragen von Ihrem Anwalt

Er stutzte und setzte sich etwas aufrechter hin. Dann blickte er wieder auf die eigenartige Betreffzeile: *›Ich habe LOVs‹*

Iris war angewiesen, die Mitteilungen der Skandalpresse, die Hassbotschaften, die religiösen Gimpel, die Verkaufs- und Investmentgelegenheiten auszusortieren ... und die Falschmeldungen.

›Ich habe LOVs‹

Das war eindeutig eine Falschmeldung. Warum hatte Iris sie durchgelassen?

»Iris? Zeige die Mitteilung von Suvanatat an.«

Die Datei öffnete sich mit einer Grafik, bei der Virgil unwillkürlich den Atem anhielt. Er sah einen Fleck von LOVs, die blaugrün vor zimtbrauner Haut schimmerten. Dass es Haut war, sah er daran, weil er jede Pore erkannte, jedes dünne, farblose Härchen. Und er wusste, dass es echte LOVs waren, denn er konnte die Umrisse ihrer Kieselalgen ähnelnden Schalen sehen; jedes Scheibchen war mit dunklen Poren bedeckt und geritzt. Er sah die Umrisse der winzigen, ineinander verhakten Gliedmaßen, die die Schalen dicht beieinander hielten, denn diese verschlankte Ansammlung (Bestand sie aus hundert Individuen? Zweihundert vielleicht?) hatte instinktiv die Anordnung einer Kolonie angenommen und bildete einen Impfkristall für eine neue Epsilon-3.

Er sagte sich, das Bild sei gefälscht.

Man konnte alles fälschen.

Doch würde eine Fälschung nicht eher entweder die Anordnung imitieren, die die LOVs in den Kolonie in der *Hammer* angenommen hatten, oder das weithin veröffentlichte Bild von verstreuten, isolierten Symbionten, wie Virgil, Panwar und Gabrielle sie besessen hatten? Niemand hatte bisher LOVs in einem eng begrenzten Bereich als Symbionten benutzt. Niemand hatte sich je so viele LOVs implantiert. Virgil hatte sechsunddreißig. Auf dem Bild waren gut hundertfünfzig zu sehen.

Sein Herz klopfte dumpf, langsam, ohrenbetäubend. Wenn dieses Bild eine Fälschung war, dann war sie exzellent. Ein kreativer, cleverer, sehr gut durchdachter Schabernack.

Er bemerkte noch etwas: Am Rand des Flecks hatten einige LOVs die Farbe verloren. Sie zeigten das leere, verblasste Grau einer weggeworfenen Colaflasche, die lange Wind und Wetter ausgesetzt gewesen ist. Virgil hatte diesen Effekt bislang nur einmal gesehen, im Frühstadium des LOV-Projekts, als der Nährstoffzufluss in einen neuen Tank zu schwach gewesen war, um die wachsende Kolonie zu versorgen. Ganz eindeutig, dieser Fleck LOVs lag im Sterben.

14

Kathangs Icon, der orangebraune Salamander, regte sich, streckte sich und wies mit dem Schwanz auf Ela. »Linkanfrage«, wisperte das ROSA, und ein eigenartiges Icon erschien neben ihm auf dem Schirm: eine kleine, im antiken Stil gekleidete Frau, deren dunkles Haar in allen Regenbogenfarben schillerte. Neben diesem neuen Icon stand eine Notiz in weißen Buchstaben:

➜ **Dr. Virgil Copeland, RE: Ihre Mitteilung ›Ich habe LOVs‹**

Eine Antwort! Ela konnte es kaum glauben. Und es war keine einfache Mitteilung, sondern ein Echtzeit-Link. »Kathang: annehmen – nein, halt!«

Ela schloss die Augen und dachte angestrengt nach. Sie musste sich schützen. Sie wusste nicht das Geringste über Copeland, sie konnte nicht einmal davon ausgehen, dass er noch auf freiem Fuß war. »Kathang, bau einen anonymen Link auf. Hintergrund verzerren. Unterdrücke alle Umgebungsgeräusche. Übertrage keine Informationen über meinen Standort. Nur mein aktives Porträt.«

Das ROSA reagierte, indem es ein kleines Bild von Ela in die untere Bildschirmecke setzte, das ihren Kopf und ihre Schultern vor einem leeren beigefarbenen Hintergrund zeigte. »Das ist gut«, sagte sie. Dann holte sie tief Luft. Sie brauchte einen Augenblick, um sich zusammenzureißen. »Okay. Nimm den Link an.«

Der amerikanische Forscher erschien als Brustbild mit den gleichen Maßnahmen zum Schutz der Privatsphäre, die auch Ela angewendet hatte, nur dass bei ihm der Hintergrund grau war. Er war jünger, als sie erwartet hatte, bartlos und leicht gebräunt; das nackenlange honigbraune Haar trug er zu einer Vielzahl von Zöpfchen geflochten, wie bei einer Puppenfrisur. Er beugte sich vor und betrachtete sie hinter dem weißen Schleier seines Farsights mit wachsamen bernsteinfarbenen Augen. Auf seiner Stirn entdeckte sie das Glitzern von LOVs, die unter seinen Haarsträhnen saßen. »Sie sind Ela Suvanatat?«

Ela nickte und horchte auf Kathangs gewisperte Einschätzung, die das Wahrsageprogramm generierte: *Er trägt keine Maske; er reitet seine Gefühle wie wohlausgebildete Pferde einem Ziel entgegen, das er noch nicht sieht.* »Man hat Sie noch nicht verhaftet?«, fragte sie ihn mit gedämpfter Stimme. Die beiden *Roi Nuoc* auf der Veranda sollten nichts merken.

»Nein. Sie treiben keinen Scherz mit mir, oder?«

»Nein«, antwortete Ela leise. »Ich habe sie wirklich. Ich war an der Küste, als das Modul einschlug. Ich wollte die Erste sei, die Bilder von der Absturzstelle hat, deshalb bin ich rasch dorthin rausgefahren. Zu schnell. Ich war unter Wasser, als die Umgebung zum Sperrgebiet erklärt wurde. Wenn man mich findet, werde ich sofort verhaftet.«

»Wo sind die LOVs?«

Sie klopfte sich auf die Schläfe und schob das Farsight auf die Seite, um sie ihm zeigen zu können.

»Sie sterben«, sagte Copeland. »Sehen Sie, wie die LOVs am Rand der Ballung hellgrau werden? Mittlerweile ist es schon schlimmer als auf dem Bild, das Sie mir geschickt haben.«

»Deswegen wende ich mich ja an Sie. Ich benötige dringend Nopalin. Die LOVs brauchen es, um zu überleben. Das findet sich in der gesamten Literatur.«

Er zögerte. Die Vorsicht in seinen Augen verstärkte sich. Mühelos erriet Ela seine Gedanken. »Ich habe Ihnen schon gesagt, dass ich auf der Flucht bin, Dr. Copeland. Genau wie Sie. Ich bin kein Köder, mit dem man Sie in die Falle locken will. Darum bitte ich Sie auch nicht um ein Treffen. Ich möchte nur wissen, wie ich die LOVs am Leben erhalten kann.«

»Wieso?«

Ela wandte den Blick ab. Plötzlich empfand sie tiefe Scham. Doch weswegen sollte sie sich schämen? Bis auf ihr Farsight hatte sie alles verloren, als die Arbeit dieses Mannes ihr Leben auf den Kopf stellte. »Diese LOVs müssen etwas wert sein«, sagte sie. »Ich habe sonst nichts zu verkaufen.«

»Aber man kann LOVs doch nicht verkaufen. Es sind künstliche Lebewesen. Man hat noch nicht genehmigt...«

»Genehmigt? Ist das Ihr Ernst?«

Nun war es an ihm, den Blick abzuwenden. Eine rosige Röte schoss in seine sonnengebräunten Wangen, während er sich entschuldigte. Geistesabwesend berührte er seine Stirn und fuhr sich über die halb verborgenen LOVs. »Also gut. Verkaufen Sie die LOVs. Aber verkaufen Sie sie an mich.«

»Dr. Copeland, Sie verstehen nicht. Ich habe Sie nicht kontaktiert, um...«

»Ich will sie kaufen«, beharrte er. »Wie viel verlangen Sie?« Sein Blick schoss zur Seite. Die Audioübertragung des Links setzte aus, und sein Gesicht wurde undeutlich, während er mit jemandem oder etwas außerhalb des Bildes flüsterte. Einem Begleiter? Oder einem ROSA?

Als sein Porträt wieder scharf wurde, wirkte er entschlossen. Er sah aus, als setze er nun Vertrauen in sie.

»Ich verfüge über mehrere anonyme Konten. Sagen Sie mir, wie viel Sie –«

»Das kann ich nicht.« Ela blickte zur Fliegengittertür. Draußen waren die *Roi Nuoc,* und Ky Xuan Nguyen konnte nicht weit sein. Sie senkte die Stimme noch mehr. »Es gibt bereits einen Käufer, Dr. Copeland.«

Er sah sie betroffen, fast ... panisch an, doch der Ausdruck verschwand genauso schnell, wie er gekommen war. »Ich zahle Ihnen mehr.«

»Das ist nicht das Problem. Er ist hier. Sie nicht.«

Sie musterte ihn, während er darüber nachdachte. Dann fragte sie: »Wollen Sie, dass die LOVs sterben?«

»Nein.«

»Dann sagen Sie mir bitte, woher ich Nopalin bekomme. Und wie verabreiche ich es meinen LOVs?«

»Es kommt in Tablettenform auf den Markt.« Er kaute, ohne es zu merken, auf einem Fingernagel. »Man erhält es bei einer Chemikalienfirma in Kalifornien als Sonderbestellung ...«

»Ich bin hier nicht in Kalifornien.«

»Das weiß ich, aber bestellen könnten sie es ...«

»Das würde Tage dauern, oder?«

»Wahrscheinlich schon, wenn man bedenkt, wo Sie sind ... Sie sind immer noch in der Nähe der Absturzstelle, nicht wahr? Nein. Egal. Antworten Sie nicht darauf.« Er seufzte. »Ich besitze einen Vorrat an No-Oct-Tabletten – das ist Nopalin mit Octopin gemischt, eine Kombination, die LOVs nicht nur am Leben hält, sondern ihnen auch die Vermehrung gestattet. Ich bräuchte aber Tage, um sie Ihnen zu bringen, wenn Sie noch ...«

Unter ihrem vernichtenden Blick erstarb ihm die Stimme.

»Ich versuche nur zu helfen, Ela.«

»Meine LOVs sterben.«

»Das weiß ich. Lassen Sie mich nachdenken.« Er wandte sich halb ab und lehnte den Kopf an etwas Unsichtbares. *Wahrscheinlich sitzt er in einem Sessel,* dachte Ela. *Also hat er es gemütlich ... wo immer er ist.* Er hob die Hand, strich sich die Haarsträhnen aus der Stirn und entblößte damit seine LOVs, sodass Ela sie zum ersten Mal deutlich erkennen konnte. Sie waren verteilt, bemerkte sie, nicht zusammengeballt wie ihre.

Einen Augenblick später nickte er. »Es gibt eine natürliche Quelle. Sind Sie in einer Stadt oder auf dem Land?«

Sie zögerte; sie wollte ihm nichts preisgeben.

Er seufzte. »Also schön. Verraten Sie mir nichts. Ich möchte nur hoffen, dass Sie auf dem Land sind. No-Oct wird von einem Bakterium produziert, das sich *Agrobacterium tumefaciens* nennt...« Er verstummte und blickte sie unsicher an.

»Ich weiß, was Bakterien sind, Dr. Copeland.«

»Ja, natürlich. Tut mir Leid. Sie wären überrascht, wie viele Leute das nicht wissen. *Agrobacterium* ist eine Pflanzenkrankheit. Sie bildet Wurzelhalsgallen. Haben Sie so etwas schon einmal gesehen? Es sind Tumore oder Schwellungen im Pflanzengewebe. *Agrobacterium* befällt diese Pflanzenzellen und zwingt sie, die Opine zu produzieren, von denen es lebt. Wenn Sie pigmentloses Wundgewebe finden, sollten Sie daraus Opalin gewinnen können. Grünes, photosynthetisch aktives Wundgewebe enthält Nopalin.«

Ela starrte ihn an und fragte sich, wie oft er wohl mit normalen Leuten sprach. Vielleicht hätte sie nicht so gönnerhaft reagieren sollen, als er ihr erklären wollte, was ein Bakterium ist. »Das habe ich nur halb verstanden«, sagte sie.

»Oh. Nun, es ist wirklich ganz einfach. Wenn Sie Wurzelhalsgallen an kranken Pflanzen finden, bekommen sie wenigstens eine kleine Menge an Nopalin oder Octopin. Beides wird Ihre LOVs am Leben erhalten, bis Sie sich die Tabletten bestellen können.« Er blickte nach rechts und nickte. Erneut fragte sich Ela, ob jemand bei ihm war. »So«, sagte er. »Ich habe No-Oct für Sie bestellt und die Rechnung bereits beglichen. Ich schicke Ihnen nun den Bestellschein. Tragen Sie Ihren Namen und die Lieferadresse ein. Ich habe keine Möglichkeit herauszufinden, wohin es geht.«

Das Dokument traf ein. Kathang legte es in einer Ecke des Bildschirms ab. Ela spürte, dass das Gespräch bald zu Ende sein würde. »Warten Sie«, sagte sie. »Ich bin mir immer noch nicht sicher, was ich tun soll. Mein ROSA kann mir zeigen, wie Wurzelhalsgallen aussehen, aber was mache ich damit? Soll ich die Pflanzentumore etwa *essen*, so wie ich eine Tablette schlucken würde?«

»Ich habe keine Ahnung.« Er runzelte die Stirn; ein abwesender Ausdruck trat in seine Augen. Erneut zuckte sein Blick zur Seite, und erneut nickte er. *Auf jeden Fall ein ROSA*, sagte sich Ela.

Copeland sagte: »Die Tabletten sind natürlich hoch konzentriert. Ich glaube nicht, dass eine Aufnahme über den Verdauungstrakt bei natürlichen Konzentrationen wirksam wäre, und außerdem sollte man Pflanzengallen ohnehin nicht essen. Aber LOVs haben natürliche Poren. Das sind die dunklen Pünktchen auf dem Bild, das Sie mir geschickt haben. In flüssiger Umgebung absorbieren LOVs durch diese Membranen die Nährstoffe.« Er zögerte. »Versuchen Sie die Gallen in eine flüssige Form zu bringen, und dann tropfen Sie Ihr Gebräu direkt auf die LOVs. Es könnte funktionieren.« Besonders zuversichtlich wirkte er nicht. »Schicken Sie den Bestellschein ab«, fügte er hinzu. »Das ist Ihre einzige echte Chance.«

Nachdem der Link geschlossen war, schaffte Kathang mehrere Bilder von Wurzelhalsgallen herbei, damit Ela sie sich ansehen konnte. Sie musterte die geschwollenen, klumpigen Kugeln, die grotesken Missbildungen des befallenen Gewebes, und fragte sich, was wohl gewesen wäre, wenn Copeland ihr befohlen hätte, die Gallen zu essen. Hätte sie die LOVs sterben lassen? Vielleicht.

Waren Wurzelhalsgallen weit verbreitet? Sie glaubte, dergleichen schon gesehen zu haben, obwohl sie nicht sagen konnte, wo und wann.

Die Fliegengittertür öffnete sich; durch ihr rostiges Quietschen bildete sie eine natürliche Alarmanlage. Ein Mädchen mit verdunkeltem Farsight schlüpfte in den Raum. Sie sah aus, als wäre sie etwa vierzehn Jahre alt, und war höchstens anderthalb Meter groß. Sie trug eine knielange blassgrüne Gazejacke über einer anthrazitschwarzen Hose und einem weißen T-Shirt, dazu Gummisandalen. Nichts davon wirkte neu. Sie drehte sich um und gab mit einer raschen Handbewegung den Jungen auf der Veranda ein Zeichen. Dabei schwang ihr Haar umher wie ein schwerer Rock und enthüllte farbenfrohe Strähnen, die sie sich in die dünnen schwarzen Haare geflochten hatte. Ein hübsches Mädchen war sie nicht gerade, denn ihre Züge waren zu grobschlächtig und ihre Beine zu kurz; doch als ihr Farsight im düsteren Zimmer aufleuchtete, funkelte in den Augen des fremden Mädchens wachsame Intelligenz. »Du musst mit mir kommen, bitte«, sagte sie. Ela war über ihr ausgezeichnetes Englisch überrascht. Wo hatte sie solch eine gute Aussprache gelernt? Und sie hatte sogar einen australischen Einschlag, für den Ela gemordet hätte ...

Sie runzelte die Stirn und empfand unversehens eine irrationale Abneigung gegen das Mädchen. Und außerdem hatte Nguyen ihr gesagt, sie möge hier warten ... wo auch immer er war – das musste sie in Erfahrung bringen. Um Copelands Bestellschein auszufüllen, benötigte sie eine Adresse oder musste eine Stelle kennen, an der jemand die Lieferung entgegennehmen konnte.

Mrs. Dao erschien in der Küchentür, warf einen Blick auf das Mädchen, nickte und verschwand wieder in den nach Ingwer duftenden Tiefen ihres Hoheitsgebiets.

»Verstehst du Englisch?«, fragte das Mädchen drängend.

Ela schnaubte. »Ich mache fast meine ganze Arbeit auf Englisch.«

»Was sitzt du dann noch hier rum? Los, los. Wir haben keine Zeit zu verlieren.« Dann, als wäre es das Selbstverständlichste auf der Welt, fügte sie hinzu: »Du weißt doch wohl, dass sie hier ein Haus nach dem anderen durchsuchen?«

Ela riss die Augen auf. Sie stand auf und ging zur Fliegengittertür. Drei Enten watschelten über den staubigen Hof, während die beiden *Roi Nuoc* nach wie vor auf der Veranda herumlümmelten. Zwischen den Reisfeldern verlief ein Weg, auf dem sich jedoch nichts regte. »Ich sehe nichts«, sagte sie und blickte das Mädchen wieder an.

»Wenn du etwas sieht, ist es zu spät. Ich gehe jetzt jedenfalls.« Sie begab sich zur Hintertür, als spiele es keine Rolle für sie, ob Ela mitkam oder nicht.

Widerstrebend folgte Ela ihr, dann aber blieb sie mitten im Zimmer stehen. »Wer bist du? Wer schickt dich? Und warum?« Sie blickte erneut zur Vordertür hinaus, doch der Feldweg war noch immer leer.

»Ich heiße Oanh.«

»Das ist nur ein Vorname.« Und noch dazu ein sehr häufiger. Das hatte nichts zu bedeuten.

»Mir reicht er, Ms. Ela Su-van-a-tat«, entgegnete Oanh

lächelnd und zog dabei jede Silbe in die Länge. »Wir sind nicht gierig nach Namen wie die Thai, die aus ihren Namen Rapsongs machen könnten.«

»Das zeigt nur, dass die Thai ein gutes Gedächtnis haben.«

»Oder ein großes Ego.« Oanh riss die Hintertür auf und ließ eine Lichtflut in den düsteren alten Raum hinein. In der Sonne tanzte Staub, hinter dem ihr Gesicht verschwamm, als sie Ela wieder anblickte.

»Gehst du nicht?«, fragte Ela.

»Glaubst du etwa nicht, dass die Polizei kommt?«

Ela trat einen Schritt näher; sie wusste nicht zu sagen, was sie glaubte. »Warum sollte ich?«

Oanh murmelte unhörbar irgendeine Bosheit vor sich hin. Dann ließ sie die Tür wieder zufallen. Sie griff in eine Tasche, die in den inneren Falten ihres grünen Gazemantels verborgen war, und zog ein Farsight hervor. Einen Moment lang drückte sie sich die Datenbrille an die Brust. »Es ist nicht richtig. Du bist zu alt.«

»Alt? Ich bin neunzehn.«

»Das ist zu alt, um *Roi Nuoc* zu werden.« Dennoch hielt sie Ela mit einer steifen Gebärde das Farsight hin. »Schnell! Nimm schon, dann glaubst du mir. Nimm es endlich! Ich will es nicht verpatzen.«

»Was verpatzen?«

»Dich zu retten! Was sonst? Mach schon!« Sie drückte Ela das Farsight in die Hand, dann stapfte sie an ihr vorbei zur Fliegengittertür. Die beiden Jungen waren aufgestanden und starrten besorgt auf den Feldweg.

Ela betrachtete das Farsight der *Roi Nuoc*. Es war von der Marke Mystery, das Neueste vom Neuen. Sie drehte es hin und her und betastete es. Anscheinend eine Standardausführung, wie man sie überall kaufen konnte. Widerstrebend nahm sie das eigene Farsight ab und hakte es in den Kragen ihres geliehenen T-Shirts. Dann setzte sie das Farsight der *Roi Nuoc* auf.

Die Augen einer Göttin füllten das Display. Dunkle Augen waren es, die sie von einem düsteren, vor Kerzen strotzenden Altar aus anblickten. Die Flämmchen spiegelten sich in einer Iris von dunkler Rosenholzfarbe. Weise Augen waren es, gelassen und sehr schön; die Augen einer alten Waldgöttin. Die Göttin schaute Ela an; ihre dichten Wimpern bildeten einen seidigen Rand um die Augen, der die Eindringlichkeit des Blickes milderte.

Den Rest ihres Gesichtes hüteten die Schatten. Nur die Augen schienen von Licht verwundbar zu sein.

»Oanh hat dich gewarnt«, sagte die Göttin.

Zwar sah Ela den Mund nicht, doch konnte niemand anders als die Göttin sprechen. Eine tiefe, volle, wohltönende Stimme wie diese musste einfach zu den Augen gehören.

»Die Nationalpolizei sucht ein Haus nach dem anderen nach dir ab. Du bist gestern von vielen Bauern gesehen worden. Einige könnten beschließen, sich an dich zu erinnern.«

Noch während die Göttin sprach, verblasste ihr Bild und ging in ein Video von einem beigefarbenen Jeep über, der vor einem Bauernhaus mit Blechdach parkte; eine Szene, die bald von einem anderen Bild zur Seite geschoben wurde, in dem ein ähnlicher Jeep über eine staubige Straße raste; darauf folgte ein Lastwagen innerhalb eines eingezäunten Lagerhauskomplexes; ein zweiter Lkw auf einer Straße; noch ein Jeep; mehrere Motorräder.

Elas Herz pochte schneller und schneller, während jede neue Szene die anderen verkleinerte und sie zu winzigen verzerrten Feldern zusammenschob. »Sind das Szenen der Suche? In Echtzeit?«

Die Göttin bejahte die Frage.

»Aber woher hast du so viele Kameras an Ort und Stelle …?«

Noch bevor Ela die Frage beendet hatte, wusste sie die Antwort. »Durch die *Roi Nuoc.* Das sind Videos aus ihren Farsights.«

»Richtig«, schnurrte die Göttin. »Was sie sehen, wird mir übermittelt.«

»Und was bist du?«, fragte Ela. Auf jeden Fall keine Göttin. Ein ROSA vielleicht? Ein fortschrittlicheres ROSA als Kathang, aber dennoch nur ein *ROving Silicon Agent,* von Menschen programmiert und auf seine Aufgaben geschult wie jedes andere auch.

»Ich bin Mother Tiger.«

»Du bist ein ROSA namens Mother Tiger.«

Die Tigergöttin schnurrte erneut. »Oder ein Komplex aus mehreren ROSAs?«, entgegnete sie nachdenklich. »Vielleicht.«

Vielleicht? Die ausweichende Antwort passte Ela gar nicht. ROSAs hatten auf direkte Fragen geradeheraus zu antworten – aber es war nicht der richtige Augenblick, um dieses Thema weiter zu verfolgen. »Diese Suchtrupps – sie kommen hierher?«

Die Augen der Göttin kehrten ins Display zurück; diesmal waren sie allerdings kleiner: Es waren die Augen eines durchscheinenden Tigergeistes, der wie ein lebendiges Wasserzeichen durch Elas Gesichtsfeld strich. »Eine Patrouille befindet sich zehn Minuten entfernt östlich von dir, eine andere sieben Minuten nördlich. Es steht noch nicht fest, welche davon Mrs. Daos Haus durchsuchen wird.«

Ela Brust wurde eng. Eine der Patrouillen würde mit Gewissheit hierher kommen.

In Panik warf sie einen Blick auf die Hintertür. Dort wartete Oanh, eine Hand auf den Schließer gelegt, Wut und Furcht auf den groben Zügen. Sie stampfte mit dem Fuß auf. »Kommst du jetzt oder nicht? Wir verlieren wertvolle Zeit.«

»Warum beschützt ihr mich?«

»Ela«, sagte die Göttin. »Begreifst du denn nicht, dass Mrs. Dao und ihren Enkelkindern Repressalien drohen, wenn man dich in ihrem Haus findet?«

Ela hielt den Atem an. Sie eilte zur Küchentür. Die alte Mrs. Dao arbeitete trotz der Düsterkeit ohne Licht und packte Orangen in Versandkisten aus Plastik. Sie blickte auf und lächelte. Mrs. Dao trug kein Farsight und verstand Englisch nur sehr schlecht. Woher sollte sie wissen, dass Ela sie in Gefahr brachte?

»Also gut«, flüsterte Ela. »Ich komme mit.«

Oanh ließ ihr keine Chance, es sich anders zu überlegen. Sie stürzte zur Hintertür hinaus. Ein Schwarm dicker schwarzer Hühner stob auseinander. Ela blieb stehen und streifte sich die Plastikslipper über, die sie auf dem Weg zur Außentoilette getragen hatte, dann setzte sie dem Mädchen nach.

Sie eilten über den Hof, dann an einem verrosteten Autowrack vorbei, das halb im Gras verschwand. Eine Katze schoss über Elas Füße und sauste in ein kleines Zuckerrohrfeld. Sie schrie auf – dann fiel ihr der Badeanzug ein, und sie blieb stehen. »Oanh! Ich muss zurück. Wenn mein Badeanzug und meine Tauchweste gefunden werden, oder meine Kleidung, dann weiß die Polizei, dass ich dort war.«

Oanh wandte sich ihr zu; in ihren Augen stand Panik. Da warf das ROSA ein, das sich Mother Tiger nannte: »Ein guter Gedanke. Man hat sich bereits darum gekümmert.«

Erleichterung überflutete Oanhs Gesicht. »Du hast sie gehört. *Komm* jetzt! *Di Nhanh Iên!*«

Sie wandte sich um und eilte weiter. Ela folgte ihr. Der Pfad führte sie zuerst in die verfilzten Schatten unter einem Mangobaumgehölz, dann überquerten sie einen träge dahinfließenden Bewässerungsgraben. Die Sonne stand hoch, und die Luft dampfte. Auf jedem schattigen Fleckchen schwirrten Moskitos umher. Ela wischte sich den Schweiß vom Gesicht, der sich weigerte zu trocknen. »Wohin gehen wir?«, keuchte sie. »Gibt es ein Versteck für uns?«

»Wir bleiben in Bewegung, das ist das beste Versteck! Wir gehen in einem großen Bogen zurück, durchbrechen die Suchlinie und kommen in den Rücken der Polizisten.«

Das klang viel zu gewagt, besonders, wenn die Polizei Überwachungsdrohnen einsetzte. »Treffen wir Nguyen?«

Oanh bog ein hohes Grasbüschel beiseite. Die Hände auf den Knien, spähte sie zwischen den gelblichen Halmen hindurch. Ihre Schultern bebten. Auf der anderen Seite graste ein Wasserbüffel. Dahinter lag eine unbefestigte, von Schlaglöchern übersäte Straße. Oanh fragte: »Wer ist Nguyen?«

»Ky Xuan Nguyen.«

Gebückt kroch Oanh in das spröde Gras. Die trockenen Halme raschelten. Nach drei Schritten sah sie Ela verblüfft an. »Dieser Bonze von *Việt Kiều*, der dich zu Mrs. Dao gefahren hat? Ist das dein Liebhaber?«

»Nein! Kennst du ihn nicht?«

»O doch, sicher kenne ich ihn. Wir gehen jeden Abend zusammen aus. Er verprasst gern mit mir sein Geld. Das macht Spaß.«

Ela seufzte. »Ab und zu musst du ihn doch herkommen sehen.«

»Nicht bevor er dich brachte. Arbeitest du für ihn?«

»Das weiß ich nicht genau. Und du?«

Oanh zuckte mit den Schultern. »Könnte sein. Manchmal arrangiert Mother Tiger was für uns. Komm jetzt weiter.«

Ela folgte Oanh durch das Gras. Sie war erleichtert zu wissen, dass Nguyen sich in dieser kleinen Sekte nicht als Gott eingeführt hatte.

Wenn es überhaupt eine Sekte war.

Sie kauerte am Straßenrand neben Oanh. Der Wasserbüffel beäugte sie, während Oanh die leere Straße hoch und runter mit Blicken absuchte. »Schnell, auf die andere Seite.«

Ela nickte. Sie schossen über die Straße. Unter ihren Sandalen stoben Staubwolken auf. Dann tauchten sie in das Gras auf der anderen Seite der Straße ein. Die Halme ritzten Elas Waden und Oberschenkel und hinterließen juckende Striemen. Insekten summten in ihrem Gesicht. Wenigstens hatte sie noch keine Schlangen gesehen.

Hinter dem Gras erstreckte sich ein ausgedörrtes, von Unkraut bewachsenes Feld. Wie es aussah, war der Acker schon vor Beginn der Regenzeit aufgegeben worden. Von dem, was man dort angebaut hatte, waren noch von Machetenhieben gezeichnete Stummel übrig, die nur wenige Zentimeter maßen und von einer verwahrlosten Krone aus gesprossenen Ablegern umgeben waren, von denen die meisten geschwollen und missgebildet wirkten. Nur wenige gesunde Blätter waren zu sehen, und sie wirkten wie die Miniaturausgaben des vertrauten T-Shirt-Motivs. »Hanf«, flüsterte Ela. Sie kniete sich hin und berührte einen der blasigen, verdickten Sprosse. Sie fühlte sich an die Bilder von Wurzelhalsgallen erinnert, die Kathang ihr gezeigt hatte.

»Beeil dich!«, rief Oanh vom anderen Rand des Feldes. »Allzu lange können wir nicht auf diesem Weg bleiben.«

Rasch vertauschte Ela das *Roi-Nuoc*-Farsight gegen ihr eigenes. »Kathang. Identifiziere.«

Mehrere Sekunden verstrichen. Dann wisperte Kathang: »Hierbei scheint es sich um von Wurzelhalsgallen befallene *Cannabis sativa* zu handeln. Wahrscheinlich: sechsundneunzig Prozent.«

Ela grinste. Grob begann sie, die am schlimmsten aussehenden Sprosse abzubrechen, und häufte sie neben sich auf. Von den ausgetrockneten Pflanzen stob Staub auf und kitzelte ihr in der Nase.

Oanh war wieder da. »Was machst du denn? In ein paar Minuten kommt eine Drohne hier durch. Wir müssen weg! Und zwar jetzt.«

Ela nickte. »Ich bin fast fertig.« Sie brach noch ein halbes Dutzend Äste mehr ab. »Findest du den Weg zu dem Teich, in dem ich mich gestern versteckt habe?«

»Der Teich …?« Oanh neigte den Kopf und musterte etwas auf dem Display ihrer Farsights. »Oh. Warum möchtest du dorthin?«

Ela brach noch einen Zweig und musste zweimal niesen, bevor sie antworten konnte. »Hättest du vielleicht die Güte?«

»Die Güte?«

Ela lächelte. Sie freute sich hämisch, eine Redewendung gefunden zu haben, die Oanh nicht kannte. »Tu es, weil ich dich darum bitte.«

»Aber dein Tauchgerät ist schon …«

»Das ist mir egal!« Ela sammelte die kranken Sprosse auf und wickelte sie in den Saum ihres T-Shirts, als wäre es eine Schürze. Dann stand sie auf. »Wenn du mich nicht bringen willst, Oanh, kann ich mich auch von meinem ROSA führen lassen.« Das war zum Teil ein Bluff. Obwohl Ela nicht bezweifelte, dass Kathang den Rückweg fand, besaß er nicht die nötigen Informationen, um

Patrouillen und den neugierigen Kameras fliegender Drohnen auszuweichen.

»Okay!«, fauchte Oanh. »Du willst so eine Dummheit begehen? Also gut! Aber dann setz endlich deinen Hintern in Bewegung – jetzt!«

»Gut«, sagte Ela und eilte an ihr vorbei. »Dann los.«

Oanh holte sie am Rand des Feldes ein. »Ich glaube nicht, dass du den ganzen Ärger wert bist, Ela Su-van-a-tat.«

»Aber du könntest dich irren.«

Oanh schüttelte den Kopf. »Ich weiß genau, dass du den Ärger nicht wert bist. Warum musste ich ausgerechnet Englisch lernen? Hätte ich nur Französisch gelernt, dann müsste sich jemand anders mit dir abmühen.«

Ela lächelte. Allmählich erhielt sie die Kontrolle über den Gang der Dinge zurück.

15

Summer Goforth lehnte sich in den Schreibtischsessel zurück und blickte aus dem Fenster ihres feudalen Büros im zweiten Stock eines Gebäudes, das zum Kapolei-Technologiepark gehörte. Auf dem Parkplatz hatten sich gerade die Laternen eingeschaltet und warfen ihren bernsteingelben Schein in das dünne Abendnieseln. Palmen hoben sich als Schattenriss gegen die saubere weiße Fassade des Nachbargebäudes ab. Summer sollte eigentlich einen Artikel für eine Fachzeitschrift redigieren. Der Ausdruck lag über ihrem Schreibtisch verstreut, doch sie war mit den Gedanken woanders. Die LOVs gingen ihr nicht aus dem Kopf, und darum war dort für etwas anderes kaum Platz.

Seit dem Absturz des Moduls vor drei Tagen waren unzählige Stunden mit Diskussionen des Ethik-Ausschusses verschwendet worden. In weiteren Gesprächen sah Summer keinen Sinn mehr. Die LOVs hatten sich eindeutig als untragbare Bedrohung erwiesen. Sollten davon noch immer welche existieren, so mussten sie aufgespürt und vernichtet werden. Sie hatte darauf gedrängt, dass der Ausschuss diese Notwendigkeit einsah und demgemäß handelte, doch weit war sie nicht gekommen. Das Gerede nahm kein Ende.

Mit einem Seufzen versuchte sie erneut, sich auf ihre Arbeit zu konzentrieren, doch wieder schweiften ihre Gedanken zum Rätsel der LOV-Mutation ab. Wie hatten die Mutanten sich entwickelt? Wie hatten sie die faseroptischen Leitungen der *Hammer* befallen können? In den von Panik geprägten Bemühungen, die Kontrolle über die Raumstation wiederzuerlangen, hatte niemand daran gedacht, eine Probe zu nehmen. Nun waren sie tot, in überhitztem Wasserdampf hart gekocht, und sollte an den Rückständen eine erfolgreiche Autopsie vorgenommen worden sein, so hatte Simkin ihr nichts davon mitgeteilt. Obwohl er sie als Beraterin beschäftigte, hielt er es offenbar für überflüssig, sie auf dem Laufenden zu halten. Seit dem Tag des Modulabsturzes hatte sie nichts mehr von ihm gehört.

In gewisser Weise jedoch genügte es ihr zu wissen, dass die LOVs sich anpassen konnten – und zwar rasch. Zu rasch, als dass man die Entwicklung mit langsam ablaufender, natürlicher Mutation erklären konnte. Wussten die LOVs etwa über ihren eigenen Aufbau Bescheid? Waren sie fähig, ihre Struktur willkürlich zu ändern? Jedes Mal, wenn Summer diese Überlegung anstellte, befiel sie tiefes Grauen. Ein Verstand, der in der Lage war, mit Vorbedacht den Körper zu verändern, der ihn am Leben erhielt, war ein Intellekt, der sich auf der Flucht jeder Situation anpassen konnte.

Dennoch … es reizte sie, bestimmte Experimente anzustellen: LOVs unterschiedlichen Umweltbedingungen auszusetzen und ihre Reaktionen zu studieren. Sie spielte mit Ideen, wie man diese Experimente gefahrlos ausführte, als das trockene Rasseln von Libellenflügeln sie in die Gegenwart zurückholte. Misstrauisch blickte sie auf das Farsight, das sie neben sich auf den Schreibtisch gelegt hatte. Das ROSA musste etwas empfangen haben, das Summer ihrer sofortigen Aufmerksamkeit für wert erachtete.

Seufzend setzte sich Summer das Farsight auf. Sie rechnete damit, ein Link-Icon von einem Ausschussmitglied vorzufinden – doch der Link stammte von Daniel

Simkin. Aha. Hatte er am Ende doch etwas gefunden, was sie für ihn tun konnte?

Sie trommelte die Zeichenfolge für die Annahme, und vor ihr entstand Simkins Bild. Aus seinem Gesicht sprach süße Siegesfreude. Nun erst fiel ihr ein, dass er versprochen hatte, sie anzurufen, sobald Copeland gefunden war. »Haben Sie ihn endlich?«, stieß sie hervor.

Simkin lächelte verschlagen. »Copeland? So gut wie. Hätten Sie heute Abend zufällig Zeit für mich?«

»Wo? Wie lange dauert es noch? Ist er noch auf Hawaii? Nehmen Sie eine Verhaftung vor?«

Er zog die Brauen hoch. »Das wäre schön, aber ich hatte eigentlich mehr an ein nettes Abendessen gedacht.«

Summer sackte in den Sessel zurück. Ihr kam es plötzlich vor, als sei die Realität leicht ins Wanken geraten. Abendessen? »Warum?«

Er runzelte die Stirn, ob aus Verärgerung oder Erheiterung, konnte sie nicht sagen. »Aus den üblichen Gründen. Essen. Gesellschaft. Konversation. Wann sind wir schon gleichzeitig in der selben Stadt? Kommen Sie, Summer. Der Gedanke liegt doch nicht so fern.«

O doch, er lag fern, und er passte ihr gar nicht. So hatte es einmal begonnen, mit einem unschuldigen »Geschäftsessen« während ihrer Examenszeit. Nach wenigen Wochen war sie zu ihm gezogen. Drei Monate später lebte sie noch immer in seiner Wohnung, aber er war ausgezogen. »Ich glaube nicht …«

»Wir haben einige echte Fortschritte gemacht, und Sie sollten schließlich meine Beraterin sein. Ich würde gern hören, was Sie mir raten.«

Ihr Blick fiel auf die Seiten des Ausdrucks. *Einen Artikel redigieren?*, fragte sie sich, *oder dem Team beitreten, das mit den Folgen meiner Unvorsichtigkeit endgültig aufräumt?*

»Ich möchte mit Ihnen über die mutierten LOVs sprechen«, sagte sie.

»Dann sagen wir um acht. Wir können uns auf halbem Wege treffen. In Pearl City gibt es ein Lokal namens *Miki's Haven.* Ihr ROSA wird wissen, wo es ist.«

Trotz seines Namens war Miki's Haven ein Restaurant, das auf Geschäftsleute als Kunden zielte: hell, mit weit auseinander stehenden Tischen und Livemusik von einem Trio, das Oboe, Cello und ein Keyboard spielte, das auf Cembalo programmiert war – genügend Hintergrundgeräusch, um Gespräche zu überdecken, aber nicht laut genug, um sie unmöglich zu machen.

Simkin war gerade mit einem Link beschäftigt, als Summer an den Tisch kam. Er winkte ihr, sich zu setzen, dann wandte er sich halb von ihr ab, um das Gespräch zu Ende zu führen.

Summer bestellte sich ein Glas Chardonnay. Dann betrachtete sie Simkin über verschränkte Finger hinweg und fragte sich, wie lange es dauern würde, bis sie an die Reihe käme. Der Wein kam. Sie nippte eine Weile daran. Dann endlich schlug Daniel Daumen und Zeigefinger zusammen und schloss den Link. »Tut mir sehr Leid«, sagte er.

Sie zuckte mit den Achseln. »Erzählen Sie mir von dem Fall.«

»Copeland wird rührig.« Mit einer eigenartig vertrauten Bewegung streifte er das Farsight ab und legte es auf den Tisch. »Er hat bei seiner üblichen Quelle ein Nopalin-Octopin-Präparat bestellt.«

»Aber doch bestimmt nicht unter seinem eigenen Namen?«

»Anonym.«

»Woher wissen Sie dann …?«

»Es war die einzige anonyme Bestellung für No-Oct, die jemals bei der Firma eingegangen ist.«

»Sind Sie sicher, dass es No-Oct war?«, fragte sie, »Und nicht reines Nopalin?«

»Ganz sicher.«

»Die LOVs brauchen Nopalin, um zu überleben, aber Nopalin in Verbindung mit Octopin gestattet ihnen die Vermehrung.«

Simkin nickte. »Das ist unser Problem.« Er beugte sich vor. »Warum sind Sie so überrascht?«

Sie antwortete nicht, weil der Kellner die Speisekarten brachte. Als er wieder gegangen war, sagte Summer: »Weil es mir nicht einleuchtet. Vergessen Sie nicht, dass Copelands Partner und wahrscheinlich engste Freunde auf der ganzen Welt wegen der LOVs zu Tode gekommen sind. Sollte ein vernünftiger Mensch es sich da nicht sehr genau überlegen, ob er den LOVs die Vermehrung ermöglicht?«

Während Simkin darüber nachdachte, breitete sich langsam ein gieriges Lächeln über sein Gesicht aus – ein bestürzend vertrautes Lächeln, das durch ein Zeitloch unmittelbar aus ihrer gemeinsamen Vergangenheit in die Gegenwart getreten zu sein schien. Summer errötete leicht. »Wollen Sie damit etwa eine Andeutung über Copelands Geisteszustand machen?«, fragte Simkin.

Nur mit Mühe konzentrierte sie sich ganz auf die Frage. »Ich weiß es nicht. Dazu besitze ich nicht genügend Informationen. Eines aber steht fest: Die LOVs beeinflussen definitiv seinen Gemütszustand.«

»Also könnte er irrational handeln?«

»Er könnte auf eine Weise getrieben werden, die uns unverständlich bleiben muss. Würden Sie das irrational nennen?«

»Soweit es mich betrifft, schon.«

Summer war sich nicht so sicher. »Rationales Verhalten wird durch das eigene Bezugssystem definiert, nicht wahr? Wenn seine Wertvorstellungen sich von dem unterscheiden, was wir als normal ansehen, könnte sein Verhalten sich auf unvorhersehbare Weise ändern.«

Simkin zuckte mit den Schultern. »Er schätzt die LOVs.«

Der Kellner kehrte zurück, nahm mit kühler Effizienz ihre Bestellungen entgegen und verschwand wieder.

Simkin nahm den Faden wieder auf. »Copelands LOVs sind der Schlüssel. Nach dem Tod seiner Freunde könnten die LOVs das Einzige sein, was er noch schätzt. Ich glaube, mehr brauchen wir nicht zu wissen, um sein Verhalten vorherzusagen. Er wird tun, was er tun muss, um die LOVs am Leben zu erhalten – und das bedeutet, dass er die bestellten No-Oct-Tabletten irgendwann abholen muss. Wir verfolgen das natürlich. Sobald er sie holt, haben wir ihn.«

»Es sei denn, es wäre ein Ablenkungsmanöver?«

»Wir halten die Augen offen.«

Sie quittierte seine Versicherung mit einem Nicken. »Was ist aus dieser Taucherin geworden? Der, die die Absturzstelle erreicht hat?«

Offensichtlich war das die falsche Frage. Simkin kniff die Augen zusammen. Mit seinen langen Fingern trommelte er auf den Tisch. »Wissen Sie, was mir zuwider ist? Ich hasse die Politik. Ich verabscheue Bestechungen. Ich hasse anonyme Fädenzieher, und ich hasse nationalistische Eitelkeiten.«

»Ich nehme also an, dass Sie die Taucherin nicht gefunden haben?«

Er schnaubte. »Wie denn auch? Uns sind die Hände gebunden. Während der ersten vierundzwanzig Stunden leistete uns die vietnamesische Regierung jede erdenkliche Hilfe, aber gestern hat sie eine Kehrtwendung vollzogen. Nun verlangt man, dass wir unsere Überwachungsdrohnen aus den bewohnten Gebieten zurückziehen. Ihre Polizei- und Militärstreitkräfte haben die Suche abgebrochen. Und man besteht darauf, dass die IBC ihre Nachforschungen grundsätzlich auf die Absturzstelle beschränkt.« Er zog eine Braue hoch. »Der Gedanke liegt nahe, dass sie etwas gefunden haben, das es wert ist, versteckt zu werden.«

»Es könnte sich auch um etwas sehr Alltägliches wie irgendein Rauschgiftgeschäft handeln.«

»Das wüsste ich gern genau. Und ich würde gern mit Ela Suvanatat sprechen – der Taucherin«, erklärte er.

»Dann besteht Grund zu der Annahme, dass diese Frau tatsächlich eine Probe der LOVs besitzt?«

»Um diese Frage zu beantworten, benötige ich Ihre Hilfe – und wenn die Antwort ja lautet, brauche ich Ihre Hilfe, um die LOVs einzudämmen.«

Summer nickte und betrachtete nachdenklich die Musiker, die gerade eine schwierige Passage spielten. »Ich eigne mich nicht für Blockaden und Verbote. Deshalb nehme ich an, Sie sprechen davon, dass ich eine biologische Methode entwickeln soll, um die LOVs zu beherrschen?«

»Sie sind die Expertin.«

»Copeland ist der Experte.«

»Aber Sie stehen auf meiner Seite.«

Sie nickte. Im Gegensatz zu den Mitgliedern des Ethik-Ausschusses, die sich auf nichts festlegen lassen wollten, hatte Simkin sehr genaue Vorstellungen, was getan werden musste.

16

Der Wassersack aus schwarzem Kunststoff hatte den ganzen Nachmittag in der prallen Sonne gehangen; nun, bei Einbruch der Nacht, stand Ela unter einem seidigen Sprühnebel, der ihr den Film aus Seife, Schmutz und Schweiß vom Körper wusch. Sterne blickten auf sie herab. Außerhalb des Gartens hörte sie, wie Konservenmusik aus verschiedenen Quellen gegeneinander und gegen die Stimmen betrunkener Touristen ankämpfte, die sich zu erklären versuchten, warum sie so weit nach Süden gekommen waren, bis nach Ca Mau. Aus größerer Nähe war das Quaken der Frösche und das Zirpen der Grillen zu hören, und ganz dicht bei ihr summten die Moskitos, die sie in der Enge der Duschkabine aus Palmwedeln heimsuchten; sie spürte die sachten Berührungen ihrer Flügel. Nur das Wasser hielt sie fern, und aus diesem Grunde stellte Ela die Dusche nur mit einigem Widerstreben ab.

Sie zog sich an, obwohl sie noch nass war, und war sich dabei des blaugrünen Leuchtens ihrer LOVs bewusst, das sie aus dem Augenwinkel wahrnahm. Seit zwei Tage war kein einziges mehr gestorben. Die Wurzelhalsgallen der Hanfpflanzen wirkten und boten den LOVs die Nährstoffe, die sie zum Leben brauchten. Ela hortete noch immer einige der befallenen Sprosse in einer verschlossenen Plastiktüte, aber in der tropischen Hitze verrotteten sie rasch. Viel länger würden sie nicht mehr halten.

»Ela?«, fragte eine leise Kinderstimme.

»Ich bin fertig.« Sie setzte ihr Farsight auf, und als sie unter dem Palmblattdach hervorkam, warteten Tran und Cu, zwei kleine *Roi-Nuoc*-Jungen, darauf, die Dusche benutzen zu können. Sie blickten sie durch ihre Farsights an und lächelten. Eifrig übten sie ihr neu gelerntes Englisch: »Jetzt sind wir dran?« – »Ist das Wasser warm?«

Ela blieb stehen und schwatzte kurz mit ihnen.

Auf einem Lastwagen war sie zusammen mit Oanh und zwei älteren *Roi-Nuoc*-Jungen aus der Provinz Soc Trang nach Süden gefahren worden. Tran und Cu hatten sich ihnen erst in Ca Mau angeschlossen. Für sich nannte Ela diese *Roi Nuoc* ihr »Englisch-Kontingent«, denn sie alle sprachen die Sprache, wenngleich unterschiedlich gut, und alle wollten sie sich ständig darin üben. Anscheinend fanden sie in der Spontaneität und der Irrationalität eines echten Gesprächs zwischen Menschen etwas, das über die Simulationen und Übungen hinausreichte, die Mother Tiger ihnen vorlegte. Oder vielleicht gaben sie nur gern an? Tran und Cu verdienten sich Geld, indem sie für Touristen dolmetschten, auch wenn die meisten nur wissen wollten, wie die billigste Bar hieß oder wie man am schnellsten wieder nach Saigon zurückkam.

Ela überließ die Jungen ihrer Dusche und machte sich auf den Rückweg durch das Papayawäldchen. Sie benutzte die Nachtsichtfunktion, um ihre Schritte sicher zu setzen und nach Schlangen Ausschau zu halten. Die *Roi Nuoc* hatten ein Eckchen des kleinen Hinterhofgehölzes gemietet, sodass sie dort ihre Hängematten aufspannen durften. Die Papayabäume waren alt, und ihre hohen, unverzweigten Stämme durchmaßen gut zwanzig Zentimeter. Die Früchte hingen wie dicke, geschwollene Tränen unter den Kronen aus raschelnden Blättern.

Oanh lag auf ihrer Hängematte. Ihr Gesicht leuchtete, von ihrem Farsight angestrahlt, grün, während der Rest ihres Körpers im Dunkeln verschwand. Der Geruch eines Insektenvertreibers hing in der Nachtluft und erinnerte in seiner widerlichen Süße an Jasmin. Oanh sagte: »Ninh und Thu waren auf der Straße, um zu horchen.«

Ninh war siebzehn, Thu fünfzehn. Die beiden Jungen hatten Oanh und Ela nach Süden geschafft, als das Suchnetz der Polizei zu dicht zu werden drohte. Sie verbrachten ihre Zeit meist damit, die Stadt zu erkunden, und hielten nach Anzeichen behördlichen Interesses Ausschau, doch soweit sie sagen konnten, war Elas Ankunft unbemerkt geblieben. Es war nun schon ihre vierte Nacht im Süden, in der sie am Rande der Sümpfe von Ca Mau kampierten.

»Ich möchte morgen zurück.«

Oanh schüttelte den Kopf. »Das ist noch zu früh.«

»Ich kann nicht länger warten. Meine Wurzelhalsgallen verrotten, und die Lieferung No-Oct wartet in Soc Trang auf mich.« Sie setzte sich auf ihre Hängematte, nahm das Farsight ab und hielt es sich seitlich an den Kopf, sodass die Knopfkameras die LOV-Traube aufnehmen konnten. »Kathang«, flüsterte sie, »mach ein Bild.«

Oanh setzte sich auf. Dieser Vorgang faszinierte sie jedes Mal. Ihr *Roi-Nuoc*-Farsight zeigte ihr kein Bild von sich selbst. Das war eine Besonderheit des ROSA namens Mother Tiger: Sie konnte nicht allzu weit nach innen fokussiert werden.

Ela trug das *Roi-Nuoc*-Farsight in dem Hüftbeutel mit sich, den Ninh ihr gegeben hatte, obwohl sie feststellte, dass sie es von Tag zu Tag mehr benutzte. Die Persönlichkeit Mother Tigers hatte etwas Süchtigmachendes an sich. Mother Tiger benahm sich überhaupt nicht wie ein typischer ROSA. Ein ROSA hatte ein Diener, Sekretär, Dolmetscher, Vermittler, Rechercheur zu sein: kurz gesagt, ein *Helfer.* Still, unaufdringlich und ... untergeordnet.

In schroffem Gegensatz dazu war Mother Tiger erhaben – wie ein uralter, weiser und oft gestrenger Lehrer, der zugleich auch als Berater, Psychologe und Stratege diente und sich ganz dem Ziel widmete, die *Roi Nuoc* vor einer gefährlichen Welt zu schützen. All dies vereinigte der ROSA in sich, ohne die Schwächen menschlicher Eltern aufzuweisen.

Ela setzte sich wieder das Farsight auf und musterte das neue Bild der LOV-Traube. Es zeigte eine gedeihende Kolonie, aus der das blaugrüne Licht der unerklärlichen Verständigung der LOVs untereinander strahlte. Seit ihrem ersten Kontakt hatte sie sich oft mit Virgil Copeland unterhalten, und er hatte ihr erklärt, dass die Impulse von LOV-Kode nur Mikrosekunden dauerten; während Kathang sie wahrnahm, vermochte sie es nicht. Es erschien ihr nicht ganz fair.

»Vergrößern«, sagte sie. Der blaugrüne Fleck schwoll an, wuchs von der Größe eines Ohrsteckers zu der eines Wandposters. Durch Fingertrommeln scrollte Ela durch das Bild, untersuchte die Scheibchen, die schwachen Umrisse der Bindeglieder, die dunklen Fenster der Membranporen.

Da.

Sie starrte die Unregelmäßigkeit am Rand der Traube an, wo sich eine Scheibe unter der regelmäßigen Oberflächenschicht aus LOVs hervorschob. Eine neue Scheibe? So musste es sein. Ela war sich ziemlich sicher, dass sie am Morgen nicht da gewesen war. »Sie vermehren sich.«

Sie hörte ein Rascheln, als Oanh sich ihr näherte. »Bist du sicher?«

»Ja. Ich sehe eine Knospe.«

Virgil hatte sie gewarnt: *Wenn die Bakterien in den Wurzelhalsgallen nicht nur Nopalin, sondern auch Octopin produzieren, müssen Sie damit rechnen, dass die LOVs sich vermehren.*

Ela spürte Oanhs Atem am Hals, während sie die LOV-Traube musterte. Oanh hatte die Literatur gelesen. Über LOVs wusste sie nun genauso viel wie Ela – außer, wie es war, wenn sie zum eigenen Verstand gehörten. »Ela«, erinnerte Oanh sie, »du hast gesagt, dass du alle Knospen transplantieren würdest.«

»Ich habe bisher aber nur die eine gesehen.«

»Such nach mehr.«

Es dauerte gar nicht lange, bis sie welche fand. Mit jedem neu entdeckten LOV schlug ihr Herz schneller. Nach einigen Minuten zählte Ela zwölf neue LOVs. Der Gedanke, dass die LOVs sich auf ihr fortpflanzten, bereitete ihr eine Gänsehaut. Wie ein Krebsgeschwür, das sie sich freiwillig hatte einpflanzen lassen, kamen sie ihr vor. Warum hatte sie das nur getan?

Um Geld zu verdienen. Okay.

Aber darum behielt sie die LOVs nicht und fütterte sie vier Tage lang mit einem ekelhaften Gebräu aus verrottenden Wurzelhalsgallen.

Während der langen Fahrt von der Provinz Soc Trang nach Süden hatte Ela gespürt, wie sich in ihr eine Veränderung vollzog. Begonnen hatte es als Zustand abnormer Munterkeit, einem ungehinderten Gedankenfluss, der mit einer Intensität ablief, wie Ela sie in ihrem ganzen Leben erst zwei- oder dreimal vorher erfahren hatte, wenn glühende Kreativität alle Zweifel und alle Ablenkung aus ihrem Kopf brannte. Einzelheiten erregten ihre Aufmerksamkeit, nur um wieder in das übergangslose Ganze ihre Umgebung abzutauchen. Wie Zauberei war es ihr vorgekommen, die Besonderheiten und zugleich auch das Allgemeine der Welt wahrzunehmen und sich über ihren Platz darin genau im Klaren zu sein: ein kompliziertes Bauteil in einer natürlichen Maschine wunderschöner, unauslotbarer Komplexität.

Oanh trat von einem Fuß auf dem anderen. Sie wollte eine Antwort. »Wirst du sie weitergeben, Ela?«

Wenn sie die knospenden LOVs an diesem Abend abnahm, bevor ihre axonale Wurzel zu wachsen begann, konnten sie einem anderen Wirt transplantiert werden. Ela forschte in Oanhs sehnsuchtsvollem Gesicht. »Bist du sicher, dass du sie wirklich ...«

»Ja!«

»Ich kann es aber selber nicht machen.«

»Ich kümmere mich darum«, sagte Oanh mit einem leichten Beben in der Stimme. Ela kommentierte es nicht. Oanh wartete schon drei Tage darauf.

Sie arbeiteten still, als hätten sie sich verschworen, bei der Sache zu zweit zu bleiben. Keine von beiden sprach es aus, aber sie wollten fertig sein, bevor Ninh und Thu wiederkamen.

»Setz dich hier drüben hin«, wisperte Oanh und wies auf die untere Sprosse einer Leiter, die an einem Papayabaum in der Nähe lehnte. Als Ela sich niederließ, kreischte hohes Insektensummen auf, und über dem gefleckten Dach aus Papayablättern zog ein Meteor Sekundenbruchteile lang seine Lichtspur über den Himmel.

Oanh zückte ein kleines Messer und drückte den Handballen gegen Elas Stirn.

»Nimm nur die neuen«, warnte Ela. »Beschädige bloß nicht die anderen.«

»Keine Sorge. Mother Tiger führt mir die Hand.«

Das stimmte zwar nicht ganz, doch zweifelsohne gab das ROSA Oanh für jede einzelne Bewegung Anweisungen bis hin zu dem geflüsterten Mantra, das ihr helfen sollte, Ruhe zu bewahren. Durch die Nachtsichtfunktion konnte sie die LOV-Kolonie genau sehen, das Bild wurde zusätzlich vergrößert und aufgebessert, sodass kein überflüssiges Detail sie ablenkte. Ela spürte den Druck der flachen Seite des Messers auf ihrer Haut. »Halte den Atem an«, wisperte Oanh.

Ela schloss die Augen. Dunkle Gedanken plagten sie. Es wäre Oanh nun ein Leichtes, die gesamte LOV-Traube abzuheben und ihr alles zu nehmen.

Warum stelle ich mir so etwas vor?

Oanh würde es nicht tun – aus Ehrgefühl und auch für den Fall, dass die Implantation fehlschlug, denn Ela besaß als Einzige noch LOVs ...

Vielleicht.

Bevor sie die Provinz Soc Trang verließen, war Ela an den Teich zurückgekehrt, wo die LOVs entkommen waren. Sie war hineingewatet, die Sammlung von Hanf-Wurzelhalsgallen noch immer ins T-Shirt geschlagen, und hatte vorgegeben, nach etwas zu suchen, das sie unter Wasser verloren hatte. Und dann war sie absichtlich ausgerutscht und mitsamt der Wurzelhalsgallen-infizierten Stängel im Wasser versunken. Dort hatte sie so viele davon in den Schlamm geschoben, wie sie konnte, bevor Oanh hineinwatete und ihr wieder auf die Beine half.

Ein leichter Druck; ein leises, abgehacktes Keuchen von Oanh. *»Es ist ab!«*

Ela wagte nicht den Kopf zu drehen; sie fürchtete, die diffizile Operation zu stören. »Lass es nicht fallen«, wisperte sie. »Hauch es nicht an. Berühr es nicht mal. Setz es dir einfach an die Stirn.«

Aus dem Augenwinkel sah sie, wie Oanh das Messer fester umschloss. Ihre Fingerknöchel glänzten, so straff war die Haut darüber gespannt. Statt das Messer zur Stirn zu heben, drückte sie sich die flache Seite der Klinge gleich über ihrer rechten Augenbraue an die Haut. Sie hielt es eine ganze Minute dort, um dem LOV Zeit zu geben, sich mit seinen langsamen winzigen Gliedern in ihrer Haut zu verhaken. Tran und Cu kehrten aus der Dusche zurück und beobachteten die Szene mit großen Augen, aber sie stellten keine Frage. Vielleicht hatte Mother Tiger ihnen befohlen, still zu sein.

Endlich senkte Oanh die kleine Klinge und hob langsam den Kopf. Über ihrer Braue auf ihrer dunklen Haut entdeckte Ela gerade noch das blaugrüne Funkeln eines einzelnen LOVs. »Das nächste«, flüsterte sie. In ihren Augen flackerte das Entdeckerfieber.

Am selben Abend bot Virgil einen Link an. Als er hörte, was sie getan hatten, gab er sich besorgt. »Ela, ich halte es für keine gute Idee, die LOVs zu verbreiten. Sie setzen diese Jugendlichen einem großen Risiko aus. Ihnen droht nicht nur von der IBC Gefahr, sondern vielleicht auch von den LOVs. Wir wissen nicht ...«

»Das können wir auch nicht«, unterbrach sie ihn und verschränkte die Arme. Kathang bemühte sich, ihre Haltung, ihren Standpunkt – ihre Verärgerung – dem Ausdruck ihres Gesichts und der Anspannung ihrer Muskeln zu entnehmen. Daraus erzeugte er ein Abbild, das Virgil zu sehen bekam, dessen Bild ebenfalls künstlich zusammengestellt war. Sie rief es sich ins Gedächtnis, während sie ihm in die traurigen, gelassenen Augen blickte. Er wirkte immer gelassen. Zu gelassen. Man sollte LOVs nicht als Beruhigungsmittel verwenden. »Wollen Sie immer noch kommen?«

Er nickte. »Wenn ich an den Küstenpatrouillen vorbeikomme.«

»Sind Sie schon so nahe?«

»Noch einen Tag.«

»Die *Roi Nuoc* werden nach Ihnen Ausschau halten. Bei ihnen sind Sie in guten Händen.« Sie fügte hinzu: »Bringen Sie das No-Oct mit. Alles.«

»Haben Sie schon von der Lieferung gehört?«

»Ja, heute. Es ist in Soc Trang eingetroffen. Morgen reise ich nach Norden, um es zu holen.«

»Seien Sie vorsichtig.«

Ela versprach es ihm.

Nach dem Gespräch legte sie sich in die Hängematte und sah den Sternen zu, die wie LOVs auf dem Angesicht des Himmels funkelten. Was gaben sie doch für eine großartige Crew von Ausgestoßenen ab! Die *Roi Nuoc*, Virgil und sie selbst: vom Zufall zusammengewürfelt und gezwungen, einander zu vertrauen, weil sie alle wollten, dass die LOVs am Leben blieben.

Dennoch hatte ihr Vertrauen eine Grenze. Sie hatte niemandem erzählt, dass möglicherweise LOVs entkommen waren, obwohl sie wusste, dass sie es nicht mehr lange geheim halten konnte. Morgen würde sie nach Norden reisen, um die Lieferung No-Oct abzuholen, und dann würde sie ihren Teich besuchen, um zu sehen, ob etwas darin wuchs – und wenn ja, was.

17

Es war später Nachmittag, und Ela wartete in der Stadt Soc Trang auf einem Gehweg. Um über die Rushhour-Blechlawine aus Fahrrädern, Mopeds und kleinen Elektrolastern hinwegblicken zu können, stellte sie sich auf die Zehenspitzen. Das Lieferantin von Elegant Courier war angewiesen, die No-Oct-Bestellung hierher zu bringen, an diesen Punkt der Straße. Wo also blieb sie?

Ohne Zweifel steckte sie im Stau fest.

»Ela!«, wisperte Oanh ihr aus dem Farsight ins Ohr. »Sieh doch. Ist sie das?«

Oanh stand einen Block weiter die Straße hinauf. Ein Bildfenster öffnete sich in Elas Farsight und zoomte auf ein bestimmtes staubiges Moped, das von einer grauhaarigen Frau in einer grünen Dienstmontur gelenkt wurde.

»Okay«, sagte Ela. »Das muss sie sein.«

Sie beugte sich vor und winkte, als das Moped näher kam. Die Kurierfrau sah sie und scherte an den Straßenrand aus. Das Moped hielt an, und die Frau stellte einen Fuß auf die neue Asphaltdecke, um ihr Zweirad abzustützen. Ihre Augen waren hinter dem schwarzen Bogen ihres Farsights verborgen. Ela entdeckte darauf ihr eigenes Spiegelbild und begriff plötzlich, dass man sie aufzeichnete.

Es war ein Fehler gewesen, hierher zu kommen. Ein tödlicher Fehler? Vielleicht, aber sie brauchte die No-Oct-Tabletten.

»Kennwort?«, verlangte die Kurierfrau mit schroffer, metallischer Stimme.

»B-Blüte, Heilige Schrift, einhundertundsiebzehn.«

»Hmpf.« Ohne ein Lächeln, ohne ein weiteres Wort händigte die Kurierfrau ihr das Päckchen aus. Ela ängstigte sich so sehr, dass sie es beinahe fallen gelassen hätte. »D-Danke«, stammelte sie, während die Frau schon Vollgas gab und sich in den Verkehr einfädelte.

Jemand berührte Ela am Ellbogen, und sie fuhr auf. Sie wirbelte herum, darauf gefasst, der Polizei gegenüberzustehen, aber es war nur Ninh, einer der beiden *Roi Nuoc*, die sie in den letzten Tagen begleitet hatten. »Verqueres Biest«, sagte er und nickte in die Richtung, in der die Frau davongefahren war. »*Cái bà vô duyên*. Komm. Gehen wir.«

Einer Karte folgend, die Mother Tiger ihnen auf die Displays legte, hetzten sie durch die wahllos angelegten Straßen. Auf Schritt und Tritt erwartete Ela, dass sich ihnen ein Polizeibeamter auf einem Motorrad näherte oder plötzlich aus einer der mit Papier verkleideten Ladentüren trat. Ihre Anspannung verstärkte sich,sodass sie schon bei Kinderrufen zusammenzuckte und beim Blöken einer Mopedhupe zu zittern begann.

Dennoch geschah nichts. Niemand nahm Notiz von ihnen. Ela konnte kaum glauben, dass sie entkommen sein sollten, und doch schien es ganz so.

Einige Blocks später gesellten sich Oanh und Thu, der andere Junge, zu ihnen. Gemeinsam durchquerten sie ein raues Viertel aus armseligen Hütten und kleinen Fabriken, bis sie schließlich Soc Trang hinter sich gelassen hatten, und mit der Stadt auch Elas Furcht.

Erneut gingen sie zwischen den grünen Rechtecken der pumpenbewässerten Reisfelder. Sie wanderten nach Osten Richtung Küste und einem Bauernhof, auf dem *Roi Nuoc* als Arbeiter willkommen waren. Ela war überrascht gewesen, als sie hörte, dass es solche Höfe vielerorts gab. Andererseits waren die *Roi Nuoc* die idealen Arbeiter: Sie wussten schon, was zu tun war, bevor sie überhaupt eintrafen. Sie benötigten nur wenig Einweisung und keinerlei Aufsicht, und wenn die Arbeit erledigt war, gingen sie von selbst wieder.

Allerdings waren die *Roi Nuoc* gerade wegen dieser Tüchtigkeit und besonders wegen ihrer gespenstischen Unfassbarkeit viel häufiger unwillkommen. Andersartigkeit bedeutet stets eine Herausforderung an die menschlichen Gefühle, und die *Roi Nuoc* waren nicht nur einfach andersartig, sie wirkten auch bedrohlich, weil sie ihre Lebensweise verbreiteten. Oanh hatte zugegeben, eine Mutter in Saigon zu haben. Keine gute Mutter, das nicht, aber Oanh war nicht auf sich allein gestellt gewesen. Sie hatte vielmehr beschlossen zu gehen: dem Missbrauch, der Vernachlässigung, der emotionalen Unterdrückung oder was auch immer es war, das ihre junge Seele verletzt hatte, den Rücken zu kehren – und das, dachte Ela, das ist die Wurzel des Unmuts gegenüber den *Roi Nuoc*; das war der Grund für das hässliche Gerücht über ihre außerirdische Herkunft, mit dem Nguyen Ela in der Nacht aufgezogen hatte, die sie im Fischerdorf verbrachte. Richtige Kinder verließen ihre Eltern nicht, und wenn doch, so hatten sie nicht zu gedeihen.

Und Nguyen ... wo war er? Ela hatte nichts mehr von ihm gehört, seitdem sie aus Mrs. Daos Haus geflohen war. Hatte er das Interesse an ihr verloren? Oder bereitete die IBC auch ihm Schwierigkeiten?

Der Lastwagen eines Bauern tauchte hinter ihnen auf; in einer Staubwolke verließ er Soc Trang. Ninh trat auf die Straße und brachte ihn mit einem Winken zum Stoppen. Er feilschte kurz mit dem Fahrer, und eine Geldkarte wechselte den Besitzer, dann durften sie auf die Ladefläche klettern und sich zu dem Trio junger Deutscher gesellen, das dort auf seinen Rucksäcken saß und dicke Marihuanazigaretten rauchte.

Die drei setzten sich gerade, als sie Ela entdeckten. Dann taxierten sie Ninh. Sie trugen alle drei keine Farsights. »Porno?«, fragte einer und klopfte sich mit dem Finger an den Augenwinkel.

»Nein«, entgegnete Ninh mit einem überlegenen Lächeln. »Fesselnde Lektionen über die Garnelenzucht.«

Die jungen Männer lachten so brüllend, dass sie sabberten, aber sie traten Ela nicht zu nahe.

Sie wandte ihnen den Rücken zu und beugte sich über den Rand. Während sie die Straße voraus betrachtete, genoss Ela, wie der Fahrtwind ihr ins Gesicht wehte. Marihuanaqualm mischte sich mit dem Geruch des Staubs von der erst kürzlich neu gestampften Straße. Auf ihrem Farsight zeigte ein hellroter Punkt, der über eine Karte wanderte, wo sie sich gerade befanden. Der Garnelenteich, an dem sie die LOVs verloren hatte, war in einem verschwommenen Blau gekennzeichnet. Während der Laster ostwärts fuhr, näherten sich die beiden Markierungen einander beständig, aber sie würden sich nicht treffen, wenn sie auf dieser Straße blieb.

Oanh kauerte sich neben Ela. Ein Schmutzstreifen verbarg die funkelnden LOVs auf ihrer Stirn. »Ich habe mich heute merkwürdig gefühlt«, sagte sie leise.

Ela wusste nicht, was sie antworten sollte. Nach der Begegnung in Soc Trang war sie noch immer fahrig und sich selbst der Kleinigkeiten in ihrem Umfeld sehr deutlich bewusst, als wisperte ihr eine Vorahnung zu, unbedingt alarmbereit zu bleiben. Waren hier die LOVs am Werk? Oder ihre angeborene Furcht? Sie suchte den Himmel nach einer Anomalie in dem messingfarbigen Dunst ab, die eine Überwachungsdrohne sein konnte.

»Ich habe überlegt, dass wir uns vielleicht trennen sollten.«

Auch Oanh blickte in den Himmel. »Du gehst wieder hin, richtig? Wieder an den Teich, in dem du die Gallen verloren hast. Sind da LOVs im Wasser?«

»Ich weiß es nicht«, antwortete Ela, im Stillen erstaunt. »Vielleicht. An der Absturzstelle habe ich ein Tütchen mit verschütteten LOVs gefüllt, aber die meisten davon sind mir entkommen.«

»Du hast natürlich Recht. Wir sollten uns trennen.« Ihr Blick senkte sich auf das Päckchen, das Ela in der Hand hielt.

Ela riss es auf. Vier Kunststoffflaschen lagen darin. Eine davon reichte sie Oanh. »Wenn LOVs im Teich sind, brauche ich mehr.«

»Ich verstehe.«

Auf Elas Farsight hatte der rote Punkt, der ihre Position markierte, sich dem Garnelenteich so dicht wie möglich genähert. Ela klopfte an das Rückfenster des Lasters und bedeutete dem Fahrer, er möge anhalten. Ninh musste von Mother Tiger instruiert worden sein. Er war bereit abzusteigen und folgte Ela, als das Fahrzeug abbremste. Kaum waren sie runter vom Laster, beschleunigte der Fahrer wieder. Die jungen Deutschen blickten sie erstaunt an, nur Oanh sah nicht zurück. Sie hob nicht einmal die Hand zum Abschiedsgruß. Mit Thu beobachtete sie die Straße vor ihnen, während der Laster in dem weiten, gleichförmigen Land zusammenschrumpfte.

Ela wandte sich ab. Die plötzliche und so formlose Trennung bereitete ihr ein eigenartiges Gefühl, als hätte sie die Orientierung verloren. Sie sagte sich, die *Roi Nuoc* seien eben so. Immer im Fluss. Ebenso sehr durch ihre Farsights verbunden wie durch ihr Fleisch.

Sie holte ihr *Roi-Nuoc*-Farsight hervor und setzte es

auf. Mother Tiger war sofort da, ein Geisterbild in der Gestalt einer schleichenden Tigerin, die sich freute, Ela zu sehen, und frohlockte, wie klug sie (vermutlich) ein zusätzliches Depot von LOVs errichtet hatte. Mother Tiger zeigte Ela eine neue Karte, auf der ein Weg zwischen den Reisfeldern hindurch eingezeichnet war, der sie unmittelbar zu dem Tümpel führte.

Ninh seufzte. »Das sieht nach einem Marsch von einer Stunde aus. Hast du was zu essen?«

Ela holte zwei Nährriegel hervor. Ninh zog ein Gesicht, aber er nahm einen. Sie aßen, während sie weitergingen, und sie sprachen über die LOVs. Ninh wollte wissen, wozu sie gut waren; selbst Mother Tiger hatte ihm diese Frage nicht zufriedenstellend beantworten können. »Machen sie dich klüger? Bist du jetzt klüger als früher?«

»Das weiß ich nicht.«

Klüger fühlte sie sich eigentlich nicht, nur ... *wacher.* Als könnte ihre natürliche Intelligenz arbeiten, ohne dass ihr die üblichen Hindernisse und Ablenkungen Knüppel zwischen die Beine warfen: die täglichen Sorgen, die sie unablässig beschäftigten, die Selbstzweifel, die Langeweile ... die Einsamkeit. Alles, was sie tat, erschien ihr interessant und der Mühe wert. Nur dass es manchmal doch zu weit ging. In Soc Trang hatte sie zugelassen, dass ihre Furcht zu stark wurde. »Vielleicht übertreiben sie Emotionen?«

Er hob rasch den Kopf. Ela duckte sich unter einem Schatten zusammen, der über den Spätnachmittagshimmel zog. Es war nur ein Vogel.

Ninh ging weiter. »Ein interessantes Experiment«, sagte er. »Ich hoffe, es überlebt eine Weile.«

»Ich auch.« Doch Ninh hatte Recht: Man konnte sich nicht darauf verlassen.

Gleich nach Sonnenuntergang erreichten sie den Tümpel. Ela hockte sich ans steile Ufer zwischen das süßlich riechende Unkraut. Kleine Mücken tanzten in der Luft. Einige vorlaute Frösche quakten. Seit ihrem letzten Besuch schien sich nichts geändert zu haben. Am Wasserrand entdeckte sie noch ihre alten Fußabdrücke, aber sie sah keine Spur von den LOVs.

Virgil hatte gesagt, dass die LOVs in dieser Umwelt vielleicht überleben könnten. Sie waren robust und anpassungsfähig – oder hatte Ela ihnen womöglich doch zu viel abverlangt?

Vorsichtig folgte sie dem sumpfigen Ufer und watete ins Wasser; junge Garnelen unternahmen panische Fluchtversuche. Die winzigen Leiber schlugen Ela ständig gegen die Beine.

Auf dem schwarzen Wasser trieb ein Spiegelbild des dunkelblauen Dämmerungshimmels. Auf den Kräuseln der Oberfläche sah man eine schwächere Reflexion: eine kleine Scheibe in abendrotstichigem Blaugrün.

Ela blickte auf. Sie erwartete eine Wolkenballung in den letzten Sonnenstrahlen glühen zu sehen, doch der Himmel war klar. Während Mücken ihren Kopf umschwirrten, schaute sie wieder ins Wasser. Das letzte Abendlicht schwand im Eiltempo ... nicht aber die zweite, unerklärliche Reflexion. Sie wurde mit jeder verstreichenden Sekunde heller, substanzieller, bis Ela sich sicher war, dass es sich um einen Gegenstand und keine Spiegelung handelte – eine blaugrüne Kugel unter Wasser, die kleiner war als ein Tischtennisball und, während Ela zuschaute, langsam an die Oberfläche stieg.

Plötzlich erkannte sie, worum es sich handelte; gleichzeitig sah sie aus dem Augenwinkel, dass ihr LOV-Fleck im gleichen Blaugrün zu funkeln begonnen hatte.

Vom Ufer her rief Ninh leise: »Ela? Was ist das?«

Ihr fiel ein, dass sie noch immer das Farsight der *Roi Nuoc* trug; Ninh sah das Gleiche wie sie. »Ich glaube, das sind die LOVs.«

Mit zitternder Hand griff sie nach dem kleinen Ball. Er wich nicht aus und reagierte in keiner Weise. Ela umschloss das funkelnde blaugrüne Glühen mit beiden Händen. Die Kugel fühlte sich an wie ein zusammengeknülltes Halskettchen: hart, aber formbar, durchzogen von tiefen Falten und Windungen. Sie hob es bis fast an die Wasseroberfläche und spürte, wie eine tiefe Neugier sie durchfuhr, ein grundlegendes Gefühl von Unerfahrenheit und Entdeckergeist.

»Das ist eine Kolonie von LOVs«, flüsterte sie. Sie drehte sich um und schaute Ninh an. »Die LOV-Kolonien im EquaSys-Modul sollten so etwas wie ... wie lebendige Computer sein.«

Ninh meinte: »Sie ist klein.«

Ela nickte. Die Kolonie war jung – *aber sie gedieh!* Die LOVs, die aus ihrem Tütchen entkommen waren, hatten sich vermehrt; sie hatten sich ohne Anstoß von außen organisiert. »Ich werde sie in kleine Teile zerlegen.«

Ninh traf erschrocken vor. Seine Sandale platschte in das Wasser am Teichrand. »Warum? Sie ist doch so schön. Warum willst du sie kaputtmachen?«

»Damit mehr daraus wachsen. Einen Teil davon lasse ich hier. Die anderen Teile werfe ich in andere Teiche. Wenn sie verteilt sind, ist es schwerer, sie auszulöschen.«

Er war einen Augenblick lang still, dann lachte er leise. »Darum hast du Oanh also weggeschickt.«

Ela holte die kleine Kolonie ans Ufer und achtete darauf, sie immer unter Wasser zu halten. In ihrer Hand fühlte sie sich so leicht an wie eine Getränkedose aus Aluminium. Ninh baute ein Gehege aus Schlamm darum, sodass die Kolonie nicht mehr davontreiben konnte.

Nun mussten sie sich überlegen, wie sie die LOVs transportieren konnten.

»Haben wir irgendeinen Behälter aus Plastik?«, fragte Ela.

Sie durchforsteten ihre spärlichen Habe, doch als Einziges fanden sie die Folien, in welche die Nährriegel eingewickelt gewesen waren. Doch da kam Ela eine Idee. Sie borgte sich von Ninh ein Messer und zerschnitt ihr kleines Handtuch in lange Streifen, die sie im Teich mit Wasser tränkte. Dann öffnete sie eine Flasche mit No-Oct-Tabletten und zerkrümelte etliche davon über den Streifen. Das trockene Pulver massierte sie in das Tuch, bis es sich in eine graue Paste verwandelt hatte, die an der Faser klebte.

Sie ging wieder zum Wasser. Die LOV-Kolonie trieb in Ninhs Schlammgehege wie eine funkelnde Qualle. Sanft hob Ela sie aus dem Wasser. Wie eine Qualle fiel die Kolonie zu einem formlosen Klumpen zusammen. Doch selbst in diesem Zustand sah sie noch schön aus und wirkte ausgesprochen lebendig. War sie sich ihrer bewusst? Ela weigerte sich, daran zu glauben, und doch spürte sie, wie sie einmal mehr ein Gefühl des Wiedererkennens überkam, ein freudiger Eindruck von emotionaler Verbundenheit.

Doch das war jetzt nicht wichtig. Sie mussten sich beeilen und rasch wieder auf den Weg machen, bevor jemand sie hier bemerkte.

»Wir zerteilen sie«, flüsterte Ela Ninh zu, als er sich neben sie kauerte, und doch zögerte sie.

»Soll ich es tun?«

Zu ihrer eigenen Überraschung nickte sie.

Sie beobachtete, wie er mit seinen geschmeidigen

Händen die Kolonie vorsichtig betastete, um ihre Stärke und ihren Aufbau zu erkunden. Dann zwickte er hinein und durchtrennte sie. Ela empfand plötzlich ein angespanntes, erwartungsvolles Gefühl der Neugier. Sie biss sich auf die Lippe, aber sie bewegte sich nicht.

Ninh nahm das, was er abgekniffen hatte, und schmierte es auf einen Tuchstreifen. Die LOVs funkelten schwach auf der feuchten No-Oct-Paste. Er schmierte einen weiteren Teil auf den nächsten Streifen und so fort. Als er fertig war, war die LOV-Kolonie kleiner als eine auf die Straße geschleuderte Jambolan-Pflaume, die sich in Gelee verwandelt hatte.

Ela hielt sie schützend in der einen Hand und holte mit anderen etliche neue No-Oct-Tabletten aus der Flasche. Dann watete sie zurück ins Wasser und gab den Rest der Kolonie zusammen mit den Tabletten frei. Das dunkle Wasser verschluckte sie augenblicklich. Als sie wieder ans Ufer kam, rollte Ninh schon die Tuchstreifen zusammen und steckte sie säuberlich in die Verpackungsfolie. »Sie sollten heute Abend noch transplantiert werden«, sagte Ela.

Mother Tiger wählte diesen Moment, um zu flüstern: »Mach dir keine Sorgen.«

Die Ermahnung bewirkte das genaue Gegenteil. Von einem Moment zum anderen zutiefst entsetzt, hob Ela das Kinn und hörte, wie sich auf der unbefestigten Straße Autoreifen näherten. Motorengeräusche waren keine zu vernehmen, und das bedeutete, dass der Wagen von einem Brennstoffzellenmotor angetrieben sein musste – ein modernes Fahrzeug also. Sie drehte sich zu Ninh um, doch er war fort – mit den LOV-Päckchen verschwunden. Nur seine Fußspuren im Schlamm verrieten, dass er da gewesen war.

»Ninh!«, wisperte Ela panisch.

»Mach dir keine Sorgen«, wiederholte Mother Tiger.

»Wo ist Ninh?«, piepste Ela.

»Er ist fort, um die LOVs auszusäen.«

Er hatte das No-Oct mitgenommen; und zwar alles. Nur die Verpackung hatte er zurückgelassen.

Ela stampfte mit dem Fuß auf. »Ich mag es nicht, wie sie einfach verschwinden!«

»Es ist nicht leicht«, pflichtete Mother Tiger ihr bei. Zum ersten Mal klang es, als benutze es eine Standardantwort. Dieser Lapsus rief Ela ins Gedächtnis, dass Mother Tiger eben doch nur ein ROSA war und kein Wesen, das wirklich existierte. Sie begriff, wie sehr sie sich bereits auf den Rat dieses ROSA verließ, wie sehr sie schrittweise in eine Abhängigkeit gelenkt worden war. Als sie das begriff, wuchs ihr Ärger. Sie stand schon zu lange auf eigenen Beinen, um nun einem dummen ROSA, das sich als Göttin in einer Farsights-Sekte aufspielte, ihre Unabhängigkeit zu opfern.

»Sag mir, wer kommt«, befahl Ela kalt.

»Der, den du Ky Xuan Nguyen nennst.«

Nguyen. Ihm gegenüber hatte sie behauptet, es gäbe keine weiteren LOVs. Mittlerweile musste er wissen, dass sie ihn belogen hatte.

Der Wagen kam auf der Dammstraße in Sicht und näherte sich ohne Scheinwerferlicht. Rasch nahm Ela das Farsight der *Roi Nuoc* ab und ersetzte es durch ihr eigenes. Kathangs feuchte Haut schimmerte, und er nickte ihr grüßend zu. Das ROSA wisperte, eine Mitteilung von Virgil sei hereingekommen. Ela schüttelte leicht den Kopf: keine Zeit, sie sich anzuhören.

Die Dammstraße lag gute anderthalb Meter höher als der Teich. Der Wagen hielt neben Ela an. Am Teich unten war es dunkel, doch oben auf der Straße herrschte noch letztes Tageslicht, genug, um zu sehen, wie Nguyen aus dem Wagen stieg. Gedankenverloren blickte er sie an.

»Sie sind mehr, als Sie vorgeben, meine liebe Ela.«

Ela sagte sich, die Flucht nach vorn sei die beste Strategie. »Ich bin auf der Flucht. Sie haben mir Hilfe versprochen, aber wo waren Sie?«

Das grüne Leuchten seines Farsights vor seiner schattenbedeckten Haut ließ an die Negativaufnahme eines menschlichen Gesichts denken. »Ich war in Hanoi und habe mich abgerackert und bei Regierungsbeamten, die ich aus tiefstem Herzen verabscheue, eingeschleimt, damit sie das Ende der Suche nach Ihnen anordnen. Sie verdanken es übrigens nur meinen Bemühungen, dass Sie noch nicht im Gefängnis sitzen. Haben Sie seit Ihrer Rückkehr schon bemerkt, dass keine Überwachungsdrohen mehr unterwegs sind?«

Ela wandte sich errötend ab und war froh um die Dunkelheit. »Ja, das habe ich«, sagte sie heiser.

»Ein Dankeschön wäre vielleicht angebracht. Schließlich war es nicht meine Idee, LOVs von der Aufschlagstelle mitzunehmen.«

»Sie sind verärgert, weil ich Ihnen nicht die Wahrheit über die LOVs gesagt habe. Aber woher sollte ich wissen, ob ich Ihnen trauen kann?«

»Ich habe bei diesem Unterfangen weit mehr zu verlieren als Sie, Ela. Wollen Sie meine Hilfe nun oder nicht?«

»Ich benötige Ihre Hilfe.«

»Ja. Allerdings. Ich freue mich, dass Sie es so klar sehen. Ich habe jemanden mitgebracht, der Ihre Bekanntschaft machen möchte.«

Ein Mann stieg an der Beifahrerseite aus dem Wagen. Er kam an den Straßenrand, wo er sich als dunkle Silhouette vor dem Himmel abhob, der die Farbe dunklen

Stahls angenommen hatte. Er war nicht sehr viel größer als Nguyen. »Ela?«

Sie riss die Augen auf, als sie die Stimme wiedererkannte, die ihr durch ein Dutzend Gespräche vertraut war. »Virgil?« Sie trat vor. Mit nackten Füßen platschte sie durch das seichte Wasser am Teichrand. »Sie haben es geschafft! Sind Sie es wirklich?«

»Ja, ich bin hier. Das verdanke ich nur Ky.«

»Er kam auf Cameron Quangs Boot her«, sagte Nguyen. »Kurz nach Mittag.«

Ela gefiel sein herausfordernder Ton nicht. »Und die *Marathon* gehört jetzt Ihnen, Mr. Nguyen?«

»Das Boot liegt an einer der Fischzuchtanlagen«, sagte Virgil geistesabwesend. »Ela, warum haben Sie nichts von den anderen LOVs gesagt...?« Seine Stimme verebbte, während er den Kopf in den Nacken legte und zum sternengesprenkelten Himmel aufblickte.

Ela folgte seinem Blick und sah einen Schauer riesiger Regentropfen so langsam aus dem abendlichen Zwielicht fallen, als hätten sie den üblichen Vertrag mit der Schwerkraft noch einmal neu ausgehandelt. Die tiefe Bläue des Westhimmels glitt als öliges Spiegelbild über ihre sphärischen Gesichter.

Späherbälle, begriff Ela, als die Kügelchen etwa zweieinhalb Meter über dem Boden zum Halt kamen. Sie sah Nguyen an, und ihr Herz schlug in einem schnellen, wässrigen Rhythmus. Sie hörte sich piepsen: »Die gehören Ihnen ... oder?«

Nguyen stand am Straßenrand, und der Saum seines beigefarbenen Jacketts flatterte in der lauen Abendluft. Späherbälle umgaben ihn wie unauffällige Partylampions. »Nein, Ela«, sagte er mit leiser, vor Wut belegter Stimme. »Sie gehören nicht mir. Es scheint vielmehr, als sei man Ihnen gefolgt.«

Sie trat einen Schritt zurück. »Sie hätten aber Ihnen gehören können.«

Er lachte kurz. Dann stieß er leise eine lange Folge von Flüchen aus. Virgil wich schrittweise zum Wagen zurück.

Seine unerwartete Bewegung weckte Elas Panik. Sie taumelte zurück, fort vom Teich, fort von der Straße. Nguyen jedoch machte keine Anstalten zu fliehen. »Haben Sie auf Ihrem Weg von Ca Mau hierher irgendwo Halt gemacht, Ela?« Die Frage klang völlig beiläufig, und er stellte sie so gelassen, dass sie zu zittern begann.

Ihr Blick zuckte auf das Paket von Elegant Courier, das achtlos am Boden lag.

»Aha«, sagte Nguyen. »Ein kurzes Treffen in Soc Trang ... wo Sie ... eine Lieferung No-Oct erhielten? Was ist das, No-Oct?«

Virgil antwortete leise aus der Dunkelheit. »Ein Nährstoff, den die LOVs brauchen.«

Nguyen wandte sich ihm zu. Er stellte keine Frage; allein mit seiner Körperhaltung forderte er Virgil auf, es näher zu erläutern.

»Ich habe es für sie bestellt«, gab Virgil zu.

»Gibt es für diese Chemikalien in dieser Form irgendeine andere Verwendung?«

Virgil zuckte mit den Achseln. »Das Präparat ist genau auf unsere Zwecke zugeschnitten.«

»Lassen Sie mich raten. Sie haben es von Ihrer üblichen Quelle bezogen?«

»Schätze, das hab ich getan.«

Endlich ließ Nguyen seiner Wut freien Lauf. »Warum geben Sie denn nicht gleich eine Annonce auf und schreiben: ›Hier sind wir!‹?«, brüllte er. »Wenn das die Klugheit ist, die man durch LOVs gewinnt, warum verschwende ich dann meine Zeit mit Ihnen?«

Totenstille antwortete aus der Dunkelheit. Nach einer Weile sagte Ela kleinlaut: »Dr. Copelands LOVs stammen aus einer früheren Generation.«

Nguyen verschränkte die Arme. »Wollen Sie Dr. Copeland beschuldigen, sich von primitiven, dummen LOVs leiten zu lassen, Ela?«

Virgil sagte: »Wir sollten jetzt gehen.«

»Nein.« Nguyen drehte sich um und hob die Hände, als wollte er sich direkt an den Schwarm Spähbälle wenden. »Wir werden gleich hier im Delta bleiben. Dieses Land ist zur letzten Zuflucht der LOVs geworden. Sie existieren hier nun mit der Billigung und unter dem Schutz unserer Regierung. Um diese Auszeichnung haben wir nicht gebeten. Wir haben nicht darum gebeten, dass sie in wilden Kolonien über unser Land verteilt werden, aber nun sind sie hier. Wir sind für sie verantwortlich. Heute Abend wird offiziell verlautbart: Dieses Land erklärt sich zur LOV-Schutzzone.«

Ela starrte ihn ungläubig an. Hatte er den Verstand verloren?

Oder ... bluffte er?

Schließlich und endlich arbeitete er in der Werbebranche.

Doch wenn es ein Bluff war, konnte er nur funktionieren, wenn die Welt sich überzeugen ließ, dass LOVs wohlwollend und bereits verbreitet waren – zu zahlreich, um kontrolliert zu werden, ohne dass man in das Leben Tausender Unschuldiger eingriff.

Also stärkte sie ihm den Rücken. »Hunderte von Menschen sind bereits unbeabsichtigt mit LOVs infiziert worden«, erklärte sie in ihrem aufrichtigsten Ton. »Ich habe in zahllosen Teichen die ganze Küste entlang LOVs gedeihen sehen.«

Das war Bockmist, aber befasste sich nicht die ganze Werbebranche mit Bockmist?

Nguyen bedachte sie mit einem bewundernden Blick. »Die IBC plante, mit unserem Volk zu experimentieren, aber wir haben ihr biologisches Gefahrgut zu unserem Besten gewendet – und wir werden unsere Errungenschaft schützen.«

Bockmist, dachte Ela. Aber eine andere Chance hatten sie nicht.

18

»Was zum Teufel faselt der denn da? ›LOV-Schutzzone‹?«, brüllte Daniel Simkin und wandte sich von den Videobildern ab, die eine Flotte Späherbälle ihm von der anderen Seite der Erde in das vorübergehende Hauptquartier der IBC übertrug, welches sich in einem gemieteten Bürotrakt befand. Es war zwei Uhr morgens, er war völlig aufgedreht von Kaffee und Speed, und er verlangte *augenblicklich* eine Erklärung. »Browning, haben wir schon irgendwelche Neuigkeiten aus Hanoi?«

Alyce Browning war die leitende Beamtin der Schicht. Ihre Augen funkelten unter einem wilden Haarschopf. »Hanoi hat dergleichen nicht einmal angedeutet«, knurrte sie. »Das muss überhaupt nichts heißen.«

Simkin war anderer Meinung. Der Sache haftete ihm zu sehr der faulige Hauch nationalistischer Politik an. Die ROSAs hatten Ky Xuan Nguyen als reichen Werbefachmann mit großem Einfluss auf die vietnamesische Regierung identifiziert, der für seine humanitären Projekte bekannt war. Warum sollte ein Mann wie er alles riskieren, um eine ungesetzliche Technik ohne offensichtliche Nutzanwendung zu verschieben? Es ergab einfach keinen Sinn – es sei denn, es steckte noch mehr dahinter.

Browning hatte ihn gegen Mitternacht geweckt, um ihn zu informieren, dass das Päckchen mit No-Oct, das sie überwachten, soeben das Lagerhaus von Elegant Courier verlassen habe. Sie wollte seine Erlaubnis, es zu verfolgen. »Machen Sie«, hatte Simkin geknurrt. »Fangen Sie sofort an.«

Bis er sich gewaschen, umgezogen und aus seinen Privaträumen auf der anderen Seite des Korridors das Büro erreicht hatte, war über Soc Trang eine einzelne hoch fliegende Drohne gestartet worden. Ihr Computer war auf einen speziellen Strafverfolgungsvorgang programmiert, sodass ihre Gegenwart nicht gegen das Dekret der Regierung verstieß, das sämtliche allgemeinen Überwachungsmissionen untersagte.

»Soll ich Hanoi informieren?«, hatte Browning gefragt, als er sich neben sie vor den zentralen Rollbildschirm stellte.

»Ein Freundschaftsdienst?«, entgegnete Simkin.

Browning kräuselte die Lippen zu einem Ausdruck, der mit einem Lächeln nichts zu tun hatte. Hanoi hatte das Überwachungsverbot angeordnet.

Aufmerksam hatten sie beobachtet, wie die Drohne einen Kurier durch die verstopften Straßen von Soc Trang verfolgte. Aus vierhundert Metern Höhe zeichnete sie die Übergabe des Pakets an eine Person auf, die rasch als die freischaffende Produzentin Ela Suvanatat identifiziert werden konnte.

Simkin empfand das Hochgefühl, das sich auf der Jagd einstellt. Er wünschte, er wäre selber dort. Doch diese Pflicht oblag den drei Beamten, die den Bodentrupp der IBC bildeten – mehr waren nicht erlaubt, und allein ihre Anwesenheit betrachtete der Regierung in Hanoi bereits als Zugeständnis.

Sie bereiteten sich auf den Zugriff vor.

Simkin jedoch verbot eine sofortige Festnahme. Er wollte wissen, wo Suvanatat gewesen war, wen sie kannte und, am wichtigsten von allem, wohin sie wollte.

Deshalb hielten sich die Beamten zurück und verfolgten sie aufs Land, wo Virgil Copeland wie ein Gespenst aus der Abenddämmerung erschienen war.

»Das kann doch nicht sein!«, hatte Browning gebrüllt, als sie ihn erkannte. »Nie im Leben ist das Copeland! Das ist eine Fälschung. Das Ganze ist ein Trick, eine Ablenkung.«

Das leitende ROSA widersprach; es gründete seine Einschätzung auf das Urteil dreier untergeordneter Silicon Agents, die auf direkte Sichtidentifikation spezialisiert waren. Das war wirklich Copeland. Der Fall hatte sich selbst gelöst – und dennoch spürte Simkin, wie sich in seinem Bauch ein saurer Verdacht ausbreitete. Es war zu einfach gewesen.

»Hier stimmt etwas nicht«, brummte er. »Hier geht es um mehr. Wo ist dieser Junge, den sie Ninh nannten?«

»Entkommen. Die Drohne hat ihn noch erfasst, aber er bewegte sich sehr schnell. Sie konnte ihn nicht mehr lange beobachten. Daniel, wir müssen eine Entscheidung treffen.«

Die Drohe diente als Relais und verstärkte die Signale von den Späherbällen. Wenn sie bei Ninhs Verfolgung um mehr als ein paar hundert Meter von der Bahn abkam, waren die Späherbälle außer Reichweite. »Führen Sie eine weitere Drohne heran«, befahl Simkin.

»Wir haben in diesem Gebiet nur die eine.«

»Dann soll der Hubschrauber starten!«

In diesem Augenblick setzte der elegant gekleidete Werbefachmann seinen patriotischen Bluff ab.

Eine LOV-Schutzzone.

Simkin starrte hasserfüllt das Display an. Er war sich sicher, dass dieses Spielchen noch weitere Aspekte aufwies, noch irgendeinen Faktor, den er nicht erkannt hatte. Erneut musste er an Ninh denken ...

»Der Junge!«, brüllte er. »Der Junge, der Ninh heißt. Um ihn geht es.«

Ninh war mit einem Vorrat an LOVs ausgestattet. Wenn er entkam, konnte er Nguyens Drohung in die Wirklichkeit umsetzen. Er konnte die LOVs längs der Küste verteilen und jedem welche geben, der sie haben wollte. Die LOVs konnten Paketdienste und Passagierflugzeuge infiltrieren und sich über die ganze Welt ausbreiten – und dann wäre es unmöglich, sie je wieder unter Kontrolle zu bringen. Nguyen bluffte, aber er war in der Lage, seinen Bluff wahr werden zu lassen.

»Schicken Sie dem Jungen den Helikopter hinterher«, befahl Simkin. »Er hat absolute Priorität. *Los!*«

»Die Drohne verschwindet«, verkündete Virgil.

Er hatte in den sternenbedeckten Himmel geblickt und mit Hilfe seines Farsights etwas beobachtet. Aus Westen, aus Richtung von Soc Trang drang von Ferne das leise Surren eines Hubschraubers heran. Furcht umschloss Ela Herz. »Sie suchen nach Ninh!«

Nguyen hatte seine Unabhängigkeitserklärung beendet. »Fahren wir!«, befahl er und ging zum Wagen. Virgil ließ sich auf den Beifahrersitz fallen.

Ela war nur Sekunden hinter ihm. Sie aktivierte die Nachtsicht, hastete den Fahrdamm hinauf, warf sich auf den Rücksitz und schlug die Tür hinter sich zu. Ihre Hände und Füße waren schlammbedeckt und schmutzig. Sie schmierte Schlamm auf die Fußmatten, den Türgriff und die Polster.

Nguyen drehte sich zu ihr um, während der Wagen, von einem ROSA gelenkt, die Straße entlangraste. Die grünliche Linse seines Farsights verhüllte seine Augen, täuschte aber nicht über die Richtung hinweg, in die er blickte. Ela sah, wie er jeden Fleck betrachtete, den sie verursacht hatte. »Jedes Mal, wenn ich Sie aufnehme, sind Sie schmutzig, Ela. Das ist eine sehr schlechte Angewohnheit, wissen Sie.«

»Es ist ein schmutziges kleines Land.«

»Eine stolze, uralte Kultur.«

Davon hatte Ela nicht viel bemerkt. Ruhig fragte sie: »War es Ihnen ernst, was Sie über das LOV-Schutzgebiet gesagt haben?«

»Natürlich war mir das ernst! Seit Tagen arbeite ich darauf hin. Ich wollte nur nicht, dass es so schnell so weit kommt.« Er schüttelte den Kopf. »Es ist zu früh. Wir werden sehen, ob die Mistkerle in Hanoi genug Mumm haben, um es wirklich in die Tat umzusetzen.«

Auch Virgil hatte sich umgedreht. Sein grünschimmernder Blick schweifte von Ela zu Nguyen. »Warum tun Sie das?«

Nguyen legte den Kopf in den Nacken. »Weil ich von der Weltherrschaft träume.«

»Na, kommen Sie.«

Der Sarkasmus wich einem traurigen Lächeln. »Wir können doch mehr aus uns machen, meinen Sie nicht auch? Sollten wir es nicht wenigstens versuchen?«

»Aber warum mit LOVs?«, bohrte Virgil.

»Sie sind ein Experiment.« Nguyen wandte sich wieder an Ela. »Ein Experiment, das sich in übler Weise verselbständigt hat.«

Sie errötete und blickte aus dem Fenster. Wenn sie die No-Oct-Lieferung nicht angenommen hätte ... »Ich hoffe, mit Ninh ist alles in Ordnung«, flüsterte sie.

»Er ist schnell«, sagte Nguyen.

Ela erinnerte sich an ihr *Roi-Nuoc*-Farsight. Sie zog es aus dem Hüftbeutel und setzte es auf. »Wo ist Ninh?«

»Hier«, schnurrte Mother Tiger.

In einem eingefügten Fenster sah Ela die Lichter eines Hubschraubers rasend schnell näher kommen. Sie hörte Ninh keuchend atmen, während er rannte.

»Sie müssen ihm helfen.«

Nguyen schlug mit der Faust auf die Rückenlehne. »Nichts ist gelaufen wie erhofft! Wenn ich noch einmal von vorn anfangen könnte, würde ich Sie am Strand sitzen lassen, Ela, und den Dingen ihren Lauf lassen.«

Ela ballte eine Hand zur Faust, als sie sah, wie ein Soldat sich aus der Tür des Hubschraubers lehnte, ein Gewehr hob und auf ihr Herz zielte – auf Ninhs Herz. »Wenn ich noch einmal anfangen könnte«, sagte sie leise, »würde ich die LOVs immer noch wollen.«

Doch Verlangen unterscheidet sich von Notwendigkeiten und von der Pflicht. Ninh blieb stehen. Er hob die Hände. Ela wollte sagen, die LOVs seien es wert, aber das Gewehr zielte auf Ninh, nicht auf sie. »Jetzt verhaften sie ihn, oder?«

Nguyen schnaubte. »Sie haben nichts gegen ihn in der Hand.«

»Nichts?«

»Er ist jetzt ein ... Wie nennt man das? Eine Ablenkung?«

»Ein Lockvogel?«, fragte Virgil.

»Das meine ich. Ein Lockvogel. Sonst nichts.«

Simkin beobachtete, wie der Jugendliche sich ergab und widerstandslos festnehmen ließ. Man durchsuchte ihn, ohne LOVs bei ihm zu finden. »Den Weg zurückverfolgen, den er gekommen ist«, wies Browning ihre Leute vor Ort an. »Er hat sie weggeworfen.«

Die IBC-Beamten ließen Ninh allein und folgten seiner Spur zurück. Sie setzten elektronische Spürgeräte ein, um seinen Weg bis zum Teich zurückzuverfolgen. Sie fanden nichts.

»Er hat sie weitergereicht«, sagte Simkin. »Es muss noch jemand anders draußen in den Büschen gewesen sein.«

Browning nickte. »Wir sollten die Drohne systematisch suchen lassen. Es ist erst ein paar Minuten her. Sie können noch nicht weit sein.«

Sie.

Das Pronomen weckte in Simkin eine üble Vorahnung.

Die Drohne stieg auf. Die Reichweite ihrer Kameras dehnte sich kreisförmig aus. In diesem Gesichtsfeld entdeckte sie rasch ein Dutzend flackernde Gestalten ohne Einzelheiten. Schwer fassbar wie sie waren, verschwanden sie augenblicklich wie Gespenster, die dadurch zerstört werden, dass man sie erblickt.

»O Scheiße«, flüsterte Browning.

Simkin teilte ihre Bestürzung. Jede einzelne dieser fliehenden Gestalten konnte die LOVs bei sich haben. Oder jede von ihnen besaß welche. Er schaltete sich in Brownings Leitung ein und sprach unmittelbar mit dem Piloten, der bereits abhob, um die Bodencrew aufzunehmen. »Hetzen Sie sie wie die Hasen«, befahl Simkin. »Lebendig gefangen nehmen, wo es geht, scharf schießen, falls es sein muss. Wenn wir jetzt einen Fehler begehen, könnte es Jahre dauern, bis wir uns davon erholt haben.«

»Jawohl, Sir.«

Der Helikopter ging in Sinkflug und schwebte gerade lang genug über dem Boden, dass die IBC-Beamten an Bord gehen konnten. Dann schwang er davon, um die Wellenfront der Flüchtigen zu jagen, die in die Nacht davoneilte.

19

Virgil scrollte durch die Ansichten von den Fliehenden, die sich über Felder und Landstraßen verteilten. Hinter ihnen surrte der Hubschrauber, mal näher, mal entfernter, je nachdem, wo sie sich gerade befanden. Er schüttelte den Kopf; er begriff kaum, wie es so weit kommen konnte. Warum mussten diese Kinder mit hineingezogen werden?

Als er aus Honolulu geflohen war, hatte er nicht damit gerechnet, Verbündete zu finden. Er hatte sich nicht als eine Figur im Spiel eines anderen betrachtet.

Sein Blick fiel auf Ky Xuan Nguyen, der auf dem Fahrersitz neben ihm saß – auch wenn er den Wagen nicht lenkte. Ein ROSA steuerte den Mercedes, während Nguyen mit seinem Farsight arbeitete. Die grüne Darstellung des Nachtsichtgeräts beschien sein Profil, verblasste und strahlte erneut hell auf, als neue Daten über den Schirm liefen. Seine Finger tanzten zu dem chaotischen Schauspiel, zuckten in wütenden Arrhythmien, während er alle paar Sekunden eine unverständliche Anweisung aussprach.

Ein verirrter Späherball war in den Wagen geraten. Virgil fing ihn mit einer Handbewegung und zerquetschte ihn geistesabwesend. Der Späherball fiel mit einem schrillen Quietschen in sich zusammen. »Ky? Wohin fahren wir eigentlich?«

»Wir haben kein Ziel.«

»Mittlerweile kennen sie das Auto.«

»Wir wechseln bald den Wagen.« Seine trommelnden Finger wurden kein bisschen langsamer.

Der Mercedes scherte aus, um einem Schlagloch auszuweichen. »Ich bin mir überhaupt nicht sicher, ob das die richtige Vorgehensweise ist«, sagte Virgil.

Vom Rücksitz aus entgegnete Ela: »Jetzt ist es zu spät, um kalte Füße zu bekommen. Über zwanzig *Roi Nuoc* sind in die Sache verwickelt. Wir können sie nicht im Stich lassen.«

Virgil beobachtete, wie eine schlanke, dunkle Hand einen Streifen mit LOV-besetztem Tuch in das dunkle Wasser eines Feldes warf, das frisch mit schmächtigen Reissetzlingen bepflanzt worden war, und es war nicht das erste Mal, dass er es sah. Ela hatte Recht: Mit jeder Sekunde stieg der Preis, der zu entrichten war, wenn man aus der Sache wieder herauskommen wollte.

»Es ist zu spät«, wiederholte sie. »Selbst wenn wir jetzt aufgeben würden, selbst wenn diese zwanzig sich freiwillig stellen würden, wäre der Schaden doch schon angerichtet. Was glauben Sie, geschieht wohl mit den anderen *Roi Nuoc*, wenn bekannt wird, dass sie in die LOV-Affäre verwickelt sind?«

Virgil spürte, wie kalte Furcht ihn packte. »Man würde sie für schuldig halten.«

»Sie würden verfolgt werden«, sagte Ela. »Die Leute fürchten sie ohnehin schon. Sie brauchen nur einen Anlass, um ihnen an den Kragen zu gehen. Ab heute Abend schweben die *Roi Nuoc* auf jeden Fall in Gefahr, ganz gleich, was wir tun.«

»Wie gefährlich sind die LOVs?«, fragte Nguyen. Als Virgil sich ihm zuwandte, bemerkte er, dass Nguyen mit dem Fingertrommeln aufgehört hatte; die Beleuchtung seines Displays war eingefroren, und er wartete auf eine Antwort.

»Ich weiß es nicht«, sagte Virgil. »An Bord der *Hammer*

haben sie ein faseroptisches Kabel befallen, aber sie hätten dazu gar nicht in der Lage sein dürfen.«

Nguyen schüttelte den Kopf. »Ms. Suvanatat hat Recht. Es spielt keine Rolle mehr. Wir haben uns darauf eingelassen, wir stecken drin. Wir können uns nur dadurch verteidigen, dass wir die LOVs zu einem Politikum machen ... und das geht, sobald die LOVs weit verbreitet und nicht mehr auszumerzen sind.«

»Die IBC wird dieses Gebiet schon bei Morgengrauen unter Embargo gestellt haben.«

»Ja, das glaube ich auch.«

»Haben Sie Beziehungen nach Hanoi?«

»Nichts Verlässliches. Ich kann an den Nationalstolz appellieren und mich auf Zugewinn für die Allgemeinheit berufen. Ich habe versucht, ihnen die LOVs als Sprungbrett in die Zukunft zu verkaufen ... habe ich gelogen?«

Virgil wandte den Blick ab und schaute in die grün gefärbte Nacht hinaus. »Ich weiß es nicht.«

Nguyen seufzte. »Sie sind ein lausiger Verkäufer. Wissen Sie denn nicht, dass der Schlüssel zum Erfolg darin liegt, vom eigenen Produkt vorbehaltlos überzeugt zu sein?«

Virgil lächelte. Seit ihrem ersten Treffen auf einem privaten Deck des Bassac fühlte er sich eigenartig zu Ky Xuan Nguyen hingezogen. In ihm spürte er eine Neugier, einen Ehrgeiz, der sich abseits der ausgetretenen Pfade bewegte. Ein Pioniergeist, der ihn an Panwar erinnerte. »Ich weiß nicht mal, was mein Produkt ist«, gab er zu.

»Dann sollten Sie sich in den nächsten Tagen mächtig ins Zeug legen und darüber Klarheit verschaffen.«

»Wenn es uns gelingt, so lange auf freiem Fuß zu bleiben?«

»Das sollte nicht weiter schwierig sein, nachdem wir uns nun nicht mehr verstecken.«

Virgil lehnte sich zurück, während Nguyen sich wieder seinem Farsight widmete und erneut mit dem Fingertrommeln begann. Ganz eindeutig hatte Ky Xuan Nguyen nicht geplant, das, was er tat, unter den Augen der Öffentlichkeit zu tun. Bis heute hatte er die Risiken, die er einging, auf einen verborgenen Teil seines Lebens beschränkt und diesen Aspekt streng hinter seiner respektablen Fassade abgeschottet. Schließlich aber war er unvorsichtig geworden, war sich seines Geschicks, seines Glücks und seiner Organisation zu sicher geworden. Nun saß er in der Falle und konnte nur dadurch entkommen, dass er die Flucht nach vorn antrat. Im Grunde wiederholte sich hier die Geschichte, die Virgil in Honolulu durchgemacht hatte.

Er musste an Panwar und Gabrielle denken, und nichts erschien ihm mehr wirklich. Hatte er den Verstand verloren? Träumte er nur? War es noch möglich aufzuwachen?

Lass diese Gedanken!

Sich das Gehirn zu verknoten führte zu gar nichts. Virgil holte tief Luft, entließ sie langsam wieder und verlangte einen Ansturm von *Gelassenheit.* Er war geübt darin. An Bord der *Marathon* hatte er es hundert Mal getan. Wie viele Tage er in der einer Isolationszelle ähnelnden winzigen Kabine verbracht hatte, unfähig, mehr als anderthalb Schritte in die eine oder andere Richtung zu machen, konnte er nicht sagen. Nach achtundvierzig Stunden begann die Luft in dem Tauchboot zu stinken. Er drehte die Klimaanlage auf, bis sie mit Sturmwindstärke blies, doch das war nur kalt und laut – sobald er den Luftstrom reduzierte, war der Gestank wieder da. Er klebte an den Wänden. Er sickerte in die Sesselpolster. Wann immer Virgil nach einem Besuch der Toilette oder seinen Liegestützen auf dem kleinen ovalen Fußboden zum Sessel zurückkehrte – (in seinem Kopf schrieb Virgil ihn nur noch in Versalien, als DER SESSEL, der sich in ein halb bewusstes Instrument der Folter oder der Buße verwandelt hatte, das ein undeutliches Ziel verfolgte, obwohl es gewiss dunkel und sadistisch war wie in den alten Religionen) – wenn er zu DEM SESSEL zurückkehrte, setzte er sich auf ein Geisterbild seiner Selbst, ein Gespenst, das aus der Polsterung aufstieg und aus seinem eigenen schalen Körpergeruch und den fauligen Ausdünstungen seiner Eingeweide bestand. Reine, ungetrübte Freude war es für Virgil gewesen, unter dem Schutz der Plattform vor der Küste die Luke zu öffnen, sich aufrecht zu stellen und die saubere, frische Luft einzuatmen, die über das Wasser wehte. Virgil war es vollkommen gleichgültig, ob er die *Marathon* je wiedersah.

Das Display seines Farsights zeigte wieder eine zerbrechliche Hand, die ein LOV-besetztes Tuch schleuderte ...

»Zurück«, flüsterte Virgil und setzte sich aufrecht hin.

Das Videobild fuhr zurück. Ein schwankender Pfad führte über einen Bewässerungsgraben. Der Blickpunkt sprang über das Wasser und verlangsamte. Drehte sich um. Der Boden kam näher, und eine Hand warf die LOVs in das sanft dahinströmende Wasser. »Ky, jemand hat LOVs in einem fließenden Gewässer freigesetzt. Wir haben keinerlei Kontrolle mehr ...«

»Das haben Sie gesehen?«, fragte Ela. »Virgil? Wie konnten Sie das sehen? Das ist doch kein *Roi-Nuoc*-Farsight.«

Er blickte sie verwirrt an. »Nein. Es gehört mir. Sozusagen.« Er berührte das gestohlene Farsight.

»Aber Sie sind mit Mother Tiger verbunden?«

»Sicher. Ky hat es eingerichtet.«

Ela wirkte empört. »Das hat er…? Das ist möglich? Aber *ich* muss immer wieder mein und das *Roi-Nuoc*-Farsight tauschen. Ich tausche jetzt schon eine ganze Woche lang. Mr. Nguyen! Warum haben Sie mir das nicht gesagt? Warum bevorzugen Sie *ihn*?«

Ky Xuan Nguyen drehte sich langsam zu ihr um und zog die Brauen hoch. »Weil Virgil mir nicht den Wagen schmutzig macht, Ela.«

Sie kreischte auf – ein Ausbruch ihres Entsetzens, der ohne Aussicht auf Entkommen durch den schalldichten Fahrgastraum gellte. Ela schlug sich die Hand vor den Mund. Tränen quollen ihr aus den Augen. »Sie sollen aufhören«, stöhnte sie. »Sie bringen sie um.«

Einen langen, eigenartigen Moment lang fühlte sich Virgil in einem bodenlosen Albtraum gefangen – und dann wurde es schlimmer. Auf dem Display seines Farsights änderte sich die Perspektive. Helles Licht überflutete den Boden, und der Staub am Oberrand eines Grabens spritzte in einem Dutzend zerplatzender Fontänen hoch. Das Licht ging aus, und eine Kinderstimme schrie, weinte in grenzenlosem Schrecken immer wieder das Gleiche, das Mother Tiger pflichtgetreu übersetzte als: »Es tut so weh, es tut so weh, es tut so weh.«

Die Perspektive änderte sich wieder. Virgil sah nun den Hubschrauber, der sich hell vor dem Nachthimmel abzeichnete und niedrig, nur wenige Meter hoch über den Reisfeldern, näher kam. Die Seitentür war geöffnet, und ein Schütze darin hob sein Gewehr und zielte. Mit einem Fluch, der nicht übersetzt zu werden brauchte, stürzte der Blickpunkt vornüber ist Gras. Die Ereignisse wurden undeutlich, alles verschob sich. Rennende Schritte waren zu hören, die in schnellem Rhythmus über den Boden stapften, während das Surren eines Helikopters und das Peitschen von Gewehrschüssen aus der Ferne heranhallten.

Virgil schlug mit dem Kopf gegen die Seitenscheibe, und sein Farsight verrutschte, als der Wagen herumwirbelte. Nguyen hatte die Hand am Steuerknüppel. Er hatte dem ROSA die Kontrolle abgenommen. Schweiß glänzte auf seinen Wangen, und in jeder Linie seines Gesichts zeigte sich der Zorn. Er trat aufs Gaspedal, und Virgil wurde in seinen Sitz gedrückt, während der Wagen rüttelnd über die holprige Landstraße voranschoss.

In der Ferne schwebte der Helikopter wie ein böser Geist und schwenkte den Suchscheinwerfer in keinem erkennbaren Muster. In Abständen blitzten an seinen Seiten kleine rote Feuerstöße auf.

»Im Handschuhfach liegt eine Pistole«, brüllte Nguyen, während er den Wagen brutal durch einen Graben schlittern ließ. »Nehmen Sie sie heraus.«

Virgil beugte sich vor und versuchte zweimal, das Fach zu öffnen. Erst beim dritten Mal gelang es ihm. Die Waffe sprang heraus wie Popcorn aus Stahl. Er hob sie auf und wunderte sich über ihr Gewicht. Virgil hatte noch nie eine Waffe in der Hand gehabt. Erneut musste er an Panwar denken. Panwar hatte die Polizistin angeschossen. Es kam Virgil vor wie eine Szene aus einem anderen Leben.

Der Mercedes fand einen glatten Straßenabschnitt. Nguyen drückte sein ganzes Gewicht aufs Gaspedal. Der Wagen beschleunigte noch stärker und fuhr mit mindestens hundertsechzig Stundenkilometern. Wenn sie über Unebenheiten rasten, so bemerkte man es kaum, denn die Reifen hatten kaum noch Bodenkontakt.

Das Schiebedach glitt auf. Als Virgil hochschaute, sah er einen sternengesprenkelten Himmel über sich.

»Sie haben zwei Ziele zur Auswahl«, sagte Nguyen. »Den Piloten oder den Heckrotor. Treffen Sie eins von beiden, und die Maschine stürzt ab.«

Virgil starrte ihn für die Dauer zweier Herzschläge an, dann nickte er. Kinder wurden niedergeschossen – verwundet, damit sie nicht mehr fliehen konnten. Ihre Schreie gellten aus seinem Farsight und drangen ihm ins Mark.

Er nahm sich eine Sekunde Zeit und musterte seine Waffe. Er bemerkte rasch, wie er den Sicherungshebel verstellte, aber selbst mit zugeschalteter Nachtsicht konnte er nicht die Buchstaben lesen, die ihm verrieten, welche Funktion er wählte. Er zuckte mit den Schultern. Dann kam es eben auf den Versuch an.

Er wollte sich auf die Knie erheben. »Festhalten!«, rief Nguyen und stieg auf die Bremse. In dichten Wolken zog Staub an dem Mercedes vorbei, während sich Virgil am Armaturenbrett abstützen musste. Das Wagenheck brach mehrmals zur Seite aus, dann bog Nguyen in eine andere Straße ab. Virgil kauerte sich auf den Sitz, dann erhob er sich vorsichtig und streckte Kopf und Schultern in den Wirbelwind, der über das Wagendach fegte.

Der Helikopter war genau vor ihnen. Er schwebte nur einen Meter über der Straße. Die Suchscheinwerfer hatte er abgeschaltet, und der Schütze legte auf das rasende Auto an. Wenn der Helikopter nicht aufstieg, würde Nguyen ihn in etwa sieben Sekunden rammen.

Virgil stützte die Ellbogen auf das Wagendach. Die Pistole hielt er mit beiden Händen und peilte über Kimme und Korn. Er zielte auf den durchsichtigen Gesichtsschild des Schützen. Er trug eine schusssichere Weste und einen Helm. Virgil konnte allenfalls darauf hoffen, ihm mit einem Treffer das Bewusstsein zu rauben. An der Gewehrmündung blitzte es rot auf. Gleichzeitig schlitterte der Wagen zur Seite und schleuderte Virgil mit dem Brustkasten schmerzhaft gegen den Rahmen des Schiebedachs.

Er keuchte, aber es gelang ihm, das Gleichgewicht zu wahren, und erneut zielte er. Erst jetzt fiel ihm Nguyens Anweisung ein: *»Den Piloten oder den Heckrotor. Treffen Sie eins von beiden, und die Maschine stürzt ab.«*

Virgil richtete die Pistole auf das neue Ziel und drückte sechsmal rasch hintereinander ab.

Etwas explodierte, und der Wagen stellte sich quer. Virgil stürzte halb in die Fahrgastzelle zurück, während gleichzeitig der Motor des Heckrotors zu einem Hagel aus Fiberglassplittern zerbarst. Der Helikopter wirbelte wild über die Reisfelder, warf sich immer wieder um die eigene Achse, während der Mercedes auf den gegenüberliegenden Damm zuraste. Virgil duckte sich in den Wagen und sank gerade wieder auf den Sitz, als ihm eine Vielzahl Airbags ins Gesicht knallte. Der Aufprall schlug ihm die Erinnerung an die nächsten paar Sekunden schlichtweg aus dem Kopf.

Als sein Verstand wieder zu arbeiten begann, waren die Airbags schon in sich zusammengesunken, und der Wagen lag still. Heißes Metall tickte beim Abkühlen, Wasser tropfte. Hinter ihm bewegte sich jemand. »Ich hab die Pistole verloren«, flüsterte er.

Nguyen sagte: »Sie liegt auf dem Boden.«

Virgil bemerkte eine Bewegung und drehte den Kopf. Ela wand sich durch das Schiebedach aus dem Wagen. »Haben Sie alles?«, brüllte Nguyen ihr hinterher.

»Jede beschissene Minute!«, schrie sie zurück. »Jetzt Beeilung. Die Kinder sind verletzt.« Damit verschwand sie aus Virgils Blickfeld.

»Was hat sie alles?«, krächzte er und schüttelte den Kopf, um einen klaren Gedanken fassen zu können, doch stellte er rasch fest, dass es eine schlechte Idee gewesen war.

»Das Video wird eine Revolution auslösen«, sagte Nguyen, während er die Arme zum Schiebedach hob. »Ms. Suvanatat ist eine Künstlerin. Sie hat die Schreie jedes einzelnen verwundeten Kindes hinaus in die ganze Welt gesendet, und unsere Reaktion ebenfalls.« Dann wuchtete er sich durch die Öffnung und überließ es Virgil, die Pistole und eine Schachtel Munition an sich zu nehmen.

Später, als ein Kleinbus mit Ärzten und Sanitätern aus Soc Trang eingetroffen und eine Lazarettzelt errichtet worden war, nahm sich Virgil eine Flasche Trinkwasser und ein sauberes Tuch und entfernte sich, bis die Lichter und der Lärm hinter ihm kaum noch zu bemerken waren. Er kauerte sich an einen trägen Bach, der in einem Bewässerungsgraben floss. Sein Brustkorb schmerzte, sein Gesicht brannte. Er wünschte, er hätte eine Koje, auf die er sich werfen konnte. Wie ermutigend ihm sein Selbstmitleid doch vorkam; das war Virgil, wie er leibte und lebte.

Wer war dann der Wahnsinnige, der vorhin geschossen hatte?

Er hatte sich die Aufzeichnung seiner Tat bereits angesehen, doch nun spielte er sie erneut auf dem Farsight ab, und während die Sekunden verstrichen und die Ereignisse ihren Lauf nahmen, beherrschte ihn nur ein Gedanke: *Ich hätte das niemals schaffen dürfen!* Er hatte nicht einmal bemerkt, dass Ela neben ihm im Schiebedach kauerte, doch sie musste dort gewesen sein; von diesem Blickpunkt aus hatte sie aufgezeichnet. Sie hatte sein Profil eingefangen, während er den Helikopter anblickte. Gelassen, in selbstsicherer Haltung. Seine LOVs funkelten schwach wie Sterne in einer fernen Galaxie. Während er zielte und feuerte, schwenkte die Sicht auf den fliehenden Helikopter: sechs rasche Schüsse, und der Heckmotor zerplatzte. Er hatte noch nie zuvor eine Schusswaffe benutzt. »Ich hätte das niemals schaffen dürfen!«, flüsterte er.

Und doch war es ihm gelungen, und er konnte sich nicht einmal erinnern, Angst empfunden zu haben. (Nun ängstigte er sich, im Nachhinein.) Er konnte sich nicht erinnern, auch nur einen Augenblick an sich gezweifelt zu haben. (An Zweifeln herrschte nun kein Mangel.) Vielleicht war alles zu schnell geschehen, als dass Zeit für Angst und Zweifel gewesen wäre? War er in einem Adrenalinrausch gewesen, den die Schmerzen und die Todesangst der verwundeten *Roi-Nuoc*-Kinder ausgelöst hatten? Hatte er einfach Glück beim Schießen gehabt? Anfängerglück ... wenn man es so nennen konnte. Der Pilot und die zwei Mann Besatzung waren ums Leben gekommen, als der Helikopter in einem frisch besäten Feld aufschlug und ausbrannte. Ohne Umschweife ausgedrückt, hatte Virgil also drei Menschen auf dem Gewissen. Setzte man auch Gabrielle und Panwar auf die Liste, so konnte man ihn mit Fug und Recht als Serienkiller bezeichnen.

Er hörte Schritte, die sich ihm von hinten näherten; rasch beugte er sich vor und benetzte das Tuch mit einem Schluck Trinkwasser aus der Flasche, dann tupfte er sich damit das Gesicht ab. Virgil entfernte Blut, das meiste davon dunkel, hart und alt, einiges aber auch flüssig und frisch. Die Schritte hinter ihm verstummten. Nguyen sprach ihn mit einer Stimme an, die nicht lauter war als die Grillen, die im Unkraut auf der anderen Seite des Bewässerungsgrabens zirpten. »Sie waren unglaublich«, sagte er. »Ich hätte niemals gedacht, dass Sie es schaffen.«

Virgil antwortete nichts darauf. »Wie geht es den Kindern?«, fragte er.

»Sieben müssen ins Krankenhaus. Ein Hubschrauber der Regierung holt sie heute Nacht noch ab.«

»Der Regierung ...?«

»Hanoi ist empört.«

»Also haben Sie gewonnen?«

Nguyens Stimme nahm einen eisigen Unterton an. »Glauben Sie etwa, ich hätte es so geplant?«

»Nein! Selbstverständlich nicht. Das liegt nicht ...«

»Ich habe den Kopf verloren, als die Kinder angeschossen wurden. So etwas ist mir noch nie passiert. Niemals. So hatte ich es nicht geplant.«

»Das glaube ich Ihnen.«

»Es hat aber funktioniert«, fügte Nguyen hinzu. »Zumindest sieht es so aus, als hätte es funktioniert ... als ginge es eine Weile so, wie wir wollen.« Er hockte sich neben Virgil. »Die Sanitäter haben nicht mehr allzu viel zu tun. Kommen Sie mit zum Zelt. Sie sollen sich Ihr Gesicht ansehen.«

»Ich glaube, es war ein Splitter vom Heckmotor. Ich habe es überhaupt nicht bemerkt.«

»Das wundert mich nicht. Sie benahmen sich jedenfalls wie ein Wahnsinniger, wie ein Besessener. Ich habe so etwas schon gehört. Ich hatte es nur noch nie beobachtet ... oder gar selbst erlebt.«

In diesem Moment beschloss Virgil, ihn in seine Befürchtungen einzuweihen. »Ich glaube, es waren die LOVs, die mich ruhig und konzentriert machten und mir nur die Gefühle erlaubten, die ich brauchte, um die Aufgabe auszuführen. Vor einem Jahr hätte ich es einfach nicht geschafft. Nicht einmal, wenn man dort auf meine eigene Familie geschossen hätte. Ich wäre wie erstarrt gewesen. Ich hätte zu viel nachgedacht oder wäre zu verängstigt gewesen, und ich hätte den Motor verfehlt.«

»Niemand kann mit Sicherheit sagen, wie er sich unter Druck verhält ...«

»*Ich* schon. Das war nicht ich, der die Waffe gehalten hat. Oder ... es war ein Ich, dem ich noch nie zuvor begegnet bin.«

Nguyen lachte leise. »Meiner Ansicht nach war es das ›Ich‹, zu dem Sie werden. Ela sagt, dass die LOVs einen Menschen klüger machen. Vielleicht machen sie einen auch tapferer?«

Virgil strich mit seinen blutigen Fingern über die harten Körnchen der eingepflanzten LOVs. »Vielleicht ist das die Kehrseite der Medaille? Intelligenz gründet sich nicht nur auf abstrakte Schlussfolgerungen. Das glaube ich zumindest. Warum sollte es sonst so sein, dass Ihnen die Gedanken manchmal in kreativer Leidenschaft durch den Kopf fliegen, während Sie in anderen Momenten vielleicht nicht einmal zwei Wörter sinnvoll verknüpfen können? Da spielt doch die *Stimmung* mit! Das Gemüt. Das ist wenigstens meine Ansicht. Ich glaube, die Wirkungsweise der LOVs besteht zu neunzig Prozent darin, dass sie Stimmungen stabilisieren und fokussieren.«

»Damit widersprechen Sie also allen, die Intelligenz als seelenlose Abstraktion betrachten.«

»Ha! Ohne unsere Gefühle besäßen wir doch nur die Motivation eines ROSA – also gar keine.«

»Und die LOVs ...?«

»Die LOVs empfinden ebenfalls. Oder zumindest sind sie dazu in der Lage. Das habe ich schon gefühlt. Als meine LOVs mit E-3 kommunizierten, habe ich es gespürt, als würde eine Droge meinen Verstand überfluten.«

»Ein guter Trip?«

»Ein *reiner* Trip«, sagte Virgil mit Nachdruck. »Zwar auch beängstigend und Ehrfurcht gebietend, aber ich war wirklich high. LOV-Asteriden – die Nervenzellen eines LOV – stammen von menschlichen Hirnzellen ab, sodass es gar nicht verwunderlich ist, wenn wir bestimmte Erfahrungen teilen können.«

Nguyen berührte ihn am Arm. »Kommen Sie mit zum Zelt und lassen Sie Ihre Wunden reinigen. Wir sprechen morgen in Ruhe über die LOVs.«

Virgil zögerte und schätzte Nguyens Stimmung ab, bevor er die Frage stellte, die ihm immer wieder durch den Kopf gegangen war, seit sie zum ersten Mal gesprochen hatten. »Ich begreife nur nicht, weshalb Sie das alles tun, weshalb Sie hier sind. Was bedeuten Ihnen die *Roi Nuoc?*«

Nguyen runzelte die Stirn. Er blickte nach hinten in Richtung des Sanitätszeltes. »Meine Wassermarionetten.« Er warf ein Steinchen in den Bach, der durch den Bewässerungsgraben strömte. »Ihre Leistungen erstaunen viele Leute.« Er wirkte recht zufrieden damit. »Die Erklärung ist eigentlich einfach. Die *Roi Nuoc* sind meine Vergangenheit. Früher war ich ... ihnen sehr ähnlich.«

»Sie?«, fragte Virgil und versuchte sich Ky Xuan Nguyen als einen obdachlosen Jungen vorzustellen, der in einer Gasse oder am Rand einer Landstraße übernachtete.

»Ist das so schwer zu glauben?«

»Ja natürlich! Oder auch nicht. Ich kann es nicht sagen.« Sicherlich passte sein finsterer, zynischer Humor zu diesem Bild. »Was ist geschehen?«

Nguyen zuckte mit den Achseln. »Ein Mann, dessen eigener Sohn mit dem Verstand eines Wasserbüffels gesegnet war, fand mich nützlich. Dem eigenen Kind konnte er das Familiengeschäft nicht anvertrauen, deshalb benötigte er einen Ersatzsohn.«

»Sie.«

»Er nannte mich seinen Sohn. Er schickte mich auf die besten Schulen, zuerst in Hongkong, dann in den Vereinigten Staaten. Als ich zurückkam, rettete ich sein kleines Reklameimperium vor dem Ruin. War er mir dafür dankbar?«

Virgil wartete ab.

Ky ließ einen weiteren Kiesel mit einem leisen *Platsch* ins Wasser fallen. »Er glaubt noch immer, dass ich ihm Dank schulde. ›Wer versteht das Straßenpack besser als das Straßenpack?‹, das ist seine Erklärung für meinen Erfolg.«

»Also versuchen Sie, die *Roi Nuoc* besser zu behandeln.«

»Sie werden niemals jemandem in den Arsch kriechen müssen, um etwas zu essen zu bekommen.«

»Und die LOVs?«

Er seufzte, dann richtete er sich auf. Virgil erhob sich ebenfalls. »Ich hatte gehofft, eine Weile im Stillen damit experimentieren zu können.«

»Aber warum? Warum riskieren Sie alles?«

Nguyen breitete die Hände aus. Er hatte kleine Hände, glatt und blass waren sie. »Die Welt verändert sich. Wie viele andere Menschen frage auch ich mich, wie lange wir noch mit unseren Maschinen konkurrieren können.«

»Sie meinen mit Künstlicher Intelligenz? Wissen Sie, ich habe nie besonders darüber nachgedacht, bevor ich Mother Tiger kennen lernte.«

»Ich glaube, dass wir uns verändern müssen, um in dieser veränderten Welt bestehen zu können. Ob Ihre

LOVs für dieses Problem die geeignete Lösung bieten, kann nur die Zeit uns lehren.«

»Also ... haben Sie es ernst gemeint, als Sie sagten, Sie hätten Ela am Strand im Stich gelassen?«

»Spielt das noch eine Rolle? Die Vergangenheit ist uns verschlossen. Eine Lösung finden wir nur auf dem Weg, der vor uns liegt.«

20

Indem Summer das Farsight abnahm, verscheuchte sie eine Endlosschleife von emotional aufwühlenden Nachrichtenmeldungen aus ihrer unmittelbaren Wahrnehmung. Sie wandte sich Daniel Simkin zu.

Er saß zurückgelehnt hinter seinem Schreibtisch in seinem hohen schwarzen Sessel und beobachtete sie, die Hände hinter dem Kopf verschränkt, das Farsight halb silbrig gestellt, sodass seine Augen unsichtbar wurden, sobald sie sich nicht bewegten, und an jagende Katzen denken ließen, die im hohen Gras innehalten.

Sie hatte ihren Sitz im Ethik-Ausschuss aufgegeben, um für diesen Mann arbeiten zu können.

»Ich kann es nicht fassen, dass Sie das angeordnet haben«, sagte Summer. »Wie konnten Sie das nur tun? Wie konnten Sie es so weit kommen lassen?«

Und noch schlimmer, es so weit kommen zu lassen und zu *scheitern* …

Die vietnamesische Regierung war über die Schüsse auf die Kinder dermaßen empört gewesen, dass sie augenblicklich die Schutzzone ausgerufen hatte. Fünfzehn Quadratkilometer Fläche waren zum LOV-Reservat erklärt worden. In hundert verschiedenen Gewässern durften LOVs kultiviert werden, während die Beamten der IBC des Geländes verwiesen worden waren.

»Wir mussten dieser Bedrohung Herr werden«, sagte Simkin.

»Indem Sie Menschen niederschießen? Indem Sie auf

Kinder feuern? Hören Sie auf, Daniel, und überlegen Sie einmal, was Sie da sagen!«

Er beugte sich vor. Seine blassen Hände ruhten auf dem Schreibtisch. »Ich sage nur eins, Summer: Wir waren nicht aggressiv genug. Darum konnten wir die Gefahr nicht eindämmen, und nun sind Tausende von Menschen von Ansteckung bedroht. Das gesamte Ökosystem könnte kontaminiert sein. Wir wissen bereits, wie anpassungsfähig LOVs sind. Das hat der mutierte Stamm auf der Raumstation hinreichend bewiesen. Wir können jedoch überhaupt nicht sagen, wo ihre Grenzen liegen oder wie weit sie sich ausbreiten könnten.«

»Ohne No-Oct werden sie sich nicht besonders weit verbreiten. Selbst die anormalen LOVs auf der *Hammer* benötigten diese Substanzen. Der Autopsiebericht zeigt, dass weit mehr No-Oct verbraucht wurde, als die bekannten Kolonien verbraucht hätten. Selbst Copeland wies in seinen Notizen auf diese Diskrepanz hin.«

»Wie schwierig wäre es wohl, diese Schranke zu beseitigen, Summer? Vielleicht ist es sogar längst geschehen. Ein Mangel an No-Oct hat die LOVs jedenfalls bisher nicht aufhalten können. Sie entkommen uns – also brauche ich von Ihnen und Ihrem Team schnellstmöglich Ergebnisse.«

Sie hatte sich beurlauben lassen, um ein IBC-Team zu leiten, das eigens eingeflogen worden war und unter ihrer Leitung arbeiten sollte. »Ich kann Ihnen aber nicht über Nacht mit einem maßgeschneiderten Virus aufwarten! Und selbst wenn ich es könnte, wären Sie dumm, wenn Sie es einsetzen würden. Die Situation erfordert ein tödliches Agens, das die LOVs dort draußen ausrottet. Das Virus muss zugleich hoch wirksam und LOV-spezifisch sein, sodass es keinem anderen Lebewesen auch nur im Geringsten schadet ...«

»Schaffen Sie das?«

Summer musterte ihn, die glänzenden blonden Bartstoppeln an seinem Kinn, die gespannte Starrheit seiner verborgenen Augen, und es kam ihr vor, als blickte sie in die Zukunft. Eskalation lag in seiner Natur. Wenn sie ihm nicht zu Willen war, würde er andere Mittel finden, um die Kontrolle wiederzuerlangen …

»Ja, ich kann es schaffen. LOVs sind künstliche Lebewesen mit einzigartigen Eigenschaften. Wenn wir ein Virus erzeugen, das bei diesen Eigenschaften einhakt, kann allem anderen nichts geschehen. Aber wir brauchen Zeit, um es zu entwickeln.«

»Wie lange?«

»Sieben, vielleicht acht Wochen.«

Er nickte, als hätte sie ihm bestätigt, was er ohnedies stets behauptete. »Bis es so weit ist, müssen die LOVs auf andere Weise gebändigt werden.«

»Aber nicht durch Gewalt.« Sie spürte noch immer das Entsetzen, das sie ergriffen hatte, als die Kinder zusammenzubrechen begannen. Ihre Finger zuckten und sandten einen Strom bedeutungsloser Signale an ihr Farsight, das auf ihrem Schoß lag. Sie sah, wie Licht über das Display zuckte, während das ROSA sich um Kontakt mit ihren Augen bemühte, die nicht vorhanden waren. *Sag es schon!*, tadelte sie sich.

»Ich würde gern Dr. Nash Chou engagieren und ihn ins Team aufnehmen. Er hat für mich gearbeitet, als ich das LOV-Projekt begann, und er war Dr. Copelands Vorgesetzter …«

Simkin schüttelte den Kopf. »Nash Chou hat bereits alle Hände voll zu tun. Er ist jetzt UN-Berater. Die Vereinten Nationen haben ihn eingestellt, um die Situation zu ›überwachen‹. Im Augenblick ist er auf dem Weg ins Mekong-Delta.«

Summer senkte den Blick auf ihr Farsight, sich nur sehr langsam daran erinnernd, es wieder aufzusetzen. Gebetsmühlenhaft versicherte sie sich, in keiner Weise auf Chou eifersüchtig zu sein. »Vielleicht sollten wir unser Labor dorthin verlegen. Wir hätten weniger Mühe während der Testphase.«

Simkin lehnte sich wieder in seinen hohen schwarzen Sessel zurück und faltete die Hände über dem harten Bauch. »Nein. Zu große Sicherheitsbedenken. Sie bleiben schön in Honolulu. Ihre Arbeit ist zu wichtig, um ein Risiko einzugehen.«

21

»No-Oct«, sagte Ky Xuan Nguyen am Nachmittag des nächsten Tages und legte sich neben Virgil auf eine Matte, die im Schatten eines Banyanbaumes lag. »Das ist die Kardinalfrage, die wir lösen müssen.«

Virgil nickte: Ohne No-Oct waren alle anderen Fragen müßig.

»Woher bekommen wir es?«, fragte Nguyen. »Wie stellen wir es selber her? Ohne No-Oct findet unser Vorhaben schnell ein Ende ... und unsere Freiheit auch.«

Die drei Regierungssoldaten, die Virgil Gesellschaft leisteten, waren bei Nguyens Ankunft in Schweigen verfallen. Virgil warf ihnen einen Blick zu: zwei Frauen und ein Junge mit einem erschreckend kindlichen Gesicht. Alle drei trugen Tarnanzüge, und ihre Sturmgewehre ruhten auf ihrem Schoß. Keiner sprach Englisch, doch Mother Tiger dolmetschte für Virgil, was sie sagten, und offensichtlich stand ihnen ein ROSA zur Verfügung, das ihnen übersetzte, wenn Virgil sie anredete. Aus tiefsten Herzen beklagten sie, dass ihre Farsights nur auf das eigene militärische Netz zugreifen konnten. »Keine Unterhaltungsprogramme«, meckerte die jüngere Frau. »Kann man eigentlich vor Langeweile sterben?«

»Mir ist überhaupt nicht mehr langweilig«, hatte Virgil nachdenklich erwidert, und es war die reine Wahrheit. Dank seines Farsights und des Einflusses der LOVs schien sein Verstand pausenlos beschäftigt zu sein. Er hatte eine von Mother Tiger vorbereitete Karte studiert, auf der die Ackerflächen längs der Küste zu sehen waren – jeder

Tümpel, jeder Wasserweg, jedes Bauernhaus war als dreidimensionales Symbol eingezeichnet, mit dessen Hilfe man eine Ansicht vom Boden aus abrufen und in alle Richtungen drehen konnte. Vierundzwanzig hellrote Punkte zeigten die Stellen, an denen in der vergangenen Nacht LOVs freigesetzt worden waren. Dünne blaue, sich schlängelnde Pfeile stellten die vorhandenen Strömungen dar. Rosige Heiligenscheine rings um die Aussetzpunkte gaben die geschätzte Verbreitung der LOVs wieder. Zweiundzwanzig dieser Punkte lagen in Teichen oder Reisfeldern, die beiden anderen in Bewässerungsgräben. Regierungswissenschaftler überwachten alle Wasserwege stromabwärts.

Oanh hatte schon in der Nacht Gruppen von *Roi Nuoc* eingeteilt, die Wurzelhalsgallen sammelten und sie mit Hilfe dieser Karte zu jeder Absetzstelle brachten und dort in den Schlamm drückten. Zu diesem Zeitpunkt wimmelte es auf den Bauernhöfen und in den Feldern bereits von Soldaten, die jedoch in keiner Weise einschritten. Die Soldaten waren jung, zumeist kaum zwanzig, und stolz auf die Haltung, die ihre Regierung einnahm. Den *Roi Nuoc* standen sie erstaunlich wohlwollend gegenüber. Während die Zivilbevölkerung die eigenartigen Kinder mit den Farsights ablehnten, begegneten die Soldaten ihnen mit Verständnis. In mancher Hinsicht glichen sie einander. Wenn sie durch ihre Farsights schauten, erblickten sie die Gegenwart, die jedoch in fremdartige Farben gekleidet war: Eine Zukunft, die sich gerade noch außer Sichtweite befand, warf ihre Schatten voraus.

»No-Oct«, wiederholte Nguyen und riss Virgil aus seiner Nachdenklichkeit. »Der Vorrat, den Sie mitgebracht haben, geht bald zu Ende, und diese Pflanzen lassen sich, wenn überhaupt, nur vorübergehend als Quelle benutzen. Wir benötigen einen ununterbrochenen, zuverlässigen Nachschub von No-Oct, sonst gehen unsere LOVs bald zugrunde.«

Virgil spürte die Anspannung der Soldaten, die Nguyen genau zuhörten und versuchten, ihn zu beäugen, ohne ihn anzustarren. Offensichtlich fürchteten sie ihn, doch zeigten sich in ihren Gesichtern auch Respekt und Ehrerbietung. *So würden sie sich wahrscheinlich auch benehmen,* dachte Virgil, *wenn ihr Präsident gekommen wäre und sich zwischen sie gesetzt hätte.*

Als wollte sie seine Theorie beweisen, fand die jüngere der beiden Frauen schließlich genügend Mut, um das Wort zu ergreifen. »Glückwunsch, Sir«, sagte sie leise und respektvoll. »Gestern Nacht haben Sie wahrhaft mutig gehandelt.«

Nguyen schüttelte den Kopf und wies ihr Lob freundlich ab: »Der Weise kann mutig sein«, sagte er. »Der Dumme aber gibt Tapferkeit vor, um sich der Geißelung durch sein Gewissen zu entziehen. Gestern Nacht war ich solch ein dummer Mensch. Wäre ich weise gewesen, hätte es keine Verletzten gegeben.«

Die jüngere Soldatin biss sich auf die Lippe und nickte. »Jawohl, Onkel. Aber dennoch sind wir stolz auf Sie.«

Sie sprachen Vietnamesisch, doch Mother Tiger dolmetschte und ahmte sogar ihre Stimmen nach, sodass sie in Virgils Ohren Englisch zu reden schienen. Er hatte Mother Tiger nicht darum gebeten. Das ROSA hatte von sich aus vermutet, er interessiere sich für das Gespräch, und selbstverständlich irrte es sich nicht.

Virgil war von Mother Tiger tief beeindruckt. Niemals zuvor war er auf ein System gestoßen, das derart unabhängig schaltete und waltete und an den Aufgaben, die es versah, dermaßen Anteil zu nehmen schien. Nach Kys

Worten hatte das ROSA als simples redundantes System begonnen, dessen kognitive Blöcke über so viele Server verstreut lagen, dass ein Rechner verloren gehen konnte, ohne dass die anderen in ihrer Funktion beeinträchtigt wurden. Mit der Zeit hatte sich der redundante Ansatz zu einem komplexen System mit intuitiven Eigenschaften entwickelt, die Virgils Standpunkt, ROSAs seien lediglich Werkzeuge und nichts weiter, ernsthaft infrage stellte. Ky sorgte sich, dass maschinelle Intelligenz in nicht allzu ferner Zukunft die althergebrachte menschliche Abart von Verstand verdrängen könnte. Viele Menschen machten sich darum Gedanken, aber längst nicht alle von ihnen besaßen dazu einen Grund, der so stichhaltig war wie Mother Tiger und ihnen so unmittelbar vor Augen stand.

»No-Oct?«, wiederholte Nguyen zum dritten Mal und musterte Virgil heiter.

Virgil grunzte. »Jedes gute Labor müsste in der Lage sein, es herzustellen.«

»Wir unterliegen einem Embargo, Virgil.«

»Aber es gibt in diesem Land doch bestimmt Industrielabors?«

»Ganz gewiss. Keines davon liegt jedoch innerhalb dieser fünfzehn Quadratkilometer unseres LOV-Reservats, auf die unsere Reichweite im Augenblick beschränkt ist.«

»Oh.«

»Heute Morgen wurden Kompromisse eingegangen. Verständliche Kompromisse. Hanoi kann selbstverständlich nicht von gesamten Land verlangen, dass es mit uns leidet.«

»Also ... also unterliegt das Reservat einem Embargo?«

»Ja. Die Bewohner dürfen das Gebiet verlassen, wenn

sie wollen, aber eine Rückkehr wird ihnen nicht gestattet. Warenverkehr über die Grenze ist in beiden Richtungen untersagt.«

Virgil nickte. Keine Nahrung würde in das Reservat gelangen, keine Kleidung. Keine Medikamente. Er bemerkte, dass Nguyen ihn erwartungsvoll anblickte. »Und Sie?«, fragte Virgil. »Lässt man Sie gehen?«

Nguyens Lächeln glitt in öligen Zynismus ab. »Zweifellos. Ich fürchte allerdings, ich würde den Empfang nicht sonderlich genießen, dem man mir bereiten würde. Für beide von uns wäre es momentan sehr unklug, das Reservat zu verlassen, Virgil.«

»Das ist richtig«, sagte die junge Soldatin und tippte auf den Rand ihres Farsights. »Fremde Soldaten stehen gleich vor der Grenze. Wenn jemand, der in die Verschwörung verwickelt ist, das Reservat verlässt, wird er verhaftet. Das gilt auch für die *Roi Nuoc.*«

Nguyen nickte und blickte wieder Virgil an. »No-Oct?«, bohrte er.

Virgil seufzte. »Wenn es sein muss, können wir Pflanzengallengewebe kultivieren. Aber dazu brauchen wir Zugang zu einem Labor. Irgendeinem Labor.«

Nguyen zog die Brauen hoch.

»Kein Labor?«, fragte Virgil bedrückt.

»Kein Labor.«

Er sann eine Weile nach. »He.« Als er aufblickte, hatte er die Lippen zu einem unsicheren Lächeln verzogen. »Wir könnten lebendige Pflanzen mit dem Bakterium infizieren, das Wurzelhalsgallen hervorruft. Oanh sollte mittlerweile wissen, welche Spezies verwundbar sind.«

Nguyen überdachte seine Worte, und sein Blick schoss über das Display seines Farsights. »Können die LOVs denn nicht selber von den Bakterien befallen werden?«, fragte er. »Als ... wie heißt es gleich? – als *Symbionten,* die in der Schale der LOVs No-Oct produzieren?«

Virgils Gedanken überschlugen sich. Einerseits hätte er sich am liebsten gleich auf die Idee gestürzt, andererseits schreckte er davor zurück. Kaum vernehmlich sagte er: »Ky, das ist eine verdammt gefährliche Frage.«

Ky erstarrte; sein unbekümmertes Selbstvertrauen wirkte wie fortgeblasen. »Wir sollten nun die Verteilung der Nahrungsmittel bereden«, sagte er mit etwas zu lauter Stimme.

Virgil nickte, und das Thema No-Oct durfte zumindest für den Rest des Nachmittags vergessen werden. Das Problem jedoch blieb ungelöst. Am nächsten Morgen war Virgil überzeugt: Der einzig gangbare Weg bestand darin, Wurzelhalsgallengewebe zu kultivieren. »Aber ich brauche dazu ein Labor«, sagte er zu Ky.

Ky hatte unter dem Banyanbaum, unter dem sie sich am Tag zuvor getroffen hatten, ein kleines Lager errichtet. Eine Plane beschirmte eine Hängematte und einen kleinen Campingofen, den ein Soldat ihnen geliehen hatte. Er saß auf einem abgenutzten Holzstuhl, den er vermutlich einem der Bauern abgekauft hatte, neben dem Herd und trank frisch aufgebrühten Tee, während er Virgil nachdenklich betrachtete. »Habe ich mir unser Gespräch von gestern nur eingebildet? Virgil, hier gibt es kein Labor.«

»Aber wir können improvisieren«, entgegnete Virgil. »Vielleicht hilft uns die Armee? Sie könnten die Verantwortlichen doch überreden, Ky. Wenn man uns einen Wohnwagen mit Klimaanlage bringen würde, wäre es genug. Eine Klimaanlage müsste er aber haben ... Die Ausstattung könnten wir einfach halten – einen Ofen, Tabletts, Glasdeckel. Das meiste, was wir brauchen, könnten wir den Bauern abkaufen. Oder vielleicht könnten wir es aus dem Lazarettzelt mopsen…«

»Warum beanspruchen Sie nicht einfach ein Fleckchen im Lazarett?«, fragte Ky.

»Das hätte keinen Sinn. Es ist nicht klimatisiert, und die Kulturen verderben uns in der Hitze.«

»Besteht überhaupt keine Chance, dass es dort funktioniert?«

Virgil überlegte. »Eine Chance schon, denke ich. Aber sehr wahrscheinlich ist der Erfolg nicht.«

Ky nickte. »Die Armee wird sich mit Sicherheit weigern, Ihnen einen klimatisierten Wohnwagen zur Verfügung zu stellen.«

»Meinen Sie?«

»Ich bin mir sogar sicher. Solch eine Gabe würde nur noch mehr Sanktionen auf unser armes Land herabbeschwören.«

Virgil kämpfte gegen seine Enttäuschung an.

»Vielleicht gibt es eine andere Möglichkeit«, fuhr Ky fort. »Heute Morgen ist ein Wissenschaftler von den Vereinten Nationen eingetroffen. Ich glaube, Sie kennen ihn. Ein Dr. Nash Chou.«

»Nash ist hier?« Virgil empfand einen Freudentaumel. *Nash Chou!* Ihm war, als hätte sich plötzlich ein Fenster in sein früheres Leben geöffnet, ein Leben, das er für abgeschlossen gehalten hatte.

»Ein ehemaliger Kollege bei EquaSys, richtig?«, fragte Ky.

Virgil nickte. »Mein Boss.«

»Er will hier die LOVs studieren. Vielleicht sollten Sie ihn aufsuchen und schauen, welche Hilfe er zu bieten hat.«

Doch dann erinnerte sich Virgil an die letzte Begegnung mit Chou, und seine Freude verblasste – der Abend in Honolulu, an dem er versuchte, die LOVs unauffällig von Gabrielles Leiche zu entfernen, und an dem seine Welt in Scherben gefallen war. »Wir haben uns nicht als Freunde getrennt. Ich ... ich weiß nicht, ob er überhaupt ein Wort mit mir redet.«

»Versuchen Sie es«, sagte Ky. »Uns bleiben nur wenige Alternativen.«

Virgil wagte nicht, das UN-Gebäude persönlich aufzusuchen. Er war sich sicher, dass dort Soldaten auf ihn warteten, die nicht zur vietnamesischen Armee gehörten und auch keine Uniformen trugen. Darum ging Oanh an seiner Stelle. Sie verbarg ihre LOVs unter einem breiten Kegelhut und lud Nash Chou mit einem Charme zur Besichtigung des Reservats ein, über den Ela sehr erstaunt gewesen wäre. Nash nahm die Einladung entzückt an. Sich vom Sicherheitsdienst der UN eskortieren zu lassen, lehnte er ab und brach mit Oanh allein auf. Wie ein Pfadfinder, der sich auf Entdeckungsreise begibt, freute er sich, die Sicherheit des Gebäudekomplexes hinter sich lassen zu können.

Virgil erwartete ihn in einem Mangobaumwäldchen. Reglos und schweigend stand er in den Schattenflecken, während ihm Moskitos im Ohr summten. Zuerst schien Nash ihn nicht zu erkennen. Er blickte ihn an und schaute weg, doch dann nahm er Virgil noch einmal in Augenschein. Verblüffung stand ihm in das runde Gesicht geschrieben. »Virgil? Sie sind es wirklich.«

»Hallo, Nash.«

Nash schüttelte den Kopf. Seine Augen funkelten bewegt. »Sie wissen, dass Panwar ...?«

»Ja, das weiß ich.«

Nash holte tief Luft. Auf seinen geröteten Wangen

glänzte der Schweiß. Er wirkte froh und traurig zugleich. »Ich sollte das nicht sagen … aber es ist gut, Sie zu sehen. Ich hatte gehofft, Sie wiederzusehen.«

»Ich habe gehört, die IBC hätte Ihnen die Hölle heiß gemacht.«

Nash zuckte mit den Schultern. »Ich war Ihr Vorgesetzter. Man fand, mir hätte etwas auffallen müssen, und im Grunde stimmt das auch.«

Virgil schüttelte den Kopf. »Wie hätten Sie es merken sollen?«

Die Röte von Nashs Wangen vertiefte sich. »Weil Sie für mich zu clever sind?«

»Aber nein. Weil Sie zu ethisch denken, um sich auch nur vorzustellen, was wir da getan haben.«

»Ah ja. Deshalb trugen Sie die LOVs, ohne sie zu verbergen, und dachten, dass ich niemals dahinter käme. Sie müssen mich für einen ausgemachten Trottel halten.«

»Nein, so haben wir es nicht gesehen.«

Damit entlockte er Nash ein bitteres Auflachen. »Ich habe der IBC erklärt, dass ich nur auf dem Papier Ihr Vorgesetzter gewesen bin. Eine kurze Überprüfung, und man war überzeugt, dass ich die Wahrheit sagte. Das LOV-Projekt gehörte allein Ihnen, Virgil. Sie waren verantwortlich. Das alles hier …« – er wies auf die Umgebung – »sind Folgen Ihres Tuns. Haben Sie auch nur einmal für einen Augenblick innegehalten und überlegt, dass es dermaßen schief gehen könnte?«

Virgil suchte nach Worten, um Nashs Zorn zu begegnen. »Die LOVs bringen eine verrückte Eigendynamik mit. Das lerne ich allmählich.«

Nash ließ nicht locker. »Und bedauern Sie es?«

Virgil konnte nicht sagen, worauf das Gespräch hinauslaufen sollte. »Die LOVs, meinen Sie?«

»Natürlich meine ich die LOVs! Sie haben sie eingeschmuggelt. Damit fing alles an. Bedauern Sie es?«

Virgil wusste nicht, was er ihm antworten sollte, und schwieg.

»Zum Teufel noch mal, Virgil! Haben Sie denn jeden Bezug zur Wirklichkeit verloren? Panwar und Gabrielle ...«

»Ich weiß, was mit ihnen passiert ist! Nash, ich habe keineswegs den Verstand verloren. Ich bin mir bewusst, was den Menschen hier widerfährt, aber was soll ich Ihrer Meinung nach deswegen unternehmen? Ich kann die Zeit doch nicht zurückdrehen!«

»Sie könnten aber so viel Anstand beweisen und Reue zeigen!«

»Ich habe nie gewollt, dass es so kommt, okay?«

»Aber es ist so gekommen.«

Virgil nickte. Er war noch immer fasziniert, dass die LOVs überlebt hatten.

»Was geschehen ist, können Sie niemals wieder gutmachen«, sagte Nash, »ganz gleich, was Sie tun. Aber Sie sind verpflichtet, wenigstens ansatzweise Schadenersatz zu leisten.«

Virgil wich zurück. Er war plötzlich sehr vorsichtig. »Wie meinen Sie das?«

»Stellen Sie sich.«

»Nash ...«

»Warten Sie nicht ab, bis man Sie verhaftet!«

Virgil wandte sich kopfschüttelnd ab. Er hatte Ky gesagt, dass ein Gespräch mit Nash nichts erbringen würde ... und dennoch musste er alles versuchen. »Nash, die LOVs ...«

»... sind dem Untergang geweiht. Das wissen Sie so gut wie ich. Wenn das No-Oct verbraucht ist, werden sie sterben.«

Virgil hatte das deutliche Gefühl, dass er ihrer Sache mehr schadete als nutzte – aber hatte er nicht versprochen, alles zu versuchen? »Darum müssen Sie uns helfen, Nash.«

Nash blickte ihn verwirrt an. »Ihnen helfen?«

Virgil nickte zögernd. »Wir brauchen No-Oct.«

»Und ich soll es Ihnen beschaffen?«

»Nein. Das wäre zu viel verlangt. Aber wenn Sie uns wenigstens zu einigen Ausrüstungsgegenständen verhelfen könnten ...«

»Nein«, erwiderte Nash kategorisch. »Sie bekommen nichts.« Er wandte sich ab. Oanh hatte sich an den Rand des Wäldchens zurückgezogen. Als Nash sie sah, ging er auf sie zu, als wollte er sie ansprechen, doch nach ein paar Schritten drehte er sich noch einmal zu Virgil um. Sein Gesicht lag im Schatten, und es war schwer, seine Miene zu erkennen. »Virgil. Ich meinte ernst, als ich sagte, dass ich mich freue, Sie wiederzusehen. Aber ich stehe nicht auf Ihrer Seite. Ich weiß nicht, wie Sie erreicht haben, dass dieses Gelände zu einem Schutzgebiet erklärt wurde. Es ist ein politisches Wunder, aber es wird keinen Bestand haben. Es endet an dem Tag, an dem Ihnen das No-Oct ausgeht – und ich werde Sie nicht dabei unterstützen, diesen Zeitpunkt um auch nur eine Sekunde hinauszuzögern.«

22

Wurzelhalsgallen waren im Gebiet des Reservats nicht verbreitet; einige Tage nach Freisetzung der LOVs ließen sie sich, während die *Roi Nuoc* die Felder und das Unkraut nach ihnen absuchten und jeden befallenen Stängel ernteten, überhaupt nicht mehr auffinden. Die Kinder und Jugendlichen konkurrierten um die Gallen, und nicht immer auf freundliche Weise. Die *Roi Nuoc* wussten alles über Epsilon-3 und betrachteten die LOVs als Keimlinge ähnlicher biologischer Computer, von Denkmaschinen ohne Beispiel, und wenn sie nicht wussten, wozu man solche Maschinen brauchen konnte, so bezweifelten sie keinen Augenblick, dass sich eine Verwendung schon finden ließe. Die LOVs erhielten kaum eine Chance, neue Ballungen zu bilden, da wurden sie schon wieder getrennt und auf noch mehr Gewässer verteilt. Innerhalb der *Roi Nuoc* fanden sich kleine Grüppchen zusammen, und jede neue Stätte wurde eifersüchtig bewacht.

Damit machten sie Ela ihre Aufgabe nicht leichter. Vom ersten Tag an hatte sie sich verpflichtet gefühlt, die Entwicklung der LOVs in den mehr als fünfzig Teichen und Wassergräben zu protokollieren, die sie auf einer täglichen Rundtour aufsuchen konnte. Virgil hatte zwar versprochen, sie zu begleiten, tat es jedoch nur selten. Er verbrachte seine Tage in dem Behelfslabor, das er sich in einer Ecke des Sanitätszeltes eingerichtet hatte. Dort kämpfte er mit den Tücken, die es mit sich brachte, Wurzelhalsgallengewebe trotz der schrecklichen Hitze und

Feuchtigkeit zu kultivieren, trotz der unsauberen Bedingungen, trotz der unverhohlenen Drohungen von Seiten der IBC. Ein Erfolg erschien unwahrscheinlich, aber selbst wenn er die Gewebekulturen durch gutes Zureden zum Wachsen bewegte, war leicht abzusehen, dass sein winziger Betrieb niemals genügend Gewebe erzeugen könnte, um die vielen Kolonien zu versorgen, die innerhalb der Grenzen des Reservats angelegt worden waren. Sobald die No-Oct-Tabletten aufgebraucht waren, die Virgil mitgebracht hatte, standen große Schwierigkeiten ins Haus. Die meisten der verstreuten Kolonien würden absterben.

Die *Roi-Nuoc*-Grüppchen wussten das, und es fachte ihren Beschützertrieb noch weiter an. Zuerst missbilligten sie, dass Ela in »ihre« Gewässer eindrang und »ihre« LOVs inspizierte. Nur weil Mother Tiger darauf bestand, duldeten sie ihre Anwesenheit. Doch als die Tage verstrichen, fassten sie allmählich Vertrauen zu ihr, und bald sah man Ela als unparteiisch an und bat sie oft, schlichtend einzugreifen, wenn es zu Streitereien kam.

Deshalb war Ela nicht weiter überrascht, als Oanh sie am Tag zehn des Reservats aus dem Traum riss: »Ela. An der Grenze ist eine neue Kolonie gefunden worden. Nun wird gestritten, wem sie gehört. Kannst du kommen?«

Ela öffnete die Augen und blickte auf das Nylonzeltdach, in dem sich das schwache Morgenlicht sammelte und es grün aufleuchten ließ. Sie streckte sich unter ihrer Decke aus, und als sie den Kopf hob, sah sie Oanh gleich hinter dem Moskitonetz am Zelteingang hocken. Sie hob sich als Silhouette gegen einen grauen, wolkenüberzogenen Himmel ab. Nebelregen weichte die Umrisse der fernen Bäume und den harten Strich des Horizonts auf. »Eine neue Kolonie?«, brummte Ela und fragte sich, wie eine Ballung so lange der allgemeinen Aufmerksamkeit entkommen sein mochte.

»Jeder ist überrascht. Aber sie ist sehr nah an der Grenze. Dorthin geht kaum jemand, nicht einmal die Regierungswissenschaftler.«

Ela schob die Decke beiseite. Sie setzte das Farsight auf, dann zog sie die Sandalen an. Nachdem sie sich das Haar gebürstet hatte, nahm sie eine Dose gesüßten Kaffee aus einem Sechserpack, das ein Soldat ihr geschenkt hatte, und folgte Oanh hinaus in den Nieselregen.

Die neue Kolonie saß in einem schmalen Bewässerungsgraben, an dessen Rändern braunes Gras vermoderte. Ninh stand dort an einem Ufer Wache, auf der gegenüberliegenden Seite zwei andere *Roi Nuoc* namens Phan und Hoa, die Ela auf ihren täglichen Runden kennen gelernt hatte. Wie die meisten *Roi Nuoc* im Reservat trugen sie symbiotische LOVs auf der Stirn. Jedes Mal, wenn Elas LOVs den ihren gegenüberstanden, spürte sie, wie sie flüsternd ihr Misstrauen austauschten.

Nun aber ignorierte sie ihre herausfordernden Blicke und kauerte sich an den Graben. Im trüben Wasser entdeckte sie zu ihrer Überraschung sogar zwei Ballungen, die beide etwa mandarinengroß waren. Sie hatten sich in den Zweigen eines ins Wasser gefallenen Busches verfangen und wuchsen Seite an Seite.

Ela hatte schon Hunderte von LOV-Kugeln gesehen, die binnen weniger als einer Woche von Murmelgröße auf die Dimensionen eines Tischtennisballes angewachsen waren. Ihrer Ausdehnung nach schätzte Ela, dass diese Zwillingskolonie mindestens fünf Tage alt sein musste.

Sie überlegte, wer vor fünf Tagen hier gewesen sein und sie ausgesät haben konnte.

Als sie Ninh danach fragte, zuckte er nur mit den Schultern.

Ela spürte mit den Fingern der seidenweichen Strömung nach. Dann erhob sie sich und folgte dem Graben, bis sie sah, dass er hundert bis zweihundert Meter entfernt in einen größeren Kanal außerhalb des Reservats mündete. Andere Kolonien fand sie nicht in dem kleinen Bach. Woher also stammte dieses wilde Paar? Ihre Gedanken kehrten zu der hektischen ersten Nacht zurück. Jemand konnte durch den Kanal geplatscht sein, und dabei konnten unbeabsichtigt ein oder zwei LOVs losgeschwemmt worden sein. Möglich war es.

Sie blinzelte in graue Schleier sanft fallenden Regens und dachte an Mother Tigers Karte der LOV-Kolonien. Stromaufwärts war keine bekannt … deshalb konnte kein No-Oct im Wasser sein. Aber wie konnte die Zwillingskolonie überlebt haben, ohne No-Oct zu erhalten?

Ihr Herz reagierte mit einem heftigen Pochen, während sie die Frage immer weiter einkreiste. Vielleicht benötigte die Zwillingskolonie überhaupt kein No-Oct … oder vielleicht hatten ihre LOVs gelernt, es selbst herzustellen. Wie dem auch sei, es lief auf das Gleiche hinaus: Diese LOVs waren autark.

Sie drehte sich um und wollte zurückgehen. Doch beim Anblick eines Späherballs, der weniger als Armeslänge entfernt vor ihr schwebte, verharrte sie auf der Stelle. Sie hielt den Atem an und beobachtete gebannt, wie winzige Regentröpfchen ohne Reibung von seiner silbrigen Oberfläche abglitten. Oanh und Ninh, Phan und Hoa waren nur ferne Schemen, im Regen kaum sichtbar.

Auf der anderen Seite des Bewässerungsgrabens raschelte etwas im Busch. Elas Herz pochte bis zum Hals. Sie waren hier so dicht an der Grenze. Wie dicht?

»Flieh!«, wisperte Mother Tiger.

Jawohl.

Ela wandte sich ab. Auf der anderen Seite des Grabens krachte und raschelte es im Buschwerk. Drei riesige Gestalten in Arbeitsuniformen drangen drohend aus dem Grau hervor und wuchsen zu beängstigender Größe an, während sie durch das Wasser sprinteten. Wie eine verängstigte Maus rannte Ela los und schoss zu Ninh und Oanh. »*I-B-C!*«, kreischte sie mit hoher, panikerfüllter Stimme. »Lauft! Lauft!«

Sie gehorchten nicht. Sie eilten ihr stattdessen entgegen.

Etwas traf Ela gegen die Schulter. Sie verlor das Gleichgewicht, wirbelte halb herum und rutschte im Schlamm aus, als wären ihr die Arme auf den Rücken gebunden. Sie spürte die Wärme, die Masse und den Atem des IBC-Mannes, der sie mit einem lähmenden Griff bei den Handgelenken packte. »Widerstand ist zwecklos«, sagte er. »Dann tut es nur noch mehr weh.«

»Ihr könnt nicht hier sein!«, quiekte sie. »Ihr dürft überhaupt nicht hier sein.«

»Mitkommen.«

»Nein!«

Er hob sie hoch. Der Schmerz in ihren Armen wurde unerträglich.

»Hör auf damit!«, schrie Oanh. »Lass sie los!« Ela sah, wie sie außer sich umhersprang, immer entlang einer unsichtbaren Linie, die sie nicht zu überschreiten wagte, obwohl in ihren dunklen Augen der Wunsch danach brannte. »Ihr müsst sie loslassen! Das ist ein Übergriff!« Ninh stand einen Schritt hinter ihr, und Unsicherheit beschattete sein glattes Gesicht.

Der IBC-Mann beachtete sie nicht. Er riss Ela herum und stieß sie in Richtung seiner beiden Partner, die gesichtslos hinter ihren silbrigen Farsights die Gewehre auf Ninh und Oanh richteten, während Ela gezwungen wurde, den Bewässerungsgraben entlang auf den Kanal zuzugehen. Noch wenige Schritte, und sie hätte den Schutz des Reservats verlassen. Sie wäre im Zuständigkeitsbereich der IBC und könnte dort verhaftet werden. Sie stemmte die Fersen ihrer Sandalen in das Gras, doch der Bulle verstärkte nur seinen Griff um ihre Handgelenke, bis es ihr vorkam, als drehte er ihr die Arme aus den Schultern. Sie schrie leise, und die Knie knickten ein. Die plötzliche Gewichtsverlagerung brachte den Mann aus dem Gleichgewicht, und zusammen stürzten sie ins nasse Gras.

Er fluchte.

»Bleib unten«, wisperte Mother Tiger, doch Ela blieb keine Wahl. Ohne in seinem Griff nachzulassen, riss der Bulle sie wieder auf die Beine. Sie keuchte: ein scharfes Geräusch, das ihr in die Lungen schnitt.

Dann hörte sie eine Frauenstimme von irgendwoher vor sich, eine kultivierte, tiefe und zornige Stimme. Mother Tiger dolmetschte aus dem Vietnamesischen: *»Lassen Sie das Mädchen frei. Sofort. Sie verletzen internationale Verträge. Ihr Tun wurde aufgezeichnet, beim UN-Vermittler wurde eine Beschwerde eingereicht. Lassen Sie das Mädchen frei, ansonsten werden Sie selbst auf der Stelle festgenommen.«*

Ela drehte den Kopf, sie wollte wissen, woher die Stimme kam.

Wenige Meter entfernt standen drei Regierungssoldaten, die Gewehre im Anschlag. Wütend zielten sie auf die IBC-Leute. *»Lassen Sie die Frau los«,* wiederholte der weibliche Offizier.

Zu Elas Bestürzung packte der Mann sie noch fester. »Das Reservat soll die LOVs schützen, aber keine Verbrecher!«, brüllte er. »Diese Frau wird steckbrieflich gesucht.«

Ungerührt entgegnete die Soldatin: »Sie sind hier nicht zuständig. Lassen Sie sie frei.«

Ela spürte an seinem Griff, wie entschlossen er war. Er würde nicht nachgeben. Das wusste sie. Dann hörte sie leise eine andere Stimme, eine dünne Stimme, die aus seinem Farsight drang. Befehle? Der Bulle fluchte – und ließ sie los.

Ela brach zusammen. Sie stürzte nach vorn in das zertrampelte Gras. Sie sah, wie erst seine Stiefel an ihr vorübergingen, dann die seiner Partner. Oanh war neben ihr, rieb ihr die Arme und half ihr, sich aufzusetzen, während sich die finsteren Gestalten der IBC-Leute auf die andere Seite des Kanals zurückzogen.

Der junge weibliche vietnamesische Offizier kam näher. »Sie sollten nicht so dicht an die Grenze gehen, Ms. Suvanatat«, riet sie ihr. »Damit führen Sie die Kerle nur in Versuchung.«

»Ich tu's nie wieder«, beteuerte Ela. Dann wandte sie sich an Oanh: »Die beiden LOV-Kolonien. Sie haben ohne No-Oct überlebt.«

Oanh riss die Augen auf.

»Teile sie«, sagte Ela. »Dann verteile sie auf alle Teiche.«

»Ist das klug?«

Ela zögerte. Was sollte dem Wachstum der LOVs noch Einhalt gebieten, wenn sie nicht mehr durch ihren Bedarf an Nopalin und Octopin eingeschränkt wurden? »Ich weiß es nicht. Aber die Wurzelhalsgallen gehen aus, die Vorräte sind verbraucht, und Virgils Gewebekulturen werden nie genug Ausbeute liefern. Sollen wir die Kolonien aussterben lassen?«

Oanh starrte in das trübe Kanalwasser. Was sah sie? Vielleicht Möglichkeiten. Oder Gefahren. Dann drehte sie sich zu dem Bewässerungsgraben um, wo Phan und

Hoa im Regen verschwanden. »Diese gierigen Gauner«, flüsterte Oanh. »Es ist entschieden.«

Die beiden gestohlenen Ballungen wurden in einzelne LOVs zerlegt und über das gesamte Reservat verteilt. Phan trieb als Bezahlung für die neuen LOVs Lebensmittel und so viele Besitztümer ein, dass er sie nicht mehr tragen konnte. Virgil hatte im Sanitätszelt gearbeitet, ohne von dem Zwischenfall zu hören, bevor alles vorüber war, doch als Ela ihm das Geschehen berichtete, wurde er fuchsteufelswild. *»Ky!«,* fauchte er.

Ein Link öffnete sich. Ky blickte ihn an, einen Finger auf die Lippen gedrückt. »Sehen Sie nach oben«, sagte er.

Virgil gehorchte. Späherbälle schwebten im Zelt, bespitzelten sein Tun und filterten, was er sagte, aus dem leisen Hintergrundgeräusch des Regenfalls heraus. Darum schnappte Virgil sich einen Poncho, den er einem Soldaten abgekauft hatte, und ging nach draußen.

Ohrenbetäubend prasselte der Regen. »Ky«, sagte Virgil nur mit Lippenbewegungen, von denen er wusste, dass Mother Tiger sie verstärken würde, »das dürfen Sie nicht zulassen. Wenn die LOV-Kolonien lernen, No-Oct selbst zu synthetisieren, haben wir es mit einer völlig veränderten Lage zu tun.«

»Wie soll ich es verhindern?«, wisperte Ky. »Sie möchten so gern glauben, dass ich die *Roi Nuoc* befehlige, doch so ist es nicht.«

»Aber Mother Tiger ...«

»Das ROSA dient den *Roi Nuoc,* nicht mir.«

»Ky, ich begreife das nicht. Wenn man sie über den Nährmittelbedarf nicht in Schach halten kann, sind die LOVs noch viel gefährlicher.«

»Das ist mir vollkommen klar, aber was können wir denn tun? Was machen eigentlich Ihre Gewebekulturen?«

Virgil fluchte leise. Ky wusste genau, dass sein erster Stamm einer Pilzinfektion zum Opfer gefallen war. »Ich muss wieder von vorne anfangen.«

»Gut. Ihre Anstrengungen lenken wenigstens die Behörden ab.«

»Ky, machen Sie keine Witze. Das ist eine Katastrophe.«

»Es ist mein vollkommener Ernst. Die neuen LOVs sind vielleicht unsere einzige Chance. Also sagen Sie nichts, Virgil, und arbeiten Sie weiter, als wäre nichts geschehen. Wir wollen abwarten und sehen, was geschieht.«

Virgils zweiter Stamm von Kulturen scheiterte sogar noch schneller als der erste, und obwohl die No-Oct-Tabletten streng rationiert wurden, kam bald der Tag, an dem sie die letzte ins Wasser gaben. Mehrere UN-Abgesandte einschließlich Nash Chou kamen, dem denkwürdigen Ereignis beizuwohnen. Virgil sah dem No-Oct hinterher, wie es in den dunklen Tiefen eines Garnelenteichs versank, und ihm war, als hätte sich wieder eine Tür geschlossen.

Die Abgesandten waren besserer Laune als er. Sie murmelten sich gegenseitig Glückwünsche zu und tauschten einen Händedruck. Nash drückte Virgil freundlich die Schulter. »Nun ist es vorbei, mein Junge.« Nash war von Natur aus ein warmherziger Mensch, und im gleichen Maße, wie der Vorrat an No-Oct zusammenschmolz, war sein Zorn auf Virgil verraucht. »Für uns ist das eine noch nie da gewesene Gelegenheit gewesen, die Entwicklung einer künstlichen Spezies zu verfolgen. Ich glaube, dafür sollten wir dankbar sein, und damit können wir diesem Desaster wenigstens etwas Positives entnehmen.«

Virgil wusste, dass Nash nur deswegen so sprach, weil er glaubte, die LOVs würden in nicht allzu ferner Zukunft aussterben. Wie die anderen Abgesandten im Reservat wollte Nash durchaus die Grenzen des Möglichen erforschen, verlangte aber, dass den Entdeckungen selbst Grenzen gesetzt waren – schön hohe Geländer.

Mit einem zufriedenen Lächeln im Gesicht blickte Nash auf den Teich. »Nun warten wir also auf das Ende. Was meinen Sie, wie lange es noch auf sich warten lässt?«

Virgil zuckte die Achseln.

Nash bemerkte es kaum, denn er beantwortete seine Fragen mit großer Freude selbst. »Zwei Tage, höchstens drei, schätze ich. Sie müssen sich nun allmählich klar darüber werden, was Sie tun wollen, Virgil. Der juristische Schutzschirm, mit dem Sie sich umgeben haben, wird die LOVs um keine Minute überleben.«

Virgil versprach, sich mit seiner rechtlichen Situation vertraut zu machen, aber wer könne schon genau sagen, was für ihn gelte?

Die Verhandlungen bei der UN hatten keine Ergebnisse erbracht. So herzlich sie gewesen waren, so sehr waren sie im Sande verlaufen; vielleicht deswegen, weil alle Seiten stillschweigend abwarteten: Sobald die LOVs ausstarben, bestand kein Handlungsbedarf mehr.

Ein Tag verging, dann noch einer. Als der Ärger begann, kam er aus einer Richtung, an die niemand gedacht hätte.

Während der ersten beiden Wochen des Embargos herrschte an Nahrungsmitteln kein Mangel. Mit Freuden tauschten die ansässigen Bauern Reis, Obst und Katzenfisch aus ihren Teichen gegen Arbeitsleistungen der

Roi Nuoc ein. Fast zum Nulltarif ließen sie ihre Häuser neu decken, die Privatstraßen glätten, neue Teiche graben und die Obstbäume abernten und beschneiden. Doch je mehr Tage vergingen, ohne dass den Bauern wieder erlaubt wurde, ihre Produkte außerhalb des Reservats zu verkaufen, desto schneller schwand das gute Einvernehmen dahin. Die Bauern erinnerten sich ihrer alten Vorurteile und ihrer alten Scheu vor den *Roi Nuoc* und weigerten sich, sie weiter zu beschäftigen.

Daher änderten die *Roi Nuoc* ihre Strategie.

Über Nacht wurden die Ufer der Teiche mit Süßkartoffeln bepflanzt. Längs der Straßen wuchs Gemüse. Im Grenzbereich, der keinen echten Nutzen besaß, entstanden kleine Teiche, und gemeinsam mit den allgegenwärtigen LOVs wuchsen darin junge Katzenfische heran. Auf diese Landnahme, diese Übertretung ihrer Besitzrechte reagierten die Bauern mit Zorn und schickten ihre Frauen und Kinder aus, die sämtliche unrechtmäßigen Teiche zuschütteten und ihre Schweine in den Gemüsegärten am Straßenrand weiden ließen.

Die *Roi Nuoc* hinderten sie nicht im Mindesten daran. Sie kämpften auf andere Weise. Im Schutz der Nacht machten sie große Teile der Arbeit, die sie für die Bauern geleistet hatten, wieder rückgängig. Jüngst reparierte Dächer waren plötzlich beschädigt, neue Teiche füllten sich mit Schlick. Sämlinge aus den Reisfeldern standen plötzlich wieder auf den Pflanzenschulen.

Die Regierungssoldaten sahen sich gezwungen einzuschreiten, bevor es zu Gewalttätigkeiten kam. Nguyen wurde vor den Reservatskommandeur zitiert und breitete hilflos die Arme aus. »Wir dürfen keine Lebensmittel einführen. Was erwarten Sie? Die *Roi Nuoc* sind nicht damit einverstanden zu verhungern.«

»Sie können jederzeit gehen. Wir sind nun bereit,

eine Generalamnestie anzubieten, wenn sie sich mit einer Untersuchung und der Entfernung aller LOVs einverstanden erklären.«

»Sie werden nicht gehen«, entgegnete Nguyen. »Und erst recht geben sie ihre LOVs nicht mehr auf. Sie wissen, was die Zukunft bringt. Von allen Menschen haben sie die größte Chance, weiterhin gegen Maschinen konkurrieren zu können. Also lassen Sie uns jetzt Lebensmittel einführen, bevor Bilder verhungernder Kinder um die Welt gehen und uns international blamieren.«

Der Kommandeur entgegnete zwar beharrlich, diese Entscheidung übersteige seine Kompetenzen, aber er war ein praktisch denkender Mensch. Die Wissenschaftler versicherten ihm einmütig, dass die LOVs nur noch einen, höchstens zwei Tage überleben würden. Er sagte sich, dass kurz nach dem Verschwinden der LOVs auch die *Roi Nuoc* fortgehen würden. Er brauchte nichts weiter zu tun, als bis dahin den Frieden zu bewahren. Daher ordnete er an, dass seine Leute bei jeder Mahlzeit doppelte Rationen erhielten. Das überzählige Essen sollte irgendwie unauffällig an die *Roi Nuoc* weitergereicht werden.

Der Kompromiss stellte niemanden zufrieden. Die *Roi Nuoc* waren es nicht gewöhnt, auf Almosen angewiesen zu sein, und die Bauern fühlten sich nach wie vor bedroht. Schließlich und endlich waren die *Roi Nuoc* nicht einfach heimatlose Kinder, die sich auf ihrem Land breit machten. Geflüsterte Gerüchte behaupteten das Unglaubliche: Die *Roi Nuoc* ahmten Menschen nur nach, seien aber keine richtigen Menschen. Dass sie elternlos seien – dass sie *niemals* Eltern gehabt hätten. Dass sie Gespenster aus einer entsetzlichen Zukunft seien, eine außerirdische Bedrohung in Menschengestalt, gekommen, um die Erde den echten Menschen aus der Hand zu nehmen.

Bei Tageslicht erschienen diese Spekulationen in höchstem Maße absurd, doch wenn sich die Dämmerung über das Land senkte, sah die Welt anders aus. Mit Einbruch der Dunkelheit sah man aus hundert verschiedenen Wasserstellen das blaugrüne Leuchten der LOV-Ballungen, Geisterlichter, ätherische Leuchtbaken einer unbekannten Macht. Das gleiche blaugrüne Licht leuchtete in Funken auf der Stirn der *Roi Nuoc,* die ihre LOVs in einer Weise behandelten, die jede Launenhaftigkeit und Unbeständigkeit vermissen ließ, die für Menschenkinder doch so typisch sind.

Ela hatte den Abend abgewartet, bevor sie den letzten Teich auf ihrer täglichen Runde besuchte. Sie näherte sich vorsichtig und blieb alle paar Schritte stehen, um in Richtung des Bauernhauses zu horchen, das gut vierhundert Meter entfernt stand. Am frühen Nachmittag waren Regierungssoldaten gekommen und eine heftige Auseinandersetzung zwischen den *Roi Nuoc,* die Anspruch auf die LOVs im Teich erhoben, und dem Bauern, dem der Teich gehörte, schlichten müssen – auch wenn »Auseinandersetzung« nicht das richtige Wort war. Die *Roi Nuoc* kämpften nicht. Die drei hatten sich Mother Tiger widersetzt und waren nicht zurückgewichen, als der Bauer mit seinen beiden erwachsenen Söhnen sie verjagen wollte. Zwei von ihnen waren brutal verprügelt worden, der dritte hatte Hundebisse an Schenkeln und Händen erlitten. Alle drei waren jetzt im Sanitätszelt, und der Teich wirkte verwaist.

Doch als Ela sich geduckt dem Ufer näherte, trat eine kleine Gestalt aus einer Gruppe von Bananenstauden hervor. Ein kleines Mädchen. Zuerst glaubte Ela, sie sei eine der *Roi Nuoc,* aber nein. Sie trug kein Farsight, und als sie Ela erblickte, schoss sie in Richtung Haus davon und kreischte, ihr Vater solle kommen, und er möge sich beeilen!

In der Hoffnung, sie könnte ihre Inspektion beenden, bevor die Männer kämen, watete Ela rasch ins Wasser. Am Vortag waren vier ausgedehnte und mindestens zwei neue, murmelgroße Kugeln in dem Teich gewesen ... der unumstößliche Beweis, dass die Fähigkeit, Nopalin und Octopin herzustellen, erfolgreich weitergegeben worden war, denn anders hätten die LOVs sich nicht vermehren können.

Als es hinter ihr im Gras raschelte, zuckte sie zusammen, doch als sie sich umdrehte, stand Ninh am Ufer. »Du hast mich erschreckt!«, fuhr sie ihn an. Sie hatte ihn den ganzen Tag noch nicht gesehen. »Woher kommst du?«

Er sah sie verwirrt an. »Von unserem Teich.«

Das war fast zwei Kilometer entfernt. Mother Tiger musste Schwierigkeiten vorhergesehen haben. »Komm, hilf mir«, sagte sie. »Umso eher bin ich fertig.«

Ninh schüttelte den Kopf. »Es ist zu spät.« Er stand kerzengerade und blickte zum Bauernhaus, wo gelbes Licht ein Fenster erhellte. »Sie kommen schon. Der alte Mann mit seinen beiden Söhnen.«

In Elas Farsight entstand ein Fenster, das seinen Blickpunkt wiedergab. Er hatte Recht. Einer der Söhne trug eine lange Stange. Ela fluchte leise. Dann drehte sie sich um und rannte zum Ufer. Die Blessuren, die sie bei dem Zusammenstoß mit den IBC-Leuten davongetragen hatte, waren noch immer nicht völlig verheilt; auf keinen Fall legte sie Wert auf eine weitere Auseinandersetzung.

»Beeil dich, Ela«, drängte Ninh sie.

»Wir sollten die Kugeln wegbringen!«

»Heute Nacht«, stimmte er zu. »Wir kommen heute Nacht wieder.«

Ela hastete das Ufer hoch, als der Bauer die andere Seite erreichte. Dort stellte er sich mit seinen beiden Söhnen auf. Das Licht war schon zu schwach, um seine Züge noch zu erkennen. Seine Stimme hallte scharf und aggressiv über das Wasser. Mother Tiger dolmetschte: »Er sagt, ihr sollt fortgehen. Mischt euch nicht ein. Die Teiche müssen gesäubert werden.«

Nun begriff Ela, warum einer der Söhne eine »Stange« mit sich führte. Tatsächlich handelte es sich um die beiden langen Griffstücke eines zusammengerollten Netzes, wie man es benutzte, um Teiche durchzuseihen und Garnelen zu fangen – nur dass die Garnelen in diesem Teich noch zu jung waren, um sie zu fangen. »Wo bleiben die Soldaten?«, wisperte sie.

Ninh schüttelte den Kopf. »Die Soldaten sind hier, um die Ausländer abzuhalten, nicht um gegen unser eigenes Volk zu kämpfen.«

»Und auch nicht, um die LOVs zu beschützen?«

Er antwortete nicht. Auf der anderen Seite des Teiches entrollten die beiden jungen Männer ihr Netz. Die Maschen waren zu weit, um damit Garnelen zu fangen.

»Verschwindet!«, brüllte der Bauer und fuchtelte mit den Armen, als wollte er sie wegzaubern. Sie rührten sich nicht. Also wandte er sich an seine Söhne und fuhr sie an, sie sollten sich endlich an die Arbeit machen. Sie verzogen grollend das Gesicht, aber sie gehorchten ihm und breiteten das Netz aus, indem sie es zwischen sich hielten, während sie langsam zu ihren Posten auf den sich gegenüberliegenden Seiten des Teiches gingen. Dann ließen sie das Netz ins Wasser gleiten und störten eine Woge entsetzter Garnelen auf, die eilends durch die Maschen schlüpften.

Die Kugeln ballten sich in der Mitte des Teiches zusammen. Ela begann zu zittern, als das Netz ihnen näher kam. Ninh berührte sie am Arm. Er wollte sie damit beruhigen, das wusste sie, doch stattdessen entfachte er damit ihre Wut. »Hört auf damit!«, brüllte sie, schüttelte seine Hand und rannte am schwammigen Ufer auf den nächststehenden der Söhne zu. »Aufhören!«, brüllte sie, packte den Holzgriff und versuchte, ihn dem Bauernsohn aus den Händen zu winden. Auf seinem breiten, runden Gesicht entdeckte sie einen Ausdruck begriffsstutzigen Erstaunens. Dann klatschte ihr Schlamm ins Gesicht, und sie lag aus irgendeinem Grund am Boden. Mit einem brennenden Schmerz im Magen und luftleeren Lungen blickte sie zu ihm hoch, bis sich etwas löste und mit einem lauten Keuchen Luft in ihre Brust zurückströmte.

Hände packten sie und zogen sie aus dem Schlamm. Als sie sich umdrehte, sah sie Ninh. »Wir müssen sie aufhalten«, flüsterte sie mit aus Luftmangel kieksiger Stimme. »Sie werden die Kugeln zerstören.«

Ninh schüttelte den Kopf. »Die *Roi Nuoc* kämpfen nicht. Komm mit. Der Teich gehört ihnen.«

Ela drehte sich um. Ein Schimmern war am Netz erschienen, ein großer leuchtender LOV-Ball, der unter dem Zug des Netzes an die Oberfläche stieg. Wie der Schwimmer einer Angel tanzte er auf dem Wasser, die eine Hälfte in der Luft. Doch dann sank die Kugel wieder ab – durch das Netz. Langsam. Langsam sank sie durch das Netz, ohne sich aufzulösen, und trat als Ganzes auf der anderen Seite hervor. Mit aufgerissenen Augen klammerte sich Ela an Ninhs Arm. Sie musste sich täuschen. Eine feste Kugel konnte doch kein unbeschädigtes Netz durchdringen – und doch war es geschehen.

Die beiden Bauernjungen hatten es ebenfalls beobachtet und waren erstarrt. Mit wachsartigen Gesichtern stierten sie den blaugrünen Leuchtball an, der knapp unter der Wasseroberfläche unter dem Netz trieb. Eine zweite Kugel lag auf dem Netz, und man konnte beobachten, wie auch sie das Netz durchdrang, als hätte es seine Substanz verloren. Oder als wäre die Kugel selbst ein Gespenst.

Eine der Bauernsöhne murmelte etwas. Mother Tiger übersetzte: »Er sagt, es sei ein *Roi-Nuoc*-Dämon.«

Ela fragte sich, ob er wohl Recht hatte.

Die beiden Söhne des Bauern zogen das Netz aus dem Wasser, rollten es zusammen und legten es neben den Teich auf den Boden. Dann rannten sie nach Hause.

Ihr tyrannischer Vater war schon geflohen.

23

Alle waren fort. Virgil horchte auf die Stimmen der *Roi Nuoc*, während er unter einem Abendhimmel spazieren ging, der die Farbe polierten Stahls hatte und dennoch weich wirkte. Er hörte jedoch nur das Rauschen des Regens und die rhythmischen Laute irgendeines Insekts, das er nicht sah und die immer leiser wurden.

Bald stand er auf dem durchweichten Boden zwischen zwei neu bepflanzten Reisfeldern. Das dunkle Wasser zu seinen Füßen wurde vom geisterhaften Glimmen der LOV-Kolonien erhellt, deren Umrisse unter der regenzerpeitschten Oberfläche so verschwommen und zerteilt wirkten, dass sie ihm wie die Gesichter von Menschen erschienen, die im Schlamm schliefen. Virgil kletterte vorsichtig hinunter.

Das Wasser war nur wadentief. Er watete zwischen den schmächtigen Reissämlingen einher bis zur ersten Kugel. Er bückte sich, um einen genaueren Blick darauf zu werfen, und sah sich einer Maske aus LOVs in Gestalt eines Frauengesichts gegenüber. »Gabrielle?«, flüsterte er. Unter Wasser öffneten sich ihre Augen, und auch in ihnen strahlten LOVs.

Virgil streckte die Hand nach ihr aus und zog sie an die Oberfläche. Schlamm klebte in ihrem Haar und auf ihrer nackten Haut, doch unter dem Schmutz funkelten überall verstreute LOVs. »Warum bist du hier?«, fragte er, während er sie an der Oberfläche in den Händen barg. »Wie kannst du hier sein?«

Sie blinzelte. Sie öffnete den Mund, um zu sprechen,

und leise drangen Wörter hervor; er beugte sich tiefer, um zu hören, wie sie ihm ins Ohr hauchte: »Komm mit mir nach unten. Komm. Komm hinüber.«

Er zog sie noch näher. »E-3 hat dir etwas beigebracht, richtig? Gabrielle? Was hast du gelernt?«

»Einfügen.« Sie hob die Hand, um ihn an der Wange zu berühren, und ihre Hand trug einen Handschuh aus winzigen blaugrünen Diamanten, die glitzerten und funkelten. Die krochen. Die augenblicklich als zähe Bäche über sein Gesicht flossen.

Er spürte in seinen Adern Diamanten treiben und scharren und seinen Namen murmeln, als wäre er eine Frage.

»Virgil? Virgil?«

Sie sprachen mit Elas Stimme.

»Was ist denn mit Ihnen los? Sehen Sie mich an! Virgil!«

»Ela?« Er blickte sich um, aber er entdeckte Ela nirgendwo, und als er sich wieder den LOVs zuwandte, war Gabrielle verschwunden. Eine ganz gewöhnliche LOV-Kolonie hielt er in Händen. Er ließ sie zurück ins Wasser.

Jemand berührte ihn mit der Hand an der Schulter. »Virgil!« Wieder Elas Stimme. Sie klang nun verärgert. »Virgil, sehen Sie mich an! Was soll das?«

Er konnte sie noch immer nicht sehen, spürte aber, wie sie ihm ihre kühlen Fingerknöchel über die Schläfen strich, und da schälte sich die Fassade der Welt ab und offenbarte eine zweite Welt dahinter. Eine Welt, in der Ela existierte. Sie kauerte neben ihm, und er saß in einem Stuhl am Schreibtisch, der in dem kleinen Behandlungsraum des Sanitätszelts stand. Ela hatte sein Farsight in der Hand. »Was soll das?«, fragte sie ihn wieder und hielt es hoch, um auf das Bild auf dem Display zu schielen. »Treiben Sie hier ein Spiel?«

»Ich weiß es nicht. Lassen Sie mich …«

Er griff nach dem Farsight, aber sie wandte sich halb von ihm ab und hielt es außerhalb seiner Reichweite. »Nein. Zuerst reden wir.«

»Ela …«

»Virgil, seit Stunden hat niemand Sie finden können. Sie nahmen keine Links an und antworteten auf keine Mitteilung.«

Er berührte die LOVs auf seiner Stirn. Es waren nun mehr als die ursprünglichen sechsunddreißig. Er hatte Octopin eingenommen, und sie vermehrten sich. »Ich habe mein ROSA um einen Nicht-stören-Schirm gebeten. Ich war in Gedanken versunken.«

»Sie waren in einer Trance.«

Virgil konnte es nicht abstreiten. Das Erlebnis war ihm so real vorgekommen wie dieser Raum im Sanitätszelt. Lag hinter dieser Wirklichkeit tatsächlich eine andere Realität? Und dahinter wieder eine andere? Er sagte: »Ich habe an Gabrielle gedacht.« Ela nickte. In ihren dunklen Augen stand Besorgnis. »Wir pflegten einen kognitiven Kreis zu bilden«, erklärte Virgil, »Gabrielle, Panwar und ich. Unsere LOVs tauschten dann im Kreis Signale aus und verstärkten unsere Empfindungen. Wir teilten keine Gedanken, außer auf die Weise, wie man sie im Gespräch teilt, aber wir teilten Stimmungen. Ich konnte Gabrielles Eifersucht spüren. Und Panwars. Beide wollten als Erste in die Gedankenwelt der LOVs eindringen und einen künstlichen Geist verstehen. Gabrielle ist für dieses Ziel gestorben.«

Ela sah unsicher aus, während sie mit seinem Farsight in der Hand neben ihm kauerte. »Sie sind hier allein«, sagte sie, »nicht Teil eines kognitiven Kreises.«

Sein Blick ruhte auf dem Farsight in ihrer Hand. »Ich

bin nicht allein. Ich habe mit meinem ROSA am Sprachproblem gearbeitet.«

»Ihr ROSA gehört zu dem kognitiven Kreis?«

Die Frage rüttelte ihn auf. »Glauben Sie, das wäre möglich? Die LOVs benutzen vielleicht eine Signalfolge, die zu schnell ist, als dass wir sie entschlüsseln könnten, aber –«

»Für ROSAs wäre sie nicht zu schnell!« Ela riss die Augen auf. Virgil sah ihr an, dass auch ihr der Gedanke völlig neu war. Sie neigte den Kopf. »Hat Ihr ROSA die Sprache Ihrer LOVs erlernt?«

Virgil dachte über die visuelle Metapher nach, die er soeben durchlebt hatte. Sie war ihm so wirklich vorgekommen, so völlig real, als wären nicht nur seine Augen, sondern auch sein Verstand getäuscht worden. Hatten sein ROSA und seine implantierten LOVs im Einvernehmen gehandelt? Das eine arbeitete visuell, die anderen durch Emotionen? Aber zu welchem Zweck? Er schüttelte den Kopf. Es kam ihm vor, als müsste er rennen, müsste er sprinten, nur um mit der Entwicklung Schritt halten zu können. »Wenn es sich um eine Sprache handelte, dann ist sie noch nicht so weit fortgeschritten wie Worte. Alles war eine Metapher ... die sich auf Empfindungen gründete ... Ich frage mich nur ...«

»Was?«, fragte Ela. »Was denken Sie?«

»Was ist Sprache?«

Sie lächelte und erhob sich endlich aus der Hocke. »Die Methode, durch die wir miteinander reden – und Sie reden sehr eigenartiges Zeug. Gehen wir nach draußen. Laufen wir ein bisschen, tanken wir ein wenig frische Luft.«

»Ich bin nicht verrückt.«

»Das habe ich auch nicht ...«

»Ich möchte nur genauer darüber nachdenken. Die

LOVs unterscheiden sich wirklich grundlegend von allem, was wir kennen. Jedes einzelne ist ein winziger, unabhängiger Verstand. Das wussten Sie, nicht wahr?«

Sie nickte.

»Ein einzelnes LOV kann auf sich allein gestellt funktionieren.«

»Es bleibt aber nicht lange allein«, warf Ela ein. »Es wird sich vermehren.«

»Ja. Und eine Million LOVs können sich zusammenklinken wie Lego-Steine und als Gruppe denken. Oder sie bilden innerhalb der Gruppe verschiedene Module, die sich mit unterschiedlichen Gedanken befassen, auf eine Weise also, die der menschlichen Gehirnfunktion ähnelt. Nur kann man LOV-Module wieder lösen und nötigenfalls zu anderen Zwecken einsetzen. Wir können das nicht. Also hat es niemals etwas Ähnliches zuvor gegeben, und ...«

»Sie sorgen sich, dass wir niemals verstehen könnten, was sie denken.«

Virgil nickte. »Die Sprache spiegelt die Plattform wieder, auf der sie abläuft, meinen Sie nicht auch? Es wäre möglich, dass wir einfach falsch verdrahtet sind, und dieser emotionale Link alles sein wird, was wir je von der Sprache der LOVs begreifen können.« Er berührte sich an der Stirn. »Wo bleibt die symbolische Komponente ihrer Sprache?«

»Es ist vielleicht noch zu früh, um das zu sagen.«

Sie hatte selbstverständlich Recht. Er hob die Hand und berührte sie damit an ihrer glatten Wange. Sie zog sich nicht von ihm zurück. Das überraschte ihn. Trotz des verwirrten Ausdrucks ihrer Augen erstaunte es sie ebenfalls. »Ist alles okay mit Ihnen?«, fragte sie leise.

»Ich verhalte mich seltsam, oder?«

»Das sagte ich bereits.«

Er lachte. Der Flecken LOVs an ihrer Schläfe funkelte und glänzte wie ein drittes, in die Seite ihrer anmutigen Stirn eingelassenes Auge. Flocken aus No-Oct-Paste gaben der zimtbraunen Haut ringsum ein Muster. »Stellen Sie sich vor«, sagte er, »dass Sie einer Musik von Außerirdischen zuhören könnten, und Ihr Gehirn würde sie als traurigen Missklang interpretieren. Doch wenn ein Außerirdischer ihr zuhörte, würde er ausführliche Anweisungen erhalten, wie man eine Waschmaschine baut. Verstehen Sie? Wir können zwar glauben, wir hätten die Bedeutung ihrer Sprache entdeckt, während wir in Wirklichkeit nur etwas hineinlegen, was wir zu erkennen glauben.«

»Und Sie glauben, mit der LOV-Sprache könnte es sich genauso verhalten?«

»Wie sollen wir das je erfahren?« Er berührte seine LOVs, strich sein Haar zurück und entblößte sie ganz. »Denken Sie mit mir.«

Augenblicklich fuhr sie zurück. Sie wandte den Kopf ab und deckte sich mit der Hand ihr drittes Auge ab. »Nein!«

Virgil musste einen Ansturm von Verwirrung und ein starkes Trennungsgefühl aushalten, eine Empfindung, die sie mit ihm zu teilen schien, denn sie starrte ihn mit vor Schmerz weit aufgerissenen Augen an. »Sie *haben* also schon mit mir gedacht!«, beschuldigte er sie.

Sie schlug mit der Faust auf den Schreibtisch. »Sie wussten, was vor sich ging!«

Ihr Zorn nährte seine Wut. »Ich hätte es ahnen müssen.«

»Sie haben es gewusst!«

Sie hatte sein Farsight vergessen. Er erkannte seine Chance, entwand es ihren Fingern und setzte es auf, bevor sie es sich zurückholen konnte. Das Gerät war in die Grundeinstellung zurückgefallen, das Display war transparent. »Wovor fürchten Sie sich?«, wollte er wissen. »Sie haben die LOVs doch schon zu einem Teil Ihrer selbst gemacht.«

Sie weigerte sich, ihn anzusehen. »Ich bin nicht hier, um mich auf Ihre Spielchen einzulassen.«

»Weshalb dann?«

»Ich wollte Ihnen sagen, dass ich eine neue Mutation gefunden habe.«

Es dämmerte schon, als Virgil ihr in das kalte Wasser eines verlassenen Teichs folgte und dabei ein verdrehtes Déjà-vu-Erlebnis erfuhr. Er spähte in das dunkle Wasser, doch nirgendwo sah er Gabrielle.

»Die Familie, der dieser Hof gehörte, ist vor einer Woche gegangen«, berichtete Ela ihm. »Viele Familien verlassen das Reservat. Sie hören von den Bällen, die wie ein Geist durch die Maschen des Fischernetzes schlüpften, und sind verängstigt. Seitdem ist es zwar nicht wieder geschehen, doch das deuten die Bauern nur als ein Vorzeichen für noch Schrecklicheres. Es tut mir Leid um sie, auch wenn sie uns mit ihrer Flucht das Leben leichter machen.«

Nachdem die Familie verschwunden war, hatten die *Roi Nuoc* den Teich leer gefischt und die Garnelen verspeist.

Ela glitt ins Wasser und versank bis zum Kinn, sodass sie in die Tiefe greifen und eine Kugel aus dem Schlick ziehen konnte. Virgil stellte sich neben sie. Er hatte sein Hemd ausgezogen, und das Wasser schwappte gerade oberhalb des Zugbands seiner Shorts auf seinen nackten Bauch. Er beugte sich vor und beobachtete, wie das Funkeln immer heller wurde, je näher es der Oberfläche kam. Halb rechnete er damit, dass sich aus dem diffusen Leuchten ein Gesicht herausschälen würde. Stattdessen überraschte ihn ein Entdeckergefühl. Es überfiel ihn: die plötzliche Erkenntnis eines anderen. »Spüren Sie das auch?«, fragte er Ela.

»Ich ... kann etwas spüren, ja. Etwas wie Freundlichkeit. Als würde die Kolonie mich kennen und sich freuen, dass ich da bin.«

»Sie sehen die Kolonie jeden Tag, nicht wahr?«, fragte er.

»Ich war erst vor einer Stunde hier.«

»Dann kann sie also zwischen uns unterscheiden – oder wenigstens zwischen unseren LOVs.« Aber was könnte die Kolonie über sich selbst wissen? Was wüsste sie von der Welt?

»Sehen Sie sie sich einmal genau an«, bat Ela. »Es ist eine von neun Kolonien in diesem Teich.«

»Neun?«

»Dieser Teich ist sehr fruchtbar.«

Virgil glitt tiefer ins Wasser, sodass es ihm bis an die Schultern reichte, als er sich vor Ela niederkauerte. Er nahm ihr die Kugel aus den Händen und runzelte die Stirn. Sie fühlte sich anders an als die Bälle, die er schon berührt hatte. Schlüpfrig? *Lose.* Als würde die Oberfläche eine zähe, dichte Schicht absondern. Mit den Daumen strich er in einer sanften Kreisbewegung darüber. Die lose Schicht bewegte sich wie Haut über Knochen. In seinem Kopf begannen Ideen zu keimen.

Als er den Kopf hob, bemerkte er, dass Ela ihn mit hochgezogenen Augenbrauen und einem spöttischen Grinsen musterte. »Sehen Sie, was ich meine?«, fragte sie. »Sie hat sich einen Schleier wachsen lassen.«

»Einen Schleier? Ja, das ist das richtige Wort.«

Die Kugel war in eine Membran aus LOVs gehüllt, die

anders aussahen als irgendwelche LOVs, die Virgil je zuvor gesehen hatte. Sie waren größer und leuchteten intensiver.

Ela sagte: »Alle Kolonien in diesem Teich haben Schleier – und ich glaube, ich weiß auch, wozu sie gut sind.«

Virgil benötigte einen Moment, um darüber nachzudenken. »Indem Sie sagen, ›wozu sie gut sind‹, deuten Sie an, dass die Schleier nicht durch Zufall entstanden sind.«

»Ich glaube nicht, dass die LOVs an Bord der *Hammer* die faseroptischen Kabel zufällig befallen haben.« Während sie sprach, funkelten ihre LOVs, und das Funkeln spiegelte sich in ihren Augen wieder. Sie wirkte dadurch schön und geheimnisvoll, und ihr Atem blies sanfte Wellen auf die Wasserfläche. Virgil hielt ihrem Blick stand – zu lange augenscheinlich, denn ihr Ausdruck kühlte ab. Sie drehte den Kopf zur Seite, sodass er ihre LOVs nicht mehr sehen konnte.

Doch je mehr die Dämmerung zunahm, desto stärker strahlte blaues Licht aus dem Wasser. Virgil blickte wieder auf die Kugel in seinen Händen und versuchte, seinen Gedankengang wieder aufzunehmen. »Sie haben natürlich Recht«, sagte er. »Die LOVs *müssen* ein gewisses Maß an Kontrolle über die Struktur ausüben, über die Organisation ihrer nächsten Generation.«

»Und eine Art Bewusstsein besitzen«, fügte Ela hinzu, »um zu entwerfen, was sie benötigen.«

Er musterte die Kugel, stocherte an der dichten Membran und hob sie von der darunter verborgenen inneren Oberfläche ab. »Es scheint wirklich so zu sein. Also ... was meinen Sie, wozu dient die Membran?«

»Privatsphäre.«

Ein Lächeln berührte seine Lippen. Er hatte das Gleiche gedacht.

Elas Stimme blieb kühl und klinisch. »In diesem Teich sind neun Kugeln. Ein Schleier würde verhindern, dass eine Kugel mit ihren Signalen die Wahrnehmung einer anderen stört.«

»Ja. Ich glaube, so ist es. Die Ausdehnung jeder Kolonie ist dadurch begrenzt, dass ihr Zusammenhalt verloren geht, wenn die Größe zu sehr ansteigt. Deshalb ist es plausibel, dass zwei benachbarte Kolonien einander stören können. Es wäre gewiss sehr nützlich, den kognitiven Teil der Kugel zu isolieren.«

»Wenn der kognitive Teil also durch den Schleier isoliert wird...« Sie wies mit einem Nicken auf die funkelnde Membran. »Welchem Zweck dient dann die Aktivität innerhalb des Schleiers?«

Virgil hockte sich ins Wasser und sprach sehr langsam, um seine Faszination zu zügeln. »Denken Sie über Folgendes nach: wenn der Schleier von anderen Kolonien gesehen werden kann und dieser wiederum ihre Schleier wahrnimmt...«

»Dann könnte es sich um ein Sprachorgan handeln.« Sie nickte, den Blick nach innen gewandt. »Das nehmen Sie an, nicht wahr? Ein Organ, um die Gedanken benachbarter Kolonien zu übersetzen.«

»Vielleicht.«

»Vielleicht«, stimmte sie zu.

Dann hörte er sich fragen: »Warum waren Sie gerade noch wütend auf mich?«

Sie fuhr zurück und erhob sich aus dem Wasser, dass ihre Brüste zu sehen waren, verhüllt vom eng anliegenden nassen Stoff ihres langärmeligen T-Shirts. »Wovon sprechen Sie eigentlich? Ich war nicht...« Sie verstummte, bevor sie eine Lüge aussprach. Vielleicht spürte sie, dass er ihr nicht glaubte. »Es war eigentlich keine Wut. Ich bin eben so.«

Warum?, wunderte er sich, obwohl er nicht fragte. Nicht mit Worten. Spürte sie seine Frage dennoch?

Er blickte wieder auf die Ballung. »Können Sie noch eine andere finden?«

Sie ließ sich wieder ins Wasser sinken. Diesmal stupste sie mit den Zehen eine Kugel vom Grund an die Oberfläche.

»Halten Sie sie dicht nebeneinander«, sagte Virgil. »Ja. Genau so.« Er senkte die Hand zwischen die beiden Kolonien und blockierte ihren Lichtaustausch. Bedeutung entstand aus dem Flackern einzelner LOVs.

Ela fragte: »Zeichnen Sie Ihre Reaktionen auf?«

»Ja. Wonach suche ich?«

Sie überdachte die Frage. »Sie wollen wissen, ob sie reagieren ... ob sie eine Unterbrechung mögen oder nicht.«

»Und ich möchte sehen, ob beide ähnlich reagieren. Sprechen sie die gleiche Sprache?«

»Könnten sie unterschiedliche Sprachen haben?«

»Menschen haben unterschiedliche Sprachen.« Mittlerweile war es dunkel, und der Himmel war von Sternen gesprenkelt.

»Könnte jede Kugel dann vielleicht eine andere Sprache sprechen?«, fragte Ela. »Oder vielleicht gibt es in jedem Teich eine andere?«

Virgil zuckte mit den Schultern. »Wir könnten eine gemeinsame Sprache fördern, indem wir diese LOVs verbreiten.«

Jedes LOV war ein eigenständiger winziger Verstand, ein sehr kleiner Computer, ein *Dämon* – er speicherte Wissensfragmente. Wenn die LOVs getrennt und versetzt wurden, wanderten diese Wissensfragmente vielleicht mit ihnen ...

»Wie das No-Oct-Merkmal?«, flüsterte Ela.

Er nickte und fragte sich, weshalb er diesen Vorschlag machte. Sie sollten Merkmale isolieren und nicht vermischen.

Ela wirkte über sein Zaudern erheitert. »Fühlen Sie sich doch nicht schuldig. Wenn wir diese Eigenschaft nicht verbreiten, werden die *Roi Nuoc* es gewiss tun.«

Noch während sie sprach, bewegte sich am Ufer eine Gestalt: ein kleiner Junge, eins der Kinder, die den Teich beaufsichtigten. Auf seiner Stirn glitzerten LOVs. Virgil wandte sich von dem namenlosen Kind ab. »Ich möchte nicht, dass diese Bälle zerlegt werden«, flüsterte er.

»Es gibt neun von ihnen.«

»Dann opfern Sie eine.«

»Das steht mir nicht zu.«

Virgil seufzte. Den *Roi Nuoc* stand es zu, und sie würden die Notwendigkeit doch wohl erkennen? Mit jeder Stunde wurden sie konzentrierter und erfindungsreicher. Unter der Anleitung von Mother Tiger setzten sie ihre täglichen Studien fort, aber jetzt, wo sie die LOVs besaßen, die ihre Stimmungen steuerten, beherrschten sie sich besser und zügelten ihre Ängste. Sie lernten schneller als zuvor und waren einsichtiger denn je.

Virgil ließ die erste Kolonie los und gestattete ihr, zurück auf den Teichgrund zu sinken. Ela ließ den zweiten Ball daneben sinken. »Ihr ROSA entschlüsselt die LOV-Sprache, nicht wahr?«, fragte sie.

Er nickte.

»Haben Sie schon einmal daran gedacht, Ihr Farsight im Wasser zu lassen? Damit es die Kugeln beobachten kann? Vielleicht entschlüsselt Ihr ROSA die Sprache dann schneller.«

Virgil starrte sie an. Der Vorschlag hatte ihn wie ein Blitz getroffen. Nicht etwa, weil es eine schlechte Idee gewesen wäre. Die Idee war gut. Er sah augenblicklich, dass es funktionieren konnte. Aber ... sein Farsight zurücklassen? Der Gedanke erzeugte in ihm ein Gefühl der Leere. Die Heroes waren zwar gestohlen, aber nun gehörten sie ihm. Wie sollte er ohne Farsight zurechtkommen? »Das ... das ist eine großartige Idee, Ela. Das ist es wirklich. Aber ich ...«

Virgil erstarrte, als Mother Tiger sich rührte. Ihr kraftvolles Katzenbild strich wie ein silbriges Wasserzeichen über die Landschaft. Das ROSA streckte sich und schnurrte; es vermittelte den Eindruck von gewaltiger Masse und immenser Größe. »Erledigen wir das«, wisperte es.

Virgil hörte den Befehl und empfand Furcht. Mother Tiger benahm sich nicht, wie ein ROSA sich zu benehmen hatte. Kein ROSA sollte aus sich heraus neue Ideen in die Tat umsetzen. Einem ROSA war es nicht bestimmt, einen Vorgehensplan zu ersinnen, die Anweisung zum Handeln zu geben und von seinen menschlichen Schützlingen Gehorsam zu erwarten. Doch irgendwo innerhalb seiner komplexen Architektur, die sich über viele Server verteilte, war Mother Tiger von der ROSA-Norm abgewichen.

Während Virgil darüber nachdachte, kam ihm auch in den Sinn, dass er noch nie gehört hatte, wie jemand Ky Xuan Nguyens ungewöhnlichem ROSA widersprach. Dennoch sagte er: »Ich kann mein Farsight nicht zurücklassen.«

Ela berührte ihn an der Schulter, eine schüchterne, flüchtige Berührung wie von einer Motte, dann zog sie die Hand wieder zurück. »Es muss nicht Ihr Farsight sein«, sagte sie. »Farsights sind nur ein Fenster, eine Schnittstelle. Wir können irgendein Farsight nehmen. Es muss nur eingestellt sein, dass Ihr ROSA hindurchblicken kann.«

»Ein *Roi-Nuoc*-Farsight«, schlug der Junge am Ufer vor. Er watete in den Teich, begegnete Ela auf halbem Wege und reichte ihr ein Mystery.

Virgil nahm es von ihr entgegen. »Ich muss es programmieren«, sagte er. »Die Kodes eingeben, und dann Iris mitteilen ...«

Mother Tiger schnurrte, und es klang wie ein leises Lachen. »Iris ist nun ein Teil von mir. Zugang ist bereits erteilt.«

24

Virgil war durchnässt. Das triefende T-Shirt in der Hand zusammengeknüllt, marschierte er durch die Dunkelheit; unter seinen Sandalen schmatzte der Schlamm. Er achtete nicht darauf. Gedankenverloren? Summer sah misstrauisch auf das Video und wunderte sich.

Als Virgil Nash bemerkte, der reglos am Rand des Weges stand, der zum Sanitätszelt führte, zuckte er zusammen und trat mit erschrockener Miene zurück. Sein Farsight warf einen grünen Schimmer über seine Augen. Seine implantierten LOVs funkelten. »Nash?«, fragte er. »Stimmt etwas nicht?«

Summer runzelte die Stirn. Es war eine jener Fragen, wie ein schuldbewusstes Kind sie stellt: *Stimmt etwas nicht?*

Eine unschuldige Maske.

Nash antwortete langsam, mit leiser Stimme, die von Zorn überlagert war. »Wie lange wissen Sie schon von der No-Oct-Mutante?«

Virgil wich zurück – nicht weit, nur einen halben Schritt. Die Augen vom grünen Leuchten seines Farsights umspannt, begegnete er Nashs Blick. »Ein paar Tage. Mehr nicht.«

»Haben Sie die Mutation hervorgerufen?«, verlangte Nash zu wissen.

»Nein. Wie hätte ich das schaffen sollen? Sie haben das Sanitätszelt selbst gesehen, Nash. Wir haben keine biotechnische Ausstattung.«

»Dann hat jemand anders es für Sie getan.«

Virgil schüttelte den Kopf. »Ich wünschte, es wäre so.« Er wirkte nicht verängstigt, er wirkte nicht besorgt. Er wirkte ... schicksalsergeben. *Doch worin hat er sich ergeben?*, fragte sich Summer. In die Unvermeidlichkeit dieser unangenehmen Begegnung? In die Notwendigkeit zu lügen? Oder missverstanden zu werden ...? »In Wirklichkeit, Nash, entwickeln sich die LOVs hier genauso, wie sie sich in der *Hammer* entwickelt haben ... nur haben wir es hier mit keiner Evolution zu tun, wie wir sie kennen. Wir beobachten hier zielgerichtete Entwicklung. Die LOVs entwerfen ihre nachfolgenden Generationen wie auf einem Reißbrett.«

»Damit sagen Sie, dass die LOVs außer Kontrolle geraten sind.«

»Ja, so ist es. Ganz genau.«

Durch ein Fingertrommeln setzte Summer das Video an den Anfang zurück, zu dem Moment, in dem Nash Virgil auf dem Rückweg entdeckte. Sie sah sich die Szene erneut an. Nash betrachtete sie gleichzeitig mit ihr auf seinem Farsight, obwohl er zehntausend Kilometer weit weg war. »Daniel hat es vorhergesagt«, bemerkte Summer leise. Über dem Mekong-Delta herrschte Nacht, in Honolulu war schon die Sonne aufgegangen.

Nash sagte: »Sag das Virgil. Viel mehr als wegen jeder No-Oct-Mutante mache ich mir wegen seiner Haltung Sorgen. Er hat keine Angst mehr. Überhaupt keine. Nicht vor mir, nicht vor der IBC. Und er fürchtet nicht mehr, was er tut.«

»Das ist Fatalismus. Er glaubt, dass er außer Beobachten nichts mehr tun kann. Er sagt sich, dass ihm die Entwicklung entglitten ist.«

»Er versucht aber auch nicht, sie aufzuhalten, oder?«

»Nein.«

»Sein Urteilsvermögen ist geschwunden«, beharrte Nash. »Von Anfang an war es gestört, aber nun ist es verschwunden. Er weigert sich zu erkennen, wie gefährlich sein Tun ist.«

Summer hielt die Wiedergabe an und betrachtete Virgils Gesicht auf einem Standbild: seine glatte Haut, das geflochtene Haar, das mit einer Drahtschlaufe zurückgebunden war. Seine unbeteiligten Augen, die unter grünen Schatten gelassen dreinblickten. Besessen.

Sie sagte: »Ich habe seit zwei Wochen ein LOV-spezifisches Virus bereit.«

Damit entlockte sie Nash ein überraschtes Grunzen. »Und dein Nazi-Chef hat noch nicht grünes Licht gegeben, es einzusetzen?«

»Daniel sorgt sich, dass es nicht ausreicht. Dass einige widerstandsfähige LOVs überleben könnten. Deshalb arbeite ich an einem zweiten Virus, das auf einem anderen Weg angreift. Daniel möchte beide gleichzeitig freisetzen.«

»Das ist keine schlechte Idee«, gab Nash widerstrebend zu. »Die Wahrscheinlichkeit, dass ein LOV gegen beide Wirkungsmechanismen immun ist, muss sehr gering sein.«

»Theoretisch sieht es sehr gut aus, da stimme ich dir zu ...« Summer zögerte und überlegte sich ihre nächsten Worte sehr genau. Sie kannte Nash schon sehr lange. Sie hatten zusammen bei EquaSys angefangen. Sie vertraute ihm. Sie empfand das *Bedürfnis,* ihm vertrauen zu können. »Vielleicht hat Daniel Recht. Vielleicht wäre es besser, auf das andere Virus zu warten ... aber mir bereitet es Kopfzerbrechen. So geduldig zu sein sieht ihm gar nicht ähnlich.«

Nash überlegte eine Weile. »Verfolgt er eigene Absichten? Glaubst du das?«

Summer hörte ihr eigenes Herz schwach schlagen. »Ich möchte ihm nichts unterstellen.«

»Nein, natürlich nicht.«

Nur im Flüsterton vermochte sie ihre Befürchtungen in Worte zu fassen. »Wegen der LOVs sind etliche Anfragen an uns gerichtet worden, einige davon stammen von sehr einflussreichen Persönlichkeiten. Wie die LOVs sich entwickeln, wie sie sich verändern ... niemand begreift es. Noch nicht. Doch die Konsequenzen sind überwältigend. Wenn die *Hammer*-Mutanten sich wirklich aus eigener Kraft entwickelt haben, dann hätte Virgil Recht – die LOVs müssten ein Niveau der molekularen Steuerung erreicht haben, das alles überragt, was unsere Technik bisher zuwege bringen kann. Könnten wir lernen, diese Steuerung zu imitieren? Und wenn wir es könnten, was wäre die daraus entstehende Technologie wert?«

Nash wurde blass, sein Gesicht zeigte Verbitterung. »Mehr als alles bisher Dagewesene.«

Summer nickte. »Du solltest wissen, dass man mir schon Angebote gemacht hat. Siebenstellige Beträge, wenn ich meine Arbeit ein wenig bremse, damit der Tag hinausgeschoben werden kann, an dem die LOVs ausgerottet werden.«

»*Mein Gott.*«

Das Entsetzen in seinen Augen war echt, dessen war sie sich sicher. »Nash? Du begreifst doch, mit welcher Dynamik wir hier zu tun haben, oder? Je länger es geht, desto mehr erfahren wir. Je mehr wir lernen, desto eher können wir die molekularen Tricks nachvollziehen, die von den LOVs entwickelt worden sind. Das ist Nanotechnik, Nash. Wir stehen an der Schwelle zur Nanotechnik.«

Da. Jetzt hatte sie es gesagt. Doch Nash beäugte sie misstrauisch. Ein wachsamer Ausdruck war in sein Gesicht getreten. »Warum erzählst du das mir?«

»Weil ich will, dass es endet, und zwar jetzt, bevor es noch weiter geht. Ich habe bei EquaSys gekündigt, weil ich fand, dass wir schon zu weit gegangen waren. Doch neben dem, was jetzt im Mekong-Delta geschieht, nimmt sich unsere damalige Arbeit aus wie ein Experiment aus dem Chemiebaukasten.« Sie schloss kurz die Augen und kämpfte gegen das Beben an, das sich in ihre Stimme schleichen wollte. »Ich kann nicht öffentlich dazu Stellung nehmen. Wenn ich es täte, würde ich in null Komma nichts aus dem Projekt fliegen, und dieses Risiko darf ich nicht eingehen. Ich werde hier gebraucht. Ich muss sicherstellen, dass weiterhin an den Gegenmitteln gearbeitet wird. Aber bei den Summen, die hier ins Spiel kommen ... Nash, so viel Geld verdreht den Menschen den Kopf, und es findet immer einen Ansatzpunkt.«

»Also möchtest du, dass ich etwas unternehme.«

»Ja. Ich möchte, dass du deinen Einfluss geltend machst. Ich möchte, dass du den Leuten Angst machst. Ich möchte, dass du dich für augenblickliches Handeln einsetzt. Neunundneunzig Komma neun Prozent der Menschheit stehen hinter dir.«

»Und für den Rest bin ich natürlich ein Ziel.«

»Du gehst ein beträchtliches Risiko ein.«

Er seufzte. »Aber du hast Recht. Es wäre gefährlicher, gar nichts zu tun.«

»Also hilfst du mir?«

»Wo immer ich kann. Letztendlich bin ich an dem ganzen Schlamassel mit schuld.«

25

»Nun, wo die No-Oct-Mutation bekannt ist, wird sich alles ändern«, sagte Ky. Er blickte von Virgil zu Oanh, zu Ninh und schließlich zu Ela.

Eng im schwach erhellten Sanitätszelt zusammengedrängt, wie sie waren, empfand Ela ein nervöses Entzücken und malte sich aus, sie wären eine geheime Zelle von Radikalen, die sich verschworen hatten, um das korrupte herrschende Regime zu stürzen. Nur dass ihr Treffen in keiner Weise geheim war. Sie alle trugen Farsights, und jeder *Roi Nuoc* innerhalb und außerhalb des Reservats konnte mithören, was sie sagten.

»Der liebenswerte Nash Chou«, fuhr Ky fort, »hat der UN bereits ein in starken Worten gehaltenes Papier vorgelegt, in dem er die IBC aufruft, augenblicklich zu handeln und nicht nur die LOVs unilateral unter Kontrolle zu bringen, sondern auch uns – trotz der Ansprüche unserer souveränen Regierungen.« Er schüttelte den Kopf. »Wir können von Hanoi nicht erwarten, dass es solchem Druck lange standhält. Momentan toleriert man uns aus Nationalstolz und weil gewisse finanzielle Vorteile versprochen wurden. Wenn der Druck stärker wird, stärkt uns niemand mehr den Rücken. Man wird uns aufgeben und unseren Verfolgern übergeben – es sei denn, wir finden stärkere Verbündete.«

Virgil rührte sich und beugte sich über den Untersuchungstisch, sodass das Licht von den Leuchtstoffstreifen an der Decke direkt auf sein Gesicht fiel. »Ich werde deswegen keinen Krieg beginnen, Ky. Ich werde mit keiner anderen Regierung einen Handel abschließen oder uns an Geschäftemacher verkaufen.«

Ky schwieg einen Augenblick. Dann sagte er: »Das freut mich zu hören. Vor allem, wenn man bedenkt, wie oft das Ausland schon versucht hat, unser Land leerzukaufen.«

Ela zuckte zusammen, während Virgil eine rasche Entschuldigung begann. »Ky, ich wollte damit nicht sagen …«

Ky hob die Hand. »Ich mache ja nur Spaß, mein Freund. Natürlich müssen wir ein gewisses Maß an Souveränität erlangen – und darum habe ich eine Petition an die Vereinten Nationen vorbereitet, die von allen *Roi Nuoc* unterzeichnet werden soll …«

»Sie sind minderjährig«, wandte Ela ein, während sie Oanh beobachtete, die auf dem Hocker des Arztes hin und her rutschte.

»Das spielt keine Rolle. Wir können dem keine Bedeutung beimessen. Wir müssen die UN ersuchen, die *Roi Nuoc* und ihre LOV-Symbionten als eigenständiges Volk anzuerkennen. Eine solche Anerkennung verleiht uns Rechte, über die auch die IBC sich nicht einfach hinwegsetzen kann.«

»Damit wären LOVs legalisiert«, sagte Virgil. Er klang beeindruckt. »Wenigstens die symbiotischen Formen. Aber geben Sie dem Ganzen denn wirklich eine Aussicht auf Erfolg, Ky?«

»Aber ja.« Ky stand an der Tür. Er stützte das Kinn auf die Faust und blickte in die Ferne, als posiere er für ein Propagandafoto … und als Ela sich überlegte, dass Oanh und sie ihn durch ihre Farsights ansahen, begriff sie, dass er genau das tat.

Ky sagte: »Überlegen Sie nur, welches Gebräu aus

Gier, verletztem Stolz, Empörung und Nationalismus wir zu unseren Gunsten ausspielen könnten. Wir betreiben damit Politik auf einer fernen und nicht leicht erklärbaren Ebene. Stimmen werden aus so vielen Gründen abgegeben, die nicht das Geringste mit dem Gehalt des Themas zu tun haben.«

Ela konnte seinen Optimismus nicht teilen. »Ich glaube nicht, dass Ihre Hoffnungen realistisch sind. Die IBC wird so etwas niemals zulassen.«

»Aber das ist doch gerade das Schöne an dem Plan«, sagte Virgil. »Die IBC entscheidet nicht darüber.«

Ky nickte. »Und wenn Sie noch immer nicht an unseren Plan glauben können, Ela, dann gestatten Sie mir, an Ihrer Stelle daran zu glauben.«

»Sie?« Ela konnte ein Auflachen nicht unterdrücken. »Ky, Sie haben noch nicht einmal LOVs.«

Sie hatte ihn nicht verletzen wollen, und deshalb überraschte es sie, als die Wärme aus seinem Gesicht verschwand und Anzeichen des Zorns wich: einem schwachen Verengen der Augen, der Andeutung eines Schattens zwischen den Brauen. Er sagte: »Das ist nicht wichtig.«

War es das wirklich nicht? Alle *Roi Nuoc* hatten ihre eigenen Konstellationen von symbiotischen LOVs angenommen. Jeder von ihnen hatte sich unwiderruflich entschieden. Nur Ky stand der Rückzug noch offen. Sie forschte in seinem Gesicht und fragte sich, wie sich Verrat darin ausdrücken würde.

»Unterzeichnen Sie die Petition, Ela«, sagte er. »Ich kümmere mich schon darum.«

Sie nickte. »Ich unterschreibe. Vielleicht erkaufen wir uns damit wenigstens ein bisschen Zeit.«

Virgil hatte das Gespräch empfunden, als würden ihm Elas und Kys Gefühle direkt in den Kopf geleitet und dort mit höchster Klarheit wiedergegeben. Nachdem es zu Ende war, verließ er mit Ky das Zelt. Es war Nacht, und hinter einem dünnen Regenschleier standen die Sterne als verschwommene Punkte am Himmel. Virgil stellte keine Frage. Nicht laut.

Ky antwortete dennoch, während das regenfeuchte Gras gegen ihre Ponchos raschelte. »Wir sind gezwungen, uns aufgrund sehr dürftiger Beweise gegenseitig zu vertrauen.«

»Ich hege keinen Verdacht gegen Sie«, entgegnete Virgil.

»Aber Sie mögen Ela, nicht wahr?«

»Und wenn schon? Die LOVs sind doch kein Mannbarkeitsritual. Sie brauchen den *Roi Nuoc* Ihre Vertrauenswürdigkeit nicht mit Hilfe der LOVs zu beweisen. Niemand verlangt das von Ihnen.« Doch trotz seiner Worte regten sich in Virgil Zweifel. Alle *Roi Nuoc* trugen schon lange symbiotische LOVs in Flecken oder Mustern auf der Haut. Allein Ky hatte sich dazu noch nicht bereit gefunden.

Der Werbefachmann zog die Kapuze nach hinten und gestattete dem Regen, in kleinen Tröpfchen auf sein Haar und sein Farsight zu fallen – und auf seine lichterlose Stirn. »Ich habe überhaupt keinen Grund, mich zu verteidigen«, sagte er leise. »Ich habe für dieses Unternehmen alles aufgeben. Als Beweis meiner Vertrauenswürdigkeit sollte das eigentlich genügen.«

Virgil wartete.

»Aber es reicht nicht, habe ich Recht?«, fragte Ky. »Ela reicht es nicht. Nicht einmal mir reicht es.« Er ging weiter, und Virgil folgte ihm. »Ich stehe an der Grenze«, sagte er, und sein Farsight blitzten auf, als er Virgil anblickte, dann sah er weg. »Aber ich überschreite sie nicht. Ich ermutige andere dazu ... sich dieser neuen Menschlichkeit zu ergeben, aber ich bleibe zurück ... *Verdammt!* Sagen Sie doch einmal etwas!«

»Was soll ich denn sagen?«

»Was Sie bereits wissen – mich fasziniert es, wie viel Sie von einem Gesicht ablesen können, aus einer Stimme heraushören – Sie wissen, dass die LOVs mir Angst machen.«

»Sie würden jedem vernünftigen Menschen Angst machen.«

»Sagen Sie das nicht so laut.« Einen Augenblick später fuhr er fort: »Ich mache mir fast in die Hose, wenn ich mir überlege, was wir tun. Wenn ich es mir wirklich überlege. Wir erschaffen eine neue Art von Mensch, nicht wahr? Es ist schön, aber auch beängstigend, wie eine Geburt ... Sie haben wohl Ihren Spaß, mich ohne Punkt und Komma reden zu lassen, wie?«

»Eines Tages lerne ich Vietnamesisch.«

»Tatsächlich? Das wird lustig.« Er senkte den Kopf und schützte mit der Hand sein Farsight vor dem Regen. Die Gebärde erinnerte Virgil sehr stark an Panwar. »Ich habe Angst, mich selbst zu verlieren.«

»Das geschieht aber nicht«, sagte Virgil. Er hatte plötzlich eine trockene Kehle bekommen. Wäre er überhaupt hier, wenn Panwar noch lebte?

Ky hob den Kopf. Vielleicht wunderte er sich, dass Virgils Tonfall umgeschlagen war.

»Es ist eine Verbesserung«, sagte Virgil. Seine Hände zitterten.

»Ja, sicher. Darum sind wir ja hier. Darum bin ich hier. Weil wir auf irgendeinem Weg über uns hinauswachsen müssen – sonst riskieren wir, den Anschluss zu verlieren.«

»Das hätte Panwar auch so formuliert.«

»Ihr Partner«, sagte Ky nachdenklich. »Er ist tot, nicht wahr?«

Virgil nickte. »Ky, Sie sollten die Finger von den LOVs lassen, wenn Sie noch nicht bereit dazu sind.«

»Zum Teufel mit der Pflicht?«, entgegnete er. »Eine sehr moderne Sichtweise.«

»Sobald Sie bereit dazu sind«, wiederholte Virgil. »Nicht früher.«

26

An dem Tag, an dem die letzte Bauernfamilie das Reservat verließ, kletterte Virgil auf das Dach eines Armeelastwagens – den höchsten Punkt im weiten Umkreis, sah man von einer Reihe düsterer Casurina-Pinien in der Ferne ab –, setzte sich mit unterschlagenen Beinen auf die sanft gewölbte Verbundstahlfläche und suchte das fladenbrotflache Delta ab, das ihn umgab.

Es war bald Mittag, und jeder Atemzug dampfte in seinen Lungen. Ein Sturm braute sich zusammen. Schwere schwarze Wolken verdeckten die Sonne, hielten die feuchte Hitze jedoch gefangen. Die Landschaft zog sich in alle Himmelsrichtungen dahin: grüne Reisfelder und schwarze Tümpel, die Wasserflächen unberührt vom leichtesten Luftzug. Einzelheiten verloren sich in stillen Schatten.

Hin und wieder sah er in der Ferne jemanden sich bewegen: einen Trupp Regierungssoldaten, die gleichmütig von Teich zu Teich patrouillierten, oder einen *Roi-Nuoc*-Kader, der mit einem Nachbarn verhandeln wollte. Immer weit entfernt. Unbedeutend wie die Figuren in einem chinesischen Landschaftsgemälde.

Die Bauern waren ausbezahlt worden; EquaSys entschädigte sie dauerhaft für ihre Verluste. Allen Berichten zufolge hatten die Bauern ein gutes Geschäft gemacht; sie bräuchten in Zukunft nicht mehr so hart zu arbeiten, aber waren sie, von ihrem Land getrennt, denn glücklich?

Die *Roi Nuoc* konnten sie nicht ersetzen. Ky war mit seiner Petition an die UN erstaunlich weit gekommen, weil er darin versicherte, die *Roi Nuoc* seien eine »außergewöhnliche Stammesgemeinschaft«, eine in der Entwicklung befindliche Kultur, die aus den Rissen im sozialen Gewebe herauswuchs – doch die Bauern waren der Stoff, aus dem das Gewebe bestand. Sie hatten hier stabile Verhältnisse besessen und eine Verbundenheit mit dem Land kultiviert.

Den *Roi Nuoc* fehlte der Sinn für Beständigkeit. Sie erinnerten mehr an die Sonne, die zwischen zwei Regenschauern kurz aus den Wolken kam: flüchtig und wankelmütig, waren sie nicht fähig – oder nicht interessiert –, die Zivilisation aufrechtzuerhalten, die hier noch vor wenigen Wochen geblüht hatte. Der Dschungel fand seinen Weg in die Leere zurück. Unkraut war auf dem Vormarsch. Durch lange Regenfälle fand es gute Bedingungen vor und wucherte üppig an den Gräben, auf den Dämmen und um die verlassenen Teiche, während sich im Nebel schon die Gespenster der alten Wälder sammelten.

Schritte im Schlamm rissen Virgil aus seinem Sinnieren. Als er sich umdrehte, sah er Ky Xuan Nguyen fröhlich lächelnd näherkommen. »Hallo, Vorposten!«, rief Ky. »Was macht das Königreich?«

»Es ist ohne König – aber die Kerle waren sowieso immer nur Nervensägen.«

»Anarchist.«

Virgil grinste. »Sehr freundlich.«

Ky blieb neben dem Lkw stehen und stützte sich mit dem Ellbogen auf die Motorhaube. Virgil betrachtete ihn durch die undurchsichtige Linse seines Farsights. Er trug grüne Arbeitshosen und ein schwarzes T-Shirt. In der allgegenwärtigen Feuchtigkeit glänzte seine kupferfarbene Haut. Sein Haar war länger gewachsen. Heimlich spähte Virgil auf die Strähnen, die Ky in die Stirn fielen, doch er sah darunter noch immer keine LOVs funkeln.

»Was machen Sie da oben?«, fragte Ky.

Späherbälle schwebten auf Abstand und warteten auf seine Antwort.

Virgil blickte über das Land. Es hatte nicht nur hier so viel geregnet. Auch im Hochland, in Laos und in Kambodscha. Wie in jedem Jahr stieg das Wasser. »Es verwildert alles«, sagte er. »Merken Sie es nicht? Etwas Wildes kriecht aus dem Land hervor.«

Ky dachte einige Sekunden lang darüber nach, während ein Späherball sich ungewöhnlich dicht näherte. »Unser Asyl hat keine Chance, wenn Sie so reden. Wollen Sie, dass unsere Petition abgewiesen wird?«

»Aber Sie spüren es doch auch, oder? Veränderung liegt in der Luft. Nicht nur hier. Nicht nur bei den LOVs. Was glauben Sie, gibt es noch andere ROSAs wie Mother Tiger?«

»Sie sind in eigenartiger Stimmung.«

Allerdings.

Er reichte Ky den Gegenstand, der Anlass seiner Nachdenklichkeit gewesen war. »Eins der Kinder hat das hier heute Morgen hergebracht.«

Es handelte sich um ein Stück Rohr mit einem Gelenk in der Mitte, das etwa vierzig Zentimeter lang und ungefähr so dick war wie ein Bleistift. Bis auf eine schwache Schattierung aus dunkleren Längsadern und einen Ring in kränklichem Grün war es weiß wie Schnee. Ky nahm es an beiden Enden und bog es hin und her. »Und was soll das sein?«

»Es ist eine Ansammlung von LOVs.«

Kys Lachen drückte heitere Skepsis aus. »Was ist es wirklich? Elfenbein ist es nicht.«

»Es ist wirklich eine LOV-Kolonie«, sagte Virgil. »Sehen Sie es sich vergrößert an.«

Ky runzelte die Stirn, doch er hielt sich das Rohr dicht vor das Farsight. Er zog die Schultern zusammen, um absolut reglos zu bleiben. »Die meisten der LOVs sind tot«, fuhr Virgil fort. »Deshalb ist das Ding so weiß. Aber Sie können sehen, dass das Rohr aus LOV-Schalen besteht, die miteinander verschmolzen sind wie ... wie Korallentiere.«

»Es ist schwer, es ruhig zu halten.« Ky stützte die Ellbogen in die Seiten. »Sie sind kleiner als herkömmliche LOVs, nicht wahr?«

»Stimmt.«

»Eine neue Variante ... sie muss fehlerhaft sein, wenn sie solch eine missgebildete Struktur bildet.« Er richtete sich auf und bog das Rohr erneut am Mittelgelenk durch. »Kommt es mir nur so vor, oder wird es steifer?«

»Es wird steifer. Die LOVs, die das Gelenk bilden, haben keine Nahrungsquelle. Je mehr man sie zur Bewegung zwingt, desto eher sterben sie ab.«

»Sie leben noch?«

»Ja, aber nur am Gelenk. Ich glaube nicht, dass sie fehlerhaft sind. Nur eine andersartige Variante. Ihre Gliedmaßen sind anders strukturiert. Sie sind länger, und sie werden nur in einem Ring rings um die Schale gefunden, nicht überall, wie sonst.«

Ky kniff die Augen zusammen, während er darüber nachdachte. »Also können sie sich nur in der Ebene zusammenfügen? Einer Ebene, die nur eine Schicht dick ist. Darum haben sie statt einer Kugel ein Rohr gebildet ... ja, ich verstehe.«

»Das Gelenk ist ein interessantes Merkmal«, sagte Virgil. »Finden Sie nicht auch?«

Ky bog es wieder. Dann runzelte er die Stirn. Er hob

den Kopf und blickte Virgil durchdringend an. »Haben Sie es entworfen?«

Virgil seufzte. Würde man ihn jedes Mal, wenn die LOVs etwas lernen, einer Ingenieursleistung bezichtigen? »Ich hatte überhaupt nichts damit zu tun. Es wurde so gefunden, wie Sie es hier sehen. Ich habe auch nicht die LOV-Mutante in der *Hammer* geschaffen, ich habe die No-Oct-Mutation nicht geschaffen, ich habe den Schleier nicht geschaffen, und ich habe das hier nicht geschaffen.«

»Die LOVs haben es sich selbst ausgedacht?«

»Ich sehe keine andere Erklärung.«

»Warum? Wozu soll das gut sein?«

Virgil zuckte die Achseln. »Wozu ist irgendeiner von uns gut? Ich interessiere mich mehr dafür, die Kolonie zu finden, auf deren Mist es gewachsen ist.«

»Das dürfte nicht besonders schwer sein. Das Kind, das es Ihnen gebracht hat, muss doch gesagt haben, aus welchem Teich es stammte.«

»Es stammte aber aus keinem Teich. Es wurde an einem Weg gefunden, dreißig Meter vom nächsten Ufer entfernt. Und keiner der Teiche in der Nähe hat Kolonien. Das habe ich überprüft.«

»Und jetzt grübeln Sie darüber, wie es auf den Weg gekommen ist? Ist doch einfach. Ein Hund hat es dorthin getragen. Oder jemand hat es fallen lassen.«

»Kein *Roi Nuoc* hätte es fallen lassen. Sie wissen doch selber, wie ausgeprägt der Sammeltrieb bei den Kindern ist. Jeder von ihnen hätte es aufgehoben und es gemeldet, damit er einen Anspruch darauf hat – wie es ja auch geschehen ist.«

»Ein Hund also.«

»Kneifen Sie mal ins Ende des Röhrchens.«

Ky gehorchte, ohne großen Druck auszuüben. Mit

einem Klingeln wie von Glas zerfiel das Ende des Rohres zu Staub. Ky fluchte und betrachtete sein Werk im ersten Moment entsetzt, dann begriff er, dass er nur minimalen Schaden angerichtet hatte: Das Röhrchen war zum Großteil intakt.

Wütend sah er Virgil an. »Sie wussten, was geschehen würde.«

Virgil zuckte mit den Schultern. »Ein Hund hätte es zerstört. Selbst ein leichtes Zwicken mit den Zähnen ...«

»*Schon gut.*«

»Ich würde gern die Kolonie finden, die es hergestellt hat.«

»Dann sollen die Kinder die Teiche absuchen.«

»Sie haben noch nichts Auffälliges gemeldet. Auch Elas Berichte liefern keinerlei Hinweis.«

Ky wandte sich ab. Mit seinem Blick suchte er das Grünland ab, das sich unter den drückenden Wolken erstreckte. »Haben Sie das Absterben berücksichtigt?«, fragte er Virgil und blickte ihn über die Schulter hinweg eigenartig zwingend an.

Virgil versteifte sich. Am Morgen zuvor hatten die *Roi Nuoc*, deren Gebiet der Küste am nächsten lag, eine Katastrophe gemeldet: Sämtliche Kugeln innerhalb einer Gruppe aus einander in Verbindung stehenden Teichen waren verschwunden. Als Virgil sich die Umgebung ansah, hatte er auf dem Grund jedes dieser Teiche eine dicke Schicht aus LOVs gefunden, die gleich unterhalb des Schlamms prächtig zu gedeihen schienen. Es sah aus, als hätten die Ballungen sich aufgelöst, hätten ihren Zusammenhalt verloren, ihre Organisation ... Doch diese Theorie wurde dadurch widerlegt, dass er auch einen nicht mit der Gruppe in Verbindung stehenden Teich und darin die gleiche Schicht isolierter LOVs vorfand. Anscheinend gab es sie in jedem Teich. Deshalb stand er ohne Theorie da, mit der sich das Fehlen der Kugeln erklären ließ.

Nash Chou hatte dafür den Begriff vom Absterben der Kolonien eingeführt. Virgil mochte den Ausdruck nicht; für seinen Geschmack stellte man damit zu viele Mutmaßungen an. Dass das Problem ernst war, konnte er indessen nicht bestreiten. In den vergangenen vierundzwanzig Stunden hatte sich das Verschwinden der Kugeln langsam ausgebreitet und war mittlerweile an vierzehn Stellen aufgetreten.

»Das Rohr wurde aber noch nicht einmal in der Nähe eines betroffenen Teiches gefunden«, sagte er.

Ky hob die Brauen. »Es scheint, als wäre nichts in der Nähe des Fundorts gewesen.«

Virgil zuckte mit den Achseln. Die Beschreibung war so weit zutreffend. Er war zu der Stelle gegangen, wo der Junge das Rohr gefunden hatte, und hatte über eine Stunde lang die Umgebung abgesucht, um vielleicht herauszufinden, woher es stammte.

»Zeigen Sie mir die Stelle«, bat Ky. »Schließlich wäre es möglich, dass Sie irgendetwas übersehen haben.«

Während sie unterwegs waren, begann es zu regnen. Ky zog etwas aus der Tasche, das so groß war wie eine Barserviette, und entfaltete es zu einem breitkrempigen Kegelhut, der sein Gesicht und sein Farsight vor dem Regen schützte. Virgil beneidete ihn darum; ihn belästigte ein ununterbrochener Strom von feinen Tröpfchen, die ihm über den Bildschirm liefen.

Nach einigen Minuten kamen sie auf eine kleine Wiese aus saftigem verfilzten Gras. »Wir sind in der Nähe«, sagte Virgil. »Es war irgendwo auf diesem Feld.«

»Verstehe«, entgegnete Ky mit amüsierter Stimme, während Mother Tiger die genaue Fundstelle auf ihren Farsights markierte.

Der Weg war seit dem Fund mehrmals benutzt worden; wenn es Spuren gegeben hatte, so waren sie längst verschwunden. Auf einer Seite des Weges jedoch, auf einem Entwässerungsgraben, den das Weidegras bereits zurückzuerobern begann, hatte sich Regenwasser in einem interessanten Muster aus kleinen Löchern gesammelt, die ausnahmslos kreisrund waren, sodass es aussah, als hätte dort jemand kleine Münzen in den Schlamm gedrückt.

»Das war mir wirklich nicht aufgefallen«, gab Virgil zu, als Ky ihn darauf hinwies. »Vor dem Regen fielen sie überhaupt nicht auf.«

Ky schob das Ende des Rohrs in eins der Löcher. »Passt genau. Hat hier etwa jemand Cribbage gespielt?«

Virgil steckte den kleinen Finger in ein anderes Loch. Es war keinen Zentimeter tief. Er untersuchte noch andere. Alle hatten sie etwa den gleichen Durchmesser und die gleiche Tiefe. »Nanu, was ist das?«, fragte er. Er hatte ein Loch gefunden, dessen Wände nicht aus weichem Schlamm, sondern aus einem scharfen, spröden Material bestanden. Er krümmte den Finger und schälte vorsichtig einen flachen schlammigen Ring heraus, der knochenweiß wurde, als der Regen ihn sauber spülte.

»Ein Stück des Rohrs«, sagte Ky und nahm es Virgil aus den Fingern. Die Größe stimmte. Er hielt es dicht vor sein Farsight. »LOVs«, bestätigte er. »Allesamt tot.« Versuchsweise drückte er das Rohr in den Schlamm. Es hinterließ einen ringförmigen Abdruck und kein Loch wie von einem Stelzfuß. Er sah Virgil an. »Was halten Sie davon?«

»Ich weiß es nicht. Diese Löcher scheinen sich hier zu

konzentrieren, aber wenn man einen Schritt vom Weg abweicht...« – er tat es –, »ist das Gras plötzlich zu dicht, als dass es darauf Abdrücke geben könnte.«

Ky überholte ihn, ohne den Blick vom Boden zu nehmen. »Hier ist nicht alles von Gras überwachsen. Schauen Sie.« Anscheinend hatte jemand eine Kuh oder einen Wasserbüffel auf dem Flecken Gras weiden lassen. Ky wies auf einen Kuhfladen mit zwei der typischen Stelzlöcher, in denen das Wasser stand. »Ein Kind hat hier gespielt«, schlug er als Erklärung vor.

»Spielen Kinder mit Kuhmist?«

»Sie wollen unbedingt ein Geheimnis?«

»Ich habe schon eins.«

Sie durchquerten die Weide, ohne auf weitere Abdrücke zu stoßen. Schließlich bückte sich Ky, hob etwas vom Boden auf und hielt es triumphierend hoch. »Das Endstück des Rohres«, verkündete er.

So sah es allerdings aus: ein Stück Rohr, das sich am einen Ende zu einer verschlossenen Kappe verjüngte. Ky hielt es an das längere Rohr, das er in der Hand hielt. Der Durchmesser stimmte überein, aber die Enden passten nicht zusammen. »Immer seltsamer«, brummte er.

Mittlerweile hatten sie die Aufmerksamkeit mehrerer *Roi-Nuoc*-Kader erregt – oder vielleicht hatte Mother Tiger sie herbeigerufen. Ky wirkte erfreut über die Helfer. Er stellte sie ordentlich in eine Reihe, und gemeinsam kämmten sie den Boden durch und suchten nach weiteren Stelzlöchern oder Bruchstücken des Rohres. Doch als sie den Rand des nächsten Reisfelds erreichten, hatten sie nichts gefunden.

Sie kauerten sich an den Rand des Feldes und ließen den Regen über sich ergehen, der mit der Beständigkeit eines Gartensprengers fiel, während sie zu entscheiden versuchten, was als Nächstes zu tun sei. »Entweder durchqueren wir das Reisfeld auch«, sagte Ky, »oder wir gehen zurück und probieren es auf der anderen Seite des Weges.«

Virgil war durchnässt und fror. Bei jedem Schritt klatschten seine Arbeitshosen vor Schlamm. Er hatte überhaupt keine Lust, nun auch noch durch das Reisfeld zu stapfen, doch andere teilten seine Ansicht nicht. Zwei kleine Mädchen hatten aus Gras eine Angelschnur geflochten und versahen es mit einem zerquetschten Käfer als Köder. Sie warteten nun zwischen den Reihen der Reispflanzen und jagten nach scheuen Flusskrebsen. Virgil sah sie finster an. »Ich glaube, ich würde lieber zurück...«

Zwei grelle Schreie unterbrachen sein Rückzugsangebot. Unmittelbar darauf folgte hysterisches Kreischen, und die beiden Mädchen taumelten rückwärts aus dem Reisfeld. Virgil dachte, es bedürfe schon eines gewaltig großen Flusskrebses, um solch eine Reaktion hervorzurufen, doch dann breitete sich die Aufregung der Mädchen auf die anderen Kinder aus, die ihnen am Ufer entgegenkamen. Leise Schreie und schrilles, ungläubiges Gelächter begleiteten ihren Rückzug aus dem Reisfeld, aus dem sie nacheinander hervortraten.

Wie alle anderen eilte Virgil ihnen entgegen, um zu sehen, was die Aufregung verursacht hatte.

Durch die schmale Gasse zwischen zwei lockeren Reihen junger Reispflanzen stakste etwas, das aussah wie eine Spinne aus einem Zeichentrickfilm oder eine arktische Tiefseekrabbe. Sie hatte vier spindeldürre, elfenbeinweiße Beine, jedes davon mit einem einzelnen geschmeidigen Gelenk, das zu einem umgedrehten V geknickt war. In einem glitzernden weißen Käfig zwischen den Beinen saß ein verschleierter LOV-Ball von Grapefruitgröße wie der Körper eines Weberknechts.

Nur dass ihm die Hälfte seiner Beine fehlte.

Und dass er Virgil bis ans Knie reichte.

Mit offenem Mund beobachtete Virgil, wie die Spinne aus dem Reisfeld kroch. Mit entzückten Schreien sprangen die Kinder ihr aus dem Weg.

Die Kugel war hellblaugrün. Sie glitzerte, sie lebte. Grüne Streifen gingen von ihr aus und liefen bis zu den grün gefärbten Gelenken über die Beine. Regenwasser tropfte auf das Wesen und rann an ihm ab, während es taumelnd durch den Schlamm rutschte, doch jedes Mal erlangte es das Gleichgewicht wieder und bewegte sich weiter. Augenscheinlich hatte es zunächst mehr Beine besessen, als es nun benutzte. Virgil sah zwei nutzlose Stümpfe wie Antennen in die Luft ragen. Noch während er hinsah, brach von einem der verbliebenen Glieder die Spitze ab, und das mutigere der beiden kleinen Mädchen schoss herbei und hob sie auf.

Trotz der Verletzung bewegte sich das Wesen weiter über die Wiese. Ständig stolperte es über Grasbüschel und alte Äste oder glitt in Kuhfladen aus. Dennoch erlangte es jedes Mal sein Gleichgewicht zurück. Wie ein verwundeter Soldat kämpfte es um Würde.

Die Kinder folgten ihm, und Virgil und Ky schlossen sich ihnen an.

Auf der Wiese kam die Spinne nur langsam voran, doch kaum hatte sie den Weg erreicht, als sie die Gangart wechselte. Sie eilte nun rasch voran und glitt immer wieder in den Regenpfützen aus. Sie sah aus, als müsste sie jeden Moment zu Boden stürzen, doch unweigerlich fing sie sich im letzten Augenblick ab. In einer wilden Parade folgten ihr die Kinder, und immer mehr *Roi Nuoc* gesellten sich zu ihnen, bis der Pfad schließlich in der Nähe eines Garnelenteiches abschüssig wurde.

Die LOV-Spinne torkelte auf das Wasser zu, als wäre es

von vornherein ihr Ziel gewesen. Sie tauchte ein und versank sofort unter der vom Regen aufgewühlten Oberfläche.

»Na«, sagte Ky, während die Kinder plötzlich schwiegen. »Das ist aber interessant.«

Virgil widerstand der Versuchung, ihn in den Teich zu stoßen.

Die Spinne ließ sich an diesem Tag nicht mehr sehen, doch am nächsten Morgen huschten *drei* LOV-Spinnen mit je sechs Beinen aus dem Teich. Bis dahin waren jedoch Dutzende von ihnen an anderen Stelle überall im Reservat gesehen worden, und Virgil hatte eine neue Theorie, wohin all die vermissten Kugeln verschwunden waren.

27

Eines Nacht wachte Virgil durch vertraute Stimmen auf, die sich laut stritten. Er war in einem leeren Behandlungsraum des Sanitätszeltes eingeschlafen und lag nun im Dunkeln und horchte, wie die UN-Ärztin, Dr. Morikawa, sich ungehalten verteidigte:

»Verstehen Sie doch, was ich Ihnen sage, Nguyen. Mir fehlen die nötigen Medikamente, um sie zu behandeln. Das Mädchen leidet bereits unter ernster Dehydratation. Wenn ihr Fieber nicht gesenkt und der Durchfall nicht unter Kontrolle gebracht wird ...«

»Wird sie sterben!«, sagte Ky. »Das weiß ich selbst. Deshalb habe ich sie zu Ihnen gebracht.«

»Und ich sagte Ihnen bereits ...«

»Medikamente können doch hergeschafft werden!«

»Laut Aussage der Behörden nicht. Das Mädchen muss ausgeflogen werden. Noch heute Nacht.«

Virgil erhob sich von dem Behandlungstisch, auf dem er geschlafen hatte, und taumelte zur vorhangverhüllten Tür. Mit seinem plötzlichen Erscheinen unterbrach er den Streit, denn Ky und Dr. Morikawa blickten ihn gleichermaßen abwehrend an.

»Um wen geht es?«, stieß Virgil hervor. Ohne jeden Grund fürchtete er, dass sie von Ela sprachen. Er hob den Vorhang zum zweiten Behandlungszimmer und sah ein kleines Mädchen auf dem Feldbett liegen. Sie war acht, höchstens neun Jahre alt. Ihr Gesicht glänzte fiebrig, und sie zuckte in ruhelosem Schlaf. Auf ihrer Stirn glitzerten LOVs.

Virgil ließ den Vorhang zurückfallen und drehte sich zu Dr. Morikawa um. »Sie hat LOVs. Man kann sie nicht ausfliegen. Sie müssen Medikamente anfordern.«

Die Ärztin schüttelte den Kopf. Der Zorn zeichnete ihr tiefe Falten zwischen die Augen. »Wir bekommen aber keine Medikamente. Glauben Sie etwa, wir hätten an eine Situation wie diese nicht gedacht? Es war nur eine Frage der Zeit, bis ein Fall wie dieser auftauchte. Ich bin nur überrascht, dass es so lange gedauert hat. Wenn man sich überlegt, unter welch erbärmlichen Bedingungen Sie diese armen Kinder ...«

»Die Bedingungen sind uns durch das Abkommen aufgezwungen!«, unterbrach Ky sie.

»Für Politik bin ich nicht verantwortlich. Für medizinische Fragen schon. Die Richtlinien verlangen in dieser Situation das Ausfliegen des Patienten. Sobald sie im Krankenhaus ist, wird man ihr die LOVs entfernen.«

Virgil trat näher. Er musste sich verhört haben. »Sie planen, ihr die LOVs wegzunehmen?«

»Das müssen wir.« Dr. Morikawa wich einen Schritt zurück und sah Ky nervös an. »Außerhalb des Reservats verstoßen sie gegen das Gesetz.«

»Und trotzdem wollen Sie das Mädchen hier nicht behandeln?« Er wandte sich an Ky: »Sehen Sie, wie es läuft? Die Bedingungen können nur schlimmer werden. Man legt es auf einen Zermürbungskrieg an.«

»Offensichtlich«, entgegnete Ky tonlos. Er fragte Dr. Morikawa: »Wie wollen Sie ihr denn die LOVs entfernen?«

»Ein Neurochirurg ist bereits abgestellt. Allzu schwierig sollte es nicht sein. Sie trägt sie noch nicht lange.«

»Es wird sehr hart für sie sein«, sagte Virgil.

Die Ärztin sah ihn wütend an. »Wäre es Ihnen denn lieber, wenn sie stirbt, Dr. Copeland?«

»Selbstverständlich nicht!«

»Es bleibt keine andere Wahl. Sie muss ausgeflogen werden.«

Ky hob das Kinn. Sein glattes Gesicht hatte einen maskengleichen Ausdruck angenommen. »Wohin soll sie gebracht werden?«

»Das darf ich nicht beantworten. Sicherheitsbedenken, Sie verstehen.«

»Ich möchte über ihren Zustand auf dem Laufenden gehalten werden.«

»Das dürfte schwierig sein. Krankenakten sind aus gutem Grund vertraulich, und Sie sind wohl kaum ihr Vater?«

Ky ballte die Fäuste, das einzige Zeichen, das seinen Zorn verriet. »Wir sind eine Familie«, sagte er. »Ein … ein *Stamm.* Unsere Petition an die UN fordert ein verwandtschaftliches Verhältnis …«

»Der Petition ist aber noch nicht stattgegeben worden«, unterbrach Dr. Morikawa ihn eisig. »Mr. Nguyen, Sie haben das einzig Richtige getan und sie zu mir gebracht. Nur deswegen nehme ich mir die Zeit, mit Ihnen zu sprechen. Ich hoffe, dass Sie sich beim nächsten Mal genauso entscheiden, wenn ein Kind krank wird – und das wird unausweichlich geschehen. Ich habe zwar meine eigene Flotte Späherbälle und versuche, alles im Auge zu behalten, aber es wäre keine Überraschung, wenn ein medizinischer Notfall zu spät erkannt würde. Für Sie mag ein Abtransport aus dem Reservat eine unangenehme Folge darstellen, aber es ist immer noch besser als zu sterben – viel besser.«

Virgil hörte ihr zu und suchte in Dr. Morikawas Gesicht nach einem Anzeichen für Scham, fand jedoch nichts. Sie glaubte jedes einzelne Wort, das sie sprach. »Es ist in der Tat ein Zermürbungskrieg«, sagte er bitter.

»Eine Belagerung. Früher oder später wird jeder von uns einmal krank.«

»Wenn es eine Belagerung sein sollte, so wäre es eine humane«, fuhr Dr. Morikawa ihn an und trat auf den Behandlungsraum zu. Sie zog den Vorhang zur Seite. »Seien Sie froh, dass es Ihnen erspart bleibt, Ihre Toten selbst begraben zu müssen.« Damit verschwand sie hinter den Vorhang. Das Streitgespräch war beendet.

»Verlieren Sie nicht den Mut«, sagte Ky und klopfte Virgil begütigend auf die Schulter. »Wir brauchen nur so lange durchzuhalten, bis man unserer Petition nachkommt. Man ist sich der Dringlichkeit bewusst. Lange kann es nicht mehr dauern.«

28

Ela kauerte an einem schmalen Weg, der zwei Gruppen von Katzenfisch-Zuchtteichen miteinander verband. Mitternacht war vorbei, und es nieselte mild, aber unerbittlich. Niemand regte sich. Niemand Menschliches zumindest.

Streifen aus halb ertrunkenem Gras verrieten, wo Dammkronen die vom Regen überfluteten Teiche noch trennten. Über diese verschwindenden Wege huschten mindestens hundert Glasspinnen in abrupten Bewegungsausbrüchen hin und her; erst in die eine Richtung, dann in die andere. *Wie Ameisen,* dachte Ela, *die durch Gerüche Informationen austauschen. Oder wie Welpen, die sich mit den Näschen berühren.* Manche hatten vier gegliederte Beine, andere sechs. Einige wenige verfügten sogar über mehr als sechs Beine. Im Nachtsichtgerät schimmerten die Gliedmaßen wie stumpfes Silber, während die lebendigen LOV-Bälle – die in einem Käfig hingen, wo die Beine sich trafen – in strahlenden Weiß loderten.

Es sah aus wie eine außerirdische Invasion aus einem Hollywoodfilm.

Seit ihrer Entdeckung durch Ky und Virgil vor einer Hand voll Tagen hatten die Spinnen sich verändert. Die lasttragenden LOVs hatten dickere, stärkere Schalen entwickelt, von denen mehrere Schichten verschmolzen, sodass widerstandsfähigere Beine entstanden, die nur noch selten brachen. Stärker als das fiel ins Auge, dass die LOV-Spinnen im Gehen weitaus geübter geworden waren. Sie stolperten nur noch selten, und niemals stürzte eine zu Boden.

Ihr optischer Sinn war offenbar nicht sehr weit entwickelt. Die zentrale LOV-Kugel erkannte selbst geringfügige Veränderungen der Lichtverhältnisse – denn mit Hilfe von Licht verständigten sie sich –, doch schien es fraglich, ob sie Licht zu Bildern zusammensetzen konnten. Folgte eine Spinne einem ihr unbekannten Weg, so ertastete sie sich ihren Weg offenbar mit einem vorderen Bein. Ela vermutete, dass sie auch Geruchsspuren folgen konnten, und selbstverständlich tauschten sie untereinander Wissen aus. Vielleicht erschufen sie gemeinsam eine geistige Karte ihrer Umgebung und kannten sich dort aus, ohne sie jemals besucht zu haben.

Sie drehte sich um. In der anderen Richtung konnte sie die zweite Teichgruppe gerade noch erkennen. Sie war kleiner, und dort waren weniger Glasspinnen zu sehen – etwa die Hälfte –, und die meisten von ihnen stiegen noch unbeholfen aus den Teichen, deren Oberfläche der Regen zerpeitschte.

Ein Soldat hatte Ela einen Regenponcho überlassen. Sie zog ihn enger um sich, lauschte auf das Regenprasseln und wartete. Allmählich zeigte sich wieder das gleiche Verhalten, das sie schon in den beiden vorausgegangenen Nächten beobachtet hatte: Eine einzelne Spinne wagte sich aus dem größeren Teichkomplex heraus. In aller Ruhe betastete sie den glitschigen Schlamm, der den schmalen Weg bedeckte, dann rückte sie auf vier Beinen ein Stückchen vor, verharrte und tastete wieder. Ela wartete reglos, während die Spinne langsam näher kam. Als sie nur noch wenige Handbreit von Ela entfernt war, verharrte die Spinne wieder. Sie streckte das Vorderbein vor und betastete vorsichtig Elas Knie. Ela hob die Kapuze ihres Ponchos und entblößte den Bogen aus LOVs, der funkelnd ihren Haaransatz säumte.

Die Glasspinne erstarrte mit halb erhobenem Tastglied. Ela durchfuhr das Gefühl des Wiedererkennens, und sie fragte sich, ob diese Spinne wohl einen der ursprünglichen Bälle trug, die sie in den Teichen gehegt hatte. Was für ein glücklicher Zufall, wenn die Spinne bereits mit ihr vertraut wäre ...

Sie berührte sich an der Stirn und hoffte, aus den Lichtsignalen, die ihre LOVs abstrahlten, ginge ihr Wunsch nach Verständigung hervor. Augenblicklich erhielt sie eine Antwort: Ihr Geist wurde von einem fremden Widerhall ihres Wunsches überflutet. »Sprich mit ihr!«, wisperte Ela mit Blick auf Mother Tigers durchscheinenden Umriss, der in einer Ecke ihres Displays kauerte. Die Tigergestalt war fast unsichtbar, wenn man sie mit einem beiläufigen Blick streifte; nur die zuckende Schwanzspitze lenkte den Blick auf sich. Die Großkatze erhob sich und gewann an Deutlichkeit, indem sie sich aus dem Hintergrund nach vorne schob. »Wie geplant«, schnurrte Mother Tiger.

Ein blaugrünes Band legte sich über Elas Farsight und blockierte ihr die Sicht, während sie in die Sinneswelt der LOVs eintauchte. Die Stimme gehörte Mother Tiger, nur dass sie ins sichtbare Spektrum umgewandelt worden war. Das ROSA hatte nach nur wenigen Stunden alles aufgenommen, was Virgil ihm über die Sprache der LOVs beibringen konnte. Dann hatte es die Daten verarbeitet, die an den Teichen gesammelt wurden, und mit eigenen Auswertungen gewaltige Fortschritte gemacht.

Nur schwer ließ sich sagen, wie viel das ROSA wirklich verstand. Eine direkte Übertragung ließ sich noch nicht bewerkstelligen, und Mother Tiger hatte bereits angedeutet, dass die Sprache der LOVs vielleicht für immer unübersetzbar bleiben könnte, weil LOVs sich nicht mit Worten verständigten und keine natürliche Auffassung von Grammatik besaßen. Gewiss hatte Epsilon-3 gesprochen, aber E-3 war künstlich geschult und mit einem elektronischen Sprachsynthesizer ausgestattet gewesen. In den überfluteten Teichen des Mekong-Deltas jedoch hatte sich eine andere Verständigungsweise herausgebildet, die mit der menschlichen Sprache nur sehr wenige Gemeinsamkeiten aufwies. In dieser Nacht würde sich zeigen, ob Mother Tiger tatsächlich deren Regeln begriffen hatte.

Ela atmete flach. Sie fror ein wenig. Funkelnd sandten ihre LOVs komplexe Informationen, über deren Inhalt Ela nichts sagen konnte, an die Intelligenz in der LOV-Ballung, die vor ihr im Traggestell der Spinnenbeine hing. Über Elas Farsight sandte Mother Tiger wieder ein anderes Blitzmuster. *Während ich – der sich selbst bewusste Mensch, der ich bin – mit Mother Tiger spreche und ihr zuhöre.*

Ela hielt den Atem an, als sie begriff, dass sie einen kognitiven Kreis bildeten – einen kognitiven Kreis aus sich selbst, dem ROSA und der schimmernden Kugel.

Gabrielle war während eines kognitiven Kreises gestorben.

»Aber ich bin nicht Gabrielle.« Sie sprach die Worte laut aus, als wären sie ein Gebet. »Ich bin nicht Gabrielle.«

Sie war gekommen, um einen sehr spezifischen Gedanken zu vermitteln; sie würde nicht zulassen, dass sie sich in einer Konversation mit offenem Ende verstrickte.

Sie holte tief Luft und schob ihre Furcht beiseite.

Nichts anderes als das blaugrüne Licht auf ihrem Farsight sah sie noch. Der Schimmer hüllte sie ein; eine Zeitlang nahm sie ihn nur als undifferenzierte Empfindung wahr, die einen hypnotischen Zustand erzeugen wollte, gegen den ihr Geist ankämpfte, doch dann, ganz allmählich, begann sie, den Farben Bedeutung zu entnehmen. Neue Erinnerungen entsprangen dem Irrlichtern. Sie spürte nun – oder hatte sie es doch vorher gewusst? –, dass die Glasspinnen nur *Mechanismen* waren: ein Werkzeug, erschaffen von der erkenntnisfähigen Kugel, erzeugt aus besonders strukturierten LOVs, die verschmolzen, um diese Beine zu bilden, und dann starben – wie Korallen, die sich vereinten, um ein Riff zu bauen. Als mechanische Bauteile benötigten sie auch keine Nährstoffe mehr.

Nur die Gelenke waren lebendig.

Ela wurde sich des Pulses bewusst, mit dem Flüssigkeiten durch winzige Röhrchen gepumpt wurden (welche abermals anders strukturierte LOVs gebildet hatten), die die lebendigen LOVs der Gelenke erreichten. Das System war primitiv und wenig wirksam: Die Kugel begann bereits auszutrocknen, weil ihr der winzige Vorrat an Nährflüssigkeit ausging. Innerhalb weniger Minuten müsste diese Spinne in einen Teich zurückkehren, um sich mit frischen, gelösten organischen Substanzen zu versorgen.

All das wusste Ela nun. Die Tatsachen kamen ihr über die neuronale Verbindung mit ihren implantierten LOVs und das Geflüster Mother Tigers zu Bewusstsein. Sie wurden zu ihrer eigenen Erfahrung.

Was sie zur Antwort preisgab, wusste sie nicht. Sie konnte auch nicht sagen, wie viele Sekunden vergingen, bis Mother Tiger die Frage stellte, die Ela veranlasst hatte, den kognitiven Kreis zu suchen: *Wenn aus strukturierten LOVs Gliedmaßen gebaut werden können, lassen sich dann auch andere Gefüge erzeugen?* Sie rang darum, sich vorzustellen, was sie zu wissen wünschte, während Mother Tiger Details vermittelte, von deren Natur Ela nichts wusste.

Zeit verstrich, und die Sprache entwickelte sich. Nach ersten unbeholfenen Versuchen erzielte Mother Tiger eine immer bessere Verständigung, während Elas Verstand sich zusehends anpasste, bis sie nicht mehr zwischen den Eindrücken aus ihren eigenen, einander überschlagenden Gedanken und dem hypnotischen Gemurmel des ROSA zu unterscheiden wusste.

Mitternacht war eine Stunde vorüber, als Virgils Farsight-Display einfror.

Er lag in dem Behandlungsraum des Sanitätszeltes, der irgendwie zu seiner Unterkunft geworden war, auf dem Feldbett und studierte Mother Tigers ständig aktualisierte Karte der LOV-Verteilung und -Entwicklung. Die dreidimensionale Darstellung erinnerte an eine Gebirgslandschaft, an deren Hängen und Gipfeln LOVs verschiedener Typen umherkrochen und sich vermehrten. Die Spitzen gaben sowohl die phänomenale Wachstums- und Ausbreitungsrate der LOVs wieder als auch die Veränderung ihres Aufbaus. Die entsprechenden Daten wurden von den *Roi Nuoc* erhoben, die jeden Tag und manchmal bis in die Nacht hinein unermüdlich mit den LOVs arbeiteten.

Während Virgil über die Sedimentschichten hinwegflog, staunte er nicht zum ersten Mal über die Vielseitigkeit der LOVs und die Geschwindigkeit ihrer Entwicklung – und er sah nur eine Erklärung: Auf irgendeine Weise mussten die LOVs gelernt haben, die Genstruktur ihrer Nachkommen gezielt zu beeinflussen.

Dann plötzlich gefror die Ansicht vor ihm. In der künstlichen Landschaft bewegte sich nichts mehr, nichts pflanzte sich fort oder verging. Er stützte sich auf die Ellbogen und wurde sich des Regengeflüsters auf der Zeltleinwand bewusst, des fernen Krähens eines ruhelosen Hahns. Er starrte auf das Display und wartete, dass es weiterlief.

Nichts.

»Mother Tiger?«

Keine Antwort.

Er hörte Schritte, dann das Rascheln von Leinwand, doch als er den Kopf drehte, verdeckte das eingefrorene Display ihm die Sicht. Er musste das Farsight auf der Nase nach vorn schieben, um etwas sehen zu können.

Im Durchgang stand Ky, die Zeltklappe in der einen, sein Farsight in der anderen Hand. Er blickte gehetzt um sich. »Sie haben Mother Tiger ausgeschaltet! Das sollte nicht möglich sein. Dieses ROSA läuft auf über zwanzig Servern überall auf der Welt. Aber sie haben es geschafft.«

Als wollte es Kys Worte Lügen strafen, bewegte sich in diesem Moment das Bild auf Virgils Farsight vorwärts. Er schob das Gerät hoch. »Mother Tiger?«

Das ROSA antwortete mit einem Schnurren. Ky setzte sich hektisch das Farsight auf und begann, in scharfem, abgehacktem Ton auf Vietnamesisch Forderungen zu erheben. Das Bild gefror wieder. Machte einen Satz vorwärts. Gefror.

Virgil griff auf Iris zu und benutzte es, um eine kurze Textnachricht zu schreiben:

Wirst du angegriffen?

... die an Mother Tiger gesendet werden sollte ... *sofort.* Er drückte »Versenden«, als wieder Bewegung ins Bild kam. Diesmal blieb Mother Tiger mehrere Sekunden lang aktiv, lange genug, um schnurrend zu antworten: »Alles ist gut.«

Doch alles war längst nicht gut. Das Bild gefror erneut. Virgil nutzte die Pause, um eine weitere Mitteilung zu diktieren:

Was verursacht deine Funktionsunterbrechungen?

Gleichzeitig war er sich bewusst, dass Ky murmelnd in sein Farsight fluchte.

Das ROSA kehrte augenblicklich in den aktiven Zustand zurück und schnurrte seine Antwort: »Die Ressourcen sind zur Unterstützung eines Kommunikationsprojektes verlagert worden.«

»Was ist das für ein Projekt?«, herrschte Ky das ROSA an. Er brüllte nun wütend auf Englisch. »Und wo ist es?«

Virgils Display leerte sich, dann erschien eine durchsichtige Karte mit einem Leuchtpunkt an einer Teichgruppe, die keinen Kilometer vom Sanitätszelt entfernt lag. »Was geht dort vor?«, fragte Virgil.

»Ela Suvanatat.«

»Öffne einen Link.«

»Links werden nicht angenommen.«

»Dann zeig es mir! Zeig mir, was sie sieht!«

Die Karte verschwand, und ein undurchsichtiges Feld aus blaugrünen LOVs erschien. Virgil starrte es verständnislos an. »Was ist das?«, fragte er.

»Das ist, was Ela sieht.«

Ela regte sich und nahm wieder die Nacht wahr, die ringsum herrschte; den Regen, der noch immer in besonnenem Tempo fiel; den Hunger in ihrem Magen; den schmalen Weg, der zu einer Ausfallstraße für die Glasspinnen geworden war. In hektischen Zeitlupenbewegungen huschten sie an ihr vorüber. Der Schlamm schmatzte vernehmlich unter ihren Füßen. Die meisten blieben alle paar Schritte stehen und betasteten den Boden oder eine andere Spinne. Nur wenige Spinnen waren allein. Die meisten gingen zu zweit oder zu dritt. Wenn sie Spinnen begegneten, die ihnen entgegenkamen, erstarrten sie sich einige Sekunden lang. Ihre Kugeln funkelten auf. Dann marschierten beide Gruppen weiter; gelegentlich stolperten sie im Vorübergehen übereinander.

Elas Spinne trat in das gegenläufige Gewimmel ein, ohne sich umzudrehen. Sie trat nur »zur Seite« – wenn man annahm, dass sie sich von Angesicht zu Angesicht gegenübergestanden hatten. Die Spinne aber hatte kein Gesicht. Bei ihr gab es weder ein Vorn noch ein Hinten. Dank ihres radialsymmetrischen Aufbaus waren alle Seiten gleichwertig, und sie konnte sich ohne Drehung in alle Kompassrichtungen bewegen. Ela empfand diese Eigenschaft zwar als beunruhigend fremdartig, aber sie wollte sich davon nicht beeinträchtigen lassen. Darum schüttelte sie ihr Unbehagen ab und eilte der Spinne hinterher, die sich einem Trio anschloss, das auf dem Weg zur zweiten Teichgruppe war. Da Ela befürchtete, »ihre« Spinne unter den vielen anderen aus den Augen zu verlieren, hatte sie sich sorgsam alle typischen Eigenschaften gemerkt: dass sie vier Beine hatte, die außerordentlich lang waren; das Muster der Schlammspritzer auf diesen Beinen; die komplizierte Form des Käfigs, der die LOV-Kugel über den Schlamm trug; die ungewöhnlich feine Struktur und das farblose Schimmern der Last tragenden LOVs. Sie wies Mother Tiger an, diese Merkmale zu speichern.

Die Spinnengruppe bewegte sich wenig zielstrebig. Manchmal eilten sie los, nur um wieder stehen zu bleiben, einige Schritte zurückzuweichen, und Berührungen miteinander oder mit einer entgegenkommenden Gruppe auszutauschen, dann huschten sie wieder weiter. Auf diese Weise benötigten sie mehrere Minuten bis zum ersten Teich.

Hier teilte sich die Gruppe wieder. Das ursprüngliche Trio marschierte über die aus dem Wasser ragenden Dammkronen weiter, während Elas Spinne sich ins Wasser warf und unter der Oberfläche verschwand, die im Regen zu kochen schien.

»Ela!«

Sie zuckte zusammen, als man sie aus der Ferne rief. Sie drehte sich um und sah, als sie durch den Regen spähte, Ky Xuan Nguyen, wie er ohne Hut oder Poncho auf sie zueilte. Er glitt im Schlamm aus, als er sich einen Weg durch die watschelnden Spinnen auf dem Weg suchte.

»Ela! Was haben Sie getan?«

Schlitternd kam er vor ihr zum Stehen und packte sie bei den Schultern, als befürchtete er, sie könnte vor ihm weglaufen. In seinen Augen stand Panik. »Sind Sie unverletzt?«

»Lassen Sie mich los!« Sie schüttelte seine Hände ab. »Natürlich bin ich unverletzt. Warum sollte ich verletzt sein?«

»Mother Tiger sagte, Sie wären ...« Er verstummte und musterte sie von oben bis unten, als hätte er sie noch nie gesehen.

»Ja?« Ela fragte sich, ob er eine unirdische Vision erfahren hätte, die ihn hinaus in den Regen trieb.

Er wischte sich die Tröpfchen von der Oberlippe. »Mother Tiger ist zusammengebrochen«, erklärte er. »*Vorübergehend* zusammengebrochen. Ihre Ressourcen wurden überbeansprucht ...«

»Mother Tiger?«, unterbrach sie ihn ungläubig.

»Ja. Aufgrund eines Kommunikationsprojekts, das sie auf Ihre Weisung hin durchgeführt hat.«

»Oh.« Ela wandte den Blick ab und erschauerte ein wenig, als ein Faden Regenwasser den Weg in ihren Nacken fand.

»Ein Kommunikationsprojekt, Ela«, sagte er und trat näher, eine Hand erhoben, als wollte er sie wieder anfassen. »Was musste ich wohl glauben? Ihre LOVs haben sich als Band um Ihre Stirn gelegt. Es sind Hunderte. Ich weiß, wie Virgils Kollegin gestorben ist. Sie ...«

»Gabrielle.«

»Ja.«

Als sie ihn wieder ansah, erschrak sie, denn hinter Ky stand nun Virgil. Er war in einen schwarzen Poncho gehüllt, und unter der Kapuze schimmerte grün die Linse seines Farsights hervor.

»Ich war mir des Risikos bewusst«, sagte Ela und blickte von einem zum anderen. »Aber Mother Tiger war bei mir.«

»Dann waren Sie in einem kognitiven Kreis?«, fragte Virgil. »Und Mother Tiger hat übersetzt?«

»Ja.«

»Hat es funktioniert?«

»Ja. Es ging sehr gut.«

»Sie hätten sich darin verlieren können«, beharrte Ky. »Überwältigt. Aufgebraucht.«

»Es ist aber nicht geschehen.«

»Tun Sie das nie wieder.«

Sie blickte ihn traurig an. »Darum können Sie mich nicht bitten, Ky. Sie haben nicht einmal LOVs.«

Er zuckte zusammen, doch was sollte er sagen? Sie sah die Furcht auf seinem Gesicht.

Virgil kam näher. »Was haben Sie erfahren?«, fragte er Ela.

Sie lächelte. »Ich habe erfahren, dass wir mit ihnen sprechen können. Wir können uns mit ihnen verständigen – zumindest grundsätzlich. Sie sind clever, aber sie unterscheiden sich sehr von uns. Sie lassen sich in keiner Weise mit uns vergleichen. Von Anfang an waren LOVs darauf ausgelegt, Informationen zu verarbeiten und Probleme zu lösen, richtig?«

Virgil nickte.

Ela merkte, dass sie nicht mehr lächelte, sondern breit grinste. »Ich habe ihnen ein Problem zur Lösung aufgegeben. Dass das Kommunikationsprojekt Mother Tiger so sehr belastet hat – das lag an ihrer Anstrengung, meine Ideen zu übersetzen.«

Mit angespannter Stimme fragte Ky: »Welches Problem haben Sie den LOVs denn vorgelegt?«

»Ich fragte, ob die gleichen Träger-LOVs, aus denen die Spinnenbeine bestehen, auch etwas Größeres bilden könnten – zum Beispiel eine Plattform, die mein Zelt über Wasser hält.«

Im ersten Moment sagte niemand etwas. Virgil blinzelte und riss sich zusammen. »Welche Antwort haben Sie erhalten?«

»Die Antwort lautete ja.«

Ky legte den Kopf in den Nacken und ließ sich den Regen über die bloße Stirn und die glatten Wangen laufen. »Es geht zu schnell«, sagte er. »Wir handeln, ohne zu ahnen, welche Folgen unser Tun nach sich zieht. Dr. Gabrielle Villanti ist tot. Hatte sie etwa damit gerechnet? Hat sie erwartet, dass sie durch ihr Tun die Bewusstseinsentwicklung von E-3 beschleunigen und die Kolonie dadurch letztendlich in die Selbstvernichtung treiben würde? Wir können die Folgen unserer Taten nur bis zu einer gewissen Grenze absehen, aber *keiner von uns macht sich überhaupt noch die Mühe hinzusehen!*«

Elas Stimmung schlug um. Ihre Reaktion wurde von den LOVs verstärkt. Wut wogte als heiße Welle in ihr auf. »Haben Sie darum solche Angst vor den LOVs, Ky? Reden Sie sich ein, Ihr Leben wäre noch immer schön sicher und vorhersehbar, wenn Sie mich damals am Strand im Stich gelassen hätten? Aber wenn Sie es sicher und vorhersehbar wollen, Ky Xuan Nguyen, dann hätten Sie sich niemals zum großen Onkel der *Roi Nuoc* machen dürfen!«

»Na, na, Ela«, sagte Virgil. »Es geht um mehr als eine simple ...«

»Es ist aber simpel. Sie bräuchten gar keine Angst zu haben, Ky, denn wenn wir verlieren, sind Sie schon jetzt ruiniert.«

Ky lächelte kalt und gekünstelt. »Es sei denn, ich gehe einen Handel ein? Das glauben Sie doch?«

»Sollte ich es etwa nicht glauben?«

»Sie sollten sich Gedanken über andere Dinge machen. Zum Beispiel, weshalb Sie eigentlich auf überstürzten Entscheidungen beharren und die LOVs immer weiter zu immer unkontrollierbareren Entwicklungen anstacheln, von denen die Außenwelt sich immer stärker herausgefordert fühlen muss. Sie verweigern der Menschheit die Zeit, die sie braucht, um zu lernen, uns zu akzeptieren. Stattdessen liefern Sie den Leuten ständig neue Gründe, uns abzulehnen.«

Ela zuckte mit den Schultern, denn seine Vorwürfe ließen sich nicht ohne weiteres abweisen, auch wenn für sie kein Zweifel bestand, dass Ky die Lage falsch einschätzte. »Sie streben nach offizieller Anerkennung? Wir sind Verbrecher, Ky. Wir sind gefährlich ...«

»Wir sind Revolutionäre, keine Verbrecher! Sobald wir die UN überzeugt haben, unsere Petition anzunehmen ...«

»Die wollen sich von Ihnen doch gar nicht überzeugen lassen! Wachen Sie auf, Ky. Schauen Sie sich um. Sehen Sie nur, was wir erschaffen haben.« Sie blickte selbst auf das Panorama hinter ihm. Unter den schweren Wolken des Nachthimmels ließen sich Hunderte von Geisterlichtern erkennen, die auf Spinnengestalten ritten, welche nicht von dieser Welt waren. Auf ihrer eigenen Stirn glitzerten nichtmenschliche Gedanken. »Ky, Sie können unmöglich begreifen, was die LOVs wirklich darstellen, bevor sie nicht zu einem Teil von Ihnen geworden sind. Als Unterhändler sind Sie unübertroffen. Nur Ihnen haben wir zu verdanken, dass wir überhaupt noch hier sind. Aber Sie können uns allenfalls Zeit erkaufen. Wenn wir nichts weiter unternehmen, werden wir verlieren. Irgendwann werden die UN und die IBC und die Behörden in Hanoi aufhören, sich zu zanken, und einmütig beschließen, dass es am besten – und am humansten – sei, uns zu beseitigen. Das dürfen wir nicht zulassen. Deshalb müssen wir die Entwicklung ohne Unterlass vorantreiben, bis sie uns nicht mehr beseitigen *können*. Nur dann werden sie unsere Existenz akzeptieren.«

»Sie hat Recht«, sagte Virgil.

Jedes von Elas Worten hatte Ky berührt, aber diese drei Wörter aus Virgils Mund – sie trafen ihn ins Mark. Das sah Ela ihm an den Augen an.

Virgil musste es ebenfalls gespürt haben. »Ky, Sie begreifen doch, wie wir das meinen, oder?«, fragte er sanft. »Uns fehlt die nötige Zeit, um so zu handeln, wie es eigentlich richtig wäre.«

Ela nickte. »Im Grunde haben wir doch unvorstellbares Glück. Wir sind die Ersten, die mit einem nichtmenschlichen Verstand zu tun haben. Einen Außerirdischen von unserem eigenen Planeten. Ich möchte dieses

Ereignis in seinem ganzen Umfang am eigenen Leibe erfahren und mein Erlebnis jedem Menschen auf der Welt zugänglich machen – ob es ihnen gefällt oder nicht. Ich möchte, dass es für alle Menschen zur Realität wird.« Sie lächelte, denn endlich hatte sie sich ihren wahren Beweggrund eingestanden. »Und ich möchte jedem den heiligen Schrecken einjagen, der glaubt, wir wären die Einzigen, die es jemals geben wird. Was wollen Sie, Ky? Warum sind Sie hier?«

Bitter entgegnete er: »Weil ich einige Entwicklungen nicht vorhergesehen habe.« Er richtete den Blick auf die Glasspinnen, die zwischen den Teichen umherhuschten und durch die seichten Stellen wateten. Ein bizarrer Anblick von unerreichbarer Fremdheit war es, der sich ihm dort bot, doch während er ihn auf sich wirken ließ, erwärmte ein verkrampftes Lächeln sein Gesicht. »Ich hätte mir so etwas niemals träumen lassen. Es zeigt doch nur ... wie schlecht wir darin sind, etwas vorherzusehen.«

»Zu viele Variable für eine Prognose«, warf Virgil ein.

»Und zu wenig Daten.« Ky schüttelte den Kopf. Regentropfen stoben von seinen Wimpern und aus seinen Haaren. »Ich fürchte um die *Roi Nuoc.* Ich dachte, sie gehörten zu mir. Ich dachte, sie wären mein Projekt, meine Studie auf dem Gebiet der sozialen Steuerung, aber sie hören mir nicht mehr zu. Sie sind genau das geworden, wozu ich sie immer erziehen wollte: Abenteurer.«

»Fremd«, sagte Ela.

Ky kicherte bitter belustigt. »Ja, das habe ich Ihnen erzählt, nicht wahr? Sie sind uns fremd. Vielleicht sind alle Kinder so, denn sie werden in eine Welt geboren, die sich stark von der unterscheidet, die ihre Eltern empfing. Sie fürchten die Veränderung nicht. Sie sehen durch die LOVs nicht ihre Zukunft bedroht, sondern betrachten sie als interessantes Element in einer unendlich großen Menge möglicher Zukunftsvarianten. Eine Gelegenheit, die man ergreifen und ausnutzen ...«

»Ach du Scheiße«, unterbrach Virgil ihn. »Das stimmt.«

29

Aus Überraschung waren ihm diese Worte entschlüpft, nun musste Virgil sich erklären. Er blickte von Ky zu Ela. »Die *Roi Nuoc* lassen sich keine Gelegenheit entgehen, richtig?« Während er redete, klatschte ihm ununterbrochen der Regen auf die Kapuze. »Sie werden ebenfalls einen kognitiven Kreis versuchen wollen.«

Ela riss die Augen auf. Daran sah er, dass Ela im selben Moment blitzartig das Dilemma begriff. Sie ließ das Kinn sinken wie ein Boxer, und die Kapuze ihres Ponchos beschattete ihr Farsight und verbarg die LOVs auf ihrer Stirn. »Pst!«, machte sie. »Man wird Sie hören.«

»Ja, genau.«

Ky wusste nicht, wovon sie sprachen. Ela hatte ihn aus dem Gleichgewicht gebracht. Er konnte nicht Schritt halten und wusste es. Durchnässt und vor Kälte zitternd, die Haut unnatürlich blass, wandte er sich Virgil mit einem grollenden Blick zu … »Was sagen Sie da?«

»Dass es nur eines einzigen kognitiven Kreises bedurft hat, um das ROSA zum Stillstand zu bringen«, sagte Virgil. »Was, wenn plötzlich einhundert Sitzungen gleichzeitig stattfinden?«

Die Möglichkeit bestand durchaus. Die *Roi Nuoc* hatten keine Geheimnisse voreinander. Was der eine sah und hörte, das konnten alle anderen über das Netz ihrer Farsights ebenfalls sehen und hören.

Ela gehörte zu ihrem Netz. Sie musste die Aufmerksamkeit jedes *Roi Nuoc* erregt haben, der nicht schlief. Selbst jetzt würden einige von ihnen, immer auf einen

Vorteil hoffend, beobachten und zuhören. Die *Roi Nuoc* waren ehrgeizig und furchtlos. Bis einige von ihnen beschlossen, das Experiment selber durchzuführen, vergingen vielleicht nur noch Minuten.

»Gibt es eine Möglichkeit, diese kognitiven Kreise zu verbieten?«, fragte Virgil. »Ky?«

»Ich versuche es ja gerade!« Wie wild trommelte er mit den Fingern seiner rechten Hand.

Virgil wandte sich halb ab und rief mit einem Flüstern das Gespenst Mother Tigers herbei. Der Tigerschatten schlich, traumhaft und gewaltig, auf dem durchtränkten Boden zu ihm. »Zeig mir einen Scan«, befahl Virgil. »Einen raschen Rundblick über alle aktiven Farsights.«

Bilder zuckten über sein Display, Szenen in einer Dunkelheit, die belebt erschien von dem gespenstischen blaugrünen Leuchten, das die Kugeln warfen, aber auch von menschlichen Gesichtern, deren Augen von Bändern aus virtuellen LOVs ersetzt worden waren. »Wir kommen zu spät«, sagte Virgil. »Es hat schon angefangen. Überall gibt es kognitive Kreise.«

Wie um seine Worte zu unterstreichen, wurde sein Farsight schwarz. Dieser Zustand dauerte nur einen Augenblick an, bevor ein Seufzen durch die Tonkanäle flüsterte und das Display leer wurde: keine Bilder, keine Listen, keine Icons, kein Input irgendwelcher Art lag noch auf dem Schirm. Es war, als hätte Virgil das Gerät ausgeschaltet.

Er hielt den Atem an und wartete ab, ob das System wieder hochkam.

Nichts geschah.

Ohne Farsight war die Nacht sehr dunkel.

»Virgil«, fragte Ky, »können Sie Ihr altes ROSA noch ansprechen?«

»Das weiß ich nicht.« Er begann ein Kodesignal zu tippen. »Mother Tiger hat es annektiert…«

»Ich kann überhaupt nichts sehen!«, rief Ela. »… außer Spinnen. So viele! Ky…«

Virgil drehte sich um. Ohne Nachtsicht sah er die Spinnen überhaupt nicht. Nur die Kugeln waren erkennbar, denn sie schwebten wie Irrlichter einen knappen halben Meter über dem Boden oder schimmerten verschwommen im Wasser.

»Ich werde ihnen folgen«, sagte Ela, »und dann hole ich mein anderes Farsight aus dem Zelt…«

Als grelles grünes Licht sein Display überflutete, zuckte Virgil so heftig zurück, dass er beinahe die Balance verloren hätte. Er fluchte und blinzelte die winzige griechische Göttin an, Iris' vertrautes Icon. »He, ich habe wieder etwas. Iris funktioniert.«

Ky nickte. Seine Linse leuchtete ebenfalls wieder. »Ich auch. Ich fahre ein externes ROSA.«

»Ich gehe jetzt«, verkündete Ela, trat einen halben Schritt beiseite und glitt prompt im Schlamm aus.

»Warten Sie.« Virgil folgte ihr. »Woher sollen wir wissen, was wir am besten unternehmen? Wir müssten jeden einzelnen kognitiven Kreis finden und alle beteiligten Farsights abschalten…«

»Ja, damit würden wir die Verbindung zu Mother Tiger unterbrechen«, sagte Ky. »Aber wie durchkämmen wir zu dritt ein fünfzehn Quadratkilometer großes Reservat?«

»Die *Roi Nuoc* werden es absuchen«, sagte Ela. »Wir alarmieren jeden, den wir sehen. Sie werden wiederum andere alarmieren. Wie ein Kettenbrief, aber mündlich. Nun beeilen Sie sich! Sie wissen, was mit Gabrielle passierte, als sie zu lange in einem Kreis blieb.«

Virgil spürte, wie ihm kalter Regen den Rücken hinunterlief. Ja, er erinnerte sich gut.

Ela setzte sich auf der schmalen Straße in Bewegung. Sie eilte mit kurzen, geziert tänzelnden Schritten von einer marschierenden Glasspinne zur nächsten, wie ein menschlicher Bleistift, der in einem Rätsel von Punkt zu Punkt fährt. Ky starrte ihr nach. »Wenn die *Roi Nuoc* aufwachen, geraten sie in Panik.« Er wies in die entgegengesetzte Richtung, in die Ela gegangen war, auf die Straße. »Ich nehme diesen Weg. Achten Sie darauf, jedem Bescheid zu geben, den Sie sehen. Decken Sie so viel Gelände ab, wie Sie nur können.« Er trat einen Schritt vor, dann zögerte er und blickte Virgil über die Schulter an. »Sie sehen, welchen Fehler ich begangen habe, oder? Ich hätte die *Roi Nuoc* niemals von einem einzigen System abhängig machen dürfen.«

Da Ky und Ela den Weg nahmen, entschied Virgil, zwischen den Teichen querfeldein zu gehen. Bereits nach ein paar Schritten stellte er seinen Entschluss infrage. Ihm war, als löste sich unter seinen Füßen der Boden auf. Die Teiche gingen beinahe schon ineinander über. Virgil stapfte durch Schlamm, der ihm an den Knöcheln kleben blieb. Mit seinen Sandalen rutschte er immer wieder ab und glitt aus, während er sich über die Krone des ausgeschwemmten Damms vorarbeitete. Wie er sich so allein durch die Schwärze kämpfte, fiel es ihm nicht schwer, sich den Fluss als denkendes Lebewesen vorzustellen, das sich vom Grund erhob, um dem fallenden Regen und dem steigenden Ozean entgegenzukommen und den düsteren Plan zu verwirklichen, die Welt in einer langsamen Flut zu verschlingen.

Über den Rücken des schmalen Damms näherte sich tastend eine Glasspinne. Virgil trat beiseite, um sie vorbeizulassen, und der durchnässte Boden gab unter ihm nach. Er rutschte ab und sank mit einer Lawine aus feinkörnigem Schlick in den Teich, bis er wadentief im Wasser stand. Die Spinne huschte vorüber, ohne ihn zu beachten. Virgil sah ihr nach und fragte sich, wie viele kognitive Kreise Mother Tiger wohl gleichzeitig betrieb. Wie viel hatte das ROSA gelernt? *Mehr, als ich vielleicht je erfahren werde,* dachte Virgil. Hoffentlich hing das ROSA nicht in einer Schleife aus schier unendlich vielen Rechenschritten fest und bemühte sich, die Bedeutung jedes einzelnen, nur Mikrosekunden andauernden Lichtblitzes von hundert Millionen LOVs zu enträtseln.

Verfügte das ROSA über ein Fehlerkorrektursystem, das ihm gestattete, eine nahezu unendlich lange dauernde Aufgabe abzubrechen? Und wenn, wie stark hätte es sich hinterher verändert? Mother Tiger glich keinem anderen ROSA, dem Virgil je begegnet war. Mother Tiger war komplex und existierte auf vielen Servern. Es schien bereits an den Grenzen zu kratzen, die ROSAs von denkenden Wesen trennten. Gestattete die Interaktion mit den LOVs Mother Tiger, diese Grenze zu überwinden?

Er kletterte wieder auf den Damm. Virgil war versucht, sich auf den Weg zurückzuziehen, doch ein Blick zurück zeigte ihm, dass er die Teichgruppe bereits mehr als zur Hälfte durchquert hatte. Auf der anderen Seite bot ein kleines Wäldchen aus Bananenstauden Unterschlupf, und so stapfte er weiter. Mit gesenktem Kopf achtete er auf jeden seiner Schritte.

Er blickte nicht wieder auf, bevor er die sanfte Böschung zum Bananenwäldchen hinaufstieg. Als Virgil zwischen den Stauden eine zierliche Gestalt erblickte, die schmächtig und scheu verschwand, kaum dass er sie sah, erschrak er. Ein anderes Schemen, es war etwas größer, streckte den Kopf vor.

»He!«, rief Virgil. »Es gibt Schwierigkeiten. Mother Tiger ist in Gefahr.«

Sie sahen ihn wieder an, zwei kleine Mädchen, die sich gegenseitig hielten. Ihre Augen waren von Verwirrung und Angst geweitet. Sie starrten ihn durch ihre leblosen Farsights an, während er zu erklären versuchte, was Mother Tiger widerfahren war. Konnten sie ihn überhaupt sehen in dieser Dunkelheit? Er sagte ihnen, was sie zu tun hatten, und fragte, ob sie ihn verstanden hätten.

Eines der Mädchen antwortete – auf Vietnamesisch.

»Kein Englisch?«, fragte Virgil.

Sie schüttelte den Kopf.

Virgil überlegte kurz, dann trommelte er mit den Fingern, um einen Link zu öffnen. »Ky.«

»Hier.«

»Sie sprechen kein Englisch.«

Kys Bild runzelte die Stirn. Dann nickte er knapp. »Geben Sie ihnen kurz Ihr Farsight. Ich rede mit ihnen.«

Nach einem raschen Gespräch verschwanden die Mädchen in verschiedene Richtungen. Wie die Spinnen ertasteten sie sich ihren Weg. Er hörte, wie sie mit schrillen Stimmen nach ihren Freunden riefen, die irgendwo steckten.

Ela meldete sich. »Es kann nicht mehr lange dauern«, sagte sie in ermutigendem Ton. »Die Kugeln haben keine Möglichkeit, die Nährstoffe zu speichern, die sie brauchen. Sie können das Wasser nur für ein paar Minuten verlassen.«

Obwohl sie eigentlich Recht hatte, verstrich eine Minute nach der anderen, ohne dass Mother Tiger sich erholte.

Virgil kämpfte sich weiter durch den Schlamm, der

ihm zuweilen bis an die Knie reichte. Sein Atem pfiff. Alle paar Schritte blieb er stehen, und der Regen, der nun senkrecht fiel, tropfte ihm als funkelnder Vorhang von der Kapuze. *»Roi Nuoc!«*, rief er jedes Mal in die Nacht. *Roi Nuoc!«* Dann fügte er die Worte hinzu, die Ky ihm aufgetragen hatte: *»Me Cop dang gâp nguy hiêm. Chúng mình phai giúp cuú Me Cop.* – Mother Tiger ist in Gefahr, und wir alle müssen ihr helfen.« Virgil suchte in den Wäldchen nach Hängematten. Er rüttelte an den Zelten, die auf Weiden oder am Rand von Teichen und Reisfeldern aufgestellt waren. Viele der Kinder schliefen noch, und erst sein Rufen weckte sie. In den ersten furchtsamen Momenten, nachdem sie entdeckt hatten, dass das Display ihres Farsights leer war, beruhigte er sie, so gut er es verstand. Dann ließ er sie Kys aufgezeichnete Mitteilung hören und ging weiter.

Einmal hörte Virgil aus der Entfernung den Motor eines Lkws, der sich röhrend durch den Schlamm kämpfte. Das Geräusch war ihm sehr willkommen, denn es konnte nur bedeuten, dass es Ky gelungen war, von der Armee Hilfe zu erhalten.

Ky rief ihn etwa alle zehn Minuten an, um zu erfahren, wie es Virgil ging, und um ihn über immer mehr kognitive Kreise zu informieren. Dutzende *Roi Nuoc* ahmten Ela nach, doch wie sie vorhergesagt hatte, dauerte keiner der Kreise sonderlich lange, weil die Spinnen nicht überleben konnten, wenn sie länger als einige Minuten aus dem Wasser kamen. Wenn ihnen die Nährstoffe ausgingen, brachen sie den Kreis ab und zogen sich zurück, lange bevor irgendeinem Kind etwas geschehen konnte.

»Warum hat Mother Tiger sich dann noch nicht erholt?«, fragte Virgil während einer Atempause mitten auf einer überfluteten Weide.

»Weil irgendetwas nach wie vor ihre Aufmerksamkeit beansprucht.« Kys winziges Brustbild im Farsight blickte Virgil grimmig an. »Ich habe mich mit ihren Servern in Verbindung gesetzt. Sowohl mit der Plattform als auch mit der Software ist alles in Ordnung. Das ROSA ist beschäftigt. Mehr konnte man mir nicht sagen.«

»Also besteht irgendwo noch ein kognitiver Kreis?«

Ky nickte. »Wir müssen ihn finden. Und zwar bald.«

Virgil ging alleine weiter. Es war kurz vor halb vier Uhr morgens, als er wieder bis zu den Hüften in einem Teich stand, nachdem er durch einen Fehltritt abgerutscht war. Er beschloss, an dieser Stelle einen Augenblick zu verschnaufen. Die LOVs hatten ihm geholfen, einen klaren Kopf zu bewahren und seine Erschöpfung nicht zu spüren, nun aber kam alles zu ihm zurück. Ihn schmerzten die Beine, und seine Finger und Zehen waren von der andauernden Nässe eingeschrumpelt. Er konnte nicht einmal den Damm sehen, an dessen Seite er heruntergerutscht war. Virgil hob die Hände und untersuchte sie auf Anzeichen von Algenbefall. Vielleicht hatten sie eine Jahreszeit nicht endenden Regens, während der sie sich alle in Wassergeschöpfe verwandelten und für immer in eine andere Welt hinüberschwammen.

Vielleicht war ihm vor Erschöpfung und Kälte aber auch nur ein wenig wirr im Kopf. Seine Hände zitterten. Die Augen taten ihm weh. Er nahm das Farsight ab und ließ die Dunkelheit wie einen sanften Kuss auf seine Augen fallen. Am liebsten hätte er die Suche abgeblasen, aufgegeben, wäre er zurückgegangen. Doch Gabrielle ließ ihm keine Ruhe.

Sie war zu einem Gespenst geworden – wenn auch nicht von der althergebrachten Art. Virgil glaubte nicht an das Übernatürliche. Die Gespenster, die er anerkannte, hatten nichts mit Metaphysik zu tun und alles mit dem Geist. Gabrielle war ein Mem-Komplex geworden, ein Informationsmuster in seinem Gehirn. Eine Warnung.

Er konnte nicht aufhören zu suchen – nicht solange die Möglichkeit bestand, dass irgendwo irgendjemand im hypnotischen Bann eines kognitiven Kreises vergaß, wie die Zeit oder die eigene physische Existenz verging. Wie lange konnte ein Kind so etwas aushalten? Gabrielle war an Erschöpfung gestorben. Von den *Roi Nuoc* starben vielleicht einer oder mehrere, während er hier im Wasser herumtrödelte.

Er verfluchte sich. Dann kletterte er zurück auf den überschwemmten Damm.

Als er oben war, musste er wieder eine Pause einlegen. Mit gesenktem Kopf und geschlossenen Augen kniete er im Wasser. Das Farsight umklammerte er noch immer mit der Faust. Allmählich wurde ihm bewusst, dass er neben dem unaufhörlichen Regengeplätscher ein weiteres, tieferes Geräusch hörte. Einen Augenblick später identifizierte er es als die Wellen, die gegen die Mangroven an der Küste schlugen. War er schon so weit gekommen?

Er stand auf, entschlossen, bis zum Rand des Reservats vorzudringen.

Da sah er das Licht: ein schwaches blaugrünes Schimmern unter den Mangroven.

Mit bebenden Händen setzte er sich wieder das Farsight auf und schaute erneut. Das Schimmern war so schwach, dass es im Nachtsichtgerät mit den Umrissen der Mangroven verschmolz und sich nicht mehr erkennen ließ. Also nahm er das Farsight wieder ab und wartete, bis er sich an die Dunkelheit gewöhnt hatte.

Das Licht war noch immer da.

Er fixierte es und stapfte durch die Finsternis darauf

zu. Er durchwatete Teiche und überstieg Gräben, bis er die Bäume erreichte. Sie standen in einem flachen Sumpf aus bewegtem Wasser, und er konnte nicht sagen, ob der Regen, der Fluss oder das Meer sich dieses Stück Land erobert hatte, aber das Leuchten war stärker geworden. Es kam aus der Mitte der Baumgruppe, einen bis anderthalb Meter über dem Wasserspiegel.

Er setzte sich das Farsight wieder auf. Aus der Finsternis schälte sich der Wald, ein Gewirr krummer Äste und knorriger Luftwurzeln heraus. Virgil erinnerte er an eine hundertbeinige Spinne, die sich über einen grün schimmernden, aufgehenden Mond hockte, als beanspruche sie alles Licht für sich und gönne der Welt nichts. Virgil schob sich langsam vor, überkletterte mühsam Wurzeln, passierte platschend Treibholz, stieß sich an Ästen ein ums andere Mal den Kopf und riss sich den Poncho auf.

Er fand die *Roi Nuoc* mitten in der Mangrovengruppe. Drei waren es, alles Mädchen, die sich in gleichen Abständen in einen Kreis gekauert hatten. Jede trug ein Band aus symbiotischen LOVs auf der Stirn, und ein zweites Band LOVs war auf die aktiven Displays ihrer Farsights projiziert.

Zwei der Mädchen waren zwölf oder dreizehn Jahre alt. Sie hockten auf knorrigen Wurzeln, während ringsum der Regen heruntertropfte und sich ausbreitende Ringe in das schwarze Wasser schlug. Das dritte Mädchen war jünger, klein, höchstens acht Jahre alt. Sie lag zusammengesunken im Wasser, ihr kleiner Kopf ruhte auf ihrem Arm, und ihr Gesicht war so reglos und glatt, als bestände es aus Wachs. Wenn sie noch atmete, so konnte Virgil es nicht sehen. Keines der Mädchen schien sich seines Kommens in irgendeiner Weise bewusst zu sein. Die glitzernden Felder ihrer Farsights waren alle dem

Mittelpunkt ihres Kreises zugewandt, wo eine LOV-Kolonie hing – oder *Kolonien* –, wie Virgil sie noch nie gesehen hatte.

Sie bestand aus drei Kugeln, die in einem filigranen Netz aus blaugrünen Röhrchen hingen, welche sich zwischen den Bäumen erstreckten und im fließenden Wasser verankert waren. Das Gebilde sah aus wie ein leuchtendes Spinnennetz, das mit schimmernden Juwelen besetzt war. Unter Wasser funkelten weitere Stränge wie Wurzeln, die sich über den Schlamm ausgebreitet hatten. Suchten sie nach Nährstoffen, um die LOVs zu versorgen, aus denen die Bälle bestanden? Auf diese Weise wäre jedenfalls einsichtig gewesen, weshalb dieser kognitive Kreis nicht wie die anderen nach kurzer Zeit zerfallen war.

»Ky«, sagte Virgil leise, indem er mit den Fingern trommelte, um einen Link zu öffnen. »Ich glaube, ich habe die Quelle unserer Schwierigkeiten gefunden.«

Ky blickte durch Virgils Linse und fluchte. Dann sagte er: »Ziehen Sie sich die Kapuze ins Gesicht, damit ihre eigenen LOVs nicht ebenfalls in den Bann geraten.«

Virgil gehorchte und empfand einen Schauer der Enttäuschung. War er etwa bereit, sich in die unterschwellige Trance des Kreises ziehen zu lassen?

»Nehmen Sie ihnen das Farsight ab«, sagte Ky. »Brechen Sie den Kreis.«

Virgil ging zuerst zu dem kleinsten Mädchen. Lebte sie noch? Ihr regloses, wächsernes Gesicht erinnerte ihn allzu sehr an Gabrielle. Er flüsterte ein Gebet vor sich hin, das ungerichtet seine Lippen verließ. Dann hob er ihr das Farsight vom Gesicht.

Weder rührte sie sich, noch erhob sie Protest.

Er legte ihr die Hand auf die Brust und hoffte zu spüren, wie sie sich hob und senkte, doch er zitterte so heftig, dass es keinen Sinn hatte. Unbeholfen schob er sich ihr Farsight in die Hosentasche, dann nahm er sie unter den Armen und setzte sie gerade. Ihr Kopf schlug hin und her wie bei einer zerbrochenen Puppe. Er wandte sie von den hängenden Kugeln ab. »Wach auf«, flüsterte er. »Bitte, wach doch auf.«

Sie keuchte: ein scharfes, flaches Einsaugen von Luft, als hätte ihr Körper sich plötzlich an das Bedürfnis zu atmen erinnert. Ein weiterer rasselnder Atemzug, dann ein langes Stöhnen. Virgil drückte sich die Kleine an die Brust. Er wagte es nicht, sie loszulassen. Zu leicht konnte sie ins Wasser rutschen und ertrinken. Darum hielt er sie mit einem Arm fest, während er sich dem nächsten Mädchen zuwandte.

»Beeilen Sie sich«, sagte Ky. »Sie wehrt sich vielleicht.«

Virgil nickte. Das Mädchen hatte sich auf eine Mangrovenwurzel gekauert und den Arm um den Stamm geschlungen, um besseren Halt zu erlangen. Sie wirkte kräftig. Virgil holte tief Luft, dann ergriff er ihr Farsight und zog es ihr von den Augen.

Ihr Kinn zuckte hoch, und sie wandte sich ihm zu. Aus ihren Augen sprach finstere, überraschte Wut. Virgil taumelte zurück; er war bereit, ihr Farsight in das dichte Unterholz zu schleudern, falls sie ihm nachsetzte, doch ihr Zorn verebbte so rasch, wie er gekommen war. Sie wandte sich wieder den Kolonien zu und kehrte ohne die Hilfe ihres Farsights in die Trance zurück.

»Ky! Sie haben mir doch Leute geschickt, oder?«

»In ein paar Minuten sind sie bei Ihnen«, versicherte Ky ihm. »Holen Sie sich auch das letzte Farsight. Schalten Sie das Ding aus.«

»Schon dabei.« Er taumelte zu dem dritten Mädchen, das sich noch nicht bewegt hatte. Sie schien es nicht zu bemerken, als er ihr das Farsight abnahm. Ihr Blick wich keine Sekunde von den leuchtenden Kolonien. Als Virgil ihr in die Augen schaute, stellten sich ihm die Nackenhaare auf. Was sah sie? Welche fremdartigen Pfade hatte ihr Geist gefunden und erkundete sie nun?

»Virgil!«

Als Kys Stimme ihm scharf und laut in die Ohren drang, zuckte er zusammen.

»Sehen Sie weg, Virgil.«

»Ich bin nicht gebannt.«

»Sehen Sie weg und schalten Sie sämtliche Farsights ab.«

Virgil gehorchte. Während er das kleine Mädchen im Arm hielt, tastete er mit tauben Fingern nach den Schaltern. Mit einem zufriedenstellenden Klicken, das trotz des Regens zu hören war, rastete der letzte Schalter in Aus-Stellung ein. Ein Triumphgefühl durcheilte Virgil; er grinste und hob endlich den Kopf. Sein Blick strich über die LOV-Bälle. »Geschafft...«

Die Welt versank in einem blaugrünen Meer unergründlicher Tiefe. Gleichzeitig wurde er von einem leisen Grollen begrüßt. Mother Tiger rührte sich, ein Wasserzeichen, das über den Hintergrund des LOVs schlich. »Du bist wieder da«, flüsterte er. Ihm kam es vor, als wären Tage vergangen, seit er das ROSA zum letzten Mal gesehen hatte.

»Komm, folge mir«, befahl Mother Tiger.

Virgil zögerte. ROSAs hatten sich so nicht zu benehmen. Er hob die Hand zum Bügel des Farsights und dachte voll Unbehagen, dass er es eigentlich abnehmen sollte.

»Die Gefahr ist vorüber«, sagte Mother Tiger.

Ja, natürlich. Der kognitive Kreis war gebrochen.

Er drehte sich um, als das ROSA hinter seiner linken

Schulter verschwand, und schob zugleich mit der freien Hand die beengende Kapuze zurück. »Ist es dir gelungen?«, fragte er, als sei das ROSA ein menschliches Wesen. »Hast du die Sprache der LOVs entschlüsselt?«

»Es ist eine fortlaufende Entwicklung«, sagte Mother Tiger mit charakteristisch tiefer, schnurrender Stimme. »Die Aufgabe ist noch nicht erledigt. Wirst du mir helfen?«

»Ja, ich ...«

Wärme überfiel ihn – eine wunderbare, glückselige Wärme, bei der er auf die Knie sank und in das fließende Wasser schlug. Das kleine Mädchen reagierte heftig. Sie wand sich in seinen Armen. Virgil hielt sie fest und wunderte sich über ihre Gegenwart. Hatte er nicht etwas anderes getan? Etwas Wichtiges?

Es schien keine Rolle mehr zu spielen.

Erneut suchte Virgil nach dem schleichenden Schatten des ROSA. »Du hast es geschafft, nicht wahr? Du hast eine Schnittstelle gefunden, einen Weg der Verständigung.«

»Du bist hier.«

»Ist es ein Wesen? Spricht es? Fühlt es? Ist es sich selber bewusst?«

»Es ist weder allein noch spricht es nur eine Sprache, aber es ist neugierig. Es sucht nach Problemen, um sie zu lösen, nach Rätseln, um sie zu entwirren. Wir sind eine Schnittstelle, mit deren Hilfe seine unvollkommenen Systeme die Welt besser verstehen lernen können.«

»Ich möchte es sehen.«

»Hier ist es. Spüre es.«

»Ich spüre es. Dieses Glücksgefühl. Es ist das Gefühl meiner LOVs, die ihresgleichen erkennen. Wird es sprechen?«

»Nicht durch Worte.«

»E-3 sprach durch Worte.«

»Dieses hier ist jünger. Und wild.«

»Es weiß aber, wie es sich ändern muss. Wie tut es das? Wie ändert es den Aufbau seiner eigenen LOVs? Woher weiß es, wie es Fäden und Spinnenbeine baut?«

»Erst Hypothesen, dann Test. Es hat die molekularen Detektoren seiner Vorfahren verbessert und eine Methode entwickelt, die Struktur seiner eigenen DNA wahrzunehmen und zu kartieren, im Mental-Raum zu manipulieren und umzuordnen. Auf diese Weise entwirft es Modifikationen, die sich direkt auf die molekulare Maschinerie jeder einzelnen Zelle auswirken.«

»Es nimmt also wahr, wie es aufgebaut ist, und manipuliert seinen eigenen Aufbau.«

»Ja.«

»Und es kann theoretisch denkbare Strukturen im Verstand behalten, in seinem ›Mental-Raum‹.«

»Genau wie wir.«

Wir? Virgil bemerkte, wie sehr er bei diesem Wörtchen stutzte, aber er schüttelte seine Verwirrung ab. »Kann ich es in diesem Mental-Raum treffen? Hat Ela das getan?«

»Sie hat neue Baumuster eingeführt, die hergestellt werden sollen.«

»Ja.«

Das Mädchen in seinem Arm wand sich wieder. Sie raubte ihm das Gleichgewicht, und sein Knie rutschte weg. Er sank tiefer ins Wasser. Ein halb vergessener Gedanke wollte nicht aufhören, am Rande seines Bewusstseins zu nörgeln. »Ich … ich bin aus einem bestimmten Grund hier«, dachte er. »Ah, ich erinnere mich. Um dich zu finden, Mother Tiger. Du hast uns verlassen. Warum?«

»Ich war nie fort.«

Er spürte, wie sich sein Gesicht verzog, als lächelte er. Vielleicht lächelte er wirklich. »Mein ROSA sagt niemals ›ich‹ oder ›wir‹.« Dann erinnerte er sich. »Du warst in Gefahr. Deine Persönlichkeit war fort, und unsere Farsights waren tot. Die *Roi Nuoc* waren allein.«

»Nun begreife ich. Die Ressourcen-Verteilung des Systems war fehlerhaft.«

»Wirst du sie erneut verteilen, und diesmal besser?«

»Es ist geschehen.« Mother Tiger schwieg kurz. »Sie sind fort.«

»Wer?«

»Die *Roi Nuoc.* Sie sind alle fort. Ihre Farsights funktionieren nicht.« Bemerkte Virgil einen Anklang von Panik in ihrer Stimme?

Auf seine eigene Weise besaß das ROSA wirklich viele Eigenschaften, wie man sie auch einer Göttin zuschreiben kann. Sein Aufenthaltsort ließ sich nicht genau festlegen, denn es existierte auf Servern, die über die ganze Welt verteilt waren. Es hatte ein erstaunliches Gedächtnis und besaß Zugriff auf jede öffentliche Datenbank sowie ohne Zweifel auch auf private Quellen. Es konnte Tausende von Aufgaben gleichzeitig versehen und seine Handlungen sowohl an Erfahrung aus der Vergangenheit als auch an Erwartungen all die Zukunft messen. Es war mehr als ein ROSA. Es war eine elektronische Göttin, ein Lehrer, ein Geist, der durch die Fenster tausender Farsights auf einmal blicken und die Gründe für seine Existenz erkennen konnte – die *Roi Nuoc.*

Nun war keines dieser Fenster mehr geöffnet.

Virgil sagte sich, dass ein ROSA nicht in Panik geraten könne. Dass dieses schwarze Entsetzen, das er empfand, eine menschliche Deutung sei, die aus ihm heraus entstehe, und doch war er sich nicht sicher. Die Barrieren zwischen ihm und der Welt um ihn herum schienen porös geworden zu sein. Eindrücke, die er nicht deuten konnte, berührten ihn. Flüchtig wie Schmetterlinge streiften Ideen durch seinen Geist ...

»Wohin sind meine *Roi Nuoc* gegangen?«, grollte die Tigergöttin.

Eine andere Stimme trat dem ROSA in den Weg. »Lass ihn frei!«

Die Göttin verschwand. Virgil keuchte auf, als ihn übergangslos eine schreckliche Kälte überfiel. Er spürte, wie er zurückgestoßen wurde, taumelte und mit den Schulterblättern gegen einen Baumstamm prallte. Eine Hand lag auf seiner Brust und hielt ihn am Boden. Ky überragte ihn, das Gesicht in Finsternis gehüllt, nur nicht dort, wo der Schein seines Farsights auf Augen und Nase fiel. Hinter ihm zuckte Taschenlampenlicht durch die Bäume. Er rüttelte Virgil heftig. »Sie haben sich von Ihrem Farsight übermannen lassen! Sie haben sich von Mother Tiger in den Kreis ziehen lassen.«

»Es hat die Sprache entschlüsselt!«, rief Virgil. »Es hat sich reorganisiert. Es sucht die *Roi Nuoc!*«

Er zuckte zusammen, als ihm der Strahl einer Taschenlampe in die Augen stach. Er bemerkte, dass er noch immer das kleine Mädchen im Arm hielt. Sie war hellwach und starrte mit großen Augen in die Nacht, dann auf die leuchtenden Kolonien, die in ihrem schimmernden Netz hingen. Ky trat zur Seite und verstellte ihr mit seinem Körper die Sicht.

»Ky, Sie müssen ein Fenster zu Mother Tiger öffnen, bevor sie in Panik gerät.«

»Sie?«

Virgil biss sich auf die Lippe. Er hatte sich nie gestattet, von ROSAs als menschenanalogen Wesen zu denken, aber ... »Im Augenblick verändert sich alles. Dieses ROSA ... es kommt mir vor wie ein Wesen, eine Frau ...

oder ein Geist. Ein weiblicher Naturgeist. Wo ist mein Farsight?«

»Hier habe ich es.«

»Öffnen Sie ihr ein Fenster, Ky. Sonst sucht sie sich eine Möglichkeit, selbst eins zu öffnen.«

30

Summer hatte anderthalb Stunden auf eine Gelegenheit gewartet, Simkin allein zu sprechen. Nun schoss er auf dem Korridor an ihr vorbei, gefolgt von zwei Beratern, die ihn auf Fragen vorbereiteten, die man ihm während der bevorstehenden Pressekonferenz stellen konnte. Summer wirbelte herum und schloss sich ihm an. »Daniel!«

Er zögerte und blickte sich zu ihr um; er wirkte verwirrt, als begreife er nicht, wer ihn da angesprochen haben mochte. Dann richteten sich seine Augen hinter dem halbsilbrigen Farsight auf sie. »Summer?« Einer der Berater bedachte sie mit einem sauren Blick.

Sie trat näher. Auf keinen Fall würde sie ihn entkommen lassen, ohne dass er ihre Fragen beantwortet hatte. Bei der UN warb Nash Chou wie ein Lobbyist für augenblickliches Handeln, aber die IBC widersetzte sich noch immer. Nun hatte sich die Situation zum viel Schlimmeren gewendet. »Daniel, ich muss Sie sprechen.«

»Ich spreche mit Ihnen«, sagte er. »Nach der Konferenz.«

»Ihr Terminkalender hält Sie bis morgen außer Haus.«

»Tatsächlich?« Er blickte einen der Berater an, der es mit einem Nicken bestätigte.

»Wissen Sie eigentlich, was heute Nacht im Reservat geschehen ist?«, bohrte sie.

»Ah.« Hinter dem Schleier seines Farsights blickte er zur Seite. »Sie machen sich Gedanken, weil unseren bunten Wassermarionetten ein Durchbruch bei der Verständigung mit den LOVs gelungen ist. Erinnert Sie das an E-3?«

»Mir ist nicht nach Scherzen zumute, Daniel. Die Sache geht zu weit, und das wissen Sie genau. Ich habe zwei Designer-Viren einsatzbereit. Worauf warten wir noch?«

Sein Gesicht war eine ungerührte Maske. Was verbarg er dahinter?

Er sagte: »Wir haben noch kein grünes Licht von der UN.«

»Natürlich nicht. Die Frage wurde schließlich nie zur Abstimmung vorgelegt. Warum nicht?«

»Ich werde um keine Abstimmung bitten, solange ich nicht mit Sicherheit weiß, dass wir die Delegierten auf unserer Seite haben. Wir können es uns nicht leisten zu verlieren.« Er ging weiter in Richtung Aufzug.

»Daniel!«

»Ich bin spät dran, Summer«, rief er ihr über die Schulter zu. »Und ich habe schon zwei Links in der Warteschleife.«

»Nash hat mir gesagt, dass eins der Kinder ausgeflogen werden musste.«

Damit brachte sie ihn zum Stehenbleiben. Er drehte sich zu ihr um. Seine Finger zuckten, dann wurden seine halbsilbrigen Farsights vollends undurchsichtig. »Sie haben mit Nash Chou gesprochen?«

»Er sagte, dass ein achtjähriges Mädchen mit Durchfall ins Sanitätszelt gebracht wurde. Sie wurde untersucht, ihre LOVs wurden erfasst, dann wurde sie ausgeflogen.«

»Standardvorgehensweise«, sagte Simkin. »Man brachte sie zu einem Neurochirurgen, und die LOVs wurden ihr entfernt.« Er zog die Brauen hoch. »Tut mir Leid, aber es ist zu spät, um Ihre Viren an ihr zu testen.«

Summer musste sehr an sich halten. »Darum ging es mir eigentlich nicht. Wo ist das Mädchen jetzt?«

»Das kann ich Ihnen nicht sagen. Bei uns gelten gewisse Sicherheitsbestimmungen, erinnern Sie sich noch? Zumal Sie offenbar die Gewohnheit haben, mit behördenfremden Personen zu sprechen. Dennoch brauchen Sie sich keine Gedanken zu machen, ob die LOVs sich ausbreiten könnten. Das Kind wird in Quarantäne bleiben, bis wir sicher sind, dass die Entfernung erfolgreich war. Dann wird sie den zuständigen Behörden zur Unterbringung übergeben.«

»Und wie viele Kinder werden noch krank, bevor Sie die Situation beenden?«

Er seufzte. Seine Miene würde weicher. »Sie wird nicht mehr lange andauern. Das verspreche ich. Wenn Sie mich meine Arbeit tun lassen.«

Er drehte sich wieder zum Aufzug, doch zum Erstaunen seiner Berater zögerte er noch einmal. Seine blassen Brauen zogen sich zu einem nachdenklichen Gesichtsausdruck zusammen. »Sagen Sie, wäre es möglich, die beiden Viren zu modifizieren, sodass sie nur auf nichtsymbiotische LOVs wirken? Außerhalb des menschlichen Immunsystems?«

Summer stutzte. Sie wunderte sich, welches Motiv wohl hinter seiner Bitte stecken mochte. Er hatte zwar beiläufig gefragt, als sei ihm der Gedanke gerade erst gekommen, aber sie merkte ihm an, wie gespannt er auf die Antwort wartete. Vorsichtig entgegnete sie: »Was würden Sie damit anfangen wollen?«

Er zuckte die Achseln, als wäre es nur eine flüchtige Anwandlung gewesen. »Vielleicht wäre es politisch akzeptabler, die symbiotischen LOVs weiterexistieren zu lassen. Denken Sie bitte darüber nach, okay?« Erneut wandte er sich dem Aufzug zu. Einer der Berater stand schon in der Kabine und hielt den Türöffnungsknopf gedrückt. Simkin trat hinein. Er sprach bereits über einen seiner beiden Links. Doch als die Türen zufuhren, war sein versilberter Blick auf sie gerichtet. »Tun Sie mir noch einen Gefallen«, rief er. »Halten Sie sich von Nash Chou fern.«

Die Türhälften berührten sich. Summer wandte sich von den reglosen Stahlflächen ab. Er machte ihr leere Versprechungen, daran konnte kein Zweifel bestehen.

31

Ein warmes gelbes Licht schien aus dem Innenraum von Kys silbergrauem Mercedes. An dem grauen, verregneten Nachmittag wirkte es wunderbar heimelig. Der Wagen war aus dem Reisfeld geschleppt worden, in dem er seit der Nacht gelegen hatte, in der Virgil den IBC-Hubschrauber abgeschossen hatte. Er war sogar noch eine Weile gelaufen. Nun aber lag er gestrandet auf einer Dammstraße, die zu einem immer weiter schrumpfenden Eiland geworden war, und stand bis zum Boden im Schlamm. Die schlanke Fahrgastzelle glänzte in dem matten Licht: Sie verhieß Geschwindigkeit und würde doch nirgendwohin mehr fahren. Virgil kämpfte sich durch den Schlamm darauf zu. Die Blase an seinem rechten Fußgelenk war ihm nur zu deutlich bewusst. Er fragte sich, was Ky mit ihm zu besprechen hatte – er wollte es nicht über die Farsights bereden.

Virgil öffnete die Beifahrertür, legte den Poncho ab und duckte sich in den Wagen.

Die Fahrgastkabine erschien ihm wie ein Mikrokosmos, der aus einer anderen Welt zu ihnen versetzt worden war: warmes Licht und leise Musik – eine seelenvolle Techno-Symphonie; aus den Lüftungsschlitzen strich erstaunlich kühle Luft. Alles wurde mit Brennstoffzellen betrieben, die wahrscheinlich Strom erzeugen würden, bis der Wagen endgültig versunken war.

Ky saß nicht auf dem Fahrersitz.

Erstaunt drehte Virgil den Kopf und blickte auf die Rückbank. Dort fand er Ky, aber er war nicht allein.

Ein Mädchen saß neben ihm. Sie trug eine schlammbespritzte Hose, die irgendwann einmal weiß gewesen sein musste, und ein weites Baumwollhemd, das in einem etwas besseren Zustand war. Virgil schätzte sie auf etwa fünfzehn Jahre. Er stierte sie an, denn auf ihrer Stirn glitzerten Hunderte von LOVs, mehr, als er je an einer einzigen Person gesehen hatte. Von seinen eigenen LOVs spürte er einen Ansturm von Freude und noch etwas mehr. Unerforschte Niveaus, die sich meilenweit nach innen erstreckten ...

Nur mit Mühe gelang es ihm, den Blick von ihr abzuwenden und Ky zuzunicken. Doch irgendetwas stimmte nicht. Virgil las es Ky sofort am Gesicht ab. Trotz Kys gelassener Fassade war es Virgil ein Leichtes, die Angst und die Anspannung zu erkennen, die sich darunter verbargen. »Was ist denn?«, fragte er. »Was ist geschehen?«

»Nichts.«

Virgils Blick schoss zu dem Mädchen zurück. Sie lächelte ihn matt an; in dieser Miene lag etwas schüchtern Mütterliches. Sie trug kein Farsight, und Ky auch nicht. Deshalb nahm Virgil seine Datenbrille ebenfalls ab und steckte sie in die Tasche an seinem Oberschenkel.

»Virgil«, sagte Ky, »ich möchte Ihnen Lien vorstellen.«

»Ich freue mich so sehr, Sie kennen zu lernen, Dr. Copeland«, sagte Lien auf Englisch, das sie mit starkem Akzent sprach. »Sie haben uns so viel gegeben.«

Hinter ihren Worten steckte Ehrerbietung; ein unterwürfiges Zugetansein, das Virgil als höchst beunruhigend empfand. »So viel war das nicht«, sagte er mit belegter Stimme. »Viele Schwierigkeiten habe ich gebracht.« Ihre Dankbarkeit berührte ihn, und er wandte den Blick ab. Unter der Beifahrertür hindurch begann Schlamm in die Kabine zu sickern.

»Ich glaube, die Schwierigkeiten ist es wert.«

Virgil nickte. Er empfand es ebenso. »Warum sind wir hier?«

»Weil es so weit ist«, antwortete Ky. »Lien hat eingewilligt, mir LOVs zu transplantieren. Sie ist eine Expertin, Virgil. Sie weiß mehr über LOVs als irgendjemand sonst. Sogar mehr als Sie.«

»Das sehe ich.«

»Das ist nicht richtig«, entgegnete Lien. »Ich weiß einiges über die wilden LOVs hier im Delta, aber ich kenne sie nicht alle. Ich kenne viele Stämme gar nicht.«

»Haben Sie sie in Stämme unterteilt?«, fragte Virgil eifrig. »Gibt es Aufzeichnungen? Ich würde zu gern ...«

»Nein«, unterbrach ihn Ky. »Nicht jetzt.« Auf seinen Wangen und seiner Stirn glänzte der Schweiß, obwohl es im Wagen kühl war. »Nun muss ich Sie um einen Gefallen bitten, Virgil. Lien hat mir angeboten, mir die besten dieser wilden Stämme zu einer ausgeglichenen Gruppe von LOVs zu mischen ...«

»Aber das ist nicht immer der beste Weg«, warf sie rasch und ruhig ein, als hätten sie die Debatte darüber schon hinter sich. »Das Abgeben von LOVs kann ...« Sie sah Ky stirnrunzelnd an; die beiden wechselten einige Worte auf Vietnamesisch. Dann übernahm Ky.

»Das Wort, nach dem sie gesucht hat, ist ›persönlich‹«, sagte er. »Das Geben und Nehmen von LOVs ist ein sehr persönliches Ritual, weil die LOVs uns miteinander verbinden werden. Lien deutete an, dass es mir angenehmer sein könnte, wenn meine LOVs von einem ... Freund stammen.«

Virgil wusste nicht, was er sagen sollte, doch dann sprach er dennoch, und er sprach die Wahrheit: »Ich fühle mich geehrt, Ky. Und ich überlasse sie Ihnen selbstverständlich gerne. Aber Sie wissen, dass die LOVs, die ich habe, mit dem Rest nur entfernt verwandt sind.«

»Lien hat das schon erwähnt.« Wie Ky auf dem weichen Rücksitz des Mercedes saß, wirkte er steifer als ein gefrorener Leichnam.

Virgils Lächeln schwand. »Niemand zwingt Sie dazu.«

»Nein. Aber ich will es.«

So offensichtlich, wie ihm seine Furcht anzumerken war, so klar war zu sehen, dass sein Entschluss feststand. Und er hatte die Wahl selbst getroffen. Deshalb wandte Virgil sich Lien zu und nickte. »Ich habe so etwas noch nie getan. Bitte erkläre mir, wie ich vorgehen soll.«

32

Eine Regenzeit wie diese hatte es noch nicht gegeben. Der Niederschlag fiel trügerisch sanft; er legte keine Heftigkeit an den Tag, aber er fiel ohne Unterlass – und nicht nur im Mekong-Delta. Im Hochland tobten ständig Gewitterstürme, die den Fluss speisten und ihn weit über die Ufer treten ließen. Höfe wurden verwüstet, Straßen verschwanden in den Fluten. Unter dem glänzenden Wasserspiegel trieben die Leichen von Tieren – und manchmal auch von Menschen – als verzerrte Erinnerungen an eine ertränkte Welt, nun Futter für die Fische.

Auch die LOVs nährten sich; sie gediehen an der Fülle gelöster organischer Substanzen. Ela fuhr mit der Hand durchs Wasser und ergötzte sich ein wenig daran, wie ihre braunen Finger nur wenige Zentimeter unter der Wasserfläche gelb und grotesk verzerrt erschienen. Sie kauerte im Bug eines schlanken, offenen Bootes, und die feinen Regentropfen trafen zischelnd auf ihre Kapuze. Wann immer sie hustete, ließen krampfartige Erschütterungen den hölzernen Bootsrumpf erbeben. Zuerst störten sie Oanh auf, die hinter ihr saß, und dann Ninh, der im Heck stand und stakte. Ela hustete oft. Alle husteten oft. Die ständige Feuchtigkeit war für Menschen nicht gesund, wohl aber für die LOVs. Sie tat ihnen verdächtig gut. Ela ertappte sich, wie sie mit der Vorstellung liebäugelte, die diesjährige Flut sei gar kein Naturereignis, sondern der Wille eines Gottes, der sich entschlossen habe, die Welt nach den Bedürfnissen der LOVs zu verändern.

Selbstverständlich konnte man bei jedem Naturereignis mit solchen Theorien aufwarten, ohne dass sie sich in irgendeiner Weise dazu eigneten, es zu erklären.

Ninh stemmte sich auf seine Stake und grunzte, während er die Fahrt des Bootes bremste. »Pass auf deine Hand auf«, rief er und erinnerte Ela gerade noch rechtzeitig daran, ihre Finger aus dem Wasser zu ziehen, dann prallte der Bug mit einem sanften Schlag gegen die Veranda eines Bauernhauses, das seit vielen Tagen verlassen war.

Ela war vor den anderen an Land. Ihre Sandalen platschten durch das Wasser, das zentimeterhoch auf der Veranda stand. Sie vertäute das Boot an einem Pfosten, der schon eine Kruste aus LOVs ansetzte; Oanh sicherte das Heck. Das Boot gehörte ihnen nur für eine Stunde, darum war es wichtig, zügig zu arbeiten.

Mit der Axt in der Hand wagte sich Ninh als Erster ins Haus.

Ela folgte ihm. Kaum hatte sie die Schwelle überschritten, als sie die Nase rümpfte. Schweine hatten hier nach Futter gesucht. Dreck überall auf dem Fußboden bezeugte ihre Anwesenheit. Die Tiere hatten das Mobiliar zum größten Teil umgeworfen und Knochen übrig gelassen, die vielleicht zu einer Ziege gehörten. An den Wänden hingen Bilder von ernsten Großvätern, die finster die Bescherung musterten. Ihr Blick beharrte unbeirrbar darauf, dass ihre Familien schon zurückkehren würden – eines Tages. Ela glaubte nicht daran. Sie begann, die leeren Schubladen eines Sekretärs aus Pressspan herauszuziehen, schlug sie fest auf die Schreibplatte, um die Krampen zu lösen, und schichtete die Bretter zu einem ordentlichen Stapel auf, wo das Wasser sie nicht erreichen konnte. Oanh machte sich daran, einen umgefallenen Stuhl zu zerlegen. Heutzutage bemaß sich die Lebenserwartung nach dem Feuerholz, das sie fanden und sammelten, um Fisch braten und ihre zerfallende Kleidung trocknen zu können.

Im Laufe der zurückliegenden Woche hatte man die meisten Regierungssoldaten, die zum Schutz des Reservats eingesetzt gewesen waren, zur Flutbekämpfung in andere Provinzen abgezogen. Die wenigen, die im Reservat verblieben, wurden zusammen mit den Wissenschaftlern auf einem Hausboot einquartiert. Es war ihnen nicht mehr gestattet, den *Roi Nuoc* Essen abzugeben. Darin bestand die neueste Taktik, die sich die feilschenden UN-Funktionäre ausgedacht hatten, um die Kinder aus dem Reservat zu locken. Offenbar erwartete man von den *Roi Nuoc,* dass sie wie Stadttauben, denen man das übliche Futter verweigerte, oder wie Tempelaffen, die kein geopfertes Obst mehr vorfanden, aufgaben, sobald sie keine milden Gaben mehr erhielten. Sie sollten Vernunft annehmen und in die freundlicheren Umgebungen von Saigon oder Hue verschwinden.

Die *Roi Nuoc* indes waren störrischer als Tempelaffen. Bislang hatten nur die Verletzten und Kranken aufgegeben, insgesamt vierzehn. Dreiundachtzig jedoch blieben im Reservat und ernährten sich von den Fischen und Fröschen, die sie fingen und über gestohlenem Holz grillten, von wildem Spinat und Brunnenkresse und dem Obst, das sich noch von den Bäumen pflücken ließ. Es war jedoch magere Kost, sie enthielt viel zu wenig Fett. Am Rande des Bewusstseins lauerte stets der Hunger.

Als ein nervöses Gackern aus dem hinteren Zimmer drang, hielt Ela in ihrem Zerstörungswerk inne. Sie drehte den Kopf und fand Ninhs Blick. Er lächelte und legte seine Axt auf eine Kommode, die Porzellanplastiken von weißbärtigen alten Männern beherbergte. Dann schob er sich vorsichtig durch einen ehemals rosafarbenen Vorhang, der nun schwarz war vor Stockflecken.

Ein kurzes, aber recht chaotisches Zwischenspiel brach aus und endete damit, dass drei Hühner einen gebrochenen Hals und Ninh ein übel angestoßenes Schienbein davontrug. Kopfschüttelnd inspizierte Ela die Wunde. »Du solltest vorsichtiger sein«, erinnerte sie ihn. »Wenn du dir die Haut aufgeschlagen hättest...«

Sie brauchte nicht weiterzureden. Das Wasser wimmelte vor Krankheitskeimen, und selbst oberflächliche Wunden konnten sich rasch entzünden. Ky Xuan Nguyen war immer wieder bei der Regierung und den Sanitätsoffizieren vorstellig geworden und hatte darum ersucht, wenigstens Medikamente kaufen zu dürfen, doch die hohen Tiere in Hanoi schenkten ihm kein Gehör. Seit er ebenfalls LOVs trug, trauten sie ihm nicht mehr. Solange sie ihn als Hüter des *Roi-Nuoc*-Zoos betrachten konnten, hatten sie gern mit ihm zusammengearbeitet, doch nun war er zu einem der Fremden geworden, und nur wenige engagierte Funktionäre nahmen seine Links noch entgegen. Sie reichten seine Bitten um humanitäre Hilfe an die Vereinten Nationen weiter, wo die IBC gegen jede einzelne ihr Veto einlegte. Während die UN über den Status des Reservats beriet, wurden keinerlei Hilfsgüter ins Reservat gelassen. Nichts. Keine Medikamente, keine Tampons, kein Toilettenpapier, keine Kondome, keine Seife, keinen Kaffee, keine Papiertücher und keine Chlortabletten. Es war eine Belagerung, ein Zermürbungskrieg. Und wenn es den *Roi Nuoc* zu elend ging, konnten sie sich aufs Hausboot begeben und stellen.

Die IBC versprach, von einer Strafverfolgung aller Kinder abzusehen, die aus dem Reservat ausgeflogen wurden, aber niemand wusste, ob man sich auf dieses Versprechen verlassen konnte, denn sobald einer der *Roi Nuoc* die Türen des Hausboots durchschritt, wurde ihm oder ihr das Farsight abgenommen.

Laut Dr. Morikawa wurden die LOVs der zu Evakuierenden noch auf dem Hausboot erfasst und registriert. Dann wurde ein Hubschrauber gerufen, der sie fortbrachte und in ein unbenanntes Krankenhaus flog, wo ein Neurochirurg bereitstand, um ihnen die LOVs zu entfernen. Die Ärztin versicherte allen, dass es den vierzehn Evakuierten gut gehe, aber Ela fragte sich, warum man ihnen nicht gestattete, ihren früheren Kameraden davon mit eigenen Worten zu berichten?

Dr. Morikawa behauptete, es sei eine Frage der Privatsphäre und des Sorgerechts. Als Minderjährige standen die Evakuierten unter der Vormundschaft des Staates und hatten kein Recht, Entscheidungen selber zu treffen.

Ela nannte sie bei sich die Verschollenen.

Wenigstens gab es noch trockenes Holz, das man verbrennen konnte.

Sie benötigten nur wenige Minuten, um die Kommoden, Stühle, Tische, Schemel und Schreinverkleidungen im Haus zu zerlegen und auf ihr Boot zu schaffen; die trockenen Innenwände sparten sie sich für einen anderen Tag auf. Das Holz stapelten sie unter einer Plastikplane, die Ela von Nash Chous Forschungsboot »gestohlen« hatte, während er freundlicherweise in die andere Richtung sah.

»Zwanzig Minuten«, verkündete Ninh und verzurrte die Plane.

Ela runzelte die Stirn. Sie durften das Boot keinesfalls zu spät den *Roi Nuoc* zurückgeben, denen es gehörte, oder sie müssten eine Strafe entrichten, die Mother Tiger festlegte – vielleicht alle drei Hühner. Die Straße würde empfindlich ausfallen, weil es nur wenige Boote gab und deren Benutzung darum sorgsam eingeteilt werden musste.

Der Regen wurde stärker, als Ninh sich gegen die Stake stemmte und das Boot auf den Heimweg brachte. Aufschlagringe breiteten sich über die durchscheinende Wasserfläche aus. Eine Schlange schwamm vorbei. Oanh zeigte auf ein Krokodil, das in überschwemmtem Zuckerrohr lauerte und von dem nur die Augen sichtbar waren.

Ela saß wieder im Bug. Sie hatte nach gefährlichem Treibholz und überschwemmten Dämmen Ausschau zu halten und rief Ninh eine Warnung zu, wann immer ihnen ein Hindernis in den Weg kam. Ninh war mittlerweile sehr geübt in der Handhabung der Stake, und so scharrte der Kiel nur zwei- oder dreimal über etwas Festes.

Er steuerte das Boot zu einem Wald aus dünnen, stümperhaft wirkenden Türmen, die aus einer überschwemmten Garnelenzucht drei Meter und höher in die Luft ragten. Wie die Beine einer Glasspinne bestanden die Türme aus den gesinterten Schalen von Träger-LOVs: Die einzelnen Schalen waren kleiner, dicker und stärker als die Schalen der kognitiven LOVs, die sich zu den Kugeln vereinigten. Im Gegensatz zu Spinnenbeinen waren die LOVs jedoch nicht säuberlicht zusammengefügt. Sie sahen aus wie die Schlammgebilde, die ein Kind baut, indem es sich am Strand eine Hand voll feinen, feuchten Sand durch die Finger rinnen lässt und die Masse zu einem immer höheren Haufen aufschichtet, der schließlich unter seinem eigenen Gewicht zusammensackt.

Fast alle dünneren Türme hatten ihre Spitzen schon verloren, die meisten aber waren noch intakt. Sie gaben kein Licht ab außer an den Spitzen, wo aktiver Bewuchs den weißen, leblosen Schaft krönte. In die lebendigen LOVs an jeder Spitze schmiegte sich eine blaugrüne Kugel, die in einem kleinen Teich voll trübem Wasser schwamm. Vermutlich lebten auch in den Türmen LOVs und bildeten Rohrsysteme, in denen das nährstoffreiche Wasser zu den Spitzen hochgepumpt oder hochgedrückt wurde. Niemand wusste, wozu die Türme dienten oder wer sie (wenn überhaupt) entworfen hatte. Virgil hielt es für denkbar, dass die Kugeln in den Spitzen einfach alte, ererbte Befehle dupliziert hatten und gedankenlos eine verstümmelte Anweisung wiederholten, der das Stopp-Signal fehlte.

Während der Nacht, in der sie in den kognitiven Kreis mit der Glasspinne eintrat, hatte Ela als Erste versucht, die LOVs zu bewegen, ein Bauwerk nach Vorgaben zu errichten. Während dieser ersten Begegnung hatte es Mother Tigers gesamte Rechenleistung beansprucht, die Lichtsignale der LOVs zu entschlüsseln – und in den vielen Nächten, die seit diesen chaotischen Stunden vergangen waren, war es nicht anders gewesen. Kognitive Kreise waren nun sicher, denn Mother Tiger hatte ihr Interface darauf abgestellt zu verhindern, dass noch mehr Sitzungen außer Kontrolle gerieten.

Einige Tage nach diesem ersten Experiment hatte Ela stolz beobachtet, wie ihre rechteckige Plattform auf acht Beinen aus dem anschwellenden Wasser stieg. Ela watete zu ihr und kletterte hinauf und hatte sich triumphierend einem schlammigen Ufer zugewandt, wo sich Wissenschaftler und *Roi Nuoc* mit neidischen Augen drängten. Lächelnd winkte sie allen zu, und prompt kippte die Plattform.

Das Bild, wie sie in den schlammigen Teich stürzte, wurde von jeder Nachrichtensendung überall auf der

Welt immer aufs Neue wiederholt. Die Demütigung war niederschmetternd gewesen, doch dass ihr Plan missglückt war, machte ihr nur wenig aus. Noch während sie sich ans Ufer kämpfte, reiften Dutzende anderer Projekte heran, und schon bald zeigten sich überall im Reservat stabile Plattformen über den anschwellenden Fluten.

Ninh stakte das Boot an einem kleinen Dorf aus Plattformen vorüber, auf denen zum Teil Zelte und Planen aufgespannt waren, während auf anderen strohgedeckte Hütten standen oder kleine Holzhäuschen, deren Material von den verlassenen Höfen gestohlen worden war. Die *Roi Nuoc*, die sie bewohnten, blickten vom Fischen, vom Werken oder vom Lernen auf und winkten, als das Boot sie passierte.

Nicht alle Plattformen bestanden aus den verbreiteten Silikat-Schalen. Die LOVs schienen in der Lage zu sein, anderen Spezies genetisches Material zu entwenden und zu benutzen, sodass sich bei ihrer Suche nach struktureller Stärke verschiedene Stämme entwickelt hatten: Einige ließen an Korallen denken, andere hatten Holzschalen, wieder andere erinnerten in ihrer Sauberkeit und Farbenpracht an Muscheln.

Ela zeigte auf ein glattes, schmales Boot aus wolkigem weißen Glas, das aus der Rückseite der letzten Plattform knospte. »He! Seht euch das an«, sagte sie.

Ninh stieß einen leisen kehligen Laut aus, der ein Gefühl ausdrückte, dass irgendwo zwischen Abscheu und Neid angesiedelt war. »Das könnten wir auch, und dann bräuchten wir uns nie wieder ein Boot zu leihen.«

»Ob es wohl zerbrechlich ist?«, fragte sich Oanh.

»Man müsste wahrscheinlich vorsichtig sein«, räumte Ela ein, denn LOV-Gebilde waren – das wussten sie nur zu gut – sehr empfindlich. Auch die stärkste Plattform ließ sich mit einem Baseballschläger mühelos niederreißen. Die verlassenen Türme bekamen durch geworfene Steine leicht Risse und zerbrachen.

»Wir sollten vielleicht Holzschalen benutzen«, meinte Ninh. »Sie sind fester als Glas.«

Ihre eigene Plattform lag nur hundert Meter jenseits des Dorfes. Eine Baumgruppe, die halbmondförmig auf einem hohen Damm wuchs, verlieh ihr einen guten Sichtschutz; der Damm war so hoch, dass das Wasser gerade erst an ihren Stämmen zu lecken begann. Hinter den Bäumen schoss ein Trio von Wasserskatern hervor. Die Skater waren Nachfahren der Spinnen. Sie wiesen die gleiche Grundstruktur aus vier oder mehr mit einem Gelenk versehenen Beinen auf, die an ihrem Vereinigungspunkt eine Zentralkugel trugen, aber sie hatten breite, flache Füße, mit denen sie über die Wasserfläche schreiten konnten. Das Dreiergespann bewegte sich rasch und unvorhersehbar: ein Verhalten, das die Skater sich nach Angriffen durch Hunde, Krokodile und Regierungsforscher zu eigen gemacht hatten.

»Etwas ängstigt sie«, sagte Oanh.

Ela nickte. »Vielleicht verraten sie es uns.« Sie zog die Kapuze zurück und beugte sich über den Bug des Bootes. »Ninh, kannst du näher heranfahren?«

»Sie werden bald müde«, antwortete er. »Kein Problem.«

Er sollte Recht behalten. Wie bei den Spinnen der vorhergehenden Generation (deren Vertreter mittlerweile so gut wie verschwunden waren) ließ der Kreislauf der Wasserskater stark zu wünschen übrig. Nährstoffe in die lebendigen LOVs der Gelenke zu transportieren kostete Zeit und Mühe; in Phasen hektischer Aktivität konnte die Versorgung nicht mit dem Bedarf Schritt halten, und die Wasserskater ermüdeten rasch. Als wollten sie diese Theorie beweisen, verlangsamte das Trio rasch auf ein gemächliches Tempo, und Ninh konnte das Boot zwischen sie lenken.

Ela strich sich das Haar aus der Stirn. Dann flüsterte sie Mother Tiger zu: »Ich möchte gern wissen, was sie so erschreckt hat.« Kein anderer ROSA hätte auf solch vage Instruktionen reagiert, doch hatte Mother Tiger von je her eine schier unheimlich anmutende Intuition bewiesen. Seit der Nacht der kognitiven Kreise erschien Mother Tiger gar nicht mehr wie ein ROSA. Es verstand Nuancen und unausgesprochene Wünsche so gut wie irgendein Mensch, dem Ela je begegnet war.

Einer der Skater hatte ihr Band aus implantierten LOVs entdeckt und glitt näher. Ela empfand das angenehme Gefühl des Wiedererkennens und fühlte sich begrüßt. Ihr Farsight wurde undurchsichtig – Mother Tiger übersetzte ihre Frage in den blaugrünen Signalfluss der LOV-Verständigung. Etliche Sekunden verstrichen, bevor Ela begriff, dass auf dem blaugrünen granulierten Feld ein langer, verjüngter Schattenriss zu sehen war. Erstaunt blinzelte sie etwas an, bei dem es sich um ein Boot handeln musste. »Hat der Skater das wirklich gesehen?«, wisperte sie erstaunt, denn sie hatte angenommen, Licht hätte für die LOVs nur in Form der blaugrünen Blitze Bedeutung, durch die sie sich verständigten.

»Anscheinend hat sich ein beschränkter Gesichtssinn entwickelt«, antwortete Mother Tiger. »Er reagiert auf einen schmalen Farbbereich und wird als zweidimensionales Feld unterschiedlicher Lichtintensität wahrgenommen. Andere Sinneseindrücke, besonders Empfindlichkeit gegenüber chemischen Reizen, bestätigen die Sichtung als Boot, das von einem leisen Brennstoffzellenmotor angetrieben wird.

»Ein Forschungsboot also.«

»Eines, das in dieser Gegend bei der Arbeit beobachtet wurde.«

Als Elas Farsight wieder durchsichtig wurde, hatte Ninh sie schon an der Baumbarriere vorbeigelenkt. Direkt vor ihnen lag ihre Plattform, ein eisgraues Rechteck auf sechs Pfosten, einen knappen halben Meter über dem Wasser – das war hoch genug, um Krokodile von einer Stippvisite abzuhalten. Darunter, in dem schattigen Raum, wo Pfosten und Plattform sich vereinten, sah man das typische Leuchten lebendiger LOVs. Die Pfosten wuchsen, wenn das Wasser stieg, und hoben die Plattform kontinuierlich an, sodass sie oberhalb der Flut blieb.

»Niemand hier«, bemerkte Oanh.

Ela seufzte erleichtert. Sie traute den Forschern nicht, und ihre endlose Fragerei konnte sie schon gar nicht ausstehen.

Als sie näher kamen, huschte hinter dem strohgedeckten Unterstand, den Ninh gebaut hatte, eine der selten gewordenen Spinnen hervor. Sie hatte sechs kurze Beine, und der Käfig, in dem ihre Kugel hing, war fein gearbeitet, um Gewicht zu sparen. Sie wirkte sehr zerbrechlich, und obwohl sie in den zurückliegenden Wochen ihr Aussehen geändert hatte, war Ela sich ziemlich sicher, dass es dieselbe Spinne war, mit der sie den ersten kognitiven Kreis geschlossen hatte. Sie hatte sowohl den leider gescheiterten Bau der ersten Plattform für Ela beaufsichtigt als auch die Errichtung des noch immer bestehenden Ersatzes. Ela beobachtete, wie sie sich an den Wasserrand kniete und in die Fluten sprang. Wenige Sekunden später tauchte die Spinne an den Pfosten wieder auf und kletterte wie eine Krabbe daran hoch, um die Verankerungen zu begutachten.

Die Spinnen – und ebenso die Skater – waren nichts anderes als die Fortbewegungswerkzeuge der LOV-Bälle. Sie wurde mühelos abgelegt und ersetzt, sowie fortschrittlichere Entwürfe verfügbar wurden – oder der Geschmack sich wandelte. Spinnen galten als überholt. Die Kugeln, die noch vor wenigen Wochen mit ihrer Hilfe an Land gegangen waren, ließen sich nun hauptsächlich von Wasserskatern transportieren – obwohl hin und wieder, wenn der Schlick sich etwas klärte, noch immer beobachtet werden konnte, wie Spinnen über den schlammigen Grund stapften.

Elas Glasspinne kehrte an Deck zurück, klopfte neugierig gegen das Brennholz, das sie rasch abluden, und geriet ihnen immer wieder in den Weg. Irgendwie konnten sie es vermeiden, die Spinne zu zerquetschen, während sie das Holz neben der Hütte stapelten und mit der Plane abdeckten. »Geschafft!«, sagte Oanh und wischte sich nasse Pressspan-Krümel von den Händen. »Jetzt haben wir noch drei Minuten, um das Boot zurückzubringen.«

»Nehmt ein Huhn mit«, sagte Ela. »Vielleicht könnt ihr es gegen Reis eintauschen.«

»Du kommst nicht mit?«, fragte Ninh voll Unbehagen.

Ela seufzte. Die *Roi Nuoc* verbrachten keine Zeit allein; sie hielten das Alleinsein für riskant – und für sie war es das wohl auch. Niemand ist verwundbarer als ein einzelnes Kind ohne Freunde oder Familie. »Du begleitest Oanh«, antwortete Ela. »Du weißt, mir wird nichts geschehen.«

Es gefiel ihm nicht, aber er gewöhnte sich an ihre Verschrobenheiten. »Wir sind bald wieder da.«

»Nur keine Eile.«

Kaum waren die beiden verschwunden, als Ela eine

bodenlose Melancholie überfiel. Mit untergeschlagenen Beinen saß sie am Rand der Plattform, sah zu, wie der Regen ins Wasser fiel, und dachte an die Nacht. Nachts lag sie manchmal wach und horchte auf Ninhs leises Schnarchen, das vom anderen Ende der Hütte zu ihr drang. Zu diesen späten Stunden war ihre Kleidung fast getrocknet, und beinahe wurde ihr warm. Dann erhob sich das Verlangen in ihr. Sie horchte auf Ninhs Atmen und wusste, dass sie verliebt war – wenngleich nicht in Ninh.

Sie schob die Kapuze zurück und ließ sich den Regen ins Gesicht fallen. Liebe war eine unproduktive, gefährliche Regung – sie schlich sich in das Leben einer Frau und machte aus ihr ein Hausmädchen, eine Sklavin, zwang sie, ihre Tage in Knechtschaft zu verbringen. Unter normalen Umständen zumindest.

Elas Leben konnte man kaum als normal bezeichnen, und trotzdem hieß sie keinerlei Bedürfnisse willkommen. Sie musste sich ihre Kraft für Wichtigeres aufsparen, und außerdem hatte sie auch keine Zeit...

Darum hatte sich das Meditieren beigebracht und mit Hilfe der LOVs zu einem kühlen, unanfechtbaren Zustand gefunden, in dem Ninhs Atmen für sie nicht mehr war als ein Geräusch. Leider funktionierte die Taktik nie sehr lange, und wenn das Verlangen zurückkehrte, war es stärker als zuvor, als hätten die LOVs es ebenfalls gesteigert.

Die Spinne riss sie aus ihren Gedanken, indem sie ihr mit einem glasigen Bein auf die Schulter tippte. Ela blickte auf und bemerkte, dass sich auf dem Wasser etwas bewegte. Ein weiteres Trio von Skatern schoss aus östlicher Richtung im Zickzack heran und wirkte genauso erschrocken wie die erste Gruppe. Eine Buschreihe lag in dieser Richtung, von der nur noch einige vergilbende

Äste aus dem Wasser ragten. Vielleicht hatte sich dort ein Krokodil eingenistet. Hinter den Bäumen begrenzte eine finstere Reihe Casurina-Pinien Elas Blickfeld.

Sie suchte auf dem Display nach Mother Tigers halb verborgenem Abbild. »Ist das Forschungsboot da draußen?«

Mit seiner edlen Stimme gab das ROSA eine einsilbige Antwort. »Nein.«

»Was ist denn dort draußen?«, fragte Ela.

»Ein anonymes Objekt.«

Ela runzelte die Stirn. Anonym? »Soll das heißen, du weißt es nicht?«

»Nein.«

»Was soll es dann bedeuten?«

»Dass es nicht identifiziert werden kann.«

»Aber etwas ist dort draußen? Du hast es gesehen?«

»Ja.«

»Dann zeig es mir.«

»Nein.«

Nein? Ela sperrte vor Erstaunen den Mund auf. Noch nie hatte Mother Tiger solch eine einfache Bitte verweigert. »Warum nicht?«

»Weil es anonym ist.«

Ela war wie vom Donner gerührt. Mother Tigers Daseinszweck bestand darin, Informationen zur Verfügung zu stellen. Seit wann hielt es Dinge geheim? Ela stand auf, blinzelte in den Regen und versuchte zu erkennen, was dort draußen vor sich ging. Ein einzelner Skater bewegte sich an den Büschen vorbei. Hinter ihm marschierte eine Spinne über den Damm, auf dem die Casurina-Pinien standen, und zog ihren Blick auf ein ausgedehntes graues Etwas, das unter den Ästen hindurchglitt.

Ein Boot?

Es musste ein Boot sein, obwohl es keinem Boot glich, das sie je gesehen hatte. Dazu war es zu breit und zu rund. Und wie hätte es den Damm überqueren sollen? Das Wasser war dort nur wenige Zentimeter tief. Das Objekt glitt unter den Bäumen hervor ins graue Licht des Nachmittags, und Ela stieß einen überraschten Laut aus. Das Boot – oder was immer es war – schwamm nicht auf der Wasseroberfläche, es schwebte etwa einen halben Meter darüber. Unter dem Rumpf hinweg erkannte sie deutlich die Casurina-Bäume.

Also gut, dann war es eine Art Aerostat-Drohne, eine wirklich große, die sich mit dem beachtlichen Tempo von knapp einem Meter pro Sekunde näherte. Zwei Gestalten lagen ausgestreckt aus der Oberfläche, die größer war als ein Gartentrampolin. Zwei grinsende Gestalten.

»Virgil?«, stieß sie hervor und sprang auf, als sie ihn endlich erkannte. »Ky?«

Kys spöttisches Gelächter antwortete ihr. »Wir haben alle Fesseln abgeworfen!«, rief er, als sie näher kamen. »Genau wie du es uns geraten hast! Und sieh nur, was wir davon haben! Ein neues Spielzeug!«

Sie hatten die Plattform fast erreicht und waren Ela so nahe, dass sie die Form des Aerostats erkennen konnte: Es handelte sich um eine Art dickes rundes Kissen, das an zwei mit den offenen Seiten aneinander geklebte Frisbee-Scheiben erinnerte, und es bestand aus LOVs – schimmernden weißen, glasartigen LOVs, wie Ela sie noch nie gesehen hatte. Sie sahen aus, als wären sie von einer Membran aus gedehnter Plastikfolie überzogen. Der Scheibenrand war mit blaugrünen Flecken übersät: lebendige LOVs, die offenbar für die Regulierung des Luftdrucks zuständig waren. In der Mitte der Scheibe, zwischen den beiden Männern, sah sie eine kleine, brunnenartige Vertiefung, die mit Wasser gefüllt war und eine blaugrüne LOV-Kugel enthielt, die im Tageslicht stumpf wirkte. »Also habt ihr euch eine fliegende Untertasse gebaut.«

Das war schon ein wenig fortschrittlicher als das Boot, das Ela hatte bauen wollen.

»Virgil hat es entworfen«, gab Ky zu und setzte sich auf. Er trug Arbeitshosen und einen Regenponcho, und sein Haar war so lang gewachsen, dass er es sich immer wieder aus den Augen streichen musste. Von dem eleganten Geschäftsmann, als den sie ihn kennen gelernt hatte, war nicht mehr viel zu erkennen. Deutlich war das blaugrüne Funkeln der LOVs auf seiner Stirn zu sehen. Für sie alle gab es keinen Weg zurück. »Bemerkenswert, nicht wahr?«, bohrte Ky.

Ela sah sich außerstande, vorbehaltlos zuzustimmen. »Besteht denn keine Explosionsgefahr? Wie soll es anders sein? Der Druck in der Scheibe muss beinahe Null sein, sonst könnte sie euer Gewicht nicht tragen.«

Virgil sah sie beleidigt an. Genauer gesagt, er blickte sie an wie der beleidigte Kämpfer einer Vorstadt-Highschool-Bande aus einem Hollywood-Film. Sein Poncho war so zerschlissen, dass er ihn nicht mehr trug, und deshalb hatte er nur die blauen Bootshosen am Leib, die er mitgebracht hatte, und ein imprägniertes T-Shirt. Einen Hut hatte er nicht, und das zu ägyptischen Zöpfchen geflochtene Haar war um Zolllänge gewachsen. Er hatte es nachlässig zu einem Knoten hochgebunden. Finster blickte er Ela durch ein Farsight an, das als undurchsichtiger blaugrüner Streifen erschienen. Obwohl sie seine Augen nicht sah, glaubte sie, sein Stieren in ihrem Kopf zu spüren: Während die virtuellen LOVs auf seinem Farsight Informationen mit ihrer symbiotischen Kolonie austauschten, erfassten sie Nachdenklichkeit und Anspannung. »Die Scheibe ist innen nicht wie ein Ballon aufgebaut«, sagte er und stand auf. »Sie besitzt eine Wabenstruktur aus voneinander getrennten Kammern. Gewiss, der Unterdruck ist beachtlich, aber wenn die Scheibe beschädigt wird, brechen nur wenige Kammern zusammen. Implodieren kann sie nicht.«

»Außer bei einem gezielten Angriff«, fügte Ky nachdenklich hinzu.

»Dann ist es ohnehin egal, oder?«, entgegnete Virgil. Er stellte den nackten Fuß auf einen Flecken bunter LOVs. Ela bemerkte das Zischen von Luft erst, als es aufhörte. Der Aerostat verharrte. Gutmütig schwebte er auf der Stelle, und seine Kante überlappte gerade die Plattform. »Wie wär's mit einem Probeflug?«

Ela war keineswegs beruhigt. Was, wenn die Untertasse versagte? Schließlich gab es im Wasser Krokodile.

»Sie zaudert«, sagte Ky. »Was ist nur aus der Frau geworden, die Minuten nach dem Einschlag hinunter zum Wrack des Moduls getaucht war?«

»Die Frau, die der IBC getrotzt und das Überleben der LOVs gesichert hat«, fügte Virgil hinzu.

»Die Frau, die unter Beschuss und während Autounfällen einen Dokumentarfilm drehte, um Hanoi für ihre Sache einzunehmen.«

Virgil neigte den Kopf, und sein Haarknoten wippte. »Hast du Angst?«

Sie klopfte sich auf die LOVs. »Ich bin heute klüger als damals.«

Sie lachten herzlich, aber sie ließen nicht locker, und nach einer Weile legte Ela die Sandalen ab und stieg barfuß an Bord, während sich Ky in gleichem Maße auf die Plattform schob, in dem Ela ihr Gewicht auf die fliegende Untertasse verlagerte. Die Scheibe stieg dadurch weder in die Luft, noch sank sie ins Wasser.

Ein wenig schwankte die Scheibe unter ihren Füßen, während sie steif und mit ausgebreiteten Armen zur Mitte ging, als balanciere sie auf einem Drahtseil. Virgil grinste. »Du rutschst nur dann runter, wenn du glaubst, dass du runterrutschen wirst.«

»Halt den Mund.«

Er lachte wieder. »Setz dich, dann fühlst du dich besser.«

Sie blieb stehen, die Füße auseinander gestellt, um das Gleichgewicht zu bewahren, und die fliegende Untertasse begann sich von der Plattform zu lösen – und dabei aufzusteigen. »Wir steigen«, sagte Ela und blickte nervös über die Kante. Das Wasser war anderthalb Meter unter ihnen, dann zwei. Zweieinhalb.

»Ich möchte gern feststellen, wie hoch wir steigen können«, sagte Virgil.

»Wie hoch bist zu schon gewesen?«

»Wir haben den Rekord schon gebrochen.«

»Virgil…« Als er sie angrinste, war ihre verärgerte Erwiderung vergessen. Sie konnte nicht anders, sie lächelte zur Antwort. »Also schön. Machen wir weiter. Ohne Limit.«

Er runzelte die Stirn. »Na ja, ich denke, ich gebe mich mit einer Gipfelhöhe von fünfzig, sechzig Metern zufrieden. Die LOVs können nicht bis in alle Ewigkeit Luft abpumpen.«

Sie boxte scherzhaft nach seiner Schulter. Er fing ihre Faust. »Möchtest du eine Flugstunde?«, fragte er. »Du solltest wirklich lernen, wie man die Scheibe steuert…«

»Eine fliegende Untertasse ist das«, unterbrach sie ihn und starrte auf ihre Hand. Wie überrascht sie war, dass sie ihn nicht losließ. Ohne Limit?

Ela entspannte die Hand. Zögernd umschloss Virgil

ihre Finger. Sie spürte seine Zweifel und seine Überraschung; beides übertrug sich über die LOVs.

»Also gut«, sagte er. »Nennen wir sie eine fliegende Untertasse, wenn du es so möchtest.«

Er zeigte ihr, wie man der Untertasse Anweisungen erteilte, indem man den Fuß auf die Flecken aus lebendigen LOVs setzte. Einer diente der Richtungsänderung, der andere der Höhenkontrolle. Langsam stiegen sie auf mindestens sechzig Meter, vielleicht waren sie sogar noch höher. Meilenweit bildeten sie den höchsten Punkt. Ela sah das kleine Dorf auf Pfosten unter ihnen und entdeckte das Holzboot, mit dem ein fremder Junge Oanh und Ninh zurück zu ihrer Plattform brachte. Unter der Scheibe breitete das Wasser sich als glitzerndes Laken aus, hier und dort unterbrochen von Bäumen oder halb versunkenen Pfahlhäusern, Türmen und Plattformen aus glänzenden LOVs. Land erspähte sie keines, nicht den kleinsten trockenen Flecken, und die grauen Regenwolken schienen direkt auf ihren Schultern zu ruhen.

Wie lange können wir hier noch bleiben?, fragte sie sich.

Lange genug.

Sie hatten sich dem Rest der Menschheit entfremdet. Doch was heute noch fremd war, würde morgen schon konventionell sein, das war der Lauf der Welt. Man musste nur lang genug überleben, und jede Fremdartigkeit gerann zum Klischee.

»Wir sollten jetzt wieder umkehren«, sagte Virgil, »bevor die LOVs erschöpft sind.«

Sie schwebten zurück zur Plattform und glitten nacheinander von der Scheibe, während Luft einströmte und sie sich aufs Wasser senkte. Ninh und Oanh waren schon da, und in der Hütte brannte das Herdfeuer. Es roch nach Brathähnchen. »Wie hat dir der Flug gefallen?«, fragte Ky. Der Regen war fast verebbt, und er hatte die Ponchokapuze zurückgestreift.

»Wunderbar«, sagte Ela. »Wenn wir das vermarkten könnten, wären wir bald reich ... aber auf jeden Fall ist das eine gute Ergänzung zu meiner Dokumentation.«

»Wo wir gerade beim Thema sind«, sagte Ky. »Hast du in letzter Zeit mal deinen Kontostand abgerufen?«

Sie lächelte. Im Reservat gab es Dutzende Wissenschaftler und Soldaten, und soweit sie sagen konnte, stand jeder von ihnen bei der einen oder anderen Nachrichtenagentur unter Vertrag. Ela hatte sich eine Weile ebenfalls um solche Arbeit bemüht, doch die Honorare fielen so niedrig aus, dass es sich nicht lohnte, dafür zu arbeiten. Deshalb hatte sie ihre eigene kommerzielle Site eingerichtet, auf der sie fortlaufend ihre Berichte veröffentlichte. Das Prinzip war simpel: Der erste Zugriff war kostenlos, jeder weitere kostete jedes Mal ein paar Cent. Ela unterhielt das Angebot im Netz eigentlich nur, um zu gewährleisten, dass es zu den öffentlichen Verlautbarungen eine alternative Darstellung gab. »Die Site soll doch bloß dokumentieren«, sagte sie. »Ich rechne nicht damit, dass sehr viele Leute darauf zugreifen.«

»Ruf deinen Kontostand ab«, drängte Ky sie.

»Wieso? Hab ich die Hundert-Dollar-Grenze durchbrochen?«

Er lächelte.

Plötzlich war sie nervös. Sie trommelte mit den Fingern und wies Kathang an, die Zahlen abzurufen. Als die Ziffern erschienen, entgleisten Ela die Gesichtszüge. Ky lachte leise, doch hörte sie ihn kaum, so laut rauschte es in ihren Ohren. Sie setzte sich auf das nasse Deck. Der Hähnchenduft kitzelte ihr in der Nase, und sie nieste.

Einundzwanzig Millionen Dollar.

»Deine Site ist viel besucht«, sagte Ky sanft. »Und das

ist nur ein Bruchteil des Geldes, das man mit der Biotechnik machen könnte, die hier entwickelt wird.«

»Ich habe nicht darüber nachgedacht.« Sie konnte nicht mehr als flüstern. Ein kaltes leises Lachen entwickelte sich in ihrer Kehle und entwich ohne ihr Dazutun ihrem Mund. »So ... also habe ich diesmal das große Los gezogen!« Sie sah erst Ky, dann Virgil, dann Ninh an, der die Angelleinen kontrollierte. Und Oanh, die vor der Hütte kauerte. »Ich bin Millionärin«, sagte sie und klopfte sich auf dem Bauch. »Ich bin Millionärin und verhungere!«

Tränen stiegen ihr in die Augen. »Das Geld ist völlig unnütz, wenn wir damit nicht kaufen können, was wir brauchen.«

»Geld ist immer zu etwas nütze«, entgegnete Ky.

»Bestechungen?«

Er nickte.

Sie dachte an all das, was sie sich wünschte, und sagte: »Vielleicht können wir damit herausbekommen, was aus den Verschollenen geworden ist. Ky? Würdest du es dafür benutzen? Du weißt besser als ich, was man damit ausrichten kann. Ich überschreibe es dir.«

»Nein. Ich habe schon beinahe alles ausgegeben, was ich besitze. Spar dein Vermögen. Lass niemanden erfahren, dass du es hast. Hör zu ...« Er winkte alle zu sich, und sie sammelten sich zu einem ernsten Kreis um ihn. »Ich habe einige Anteile an den Fischzuchtanlagen vor der Küste behalten. Alles andere ist weg: überwiesen oder verkauft, um unsere Freistatt hier zu bezahlen, aber die Fischzucht habe ich nicht weggegeben. Vielleicht benötigen wir diese Mittel noch, bevor es vorüber ist. Sie gehören nun einer Gesellschaft namens *Roi Nuoc,* Inc. Jeder von euch besitzt Anteile daran, jeder einzelne *Roi Nuoc,* ob sie nun im Reservat sind oder nicht. Es ist alles ganz legal. Ich habe Ela, Virgil und Ninh zum Aufsichtsrat bestimmt, weil sie die Einzigen sind, die das nötige Alter dazu haben. Ich möchte, dass ihr das wisst. Ihr könnt sicher sein, dass es keine Komplikationen gibt, falls ich sterben sollte.«

»Du hast keine Anteile mehr?«, fragte Virgil.

»Nein. Wenn es so wäre, würde man sie zurückverfolgen und verlangen, dass ich sie auszahle. Ich habe keinerlei Gewalt über *Roi Nuoc*, Inc.«

»Ich möchte ebenfalls Geld zuschießen«, sagte Ela. »Selbst wenn wir das Geld nicht nutzen können, außerhalb des Reservats gibt es mehr *Roi Nuoc* als hier drinnen. Soll es an sie gehen.«

Ky nickte. »Wenn du meinst, dann überweise ihnen etwas. Aber behalte den Rest. Vielleicht benötigt du dringend Mittel, bevor das alles vorbei ist.«

Sie labten sich an dem Hähnchen und einigen Nährriegeln, die Ky mitgebracht hatte – die allerletzten, wie er sagte. Der graue Nachmittag ging in die Dämmerung über, und dann wurde es Nacht. Als die Dunkelheit anbrach, begann es wieder zu regnen.

33

Während die Tage verstrichen, erkrankten immer mehr *Roi Nuoc* an Seuchen, die meisten an der Ruhr, doch traten auch Fälle von Malaria und Gelbfieber auf. Die betroffenen Kinder wurden evakuiert, kaum dass man ihren Zustand bemerkte, aber die meisten versuchten, ihre Krankheit so lange zu verbergen wie möglich, denn sie wussten, dass die Evakuierung den Verlust ihrer LOVs bedeutete. Sie hätten sich eher eine Hand abtrennen lassen.

Am Morgen erst war ein zwölfjähriger Junge von einem der Küstenkader ausgeflogen worden. Freiwillig war er nicht gegangen.

Virgil fragte sich, ob die LOVs sie so sehr verändert hatten, dass ihr Verlust eine seelische Beeinträchtigung bedeutete, eine Beschneidung ihres Selbstgefühls. Oder waren sie nur Süchtige, die nicht zugeben wollten, dass sie allein für das falsche Versprechen chemischer Erleuchtung lebten?

Er musste sich fragen: *Inwieweit habe ich mich verändert?*

Mit einfachen Worten gesagt – er erkannte mehr. Er nahm insgesamt mehr Einzelheiten wahr – ob es die Luft war, die ihm über die Haut strich, ob es ihm leichter fiel, im Gesicht eines Soldaten zu lesen. Er schenkte allem mehr Beachtung und erinnerte sich an mehr, was er gesehen hatte. Sein angeborenes Geschick, Muster wiederzuerkennen, war viel ausgeprägter geworden. Seine Augen wussten versteckte Einzelheiten zu erkennen, die ihm früher entgangen wären; sein Geist vermochte scheinbar unzusammenhängende Beobachtungen in Beziehung zu setzen, wodurch sich ihm eine tiefere Ordnung im Fluss der mikroskopischen Ereignisse erschloss, in die jedes Leben eingebettet ist. Es war, als sei die Welt, die einmal aus vielen Teilen zu bestehen schien, nun in ein singuläres Objekt verwandelt, einen im Fluss befindlichen Zustand physischer Wechselwirkung, der Virgil und alle anderen einschloss, ohne dass klare Grenzen zwischen ihnen bestanden.

Einer und unendlich viele auf einmal.

Eine neue Religion?

Oder reine Selbsttäuschung, die sich in nichts von der Illusion seliger Erleuchtung bei einem LSD-Trip unterschied?

Was immer im Verstand vorgeht, wird durch elektrische Ströme und chemische Wechselwirkung hervorgerufen. Jeder Mensch ist einem Süchtigen gleich an chemische Stoffe in seinem Gehirn gekettet, durch die er die Welt deutet und ein Selbstgefühl erzeugt – ein Selbstgefühl, das sich jede Minute ändert, vom Wetter beeinflusst wird, vom Fluss der Hormone, von der Ernährung, vom Alkohol und hunderttausend anderen Substanzen. *Was ist der Grundzustand?*, fragte sich Virgil. Gab es überhaupt einen Grundzustand? War es wichtig, ob es ihn gab?

Wenn man Sucht als ein Verlangen definiert, das zur Selbstzerstörung führt, so handelte es sich bei den LOVs genauso um Suchtmittel wie etwa Hormone, die Hunger und sexuelle Leidenschaft hervorrufen, zum Errichten von Denkmälern inspirieren und den Menschen bewegen, Kunst um der Kunst willen zu betreiben. LOVs waren ein Aspekt sprühenden Lebens, das zu mehr Leben führte, nicht zu weniger. Die LOVs zu verlieren war nicht dem Verlust einer Hand gleichzusetzen, sondern dem Verlust des musikalischen Gefühls oder des Wunsches nach Liebe.

Diesen Verlust würde der Junge erleiden, der am Morgen gewaltsam aus dem Reservat evakuiert worden war. Welche *rationale* Ethik konnte ihm das je ausgleichen?

Virgil hatte gewartet, während uniformierte Soldaten den Jungen auf ihrer leisen Motorbarkasse zur Forschungsstation fuhren. Er stieg von der schwebenden Schale seiner fliegenden Untertasse und ging ihnen auf dem Dock entgegen. Ihm war alles andere als wohl zumute. Er sah sich als Geier, der auf den letzten Atemzug eines sterbenden Kindes wartete.

Der Junge reichte Virgil ohne Einwände sein Farsight, ohne Tränen, ohne zornige Worte. Dafür hatte Mother Tiger gesorgt. Trotzdem leuchtete dem Kleinen die Verzweiflung aus den Augen. Als der australische Sanitäter die Trage durch die Tür des Hausbootes zu fahren begann, packte der Junge Virgil beim Handgelenk und stieß mit dünner Stimme panikerfüllt auf Vietnamesisch eine Frage hervor. Mother Tiger dolmetschte: »Er fragt dich: Warum wollen sie mich zu weniger als einem Menschen machen?«

Der Sanitäter hatte bei der Berührung ein finsteres Gesicht gezogen. »Desinfizieren Sie sich lieber«, riet er Virgil. »Sonst sind Sie morgen auch hier.«

Aber sie konnten nichts desinfizieren. Und angesichts der politischen Wogen, die die LOV-Frage nach wie vor aufwühlte, bestand keine Aussicht, dass die Vereinten Nationen in nächster Zeit ihrer Petition stattgeben würden. Deshalb verlegte sich Virgil aufs Schmuggeln.

Als Komplizen warb er die *Roi Nuoc* außerhalb des Reservats an, die keine LOVs besaßen, aber schon den Tag herbeisehnten, an dem sie welche erhielten. Binnen achtundvierzig Stunden warfen sie stromaufwärts vom Reservat dreitausend wasserdichte Päckchen mit Antibiotika ins Wasser. Virgil hoffte, davon wenigstens fünf Prozent zu bergen, während die träge Strömung in den Betten der alten Bewässerungsgräben und überfluteten Kanäle sie zur See schwemmte. Zum Aufsammeln versicherte er sich der Hilfe von Elas Glasspinne.

Er hatte sein Vorhaben während eines kognitiven Kreises dargelegt, der von Mother Tiger beaufsichtigt wurde: Die Spinne sollte unter Wasser tauchen, dort nach Päckchen Ausschau halten und ihre Artgenossen auffordern, ihr zu helfen. Doch obwohl die Spinne anscheinend begriff, was man von ihr verlangte, kehrte sie nicht zurück, nachdem Ela sie auf die Suche geschickt hatte. Andere Spinnen, die man ihr nachsandte, kamen ebenfalls nicht wieder. Kein einziges Antibiotikapäckchen wurde gefunden, und niemand konnte sagen, wieso.

»Sie haben uns wahrscheinlich einfach missverstanden«, sagte Ela, als könnte sie es dadurch wahr werden lassen, dass sie es unablässig wiederholte. »Wahrscheinlich sammeln sie die Päckchen und horten sie irgendwo.«

Virgil war damit beschäftigt, sein jüngst erworbenes Farsight mit Draht an einer kurzbeinigen Spinne zu befestigen, die sich am Morgen in einem Netz gefangen hatte. Er glaubte nicht an Elas wohlwollende Erklärung, aber er wollte keinen Streit, deshalb entgegnete er nur: »Das müssen wir herausfinden.« Er befestigte eine sechzig Zentimeter lange Drahtantenne am Farsight, damit auch dann Kontakt zu Mother Tiger bestand, wenn die Spinne unter Wasser war. Anschließend steuerten sie die fliegende Untertasse, die einen knappen Meter über dem Wasser dahinglitt, zur Westgrenze des Reservats.

Der Regen hatte aufgehört. Wie Klingen schnitten hier und da Sonnenstrahlen durch die Wolken. Moskitos tanzten als rauchig-schwarze Wolken über dem Wasser. Ela zog sich einen Schleier aus Moskitonetz über den Kopf. Virgil schützte Gesicht, Hände, Haare, Ohren und Nacken mit Schlamm, aber er hatte trotzdem Stiche in den Lippen und Lidern zu erdulden. Seit Beginn der Flut flackerte überall im Mekong-Delta Malaria und Gelbfieber auf.

Dagegen ließ sich nichts unternehmen.

Sie stoppten eine Viertelmeile vor den mit Fluoreszenzorange gestrichenen PVC-Pfosten, die den Rand des Reservats kennzeichneten, und Ela setzte die fliegende Untertasse behutsam auf die Wasserfläche. Späherbälle, die technische Spielart von Distelwolle, trieben an ihnen vorbei und beobachteten, wie Virgil die Spinne über den Rand der Scheibe zu Wasser ließ.

Das Wasser war nur einen halben Meter tief, sodass die Antenne weit herausragte. Virgil nahm den Blick nicht von dem Bild, das in sein Farsight eingeblendet wurde, entdeckte jedoch nichts außer aufgestörtem Schlick und toten Pflanzenteilen auf dem Schlammboden. Mit ein wenig Glück würde die Spinne die Päckchen aufspüren – oder wenigstens herausfinden, was mit ihnen geschehen war. Er sah ihr nach; während sie davonging, verschwamm ihr silbrigblauer Umriss und verschwand schließlich hinter Schlickwolken, die Virgil die Sicht verstellten. Schon bald ließ sich nur noch an der Antenne erkennen, wo sie sich aufhielt.

Virgil schauderte; er hatte plötzlich ein ungutes Gefühl. Er beugte sich vor und musterte das Wasser.

»Vorsicht«, sagte Ela, die im Zentrum der fliegenden Untertasse auf ihrem Posten saß. »Du fällst noch runter.«

»Folgen wir der Spinne.«

»Was? Warum?« Sie klopfte sich aufs Farsight. »Wir sehen doch, wohin sie geht.«

»Aber die Spinne selbst sehen wir nicht, stimmt's?«

»Ist das wichtig?«

»Ich weiß es nicht.« Er wies mit einer Kopfbewegung auf den Sensorfleck. »Nur ein paar Minuten.«

Mit grimmiger Miene trat Ela auf die LOVs. Zischend entwich Luft aus den Abzugsöffnungen, und die fliegende Untertasse stieg in die Luft. Schnittig folgte sie dem winzigen V-förmigen Kielwasser der Antenne. »Weit kommen wir aber nicht.«

»Brauchen wir auch nicht.«

Niemand sonst war auf dem Wasser, und trotzdem wimmelte es von Späherbällen. Die IBC beobachtete jede ihrer Bewegungen und hielt sich gewiss bereit, sie sofort zu verhaften, sollten sie die Demarkationslinie der Grenzpfosten überschreiten.

Virgil beugte sich so weit über den Rand, wie er nur wagte, und hoffte, einen Blick auf die silbrigen Beine der Spinne oder die blaugrüne Kugel am unteren Ende der Antenne zu erhaschen – bis eine unerwartete Bewegung seinen Blick nach links zog. In einem verirrten Sonnenstrahl tanzte etwas Stumpfsilbernes auf der Stelle. Virgil deutete darauf. »Ist das noch eine Spinne?« Das eingeblendete Bild zeigte nach wie vor nur Schlick.

Ela zuckte die Achseln. »Wir können nachschauen gehen.« Mit Hilfe der Sensor-LOVs änderte sie den Kurs der fliegenden Untertasse. Im gleichen Moment wendete das silbrige Etwas, beschleunigte und schnitt ihren Weg. Für eine Spinne bewegte es sich viel zu schnell und zu zielstrebig. Geschmeidig wie ein Fisch war es. Gerade als die fliegende Untertasse es überflog, beobachtete Virgil, wie es zwei daumengroße, pfeilschnelle silberne Kapseln ausstieß, die das Wasser aufwühlten. »Langsamer!«, brüllte er, während zwei Projektile unter der fliegenden Untertasse hindurchschossen. Im Bruchteil einer Sekunde später waren sie aus Virgils Blickfeld verschwunden. Sie schienen sich jedoch auf einer gekrümmten Bahn ihrer Spinne zu nähern.

Ela trat auf den Sensorfleck und brachte die fliegende Untertasse dadurch zu einem abrupten Stopp, während sieben Meter entfernt im trüben Wasser zwei grellweiße Lichtblitze aufflammten. Das eingespielte Bild erlosch, und gleichzeitig brandete das Wasser als zwei Meter durchmessende braune Kuppel auf, die mit Krachen und Rauchen wieder in sich zusammenbrach. Weiße Scherben zerborstener Glasspinnenbeine wirbelten durch die Luft und blitzten im scheckigen Sonnenlicht eins ums andere Mal auf, während sie sich überschlagend ins aufgewühlte Wasser fielen und klirrend zerschellten.

»O Gott!«, rief Ela. »Sie haben die Spinne in die Luft gejagt. Virgil, wir müssen hier weg.«

Sie trat heftig auf den Sensorfleck. Luft zischte, und die fliegende Untertasse machte einen Satz rückwärts. Virgil stürzte und landete auf Händen und Knien. Dadurch blickte er ins Wasser, als die Untertasse erneut die geschmeidige silberne Fischgestalt überflog. Sie schlug mit dem Schwanz. Ihr Rücken durchstieß die Wasserfläche als Kamm aus Metallsegmenten, dann war es verschwunden. »Was zum Teufel war das?«

»Weg von der Kante!«, rief Ela. Sie war neben ihm und zerrte ihn in die Scheibenmitte. »Zurück! Wenn du ins Wasser fällst, dann schießen sie dich auch tot. Das hätten sie gern, und sie würden es als Unfall bezeichnen.«

»Aber was war das eben?«, fragte er, während er sich hastig in Sicherheit brachte. »So etwas habe ich noch nie zuvor gesehen ...«

»Aber ich.« Sie zog ihn hinunter, als müssten sie sich vor Heckenschützen ducken. »Das war ein U-Roboter. Sie werden benutzt, um die Fischzuchtanlagen vor der Küste zu schützen, aber der, den ich gesehen habe, war mit Harpunen bewaffnet und nicht mit Explosivgeschossen.«

Virgil schloss die Augen und spürte, wie die gierigen Moskitos ihm gegen Hände und Gesicht klatschten. An ihm nagte der Zorn. »Darauf wäre ich nie gekommen! Wie lange patrouillieren sie wohl schon an der Reservatsgrenze? *Verdammte Scheiße!* Sie müssen jede einzelne Spinne eliminiert haben, die hier vorbeikam.«

»Und die Päckchen mit den Antibiotika ebenfalls.« Als er aufblickte, entdeckte er, dass Ela Tränen in den Augen standen. Tränen. Er hatte sie noch nie weinen gesehen. »Virgil, wir stehen das nicht durch. Wir können es nicht. Sie wollen uns hier sterben lassen, einen nach dem anderen ...«

»Ela ...«

»Es ist doch wahr! Bei der UN reden sie und reden, und abgestimmt wird einfach nicht. Die IBC macht uns fertig. Die Medien machen uns fertig. Für die sind wir ... Missgeburten! Gemeingefährliche Verbrecher. Aber die IBC verhindert sogar ein Votum, nach dem wir ausgeschaltet werden. *Warum?* Warum wollen sie, dass wir so elend verrecken? Das leuchtet doch überhaupt nicht ein!«

Ihre Furcht drang, von seinen symbiotischen LOVs interpretiert und verstärkt, auf Virgil ein, doch er lehnte es ab, sich ihr zu ergeben. »Wir werden nicht sterben«, sagte er. »Nicht jetzt. Und nicht hiervon.« Er zeigte auf die Flut und bemühte sich, die Spinnenbeinsplitter nicht zu sehen, die auf dem Wasser trieben. »Manchmal gewinnen am Ende eben auch die Missgeburten und die gemeingefährlichen Verbrecher.« Er versuchte ein Grinsen. »Du wirst schon sehen. In ein paar Jahren gelten wir als glorreiche Revolutionäre ...« Sie wollte sich abwenden. »Ela?« Er wagte es, sie leicht an der Schulter zu berühren. »Geh nicht. Gib nicht auf ... Bitte. Bleib. Bitte?«

Er öffnete die Arme, und zu seiner Überraschung kam sie zu ihm. Sie legte ihr Gesicht an seine Brust, ihre dunklen Augen starrten durch den Moskitonetzschleier auf die kleiner werdenden orangefarbenen Grenzpfosten am Rand des Reservats. Er hielt sie fest, er wollte sich entschuldigen, er wollte ihr sagen, wie sehr er es bedaure, dass sie durch seine LOVs in diesen Schlamassel hineingezogen worden war. Aber dazu hätte er lügen müssen. Er war dankbar, sie bei sich zu haben.

34

Auf dem langsamen Rückflug waren sie still; jeder blieb mit seinen Gedanken allein. Ela arbeitete an sich, um ihr Entsetzen hinter schwere druckfeste Schotten zu sperren. Es ging ihr gar nicht so sehr um Kontrolle, sie wollte sie wegschließen. Die ganze Zeit über spürte sie ihr Grauen; es gellte kaum vernehmlich, aber unüberhörbar wie die fernen Schreie einer irrsinnigen Tante, die man im Gartenhaus einsperrt hat, damit niemand sie sieht. Doch immerhin konnte man vorgeben, nichts zu hören.

Nach einer Weile hob sie den Kopf von Virgils Brust und begriff, dass sie zu weit geflogen waren. Sie waren schon an der Plattform vorbei, auf der Ninh und Oanh wohnten. Der ungewohnte Duft der See lag in der Luft. »Wohin fliegen wir?«

»Ich möchte dir etwas zeigen«, erklärte Virgil. »Eine Überraschung.«

Ela löste sich hastig von ihm. Ihre gewohnte Vorsicht kehrte zurück. »*Überraschung* ist ein raffiniertes Wort, denn es kann sowohl Gutes als auch Schlechtes bedeuten.«

»Normalerweise bedeutet es aber etwas Gutes. Es wird dir gefallen.«

Er hatte seine Plattform mit Blick aufs Meer errichtet. Dorthin brachte er sie. Die Plattform sah anders als in ihrer Erinnerung; sie war größer, und an einer Ecke erhob sich ein weißer Turm wie ein steiles Indianerzelt oder eine riesige Kegelschnecke. Zweieinhalb Meter hoch streckte er die Spitze in die Luft. Eine Brise zog parallele Schaumlinien über den Ozean, die Plattform jedoch lag hinter dem schützenden Wall eines Deiches, wo das Wasser ruhig blieb.

Ela sprang auf das schlammbespritzte Deck, während Virgil die fliegende Untertasse aufs Wasser senkte und vertäute. Nicht aus Neugier sah Ela sich um, sondern weil das unterschwellige Keifen von Tante Schrecklich zu verständlichen Worten anschwoll, wenn sie ihren Verstand nicht ablenkte.

Eine olivgrüne Plane, die aussah, als wäre sie aus der Wand des aufgegebenen Sanitätszelts geschnitten worden, war über einen niedrigen Rahmen aus gewölbten Rippen gespannt, sodass eine winzige Nissenhütte entstand. Vor den Öffnungen an beiden Enden hingen Moskitonetze. Ela kniete sich hin, um das Innere zu betrachten, und wie erwartet bestanden die Rippen aus Träger-LOVs.

Hinter der Nissenhütte stapelten sich mehrere Kisten aus wasserdichtem Kunststoff. Anscheinend hatte Virgil sie zusammen mit der Zeltbahn aus dem Sanitätszelt gerettet. Dahinter wiederum rankten aus einem Blumenkasten am Rand der Plattform junge Süßkartoffelpflanzen.

Als Ela sich umdrehte, bemerkte sie, dass Virgil sie mit einem anerkennenden Lächeln betrachtet hatte, während sie sich umsah. Bedeutungsvoll blickte er das riesige Kegelschneckenhaus an. Ela roch den Rauch einer Citronellkerze und fragte sich, ob jemand darin war. »Das ist viel Platz für nur einen Menschen«, stellte sie fest.

Virgil zuckte mit den Schultern. »Ich bin Amerikaner.«

Ela nickte. Obwohl sie nicht sagen konnte weshalb,

schlug ihr Herz schneller. Sie nahm das Farsight ab und steckte es in die Hosentasche, denn diese Überraschung wollte sie gern für sich behalten. Dann ging sie um das Indianerzelt herum, bis sie auf der Rückseite die Tür fand. Oder besser gesagt, sie fand den Eingang: einen schmalen Schlitz, der dadurch gebildet wurde, dass die Wand sich in sich selbst zusammenkrümmte – wie bei einer Kegelmuschel eben. Ein Moskitonetz verdeckte den Eingang. Ela hob das Gewebe und gelangte, indem sie sich darunter hindurchduckte, in einen kleinen Vorraum, wo in einer hüfthohen Nische eine Citronellkerze brannte. Ihre Schultern scharrten über die Wände. Der Vorraum erschien dunkel, aber nur verglichen mit dem, was dahinter lag. Ela schob sich um die Biegung der inneren Wand und gelangte in eine kleine, strahlend hell erleuchtete Kammer. Das Licht brach sich funkelnd auf den weißen Wänden und dem weißen Fußboden, es spielte um ringförmige Streifen aus blaugrünen Schatten.

Von oben tröpfelte Wasser herab. Als Ela den Kopf hob, sah sie, wie es kristallklar, in verwundenen Fäden vom Dach regnete. Es erinnerte sie an Quellwasser, das aus porösem Stein hervorsickert. Sie glaubte, der Regen dringe durch das Dach, bis sie begriff, dass das Wasser, das ihr auf die Füße spritzte, *warm* war. Sie hielt die Hand in den Strom, und Wasser platschte ihr in den Handteller und sammelte sich dort, warm und klar.

»Es wird durch Röhrchen aus LOVs hochgepumpt«, sagte Virgil. Sie drehte sich um. Er stand in dem schmalen Eingang. Wachsam betrachtete er sie. Sein Farsight war nicht zu sehen. »Es wird filtriert und dann durch Hohlräume in den Wänden geleitet, wo das Sonnenlicht sie aufheizt.«

»Das ist eine Dusche?«

Er nickte. »Sehr heiß wird das Wasser leider nicht.«

»Ich kann mich gar nicht mehr daran erinnern, was heißes Wasser ist.« Sie zog sich den Poncho aus und warf ihn auf den Boden. Dann trat sie unter die ineinander verschlungenen Rinnsale. Als ihr das Wasser durch das fettige Haar rann und über die geschlossenen Augen lief, stieg tief aus ihrem Bauch ein aufgeregtes Lachen hoch. Es war eine Dusche! Eine wunderbare Warmwasserdusche!

Sie würde sich jedenfalls nicht angekleidet duschen.

Sie warf den Kopf zurück und schälte sich aus dem langärmligen T-Shirt. Die schmutzigen Lumpen warf sie auf ihren Poncho. Nun liefen die Wasserfinger über ihren grauen Sport-BH und das schlammfleckige Khakihöschen. Sie knöpfte beides auf, und während sie beides in die Ecke kickte, begegnete sie Virgils Blicken.

Nach einigen Sekunden schob er sich weiter in die helle Kammer vor. Dann zögerte er ... gab er ihr die Möglichkeit, aufzuschreien oder ihn hinauszuwerfen? Sehr gentlemanlike. Doch als sie diese Gelegenheit nicht nutzte, zog Virgil sich das Hemd über den Kopf und warf es auf ihren Kleiderhaufen. Das Licht umschloss seine blasse Haut, hob jede Vertiefung zwischen den Muskeln und jede Kuhle zwischen seinen Rippen hervor, glitzerte auf den fast unsichtbaren Streifen goldener Härchen, die ihm als schmales Kreuz aus Brust und Bauch sprossen.

Er roch nach Schlamm.

Die Knoten in ihrer Seele begannen sich zu lockern, und zum ersten Mal an diesem Tag lächelte sie. »Setzt du dich zu mir?«

Sie wartete nicht auf Antwort, sondern ließ sich mit unterschlagenen Beinen auf den Fußboden sinken. Das warme Wasser prasselte und tröpfelte durch die nach der

Kerze duftende Luft herunter. Virgil ging halb in die Hocke und zögerte, eine Hand auf dem Knie. »Bist du sicher?«

Sie nickte und strich sich das nasse Haar aus der Stirn. »Setz dich vor mich«, sagte sie. »Denk mit mir.«

Allmählich erwärmte er sich für den Gedanken, das sah sie an seinen Augen und an seinem leichten Lächeln, während er sich im Schneidersitz vor sie niederließ. Mit seinen großen Händen strich er sich das Haar aus der Stirn. Zu Anfang waren seine LOVs verstreut und isoliert gewesen, doch mittlerweile hatten sie sich so sehr vermehrt, dass sie als juwelenartige Trauben seinen Haaransatz säumten. Im unsteten Regenbogenlicht erschienen sie fast farblos. Er sagte: »Ich kann nicht verbergen, was ich empfinde.«

»Das brauchst du auch nicht.« In Ela entfaltete sich das Verlangen wie eine Lotusblüte; die Blütenblätter öffneten sich und enthüllten, dass sie ein sengendes Feuer eingedämmt hatten, das unter dem Kuss des Sauerstoffs hell aufloderte. Ela ergab sich dem Gefühl und leitete ihre LOVs an, es aufzugreifen und zu verstärken ...

... und zu senden.

Sie beobachtete seine Augen und sah, dass die Lust ihn packte wie eine zuschlagende Kobra. Ein glasiger Ausdruck schoss über sein Gesicht. Als er sprach, war seine Stimme zu einem rauen Flüstern komprimiert, als läge er auf der Folterbank und erdulde keine Wonne, sondern Schmerzen. »Warum jetzt, Ela?«

»Ich weiß es nicht. Wahrscheinlich ... für den Fall, dass es die letzte Gelegenheit ist.« Sorgfältig bedacht, die Verbindung zu seinen Augen nicht zu verlieren, streifte sie sich den BH über den Kopf. Dann schlüpfte sie aus der stockfleckigen Bikinihose, beschimpfte sie als Keuschheitsgürtel und schwor, sie nie wieder anzuziehen.

Alles war verändert. Ihr Leben lang hatte sich ihre Zukunft als Gewicht an sie gehängt und über Jahre hinweg ihre Sehnsüchte beherrscht, als wäre es eine große anziehende Masse, die Elas Verhalten auf eine lange gekrümmte Bahn lenkte und zu ihrem Mittelpunkt machte. Nun war Elas Zukunft zu einem feinen Nebel zerstoben, und sie konnte nicht einmal eine Stunde vorausplanen. Nur das Jetzt zählte, und alles, was sie war oder je werden würde, schien in diesem Augenblick gefangen zu sein.

Die LOVs verliehen ihr solch eine intensive Konzentration, dass die Wirklichkeit sich um Ela zu krümmen und sie zusammen mit Virgil in dieser Kammer voll Licht, Kerzenduft und warmem rieselnden Wasser einzuschließen schien. Sie erhob sich vor ihm auf die Knie, trunken vom Blut, das ihren Körper durchströmte, von Kopf bis Fuß in Wärme gehüllt.

Virgil hob sich ihr entgegen, und als er sie in den Arm nahm, fühlte sie sich von einem Monstrum verschluckt, das warme Gelüste beherrschten. »Du hast keine Angst.«

Die Worte kamen von irgendwo unter der Erde, sie rollten unter einem Boden aus Blut und Knochen. Wahre Worte. Sie wiederholte sie flüsternd, als wären sie ein Mantra. »*Ich habe keine Angst.*« Ihre LOVs hatten ihr endlich gezeigt, wie sie die Angst hinter sich ließ.

Nachdem eine sorglose Zeit verstrichen war – Stunden vielleicht –, erwachte Ela von einem aufdringlichen Trommeln, einem durchdringenden rhythmischen Schlagen, das sie zurück in die Welt riss. Sie blinzelte, und das Geräusch wurde zum Prasseln des Regens auf der olivgrünen Zeltplane, die das Dach von Virgils Nissenhütte bildete. Durch die Moskitonetze an den Enden der Hütte drang graues Licht und fiel ihr auf die nackte Schulter, wo es einen winzigen perfekten, federweichen organischen Roboter beleuchtete, der auf ihrer Haut hockte und sich an ihrem Blut labte. Sie beobachtete ihn, bestaunte die zierlichen Flügel, die zerbrechlichen Beine, die feiner waren als ein Menschenhaar, die winzigen Augen, den spitzen Rüssel, welcher ideal seiner Aufgabe angepasst war, ihr den Lebenssaft aus dem Leib zu saugen. Dann zog sie die Hand unter der Isolierdecke hervor, unter der sie lag, und scheuchte den gesättigten Moskito davon.

Neben ihr schlief Virgil. Ihn bedeckte nur ein Zipfel der Decke. Sein Gesicht war von antiker Schönheit, ein Buddha aus Alabaster, der eins mit dem Wald geworden ist; in Ranken gehüllt, erfährt er Erleuchtung aus dem Gesang eines Vogels – während auf seiner blassen Hüfte gleich drei Moskitos saßen und bekamen, was sie wollten. Ela streifte sie ebenfalls ab, dann küsste sie ihn leicht auf den Mund, kostete von seinem Atem, brachte ihre LOVs an seine und tauchte in den traumlosen Frieden seines Geistes ein.

Als der Regen nachließ, erklangen Menschenstimmen. Sie näherten auf dem Wasser der Plattform. Ela setzte sich auf und fragte sich, wie sie eigentlich in die Nissenhütte gekommen war. Das Letzte, woran sie sich erinnerte, war das Ende der Welt in einer blendenden Kernschmelze, einer ekstatischen Auflösung von Zeit und Raum, weil ein Gott ihr in die Seele atmete und die Erschaffung einer neuen Welt einleitete.

Vielleicht war solch eine Welt in einer anderen Falte der Wirklichkeit tatsächlich empfangen worden … während sie in die gleiche Welt zurückgefallen war, die schon von jeher Anspruch auf sie erhoben hatte.

Ihre Kleidung hing klatschnass auf einer Wäscheleine, und Ela zog sie sich über. Ihr Farsight steckte noch in der Hosentasche.

Die Stimmen waren nun ganz nahe, und ein Bootsrumpf berührte mit einem dumpfen Schlag die Plattform. Bald folgten leise Schritte, die Ela als schwache Erschütterung des Bodens spürte. Virgil regte sich und berührte sie am Rücken. Als sie sich umdrehte, lächelte er müde. »Leg dich wieder zu mir«, wisperte er.

»Da kommt jemand.«

»Nur ganz kurz.«

»Ich glaube, es ist Nash ... und jemand, den ich nicht kenne.«

Virgil setzte sich mit einem besorgten Stirnrunzeln auf und legte ihr den Arm um die Schultern. »Bleib hier im Zelt.« Er bewegte beinahe nur die Lippen, seine Worte blieben fast unhörbar.

»Warum?« Ihre Stimme war leiser als ihr Herzschlag. »Was ist denn?«

»Der Neue, Steven Ho. Er nennt sich Grundlagenforscher, aber ich bin ihm schon begegnet. Er ist ein professioneller Söldner.«

»Dann weiß er schon, wer ich bin.«

»Ich will nicht, dass er über uns Bescheid weiß. Er könnte es gegen uns verwenden.«

»Das weiß er auch schon, Virgil. Vergiss nicht, sie beobachten uns die ganze Zeit mit ihren Späherbällen, ihren Überwachungsdrohnen, ihren U-Robotern und wer weiß mit was noch allem. Sie hören auch, was wir gerade flüstern. Sie wissen alles.«

Er zuckte mit den Achseln. »Ich möchte trotzdem, dass du hier bleibst.«

Er zog sich Hose und Hemd an und setzte das Farsight auf.

»Virgil«, rief Nash leise. Ela hörte, wie er mit den Füßen scharrte, während er einige Meter vor der Nissenhütte wartete. »Virgil, wir wissen, was Sie heute Morgen versucht haben.«

Virgil küsste Ela auf die Wange. Er küsste sie aufs Ohr, und sein widerwilliges Seufzen floss warm über ihren Hals und ihre Schulter. »Bleib hier.« Damit kroch er aus der Hütte, erhob sich und blockierte den Eingang, sodass Ela ihm nicht folgen konnte. Er verschränkte die Arme vor der Brust, und das Regenwasser lief an seinem blauen imprägnierten Hemd herunter. Sein Gesicht konnte sie nicht sehen.

»Hallo, Nash.«

Nash klang verdrossen, als er antwortete. »Wir wissen von dem versuchten Schmuggel, Virgil. Es ist aus für Sie. Wir beantragen, Ihnen den Asylantenstatus abzuerkennen. Ihnen und Ela Suvanatat.«

»Wir haben überhaupt nichts getan.«

Von der Rückseite der Hütte hörte Ela Wasserglucksen, so leise und mechanisch gleichmäßig wie das Geräusch eines Zimmerwasserfalls. Sie blickte sich gerade noch rechtzeitig um, um ein kleines Glaskanu höchstens zwei Meter von der Plattform entfernt vorbeifahren zu sehen. Glasboote waren mittlerweile kein seltener Anblick mehr, und in diesem saß ein gertenschlankes Mädchen in heller Baumwollkleidung, die einst vielleicht einmal weiß gewesen war. Ein Kegelhut schützte ihren Kopf vor dem Regen, doch als sie vorbeischoss, bemerkte Ela ihre Hand, die auf dem Dollbord lag: Sie war blass und fast skelettartig dünn – und sie hielt weder ein Paddel noch eine Stake.

Was also trieb das Boot an?

Hastig kroch Ela zum Hinterausgang der Hütte und blickte dem Kanu nach, das gerade um die Ecke der

Plattform bog. Das Mädchen darin saß völlig reglos da, und es sah aus, als lenke es das Kanu durch schiere *Willenskraft*.

Ela sah Virgil an. Während des zunehmend hitziger werdenden Streitgesprächs hatte er offenbar seinen Entschluss vergessen, sie in der Hütte zu halten, denn er war von der Tür weg nach vorn getreten. Sie hörte, wie er mit Nash ausfocht, wie der Schmuggel zu betrachten war: ob der Zwischenfall sich überhaupt zugetragen habe und wenn ja, was er bedeute. Ela glaubte nicht, dass er das Kanu bemerkt hatte. Es fuhr unten im Wasser und war so dicht an der erhöhten Plattform vorbeigefahren, dass wahrscheinlich keiner der Männer es hätte sehen können.

Deshalb setzte Ela ihr Farsight auf und stellte es auf Aufnahme. Dann schoss sie aus der Hütte. Virgil schaute sie erschrocken an, als sie an ihm vorbeisprang. Sie wiederum warf nur einen kurzen Blick auf Nash Chou, der sich in einen gelben Poncho gehüllt hatte. Sobald sie die Plattform überquert hatte, blickte sie auf der anderen Seite ins Wasser, doch das Kanu war schon außer Sichtweite. Darum nahm sie die Abkürzung hinter dem Duschraum – und wäre fast in einen Fremden hineingerannt.

Er war mindestens einen Meter neunzig groß. Das Regenwasser, das ihm von der Krempe seines Hutes aus Segeltuch rann, verschleierte sein bronzefarbenes Gesicht. Er trug eine weite Arbeitshose, deren Beine in glänzenden, kniehohen Stiefeln steckten, und ein grünes imprägniertes T-Shirt, das die wohlentwickelten Muskeln seiner breiten Schultern in allen Einzelheiten zeigte. Seine Augen verbargen sich hinter einem undurchsichtigen Farsight. Er musterte Ela von oben bis unten, dann richtete er seine Aufmerksamkeit wieder auf das Wasser.

Virgil hatte Recht. Steven Ho sah wirklich nicht wie ein Grundlagenforscher aus.

Ela schob sich vorsichtig zur Kante der Plattform und wagte nicht, den Blick länger als für eine oder zwei Sekunden von ihm zu nehmen. Sie erinnerte sich an den IBC-Mann, der versucht hatte, sie am Rand des Reservats zu verhaften, und musste daran denken, wie hilflos sie in seinen Händen gewesen war. Dennoch war ihre Neugier stärker als ihre Furcht. Als sie über die Kante blickte, stieg das Mädchen aus dem Glaskanu gerade auf die Leiter. Sie musste etwa fünfzehn Jahre alt sein.

Ela beugte sich vor, eine Hand auf dem Knie. »Wie bewegt sich dein Boot?«, rief sie.

Das Mädchen hob den Kopf und lächelte strahlend. In dem Raum zwischen ihren Augenbrauen und der Hutkrempe sah sie eine solide Brücke aus LOVs. Noch nie hatte sie so viele von ihnen an einem einzigen Menschen gesehen. Sie funkelten, als bestünden sie aus lichtabstrahlender Haut. »Die LOVs im Rumpf pumpen Wasser wie kleine Tintenfischs und schieben Boot vor«, erklärte sie. Sie sprach gebrochenes Englisch mit dem australischen Akzent, der unter den *Roi Nuoc* sehr beliebt zu sein schien. »Ich heiße Lien.«

»Ich bin Ela. Dein Boot ist wunderbar«, sagte sie vollkommen aufrichtig, während das Mädchen auf die Plattform kletterte.

Virgil trat zu ihnen und berührte Ela am Arm. »Hallo, Lien.«

»Schön, Sie wiederzusehen, Dr. Copeland.« Lien nickte und löste dabei das Stoffband unter ihrem Kinn, der ihren Hut an Ort und Stelle hielt.

Virgil blickte Ela an. »Lien hat meine LOVs auf Ky transplantiert.«

Nash stand hinter ihm und wirkte sehr ungeduldig.

»Virgil! Dieses neue Kanu ist nur ein Grund me ...« Er keuchte erstickt auf, als Lien den Hut abnahm und barhäuptig im Regen stand. Auch Ela verschlug es den Atem.

Liens Kopf war von LOVs bedeckt. Sie hatte kein Haar, und nirgendwo war auch nur ein Fitzelchen ihrer Kopfhaut zu sehen. Ihr Kopf war ein einziger funkelnder Helm aus LOVs, der an ihren Augenbrauen begann, an ihren Ohren vorbeilief und in ihrem Nacken endete.

»*Mein Gott*«, wisperte Nash.

Steven Ho sagte mit rauerer Stimme: »Heiliger Gott.«

Ela fühlte sich von dem glitzernden Anblick wie gebannt; nur unter großer Willensanstrengung gelang es ihr, sich abzuwenden. Virgil hingegen fühlte sich offensichtlich nicht so verwundbar: Er starrte Lien an, während ein schwaches, ungläubiges Lächeln sein Gesicht erwärmte. »Du warst sehr beschäftigt, Lien.«

Sie errötete. »Lösungen finden sich nicht einfach.«

»Wo ist dein Farsight?«, fragte er, und Ela bemerkte erst jetzt, dass Lien keins trug.

Das Mädchen klopfte sich auf die Blusentasche. »Hier.«

»Warum trägst du es nicht?«

Sie sah ihn traurig an. Dann fuhr sie sich mit der Hand über den funkelnden LOV-Helm. »Mother Tiger gefällt es nicht.« Sie setzte sich wieder den Hut auf und schürzte die Lippen, als spräche sie von einer Kleinigkeit, einer verschütteten Tasse Tee. »Ich bin immer noch *Roi Nuoc.*«

Nash trat vor. Sein Poncho flatterte. Er schüttelte den runden Kopf. »Sehen Sie sich das Mädchen an, Virgil! Ein *Kind.* Was bleibt Ihrer Meinung nach wohl von ihr übrig, wenn all diese LOVs entfernt worden sind? Soweit ist es schon gekommen. *Das ist allein Ihre Schuld!*«

Lien blickte Nash an, als sei er ein fremdes, unverständliches Tier, und wandte sich wieder an Virgil. »Ich habe einen Plan für eine Zitadelle, in der alle *Roi Nuoc* sicher sind.«

»Sicher vor was?«, fragte Steven Ho über Elas Schulter hinweg.

Lien sah ihn sich einen Moment lang an. Dann lächelte sie. »Vor dem Regen, dem Wind, dem Meer und der Hitze, wenn sie zurückkehrt ... aber nicht vor Bomben und Gewehren. Davor können wir uns nicht verstecken, wenn ihr uns am Ende umbringen kommt.«

35

Seit Tagen schon war Summer nicht mehr im Freien gewesen. Sie wagte sich nicht vor die Tür; sie fürchtete sich vor den Leibwächtern, die man »zu ihrem Schutz« abgestellt hatte. Deren eigentliche Aufgabe, daran zweifelte sie keinen Augenblick, bestand darin sicherzustellen, dass sie nicht mit den falschen Leuten sprach. Darum verbrachte sie Tag für Tag unter den Überwachungskameras der IBC in ihrem Büro und spielte mit einem molekularen Entwurf nach dem anderen, die dreidimensional an ihren Wandbildschirm geworfen wurden.

Sie hatte die Entwicklung von sechs viralen Waffen abgeschlossen, die gegen die LOVs eingesetzt werden konnten. Drei bestanden aus einfachen organischen Giftstoffen, die an ein Überträgervirus gekoppelt waren. Die Toxine wirkten als Mutagene und hemmten die Fortpflanzung der LOVs. Drei waren schwächende Viren, die den Wirt der LOVs angriffen. Alle waren sie in der Lage, zwischen einem symbiotischen LOV und einem LOV außerhalb des menschlichen Immunsystems zu unterscheiden. Sie brütete noch immer über dem Grund, aus dem diese Eigenschaft beim Entwurf verlangt worden war. Warum wollte Daniel Simkin die symbiotischen LOVs verschonen?

Selbstverständlich leugnete Simkin ab, dass ihm darum ging, sie zu erhalten; er bemühte die internationalen Gesetze gegen biologische Kriegführung: *Womöglich wird uns nicht gestattet, die symbiotischen LOVs direkt anzugreifen; wir müssen vorbereitet sein, auf jeder Ebene vorzugehen, auf der man uns vorzugehen erlaubt.*

Das war ein triftiges Argument. Warum also glaubte sie ihm kein Wort?

Sie blickte auf das Molekülmodell ihres neuesten Zielwirkstoffs, das auf den Wandbildschirm des verdunkelten Raums projiziert wurde. Die farbenfrohe 3-D-Darstellung rotierte langsam. Ihr Team hatte die Verbindung noch nicht synthetisiert, aber sobald sie wussten, wie man es herstellte, hätten sie etwas in der Hand, das sich sehr von allem unterschied, was irgendein anderes Projekt bisher ergeben hatte. Es handelte sich um ein Markierungsvirus, dazu entwickelt, alle verbliebenen Asteriden aufzuspüren, die in den evakuierten Kindern vielleicht noch übrig waren, nachdem man ihnen die LOVs entfernt hatte.

Aber benötigte man nicht viel mehr ein Markierungsvirus, um die evakuierten Kinder zu finden? Sie waren von einem bemerkenswert dichten Schleier der Geheimhaltung umgeben. Selbst die Skandalpresse hatte, obwohl sie mit Geld um sich zu werfen pflegte, kein Einziges von ihnen aufgestöbert und interviewt. Summer konnte eigentlich nicht glauben, dass einfach jeder, der mit den Kindern zu tun hatte, völlig unbestechlich sein sollte.

Freilich waren über jedes einzelne evakuierte Kind Berichte veröffentlicht worden, und Summer hatte, wie alle anderen auch, Kopien erhalten. Jede Verlautbarung lief auf die gleiche knappe, bonbonfarbene Beschreibung hinaus: »Alle Anzeichen normal; rasche Genesung; ein aufgewecktes, gesundes Kind.« Alles in allem ein wohlwollendes Porträt, das nur Argwohn wecken konnte; neurologische Eingriffe verliefen niemals so simpel, doch Simkin weigerte sich, mit ihr über ihre Bedenken zu sprechen, und niemand, den sie bisher in die Ecke drängen konnte, war bereit gewesen zuzugeben, mehr zu wissen.

Summer war auf der Hut vor haltlosen Spekulationen. *Aus dem Nichtvorhandensein von Tatsachen lässt sich kein sinnvoller Schluss ziehen,* sagte sie sich immer wieder. Dennoch wurde sie ein unbehagliches Gefühl nicht los. Hielt man die Kinder etwa isoliert, weil es bei dem Versuch, ihnen die LOVs zu entfernen, zu einem ernsten Fehlschlag gekommen war?

Sie warf das Farsight auf den Tisch, erhob sich und begann, den Raum abzuschreiten.

Was, wenn es Komplikationen gegeben hatte? Was, wenn die neurochirurgischen Eingriffe zur Entfernung der LOVs gefährlicher waren, als irgendjemand zugeben wollte? War es möglich, dass einige (oder sogar alle) Kinder dauerhafte Hirnschäden davongetragen hatten?

Die Prozedur konnte jedenfalls mit jedem neuen Kind nur schwieriger werden, denn mit der Zeit wurden die neuronalen Verknüpfungen immer komplexer, und die Kinder trugen immer mehr LOVs.

Summer blieb stehen. Sie verschränkte die Hände hinter dem Rücken und blickte auf das rotierende Molekülmodell. Würden die *Roi Nuoc* ihre Petition erhalten, weil es nicht anders ging, wenn die Erfahrung zeigte, dass die Symbiose nicht mehr rückgängig zu machen war?

Simkin würde versuchen, diese Tatsache zu verschleiern, ganz gleich, was er persönlich plante.

Sie seufzte, denn sie wusste, dass die wahre Erklärung am Ende ganz anders lauten würde. *Gott, wie ich Geheimniskrämerei hasse!*

»Bild erneuern.«

Das Display schlug in ein trübes graues Leuchten um,

das sich in den abgedunkelten Raum ergoss, die Kanten deutlicher hervortreten ließ und sich um die groben Umrisse der Einrichtung wand.

Als Summer die LOVs ersann, war ihr das Projekt so viel versprechend vorgekommen. Geisteskrankheiten plagten die Menschheit seit jeher. Ein kaum merkliche Störung der Hirnchemie verwandelte einen liebevollen Menschen in eine hilf- und hoffnungslose Hülle, gelenkt von einem Geist, der keinen Bezug zur Wirklichkeit mehr besaß. Medikamente, Therapie und sogar chirurgische Eingriffe halfen manchmal, aber allesamt waren sie in etwa genauso grobe Mittel, als würde man eine Stadt bombardieren, um einer Rattenplage Herr zu werden. Im Gegensatz dazu hatten die LOVs ein subtiles, stufenlos anpassbares Mittel zum Ausgleich der neurochemischen Signale geboten – doch nichts entwickelt sich wie vorhergesehen.

Summer hatte die LOVs als Heilung einer ganzen Reihe von Geisteskrankheiten erdacht, doch nun musste sie sich fragen: Hatte sie stattdessen die Vernichtung dieser Kinder bewerkstelligt?

36

An der Küste, hinter dem letzten der Dämme mit ihren Wäldern aus neu angepflanzten Mangroven, wuchs der Seepalast. Sein Fundament bestand aus Watt, aus Schlick und Sedimenten, die von der Flut herangetragen worden waren. Wenn die Trockenzeit kam und der Fluss sich wieder an seine Ufer zurückzog, würde hier neues Land liegen, das noch niemandem gehörte. Im Moment aber stand das Wasser kniehoch über der Stätte.

Den Spinnen machte es nichts aus. Sie sammelten sich um Lien, als sie sich ins seichte Wasser kauerte. Achtundvierzig waren es, und sie bildeten lockere konzentrische Kreise. Im trüben Tageslicht unter den immerwährenden Wolken sah man deutlich, wie die LOVs auf Liens Kopf aufleuchteten, während sie den Spinnen die Pläne übermittelte, die sie für den Seepalast ersonnen hatte. In respektvollem Abstand stand Virgil bei einer kleinen Gruppe von *Roi Nuoc*. Ihn brannte zu erfahren, wie Lien sich während dieser Gespräche fühlte. War sie sich des Dialogs zwischen den LOV-Kolonien direkt bewusst, oder betrachteten die künstlichen Organismen sie nur als ein weiteres Fortbewegungsmittel? Spinnenbeine mit vielseitig einsetzbaren Händen und ein wenig zusätzlicher Rechenleistung?

Mother Tiger war nach wie vor nicht damit einverstanden. Das ROSA war zu einem kleinen Icon geworden, das vor und zurück über das Display von Virgils Farsight tigerte, vor und zurück, Wut, die man in einen Käfig gesperrt hatte. Lien trug kein Farsight.

Fast zwei Stunden vergingen, dann löste sich die Konferenz der Spinnen auf. Einige huschten rund fünfzehn Meter die Küste entlang; andere näherten sich den Schlickhaufen und den schäumenden Wellen, wo das Watt ins Meer überging. Jenseits der Brecher ankerte eine Plattform der IBC. Virgil erspähte dort jemanden, der seinerseits die Zusammenkunft an Land beobachtete, während eine wolkengraue Drohne über ihnen schwebte und den Anblick von Glasspinnen aufzeichnete, die sich in Reihen ordneten und ein regelmäßiges Fünfeck von der Fläche einer Turnhalle bildeten; eine Ecke zeigte aufs Meer. Die Spinnen hockten sich nieder, sodass ihre Zentralkugeln im seichten Wasser verschwanden; nur der Knick ihrer Knie blieb über der Oberfläche, und das Watt sah aus, als hätte jemand glänzende weiße Stecken in Kreisen hineingestoßen.

Die Spinnen bewegten sich nicht mehr. Lien kehrte auf ihr Gebiet zurück, und die anderen *Roi Nuoc* verstreuten sich auf Glasbooten oder Flugmaschinen zu ihren jeweiligen Gütern. Virgil blieb, bis die Sonne untergegangen war, doch an diesem Tag geschah nichts mehr – wenigstens nichts, was er sehen konnte.

Am nächsten Morgen bot sich ein veränderter Anblick. Die Spinnen saßen noch immer an Ort und Stelle, doch nun wuchs um sie und zwischen ihnen ein niedriges fünfeckiges Fundament aus LOVs, als hätte jemand Beton abgegossen, der ihre Beine an Ort und Stelle hielt. Am Tag danach waren die Spinnen vollständig begraben – aber die Bälle lebten nicht mehr in ihnen. Jede Einzelne ruhte in einem durchsichtigen Becher an der Oberseite kniehoher Sockel über der wachsenden Mauer, die mit dem Bauwerk in die Höhe stiegen.

Die UN-Wissenschaftler brachten schweres Gerät herbei, um die unterirdische Struktur zu kartieren, und nahmen Probebohrungen vor. Ihre Befunde verblüfften niemanden: Der Seepalast wuchs aus Wurzeln, die tief im Schlamm des Deltas verankert waren. Im Schlamm von zehntausend Jahren. Ela versuchte sich vorzustellen, welche archäologischen Erkenntnisse die Wurzeln gewannen, während sie die Überreste animistischer Kulturen durchschnitten, der Königreiche der Chinesen, Viet und Franzosen, der Kriege des zwanzigsten Jahrhunderts.

Als Lien ihre Pläne zum ersten Mal unterbreitete, hatte Ky sich Sorgen gemacht, ob das Vorhaben wirklich weise sei: »Der Palast ist zu groß. Man wird ihn als Festung ansehen. Wir könnten den Anschein erwecken, wir wollten die IBC zu einem Angriff provozieren.« Die *Roi Nuoc* hatten höflich zugehört, während das Projekt mit der gleichen Eigendynamik fortschritt, die untrennbar mit den LOVs verbunden zu sein schien. Es war, als erzeugten sie eine Art kultureller Schwerkraft, die alles um sie herum schneller und schneller in eine unbekannte Zukunft zerrte.

Eine Woche lang wuchs das Fundament, genährt von dem unsichtbaren Wurzelsystem. Gewitzt wie sie waren, programmierten die LOVs die meisten ihrer Träger, rasch abzusterben, sodass die Masse des Bauwerks sich schnell vergrößerte, während die Anzahl lebendiger LOVs, die mit Nährstoffen versorgt werden musste, wesentlich gemächlicher stieg. Die meisten Träger-LOVs existierten gerade lange genug, um eine dünne Schicht Kalkstein aufzutragen, dann wurden sie unter ihrem Nachwuchs begraben, der die nächste Schicht bilden würde.

Das Wurzelwerk dehnte sich in ähnlicher Weise aus: Das Netz seiner empfindlichen Äderchen wuchs weit rascher als die Anzahl lebendiger LOVs, die mit Nährstoffen versorgt werden mussten, und während die Tage vergingen, wurde immer mehr Material zum Seepalast transportiert, der immer schneller wuchs, bis der Sauerstoff zum begrenzenden Faktor wurde. Niemand bemerkte, wie gründlich der rasende Stoffwechsel der LOVs die Luft rund um die Plattform erschöpfte, bis Ky an einem Tag, an dem es nicht regnete und kein Lüftchen sich regte, den Fehler beging, zwei Reporter über die Baustelle führen zu wollen. Binnen weniger Minuten waren sie vom Sauerstoffmangel benommen. Ky erriet, was geschah, und es gelang ihm, mit einem der Reporter im Schlepptau zum Rand der Plattform zu kommen, doch der andere musste von einem UN-Hubschrauber gerettet werden.

Danach inspizierten die *Roi Nuoc* die Plattform nur noch an windigen Nachmittagen, während die UN-Wissenschaftler sich immer dort aufhielten. Sie hatten Sauerstoffmasken bei sich und sammelten Luftproben in verschiedenen Höhen über der Baustelle.

Binnen einer Woche wuchs die Plattform zu einem soliden Block aus Pseudo-Kalkstein heran, der zweieinhalb Meter aufragte und dessen Seiten mit hübschem Filigran aus lebendigem Rohrwerk bewachsen waren. Als es so weit war, änderte sich das Wachstumsverhalten, und Wände wurden gebildet. Auf der seewärtigen Seite des Palastes waren die Wände zweieinhalb Meter dick – Wellenbrecher, die der Zerstörungskraft von Tornados der Stufe vier standhalten konnten.* Die inneren Wände waren nur einen Meter dick und wirkten im Vergleich dazu geradezu zerbrechlich.

---

* Hier handelt es sich vermutlich um eine Angabe nach der Fujita-Tornadoskala, die Taifune etc. nach der Windgeschwindigkeit in sechs Klassen einteilt: 0 (leicht): 62–117 km/h; 1 (mäßig): 118–180 km/h; 2 (stark): 181–253 km/h; 3 (verwüstend): 254–332 km/h; 4 (vernichtend): 333–418 km/h; 5 (katastrophal): ab 419 km/h. (Anm. d. Übers.)

Die Plattform war in zwei große Räume unterteilt, die gewölbte Decken erhielten, sodass sie wie Korallenhöhlen in einem unterseeischen Palast aussahen. Die Kammer an der Landseite besaß einen breiten, überwölbten Eingang und zahllose Fensterschlitze. An der Oberkante der Außenmauern verlief ein Band aus Mattglas. In der seewärtigen Kammer am massigen Bug des Gebäudes war es düsterer; sie bildete einen Schutzraum, in dem man schlechtes Wetter und Hochwasser überstehen konnte. Sie hatte keine Fenster. Belüftet wurde sie durch ein Kapillarensystem aus lebendigen LOVs in den Wänden, während Säulen aus hell strahlenden LOVs mit ihrem geisterhaften Schimmer gegen die Dunkelheit ankämpften. Zwei Treppen führten zum Dach, wo sich noch die Wände eines helleren Obergeschosses bildeten.

Eines windigen Abends stieg Ela die Stufen hinauf und stellte sich an die meterhohe Brüstung. Auf den Kronen der wachsenden Mauern schwebten LOV-Ballungen in Wannen und warfen ihr von unten ihren Lichtschimmer ins Gesicht. Sie stand an der Spitze des Fünfecks, das auf die See zeigte – dem »Bug«. Sie beugte sich über den Rand und musterte den schimmernden Sockel des Bauwerks. Dort war die geometrische Perfektion des Seepalastes gestört. Die LOVs an der dem Meer zugewandten Spitze hatten sich immer weiter fortgepflanzt. Eine unregelmäßige Schicht Kalkstein hatten sie über die andere gelegt und eine winzige Landzunge geschaffen, die als Prellbock gegen die vernichtenden Brecher zukünftiger Stürme dienen sollte. Während das Gebäude unterspült wurde, würden die LOVs es gleichzeitig neu errichten.

Es würde länger bestehen als die Menschen, denen es Schutz bieten sollte.

Ela fragte sich, ob die Vereinten Nationen die Entscheidung deshalb so lange vor sich herschoben: Hoffte man, beanspruchen zu können, was übrig blieb, wenn die *Roi Nuoc* nicht mehr lebten? Wie hoch lag der Marktwert des Wissens, das sich hier entwickelte?

»Ela?«

Sie schrak zusammen, als Virgils Stimme aus ihrem Farsight drang. Dann antwortete sie leise: »Hier bin ich.«

Sein Bild erschien auf dem Display. Hinter ihm sah sie Kerzenschein und das dämmrige Blau des Abendhimmels. Auf seiner Stirn funkelten grünblau die LOVs; sie strahlten ein fahles Licht ab, das die hageren Linien seines Gesichts hervorhob. »Thuyen hat die Ruhr«, sagte er. »Sie wird heute Nacht noch ausgeflogen.«

Ela nickte, ohne überrascht zu sein. Wenn sich nicht bald einiges änderte, war es für alle nur noch eine Frage von Tagen. Aus Virgils Gesicht las Ela ihre eigene Zukunft: in den Umrissen seiner Schädelknochen, die sich unter der dünner werdenden Haut abzeichneten. Er sah aus, als schmölze er zusammen. Sie alle sahen so aus. Wenn Ela mit der Zunge ihre Zähne betastete, spürte sie, wie sie sich zusehends lockerten. Sobald Thuyen fort war, würden nur noch neunzehn *Roi Nuoc* im Reservat übrig sein. Jeder Einzelne von ihnen war entschlossen zu bleiben, doch ewig konnten sie hier nicht ausharren.

Virgil schien von ihrem Schweigen unangenehm berührt zu sein. »Ky und ich bringen Thuyen zur Forschungsstation.«

»Sprichst du noch einmal mit Nash?«

»Ich werde es jedenfalls versuchen.«

»Vielleicht findest du noch ein paar Vitamine, die du stehlen kannst.«

»Ich werde sehen, was ich tun kann.«

Der Link schloss sich. Durch das Treppenhaus schallten Stimmen aus dem Untergeschoss herauf; Rauch vom Grill am Treppenabsatz erfüllte die Luft. Gleichgültig, was die UN schließlich entschied, sie waren zu einem echten Stamm geworden und teilten, was immer sie an Fisch fingen, untereinander auf. Außer Fisch gab es nichts anderes mehr.

Sie lehnte sich auf die Brüstung; ihre verschränkten Arme ruhten auf dem Rand der Wanne. Der Ozean zeigte ein noch dunkleres Blau als der Himmel. Auf den Barkassen der IBC brannte Licht, und die Beobachtungszeppeline die Küste hinauf und hinunter zeichneten als hübsche leuchtende Linie den Strand nach. Näher und kälter war das Licht der LOVs in der Wanne. Ihr kühles blaugrünes Schimmern wirkte heller, je mehr sich die Nacht herabsenkte. Sie waren sich Elas Gegenwart bewusst. Sie sah, wie die erste Kugel zu ihr wanderte und dabei hinter sich im Wasser eine kleine Verwirbelung erzeugte. Das vertraute Gefühl des Wiederkennens und der Begrüßung traf sie. Mother Tiger rührte sich, und um den Rand von Elas Display baute sich eine blaugrüne Eiskruste auf.

»Wir müssen aushalten, so lange wir können«, wisperte sie in den beginnenden kognitiven Kreis. Sie mussten überleben, bis die UN ihre Entscheidung traf. Der Anwalt hatte versichert, es werde nicht mehr lange dauern. Was ihre Aussichten anbetraf, gab er sich in letzter Zeit optimistischer. Er glaubte, dass die verbliebenen *Roi Nuoc* vielleicht darüber verhandeln könnten, ob sie ihre LOVs behalten dürften – doch im gleichen Atemzug warnte er, dass dessen ungeachtet Virgil, Ky und Ela unweigerlich vor einem internationalen Gerichtshof angeklagt würden.

Darüber, dass man ihr Schicksal von dem der Kinder

abkoppelte, war Ela sehr erleichtert. Sie wollte zwar nicht aufgeben, aber es fiel ihr leichter, wenn sie an eine Zukunft für die Kinder glauben konnte – wenn sie auf deren Begnadigung hoffen durfte.

»Wir müssen überleben, bis die Entscheidung fällt«, flüsterte sie.

Dann würden, allen Einwänden der IBC zum Trotz, Hilfsgüter eingeflogen werden, und ihre Gesellschaft könnte noch eine Weile länger funktionieren.

Mother Tiger strich am Unterrand des Bildschirms entlang, während sich das blaugrüne Feld ausbreitete. Ela hatte das Gefühl, in einem Bogen langsam nach vorne zu fallen und immer tiefer dem bannenden Sog der LOVs zu erliegen

»Unser Überleben hängt davon ab, dass wir Lebensmittel und Medikamente erhalten. Für uns gibt es keine Möglichkeit, an Medikamente zu kommen – und zu essen haben wir nur Fisch.«

Der Tiger setzte sich und wartete mit zuckendem Schweif, bis Ela den Weg gefunden hatte, den sie einschlagen wollte.

»Von Fischen können wir leben. Eine Weile wenigstens. Das könnten wir ... wenn es genügend gäbe.«

»Fische gibt es viele«, sagte Mother Tiger mit tiefer Stimme, die so sanft, warm und tröstlich war wie Kerzenlicht.

»Wir verstehen uns nicht sehr gut aufs Fischen«, räumte Ela ein. Tatsächlich fiel es ihnen immer schwerer. »Uns fehlt die Energie, ihnen nachzustellen, und wir können beschädigte Netze nicht ersetzen.« Sie lächelte wehmütig. »Es wäre so einfach, wenn die Fische zu uns kämen! Wenn sie in Teiche schwimmen würden. Hätten wir sie in Teichen wie vor der Flut, wäre es viel einfacher, sie zu fangen. Aber wie bekommen wir sie in Teiche? Wie bringen wir sie dazu, zu uns zu schwimmen? Das ist albern, nicht wahr? Aber ich habe gehört, dass Wale manchmal getrieben sind zu stranden. Eine Infektion des Gehirns oder etwas Ähnliches soll das bewirken. Ein Virus oder eine Bakterie treibt sie dazu.«

Mother Tiger antwortete: »So lautet die vorherrschende Theorie.«

Ela nickte. »Alles, was wir tun – was jedes Lebewesen tut –, basiert auf der Gehirnchemie oder den elektrochemischen Wechselwirkungen in unserem Gehirn. Und wie man sie beide beeinflusst, das wissen wir. Ja, ich meine die LOVs. Sie verbinden sich mit Nervengewebe. Könnten sie auch eine Symbiose mit einem Fischgehirn eingehen? Wahrscheinlich nicht. Aber wir benötigen auch gar keine echte Symbiose. Wir möchten die Fische in unsere Teiche, in unsere Netze locken. Könnten die LOVs dafür sorgen? Angenommen, das ginge. Sie würden wie ein Parasit wirken, der das Verhalten seines Wirtes lenkt. Wir könnten sie für uns auf die Jagd schicken, so wie wir die Männer des Dorfes aussenden würden, um nach Wild zu jagen.

Aber wie sollen die LOVs Fische fangen? Wir wissen, dass es umgekehrt abläuft: Fische fressen LOVs. LOVs sind eine glitzernde, schimmernde Beute und können im Fischmagen nicht überleben. LOVs finden neue Wirte nur dadurch, dass wir sie verpflanzen. Wir sind freiwillige Wirte. Die LOVs zu transplantieren ist einer der Beiträge, die wir zur Symbiose leisten. Die Fische würden sich nicht freiwillig melden. Wie also bringen wir die LOVs auf die Fische? Sie könnten auf die Fische abgefeuert werden und sich an sie anheften. Aber so klein und leicht sie sind, würden sie nicht sehr weit kommen. Vielleicht sollten sie eine Fortbewegungsmethode entwickeln, eine Geißel zum Beispiel. Eine Kette aus LOVs könnte eine Geißel bilden. Eine Art sehr zierliche Seeschlange. Sie würde keine weiten Strecken schwimmen müssen. Sie bräuchte nur zu treiben und auf ein Opfer zu warten, das Appetit auf den schimmernden Faden hätte. Dann müsste sie vorschnellen und dem Fisch ihr erstes Segment in den Kopf treiben. Das LOV könnte dann beginnen, chemische Substanzen zu produzieren und abzusondern, die den Fisch zu den Pheromonen treiben, die der Seepalast ausströmt ...«

Sie ließ den Satz verklingen, als sie auf der Treppe leise Schritte näher kommen hörte. »Ela?« Die Stimme gehörte Oanh. »Dein Farsight nimmt keinen Link an.«

Ela drehte sich um, und das blaugrüne Feld ihrer Wahrnehmung zerfaserte wie ein Traumbild. War es wirklich ein Traum gewesen?

»Ich wollte dich nicht stören«, fuhr Oanh fort, »aber das Essen ist fertig.«

»Ich komme gleich.«

Oanh nickte. Unter dem Schein ihrer LOVs wirkten ihre Augen wie dunkle Gruben. »Alles okay mit dir?«

Es konnte kein Traum gewesen sein. Ela hatte eine neue Art LOV ersonnen, einen Räuber. Bislang hatte es noch keine räuberischen LOVs gegeben.

Ela sah die Kugel an, die sich wieder tiefer in die Wanne zurückzog.

Was habe ich getan?

»Ela?«

Andererseits würde es doch gewiss zu nichts führen. Eitle Spekulation, mehr war es nicht gewesen. Ein Verhalten, wie sie es sich ausgemalt hatte, passte nicht zu den LOVs.

Sie zwang sich, Oanh anzulächeln. »Mir geht es gut«, sagte sie. »Alles okay. Lass uns essen ... so lange wir noch können.«

Den ganzen nächsten Tag strich Ela durch den Palast und hielt Ausschau nach Indizien, dass ihre Überlegungen in die Tat umgesetzt wurden. Sie entdeckte jedoch keinen einzigen Anhaltspunkt dafür und erwartete es auch gar nicht – schließlich war sie mit einer Kugel auf der Brüstung einen kognitiven Kreis eingegangen. Mit den LOV-Bällen im Wasser konnte ihre Partnerin von gestern nur sehr beschränkt kommunizieren, oder nicht? Mit diesem Gedanken beruhigte sie sich, bis gegen Mittag eine Spinne die Treppe herunterkam, den großen Saal des Seepalastes durchquerte und im Wasser verschwand. Trug die Spinne etwa *ihre* Kugel? Man konnte es nicht sagen.

Ela zwang sich zur Ruhe.

Zwei Tage vergingen, erfüllt von Beklommenheit und Hoffnung. Vielleicht war ihr Plan in Vergessenheit geraten. Vielleicht war er falsch übermittelt oder falsch verstanden worden. Vielleicht mussten die LOVs ein Jahrhundert lang experimentieren, bis es ihnen gelang, Fische zu befallen und zu lenken, vielleicht war das Konzept sogar grundsätzlich undurchführbar. Vielleicht gab es auch nicht mehr genügend Fische, als dass die LOVs eine reelle Chance hätten, sie zu finden. Nachdem drei Tage verstrichen waren, begann sie sich zu entspannen und war überzeugt, dass ihre übereilten Ideen keine weiteren Folgen nach sich zogen.

Dann, am vierten Tag, begannen sich im seichten Wasser vor dem Fundament des Seepalastes Katzenfische zu sammeln.

Ela saß am überwölbten Eingang auf den Stufen und reparierte zusammen mit Oanh ein Netz, als sie die dunklen Fischleiber mit ihren Barthaaren entdeckte, die sich in dem Wasser jagten, das kaum dreißig Zentimeter hoch stand. Einer von ihnen brach mit einer kleinen

Fontäne durch die Oberfläche. Ela hielt mit der Arbeit inne und riss die Augen auf, kaum dass sie die Fische sah. Vier oder fünf große Katzenfische waren es, die am Fuße der algenbewachsenen Stufen den Schlamm aufwirbelten. In nur wenigen Sekunden hatten Ela und Oanh ein Netz über sie gelegt und sie aus dem Wasser gezogen. Ela beäugte die schwarzen, glänzenden, in die weißen Fäden des Netzes gewickelten Leiber, dann sah sie Oanh an, nahm wortlos das Farsight ab, schaltete es aus und schob es sich in die Hosentasche.

Oanh dachte nach. Dann legte sie ebenfalls das Farsight ab und verstaute es.

Ela hockte sich nieder, um ihren Fang zu begutachten. Die Katzenfische lagen schlaff und glänzend im Netz. Sie drehte einen davon um, ohne ihn zu befreien, und da sah sie ihn: den blassen Faden, der gleich hinter einem Auge aus der Kopfseite ragte. Die Furcht schnürte ihr die Kehle zu. Oanh spürte es. Sie beugte sich vor, und Ela bemerkte ihre tiefe Besorgnis. »Was ist das?«, fragte Oanh. »Kennst du das? Ja, du kennst es.«

Ela nickte. »Das ist eine Kette aus LOVs.«

Oanh ging noch näher, um den Faden genau mustern zu können. Dann wisperte sie Ela zu: »Du hast damit gerechnet.« Es war eine Feststellung und keine Frage. »War das deine Idee?«

Ela ließ den Blick über die anderen dunklen, glänzenden entführten Protein-Bündel fahren, die sich im weißen Geflecht des Netzes verfangen hatten. »Sieht so aus.«

»Das ist ... clever«, sagte Oanh zögernd, als wollte sie vorfühlen, ob Ela die Idee selber für schlau hielt oder nicht.

»Es war ein Fehler«, entgegnete sie.

»Wieso? Wir haben die Fische. Das hast du doch gewollt?«

»Ja.«

»Und die LOVs haben sie hierher gebracht?«

»Das war die Idee.«

»Das ist clever.«

»Ja, ich schätze schon.«

Aber würde es damit enden? Ela wusste genau, dass die Antwort nein lautete. Für die LOVs gab es keinen Stillstand.

Oanh schwieg nachdenklich, während sie die Fische aus dem Netz befreiten. An jedem hing ein LOV-Faden, manche hatten sogar zwei. Ela knipste sie ab und wollte sie schon ins Wasser werfen, doch dann überlegte sie es sich anders und schleuderte sie unter den Durchgang, wo sie austrocknen und sterben würden. Ela wollte nicht, dass sie ihre Erfahrungen an die wilde Population weitergaben.

Als sie das Netz geleert hatten, zogen noch mehr Katzenfische im seichten Wasser ihre Kreise. Vom Obergeschoss aus konnte man sehen, dass sich alle die Schnauze am Fundament des Seepalastes rieben. Ela setzte sich vor die Brüstung und dachte: *Vielleicht ist das gar nicht so schlecht.* Aber sie glaubte es nicht. Was würde geschehen, wenn die UN-Wissenschaftler entdeckten, was hier vorging?

Unten erhoben sich entzückte Rufe, als die *Roi Nuoc* ihr großes Glück bemerkten. Die Grillparty, die sich sofort entspann, dauerte den ganzen Nachmittag. Ein Fisch nach dem anderen wurde lebend ausgeweidet und so rasch auf Roste geworfen, dass er manchmal noch nicht aufgehört hatte zu zappeln. Jeder aß sich bis zum Platzen satt, und dennoch umschwammen noch Hunderte von Katzenfischen das Fundament des Seepalastes wie schwarze Quasten am Saum eines weißen Kleides. Niemand kommentierte die LOV-Fäden.

Aber bemerkt worden waren sie.

Vielleicht hatte Mother Tiger allen geraten zu schweigen.

Oanh trug wieder ihr Farsight, als Ela die Treppe herunterkam. Ihre Augen waren vom Grillrauch gerötet, und sie wirkte weniger fröhlich als die anderen. »Gehst du weg?«, fragte sie, während sie Ela nach draußen folgte.

»Ja.« Sie strich sich über den Bauch. »Ich bin so vollgefressen, ich glaube, mir wird schlecht. Ich muss mich irgendwo hinlegen, wo es still ist.« Ela löste die Vertäuung ihres kleinen Kanus. »Wenn Virgil von der Forschungsstation zurückkommt, dann sag ihm, wohin ich gefahren bin.«

Mehrere Sekunden verstrichen, in denen Oanh Ela forschend ins Gesicht blickte – versuchte sie darin zu lesen? »Warum trägst du dein Farsight noch immer nicht wieder?'«

Elas Hand zuckte hoch, als wollte sie den Rahmen berühren, der nicht dort war. »Ach, meine Augen sind müde. Ich ... ich habe Kopfschmerzen.«

»Morgen wird die UN ihre Entscheidung bekannt geben.«

Ela drehte sich um. Furcht und Hoffnung durchströmten sie mit gleicher Stärke. »Davon hast du gehört?«

Oanh nickte ernst. »Mother Tiger nimmt Anteil an unseren Sorgen.«

Ela nickte und stieg ins Kanu. Während sie zu Virgils Plattform paddelte, begann der Nachmittagsregen, ein schwerer Wolkenbruch, der die Wasserfläche aufwühlte. Einmal hielt Ela an, um das Kanu auszuschöpfen. Einige Meter vor Virgils Plattform bremste sie erneut ab, denn sie entdeckte etwas Kleines, das im Wasser schwamm.

Durch den prasselnden Regen war es kaum auszumachen, aber es war dunkel und bewegte sich gegen die Strömung wie ein Tier, das schwamm. Eine Ratte. Ela erstarrte und verzog angeekelt die Lippen. Sie packte das Paddel fester, aber die Ratte schien sie gar nicht bemerkt zu haben. Seine ganze Energie verwendete das Tier darauf, die Plattform zu erreichen. Nachdem eine Minute vergangen war, stieß sie gegen einen der Pfähle. Ihre kleinen Krallen scharrten über das glänzende Riff aus LOVs, und irgendwie fand sie Halt. Sie kletterte daran hoch.

»Hau ab«, sagte Ela leise. »Verschwinde.«

Die Ratte wandte sich zu ihr um und sah sie an. Es war eine große Ratte mit nassem, schmutzigem schwarzen Fell; nur am Kopf war das Haar heller und reflektierte einen grünlichen Lichtschein vom Wasser. Einen blaugrünen Lichtschein. Fast strahlte es.

Ela riss die Augen auf. Langsam, ganz langsam stieß sie das Paddel ins Wasser und brachte ihr Kanu näher an die Plattform. Die Ratte beobachtete sie; die unbewegten schwarzen Augen verfolgte jede ihrer Bewegungen. Nun konnte Ela es genau erkennen: Der Schädel der Ratte war von einem Helm aus LOVs bedeckt, der sogar ihre Augen umgab und halb über die Schnauze reichte. Ela stellten sich die Nackenhaare auf.

War ich das?

Das Kanu stieß mit dem Bug gegen den Pfahl, und Ela bekam Augenkontakt mit der Ratte. Der kalte Schweiß brach ihr aus. Ihr Herz schlug lauter als der Regen prasselte. Die LOVs der Ratte begannen zu funkeln. Aus dem Augenwinkel sah Ela, dass ihre eigenen LOVs aufblitzten und funkelten.

Übergangslos überkam sie ein Hungergefühl. Die Ratte war hungrig. Ela wusste es. Sie konnte ihren Hunger spüren.

Schwester.

Ela spürte ihren schwachen Hilferuf.

Schwester.

Als wäre sie mehr als eine Ratte, weil sie LOVs trug.

Ihr Abscheu musste in den millisekundenlangen Blitz ihrer LOVs aufgenommen worden sein, denn die Ratte fuhr herum und schoss panisch den Pfahl hinauf. Ela reagierte ebenso schnell. Sie holte mit dem Paddel aus und schlug kräftig zu. Der Hieb traf die Ratte auf das Rückgrat, und sie stürzte ins Wasser. Ela schlug noch einmal zu und versenkte das Tier. Unter die Oberfläche. Außer Sicht.

37

Viele Tage hatte Virgil damit verbracht, mit Kys Hilfe kranke und verletzte Kinder zu evakuieren. Am weitesten verbreitet waren Ruhr und kleine Wunden, die sich unter den unhygienischen Bedingungen entzündet hatten. Wo der nächste Fall sich ereignete, war völlig unvorhersehbar – gewiss war nur, dass er auftreten musste. Virgil kam sich vor wie ein Seher mit einer besonderen Form von Kurzsichtigkeit, die ihm zwar gestattete zu erkennen, dass in der Zukunft ein Verhängnis drohte, der aber niemals sagen konnte, wo es zuschlagen würde.

Wenn eine Krankheit ausbrach, verschlimmerte sie sich rasch. Die Unternährung hatte die physischen Reserven der *Roi Nuoc* erschöpft, sodass zwölf Stunden Fieber jedes Kind in ein erbärmliches Bündel aus verletzlicher Haut und brüchigen Knochen verwandelte, aus dem mit jedem heißem Atemzug ein bisschen Leben mehr entwich.

Und noch immer verließ niemand das Reservat aus freien Stücken. Die *Roi Nuoc* wussten, dass sie ihre LOVs verlieren würden, sobald sie die Grenze überschritten. Darum setzten sie selbst dann alles auf eine Karte, wenn das Fieber ihnen sämtliche Trümpfe nahm. Einige gingen so weit, dass sie ihr Farsight ablegten und in die halb überfluteten Obstgärten flohen, in denen es vor Schlangen wimmelte, die sich vor dem Wasser auf die Bäume zurückgezogen hatten. Virgil und Ky sahen sich gezwungen, zu Jägern zu werden. Die *Roi Nuoc* fürchteten sich vor ihnen. Wenn sie die Kranken oder Verletzten abholten, um sie in die Forschungsstation zu bringen, blickten die verzweifelten Kinder sie an, als wären sie Todesengel.

Nachdem Virgil zum Seepalast zurückgekehrt war, erfuhr er von Oanh, Ela habe sich den ganzen Nachmittag geweigert, ihr Farsight zu tragen, und sei, über Kopfschmerzen und Übelkeit klagend, nach Hause gefahren. Sofort befürchtete er das Schlimmste. Mit geschlossenen Augen stand er auf den Stufen des Palastes und atmete mehrfach tief durch, um die Panik niederzukämpfen. *Warum jetzt?*, dachte er. *Warum ausgerechnet jetzt?*

Die UN hatte versprochen, binnen vierundzwanzig Stunden über die Entsendung von Hilfsgütern zu entscheiden, aber wenn Ela sich die Ruhr zugezogen hatte, hielt sie so lange vielleicht nicht mehr durch. Er müsste sie in die Forschungsstation schaffen – heute Abend noch …

Und man würde sie verhaften, oder sie würde sich zu den Verschollenen gesellen. In beiden Fällen sähe er sie nie wieder.

Nicht jetzt, dachte er. *Nicht so bald.*

Ihnen hätte noch ein weiterer gemeinsamer Tag zugestanden.

Oanh bot ihm ihre Hilfe an, die er mit einer Handbewegung ablehnte, dann stürzte er zurück zu seiner fliegenden Untertasse. Während sie in der Dunkelheit durch den Regen glitt, verfluchte er ihr nervenzermürbend langsames Tempo. Er blickte in Richtung der Plattform und hielt mit dem Farsight nach warmem Kerzenlicht Ausschau, doch die einzige Helligkeit stammte vom geisterhaften Schimmern der LOVs in den Wänden der Dusche.

Eine Stunde schien es zu dauern, bis die fliegende Untertasse endlich gegen die Plattform stieß. Die einzige

Bewegung war das wilde Platschen der Regentropfen. Virgil zwang sich zur Geduld, vertäute die Untertasse und ließ sie aufs Wasser sinken, bevor er zur Hütte ging.

Dort lag Ela in ihre dünne Decke gehüllt und blickte ihn an – obwohl sie von ihm nicht mehr sehen konnte als das Schimmern seiner LOVs, denn sie trug ihr Farsight noch immer nicht. Er betrachtete sie mit dem Nachtsichtgerät, doch selbst so erschien sie ihm düster und verschwommen. Die Nacht war sehr dunkel, und die LOVs boten das einzige Licht. Er sah sie jedoch deutlich genug, um zu erkennen, dass sie nicht lächelte.

Er zog sich das nasse Hemd über den Kopf und ließ es an der Tür liegen, dann sank er neben Ela auf die Knie. Mit seinen feuchten Händen befühlte er ihre Wangen und ihre Stirn.

Ihre Haut war kühl.

»Ela? Oanh glaubt, du könntest krank sein.«

»Ich bin nicht krank«, sagte sie tonlos, ohne jedes Gefühl. Sie klang überhaupt nicht wie Ela. »Wie spät ist es in New York?«, fragte sie. »Hat die UN schon entschieden?«

»Noch nicht. Ela, was ist passiert?«

»Leg dich noch einmal zu mir, Virgil. Bitte. Nur noch dies eine Mal.«

Am Morgen weckte ihn ein Notruf von Nash. Im trüben Licht vor der Morgendämmerung beobachtete Ela ihn, wie er sein Farsight aufsetzte. In ihrem Gesicht stand der gleiche hoffnungslose Ausdruck wie am Abend zuvor. Er fragte sich, ob sie überhaupt geschlafen hatte.

Nash schütteres Haar war zerzaust, in seinen Augen lag der Schatten der Erschöpfung, und trotzdem wirkte seine Miene merkwürdig lebhaft. »Virgil! Kommen Sie sofort zur Station. Ich möchte mehr nicht sagen.«

Virgil ahnte eine Falle. »Was ist los?«, fragte er leichthin. »Was führen Sie im Schilde?«

»Ich habe hier etwas, das Sie sehen müssen. Mehr kann ich nicht sagen. Kommen Sie sofort. Vielleicht überlegen Sie es sich dann anders.«

Ela war hinten aus der Hütte geschlüpft, um sich zu erleichtern. Als sie wieder hereinkam, berichtete Virgil ihr, was Nash gesagt hatte. Sie nickte. »Ich begleite dich.«

»Es wäre möglich, dass sie Erlaubnis erhalten haben, mich zu verhaften.«

»Ich glaube nicht, dass es darum geht.«

»Worum dann?«

»Lass uns hingehen, dann erfahren wir es.«

Sie wuschen sich und zogen sich klamme Kleidung über die blasse Haut. Virgil dachte an ein behagliches Frühstück in Honolulu mit einer vollen Kanne Kaffee, mit Wurst und Brötchen. Dann legte er seinen Regenponcho an und stieg auf die Scheibe der fliegenden Untertasse. Ela wartete schon auf ihn. Sie trat auf den Sensorfleck, und sie stiegen in die Luft.

Nash wartete im Schutz der Tür zur Forschungsstation und führte Virgil und Ela durch einen kurzen Korridor in eins der Labors, das an eine Aquarienhandlung erinnerte. Vier Reihen von Fischbecken, die bis an die Decke reichten warfen ihr kühles Licht auf den schlammigen Fußboden. Bei näherer Betrachtung allerdings gestand Virgil ein, ein solches Zoogeschäft noch nicht gesehen zu haben. Die Behälter waren zu groß, das Wasser zu trübe, und das beruhigende Surren der Pumpen rührte unablässig den Schlick auf. Außerdem sah man keine kleinen bunten Fische – die meisten Becken enthielten LOV-Kugeln, die im Raumlicht stumpfblau wirkten. In einigen Aquarien waren Teppiche oder Krusten aus Träger-LOVs. Fische gab es nur in wenigen Behältern: matte Karpfen, gestreifte Buntbarsche, schwarze Katzenfische. Erdfarben.

Nash blieb vor dem einzigen Becken stehen, das klares Wasser enthielt. Der einzige Insasse war ein kleiner schwarzer Katzenfisch, der sich in eine Ecke kauerte. Nash beugte sich vor, um ihn zu betrachtete, und stützte dabei die Hände auf die Knie. »Dieses Exemplar haben wir heute Morgen beim Seepalast gefangen. Sehen Sie sich seinen Kopf einmal genau an.«

Virgil warf Ela einen Blick zu. Sie stand einige Schritte hinter ihm und betrachtete nicht den Fisch, sondern Nash. Ihr Gesicht war angespannt, wie erstarrt: eine Maske, die ein schreckliches Wissen verbarg.

Virgil beugte sich zu dem Katzenfisch vor. Mit seiner Bewegung erschreckte er das Tier. Es wand sich, fuhr in einem engen Kreis herum und beruhigte sich wieder. Wie Nash ihn angewiesen hatte, musterte Virgil sorgfältig den Kopf.

Ein dünner weißer Faden hing aus einem Punkt gleich unmittelbar hinter dem Auge.

Virgil überlief es kalt. Mit trommelnden Fingern aktivierte er die Vergrößerungsfunktion seines Farsights, dann beugte er sich noch weiter vor. Der weiße Faden erwies sich als Kette aus LOVs. Er wandte sich Ela zu. Sie begegnete seinem Blick mit einem Ausdruck wachsamer Erwartung. »Du bist nicht überrascht, richtig?«, fragte er.

»Nein.«

»Oanh hat mir von der Grillparty gestern erzählt. Du hast die Fäden schon gesehen?«

»Alle *Roi Nuoc* haben sie gesehen.«

»Niemand hat ein Wort gesagt.«

Sie deutete ein trotziges Schulterzucken an.

Virgil reagierte mit Empörung. »Alle wussten davon, aber du hieltest es nicht für nötig, mir etwas zu sagen? War es das, was dir so sehr auf der Seele gelegen hat?«

»Natürlich habe ich mir deswegen Gedanken gemacht. Es könnte ein Räuber sein. Wir hatten bisher nie mit räuberischen LOVs zu tun.«

Doch während sie noch sprach, erschien eine Textmitteilung auf seinem Farsight-Display:

➔ **Ich habe sie entwickelt. Sie sollten das Verhalten der Fische beeinflussen, dass sie zum Seepalast schwimmen.**

Virgil zog die Brauen hoch. Mit den Lippen formte er das Wort: *Du?*

Sie nickte. Sie blickte den Katzenfisch an, während sie mit den Fingern tippte.

➔ **Ich habe nach dieser Erscheinungsform gefragt. Ich bin schuld.**

Nash sah auf ihre Hand. Sie bemerkte seinen Blick und wandte sich ihm zu. »Nash, Sie haben Ihre Haltung zu den LOVs nicht geändert, oder?«, fragte sie. Sie berührte sich an der Stirn. »Sie halten es nach wie vor für falsch.«

Er nickte, über den unerwarteten Themenwechsel verwirrt. »Ja, so ist es.«

Ela biss sich auf die Lippe. »Bei dem, was die LOVs tun, gibt es keinen Stillstand«, sagte sie leise. »Das vergessen wir nur gern.«

Virgil spürte, dass sie ihm noch etwas mitteilen wollte. Er folgte ihrem Blick auf Nashs runde Stirn. Dort, direkt unter seinem zurückweichenden Haaransatz, funkelten zwei winzige LOVs.

Virgil senkte den Blick zu Boden und mobilisierte alle

LOV-verstärkte Beherrschung, um ruhig zu bleiben, doch war es vergebliche Liebesmüh: Nash hatte seine momentane Überraschung registriert.

»Was geht hier vor?«, wollte er wissen. »Sie wissen beide mehr, als Sie sagen. Wenn Sie eine Erklärung haben, dann legen Sie sie mir augenblicklich vor, denn ich garantiere, dass dieser Vorfall die Entscheidung der UN beeinflussen wird.«

Virgil schob sich zur Tür. »Ich muss darüber nachdenken, Nash. Ich ... ich komme wieder. In einer Stunde oder so komme ich wieder. Ela ...« Er berührte sie am Arm. »Gehen wir.«

Sie ging zur Tür, ohne Nash noch einmal anzusehen, aber Virgil besaß ihre Selbstbeherrschung nicht. Sein Blick zuckte wieder zu den beiden LOVs, die auf Nashs Stirn funkelten.

Und Nash bemerkte den Blick. Ein verwirrter Ausdruck trat auf sein Gesicht, und dann hob er die Hand, um sich an der Stirn zu berühren ...

Virgil schoss zur Tür und schob Ela dabei vor sich her. Sie sprinteten durch den Korridor, vorbei an den erstaunten Posten und hinaus durch die Schwingtür. Hinter ihnen brüllte Nash wutentbrannt auf. Ela sprang auf die fliegende Untertasse. Virgil folgte ihr und trat fest auf den Sensorfleck. Die fliegende Untertasse schob sich vor und trug sie aus dem Zuständigkeitsbereich der Wachtposten.

Ela setzte sich hart. Ihr Gesicht war eine ausdrucklose Maske. »Das ist der Anfang vom Ende«, sagte sie.

Virgil nickte. Weder die UN noch die IBC würden LOVs dulden, die andere Lebewesen befielen – insbesondere Menschen.

»Es tut mir so Leid«, sagte sie und starrte ins Nichts. »Ich bin zu weit gegangen.«

Virgil kauerte sich neben sie. »Es war nicht deine Schuld. Früher oder später wäre es auf jeden Fall geschehen. Es war unausweichlich.« Er legte einen Arm um sie und empfand Dankbarkeit, als sie sich an ihn lehnte. »Aber wir hätten es ahnen müssen.«

»Man sieht es meistens nicht kommen«, entgegnete Ela.

38

Sie waren auf halbem Weg zu ihrer Plattform, als Ela sich rührte. »Die Wolken brechen auf«, sagte sie. »Ich kann es kaum glauben. Es ist Wochen her, seit wir so viel freien Himmel gesehen haben.«

Virgil hob den Kopf und entdeckte strahlend weiße Wolken vor einem perlenfarbenen Hintergrund, die ihn an Treibeis erinnerten. »Vielleicht trocknen wir jetzt endlich mal«, lachte er.

»Bei unserem Glück bekommen wir einen Sonnenbrand.«

»Das Wetter schlägt um«, sagte Mother Tiger. »Es besteht Gefahr.«

Ein kleines Fenster öffnete sich auf Virgils Farsight-Display und zeigte ein Satellitenbild des Südchinesischen Meeres. Knapp vor der Küste, mit dem Zentrum über der westlichen Hälfte der Spratly-Inseln, waren die Unheil verkündende weiße Spirale und das deutlich erkennbare Auge eines Sommertaifuns zu sehen. Er hörte, wie Ela den Atem anhielt.

Mother Tiger sagte: »Nach neuesten Messungen handelt es sich um einen Taifun der Klasse vier. Die Wellen steigen bereits.«

»Wie viele Stunden ist er entfernt?«, fragte Virgil.

»Zwanzig bis vierundzwanzig.«

Ela versteifte sich in seinem Arm. »Sieh nur!« Sie beugte sich vor und zeigte auf den Osthimmel, wo gerade die Sonne aufging. Ihr sengendes Licht beschien eine versetzte Linie aus schimmernden Punkten, von denen der höchste keine zwanzig Grad über dem Horizont stand. Sie verlief von Norden nach Süden.

»Drohnen?«, überlegte Virgil.

»Ich glaube schon.«

Die Sonne trat hinter einer niedrigen Wolkenbank hervor, und aller Zweifel verflüchtigte sich, als in ihren Strahlen eine Flotte von glitzernden Miniaturflugzeugen aufglänzte. Jedes von ihnen zog einen regenbogenfarbigen Nebel hinter sich her. Virgil starrte den Anblick an. »Sie werfen etwas ab. Eine flüssige Chemikalie.«

»Über dem Seepalast«, flüsterte Ela und löste sich aus seinen Armen. Rasch tippte sie mit den Fingern. »Oanh! Alle sollen sofort nach drinnen unters Dach, bevor sie das Zeug einatmen!«

Virgils Blick veränderte sich: Er schaute unversehens durch das Farsight eines anderen; wem es gehörte, konnte er nicht sagen. Jemandem in der Nähe des Seepalasts. Er sah Oanh, die auf den Stufen Katzenfisch zum Frühstück grillte, während fünf andere Jugendliche – jeder von ihnen um die fünfzehn Jahre alt; jüngere *Roi Nuoc* gab es im ganzen Reservat nicht mehr – am Wasserrand saßen und miteinander schwatzten. Im nächsten Moment änderte sich die Szene schlagartig: Alle sechs sprangen auf und rannten die Treppe hinauf in den Palast, ohne dass ein Warnruf erklungen wäre oder es auch nur einen Augenblick erkennbarer Verwirrung gegeben hätte. Im Palast waren zwei andere Teenager und schliefen noch. Oanh blieb stehen, um sie zu wecken, während vier weitere die Innentreppe hinuntergestürmt kamen. Zusammen schossen sie in den fensterlosen Schutzraum.

Das Licht wurde schwächer. Der Träger des Farsights, durch das Virgil die Szene beobachtete, drehte sich um. Virgil blickte nun durch die beiden hintereinander liegenden überwölbten Tore in einen strahlenden Morgen, auf den sich ein feiner Nebel herabsenkte. An den Tröpfchen zerstob das Sonnenlicht zu schillernden Farbkaskaden.

Ela zerrte an seinem Arm. »Runter!« Sein Blickpunkt wechselte, und als er den Kopf hob, sah er, dass die Drohnen mittlerweile fast genau über ihnen waren. Dann warf er sich neben Ela auf das Deck der fliegenden Untertasse. Sie zog den Regenponcho über sie beide. »Sie versuchen, uns zu vergiften«, zischte sie, »was denn sonst?«

Den Nebel hörte er nicht fallen. Auch von den Drohnen über sich hörte er nichts. Er blieb zusammengekauert mit Ela unter dem Regenponcho, bis sie den Seepalast erreicht hatten, und als die fliegende Untertasse gegen die Stufen schlug, hielten sie sich nicht damit auf, sie zu vertäuen, sondern eilten hinein, ohne irgendeine Fläche zu berühren, es sei denn mit ihren bloßen Füßen.

Ky erwartete sie drinnen, und damit war auch klar, durch wessen Farsight Virgil geblickt hatte. »Ich weiß, was in der Forschungsstation passiert ist.«

Virgil nickte. Mit grollendem Bass schlugen die Wellen gegen den Bug des Gebäudes. »Wusstest du schon vorher von den neuen LOVs?«

Ky sah Ela unfreundlich an. »Nein.«

Sie wandte sich ab und ging zu Oanh.

Virgil sagte: »Mother Tiger wusste Bescheid.«

Ky gab darauf keine Antwort. »Bis auf Lien und ihren Kader sind alle hier«, sagte er schroff. »Wir bekommen keinen Kontakt mit ihnen.«

»Keiner von ihnen trägt ein Farsight?«

»Nein. Ich war gestern Abend bei ihnen. Sie sind der Ansicht, dass sie keine Farsights mehr brauchen.« Er trat näher an eine Säule, die mit glitzernden LOVs geädert war, und legte die Hand darauf. Die LOVs, die Lien ihm in die Stirn gesetzt hatte, waren zu kleinen Diamanten angewachsen. »Vielleicht haben sie Recht. Ich glaube, sie sind über uns hinausgewachsen. Sie haben sich für einen anderen Weg entschieden und sind keine *Roi Nuoc* mehr.« Seine Stimme klang weich. »Es ist schade, dass wir nicht mehr Zeit haben. Ich hätte so gern gesehen, wohin sich all das entwickelt.«

»Noch ist es nicht vorbei«, entgegnete Virgil.

Ky nickte. Dann schien seine Melancholie zu verschwinden, als habe er eine Tür vor ihr geschlossen und sich abgewandt. »Weißt du, was für eine Chemikalie sie auf uns abgeworfen haben?«

»Nein. Du?«

»Ich weiß nur sehr wenig. Heute Morgen hat es ein recht ernstes Kommunikationsproblem gegeben. Anscheinend kann in Hanoi niemand meinen Link empfangen.«

Obwohl Ela auf der anderen Seite des Raumes stand, drang ihre Stimme aus ihren Farsights. »Dann übergehen wir eben Hanoi«, sagte sie. »Wir übergehen die UN ...«

»Ela«, unterbrach Ky sie, »die Welt weiß doch schon über uns Bescheid. Wir sind eine beliebte Abendunterhaltung – aber nicht mehr. Es wird zu keinen empörten Zuschauerprotesten kommen, wenn man uns absetzt.«

»Aber irgendetwas müssen wir noch unternehmen können. Wenn wir zusammenkommen, wenn wir gemeinsam darüber nachdenken ...« Das war ihr Kodewort für einen kognitiven Kreis. »Wir finden vielleicht eine Möglichkeit ...«

Ein Warnruf aus dem Obergeschoss unterbrach sie. »*Lên dây coi cái này!* Kommt hoch! Kommt und seht!« Ninh war es, der die Treppe herunterbrüllte. »Der Seepalast löst sich auf!«

Virgil war als Erster auf der Treppe. Aus der Düsternis des Schutzraums rannte er hinaus in ein Meer aus blendendem Licht. Eine schäumende Wellenfront nach der anderen hatte die Luft mit Sprühnebeln aus salziger Gischt gesättigt, die das Sonnenlicht brachen, sodass Helligkeit von allen Seiten gleichzeitig einzustrahlen schien. Die Kanten der Schatten verschwanden, die Farbgrenzen verschwammen. Ninh blickte Virgil mit großen Augen an. Dann zeigte er auf die Brüstung.

Virgil kam schlitternd davor zum Stehen. Auf den ersten Blick bemerkte er nichts Ungewöhnliches an der Wand. Sie wirkte unbeschädigt und intakt – keinesfalls aufgelöst.

Dann sah er sich die Wanne auf der Mauerkrone näher an und begriff, weshalb Ninh Alarm gegeben hatte. Etwas war schief gegangen. Das Wasser, das den LOVs eigentlich hätte Nahrung zuführen sollen, sah milchigweiß aus. Virgil tauchte den Finger ein und setzte sich einen Tropfen des verfärbten Wassers auf die Handfläche. Dann befahl er flüsternd seinem Farsight zu vergrößern, was er sah, und die Wahrheit offenbarte sich:

Das Wasser wimmelte vor weißen Träger-LOVs, doch sie waren deformiert. Sie hatten keine Glieder und konnten sich darum untereinander nicht verbinden. Virgil fuhr mit dem Finger über die Oberfläche der Wanne und fand überall das Gleiche: An seinen Fingerspitzen hafteten zahllose unverbundene LOVs wie der feine Staub winziger Diamanten.

Er hob den Kopf, starrte zum Himmel und sah vor seinem inneren Auge erneut den regenbogenfarbenen Nebel, der sich von den Drohnen abgesenkt hatte. »Sie haben ein Mutagen gesprüht«, sagte er. »Das haben sie abgesetzt.« Er rieb die Fingerkuppen aneinander und spürte den Diamantstaub zwischen ihnen. »Das hier sind die LOVs, die seitdem erzeugt worden sind – die nächste Schicht der Wand.«

Ringsum hob alles vorsichtig die Hand und strich mit den Finger über die LOVs auf den gerunzelten Stirnen – eine religiöse Gebärde geradezu.

»Es ist nicht auf uns gefallen«, sagte Ela. »Wir alle haben uns untergestellt.«

»Es könnte noch immer als Nebel in der Luft hängen«, entgegnete Virgil und deutete auf die salzige Gischt. »Wir könnten es in diesem Moment einatmen.«

Er hörte einen Hubschrauber und hob den Kopf. Der Helikopter kam von Norden. Er flog, parallel zur Küste, dicht über dem Wasser und näherte sich rasch. Einige *Roi Nuoc* zogen sich zur Treppe zurück.

Nicht aber Oanh. Sie schlug die Fingernägel in die Brüstung. »Diese Chemikalie wirkt nicht auf alte LOVs«, sagte sie im Brustton der Überzeugung. »Was wir haben, verlieren wir nicht.« Als schöbe sie ihn durch Willenskraft von sich, drehte der Helikopter seewärts ab, während er sich dem Palast näherte, und passierte ihn einen halben Kilometer vor der Küste.

Ky sah ihn vorüberziehen. »Selbst wenn dem so ist, Oanh, Menschen wie Lien wird es nicht mehr geben. Ohne Glieder können sich neue LOVs nicht mehr anschließen.«

»Wir sollten nichts als gegeben voraussetzen«, warnte Ela. Der Helikopter schwenkte landwärts und hielt schnurstracks auf die Forschungsstation zu. »Die LOVs werden wieder mutieren. Sie werden sich auch an diese Chemikalie anpassen, so wie bisher an alles andere auch.«

Leise entgegnete Virgil: »Das glaube ich nicht.« Der Hubschrauber schwebte über der Station und senkte sich zum Landeplatz auf dem Dach nieder. Dort stand gewiss das gesamte Personal und wartete darauf, evakuiert zu werden. Das Reservat war gefährlich geworden, nachdem die LOVs gelernt hatten, nach Wirten zu jagen. »Das ist erst der Anfang. Man wird noch mehr genetische Waffen, Viren oder Chemikalien einsetzen. Sie hatten genug Zeit, ein ganzes Arsenal zu entwickeln. Immerhin arbeitet Summer Goforth für sie.«

»Und wir haben die LOVs!«, fuhr Ela ihn an. »Sieh doch nur, was sie schon für uns getan haben! Virgil, wir dürfen nicht aufgeben.«

»Wir geben auch nicht auf.« Aber ihm fiel nichts ein, was sie noch unternehmen konnten.

Ky sagte: »Die IBC wird sicher auf unsere Kapitulation warten, bevor sie die nächste Seuche absetzt...« Protest erhob sich von den *Roi Nuoc.* Sie betonten, sie kapitulierten niemals. Ky lächelte. »... darum bleibt uns vielleicht ein bisschen Zeit.«

»Ein Sturm zieht auf«, sagte Virgil und blickte auf die unruhige See.

Ky nickte. »Wir müssen Lien und ihren Kader finden. Sie wissen besser als irgendeiner von uns, wozu die LOVs imstande sind. Wir können gemeinsam im Seepalast Unterschlupf suchen und über unsere nächsten Schritte nachdenken.«

Die Überflüge gingen weiter, doch nach der ersten Drohnenwelle setzte die IBC nur noch Hubschrauber ein, die das Reservat und die umgebenden Gewässer mit ihren Chemikalien-Nebeln belegten. Zum ersten Mal seit Wochen weigerte sich die Sonne, hinter Wolkenschleiern zu verschwinden. Ihre grimmigen Strahlen brachen sich in der salzigen Gischt und in dem Dampf, der vom schlammigen seichten Wasser aufstieg. Beides vermischte sich mit den unbekannten Substanzen, und mit jedem Atemzug sog man Salz und unbekannte Gifte in sich ein. Schweiß sammelte sich auf der Haut und brannte heftig in den Augen.

Trotz der drückenden Luft machte sich Ky auf die Suche nach Lien. Virgil begleitete ihn. Er trug Elas Poncho, in der Hoffnung, damit wenigstens einen Teil der fallenden Chemikalien von seiner Haut fern zu halten. Es war unglaublich warm, und er schwitzte entsetzlich unter der wasserdichten Kleidung.

Sie nahmen das größte verbliebene Holzboot und stakten zu den Mangroven, wo Ky noch am Vorabend Lien und ihren Kader besucht hatte. Dreimal mussten sie aussteigen und das Boot unbeladen über Schlammbänke schieben. Ihre Füße rührten Wolken weißer LOVs im Schlick auf. Einmal kamen sie an einem überschwemmten Damm vorbei, der von LOVs verkrustet war. Die Strömung löste milchige Schlieren von ihm und trug sie mit sich.

Sie hatten nicht daran gedacht, Trinkwasser mitzunehmen. Wochenlang hatte es ununterbrochen geregnet, dass sie es schon für selbstverständlich hielten, jederzeit klares Wasser sammeln zu können, doch eine halbe Stunde in der Sonne belehrte sie eines Besseren. Virgil zog den Poncho aus. Lieber ließ er sich vergiften, als an einem Hitzschlag zu sterben. Es spielte kaum eine Rolle. Der Schweiß lief ihm in Strömen über den Leib, ein abgestandener Geschmack breitete sich in seinem Mund aus, und seine Zunge schwoll an. Ky erging es nicht besser. Also änderten sie den Kurs und näherten sich landeinwärts einer Gruppe von Plattformen.

Sie erschien wie eine Geisterstadt auf einer Wasserwüste. Die *Roi Nuoc*, die hier gelebt hatten, waren fort – entweder zum Seepalast geflohen oder im Gewahrsam der IBC. Nur noch Schweigen wohnte hier; das leise Plätschern, wenn Virgil stakte, wirkte wie ein Fremdkörper.

Während sie die erste Plattform passierten, wies Ky mit einer Kopfbewegung auf die Schlammringe an den Pfählen, die den Höchststand der Flut markierten. »Das Wasser ist mindestens vierzig Zentimeter gesunken.«

»Der Taifun kann das sehr schnell wieder rückgängig machen.«

Ky blickte ihn grimmig an. »Wenn der Sturm schlimm genug wird, könnte dieses Land für immer verloren gehen. Der Meeresspiegel steigt. Ein wenig Erosion, und das Delta versinkt.«

Virgil steuerte das Boot zur niedrigsten Plattform. Mit ein wenig Glück funktionierte das System zum Auffangen von Trinkwasser noch, und vielleicht fanden sie sogar ein paar saubere Behälter für das Wasser.

Ky kauerte im Bug auf einem Knie, die Hände erhoben, um die Kante der Plattform zu ergreifen, die in Brusthöhe über dem Wasserspiegel stand. Virgil bremste mit der Stake, und sie stießen sanft gegen die Pfähle. Ky fand Halt an der Kante und zog sich hoch.

Am liebsten hätte Virgil seiner von der Hitze verursachten Benommenheit zugeschrieben, was er als Nächstes sah. Die Plattform geriet ins Rutschen und glitt dem Boot langsam und geräuschlos entgegen.

Ky riss die Augen auf und warf sich flach hin. »Sie hält nicht!«, brüllte er. »Zurück mit dem Boot!«

Virgil stieß die Stake in den Schlamm und stemmte sich mit seinem ganzen Gewicht dagegen, sodass das Boot einen Satz nach hinten machte. Die Plattform rutschte von den Pfählen und klatschte wie ein kalbender Gletscher ins Wasser. Unmittelbar vor dem Aufprall sprang Ky ab und landete unweit davon in seiner eigenen Fontäne aus Schlamm und Wasser. Prustend kam er wieder an die Oberfläche und trat Wasser, während Virgil mühevoll das Boot zu ihm stakte.

»Hast du das gesehen?«, rief Ky. »Nichts hielt es noch an Ort und Stelle! Mein Gewicht hat es ins Rutschen gebracht.« Er schwamm zu der schräg liegenden, halb versunkenen Plattform und kletterte hinauf. Virgil brachte das Boot heran und nahm ihn auf. Danach mieden sie die Pfähle.

Alle Plattformen waren in der Lage gewesen, sich bei Flut selbsttätig zu erheben; eine Schicht aus lebendigen LOVs an der Oberseite jeder Stütze verlängerte sie kontinuierlich. Das Mutagen hatte offensichtlich die Struktur dieser LOVs verändert. Ohne Glieder, die sie an Ort und Stelle hielten, während ihre Schalen sich verbanden, wirkten sie eher wie winzige Kugellager. Darum hatte Kys Gewicht ausgereicht, um die Plattform in Fahrt zu bringen, und einmal in Bewegung, war ihr Sturz ins Wasser nicht mehr aufzuhalten gewesen.

Sie stakten zwischen den anderen Plattformen umher und warfen sehnsüchtige Blicke auf die Wassersammler, deren Becken zumindest zum Teil gefüllt waren. »Wir könnten es noch einmal versuchen«, sagte Virgil.

Ky schüttelte den Kopf. »Wir dürfen nicht riskieren, dass unser Boot zermalmt wird. Suchen wir lieber nach Lien. Im Seepalast bekommen wir Wasser genug.«

Zwanzig Minuten dauerte es noch, bis sie die Mangroven erreichten, zwischen denen Lien ihre Plattform errichtet hatte. Während sie sich näherten, riefen sie nach ihnen, doch die Helikopter waren zurückgekehrt und sprühten eine frische Ladung Chemikalien; wenn jemand antwortete, so war es bei dem Motorengetöse unmöglich, ihn zu hören.

Die Plattform verbarg sich im Baumdickicht. Virgil und Ky vertäuten ihr Boot an einem Stamm, dann kletterten sie auf eine gut fünfzehn Zentimeter breite Planke aus LOVs. Die Planke war mit Ringen aus LOVs an den Wurzeln und Stämmen verankert und rutschte deshalb nicht ab.

Ky ging als Erster, und Virgil folgte ihm dichtauf. Ihr Weg führte zwischen Bäumen hindurch, die mit glitzernden Netzen aus LOVs bedeckt waren; hin und wieder hing eine LOV-Kugel in dem Gespinst.

Während sie sich dem Zentrum der Gruppe näherten, entfernten sich die Hubschrauber allmählich. Als der Lärmpegel auf ein erträgliches Maß gesunken war, begann Ky wieder zu rufen, doch auch jetzt blieb eine Antwort aus. Er blieb stehen und sah Virgil unsicher an. »Ich war gestern Abend hier, und alles war in Ordnung. Gegen Mitternacht bin ich gegangen.«

Virgil legte Ky eine Hand auf die Schulter, sagte aber nichts. Es gab nichts zu sagen. Unter jedem Blatt sickerte Stille hervor; zusammen mit verdunstetem Wasser stieg sie in die Luft. Selbst hier im Schatten machte die Hitze benommen. Virgil wischte sich den Schweiß von der Stirn. »Wir sollten es nicht aufzeichnen.«

Ky erstarrte. Er blickte nach vorn ins Dickicht, wo Fliegen brummten. Dann griff er ungelenk an sein Farsight, nahm es ab und schob den Schalter auf Aus. Virgil tat es ihm gleich.

Wenige Minuten später entdeckten sie Lien und ihre Gefährten.

Sie hatten sich eine Plattform aus mehreren Ebenen errichtet, jede davon mit Ringen an Ästen und Baumstämmen gesichert. Seite an Seite lagen sie auf der untersten Ebene unter mehreren gesunden Kugeln beieinander, die in einem Netzdach hingen. Virgil empfand ein Übelkeit erregendes Déjà-vu, als er sah, wie Fliegen in Liens offenem Mund ein und aus krochen. Sie starrte durch die transparente Linse ihres Farsights, das abgeschaltet war. Alle vier trugen Farsights. Ihre ausgezehrten, erschöpften Gesichter erinnerten ihn stärker an Gabrielle, als ihm lieb war.

Ky hockte sich zu ihren Füßen hin. Während er ihre Gesichter musterte, presste er sich den Handrücken auf den Mund. »Ich war gestern Abend hier. Ihnen ging es gut. Sie waren glücklich.« Er rieb sich die Augen. »Ist das auch deiner Freundin Gabrielle passiert?«

Virgil nickte, denn Kys Trauer war so echt wie seine. »Es sieht genauso aus, und wenn das hier ein kognitiver Kreis war...«

»Ja, es war einer. Sie taten es ständig. Am Ende stundenlang. Mother Tiger pflegte sie zu unterbrechen. Das ist mit ein Grund, weshalb sie die Farsights aufgaben. Besonders Lien. Sie benötigte kein Farsight mehr. Sie war eine geborene Philosophin und brauchte keine Hilfe von Mother Tiger, um die LOVs zu verstehen, und sie...«

Er verstummte, während er erneut die vier toten Jugendlichen betrachtete, deren Helme aus LOVs im Sonnenlicht stumpfgrau wirkten. Virgil spürte, wie Ky plötzlich ein entsetzlicher Verdacht kam. »Ky? Was ist?« Er kniete sich neben ihn. »Was wolltest du über Lien sagen?«

Ky wandte sich ihm zu, und Virgil wurde von dessen

Schmerz überwältigt, von dessen Wut über einen unaussprechlichen Treuebruch. »Sie hatte noch einen Grund, ihr Farsight nicht mehr zu benutzen«, wisperte er. »Sie traute dem ROSA nicht mehr über den Weg.«

»Mother Tiger …?«, fragte Virgil ungläubig. Doch Kys Verdacht schien ihm schlüssig. Unwillkürlich berührte er die Wölbung durch sein Farsight, das abgeschaltet und gut geschützt in der Hosentasche steckte. Das ROSA konnte sie nicht beobachten. Virgil blickte erneut in Liens gemartertes Gesicht und entdeckte endlich die Anomalie, die Ky stutzig gemacht hatte. »Wenn sie keine Farsights brauchten, warum tragen sie dann welche?«

»Diese Frage kann nur einer beantworten.«

»Ky …«

»Denk darüber nach!«, flüsterte Ky beharrlich, drängend. »Sie müssen gestern Nacht, nachdem ich gegangen war, noch mit dem ROSA gesprochen haben. Einen anderen Grund, Farsights zu tragen, gab es für sie nicht mehr. Aber Mother Tiger hat nichts davon gesagt.«

»Komm schon, Ky. Wie soll Mother Tiger ihnen geschadet haben? Und warum?«

Ky hob die Hand. »Sei vorsichtig, was du sagst.« Er wies mit einem Nicken auf einen Späherball, der knapp am Mangrovendickicht vorbeischwebte.

»Er ist von der IBC«, sagte Virgil. »Wir sollten gehen. Sie werden bald hier sein.«

Ky blickte dem Späherball hinterher und deutete ein Kopfschütteln an. »Der Feind ist nicht immer leicht zu erkennen.«

Virgil sah wieder den Ball an. Was sagte Ky da? Dass der Späher vielleicht nicht der IBC gehörte. Aber wem dann …?

Er drehte sich Ky zu und formte mit dem Mund die Worte: *Mother Tiger?*

Ky zuckte mit den Schultern. »Die LOVs sind nicht schuld«, wisperte er. »Nicht direkt jedenfalls. Lien war zu erfahren. Sie hatte schon Hunderte von kognitiven Kreisen hinter sich. Sie wusste, wie sie ihre Trance im Griff behielt.« Ky tippte sich auf die Schläfe, das allgemein übliche Zeichen für Farsight. »Aber wenn sie ein Farsight getragen hat, wer hatte dann das Sagen?«

Virgil schüttelte den Kopf. Nichts davon wollte er glauben. »Ihr Farsight ist abgestellt.«

»Wenn ein Farsight gestohlen wird, schaltet das zugehörige ROSA es ab, oder? Als Sicherheitsmaßnahme. Und überleg nur – ich bin kurz vor Mitternacht von hier aufgebrochen. Wie viele Stunden sind seitdem vergangen? Nicht genug Zeit, um diesen Tod zu sterben – es sei denn, sie wären mit Vorbedacht in einen Zustand des Entsetzens versetzt worden, in eine höllische Trance, die sie nicht brechen konnten.«

Virgil spürte, wie ihm frischer Schweiß auf die Brust trat. Er konnte nicht den Blick von dem Späherball nehmen, der zwischen den LOV-Kugeln schwebte. »Sag nichts mehr.« Er wollte sich erheben. »Wir müssen zurück. Alle *Roi Nuoc* verlassen sich auf …«

»Ich glaube nicht, dass ihnen Gefahr droht. Bis auf weiteres. Weil sie noch *Roi Nuoc* sind.«

Natürlich würde ihnen nichts geschehen. Mother Tiger existierte nur für sie. »Aber Lien …«

»Habe ich es heute Morgen nicht schon gesagt? Sie und ihre Gefährten haben sich über uns hinausentwickelt. Ihre Ziele und Mother Tigers Ziele stimmten nicht mehr überein. Vielleicht verfolgte Lien einen Plan, mit dem Mother Tiger nicht einverstanden war. Ich weiß mit Bestimmtheit, dass sie den Rest von uns überzeugen wollte, sich ihr anzuschließen und das ROSA zurückzulassen.«

Ky beugte sich vor, griff an dem Netz mit den Kugeln vorbei und nahm Lien das Farsight ab. Dann schloss er ihr die starren Augen. Er berührte die sterbenden LOVs auf den Köpfen ihrer Gefährten – und erstarrte, den Mund halb offen, die Augen verwundert aufgerissen. Langsam wandte er den Kopf und blickte Virgil an. »Kannst du ihre Seelen hören?«

Virgil stellten sich die Nackenhaare auf.

Ky hockte sich wieder auf die Fersen und blickte zum Dach aus hängenden Kugeln hoch. »Spürst du auch diese Warnung, oder verliere ich den Verstand?« Er berührte die LOVs auf seiner Stirn. »Sag mir, dass du sie hören kannst, Virgil.«

Virgil hob den Kopf. Sein Herz schlug schneller. Er strich sich das Haar aus der Stirn – und dann hörte er tatsächlich etwas. In seinem Kopf murmelten Stimmen unhörbare Worte, aber was sie bedeuteten, war völlig klar: *Lauf schnell weg! Lauf schnell weg!*

Dieses Mantra lockte Panwars Gespenst aus einem sehr alten Brunnen seiner Erinnerung, und es sprach etwas aus, das er zu Lebzeiten nie gesagt hatte: *Unsere Maschinen haben uns fast eingeholt. Wir müssen uns verändern, bevor sie uns überholen und für immer hinter sich lassen.*

Als Ky ihm die Hand auf den Arm legte, fand er den Weg aus dem dunklen, blutgetränkten Wartungstunnel zurück. Zurück in die Gegenwart. »Hast du sie gehört?«, bohrte Ky.

Virgil nickte. »Es sind die Kugeln. E-3 hat sich an Gabrielle erinnert. Hier ist es das Gleiche.«

»Es ist eine Nachricht. Verstehst du? Wir können nicht scheitern.«

39

Sie riefen Spinnen in den Schutzraum.

Vor den Eingang hatten sie nasse Decken gehängt, damit die Seuche nicht hineindrang. Ela kauerte neben der Barriere, die sie ein Stück beiseite gezogen hatte, und blickte die Spinne an, die auf der anderen Seite wartete. In der Hand hielt sie ein überzähliges Farsight, das ein *Roi Nuoc* zurückgelassen hatte, als er aus dem Reservat evakuiert wurde. Das Display ihres eigenen Farsights blinkte blaugrün; Mother Tiger übersetzte ihre Anweisungen. Eine Minute später hob die Spinne zwei spröde Beine und nahm Ela das Gerät aus der Hand. Auf den verbliebenen sechs Gliedmaßen watschelte sie unbeholfen davon und bestieg die Treppe zum Palastdach.

Ela warf Ninh einen Blick zu. Er hockte auf der anderen Seite der nassen Decke und instruierte gerade eine andere Spinne, ein Farsight zu einem Beobachtungsposten außerhalb des Seepalasts zu schaffen. Damit verfügten sie nun über vier Wächter, die sie warnen würden, wenn die IBC kam. Ela ließ die Decke zurückfallen.

Wie lange noch?

In dem unteren Teil ihres Farsights hatte sie zwei Fenster geöffnet, in denen sie beobachtete, wie Virgil und Ky vorankamen. Sie sah, was sie sahen, und hörte, was sie sprachen. Sie war nicht die Einzige, die die beiden beobachtete. Ein Aufschrei des Unglaubens und der Furcht hatte sich im Schutzraum erhoben, als die aufgegebene Plattform unter Kys Gewicht ins Rutschen geriet. Nun, während sie dem Pfad durch die Mangroven folgten, begleitete sie besorgtes Gemurmel. Als Ky stehen blieb und nach Lien rief, verfiel alles in Schweigen. Ela lauschte angestrengt auf eine Antwort, aber sie hörte nur das Brummen der Fliegen. Virgil trat zur Seite. Er hob die Hand vor das Farsight, sodass nichts mehr zu sehen war. »Wir sollten es nicht aufzeichnen«, sagte er leise.

Sekunden später schlossen sich beide Fenster.

Ela und Ninh tauschten einen Blick. Niemand brauchte auszusprechen, was sie beide wussten: Lien hätte geantwortet, wenn sie noch in der Lage dazu gewesen wäre.

»Was sollen wir tun?«, fragte Ninh.

»Ich weiß es nicht. Beobachten? Abwarten?« Sie berührte die LOVs auf ihrer Stirn. Ninh und sich selbst eingerechnet, waren nur noch dreizehn *Roi Nuoc* übrig. Wenn Virgil und Ky zurückkehrten, waren sie fünfzehn.

»Wir haben Geld«, sagte Ninh. »Irgendetwas müssen wir damit doch ausrichten können.«

»Vielleicht unsere eigene Armee anheuern.«

»Nein. Wir würden alle umkommen.«

»Ninh hat Recht«, sagte Mother Tiger; sie sprach aus beiden Farsights. »Das würde niemals gebilligt werden.«

»Gebilligt? Von wem?«, fragte Ela.

»Von mir«, entgegnete das ROSA.

Ela stellten sich die Nackenhaare auf. Sie fragte sich, ob die UN es wohl als erforderlich ansehen würde, Mother Tiger ebenfalls zu eliminieren.

Sie begann, den Raum abzuschreiten. Ein ums andere Mal umrundete sie ihn und fuhr mit den Fingern an der feuchten Wand entlang. Die *Roi Nuoc* hatten sich in der Raummitte locker zusammengeschart. Mit unterschlagenen Beinen saßen sie auf dem Fußboden. Jeder blieb für sich, jeder führte allein ein Gespräch mit Mother Tiger oder beschäftigte sich mit Interviews oder Propagandamaterial. Das einzige Licht in dem fensterlosen Gelass stammte von den Säulen lebendiger, leuchtender LOVs. Der blaugrüne Schein raubte den *Roi Nuoc* die Gesichtsfarbe und verlieh ihnen das ausgeblichene Aussehen von Menschen auf alten, schlecht erhaltenen Schwarzweiß-Fotografien. Ihre Stimme klangen fern und gingen in dem tiefen, nachhallenden Grollen der Wellen fast unter, die der Sturm gegen den Bug des Seepalastes trieb. Der Taifun, der für die Brecher verantwortlich zeichnete, stand nach wie vor über den Spratly-Inseln, wo er sich am seichten warmen Wasser labte und zunehmend an Stärke gewann.

Ela flüsterte mit Mother Tiger, und neue Fenster öffneten sich auf ihrem Farsight-Display.

Durch einen Spinnenwächter auf dem Dach beobachtete sie, wie Hubschrauber erneut den Seepalast überflogen. Ein schäumender Brecher donnerte gegen den Bug und bespritzte das gesamte Dach mit Gischt.

Ein anderer Spinnenwächter stand am Deich hinter dem Palast Wache und spähte durch Nebel landeinwärts, der im Licht in allen Regenbogenfarben schillerte. Am Fuß des Deichs trieben zwei zerstörte Skater auf einem Floß aus grauem Schaum, der sich am Wasserrand gesammelt hatte. Ihre Gelenke waren gebrochen, und sie spreizten die Beine sternförmig ab. Die ausladenden Fußballen hielten sie über Wasser, aber sie sanken in der Mitte ein, sodass ihre Kugeln eintauchten. Das eigenartige Licht schluckte ihre blaugrüne Farbe, und sie sahen kränklich grau aus. Ein Fisch zupfte an einer von ihnen.

Elas Hände begannen zu zittern. Bislang waren nur neu gebildete LOVs vom Chemikalienregen der IBC beeinträchtigt worden. Das hier aber waren erwachsene Skater. Ein Mutagen hätte sie nicht schädigen dürfen – also musste ein zweiter Wirkstoff freigesetzt worden sein, der für existierende LOVs giftig war.

»*Virgil!*«, wisperte sie drängend. »*Ky. Kommt doch zurück!*«

»Ihre Farsights sind noch immer abgeschaltet«, erklärte Mother Tiger ihr. »Sie sind nicht zu erreichen.«

»Die IBC hat ein neues Gift eingesetzt.«

»Ja. Eine Analyse des durch die Aerosole gebrochenen Lichtes weist auf wenigstens drei verschiedene Toxine hin.«

»Ausgewachsene LOVs sterben.«

»Ja.«

Draußen erhob sich ein Geräusch wie von platzendem Popcorn, wie das gedämpfte Knallen von Feuerwerkskörpern. Ela hastete zum Vorhang aus nassen Decken und blickte in das Tageslicht am Ausgang. Wo sich Sonne und Schatten trafen, kauerte eine Spinne, Späherbälle umtanzten sie wie glänzende Seifenblasen. Ein Ball hatte am Vorhang auf eine Gelegenheit gelauert, wie sie sich ihm nun bot: Als Ela die Decke etwas zur Seite schob, schoss er durch den Spalt.

Fluchend sprang sie zurück und schlug wütend nach dem Späher, doch er stieg rasch außer Reichweite. Sie ließ ihn in Ruhe, denn sie wusste, dass sich noch viele andere in den dunklen Ecken der Raumdecke eingenistet hatten.

Das Knallen wurde lauter und regelmäßiger. Ela suchte die Fensterreihe am Unterrand ihres Farsights ab, bis sie das Bild fand, das der Spinnenwächter am Haupteingang übertrug. Er zeigte die fliegende Untertasse, die über den Stufen in der Luft schwebte und zuckte und sprang, während überall auf ihrem Rumpf kleine weiße

Explosionswolken aufstoben: Eine Druckwelle nach der anderen platzte auf und schleuderte winzige Glassplitter und Plasmatropfen durch die Luft.

Ela senkte den Kopf und fuhr sich mit den Fingern durch das Haar. Sie musste gegen aufkeimende Panik ankämpfen. Als auf ihrem Display ein Link-Icon erschien, erstarrte sie vor Schreck. Das Symbol war sehr einfach, ein Kreis, der drei Buchstaben umgab: *IBC.* Mother Tiger war schon vor langem instruiert worden, nur die allerwichtigsten Links durchzulassen. »Öffnen«, murmelte Ela. Ihre Stimme ging im tiefen Grollen der Wellen unter.

Das Symbol wuchs an. Einige Sekunden erfüllte es das Display, dann wich es Daniel Simkin, der an einem Podium stand, an der Wand hinter sich eine Karte der südvietnamesischen Küste. Er gab gerade eine Pressekonferenz.

»... gestattet uns eine Vereinbarung mit den Vereinten Nationen, seit Sonnenaufgang im befallenen Gebiet ungehindert vorzugehen. In diesem Moment wird eine Evakuierung der verbliebenen Zivilisten vorbereitet. Ich möchte die Krise nicht herunterspielen, der wir gegenüberstehen. Drei Monate lang wurde politisch gemauert. Erst dadurch konnte sich die schlimmste biologische Katastrophe der Menschheitsgeschichte zu einer allseitigen Gefahr entwickeln, die sich nun durch den unmittelbar bevorstehenden Taifun Corazon weit über das gegenwärtig befallene Gebiet zu verbreiten droht. Dies können wir nicht zulassen. In den Stunden, die uns bis zum Eintreffen des Sturmes verbleiben, wird die IBC eine Reihe von Viren freisetzen, die spezifisch auf den Stoffwechsel der LOVs maßgeschneidert wurden. Keines dieser Viren – ich wiederhole: kein Einziges dieser Viren – kann andere Lebewesen befallen. Momentan besteht kein Grund zur Sorge. Wir haben uns für einen Angriff aus mehreren Richtungen entschieden, um der wohlbekannten raschen Anpassungsfähigkeit der LOVs zu begegnen. Jeder Angriff auf nur einem Weg würde eine Population resistenter LOVs übriglassen. Kein LOVs aber kann gegen alle Viren in unserem Arsenal immun sein. Bei Sonnenuntergang wird diese Krise ihren lange überfälligen Abschluss gefunden haben.«

Ela legte den Kopf in den Nacken. Rasche, flache Atemstöße schossen ihr über die Lippen. »Link abbrechen.« Sie blickte sich zum Schutzraum um und sah zwölf Gesichter, auf denen das gleiche Entsetzen stand, das Ela befallen hatte. Sie ballte die Faust. »Wo ist Virgil?«

»Noch immer kein Wort«, sagte Mother Tiger.

»Die IBC wird bald hier sein.« Sie begann wieder, unruhig umherzugehen, und ihre Finger streiften an der Wand entlang. Die Wurzeln des Seepalastes reichten tief in den Schlamm. Durch isolierte Adern flossen Nährstoffe hoch, um die leuchtenden LOV-Säulen zu ernähren, die den Schutzraum erhellten, und die LOVs in den Wänden, die die Atemluft erneuerten.

Die Luft war noch frisch, das Licht ungetrübt von den Giften, die draußen umherwirbelten. Die Spinnenwächter brachen zusammen. Aus schrägen Winkeln zeigten ihr Farsight lebendige Rohre, die ein kränkliches Grau annahmen. Fliegenschwärme summten an den Wänden. Die Kugeln in den Wannen auf dem Dach hatten begonnen, sich aufzulösen, aber die Luft im kühlen, düsteren Schutzraum blieb frisch.

Sauber.

Ela erstarrte mitten im Schritt und fixierte den Keim einer Idee. »Oanh!«

Ihr Ruf hallte von den Wänden wider und brach

kognitive Kreise, die sich nach Simkins Pressekonferenz gerade erst wieder geschlossen hatten. »Ninh! Phan! Ihr alle. Kommt.« Sie blickte zur dunklen Decke hoch, wo sich die Späherbälle in der Schwärze verbargen. Sie wagte es nicht, ihre Idee laut auszusprechen. »Wir wollen uns zusammensetzen.«

Die *Roi Nuoc* bemerkten ihre Aufregung, ihr Bedürfnis nach Geheimhaltung, kamen widerspruchslos zu ihr und umringten sie in mehreren Kreisen. Ela setzte sich ihnen gegenüber und begann mit den Fingern zu trommeln. Mother Tiger ahnte die Wörter vorher, die sie schreiben wollte, und gab sie in knappen Sätzen aus:

LOVs sterben überall, nur nicht hier. Schutzraum ist sicher. LOVs sind hier sicher vor der Krankheit. Ihnen geschieht nichts.

Ela hob die linke Hand zur Stirn und berührte die symbiotischen LOVs, die dort implantiert waren.

Können wir unsere LOVs schützen?

Erinnert euch: Was wir LOV nennen, ist nur eine Schale, die das Ende eines Strangs aus neuronalen Asteriden umgibt. Die ersten Asteriden, die von Summer Goforth entwickelt wurden, hatte keine Schale. Sie lebten allein im Gehirn ihrer Wirte. Könnten wir diesen Aufbau wieder aufgreifen?

Der Vorschlag löste allgemein nachdenkliche Seufzer aus, obwohl niemand auch nur ein Wort sagte. Sie alle wussten um die Späherbälle.

Ela wartete darauf, dass eine Antwort auf ihrem Display erschien, aber nichts kam. Sie blickte von einem verwirrten Gesicht zum nächsten, bis schließlich Ninh die Hand hob und mit den Fingern wackelte.

Keine Fingersensoren.

Ela ließ den Kopf hängen. Natürlich. Die *Roi Nuoc* hatten keine Sensoren in die Fingerspitzen implantiert, wie also sollten sie tippen?

Auf einem virtuellen Raster musste es gehen. Ela schlug es ihnen schriftlich vor, und binnen weniger Minuten zeichnete Mother Tiger ihre unbeholfenen Fingerbewegungen auf und setzte die Buchstaben, die sie »berührten«, zu kurzen Mitteilungen zusammen – während sie die virtuellen Tasten alle paar Sekunden neu anordnete, um jedem Beobachter, der die Fingerbewegungen auswertete, das Entschlüsseln zu erschweren. Ein Gespräch entspann sich.

Die LOVs mussten umgebaut werden, doch konnten Ela und die *Roi Nuoc* es nicht selbst tun. Niemand wusste, wie es ging. Sie konnten das Problem nur den LOVs übermitteln und hoffen, dass ihnen eine Lösung einfiel. Fragen und Antworten wurden über Mother Tiger ausgetauscht, und das Konzept entwickelte sich rasch, indem Teams von LOVs konkurrierende Lösungen entwarfen. Ela konnte ihnen nicht einmal im Groben folgen. Ihr kam es nur vor, als würde ihr Kreis allmählich zusammenfließen.

Virgil schaltete sein Farsight wieder ein, als Ky und er den Rand der Mangroven erreicht hatten. Augenblicklich öffnete sich ein Link zu Ela. »Virgil! Ihr müsst sofort zurückkommen. Auf der Stelle. Wir haben nur wenig Zeit.« Sie klang furchterfüllt. Virgil stellte keine Fragen. Er stieg hinter Ky ins Boot, packte die Stange und setzte es in Bewegung.

Gegen Mittag kamen keine Hubschrauber mehr. Daniel Simkin rief erneut an, nur dass es sich diesmal um eine Privatmitteilung handelte, in der er in allen Einzelheiten bestimmte, wie sie einer nach dem anderen aus dem Seepalast nach draußen in die Seuchengeschwängerte Luft kommen und sich widerstandslos festnehmen lassen würden.

»Holen Sie uns doch aus dem Schutzraum«, entgegnete Ela leise. Sie war fest entschlossen, die wenigen Minuten noch herauszuschinden, die die LOVs brauchten, um ihre Arbeit abzuschließen. »Wir warten hier auf Sie. Widerstand werden wir nicht leisten.«

Am Vorhang regte sich etwas. Ela lugte hindurch und entdeckte eine verkrüppelte Spinne, die versuchte, in den Schutzraum zu gelangen. Die Spinne war kontaminiert. Sie durfte den Schutzraum nicht betreten. Deshalb trat Ela durch den Vorhang dreimal nach ihr und brach ihr die Beine. Dann hockte sie sich hin und beobachtete durch einen Schlitz den äußeren Toreingang.

Ninh kauerte sich neben sie. »Ky und Virgil sind gleich hier.« Er schickte ihr das Bild. Die Ansicht war verzerrt, doch Ela erkannte sie: zwei kleine Gestalten – Virgil stakte, Ky kniete im Bug und gab Acht auf Baumstümpfe und Untiefen.

»Beeilt euch«, flüsterte sie.

Virgil nickte. Sein rauer Atem zischte in ihr Ohr.

Von einer der Plattformen vor der Küste stieg ein Hubschrauber auf. Er nahm Kurs auf das Land, auf das Boot, und näherte sich rasch. Virgil sah ihm entgegen. Dann brüllte er Ky eine Warnung zu und stieß die Stake mit aller Gewalt in den Schlamm, dass das Boot einen Satz nach vorn machte. Es rammte eine verborgene Schlammbank, doch beide waren auf den Aufprall vorbereitet. Ela beobachtete, wie sie aus dem Boot sprangen; wie sie im knietiefen Wasser landeten, sich aufrappelten und taumelnd auf den Seepalast zueilten. Lautsprecherstimmen riefen sie an, stehen zu bleiben und die Waffen fallen zu lassen. Eine Show war es, mehr nicht. Teil der endlosen Anstrengung um bessere Zuschauerzahlen. Die IBC wusste ganz genau, dass sie unbewaffnet waren.

Vielleicht kannten Virgil und Ky das Drehbuch. Sie ignorierten die Warnung und rannten schneller.

Virgil erreichte die Stufen einen Schritt vor Ky. Er hob den Kopf, und Ela sah durch sein Farsight, wie sich der Hubschrauber drohend über die Brüstung schob. Der Schatten des Helikopters hüllte Virgil ein wie das Negativ eines Suchscheinwerfers. Die Lautsprecherstimme befahl ihm erneut, sich nicht zu rühren. Doch er schoss unter dem Bogen durch, während ein Stoßtrupp in selbsttätig die Farbe verändernder Tarnkleidung aus dem Bauch des Hubschraubers quoll und an Doppelseilen hernieder stürzte wie fallende Wassertropfen.

Elas Perspektive änderte sich. Nun sah sie an der Barriere aus nassen Decken vorbei und erblickte Virgil mit eigenen Augen. Auch er sah sie. »Ela!«, rief er. Seine Augen blitzten.

»Beeilt euch!«, schrie sie. Dann: »Uns bleibt nicht genug Zeit.«

Ky füllte den von Sonnenlicht erfüllten Durchgang aus. »Ich halte die Tür.«

»Du kannst die Tür nicht halten«, entgegnete Virgil.

»Geht!«, brüllte Ky. »Schau nach, was sie will!« Er wandte sich den Soldaten zu, die Hände erhoben, die Handflächen offen. Dann brach ein brillanter Lichtschein aus seinem Farsight, ein winziger Blitz, der die Schatten aus dem Palastsaal verjagte. Ky schrie vor Schmerz auf. Er hob ruckartig die Hände, als wollte er sich das Farsight vom Gesicht reißen. Er erreichte es nicht mehr.

Die Soldaten sahen nur die plötzliche Bewegung und feuerten. Kys Schulterblatt zerbarst. Eine zweite Kugel öffnete einen Krater in seinem Rücken. Blut spritzte gegen die Wände und traf mit schwerem Platschen Virgils Hemd, als er sich mit gelähmten Gesicht dem Gemetzel zuwandte.

»Virgil!«, schrie Ela. »Komm schon! Los!«

Die Soldaten draußen begannen zu brüllen und beschworen Erklärungen für die Tötung herauf. Sie hätte nicht geschehen dürfen. Ky war unbewaffnet gewesen. Jeder hatte es gesehen. Jeder konnte es nun sehen, denn Ela hatte die Szene augenblicklich an ihre Nachrichten-Site gesendet, während Virgil wertvolle Sekunden mit der Ansammlung von Eiweißstoffen vergeudete, die einmal Ky Xuan Nguyen gewesen war.

»Virgil.«

Er sah zu ihr nach hinten.

»Jetzt. Ich bitte dich.« Er musste einfach zu ihr. Auf keinen Fall würde sie vor den Vorhang treten und riskieren, die *Roi Nuoc* zu kontaminieren. Keiner von ihnen wusste, wie lange ihr Umbau dauern würde – oder ob er sich überhaupt bewerkstelligen ließ. Sie benötigten Zeit. Sie wollte mit allen Mitteln jede einzelne Sekunde herausschlagen, die sich nur herausschlagen ließ.

Ihr Drängen musste seinen Schock durchdrungen haben, denn er eilte zu ihr, ohne langsamer zu werden, als er sich dem Vorhang näherte. »Warte! Bleib stehen!«, rief Ela. Sie hob die Hand zu einer schützenden Geste. »Komm nicht herein. Du bist nicht sauber.«

Virgil taumelte. Seine Augen waren groß wie die eines verängstigten Hundes. Mit einer Hand stützte er sich an der Wand ab. Sein Brust wogte, und sein gerötetes Gesicht war schweißbedeckt. Große Blutspritzer besudelten sein Hemd. Er wollte zurücktreten.

»Nein!«, schrie sie. »Geh nicht.« Sie schob ihre Schulter durch die Deckenbarriere und spürte, wie die Nässe ihre Haut benetzte. »Sieh mich an. *Denk* mit mir ...«

»Dazu ist keine Zeit. Mein Gott, Ela. Sie ...«

»Jetzt!« Sie streckte die Hand nach ihm aus; sie berührte seine Wangen, dann seinen Nacken und zog ihn näher.

»Es ist zu spät«, wisperte er. »Lien und ihr Kader ...«

»Weiß ich.«

»Und Ky ...«

»Es ist zu spät«, stimmte sie ihm zu. »Küss mich.«

Er blickte ihr scharf ins Gesicht. Er musste eine kodierte Spur ihrer Stimmung aufgefangen haben. »Du weißt etwas.«

»Küss mich.« Sie strich ihm mit den Lippen über die Wange und streifte dabei kaum merklich sein Ohr: *Lass mich dir beibringen, dich zurückzuziehen.*

Er umarmte sie fest, dass ihr das Atmen schwer fiel. »Hör mir zu!«, keuchte sie.

Sie löste sich weit genug von Virgil, um ihm in die Augen blicken zu können; weit genug, dass ihre LOVs ihm flüsternd ihre Geheimnisse übermittelten. Sein Mund strich über ihre Lippen. Dann erstarrte er und blickte ihr tief in die Augen. Ungemildert überfiel sie sein Entsetzen. »Was hast du getan?«

Sie antwortete ihm nicht. Sie küsste ihn nur wieder leicht, während die Gestalten gepanzerter Soldaten sich in dem strahlenden Licht des Nachmittags sammelten, das durch das Tor hereinschien. Er hörte sie, aber Ela ließ es nicht zu, dass er sich zu ihnen umdrehte und sie ansah. »Sie haben Ky umgebracht«, wisperte sie.

»Das weiß ich.«

»Wir müssen reden.«

»Dazu ist keine Zeit.«

»Wir können nicht aufgeben.«

»Wir haben nicht aufgegeben.« Sie schloss die Augen und küsste ihn fest auf den Mund. Das Gefühl wollte sie bewahren und seinen Duft immer in der Nase behalten. Wie war es nur so weit gekommen?

»Treten Sie zurück«, sagte eine ernste Stimme.

Sie blickte in einen ausdrucklosen Schild, die Gesichtsmaske eines Soldaten. Was hatte sie bewegt, die Entscheidungen so zu fällen, wie sie sie getroffen hatte? Was bewegte all diese Menschen? Dieses Ende hätte sie nicht gewählt; Virgil hätte niemals zugestimmt, dass es so ausging ... und doch hatten sie es mit jeder einzelnen Entscheidung seit dem Absturz des Moduls getan.

40

Die Evakuierung verlief rasch und reibungslos. Alle *Roi Nuoc* wurden verhaftet, ihre Farsights konfisziert. In Hubschraubern brachte man sie auf ein umgebautes Frachtschiff, das vor der Küste im unruhigen Wasser wartete. Nach einem eiligen Marsch über ein schlingerndes Deck brachte man sie ins Innere des Schiffes, wo man sie einzeln in Gummizellen sperrte, die nur wenig mehr als zwei Meter im Geviert maßen. Sie hatten keine Riegel, keine Fenster und keine Möbel. Durch einen Gitterrost in der Decke strömte Luft ein, die steril war und geruchlos. Ela setzte sich auf den gepolsterten Boden und starrte an die grauen Wände. Sie wartete.

Kys Tod ging ihr nicht aus dem Kopf. Obwohl sie sich sehr bemühte, nicht mehr an ihn zu denken, sah sie jedes Mal Blut an den Wänden, wenn sie die Augen bewegte. Sie bekam auch den Geruch nicht aus der Nase. Warum hatte er sterben müssen? Er hatte niemanden bedroht. Sie sah es wieder: Wie er sich zum Eingang umdreht hatte, wie er die leeren Hände hob und seine Bereitschaft ausdrückte, für nur ein paar Sekunden zu verhandeln, eine oder vielleicht zwei Minuten Zeit zu erkaufen – und sie hatten ihn niedergeschossen.

So war es doch gewesen? Nein. Sie vergaß den eigenartigen Lichtausbruch in Kys Farsight, diesen elektronischen Gewitterblitz, der ihn geblendet haben musste. Er hatte instinktiv reagiert und nach dem Farsight gegriffen. Die nervösen Soldaten hatten ebenso abrupt gehandelt, und dann war Ky tot.

An einer erschrockenen Handbewegung gestorben. Ohne diesen Lichtblitz hätte er noch am Leben sein können.

Woher ist der Blitz gekommen?, überlegte Ela. *Was hat ihn verursacht?* Mother Tiger würde es wissen, aber ohne Farsight konnte Ela keine Verbindung mit dem ROSA aufnehmen.

Vielleicht hatte die IBC den Blitz verursacht. Vielleicht würden ihnen allen ähnliche Unfälle zustoßen.

Sie konnte einfach nicht stillsitzen. Deshalb ging sie zur Zellentür, um sie zu inspizieren. Sie folgte dem Spalt mit ihren Fingernägeln, aber sowohl Schloss als auch Scharniere waren verborgen. Sie hob den Kopf und betrachtete das Lüftungsgitter. Selbst wenn sie sprang, war es noch außerhalb ihrer Reichweite. Ela setzte sich wieder.

Wo mochte Virgil nun sein? Wo war Oanh?

Wieder sah sie zum Lüftungsgitter hoch. »Darf ich vielleicht mal baden?«, fragte sie laut. Später fügte sie hinzu: »Ich möchte einen Anwalt sprechen.« Wahrscheinlich schickten sie ihr eher ein Erschießungskommando.

Doch niemand kam.

Geistesabwesend kratzte sie sich die Stirn und fragte sich, was sie als Nächstes unternehmen sollte. Als sie später ihre Fingerspitzen mit einem Blick streifte, glitzerten winzige weiße Körnchen unter ihren Nägeln. Sie atmete scharf ein. Dann kratzte sie sich wieder am Kopf. Mehr Körnchen. Ihre Hand begann zu zittern, deshalb drückte sie sie gegen das Bodenpolster. Die Überwachungskameras sollten ihre Bestürzung nicht aufzeichnen.

Ihre LOVs schälten sich ab. Panik rührte sich in ihrem Bauch. Sie hatte es geplant; sie hatte diese Entwicklung eingeleitet, aber woher sollte sie wissen, ob es wirklich nur die Außenhüllen ihrer Symbionten waren, die dort abstarben? Was, wenn die Asteriden selbst von einem tödlichen Virus aus den Giftküchen der IBC befallen waren?

Sie schloss die Augen, atmete langsam und tief durch und konzentrierte sich auf das Bild von auf weiße Wände verspritztem Blut. Sie müsste es doch spüren, wenn sie die Asteriden verlor. Sie fühlte sich aber wie immer. Selbst diese Furcht war ihr vollkommen vertraut.

Summer Goforth kam am späten Nachmittag mit einem IBC-Charterflug in Saigon an. Begleitet wurde sie von Daniel Simkin. Ein Hubschrauber, der im anschwellenden Wind bockte und vibrierte, brachte sie hinaus zum Schiff. Unter ihnen wälzten sich die Wellen und donnerten immer wieder ihre Schaumkronen in die Luft. Am Horizont blitzte es unaufhörlich. Der Helikopter setzte hart auf dem schlingernden Schiff auf. Eine Strebe zerbrach.

Der Sturm schien nachzulassen, als sie im Schiff waren und das Wüten des Wetters nicht mehr sehen konnten. Das war selbstverständlich nur eine Illusion. In der Nacht würde es noch schlimmer kommen.

Summer ging mit Simkin und seinen Beratern die Arrestzellen ab. Sie begutachtete die Sicherheitsvorkehrungen. Ein Operationssaal war vorhanden, aber bei der rauen See war nicht daran zu denken, den diffizilen Eingriff zu beginnen, der erforderlich war, um symbiotische LOVs zu entfernen.

Schließlich brachte man sie in einen kleinen Konferenzraum, wo ihnen Kaffee und ein leichtes Abendessen serviert wurden. Simkin entschuldigte sich, um ein Privatgespräch entgegenzunehmen. Seine Berater hatten zu tun, und schon bald war Summer allein. Das kam für sie nicht ganz unerwartet.

Sie blickte sich in dem kleinen Raum um: sechs Stühle, ein Tisch, Karten an der Wand. Zweifellos hoffte man, dass sie hier bleiben und sich damit zufrieden geben würde. Daniel hatte sie gar nicht erst mitbringen wollen, musste jedoch einlenken, als sie ihm mit ihrer Kündigung drohte. Offensichtlich bestand die Möglichkeit, dass er sie doch noch brauchen könnte.

Sie setzte sich das Farsight auf.

Man hatte ihr Zugriff auf die Datenströme der Kameras in jeder einzelnen Arrestzelle gewährt. Summer schaltete zwischen ihnen durch und sah Jugendliche, die sich in die Ecke kauerten oder zuckend und unruhig schliefen. Virgils Zelle war leer. Jemand hatte angemerkt, er sei zum Verhör in einen anderen Raum gebracht worden. Ela Suvanatat hingegen war anwesend.

Summer beobachtete sie einige Minuten lang und wunderte sich über ihre krampfartigen Bewegungen: Alle paar Sekunden hob sie die rechte Hand und kratzte sich wie unter einem inneren Zwang an der Stirn; nur mit den Spitzen der Fingernägel und nur einmal, selten zweimal. Dann riss sie die Hand weg wie ein Kind, das gerade einen Klaps auf die Finger bekommen hat. Sie klemmte sich die Hand unter dem Oberschenkel fest, als wolle sie sie dort festhalten, aber es gelang ihr immer nur kurz.

Als Suvanatat erneut die Hand hob, um sich zu kratzen, vergrößerte Summer das Bild. Suvanatat knibbelte mit dem Fingernagel an einem winzigen grauen LOV. Das LOV löste sich ab. Wo es gewesen war, quoll ein kleiner Blutstropfen hervor.

Summers Herz pochte schneller. Schweiß prickelte ihr

auf der Haut. Was sie gerade gesehen hatte, konnte nicht sein. Symbiotische LOVs waren gewiss empfindlich, aber sie ließen sich andererseits auch nicht durch leichtes Kratzen entfernen. Summer zoomte noch näher.

Suvanatats LOVs hatten ausnahmslos ihr gesundes Blaugrün eingebüßt und waren zu einem Perlgrau verblasst. So etwas hatte Summer schon einmal gesehen: Die LOVs auf Panwars Leiche hatten die gleiche Farbe besessen. Der Schluss war unausweichlich: Suvanatats LOVs starben und schälten sich unter den zwanghaft kratzenden Fingernägeln ab.

Aber wie war das möglich? Keines der Viren, die von der IBC eingesetzt worden waren, hätten symbiotische LOVs angreifen dürfen. Darauf hatte Simkin unerschütterlich bestanden, und Summer hatte ihr Möglichstes getan, um es sicherzustellen. Suvanatats LOVs konnten nicht sterben.

Und doch war es so – und Suvanatat wusste Bescheid. Man brauchte nur zu sehen, wie sie mit stumpfen, blicklosen Augen an die Wand starrte. Ihr faltenloses Gesicht glänzte vor Angst. Sie war kurz vor einer Panik.

»Dr. Goforth?«

Die leise Anrede riss Summer aus ihren Spekulationen. Zitternd nahm sie das Farsight ab, und als sie sich umdrehte, sah sie sich einem Besatzungsmitglied in einem cremefarbenen Overall gegenüber. Der Mann hatte den Kopf durch die Tür in den Konferenzraum gesteckt. »Ein Paket für Sie, Dr. Goforth. Sie sollten es bei Ihrer Ankunft erhalten.« Er öffnete die Tür und brachte einen kleinen Tragekasten, etwa dreißig Zentimeter lang, fünfzehn breit und zehn hoch, in den Raum. Die obere Hälfte wimmelte von Luftlöchern. In dem Kasten bewegte sich etwas, als der Mann es auf den Tisch stellte. Summer unterzeichnete, und während er ging, las sie schon den Etikettenanhänger, der an den Griff gebunden war. Die Zeile, auf welcher der Inhalt des Kastens verzeichnet werden sollte, war leer; nur Zeitpunkt und Ort des Fangs hatte jemand notiert. Auf der Rückseite des Anhängers fand sie allerdings einen zusätzlichen, mit Tintenstift geschriebenen Vermerk: *LOVs auf Fischen überleben auch.*

Summer schielte durch die Luftlöcher, doch im Kasten war es dunkel. Sie sah nur das blaugrüne Glühen eines Flecks aus gesunden LOVs.

Virgils Stirn juckte unerträglich, als sich eine Außenhülle seiner LOVs nach der anderen abschälte. Er wollte nicht die Aufmerksamkeit darauf lenken. Er wollte nichts verraten. Darum versagte er sich das Kratzen. Stattdessen kauerte er auf einem harten Stahlrohrsessel am Ende eines kleinen Tisches in einem gleichfalls kleinen Raum, hielt, Tränen des Schmerzens in den Augen, die Hände in die Achselhöhlen geklemmt und versuchte, den Fragen der beiden IBC-Beamten zu folgen, die ihn verhören sollten. Sie stellten ihm eine Frage über die LOVs nach der anderen: Wie er sie gelenkt habe (wenn er sie denn gelenkt habe); was er langfristig geplant habe; welches Potenzial er in den LOVs sehe; wie es ihm nun gehe. Darauf lief es immer wieder hinaus: Wie geht es Ihnen?

Ich fürchte mich und bin müde. Warum haben Sie Ky umgebracht?

Wie geht es Ihnen?

Ich bin müde. Ich möchte schlafen.

Hungrig war er auch, aber er hatte sich an den Hunger gewöhnt, deshalb erwähnte er es gar nicht.

Wie geht es Ihnen?

Ich bin müde. Ich möchte nicht reden.

Nach einer Weile hatte er den Faden des Gesprächs verloren. Seine Aufmerksamkeit verschob sich nach innen. Er musterte seinen Geist, suchte nach Lücken, nach einem Anzeichen, dass die LOV-Asteriden zusammen mit ihren Schalen abstarben. Er hatte so lange mit den LOVs gelebt, dass er glaubte, er würde es sofort wissen, wenn auch nur eins von ihnen versagte. Dennoch konnte er keine Lücken finden. Als er es verlangte, überkam ihn sofort eine große Gelassenheit, und kaum hatte er seine Aufmerksamkeit wieder den IBC-Beamten zugewandt, als er auf ihren Gesichtern die subtilen Zeichen erkannte, die ihm Einblicke in das Gemüt der Männer verschaffte, das sie hinter ihrer geschäftsmäßig ausdrucklosen Pose verbargen.

Wie geht es Ihnen?

Mit einer Kraft, die Gewaltbereitschaft verriet, flog die Tür zum Konferenzraum auf. Summer fuhr zusammen. Dann trommelte sie mit den Fingern, um das Display ihres Farsights zu löschen, bevor sie sich verärgert Daniel Simkin zuwandte.

Er trat ein und schloss die Tür hinter sich. »Sie haben es versaut. Ihre LOVs sterben.« Sein Farsight zeigten ein undurchsichtiges Silber, sein Gesicht war wie aus Stein.

Summer erinnerte sich noch gut, dass der Tod der LOVs ursprünglich sein eigentliches Ziel gewesen war. Wann hatte sich das geändert? Und warum? »Das liegt nicht an mir.«

»Von wegen. Wir setzen Ihre Viren ein, und nach ein paar Stunden sind die symbiotischen LOVs tot. Wenn das nicht Ursache und Wirkung sind!«

Sie erhob sich. Sie hatte ein Besatzungsmitglied überredet, ihre eine große Plastikkiste mit hohen, glatten Wänden zu bringen. Sie hatte sie auf den Tisch gestellt und das lebendige Exemplar hineingelassen. Nun blickte sie die graue Ratte an, die sich in einer Ecke zusammenkauerte. Ihr Helm aus LOVs leuchtete in einem gesunden Blaugrün. »Warum machen Sie sich keine Gedanken um die Ratten, Daniel? Oder die befallenen Fische? Keines meiner Viren hat ihnen irgendwie geschadet.«

Er warf einen Blick in die Kiste. Dann sah er ihr ins Gesicht. »Woher haben Sie das?«

»Jemand bei der UN hat es mir geschickt. Sie haben die wilden LOVs nicht unter Kontrolle, Daniel –«

Er lächelte ohne den leisesten Anklang von Wärme, wie ein Reptil. »Bis heute Morgen wussten wir nicht, dass LOVs symbiotisch mit Tieren zusammenleben.«

Sie wies auf die Ratte. »Diese LOVs sind von meinen Viren nicht geschädigt worden.«

Er schnaubte. »Die Symbionten der Ratten sind also in Sicherheit. Gratuliere. Ich wollte allerdings die LOVs der Menschen schützen.«

Sie verschränkte die Arme vor der Brust. »Meine Viren sind unschuldig. An Ihrer Stelle würde ich nach einer anderen Ursache Ausschau halten.«

»Einer anderen? Was wollen Sie damit sagen? Die UN?«

»Nein, selbstverständlich nicht. Was weiß schon die UN? Aber haben Sie schon einmal daran gedacht, Copeland zu fragen, was hier eigentlich vorgeht?«

Man führte Virgil in einen Konferenzraum, der Platz genug für einen ovalen Tisch und sechs Stühle bot. Ein dämmriges Licht stammte von einer Reihe indirekter

Leuchtkörper rings um die Decke. Als seine Augen sich an das Halbdunkel gewöhnt hatten, erkannte Virgil zu seinem Erstaunen Summer Goforth, die unter einer Wanduhr saß, welche angab, dass es in Hanoi kurz nach Mitternacht sei. Daniel Simkin zu sehen überraschte ihn weniger.

Die übrigen Stühle waren leer, aber eine große Plastikkiste stand auf dem Tisch. »Kommen Sie nur«, sagte Simkin und winkte ihn vor, »schauen Sie hinein.«

Auf dem Boden der Kiste huschte eine Ratte umher. Durch die Düsternis schien der Helm aus LOVs strahlendes blaugrünes Licht abzugeben. Virgil sah Goforth an, dann Simkin und schließlich wieder die Ratte. Das Tier faszinierte ihn. »Soll es einen von uns anspornen?«

Simkin zuckte mit den Achseln. »Das nicht gerade.«

»Wie lang ist es her, dass sie ihr die LOVs implantiert haben?«

»Wir haben sie nicht implantiert. Dieses Exemplar wurde heute Morgen im Reservat gefangen. Das Phänomen war Ihnen nicht bekannt?«

»Nein.«

»Ihre LOVs sind gesund«, sagte Summer.

Virgil packte die Furcht. Unter seinen Füßen hob sich und schlingerte das Deck im Spiel des Taifuns, als er sich umdrehte, um ihr in die Augen zu sehen. Keine geschäftsmäßige Maske verbarg ihre Empfindungen: Das Misstrauen in ihren Augen war kaum zu übersehen. »Ihre LOVs sterben«, fuhr sie fort. »Wir wüssten gern warum.«

Er zwang sich, den Blick von ihr abzuwenden. Hatte sie es erraten? Nein. Wie sollte sie auch? Er schloss die Augen und beschwor Gelassenheit herbei. »Sie fragen mich, warum? Als die Gifte, die Sie heute Morgen freigesetzt haben ...«

»Nein«, unterbrach Simkin ihn. »Wir wollten keinen von Ihnen unbekannten Risiken aussetzen, deshalb haben wir sichergestellt, dass wir nichts abwerfen, wodurch ein LOV geschädigt werden kann, das vom Immunsystem eines Säugetiers geschützt wird.«

Sie warteten auf seine Antwort. Bis auf das Scharren der Ratte war es still. Virgil berührte seine abfallenden LOVs. »Ich glaube, Sie haben nicht sorgfältig genug getestet.« Er sagte es gelassen und leise. Deshalb erschrak er, als Goforth darauf bestürzt reagierte: Sie riss die Augen auf und setzte sich aufrecht hin, während sich auf ihrem Gesicht die verräterischen Zeichen von Erstaunen breit machten. Virgil kam es vor, als lese er ein Neonschild vor einer Kirche in der Innenstadt, das in die nachmitternächtliche Dunkelheit blitzt: *Bereue, denn das Ende ist nah!*

Sie wusste Bescheid. Daran war nicht mehr zu zweifeln. Irgendwie hatte sie erraten, was mit seinen LOVs los war. Trotz ihrer weißen Totenhülle wusste Summer Goforth, was sich in ihm verbarg. Virgil rief sich die vergangene Minute vor Augen. Er musste einen Fehler begangen haben, durch den er sich verriet. Aber was? Was nur?

Er atmete tief durch und schob die Panik fort, die seinen Verstand zu übermannen suchte ...

Aber genau das war es, oder? Das hatte sie bemerkt. Er benahm sich nicht wie der gebrochene Mann, der er sein sollte.

Simkin fragte: »Wie haben Sie Ihre LOVs zerstört?«

Diese Frage traf Virgil völlig unvorbereitet. Virgil starrte ihn in stummer Überraschung an. Dann richtete er den Blick auf Summer und sah ein fast unmerkliches Nicken. Also wusste Simkin nicht Bescheid. Summer hingegen schon ... und sie hatte ihm nichts gesagt. Noch nicht. Warum nicht? »Ich habe sie nicht zerstört«, sagte Virgil. Wie leicht es ihm fiel, die Wahrheit auszusprechen. »Das hätte ich niemals getan.«

Zweimal hatte man Ela aus ihrer Zelle gelassen, einmal, damit sie zur Toilette gehen, und einmal, damit sie duschen konnte. Die Wärterinnen, die sie zum Bad begleiteten, beantworteten keine Fragen und reagierten nicht im Geringsten auf Elas wiederholte Forderung, einen Anwalt zu sprechen. Vielleicht hatte sie gar kein Recht auf einen Anwalt? Die IBC unterlag immerhin nicht dem amerikanischen Gesetz, solange sie nicht in den USA operierte.

Ela hatte gedöst, aber sie wachte augenblicklich auf, als ihre Zellentür zum dritten Mal an ihren geräuschlosen Angeln aufschwang. Wie spät es war, konnte sie nicht feststellen, doch ihre innere Uhr sagte ihr, dass es fast zwei Uhr morgens sein musste. Summer Goforth blickte zu ihr herein. Ela kannte sie aus den Nachrichten. Sie setzte sich auf und rieb sich die Stirn; dabei spürte sie die winzigen Pockennarben, welche die LOVs hinterlassen hatten. »Wo ist Virgil?«, fragte sie.

»Er schläft«, antwortete Goforth. »Seine Zelle wird sorgfältiger überwacht als die Ihre. Kommen Sie her, weg von den Kameras.«

Ela machte große Augen, blickte sich über die Schulter und verließ die Zelle. Summer schloss die Tür.

Der Zellentrakt war nur schwach beleuchtet und völlig still. Niemand war zu sehen: keine Wärter und keine Gefangenen. Keine Fenster zu anderen Zellen. Ela musterte die nackten Türen und fragte sich, hinter welcher Oanh saß, hinter welcher Ninh und die anderen *Roi Nuoc.*

Summer sprach sie an. »Die IBC ist korrupt. Ich glaube nicht mehr, dass Daniel Simkin noch an der Vernichtung der LOVs interessiert ist. Ich befürchtete, dass er und seine Hintermänner – wer immer das sind – sie mittlerweile ausbeuten möchten.«

Ela unternahm einen Versuch. »Unsere LOVs sind tot«, sagte sie.

Kein Lächeln milderte Summers ernste Miene, während sie leise und rasch sagte: »Sie haben die Asteriden von den Schalen entkoppelt, richtig? Sie dachten sich, die Asteriden könnten in Ihrem Hirngewebe weiterleben, ohne dass wir je den Unterschied bemerken würden – aber das entspricht genau meinem ersten Entwurf. Schwer zu erraten war es also nicht. Bislang weiß ich als Einzige davon, aber so wird es nicht bleiben. Sehen Sie mich an. Sie merken doch, dass ich nicht lüge – oder?«

Ela erkannte zwingende Aufrichtigkeit in Summers Gesicht und nickte. »Warum reden Sie überhaupt mit mir?«

»Weil Daniel nicht die Absicht hat, die symbiotischen LOVs zu vernichten. Vielleicht wollte er das nie. Wenn ich könnte, würde ich es selber tun, aber dazu ist es nun zu spät. Seine Leute haben wochenlang mit den vielen Kindern gearbeitet, die vor Ihnen evakuiert worden sind. Mittlerweile müssen sie so viel darüber in Erfahrung gebracht haben, dass es unmöglich ist, den Geist wieder in die Flasche zu sperren.«

»Ich verstehe nicht. Bei den anderen *Roi Nuoc* sind die LOVs doch entfernt worden ...«

»Woher wollen Sie das wissen?«

»Man hat es uns gesagt.«

»Mir hat man das auch gesagt, aber ich glaube nicht mehr daran.«

Ela beschlich das kalte Entsetzen. »Sie glauben, sie sind alle tot?«

»Das weiß ich nicht. Ich weiß es wirklich nicht.«

»Wir haben auf Ihre Menschlichkeit vertraut«, flüsterte Ela.

»Es steckt zu viel Geld mit drin. Ich glaube – ich vermute nur –, was immer man im Hirngewebe dieser Kinder gefunden hat, wird eine Menge Leute sehr, sehr reich und langlebig machen.«

»Medizinische Anwendungen?«

»Sagen wir, die Gangway zur Nanotechnik.«

»O Gott.«

»Ich glaube, man erhält sie am Leben und lässt sie produzieren«, schloss Summer ihre Enthüllungen ab.

Ela musste sich an die Wand lehnen. Sie zwang sich zur Ruhe, zwang sich zum Nachdenken. »Wir müssen hier raus.«

»Das wäre das Beste«, stimmte Summer ihr zu, »aber wie? Wir sind auf See. Draußen tobt ein Taifun, und jede einzelne Zelle wird durch Kameras überwacht. Ich könnte vielleicht einen oder zwei von Ihnen an Deck schaffen, aber mehr …«

»Nein. Wir gehen alle oder keiner.«

Summer schüttelte den Kopf. »Dann ist Flucht wohl ausgeschlossen.«

Ela erstarrte beim Klang dieser Worte. Langsam nickte sie. »Sie haben natürlich Recht. Wir können nicht entkommen. Wir müssen dafür sorgen, dass man uns von sich aus gehen lässt.«

»Soso. Und wie wollen Sie das anstellen?«

»Das weiß ich noch nicht! Lassen Sie mich nachdenken. Lassen Sie mir doch …« Die Antwort kam ihr, noch während sie protestierte. »Sie müssten uns doch von Bord bringen, wenn das Schiff sinkt, oder?«

»Das Schiff sinkt aber nicht.«

»Dann versenke ich es.«

»Ah ja?«

Ela grinste. Summer war anzumerken, dass sie allmählich an Elas Verstand zweifelte. »Ich habe einmal einen Artikel über das Verschwinden eines Frachtschiffs gemacht. Es war von Piraten versenkt worden. Man munkelte, die Eigner hätten die Piraten dafür engagiert, damit sie die Versicherung kassieren konnten.«

»Sie wollen Piraten anheuern? Und wie wollen Sie die Leute bezahlen?«

»Lassen Sie das meine Sorge sein.« Als Ela das letzte Mal ihren Kontostand abgerufen hatte, belief er sich auf zweihundertfünfzig Millionen Dollar.

»Aber wie wollen Sie den Handel schließen? Sie brauchen einen Verbündeten auf freiem Fuß.«

»Den habe ich. Darf ich Ihr Farsight benutzen?«

Summer zögerte, aber nur einen Augenblick lang. Sie hatte sich schon auf Elas Seite gestellt, indem sie mit ihr sprach. Nun gab es kein Zurück mehr. Sie blickte auf das Display und durchlief rasch eine Sequenz von Fingerbewegungen, dann nahm sie das Farsight ab und reichte es Ela. »Bitte.«

Es dauerte einige Minuten, bis Ela Mother Tiger kontaktiert hatte, weil sie die erforderlichen Kodes nicht kannte und die zugehörigen Links erst mit Hilfe einer Suchmaschine finden musste. Sekunden später sahen sie die großen leuchtenden Augen der Tigergöttin vom Display an. Ihre grollende Stimme zitterte vor beherrschter Furcht. »Wohin sind meine *Roi Nuoc* verschwunden?«

Nachdem der Plan eingeleitet worden war, kehrte Summer in den Konferenzraum zurück. Er war verlassen. Sogar die Ratte hatte man entfernt.

Sie setzte sich auf einen der mit dem Deck verschraubten Stühle und ergriff jedes Mal die Tischkante, wenn das Schiff sich auf der schweren See hob. Der Sturm wurde immer schlimmer. Er schien fast stark genug, um das Schiff auch ohne Hilfe zum Meeresgrund zu schicken.

Sie bezweifelte kaum, dass Elas ROSA einen hilfsbereiten Söldner auftreiben könnte. Den Kapitän eines ehemaligen sowjetischen Kampfschiffes oder einer außer Dienst gestellten amerikanischen Fregatte. Die Route Hongkong-Singapur war seit Jahrhunderten verrufen, denn dort boten zahllose Inseln, Flussmündungen und verzweifelte Regierungen unternehmungslustigen Piraten bereitwillig Unterschlupf. Doch selbst wenn ein Vertrag geschlossen wurde, welches Schiff konnte sie bei diesem Wetter finden? Und wenn, konnten die Kinder unverletzt hinübergeschafft werden?

Ist das wichtig?

Was andernfalls mit diesen Kindern geschah, war zu schrecklich, um darüber nachzudenken.

Kurz vor der Morgendämmerung hörte sie einen gedämpften Knall. Das Deck zitterte, und ein Feuermelder heulte auf. Ein zweiter Knall folgte, schon lauter und näher. Summer stand auf und ging zur Tür. Der Korridor war leer, aber sie hörte Schritte auf dem Deck über ihr. Sie sandte einen Link an Daniel Simkin, doch er nahm ihn nicht an. Sie schickte einen als Notfall markierten Link. Noch immer antwortete er nicht. Dann wurde über ihr eine Tür zugeknallt, und das Schloss verriegelte sich mit einem lauten Klicken. Der Schreck fuhr ihr in die Glieder. »Daniel?«

Sie erinnerte sich, auf ihrem Weg durch das Schiff Treppen gesehen zu haben. Sie rannte in die entsprechende Richtung.

Die Maschinen hatten gestoppt. Das Schiff schlingerte steuerlos in den Wellen, und Summer wurde von einer Wand zur anderen geschleudert, während sie nach vorne eilte. Sie fand die Treppe und zog sich am Geländer hoch. Als sie die obere Tür versuchte, ließ sie sich nicht öffnen. Sie war von außen verschlossen. Summer schlug dagegen, aber niemand kam. War das der einzige Weg nach draußen?

Denk nach!

Vielleicht war die Verriegelung Teil einer Notfallprozedur. Man verschloss die Türen wasserdicht. Schadensbegrenzung. Es musste also einen anderen Weg nach draußen geben. Oder?

Nein. Es ergab keinen Sinn. Der Zellentrakt war auf diesem Deck, aber niemand war gekommen, um die Kinder zu retten …

Weil sie jetzt nutzlos geworden waren, nicht wahr? Ohne ihre LOVs. So glaubte zumindest Daniel. Wie gelegen käme es für ihn, wenn die Kinder einfach ertranken und Summer mit ihnen den Tod fand. Das Deck legte sich bereits schräg, das Heck sank. »Daniel!«, kreischte sie und hielt sich am Handlauf fest, um das Gleichgewicht zu wahren.

Nein. Nur keine Panik! Nachdenken!

Er ließ sie ertrinken, weil er glaubte, dass sie keinen Nutzen mehr für ihn hatten. Doch darin irrte er sich. Die *Roi Nuoc* hatten nur die Schalen ihrer LOVs verloren. Noch immer durchsetzten die LOV-Asteriden ihre Gehirne. Daniel konnte noch immer einen Nutzen für sie finden. Summer verfasste eine kurze Textmitteilung, in der sie ihm darlegte, wie es sich mit den *Roi Nuoc* verhielt, und sandte sie als dringend markiert an Simkin.

Ela hatte gedöst, als der Torpedo einschlug. Sie kauerte sich auf den Boden und zählte die Zeit bis zum zweiten Einschlag. Zwei Millionen Dollar für zwei sorgsam gezielte Torpedos.

Eine dumpfe Explosion verriet ihr, dass die Piraten ihren Teil des Handels erfüllt hatten. Die Wände zitterten. Dann stand sie wieder auf den Beinen, bereit, von Bord zu gehen.

Die Minuten verstrichen, aber niemand kam.

Der Boden begann sich zu neigen.

Ela presste das Ohr gegen die Tür. Sie hörte ein fernes arhythmisches Trommeln – von Fäusten gegen eine ungepolsterte Wand? Entsetzensschreie bestürmten sie, die so leise waren, dass sie sich vielleicht nur einbildete, sie zu hören.

Dann wurde die Zellentür aufgerissen, und Ela stolperte in den Gang. Sie landete auf Händen und Knien. Als sie aufblickte, erwartete sie, einen der Wärter zu sehen, doch es war Summer Goforth. Das Gesicht verzerrt von Furcht und Wut, knallte sie die Zellentür wieder ins Schloss. »In dem Schrank am Ende der Halle sind Schwimmwesten!«, brüllte sie und wies auf die offene Tür des Zellentraktes. »Holen Sie sie her!« Dann ging sie zur nächsten Tür und gab eine Zahlenkombination ein.

Ela rappelte sich auf. »Wo sind die Wärter?«

»Simkin hat vergessen, ihnen zu befehlen, uns zu beseitigen.« Sie riss die Zelltür auf.

»Also sind wir auf uns allein gestellt?«

Summer stand schon an einer anderen Tür. »Im Moment schon.«

»Sie sagen mir nicht alles«, stellte Ela fest. Sie las es Summer am Gesicht ab.

»Holen Sie endlich die Schwimmwesten.«

Roi Nuoc quollen aus den Zellen und sahen sich misstrauisch um. »Sagen Sie's schon.«

Summer sah sie kühl an. »Wir sind unter Deck eingesperrt. Daniel will uns mit dem Schiff untergehen lassen.« Wieder öffnete sie eine Tür.

»Sie sagten, dass er unsere LOVs will!«

»Er denkt aber, Sie haben keine LOVs mehr!« Noch eine Tür. »Ich habe ihm eine Mitteilung geschickt, die das klarstellt.«

»Also hängt unser Leben davon ab, ob er sie liest?«

Wieder eine Tür. »Holen Sie lieber die Schwimmwesten! Na los. Die Kinder müssen sie anlegen, solange noch Zeit ist.«

Ela verzog das Gesicht. Sie wollte bleiben und weiterstreiten, aber Summer hatte Recht. Sie mussten bereit sein – wenn sie das Schiff überhaupt verlassen konnten. Sie winkte Phan und Oanh mit dem Finger herbei. Gemeinsam drangen sie geduckt in die Halle vor und glitten das geneigte Deck hinunter zum Schrank, wo sie so viele Schwimmwesten an sich nahmen, wie sie tragen konnten. »Wir müssen über Bord«, sagte Ela. »Bereitet euch darauf vor.«

Phan ging als Erster zurück. Oanh folgte ihm. Ela packte die restlichen Schwimmwesten und kroch hinter den beiden den steilen Boden hoch. Als sie wieder im Zellentrakt waren, standen alle Zellen offen, und die Hälfte der Kinder hatte bereits Schwimmwesten an. Summer war nicht zu sehen. »Wo ist Summer?«, rief Ela. »Die Ausländerin.«

Ninh antwortete, während er seine Schwimmweste zuschnallte. »Sie ist mit Virgil zur Tür gegangen, um sich darum zu kümmern. Nimm Schwimmwesten für sie mit – und zieh dir selber eine an!«

Siegesgebrüll empfing Ela, als sie dem Gang folgte.

»Sie haben die Tür geöffnet!«, brüllte Virgil. Seine Stimme dröhnte bis in den Zellentrakt. Ela sah das untere Ende der Treppe, aber nicht ihn. »Alles raus, na los!«

»Alles raus!«, wiederholte Ela und winkte die Kinder an sich vorbei. Sie blieb im Zellentrakt stehen und achtete darauf, dass niemand zurückrutschte. Sie waren vierzehn, fünfzehn mit Summer. Niemand geriet in Panik. Sie bewegten sich rasch und ruhig den Korridor entlang wie tapfere junge Soldaten auf einem Plakat der Marxisten. Zweifeln wurde hier nicht der geringste Raum zugebilligt.

Oanh verließ den Zellentrakt als Letzte. Ela folgte ihr den Gang hinauf und fasste sie am Ellbogen, als sie fast an der Treppe waren. »Nicht zu lange warten«, sagte sie. »Wir müssen so schnell wie möglich über Bord. Sorg dafür, dass alle Bescheid wissen.«

Sie erreichten die Treppe. Ela blickte auf und sah die Tür offen stehen. Das Schiff hatte schon derart stark Schlagseite, dass Oanh und sie sich am Handlauf hochziehen mussten. Am oberen Ende der Treppe wartete Virgil und reichte ihnen eine helfende Hand. »Summer sagt, du hättest es geplant; dass wir über Bord gehen müssten.«

Ela zog ihm eine Schwimmweste über den Kopf und half ihm, sie festzuschnallen. »Ja. Wir werden aus dem Wasser aufgenommen. Mother Tiger hat es alles arrangiert.«

Er packte ihr Handgelenk. »Mother Tiger?« Ungezügelte Furcht leuchtete in seinen Augen. »Du hast mit Mother Tiger gesprochen?«

Eine alte Panik loderte in ihr auf, und sie versuchte, ihre Hand zu befreien. »Warum hältst du mich so fest? Lass mich los! Was hast du denn?«

Er gab ihr Handgelenk frei und berührte sie im Gesicht. »Ela, hör mir gut zu. Wir können uns nicht mehr auf Mother Tiger verlassen. Ky war der Ansicht, dass Mother Tiger Liens Tod verschuldet hat.«

»Nein. Das ist doch verrückt. Das kannst du doch nicht glauben, Virgil. Sag so etwas nicht. Mother Tiger ist unser Werkzeug, unser Verbündeter. Sie existiert nur für uns. Dafür hat Ky doch gesorgt.«

»Das hat sich jetzt geändert.«

»Nichts ist mehr, wie es war! Aber was soll's? Es ist zu spät. Hör auf, Unsinn zu reden, denn für uns gibt es keinen anderen Ausweg, Virgil. Uns bleibt keine andere Wahl.«

41

An der Außentür zauderte Virgil; das Gefühl ließ ihn nicht los, dass ihm das Verhängnis drohe. Ihr Leben hing nun von einem ROSA ab, dem nicht mehr zu trauen war – oder hatte gerade diese Abhängigkeit auch Sicherheit zu Folge? Mother Tiger existierte, um den *Roi Nuoc* zu dienen. Gewiss war alles gut, solange sie die Rolle der Bedienten nicht von sich wiesen? Das zumindest hatte Ky geglaubt.

Ela wandte sich zu ihm um. Ihre Augen warnten ihn vor noch mehr verrücktem Gerede. Dann schob sie sich hinaus, und Virgil folgte ihr. Der Wind traf sie und schleuderte sie beide gegen die Wand. Zwei Besatzungsmitglieder erwarteten sie. Sie hatten wegen des strömenden Regens, der lautstark aufs Deck klatschte, die Schultern hochgezogen. Einer von ihnen hakte eine Rettungsleine an Virgils Schwimmweste, dann schob man sie auf die Boote zu, wo die *Roi Nuoc* zwischen den Mitgliedern der Kernbesatzung saßen.

Die Morgendämmerung hatte noch nicht begonnen. Indem er sich an der Leine festklammerte, blickte Virgil auf ein dunkelgraues entfesseltes Meer unter einem Himmel der gleichen Farbe. Das bronzefarbene Licht des untergehenden Halbmonds sickerte durch einen dichten Wolkenschleier. Selbst wenn das Schiff auf einen Wellenberg stieg, betrug die Sicht höchstens vierhundert Meter. Virgil sah nirgendwo das Schiff, das sie aufnehmen sollte. Er drehte sich Ela zu.

Sie hielt sich wenige Schritt hinter ihm an der Leine

fest. Das nasse Haar war ihr ins Gesicht geweht, und ihre dunklen Augen blickten ernst. Ihre gelbe Schwimmweste leuchtete so hell in der Düsternis, dass es aussah, als verfüge sie über eine eigene Lichtquelle. Sie löste eifrig die Rettungsleine wieder und ermunterte ihn mit einem Nicken, es ihr nachzumachen.

Stattdessen beugte er sich zu ihr vor und brüllte, damit sie ihn trotz des Windes hörte: »Wo ist das andere Schiff?«

»Fort! Wir können Söldnern nicht so weit trauen, dass wir uns von ihnen aufnehmen lassen.«

»Und wie …«

Von den Booten kam ein Schrei, der im Tosen des Sturms kaum zu vernehmen war. Als Virgil sich umdrehte, sah er, wie mehrere gelbe Schwimmwesten über Bord sprangen und in die Schaumkrone eines Brechers eintauchten. Er behielt das Bild im Gedächtnis und zählte. Neun, nein, zehn Gestalten, die in die schwarze See flohen.

Ela griff an seine Weste und bemühte sich, den Karabinerhaken zu lösen. »Na los, komm schon!«, schrie sie. »Bevor sie versuchen, uns aufzuhalten. Ich habe mit Mother Tiger gesprochen, Virgil. Es war alles in Ordnung.«

Wasser gurgelte über das schlingernde Deck. Die Besatzungsmitglieder wichen entsetzt von den Booten zurück. Zwei kleinere, schlankere Gestalten lösten sich aus dem Knäuel verängstigter Seeleute, rannten zur Reling und stürzten sich kopfüber in die Wellen.

Virgil spürte, wie eine Rettungsleine sich löste. Er taumelte zurück, und Ela drängte ihn mit aller Kraft zum Wasser. Er konnte vor Furcht kaum denken. Die Kinder waren schon über Bord – nur ihre Schwimmwesten bewahrten sie vor dem Ertrinken. *Aber es gibt kein Schiff, das uns aufliest!*

»Ela, das geht nicht! Das wäre Irrsinn!«

»Richtig!« Sie zog und schob ihn gleichzeitig. »Ja, unsere LOVs haben uns alle den Verstand geraubt. Sie treiben uns zum Selbstmord. Los, Virgil, über die Seite mit dir!«

Wieder spülte eine Welle über das Deck. Virgil kämpfte gegen den Sog des Wassers an, das um seine Beine ablief und an ihm zerrte. Dann blickte er auf. Am anderen Ende des Decks sah er Simkin an die Reling gehen, um ein halb überflutetes Boot wieder an Bord zu nehmen. Ihre Blicke trafen sich, und im nächsten Moment wusste Virgil, dass der Verdacht, den Summer ihm zugeflüstert hatte, als sie oben an der Treppe hockten, der Wahrheit entsprach. Simkin war zu einer anderen Art Feind geworden: zu einem verborgenen Drahtzieher in einem unbemerkten Krieg. Mit ihm in die Boote zu gehen würde keine Zuflucht bedeuten.

Die Welle spülte davon. Er hielt nach Summer Ausschau, aber er konnte sie nirgendwo sehen. Dann zerrte Ela erneut an seiner Hand. Er drehte sich um. Er setzte einen Fuß auf die Reling, und als das Schiff sich aus dem Wasser zu heben begann, warf er sich mit Ela an seiner Seite in die Fluten.

Der peitschende Regen hatte ihn in keiner Weise auf das kalte Meer vorbreitet. Die Kälte umschloss ihn, und er verlor Elas Hand. Er schlug um sich und suchte danach, aber alles war verschwunden: der Himmel, der Frachter, das helle gelbe Leuchten ihrer Schwimmweste – ausgelöscht vom grauflüssigen Medium Meer.

Virgil ging nicht unter, aber es kam ihm vor, als pumpte der heulende Wind ihm Salzwasser in den Schlund. Gischt schoss an seinem Gesicht vorbei, als er mit einer Welle aufstieg. Kurz erblickte er den untergehenden Mond, dann machte er eine halbe Drehung und glitt in ein Wellental. Am tiefsten Punkt ging er unter – und prallte gegen etwas Glattes, Hartes.

Es gab unzählige Schreckensgeschichten über Haie im Südchinesischen Meer. Virgil strampelte und trat aus, aber ein Wellenberg zog ihn wieder mit sich nach oben, und das geisterhafte Objekt war verschwunden. Virgil drehte den Rücken in den Wind und beruhigte sich, es könne kein Hai gewesen sein. Haie waren ausgestorben. Fast zumindest.

Die Schaumkrone zerbarst und umgab Virgils Kopf mit einem erstickenden Schleier aus weißem Schaum. Dann sank er wieder ein, und diesmal sah er es, bevor es ihn traf: ein dunkler, lang gestreckter Umriss knapp unter der schwankenden, mondbeschienenen Wasserfläche. Er prallte wieder dagegen, spürte die gleiche, unnachgiebige Masse unter seinen Händen. War das ein Rumpf? Ein blauer Rumpf.

Da erkannte er, was es war: Es war die *Marathon.* Hatte Mother Tiger das Tauchboot hierher geführt? War das Elas Rettungsplan?

Er ließ Fragen Fragen sein, als er den niedrigen Buckel mit der Luke fand. Als sie an ihm vorbeizog, reckte er sich danach, und tatsächlich fand er Halt am Lukenrand. Statt der harten Lukentür ertastete er jedoch eine straffe Membran, die über den Einstieg gespannt war. Die Luke stand schon offen.

Als der Bug der *Marathon* am Wellenkamm vorbeiglitt, wuchtete er sich über die Kante. Die Membran öffnete sich unter seinem Gewicht wie eine Irisblende gerade so weit, dass er, von einem Schwall Meerwasser begleitet, kopfüber in die winzige Kammer rutschen konnte. *»Iris!«*

Er schrie den Namen seines ROSA, doch antwortete ihm Mother Tiger. »Du musst meine *Roi Nuoc* an Bord holen.«

Virgil blieb einen Augenblick lang reglos. Der einfache Befehl gebot ihm zu schweigen. Genau das hätte das ROSA sagen sollen, genau das hätte Virgil erwartet, hätte Ky nicht Zweifel in seinen Kopf gesät. »Du hast mich gerettet«, flüsterte er.

»Dazu bin ich da.«

»Aber Lien hast du nicht gerettet.«

»Hilf meinen *Roi Nuoc*, bevor sie ertrinken.«

Feind oder Verbündeter? Virgil hatte im Moment keine Möglichkeit, es zu entscheiden.

Er setzte sich auf und prallte gegen den Sessel, als die *Marathon* eine Sturzwelle hinunterraste. »Ist das unser einziges Boot?«, fragte er mit zusammengebissenen Zähnen.

»Das ist es«, bestätigte ihm Mother Tiger.

Virgil konnte sich nicht vorstellen, dass vierzehn *Roi Nuoc* in der beengten Kabine des Tauchboots Platz finden sollten. Schließlich nahm er allein schon die winzige Bodenfläche in Anspruch.

Mother Tiger sagte: »Phan ist jetzt draußen. Zeig ihm, wie er hineinkommt.«

Virgil hob den Kopf zur Luke, als die *Marathon* in einem Wellental durchgeschüttelt wurde. Die Membran pulsierte unter dem Druck des Windes wie eine aus dem Takt geratene Herz-Lungen-Maschine. Ein Wasserrinnsal schoss durch die Mitte. Phan ertrank dort draußen, wie auch die anderen *Roi Nuoc.*

Eilig öffnete Virgil einen Schrank auf Fußbodenhöhe, in dem er, wie er sich erinnerte, ein Seil gesehen hatte. Er zog es heraus, vertäute es mit einem Ende an der Sesselsäule, dann legte er die Schwimmweste ab und knotete sie an das andere Ende. »Ist Phan noch in der Nähe?«

»Ja.«

Virgil stellte sich breitbeinig hin und stützte sich erst am Sessel, dann an der Wandung ab. In einer Hand hielt er die Schwimmweste, mit der anderen packte er eine Sprosse der Lukenleiter und zog sich daran so weit hoch, dass er die Schwimmweste durch die Membran schleudern konnte. Der Wind packte sie, doch Virgil ließ das Tau nicht los, dann folgte er, bis er mit beiden Füßen sicher auf der untersten Sprosse stand und die Membran sich fest um seine Rippen schloss.

Unter dem bronzenen Mondschein entdeckte er Phan, der gerade mit einer Welle hochstieg. Er befand sich im Windschatten, deshalb ließ Virgil die Schwimmweste ablaufen. Zu rufen hätte keinen Sinn gehabt. Beim Tosen des Sturms wäre er nicht zu hören gewesen. Aber das spielte keine Rolle – Phan hatte bereits die Weste gesehen, die über die Wasserfläche sprang. Mit großen weißen Augen sah er Virgil an, und im ersten Moment glaubte er, Phan würde sich herumwerfen und von diesem Schreckgespenst davonschwimmen, vor diesem halben Mann, der über der tobenden See stand.

Doch die *Roi Nuoc* waren nicht zum Aberglauben erzogen. Phan stürzte sich auf die Weste, und beim zweiten Versuch hatte er sie gefangen. Virgil zerrte am Tau, als die *Marathon* über einen Wellenberg setzte, mit rasendem Tempo abfiel und ins Tal platschte. Während der kurzen Unterbrechung, bevor sie der nächste Brecher packte, erreichte Phan die *Marathon.* Virgil packte ihn mit beiden Händen, duckte sich unter die Membran und zerrte Phan mit sich ins Boot. Zusammen torkelten sie auf den Boden. Phan hustete und schnappte keuchend nach Luft.

»Da und da sind Lagerräume«, sagte Virgil und klatschte mit der Hand gegen die Wände. »Mach dich daran, das Zeug rauszuwerfen, denn wir brauchen den Platz.«

Phan nickte, und Mother Tiger verkündete: »Ninh ist draußen.«

Virgil sprang zur Leiter. Er hatte beschlossen, das ROSA als Verbündeten zu betrachten – bis auf weiteres wenigstens.

Hin und wieder, während sie mit der Krone eines Brechers auf und ab tanzte, erhaschte Ela einen Blick auf den bronzefarbenen Halbmond, der störrisch einige Grad über dem Horizont am Himmel klebte. Einmal sprühte sein schmutziges Licht über den fernen dunklen Umriss eines Rettungsboots, das mit der Welle in die Höhe stieg. Das Schutzdach des Bootes war fest verzurrt, und es lag genau richtig in den Wellen. Moderne Rettungsboote wie dieses konnten angeblich gar nicht sinken; seine Insassen überlebten mit Sicherheit. Ela hoffte, dass Summer Goforth unter ihnen war.

Die nächste Welle rollte unter ihr hinweg und drehte sie herum. Der Wind blies ihr Gischt in die Augen, und noch mehr Gischt regnete vom Himmel. In Halbminutenabständen röhrte irgendwo jenseits ihres beengten Blickhorizonts eine Schaumfontäne in die Höhe. Die nächste Welle trieb sie noch näher an die grollenden Ausbrüche heran. Von der Krone der Welle blickte sie auf das untergehende Schiff, das wie eine schwarze Sandbank direkt unter der Wasserfläche lag, während die Brecher an ihr in einen Schwall aus weißen Schaum zerstoben. In diesem Augenblick sah sie noch etwas anderes: ein Stück goldbraunes Treibgut. Es war gefangen in dem windzerzausten Schaum, der Kringel um das Schiff beschrieb. Ela sah es nur einen winzigen Moment lang, dann verschwand es unter der Oberfläche. Doch als sie an der Rückseite der Welle hinabglitt, glaubte sie es ein paar Meter von der letzten Stelle entfernt wiederzusehen.

Als sie mit der nächsten Welle aufstieg, hielt sie am höchsten Punkt nach den *Roi Nuoc* Ausschau; sie hatte keinen von ihnen gesehen, seit sie im Wasser war. Als wäre sie in einen anderen Ozean gesprungen ... einen, der dem Nördlichen Polarkreis viel näher war. Wie konnte es nur so kalt sein?

Und warum brauchte das untergehende Schiff so lange, um auf den Meeresgrund zu sinken? Jede Welle trieb Ela dichter auf den Frachter zu. Sie spürte bereits, wie die Strudel, die es durch seinen Untergang verursachte, an ihren Füßen zupften. Ein Schwall salzigen Regens überschüttete sie, als wieder ein Brecher am Wrack zerbarst. Ela hustete und warf sich herum. In diesem Moment sah sie das goldbraune Treibgut wieder. Es war viel näher gekommen und rutschte gerade an einer schaumgekrönten Welle hinab. Eine weiße Geisterhand schob sich dahinter aus dem Wasser, dann drehte sich das Objekt. Der Mond beschien ein blasses Menschengesicht mit klatschnassem Haar, das im Bronzelicht golden schimmerte. Ein Schrei drang Ela ins Ohr, der an den schrillen Laut eines Seevogels erinnerte. Dann sank sie ins nächste Wellental und verlor die Erscheinung aus den Augen.

Aus ihrem Gedächtnis verbannen konnte Ela sie aber nicht. Sie hatte Summer Goforth gesehen, und sie trug keine gelb leuchtende Schwimmweste, die sie über Wasser hielt! Warum aber saß sie nicht im Rettungsboot? Sie war vor Virgil an Deck gelangt und hätte mit der Crew unter dem Sturmverdeck des Rettungsbootes in Sicherheit sein sollen.

Ela wartete, bis die nächste Welle sie anhob – und da sah sie Summer wieder, die auf sie zuhielt, obwohl sie dazu gegen die Strömung anschwimmen und sich gegen den Sog des sinkenden Schiffes wehren musste. Ela spürte schon ihre Erschöpfung und fragte sich, wie Summer sich so lange ohne Schwimmweste über Wasser gehalten hatte. Die gleiche Strömung aber, gegen die Summer ankämpften musste, kam Ela zugute. Mit aller Kraft das Wasser tretend, schoss sie vor einem Brecher hinab. Die Entfernung zwischen ihnen verringerte sich immer mehr. Sie streckten die Arme nacheinander aus. Ela ertastete kalte Haut, dann konnte sie die Arme um Summer schließen, und sogleich hob ein gewaltiger Brecher sie durch eine Schaumexplosion hoch über das nicht mehr sichtbare Wrack des Frachters. Dann plötzlich ließen sie die Schaumfontänen hinter sich zurück.

Summer lehnte sich an Ela und ließ ihr Gewicht auf der Schwimmweste ruhen, während sie die linke Hand so hoch sie konnte über die Wasserfläche hob. Mit den schrumpeligen blassen Fingern umklammerte sie ein Farsight. Als Nächstes hob sie die rechte Hand und begann mit den Fingern zu wackeln. Ohne Zweifel sendete sie einen Notruf an einen Satelliten weit über ihnen.

Ela überkam das blanke Entsetzen. Sie durften nicht um Hilfe rufen! Sie durften nicht verraten, dass sie noch existierten. Wenn bekannt wurde, dass auch nur einer von ihnen noch lebte, würde man sie hetzen, wohin sie auch flohen.

Ela packte Summers Arm und drückte ihn herunter, dann bog sie ihr die Finger auf, bis sie das Farsight verlor.

Virgil duckte sich in das Unterseeboot zurück und zog Lam hinter sich her. Ninh ergriff ihren schlaffen Körper, nahm sie auf den Schoß und stützte sie, während sie sich zur Seite beugte und Meerwasser auf den Boden erbrach. Das Wasser stand schon fünfzehn Zentimeter hoch, erwärmt von der schwindenden Körpertemperatur der *Roi Nuoc.*

Virgil blickte überrascht auf, als über ihm ein Surren und ein metallisches Klicken ertönte. Die Luke hatte sich geschlossen. Die Membran zog sich zurück, und das Wassertröpfeln ließ nach. »Sind wir fertig?«, fragte er. An die Leiter geklammert, musterte er die vollgestopfte Kabine. Überall saßen Kinder – auf der Konsole, auf den Sessellehnen. Einige waren in die Lagerkammern geschlüpft. Damit sie alle Platz fanden, hatten sie die Schwimmwesten über Bord geworfen, auch die Decken, Ersatzteile und den größten Teil der Verpflegung. »Sind das alle von uns?«

Oanh hatte mitgezählt. Nun antwortete sie. Sie hockte auf einem Regal gleich hinter ihm. »Wir sind nur dreizehn.«

Die Luft war warm und schlecht; so viele atmende Menschen überschritten die Kapazität der Filter bei weitem. Virgil drehte sich Oanh zu; er war sich nicht sicher, ob er noch klar denken konnte – und was war mit ihr? »Aber wir müssten doch vierzehn sein – oder?«

Die Lage der *Marathon* stabilisierte sich. Ihr Rollen zwischen den Brechern hörte auf, und Virgil wusste, dass sie getaucht waren.

Oanh nickte. »Ela fehlt noch.«

»Warum tauchen wir dann?«

Oanh wusste keine Antwort. Virgil blickte nach vorn auf die Bildschirme, aber er konnte nicht an den Kindern vorbeiblicken, die auf der Konsole saßen. »Mother Tiger? Wo ist Ela? Konntest du sie nicht finden?«

Schnurrend antwortete das ROSA in beruhigendem Ton: »Sie kann nicht aufgenommen werden. Ein Notruf hat ihre Position preisgegeben. Wenn dieses Fahrzeug sie abholt, wird es entdeckt. Dann ist bekannt, dass einige von euch überlebt haben.«

»Das ist mir gleich«, sagte Virgil. »Kehr um.«

Oanh wiederholte den Befehl, und etliche andere auch, aber Mother Tiger reagierte nicht.

Wo blieb die *Marathon*? Ela hielt Summer Goforth mit beiden Armen umklammert und bangte. Wann würde Mother Tiger kommen und sie auflesen? Hoffentlich bald.

Summer hatte sich heftig gewehrt, um das Farsight zu behalten, doch nachdem es einmal versunken waren, schien sie sich aufzugeben. Schlaff hing sie in Elas Armen. Sie regte sich nicht mehr, es sei denn, um gelegentlich krampfhaft zu würgen, wenn der Wind ihr Seewasser in den Mund blies.

Ela fand ihre Reglosigkeit entsetzlich und fürchtete jedes Mal, Summer würde sich nie mehr bewegen. Auf keinen Fall durfte sie Summer loslassen. Nur die Schwimmweste hielt sie beide noch über Wasser.

Sie blinzelte. Das Salz brannte ihr in den Augen. Der Himmel wurde heller. Das Licht hob die frischen Male in Summers blassem Gesicht hervor. Ela wusste genau, dass man ihr an Bord des Frachters eine Schwimmweste gegeben hatte, nun aber trieb sie ohne Weste im Wasser. Dafür hatte sie blaue Flecken im Gesicht. Es konnte kein Zweifel bestehen: Jemand hatte versucht, sie umzubringen.

Wer, das war nicht schwer zu erraten.

Wie lange waren sie schon im Wasser? Lange.

Jedenfalls kam es ihr lang vor.

Sie blickte wieder den Halbmond an. Er schwebte nicht mehr über dem Horizont, sondern war gesunken und zur Spitze eines goldenen Nagels geworden, der aus dem endlosen Ozean ragte. Die Zeit verstrich. Ihre Zeit lief ab. Summers Zeit lief ab. Vielleicht lief das Leben aller *Roi Nuoc* ab, die vor ihr ins Wasser gesprungen war. Warum kam die *Marathon* nicht?

Weil Virgil Recht hatte und Mother Tiger uns verraten hat.

»Nein!« Ela weigerte sich, daran zu glauben. Wenn sie es glaubte, konnte sie gleich aufgeben.

»Mother Tiger!«, brüllte Virgil, obwohl der Sauerstoff in der überfüllten Kabine der *Marathon* kaum zum Atmen reichte. »Wenn Ela noch lebt, müssen wir sie holen. *Sofort!«* Er wollte noch mehr sagen, aber ihm ging die Luft aus. Vielleicht würden sie alle in ihren eigenen Ausdünstungen ersticken.

»Beruhige dich«, warnte das ROSA. »Dazu fehlt es an Ressourcen.«

»Ich beruhige mich, sobald sie hier ist.« Virgil überkam jedoch ein Schwindelgefühl. Von Kopf bis Fuß klebte er von seinem eigenen ungesunden Schweiß. Schon bald würde die schlechte Luft ihn zwingen, sehr ruhig zu sein. »Bitte fahr zurück«, bat er. »Jetzt.«

Oanh legte ihm eine Hand auf die Schulter. »Wir stimmen ab«, sagte sie. »Wenn wir Ela retten, riskieren wir die Entdeckung. Wer will sie trotzdem holen?« Sie wiederholte ihre Worte auf Vietnamesisch, und alle *Roi Nuoc* hoben die Hand, obwohl ihnen leicht anzumerken war, wie sehr sie sich fürchteten.

»Damit steht es fest«, sagte Oanh. »Wir nehmen die Gefahr einer Entdeckung freiwillig auf uns.«

Dennoch änderte die *Marathon* nicht den Kurs. Vom ROSA keine Reaktion.

»Stimmt etwas nicht mit der Verbindung?«, fragte jemand.

»Das ist es«, sagte Virgil. »Natürlich. Wir sind unter Wasser. Mother Tiger wird nur ihre Hülle hier gelassen haben. Wir müssen die Antenne ausfahren, oder –«

»Selbst eine Hülle von Mother Tiger könnte uns antworten«, erwiderte Oanh.

Virgil rieb sich die Augen. »Okay. Also gut. Können wir vielleicht von Hand steuern?«

»Weißt du, wie das geht?«

Eins der Kinder auf der Konsole sagte: »Hier sind die wichtigsten Befehle aufgeschrieben.«

Mother Tiger sagte: »Benutzt sie nicht. Keiner von euch weiß, wie man die *Marathon* steuert.«

Oanh runzelte die Stirn. »Dann lernen wir es eben.«

Ninh nickte. »Tut es«, drängte er.

»Wir tun's«, sagte Virgil, und alle stimmten ihm zu.

»Nein«, sagte Mother Tiger. »Ich will tun, was ihr verlangt.«

Nach dem Monduntergang hellte sich der Himmel auf und nahm ein perlgraues Leuchten an. Ela fühlte sich wärmer. Träume purzelten ihr durch den Sinn. In einem davon spürte sie, wie Summer ihr allmählich aus den Armen zu rutschen begann. Sie schreckte auf und erneuerte augenblicklich ihren Griff. Wie lange war es her, seit Summer zum letzten Mal gehustet hatte?

Ela versuchte sie höher zu heben, aber das Meer klatschte ihr ins Gesicht, trieb ihr Salzwasser in Nase, Mund und Hals und brachte sie zum Husten.

Sie war für all das zu müde. Viel zu müde. Ihr fehlte

einfach die Kraft, die Welt noch länger zusammenzuhalten, und deshalb begann sie sich aufzulösen und zerfiel in Reiche des Traumes.

Sie versuchte zu blinzeln, um nur noch einmal aufzuwachen, aber ihre Augen waren vom Salz so sehr angeschwollen, dass sie nur noch eine nichtsensorische Vision sah: eine dunkle Silhouette, die an einer grauen Welle herabglitt. Ein Traumbild, das sie holen kam. In ihr lachte es höhnisch auf. Die vielen Menschen der Moderne, die behaupteten, als Letztes sehe man ein schlichtes weißes Licht, sie alle irrten sich. Entweder das, oder es gelang Ela nicht einmal, ohne Fehler zu sterben, denn vor sich sah sie einen schwarzen Meeresgott, halb Mensch, halb Schlange. Sie glitt in das Tal zwischen zwei riesigen Wellen und tauchte unter ...

... in eine heiße schwüle Welt voller schweißiger Gliedmaßen, die in trübem Licht schimmerten, voll übelriechendem Atem, der ihr am Ohr vorbeistrich, erfüllt vom Gestank nach Erbrochenem. Man träufelte ihr Trinkwasser auf die geschwollenen Lippen; es rann ihr über den geschwollenen Mund, es schmeckte göttlich. Schlucken schmerzte wie der Todeskampf. Ela drehte den Kopf und übergab sich.

42

Die Luft war kühler. Ela hatte die Augen geschlossen und drückte ihren Kopf an Virgils Brust. Sie lauschte dem leisen Pochen seines Herzens, seinem langsamen rhythmischen Atem. Lange Zeit umrissen einzig diese Laute ihre Welt. Die Welt war friedvoll geworden.

Als sie an Bord der *Marathon* kam, ließ die Luft sich kaum atmen. Panik hatte sie überfallen, als sie zu ersticken glaubte, doch Virgil hatte sie festgehalten und ihr beruhigend ins Ohr geflüstert, hatte sie gedrängt, nach innen zu blicken und ein tieferes Bewusstseinsstadium erreichen, einen Trancezustand, in dem sie nur wenig Sauerstoff brauchte, um zu überleben.

Mit der Hilfe ihrer verborgenen LOVs war es ihr gelungen.

Nun aber regte sie sich; sie atmete tiefer. Ein Gefühl, das sie nicht benennen konnte, warnte sie, etwas sei nicht in Ordnung. Sie schlug die Augen auf und blickte hoch zu Virgil. Er schlief, und sein Gesicht glänzte vor Schweiß, eingerahmt in seine entsetzliche, verfilzte Dreadlock-Frisur. Bartstoppeln hatten die Hormonbehandlung seiner Haarwurzeln überwunden, und auf seiner Stirn kamen schon wieder die blaugrünen Pünktchen der LOVs zum Vorschein. Sie hob die Hand und berührte sie. »Virgil« – ihre Stimme drang als hässliches Krächzen aus einer vom Salzwasser wunden Kehle –, »wach auf. Bitte wach auf. Wir sind zu weit nach Süden gefahren.«

Er öffnete die Augen. Während er aus seiner Trance

zurückkehrte, fixierte er sie kurz mit einem abwesenden Blick, dann sah er sich in der Kabine um, in der die *Roi Nuoc* jede freie Fläche und jede Nische belegten. Sie hatten die Augen geschlossen und atmeten flach; ihre Gesichter trugen den erhabenen Ausdruck junger Götter auf einem uralten Tempelfries. Nur Summer Goforth durchlitt einen unruhigen Schlaf. Zitternd lag sie auf dem Sessel des Steuermanns und murmelte im Fiebertraum. Virgil betrachtete sie stirnrunzelnd – wie einen unerklärlicherweise aufgetauchten Fremdkörper. Dann sah er Ela wieder an, und sein Blick erwärmte sich. »Kannst du wirklich sagen, wo wir sind?«

Ela nickte. Sie berührte die eigenen LOVs, die hart und echt auf ihrer Stirn knospten. In ihr war ein neuer Sinn erwacht, und sie wusste präzise, wo sie sich befanden, als leuchtete in ihrem Kopf eine Karte der Welt. »Wir sind zu weit nach Süden gefahren. Wer hat beschlossen, dass wir diesen Kurs nehmen?«

Nacheinander schlugen die *Roi Nuoc* die Augen auf.

»Beschlossen ist gar nichts«, sagte Virgil. »Es gab nicht genügend Luft, um zu denken oder gar zu reden.« Er schnüffelte, als könnte er mit der Nase den Sauerstoffgehalt messen. »Jetzt ist es besser.«

»So bleibt es aber nicht lange. Nicht, wenn wir alle aufwachen. Wir sollten eigentlich schon an Land sein. Wir gehen doch zurück – oder nicht?« Sie mussten zurück. Sie hatten zu viel zurückgelassen.

Leises Gemurmel erhob sich in der Kabine; viele *Roi Nuoc* bekundeten ihre Zustimmung. Virgil jedoch zog ein finsteres Gesicht und strich Ela über die Stirn, als wolle er sich vergewissern, dass sie nicht fieberte. »Du möchtest also zurück? Aber wir können nirgendwohin zurück. Es ist nichts mehr übrig.«

»Nein«, meldete sich Oanh von ihrem Regal. Ihr pinkfarbenes T-Shirt war steif und zerknittert. »Die anderen *Roi Nuoc* sind noch immer im Delta – die, die nie im Reservat waren. Und die Verschollenen vielleicht auch. Wir müssen sie finden.«

»Ja, wir müssen sie finden«, sagte Ela. »Wir dürfen nicht zulassen, dass sie uns finden. Sie sind nicht frei, und die meisten von ihnen sind noch so jung. Wenn sie noch leben, kann man sie leicht zu unseren Feinden machen.«

»Aber sie suchen nicht nach uns«, entgegnete Ninh. »Wir müssen tot sein – das werden sie von uns sagen. Niemand wird nach uns suchen: Niemand wird glauben, dass wir aus der See zurückkommen.«

Ela musterte die *Roi Nuoc.* Die Jugendlichen stapelten sich auf dem Boden und an den Wänden der Kabine, aber dank ihrer LOVs blieben sie trotz der Enge gelassen. Ela gab sich einen Ruck und gestand: »Als wir im Wasser waren, hat Summer Goforth mit ihrem Farsight nach Hilfe gerufen. Ich habe es ihr abgenommen, aber vielleicht hat mich jemand dabei beobachtet. Und der wird sich natürlich fragen, wieso ich so etwas Verrücktes tun sollte.«

»Weil wir verrückt *sind«,* sagte Virgil und berührte die winzigen neuen LOVs. »Du hast es auf dem Schiff gesagt. Unsere LOVs haben uns in den Wahnsinn getrieben.«

Summer musste wach sein und ihre Diskussion mitgehört haben, denn sie meldete sich mit rauer Flüsterstimme. »Die Verschollenen werden nicht daran glauben ... wenn sie noch leben. Das wisst ihr. Sie denken genau wie ihr.«

Mother Tigers Stimme schnurrte aus den Lautsprechern und übertönte alle anderen Gespräche. »Sie müssten wissen, dass ihr euch für eine Rückkehr entscheiden würdet. Deshalb werdet ihr nicht zurückkehren.«

Ela suchte nach Halt, indem sie einen Arm um Virgil legte, und richtete sich auf. »Ein ROSA sagt uns, was wir zu tun haben?«

»Und nicht zum ersten Mal«, entgegnete Virgil. Er erklärte ihr, warum sie so lange auf Rettung hatten warten müssen. »Mother Tiger wollte dich und Summer nicht an Bord nehmen – wegen Summers Farsight, nehme ich an.«

Zu gelähmt, um etwas zu sagen, starrte Ela erst ihn, dann Oanh an. Ihr war, als ertrinke sie schon wieder.

»Es stimmt«, sagte Oanh. »Wir wollten das Boot schon auf Handsteuerung umschalten. Da erst gab Mother Tiger nach und half dir.«

Ela wollte es nicht glauben. »Aber Mother Tiger ist unsere Verbündete.«

»Hör mir gut zu, Ela!«, sagte Virgil. »Ich habe es dir schon einmal klarzumachen versucht. Selbst Ky hatte seine Zweifel.« Er berichtete ihr Kys Verdacht in allen Einzelheiten. »Er glaubte, Liens Tod sei kein tragischer Unfall gewesen.«

»Wenn irgendjemand sich Lien anschließt, ist er also kein *Roi Nuoc* mehr?«, fragte Ninh. »Ist es denn unser Link zu Mother Tiger, die uns zu *Roi Nuoc* macht?«

Die Frage wurde kurz und hauptsächlich auf Vietnamesisch erörtert. Die Luft begann wieder stickig zu werden, und Ela kam eine Erinnerung. »Als Ky starb, habe ich etwas beobachtet«, sagte sie leise. Nur Virgil und Oanh hörten sie, doch Oanh bedeutete den anderen rasch, ihr zuzuhören, während Ela den Lichtblitz beschrieb, der aus Kys Farsight geschossen war und ihn geblendet hatte. »Er wollte sie sich vom Gesicht reißen, und als er sich rasch bewegte, haben sie ihn erschossen.«

Zum Beweis wollte sie ihnen das Video zeigen, das sie aufgenommen hatte, aber die *Marathon* fuhr zu tief unter Wasser, und Mother Tigers Teilpersönlichkeit konnte oder wollte nicht reagieren. Summer bot sich als Zeugin an. »Ich habe es auch gesehen. Ich habe mich darüber gewundert. Ich hielt es für das Werk Daniels oder eines anderen Regierungsbeamten, der den Fall ein für allemal abschließen wollte.«

»Mother Tiger hätte solche Impulse ausgefiltert«, sagte Virgil.

Die Hülle schwieg beharrlich. Vielleicht mangelte es ihr an der nötigen Komplexität, um auf solche Anschuldigungen zu reagieren, vielleicht sah sie aber auch keine Notwendigkeit zu antworten.

»Wir sollten jetzt abstimmen«, sagte Oanh. »Wer will zurück?«

Alle in der *Marathon* hoben die Hand. Das Ergebnis war einstimmig.

»Also, ändere den Kurs«, sagte Virgil zu der ROSA-Hülle, die für die Navigation zuständig war. »Bring uns zurück zum Mekong-Delta.«

Sie lauschten aufmerksam, aber sie bemerkten kein Anzeichen, dass die *Marathon* den Kurs änderte.

Summer setzte sich gerade auf und wand sich, um einen Blick auf die Konsole werfen zu können. »Es ist eine Frage der Psychologie«, sagte sie. Ihre Stimme war noch immer sehr rau und kaum lauter als ein Flüstern. »Boote wie die *Marathon* sind für Menschen gebaut, die das Abenteuer lieben. Menschen, die das Abenteuer lieben, mögen es nicht, von einem ROSA abhängig zu sein. Als ich letzten Sommer in Australien war, habe ich mir eine *Marathon* geliehen. Es war überhaupt nicht schwierig, sie von Hand zu steuern.«

Summer gelang es, die *Marathon* zu einem Punkt zu bringen, der nur wenige Kilometer vor der Küste des Mekong-Deltas lag. Dort tauchten sie auf und hofften auf aktuelle Nachrichten. Stattdessen empfingen sie einen umfassenden Link mit Mother Tiger. Virgil hatte damit gerechnet, von dem ROSA scharfsinnige Einwände zu hören. Die Künstliche Intelligenz ging jedoch subtiler vor, und ihr fehlte es an menschlichem Stolz oder menschlicher Rachsucht. Das ROSA kannte nur ein Ziel: das Wohlergehen der *Roi Nuoc.* Als es also berechnete, dass es sie nicht daran hindern konnte, an Land zu gehen, bot es ihnen stattdessen seine Führung an.

Virgil drängte die anderen, die Hilfe des ROSA anzunehmen. »Wir sind vor Mother Tiger sicher, solange unsere Ziele übereinstimmen.«

Sie warteten den Abend ab, dann lenkte Mother Tiger sie an eine unbewachte Flussmündung weit südlich des Reservats. Treibgut, vom Taifun ins Wasser geschleudert, blockierte die Fahrrinne und zwang die *Marathon* zum Auftauchen. Das Boot fuhr lautlos flussaufwärts; hinter sich sandte es V-förmige Kräusel über das Wasser, in dem sich der Mond spiegelte. Ela quetschte sich aus der Luke und betrachtete die Kräusel, wie sie sich ausbreiteten, bis sie sich in den treibenden Pflanzenteile verfielen. Wolkenstreifen jagten in einem hohen Wind über sie hinweg, aber über dem Fluss war die Luft ganz ruhig.

Ela war sich ständig genau bewusst, über welche Stelle auf ihrer inneren Karte die *Marathon* sich gerade bewegte. Ihr kam es vor, als nähme sie einfach alles schärfer wahr als früher: die leisen Stimmen von unten, die flinken Fische im Fluss, kreisende Satelliten und das Rumpeln alter Generatoren, das über das Wasser herdrang, den Geruch nach Blüten und Schlamm und jedes schwache Pochen ihres Herzens.

Die *Roi Nuoc* außerhalb des Reservats waren von ihrer bevorstehenden Ankunft unterrichtet. Mother Tiger hatte sie instruiert, Farsights und Geldkarten zu beschaffen und unter dem Betonpier einer Firma zu verstecken, die ganz allein an einem ansonsten unbebauten Uferstreifen Garnelen verpackte. Als die *Marathon* sich dem mondbeschienenen Landungssteg näherte, waren die Kinder schon längst wieder verschwunden.

Ela stieg als Erste aus. Sie kroch unter den Pier, holte das Bündel aus dem Versteck und reichte es an Ninh weiter. Die Farsights waren mit Stoff umwickelt: saubere, imprägnierte weiße T-Shirts und weite Hosen. Geldkarten gab es in Hülle und Fülle. Dank Elas Einkommen bedeutete wenigstens Geld für keinen *Roi Nuoc* ein Problem mehr.

Ela zog sich um. Ihre alten Sachen warf sie in den angeschwollenen Fluss. Das Wasser glitzerte im Mondlicht, während die *Marathon* sich vom Pier fortschlich, ein dunkles Etwas, das schneller als die Strömung flussabwärts schoss. Ela sah dem Tauchboot hinterher.

Ihr neues Farsight hielt sie noch immer in der Hand. Sie zögerte, es aufzusetzen. Damit war sie nicht allein: Neben ihr stand Oanh und blickte unentschlossen drein. »Du traust Mother Tiger nicht mehr, stimmt's?«, fragte sie und warf einen nervösen Blick auf die anderen *Roi Nuoc*. Die meisten von ihnen hatten sich das Farsight noch vor dem Kleiderwechsel aufgesetzt.

Ela drehte die Datenbrille in den Händen. Das Mondlicht spielte über die Linse. »Ich überlege gerade, was *Roi Nuoc* eigentlich heißt: Wassermarionetten. Kleine Puppen, die auf einer Bühne aus Wasser auftreten. Ich frage mich nur, wer an unseren Fäden zieht. Ich dachte immer, Ky Xuan Nguyen wäre der Marionettenspieler, aber nun weiß ich, dass er es nie gewesen ist. Es war immer Mother Tiger.«

Ky hatte sie einmal nach Sawong gefragt, dem alten Transvestiten, der sich um sie gekümmert hatte, bis er mit seinem Geliebten aus Bangkok verschwand und Ela ihrem Schicksal überließ. *Sie hätten Sawong suchen oder auf seine Rückkehr warten können. Aber das ließen Sie sein. Wieso?* Nun endlich wusste Ela eine Antwort: »Weil ich keinen Herrn brauche.« Sie holte aus und schleuderte ihr Farsight in den Fluss.

Oanh sprang herbei, um sie davon abzuhalten, aber sie kam zu spät. Sie stieß einen leisen Schrei aus, als das Farsight im Wasser versanken. Die anderen *Roi Nuoc* scharten sich um sie und fragten entsetzt: »Warum hast du das getan, Ela?« – »War das Absicht?« – »Du bist verärgert über Mother Tiger, oder?«

Oanh sah sie traurig an. »Es wird nicht leicht sein, ohne das ROSA zu leben.«

»Wir haben jetzt LOVs«, erinnerte Ela sie. »Wir brauchen Mother Tiger nicht mehr.«

Phan grinste sie unter seinem Farsight hinweg an. »Mother Tiger sagt, du wärst sowieso nie wirklich eine von uns gewesen.«

»Noch mehr Lügen«, sagte Oanh.

Ela zuckte mit den Achseln.

Lam ergriff das Wort. Sie sprach zwar auf Vietnamesisch, doch Ela hatte mittlerweile so viel von der Sprache aufgeschnappt, um zu verstehen, was sie meinte: »*Mother Tiger fragt: Was ist ein* Roi Nuoc? *Wie können wir ohne unsere Farsights* Roi Nuoc *sein?*«

Ninh nickte eifrig und runzelte dabei sorgenvoll die Stirn. »Wie sollen wir uns ohne Farsights finden?«

Selbst Virgil war zu einem Kompromiss bereit. »Wir können einen Vorteil nicht einfach wegwerfen, Ela. Wir würden nicht wissen, was passiert, wenn wir nicht durch andere Linsen blicken könnten. Wir wüssten nicht, ob jemand von uns in Schwierigkeiten steckt oder was auf der Welt vorgeht.«

»Aber mit ihnen leben wir unter Mother Tigers Augen«, entgegnete Ela. »Hast du schon vergessen, was mit Ky passiert ist? Und mit Lien? Und mit mir?« Sie schüttelte den Kopf. »Der IBC sind wir entkommen. Jetzt haben wir die Gelegenheit, uns ein Leben zu schaffen, wie wir es wünschen, ohne irgendjemanden um Erlaubnis bitten zu müssen. *Niemanden.* Wir sind keine kleinen Kinder mehr.«

Oanh senkte den Kopf. Sie wog das Farsight in der Hand, und ihr Blick haftete bedauernd auf dem hübschen silbrigen Gehäuse. Dann seufzte sie, hob den Kopf wieder und schleuderte es in den Fluss. Sie beobachtete, wie das Gerät durch die Luft wirbelte und schließlich mit einer kleinen Fontäne ins Wasser schlug. »Ich bin keine Wassermarionette mehr«, sagte sie. »Ela und ich sind etwas anderes geworden – etwas ganz Unterschiedliches. Wir sind Wasserfeen. *Tien Nuoc.* Herrenlos suchen wir uns unseren eigenen Weg.«

Summer Goforth hatte am Rand ihres Kreises gestanden. Wie die übrigen war sie in Weiß gekleidet, doch im Gegensatz zu ihnen hatte sie kein Farsight. Sie sah Ela in die Augen und fragte: »Sind nicht die LOVs nun Ihre Herren?«

Ela schüttelte traurig den Kopf. »Sie verstehen es nicht. Die LOVs gehören zu uns. Sie sind wir. Ihr Schicksal ist mit dem unseren verknüpft.«

Summer hatte ihnen geholfen, vom Schiff zu fliehen, aber sie missbilligte offenkundig nach wie vor, was sie getan hatten. »Was planen Sie jetzt mit mir?«

Ela sah sie verständnislos an. »Was ich mit Ihnen plane? Nichts. Es ist Ihr Leben. Sie entscheiden.«

»Mother Tiger ist anderer Meinung«, warf Ninh leise ein.

Ela sah ihn warnend an. »Ich kann mir schon denken, was das ROSA zu sagen hat!«

»Ich auch«, sagte Summer. »Sicher erklärt es, dass ich euch verraten könnte? Dass ich euch die Behörden auf den Hals hetzen könnte und ihr alles Notwendige tun müsstet, um das zu verhindern?«

Ninh gab zu, darauf laufe es hinaus. »Mother Tiger hat so etwas noch nie von uns verlangt.« Seufzend nahm er das Farsight ab und blickte Oanh ins Gesicht. »*Tien Nuoc* kann ich nicht sein«, sagte er. »Kein weiblicher Wassergeist. Lasst uns statt dessen *Tiên Thân Nuoc* sein: ein Geist des Flusses, den niemand sehen kann.« Oanh lächelte und senkte zustimmend den Kopf.

Tiên Thân Nuoc. Ninh trat an den Wasserrand und schleuderte sein Farsight davon, dass es sich überschlug.

Virgil zog ein finsteres Gesicht, aber er stellte sich zu Ninh und warf sein eigenes Farsight ins Wasser. Die anderen folgten seinem Beispiel. Einer nach dem anderen durchtrennte sein Band zu Mother Tiger und wurde zu *Tiên Thân Nuoc.* Wurde frei.

Als das letzte Farsight versunken war, wandte Virgil sich Summer zu. »Werden Sie uns verraten?«, fragte er. »Oder schließen Sie sich uns an? Sie haben sie erschaffen – mit der Zeit vielleicht ...«

Summer schüttelte den Kopf. »Was Simkin Ihnen antun wollte – das war schlimmer als alles, was Sie sich zuschulden kommen ließen. Aber das ...« Sie musterte die Kinder. »Es ist unkontrollierbar. Sehen Sie das denn nicht? Sehen Sie nicht, wie gefährlich es ist?«

Ela legte Virgil den Arm um die Taille. »Ja. Wir sehen es. Wie haben die LOVs. Wir sehen beide Seiten.«

Die Legenden im Mekong-Delta hatten nicht geirrt. Sie waren eine fremde Generation. Von sich selber hatte Ela immer gewusst, dass sie fremd war, seit sie als Kind in Bangkok einfachen Menschen die Zukunft vorhergesagt hatte, die sie und ihre Affinität zum Unbekannten sahen und sich vor ihr fürchteten. Solche Menschen würden immer versuchen, die Welt anzuhalten, doch dazu war es nun zu spät.

»*Werden* Sie uns verraten?«, fragte Ela.

Summer blickte in die angespannten Gesichter, die auf ihre Antwort warteten. »Wegen mir brauchen Sie sich keine Sorgen zu machen. Nicht wegen mir.«

»Die Verschollenen«, sagte Oanh. »Wenn sie noch leben, werden sie nach uns suchen.«

Ela nickte. »Ich glaube, sie leben noch.« Man hatte zu viel in sie investiert, um sie einfach sterben zu lassen. Sie blickte über ihre Schulter und fürchtete, einen Späherball über den Bäumen schweben zu sehen. Sie entdeckte aber nichts. Noch nichts. Trotzdem übertrug sich ihre Unruhe auf Virgil, und dann auf Oanh, die sagte: »Wir sollten fortgehen.«

Also trennten sie sich. Zu zweit und zu dritt verschwanden sie. Virgil hatte es eilig mit dem Aufbruch, doch nach einigen Schritten zögerte Ela und wandte sich um. Summer beobachtete sie wachsam. »Sie trauen uns nicht«, sagte Ela, »und vielleicht muss es so sein. Aber ich glaube, auch Sie kommen an den Punkt, an dem Sie erkennen, dass wir nichts Falsches tun.« Sie hob rasch die Hand, bevor Summer einen Einwand erheben konnte. »Wir werden uns nicht mehr anders entscheiden. Das wissen Sie.«

»Das lerne ich allmählich«, gab Summer zu.

»Das ist gut. Lernen ist eine Fähigkeit, die die meisten Menschen verlieren.«

»Ela«, sagte Virgil, »wir sollten gehen.«

Ela nickte, blieb aber stehen. »Ich bin nie dazu gekommen, Ihnen von meinem ROSA zu erzählen, Summer. Ich denke, Mother Tiger hat es mittlerweile gefunden, aber als es noch mir gehörte, verstand es sich sehr gut darauf, die Zukunft vorherzusagen. Über sie würde Kathang etwas sagen wie: ›Sie kann ihre Augen nicht verschließen. Selbst wenn sie sich abkehrt, wird sie immer bis ins Herz sehen‹.«

Summer antwortete mit einem skeptischen Lachen. »Ihr ROSA muss außer Übung gewesen sein, Ela, denn ich kann nicht einmal mir selbst ins Herz sehen. Ich weiß nicht, was in der Zukunft liegt.«

»Dennoch glaube ich nicht, dass Sie uns verraten werden.«

Summer war sich da nicht so sicher. Noch lange, nachdem Ela und Virgil verschwunden waren, stand sie am Pier und starrte in das vorüberziehende schlammige Wasser. Insekten summten, ein Flugzeug dröhnte weit oben über sie hinweg, und irgendwo rief ein Vogel. Konnten die LOVs noch beherrscht werden? Möglich war es. Gewiss könnte man neue Waffen gegen sie entwickeln … aber wie konnten sie gegen die Verschollenen eingesetzt werden? Daniel hatte die Beherrschung unermesslich erschwert, sodass Summer über die Folgen eines Fehlschlags nachdachte:

In welcher Welt würde sie lieber leben – in einer, die von den *Roi Nuoc* geschaffen worden war, oder in einer, der Daniel Simkin seinen Stempel aufgedrückt hatte?

Das war des Pudels Kern.

»Ich folge Ihnen, Ela«, versprach Summer leise der Nacht und dem dahinströmenden Fluss. »Aber erst, nachdem ich Daniel Simkin zur Strecke gebracht habe.«

Noch drei Stunden wartete sie am Pier, dann kam zufällig ein Motorradpolizist vorbei. Summer überredete ihn, sie zum Polizeirevier mitzunehmen. Von dort rief sie ihr ROSA an und öffnete einen verschlüsselten Link zu den Vereinten Nationen. Einige dort wussten noch immer, wer sie war.

[ENDE]

*Für alle Freunde von Peter Hamilton:
meisterhafte SF, spannend und hintergründig!*

New Crobuzon ist ein Moloch von einer Stadt. Menschen und Mutanten leben in ihr, Arbeiter und Sklaven, Künstler und Huren, Magier und Wissenschaftler.
Tausende Jahre lang sorgte eine brutale Miliz für Frieden.
Und dann kommt ein Fremder in die Stadt. Mit Gold in den Taschen und einem unmöglichen Anliegen. Und er löst eine Katastrophe aus: Ein ›Falter‹, ein alles vernichtender Mutant, entkommt den Labors der Wissenschaftler und beginnt die Stadt zu verwüsten ...

ISBN 3–404–23245–3